Michele Coradeschi

Niente è come sembra
Racconti

Niente è come sembra
Racconti
di Michele Coradeschi
Copyright © 2020 All rights reserved
ISBN 979-12-200-7146-8

A Gabriele, mio fratello

Schizofrenia

Joseph finì di bisbigliare le sue istruzioni a Bob, il vicino di cella. Sentiva distintamente i singulti, rapidi e pesanti, di un uomo che si sta abbandonando ad un pianto disperato. Bob, un omaccione peloso di centoventi chili, stava piangendo da alcuni minuti come un bambino. Non erano però lacrime di dolore, ma di riconoscenza. Tra un singulto e l'altro Bob bisbigliava "grazie, grazie", in modo sempre più accorato, quasi commosso.

Joseph attese ancora qualche minuto, lasciando che i singhiozzi diminuissero, quindi riprese a parlare

«Ora basta piangere, Bob. Ricordati quello che ti ho detto. È tutto chiaro?»

Bob sembrò calmarsi, i singulti sostituiti da sospiri pesanti e frequenti.

«Sì» bisbigliò in risposta.

«Hai chiara la strada di fronte a te?»

«Sì» ancora un bisbiglio soffocato.

«Presto ci incontreremo di nuovo, amico mio» Joseph sorrise mentre pronunciava quelle parole

«Sì» Bob tirò rumorosamente su con il naso. Forse stava inalando tonnellate di muco.

«Ah, Joseph…»

«Sì, Bob»

«Grazie Joseph»

In quel momento la porta del corridoio si aprì con un rumore metallico. I due secondini arrivarono accompagnati dal suono delle loro scarpe nere e lucide che scricchiolavano sul pavimento di linoleum. Si fermarono di fronte alla sua cella.

«Hai la visita di controllo, Wasser. Non dare problemi» il più giovane dei due accarezzò il manganello che portava attaccato alla cintura. Sorrideva e il suo volto non riusciva a nascondere la ferocia repressa tipica di tutti gli squallidi individui che godono nell'abusare del loro piccolo potere. L'altro secondino, un grasso idiota con i capelli rossi, rimase due metri più indietro. Era la procedura. Una volta aveva chiesto alla dottoressa quale fosse la

procedura in caso di incendio. Lei gliel'aveva spiegata, un po'
sorpresa dalla domanda. Joseph aveva ascoltato con attenzione,
poi aveva scosso la testa e con un sorriso le aveva detto «Ma io
intendevo la procedura medica nel caso in cui un uomo vada a
fuoco»

Non aveva fatto una grande impressione e il trasferimento in
un istituto di igiene mentale era stato rimandato a data da
destinarsi. Ma quelle erano state le prime sedute. Da allora erano
passati sei mesi. I suoi progressi erano stati, per ammissione della
stessa dottoressa, incoraggianti e continui, anche se non ancora
sufficienti a garantirne il trasferimento. Ma stava imparando.

Il secondino gli mise due paia di manette a polsi e caviglie, sotto
lo sguardo vigile del collega. Joseph non oppose alcuna resistenza.
Non aveva senso. Non si può fuggire con la violenza da un carcere
di massima sicurezza. Solo gli stupidi ci provano. Le catenelle
tintinnarono quando iniziò a muoversi. Mentre passava di fronte
alla cella di Bob, sorrise e annuì impercettibilmente con la testa.
L'omaccione, gli occhi ancora lucidi, annuì di rimando nella sua
direzione. Il volto, rotondo come la luna piena, mostrava
gratitudine.

Lo lasciarono nella stanza delle visite, mani e piedi stretti dalle
manette. Seduto su una sedia, osservò per l'ennesima volta la
stanza. L'arredamento era essenziale, quasi spartano: solo una
scrivania di legno e due sedie dello stesso materiale. Anche senza
voltarsi sapeva che l'armadietto dei medicinali era nell'angolo
dietro di lui, vicino alla porta. L'odore del disinfettante era così
pungente da fargli quasi lacrimare gli occhi. Era l'unica cosa a cui
non riusciva ad abituarsi.

L'attesa durò solo pochi minuti, poi la porta si aprì. La
dottoressa Bianchi entrò e si sedette sulla sedia di fronte a lui,
dall'altra parte del tavolo. Sorrise. "Che gran pezzo di gnocca"
pensò Joseph. Labbra carnose e lunghi capelli neri sciolti sulle
spalle. Gli occhi, scuri e intelligenti, lo scrutarono per qualche
istante. Il camice era leggermente sbottonato e lasciava intravedere
qualche centimetro di pelle chiara. Somigliava in modo
sorprendente a sua madre, o almeno a come se la immaginava

Joseph. L'ultima volta che l'aveva vista aveva appena compiuto tre anni e non possedeva nemmeno una sua foto.

«Buongiorno Joseph, come ti senti oggi?» la dottoressa sorrise. Così bella. Così delicata.

«Benissimo dottoressa. Di cosa vogliamo parlare oggi? È qualche settimana che non faccio più brutti sogni, lo sa?»

«Molto bene, sono contenta. E i brutti pensieri? Ti capita ancora di farne?» lo fissò con attenzione.

«No, nessun brutto pensiero»

«Bene» la dottoressa Bianchi sorrise di nuovo. Uno sprazzo di paradiso «ma non è di questo che voglio parlare, oggi»

«Ah no? E di cosa allora?» Joseph inarcò le sopracciglia.

«Voglio parlare dei tuoi amici»

Joseph sentì un ticchettio dentro la testa. La saliva evaporò dalla bocca lasciandogli un sapore amaro. Cercò di controllare la deglutizione mentre il pomo di Adamo saltellava come impazzito. Si impose si restare calmo e respirò profondamente. Quando parlò, la voce uscì sicura, più di quanto si sarebbe aspettato.

«Di quali amici sta parlando dottoressa? Di Bob forse?»

Sempre sorridendo, la dottoressa Bianchi fissò un punto alla sua destra.

«No sto parlando di quella bella ragazza di fianco a te, Joseph. Come si chiama?»

A Joseph sembrò che qualcuno gli stesse aprendo la testa dall'interno. Aveva un cavatappi conficcato nell'osso occipitale e il dolore era insopportabile. Le parole della dottoressa avevano azionato un martello pneumatico che lo trivellava con furia selvaggia. Sempre più in profondità. Sempre più violento. Voleva urlare, ma la voce gli si strozzò in gola. Poi, all'improvviso come era arrivato, il dolore scomparve.

«Chi cazzo è questa puttana?» la voce lo aggredì all'orecchio. Una voce roca. Da fumatore. O meglio, da fumatrice. Joseph si voltò verso destra facendo tintinnare le catenelle delle manette. Lucy era lì. Indossava una minigonna di jeans che lasciava vedere molto di più di quanto è consentito e un top rosa shocking. I capelli neri, tagliati a caschetto, incorniciavano un viso affilato. Gli occhi erano azzurri e leggermente socchiusi, penetranti. Gli angoli della bocca si piegarono in un sorriso cattivo; in mano aveva una di quelle sigarette sottili che fanno tanto signora.

«Ciao Joseph» Lucy soffiò una sottile nuvola di fumo «ti ho chiesto chi è quella puttana, tesoro»

Joseph deglutì a fatica. Era sicuro che fosse scomparsa per sempre. E invece eccola lì, sottile e provocante. Volgare e femminile.

«Non vuoi dirmi come si chiama la tua amica? O forse è la tua ragazza?»

La dottoressa Bianchi indicò di nuovo in direzione di Lucy.

Joseph ignorò la domanda e, guardando di fronte a sé, parlò alla ragazza

«Che cosa vuoi da me? Credevo di averti detto di non farti più vedere» ringhiò tra i denti.

«Ma caro, ti sembra il modo di parlare a una ragazza? Lo sai che sono qui per il tuo bene. E poi non hai sentito la dottoressa? Quella troia crede che siamo fidanzati» ridacchiò mentre espirava un'altra nuvola di fumo pestilenziale.

«Joseph, hai sentito la mia domanda? Chi è quella ragazza?»

Joseph inspirò profonde boccate d'aria, ma il fumo della sigaretta lo fece tossire.

«Lei...» iniziò a dire.

«Non dire chi sono, stupido!» Lucy si era abbassata e ora gli sussurrava all'orecchio

«Lei è...» continuò cercando di ignorare la voce che lo martellava

«Non dire il mio nome!»

«Lei è Lucy»

«Idiota, piccolo stupido escremento di topo! Ti avevo detto di non dirlo!»

La dottoressa Bianchi sorrise. Joseph sospirò. Pronunciare quel nome gli era costato una fatica enorme.

«Bene Joseph, molto bene» incrociò le mani di fronte al viso, poi continuò «E chi c'è insieme a Lucy? Mi sembra che non sia da sola, vero?»

Joseph avvertì un nuovo tremito che, dalla testa, si estese al resto del corpo. Chiuse gli occhi, cercando di ignorare il dolore che montava nuovamente. Lucy continuava a insultarlo, ma si fermò per un attimo alla vista delle sue convulsioni.

«No! Non far venire fuori anche lui!» Lucy sgranò gli occhi e gettò la sigaretta a terra schiacciandola con il tacco della scarpa. Sembrava spaventata, ma riprese subito a insultarlo.

Non appena il dolore scomparve, Joseph aprì gli occhi e mise a fuoco la dottoressa.

Percepiva una nuova presenza alle sue spalle, oltre a Lucy. Si voltò a guardare. Accanto alla ragazza, c'era un uomo dai capelli bianchi che teneva lo sguardo puntato sulla dottoressa. I suoi denti battevano incessantemente gli uni sugli altri. Era insopportabile. Stringeva in mano una bibbia da due soldi rilegata in finta pelle rossa e sdrucita in più punti. Sulla copertina era stampata una croce dorata con caratteri scritti in rilievo dello stesso colore, in parte scoloriti e scollati. Joseph fissò la figura vestita di nero. Chiuse gli occhi sperando che scomparisse. Ma anche con gli occhi chiusi continuava a sentire il suono dei denti che battevano in continuazione come una di quelle dentiere di plastica azionate da una carica. Quando riaprì le palpebre, il reverendo era sempre lì, a fissare la dottoressa. Sembrava trapassarla con lo sguardo, mentre i suoi denti ticchettavano in modo sempre più rapido.

Joseph si coprì le orecchie con le mani, ma non servì a niente. Stava perdendo lucidità.

Quando sentì il contatto delle mani che toglievano delicatamente le sue dalle orecchie ebbe un sussulto. Aprì gli occhi. La dottoressa Bianchi era di fronte a lui. Sorrideva gentile e premurosa.

«Va tutto bene Joseph» la voce era sommessa, come quella di una mamma amorevole che consola il figlio affranto «sono qui per aiutarti»

«Si, è qui per aiutarti, quella puttana. Non ascoltarla Jos, lei ti vuole solo rinchiudere in cella e buttare via la chiave» Lucy si accese un'altra sigaretta.

«Zitta donna, peccatrice impura» il reverendo interruppe il suo tic ringhiando all'indirizzo di Lucy, poi si rivolse a Joseph puntandogli contro l'indice come se fosse una pistola «lascia stare ragazzo, non dare ascolto alle donne. Sono creature immonde e pericolose. Sono interessate solo al sesso e al denaro. Creature demoniache! Ricorda che devi combatterle, purificarle...»

«Che cosa ti stanno dicendo Joseph? Vogliono che io me ne vada?» la dottoressa Bianchi era rimasta in piedi, di fronte a lui. Era così vicina che riusciva a sentirne il profumo, un delicato aroma floreale che evocava prati verdi e soli tristi. Rimase per alcuni istanti immobile, mentre il reverendo continuava la predica e Lucy rispondeva con insulti e improperi indirizzati agli uomini, alla chiesa e ai preti.

«Sì, vogliono che lei se ne vada» era stanco. Gli sembrava di avere dei macigni sulle spalle e ogni momento che passava si sentiva sempre più debole.

«E perché? Sto forse facendo qualcosa di male?»

«Certo che sta facendo qualcosa di male! Diglielo alla strega che noi siamo parte di te. Che non puoi fare a meno di noi! Siamo la tua forza!» Lucy si era di nuovo avvicinata al suo orecchio, sussurrando rabbiosamente, quasi per non farsi udire dal predicatore che aveva ripreso l'insopportabile ticchettio.

«Non dare ascolto alle donne, ragazzo. Sono creature del demonio! Questa poi, una donna istruita, quale sacrilegio! Ti vuole confondere, indebolire, per poi rinchiuderti nuovamente!» il reverendo si era avvicinato e gli parlava nell'altro orecchio, dalla parte opposta di Lucy.

«No, ma loro… loro hanno paura di lei» ogni parola gli costava uno sforzo immane. Era così stanco.

«Stupido, io non ho paura di nessuno! Io sono la tua forza, idiota» Lucy sbuffava, ma si ritrasse di qualche passo.

Il reverendo invece rimase dov'era.

«Ragazzo, ti ricordi quando abbiamo purificato quella ragazza nel vicolo, a Roma? Ricordi come brillava nel fulgore divino del fuoco? Non vorresti purificare anche questa dottoressa? Lei è infida, non può aiutarti. Devi essere tu a intervenire prima che lei versi il suo liquido mieloso nelle tue orecchie. Liberala ragazzo, liberala»

Joseph alzò lo sguardo. La dottoressa era sempre di fronte a lui. Lo osservava in silenzio. Il sorriso era scomparso, sostituito da un'espressione assorta.

«Bene Joseph. Chi è l'uomo?»

«Non dirglielo! Lei ci vuole separare! Non permetterglielo, Non permetterglielo!»

Inspirò prima di rispondere. Una profonda boccata d'aria che sembrò restituirgli un minimo di lucidità.

«Lui è il reverendo»

«Il reverendo…» la dottoressa Bianchi si passò la lingua sulle labbra «e il reverendo non ha un nome?»

«Sì, lui non ha un nome, è solo uno svitato che lo aiuta a ripulire i suoi casini» Joseph sentì Lucy ridacchiare. Il reverendo si voltò a guardarla sibilando come un serpente, i denti che battevano con sempre maggiore frequenza.

«No...lui è ... è il reverendo»

«Capisco. E lui è un tuo amico, non è vero?»

«Sì, credo di sì»

«Credo, credo figliolo? Io ti ho sempre aiutato! Che cosa saresti diventato se io non ti avessi mostrato la via? Se non ti avessi fatto vedere quanto era sbagliato il tuo atteggiamento verso le donne?»

«Sei solo un vecchio bacchettone. Jos si divertiva un sacco prima che arrivassi tu. Eravamo una bella coppia» Lucy continuava a fumare soffiando il vapore in lente volute verso il soffitto.

«Sesso promiscuo, sodomia, era solo un peccatore prima che io arrivassi a salvarlo! Ora è un uomo» il reverendo mostrò i denti ringhiando.

«Ascoltami Joseph, il reverendo ti ha aiutato anche l'ultima volta, quando ti hanno preso a quella festa?»

«Non dirglielo! Non dirglielo! Ti vuole ingannare!»

«Sì, lui era con me»

«Ma se è un tuo amico, Joseph, come mai ti ha fatto rinchiudere? Un amico non ti lascia nei guai e se ne va»

«Maledetta sgualdrina! Figlia del peccato, tu brucerai tra le fiamme dell'inferno! Non dargli ascolto ragazzo...»

«Ma...ma lui mi ha sempre aiutato... mi ha difeso... lui...»

«Lui ti ha fatto finire in galera Joseph, ti ha fatto fare cose che non avresti mai fatto. E ti ha abbandonato nel momento del bisogno»

«Non è vero. Io ti ho sempre aiutato Joseph. Sempre! Dove saresti se io non ti fossi stato vicino?» Mentre ascoltava lo scambio di battute, Lucy ridacchiava. Il reverendo, invece, era trasfigurato: il viso congestionato, le vene del collo gonfie, la voce stridula.

«Lui ti ha fatto del male, Joseph. Lo devi mandare via. Lui non è tuo amico» la dottoressa Bianchi continuava a parlargli, calma e pacata.

«Sì, Joseph, fallo andare via. Non hai bisogno del vecchio bacchettone. Torneremo a essere solo io e te» Lucy era tornata a sussurrargli nell'orecchio. Il reverendo pareva essere sul punto di esplodere da un momento all'altro. Batteva i denti in modo frenetico e sembrava non essere più in grado di parlare in modo coerente. Dalle sue labbra uscivano solo balbettii incomprensibili e un rivolo di bava scendeva da un angolo della bocca, fino al mento ispido di barba.

La rabbia, scomparsa nel corso dei mesi trascorsi in prigione, tornò a crescergli dentro. Adesso vedeva tutto con chiarezza. Il reverendo l'aveva tradito. Lo aveva illuso. Non c'era mai stata nessuna missione. Aveva usato le sue debolezze e la sua insicurezza per i suoi scopi. Maledetto. Maledetto. Sentì la rabbia crescere e la stanchezza svanire. Si girò verso il reverendo, maledetto becchino travestito da amico, e chiuse gli occhi, concentrandosi sul ticchettio dei suoi denti. Un istante dopo il rumore scomparve. Joseph riaprì gli occhi. Il reverendo non c'era più. Scomparso. Si sentiva meglio, come se si fosse tolto un peso dal petto. Guardò la dottoressa, che annuì, e sorrise.

«Bravo Joseph, se n'è andato vero?»

«Sì»

Lucy sogghignava. Iniziò ad applaudire con enfasi. Poi lo abbracciò da dietro le spalle.

«Bravo, bravissimo Jos. Ora siamo di nuovo soli. Io e te. E ti prometto che ci divertiremo un sacco»

«Siamo a metà del lavoro Joseph. Parlami di Lucy. Anche lei è una tua amica?»

«Ci puoi scommettere che sono una sua amica, troia con il camice. Sono l'unica amica che ha. E non puoi farci niente» alzò il dito medio sventolandolo in direzione della dottoressa

«Io... si Lucy è mia amica»

«A te piacciono le donne, Joseph?»

«Certo che gli piacciono le donne, sciacquetta. Non è mica uno dei cazzi mosci che piacciono tanto a te» ringhiò Lucy.

«Sì» rispose Joseph

«E gli uomini? Sei mai stato attratto da un uomo?»

Joseph sentì Lucy che iniziava a imprecare. Scorrevano immagini in cui lui e Lucy si trovavano in mezzo a un mucchio di donne. No, c'erano anche degli uomini, tra loro. Deglutì con difficoltà mentre un sapore acido gli affiorava alle labbra.

«Allora Joseph, sei mai stato con un uomo?»

«Su non fare il santarellino Jos, digli quello che vuole sentirsi dire e andiamocene. Ho voglia di stare un po' da sola con te» Lucy lo baciò sulla guancia, leccandogli il lobo dell'orecchio con la punta della lingua «Io...io, sì. Sono stato con degli uomini» gli veniva da vomitare. Ora ricordava con chiarezza le orge e gli amplessi con Lucy e altri uomini. Rivedeva i loro volti, e sentiva i loro gemiti di piacere. Le mani che lo toccavano. Sentì la nausea aumentare di intensità.

«E ti è piaciuto Joseph? Ti piaceva avere rapporti sessuali con altri uomini?»

«Certo che gli piaceva, stronza pervertita. Io e Jos ci divertivamo un sacco, prima che arrivasse quel maledetto prete a romperci i coglioni. Su, diglielo Jos, quanto ci divertivamo insieme» Lucy gli soffiò una nuvola di fumo in faccia. Joseph iniziò a tossire. Sentì lo stomaco rovesciarsi, ma riuscì a trattenere il conato.

«No!» urlò ansimando «no…non mi è piaciuto»

«Ma che cazzo stai dicendo zuccherino? Certo che ti è piaciuto. Ti è sempre piaciuto» Lucy gli carezzò la guancia

«Allora perché l'hai fatto, Joseph?» la dottoressa Bianchi gli prese una mano tra le sue

«Ehi troia, non lo toccare! Lui è mio, mio hai capito?» Lucy allungò una mano in direzione della dottoressa, le lunghe unghie dipinte di rosa contratte in un artiglio, come a volerla ghermire.

«Io… io… non lo so»

La dottoressa annuì «Forse perché era Lucy che te lo faceva fare. Forse era a lei che piaceva. E ti imponeva di farlo, anche se tu non volevi»

«Ehi ma che cazzo stai dicendo? Io e lui ci siamo divertiti un sacco, e ora arrivi tu e provi a metterti tra di noi, strizzacervelli del cazzo? io..»

«Sì, era lei che me lo faceva fare. Io… io non volevo»

«Ma amore, cosa stai dicendo»

«Fallo Joseph, per il tuo bene» la dottoressa Bianchi gli strinse le mani tra le sue.

Joseph sentì di nuovo la rabbia risvegliarsi. Questa volta non chiuse gli occhi. Si girò verso Lucy e la osservò sogghignando

«Che cosa credi di fare tesoro?» ma adesso la sua voce sembrava un po' meno roca, un po' meno sicura.

«Sparisci, tesoro» ringhiò tra i denti. Lucy lasciò scivolare la sigaretta sul pavimento. Un attimo dopo Joseph si ritrovò a fissare il muro. Di Lucy non c'era più alcuna traccia. Se n'era andata. Svanita insieme alle parolacce, ai giochetti sessuali e alle sigarette puzzolenti. Per un attimo sentì una stretta allo stomaco.

Non li avrebbe più visti. Né Lucy, né il reverendo. Non sarebbero più stati al suo fianco. Non lo avrebbero più consigliato, e neppure aiutato. Gli sarebbero mancati?

«Ora sei libero, Joseph» la dottoressa Bianchi gli strinse di nuovo le mani tra le sue «Ora ci sono io e andrà tutto bene»

Joseph guardò la donna di fronte a sé e sorrise debolmente «Sì, andrà tutto bene»

«Tu ti fidi di me, Joseph?»

«Sì, dottoressa, mi fido di lei»

La donna sorrise, soddisfatta «D'ora in poi puoi chiamarmi Marta»

Non fece in tempo a rispondere, che la porta della stanza si aprì. Marta scivolò accanto mettendosi al suo fianco. Mentre Joseph si voltava a guardare chi fosse entrato, gli sussurrò all'orecchio «Lascia che sia io a parlare. Per trattare con un dottore ci vuole un altro dottore»

«Ciao Joseph come va oggi? Mi dispiace per il ritardo ma sono stata trattenuta. C'è stato…» sembrò che la donna non trovasse le parole «c'è stato un brutto incidente che ha coinvolto il tuo vicino di cella» la donna assunse un'espressione triste

"Bob" pensò Joseph.

«Gli hai mostrato la via, vero caro?» gli sussurrò Marta all'orecchio

Annuì.

«Purtroppo Bob si è tolto la vita» la dottoressa assunse un'espressione addolorata, le labbra leggermente increspate.

Joseph si mise comodo e lasciò che fosse Marta a dare voce al suo dolore per la perdita dell'amico. Così come la lasciò rispondere a tutte le altre domande della dottoressa Scricciolo.

Sentiva che il giorno del suo trasferimento era vicino. In fondo ci vuole un dottore per trattare alla pari con un dottore.

Invincible Armada

21 luglio 1588. Revenge, nave di Sir Francis Drake.

«Stanno arrivando» la voce del tenente, di solito forte e sicura, tradiva un leggero tremolio, dovuto alla tensione. Non si aspettavano che le navi spagnole arrivassero così presto in vista della costa.

Drake scrutava il mare con un'espressione indecifrabile sul volto. Il tenente attese in silenzio per alcuni istanti, poi, un moto improvviso di coraggio, lo spinse a domandare «Quali sono gli ordini?»

Drake si voltò lentamente e squadrò dall'alto in basso il suo sottoposto

«Rimaniamo dove siamo»

«Ma signore, mi scusi se mi permetto…» Non terminò la frase. Lo sguardo del comandante lo indusse a farfugliare sommessamente delle scuse. Con un cenno del capo si congedò da quell'uomo, così tranquillo e spietato nello stesso tempo.

Il capitano Drake continuò a osservare il mare per alcuni, lunghissimi minuti. Fosse stato lui a decidere, la battaglia sarebbe iniziata già da ore. Ma la regina aveva dato altri ordini. Il comando era stato affidato ad Howard anche se erano lui e Hawkins i comandanti con maggiore esperienza. Ma il tempo delle scorrerie era finito. E anche se il suo prestigio era ancora intatto, i fondi che la corona investiva per la flotta erano drasticamente diminuiti. Elisabetta era più attenta ai conti che agli uomini e agli equipaggiamenti.

Sir Francis Drake alzò gli occhi al cielo. Nuvoloni scuri si ammassavano nel cielo della manica. Un vento forte e teso, insolito per la stagione, soffiava dalla terra. "La regina sta mantenendo la sua parola" pensò. Ma non era contento di questo. Se le parole della sovrana corrispondevano al vero, lui non avrebbe fatto praticamente nulla per vincere la battaglia. E non era abituato a restare a guardare.

St. Martin de Portugal. Nave ammiraglia della flotta spagnola

«Signore, il vento contrario aumenta di intensità e non riusciamo a manovrare. Le navi inglesi ci saranno addosso in breve tempo»

Problemi, sempre problemi. Da quando gli era stato dato l'incarico di comandare l' "Invincibile Armada", non aveva avuto altro che problemi. Don Alonso Pérez de Guzman, duca di Medina Sidonia, aveva cercato di rifiutare decorosamente l'incarico che gli era stato affidato dal suo re, Filippo II. Non era un uomo di mare. Non sopportava il continuo beccheggiare del grande galeone neppure quando il tempo era buono. Il mal di mare lo torturava da quando erano salpati. Senza contare che, dopo pochi giorni di navigazione, erano incappati in una brutta tempesta che aveva costretto la flotta a riparare a La Coruna.

«Dio è con la Spagna» aveva detto il Papa alla vigilia della partenza. "Probabilmente è un po' distratto in questo periodo" pensò tra sé il Duca. Si rivolse al comandante della nave, il viso pallido e le mani che si tenevano la pancia dolorante «Dobbiamo riuscire a raggiungere il Farnese e a effettuare lo sbarco».

«Con questo vento è impossibile, signore. Dobbiamo manovrare per portarci in una zona dove gli inglesi non abbiano tutto questo vantaggio di vento».

«Va bene. Ma cerchi di…» non riuscì a finire la frase. Il vento si era alzato ancora, aumentando sensibilmente il beccheggiare della nave. Un nuovo attacco di nausea lo costrinse a girarsi verso la paratia. Il comandante non attese che si riprendesse e iniziò a impartire ordini agli uomini.

Buckingham Palace. Appartamenti privati della regina Elisabetta.

La regina Elisabetta camminava spedita nel corridoio seguita da due guardie. Il suono pesante e cadenzato degli stivali dei due uomini era attutito dallo spesso tappeto porpora che ricopriva interamente il pavimento. La regina aveva abbandonato il vestito regale e ora indossava un più comodo abito da passeggio verde, impreziosito da ricami d'oro. Arrivata di fronte a una piccola porta di legno si rivolse ai suoi due accompagnatori «Voi aspettatemi qui» Entrò. All'interno della stanza tre uomini e quattro donne alzarono gli occhi verso la sovrana. Erano seduti attorno a un tavolo di legno scuro e i loro volti erano debolmente illuminati da candele accese di fronte a ciascuno di essi. Lo spazio era angusto e, nonostante vi fosse ancora una sedia libera, Elisabetta preferì restare in piedi, osservando dall'alto in basso i suoi ospiti.
Nessuno dei presenti si era alzato al momento del suo ingresso nella stanza. Elisabetta non fece commenti. Aveva già avuto modo di osservare che quei sette individui non rispettavano nessuna regola di etichetta. Nonostante questo, non poté fare a meno di provare irritazione.

«Regina» uno degli uomini, vestito con una larga camicia di pizzo bianca, le rivolse un cenno con la testa. Aveva un pesante accento francese.

La regina posò lo sguardo su ognuno dei presenti «Allora riuscirete a concludere la battaglia in fretta?»

«Credo che abbiamo già fatto molto. Non è cosa facile controllare gli elementi» Una donna si ravvivò con la mano i lunghi capelli rossi.

«Mi avete promesso una vittoria. Esigo risultati immediati» Il tono gelido della sovrana era carico di minaccia.

«Ci sta forse minacciando, maestà? Eppure dovrebbe sapere che non siamo persone comuni» un uomo dai lunghi capelli bianchi accennò un sorriso.

«Ma voi, come tutti gli altri, avete una testa sul collo» Guardò a uno a uno tutti i presenti. Nessuno dei sette abbassò lo sguardo. Non sembravano per nulla turbati dal tono minaccioso. Questo la irritò ancora di più.

«Non deve preoccuparsi, regina. Porteremo a termine il nostro compito» L'uomo dai capelli bianchi afferrò una delle sfere di cristallo al centro del piccolo tavolo. La osservò. All' interno si scorgevano volti di uomini deformati da urla di puro terrore.

Elisabetta voltò le spalle ai sette individui e portò la mano sulla maniglia. Stava per girarla quando una voce la fermò.

«Non ci minacci regina. Noi abbiamo una testa, è vero. Ma anche lei è umana e quindi mortale. Dovrebbe sapere di cosa siamo capaci. La morte di Vera Cruz non è stata una dimostrazione sufficiente?»

Elisabetta uscì dalla stanza senza rispondere. Ricordava ancora il dispaccio del mese precedente con il quale le veniva comunicata l'improvvisa morte dello stratega della flotta spagnola. Un male orribile gli aveva consumato le viscere in un tempo brevissimo.

Mentre tornava verso le sue stanze, la regina d'Inghilterra sentì un brivido di paura scenderle lungo la schiena.

29 luglio 1588. San Martin de Portugal, nave ammiraglia della flotta Spagnola.

Il duca di Medina Sidonia non credeva alla sfortuna. Almeno fino all'inizio della spedizione. Ora che anche il tentativo di sbarco del Farnese era fallito, non ne era più così sicuro. Non chiedeva un aiuto al fato. Gli sarebbe bastato che la sorte non fosse completamente contro di lui.

Adesso che anche il cielo aveva aperto le sue porte, la situazione era ulteriormente precipitata. Un torrente d'acqua si stava riversando sulle navi spagnole. Dentro alla sua cabina, nel castello della nave, il duca ascoltava accigliato il ticchettio pesante della pioggia. La stanza era lussuosa. C'erano un tavolo di mogano e molti tappeti. Cuscini di piuma d'oca erano sparsi per tutta la stanza e nell'angolo un letto di ferro con lenzuola bianchissime. Ne avrebbe voluto uno a due piazze, più ampio e comodo, ma non era stato possibile farlo passare dalla porta e si era dovuto accontentare.

Il capitano entrò nella stanza senza bussare. Aveva il volto teso. Il duca di Medina Sidonia non nascose il disappunto. Anche se erano in mare e in condizioni poco favorevoli, non gradiva la mancanza di etichetta che il capitano aveva manifestato a più riprese.

«Non si vede niente, signore. La visibilità è scesa a meno di dieci metri. Non ho mai visto niente del genere»

«Quante navi abbiamo perso?»

«Non lo so signore, ma qualcuno sta usando i cannoni»

Il duca dimenticò l'irritazione per la mancanza di buone maniere del suo interlocutore.

«Come fanno a usare i cannoni se non vedono a cosa stanno sparando?»

Il capitano scosse la testa «Non credo che siano le nostre navi a sparare. Sono gli inglesi che ci stanno attaccando»

Il duca di Medina Sidonia ebbe un moto di stizza «Ma com'è possibile? Se noi non siamo in grado di vederli neppure loro possono vedere noi!» Il capitano rimase in silenzio, dando a intendere che non ne aveva la più pallida idea. Il duca sembrava sul punto di scoppiare in un pianto disperato. Dopo alcuni istanti riprese il controllo e fissò il capitano con occhi cerchiati dalla stanchezza.

«Che cosa dobbiamo fare?» il tono era rassegnato.

«Prendere il largo, signore. E fare rotta verso Nord, sperando che i venti siano favorevoli. Così dovremmo riuscire a sfuggire agli inglesi»

"E a tornare a casa" pensò.

«Faccia rotta verso Nord capitano» L'uomo uscì dalla cabina in fretta.

Il duca di Medina Sidonia si lasciò cadere sui morbidi cuscini disposti disordinatamente sul grande tappeto al centro della stanza. Nonostante la pioggia fittissima e incessante, la nave sembrava più stabile. O forse non aveva più attacchi di mal di mare perché il suo stomaco non aveva più nulla da trattenere.

Preso dalla rabbia afferrò un calice di cristallo. Voleva fracassarlo contro il muro. Fermò il braccio a mezz'aria. Era stanco. Stanco del mare. Stanco di quella spedizione che sembrava maledetta. Voleva solo tornare a casa.

Revenge, nave di Sir Francis Drake.

«Fuoco!» La voce di Sir Francis Drake risuonò forte e decisa sul ponte della nave. I cannoni spararono quasi all'unisono una salva di colpi. Stavano attaccando da ore le navi spagnole. La battaglia aveva ricordato a Drake quella combattuta dai greci più di mille anni prima contro i persiani di Serse. I galeoni spagnoli avevano un armamento spaventoso se confrontate alle numerose ma piccole navi sotto al suo comando. Anche i ventisette vascelli imperiali al comando di Howard non potevano competere con la stazza delle navi spagnole. Ma lo svantaggio delle dimensioni era compensato in agilità e facilità di manovra.

Ma soprattutto quella non era una battaglia normale.

La nave di fronte a quella di Drake si illuminò per un attimo. All'ammiraglio parve di scorgere l'albero maestro che si abbatteva sul ponte. Non poteva esserne sicuro, in ogni caso. La pioggia, fittissima, creava una specie di muro davanti alle navi inglesi, impedendo di scorgere chiaramente le navi nemiche. Ma la sagoma era facilmente riconoscibile e tanto bastava per avere un bersaglio. Durante una normale battaglia avrebbe esultato per il colpo appena messo a segno. Adesso, invece, si stava chiedendo come se la sarebbe cavata a parti invertite. Provò quasi un senso di solidarietà nei confronti dei capitani spagnoli che dovevano affrontare un nemico invisibile.

Si strinse nel cappotto caldo, rabbrividendo. Guardò il cielo. Il fenomeno atmosferico che aveva di fronte era qualcosa di totalmente inspiegabile. Il vento che lo aveva aiutato nella prima parte della battaglia era scomparso, sostituito da una pioggia incessante che si abbatteva in modo rettilineo con una forza spaventosa. Il muro d'acqua si arrestava però a poche decine di yard dalle navi inglesi. Osservare dall'esterno quella muraglia compatta lasciava senza fiato. Era come stare in piedi di fronte a una cascata. Una cascata enorme che si estendeva sino all'orizzonte.

La muraglia d'acqua accecava le navi spagnole che tentavano di rispondere ai colpi inglesi. Sparare alla cieca in mezzo al vortice d'acqua era come cercare di colpire un uovo a centinaia di yard di distanza. Le navi di Drake non avevano subito alcun danno fino a quel momento.

Normalmente Drake avrebbe esultato per quella che si profilava una grande vittoria. Avrebbe interpretato quei fenomeni atmosferici come un segno della benevolenza divina. Dopo il colloquio avuto con la regina non la pensava più così. Lei aveva dato ordini precisi. Aveva organizzato la battaglia. Drake aveva dovuto più volte mordersi il labbro per non replicare in modo sferzante. Aveva dovuto fare appello a tutto il suo autocontrollo per ricordare a sé stesso che aveva di fronte la massima autorità dell'Impero.

"Non si possono dare ordini a un capitano!" aveva urlato la sua mente in più di un'occasione, mentre la regina indicava sulla mappa come si sarebbe dovuto comportare quando gli spagnoli fossero arrivati in vista della costa. Elisabetta non era mai entrata nelle strategie militari. Si limitava a risparmiare sugli equipaggiamenti assicurandosi che non si spendesse troppo. Ma qualcosa era cambiato.

Fino a quella mattina, Drake credeva che solo l'abilità dei comandanti nell'interpretare la mutevolezza del mare e una dose di buona sorte determinassero la vittoria o la sconfitta. Ora non la pensava più così.

Buckingham Palace, appartamenti privati della regina Elisabetta.

I sette individui si accasciarono esausti sulle sedie di legno. Le fronti imperlate di sudore e le grandi borse sotto agli occhi segnavano lo sforzo a cui si erano sottoposti. La stanza era satura dei loro respiri ansanti. Restarono per alcuni minuti in silenzio. Dopo un tempo che sembrò interminabile, l'uomo con i capelli bianchi parlò con voce roca per la stanchezza.

«Maledetti stupidi! Non ne hanno uccisi abbastanza!»

La donna dai capelli rossi fece un gesto di stizza con la mano

«Per me sono più che sufficienti. Non potevamo fare di più. Anche noi abbiamo i nostri limiti. E gli uomini sono inefficienti, lo sai» I grandi occhi verdi risplendevano nella semi oscurità della piccola stanza come quelli di un gatto.

«Credo che questa volta abbia ragione lei, monsieur Le Blanche» L'uomo con la camicia a sbuffi, sottolineò le sue parole aprendo il palmo della mano. Nonostante la fatica continuava ad avere un lieve sorriso stampato sul volto.

«Sufficienti?» Il conte Le Blanche socchiuse gli occhi sino a quando non divennero due fessure «Guardate queste idioti, prima di parlare» afferrando alcune delle sfere di cristallo dal tavolo le lanciò verso i due interlocutori. Questi ne afferrarono una a testa. Erano vuote.

Prima che i due potessero ribattere qualcosa la maniglia della porta ruotò e la sagoma di Elisabetta si stagliò sulla soglia. Si era cambiata d'abito. Adesso indossava un vestito celeste ornato da pizzi sul collo e sulle maniche. Lunghe file di perle correvano per l'intero abito, disegnando complicati arabeschi. I tratti, di solito duri e impassibili, erano addolciti da un sorriso appena accennato. Come in precedenza, preferì restare in piedi, osservando i sette individui dall'alto.

«Bene signori, mi avete piacevolmente sorpreso. Mi è giunto ora un dispaccio che riporta la ritirata della flotta spagnola» il suo sorriso si allargò in modo quasi impercettibile. I sette individui rimasero in silenzio osservando la sovrana. Elisabetta alzò un sopracciglio con fare interrogativo.

«Noi purtroppo, regina, non siamo soddisfatti» L'uomo con i capelli bianchi parlò con tono grave. Il sorriso scomparve dal volto della regina in un attimo.

«Cosa significa che non siete soddisfatti? Avete portato a termine il vostro compito e io sono soddisfatta» calcò le ultime tre parole per sottolineare che se lei era soddisfatta anche loro dovevano esserlo.

L'uomo dai capelli bianchi si schiarì la voce «Come sa, noi non abbiamo voluto nessun pagamento, se non queste sfere di cristallo» con la mano indicò la cesta che le conteneva al centro del tavolo.

«Sono costate una fortuna, quelle sfere» Elisabetta sembrava offesa. I presenti non avevano bisogno di leggerle nel pensiero per capire che la sua paura era che le chiedessero del denaro, ora che tutto era finito.

Il giovane uomo con l'accento francese sorrise ancora più apertamente.

«Suvvia regina, lei sa benissimo che il valore della vittoria che le abbiamo regalato non è neppure lontanamente comparabile con quello di queste sfere»

«Che cosa volete?» Adesso il tono della sovrana era tornato gelido.

«Solo la possibilità di restare qui per qualche altro giorno» La donna dai capelli rossi guardò Elisabetta dritto negli occhi. La regina sembrò stupita da quella richiesta «Sì, potete restare qui tutto il tempo che volete. Ma perché?»

«Abbiamo un lavoro da terminare» l'uomo dai capelli bianchi pronunciò quella frase senza guardarla. Stava osservando i compagni intorno al tavolo. A Elisabetta sembrò per un attimo di cogliere un cenno di assenso da parte di ciascuno dei presenti.

2 Agosto 1588. San Martin de Portugal, nave ammiraglia della flotta spagnola.

Il duca di Medina Sidonia era uscito sul ponte di comando. Affacciato sul parapetto, osservava il mare. Alla fine erano riusciti a fare rotta verso nord e a sottrarsi al cannoneggiamento delle navi inglesi. Ma il prezzo che l'Invincible Armada aveva pagato era stato enorme. Aveva perso più di metà della flotta. Lo sbarco del Farnese era fallito. E forse, in tutto questo, quello che più lo rammaricava era che non ci sarebbero stati festeggiamenti al suo ritorno in patria. Niente cortei trionfali per lui e i suoi uomini.

Il capitano della nave lo affiancò distogliendolo dai suoi pensieri.

«Signore, le navi inglesi ci inseguono, ma non sembrano intenzionate ad attaccarci» l'uomo sembrava invecchiato di dieci anni nell'ultimo mese. E come biasimarlo? Nessuno si sarebbe mai potuto immaginare, alla vigilia della battaglia destinata a mettere in ginocchio l'Inghilterra, una tale disfatta.

«Bene. Cerchiamo di distanziarle. Non credo sia il caso di ingaggiare battaglia in questo momento»

«Agli ordini» Con un inchino ben eseguito si congedò dal suo superiore. Adesso che si erano finalmente allontanati dalla battaglia sembrava che il capitano avesse ricordato le buone maniere.

I marinai intorno a lui avevano le facce scavate dalla stanchezza. Ma erano i soldati i più provati dagli avvenimenti delle ultime settimane. Nessuna vittoria per loro. Con il morale sotto i piedi, si trascinavano dagli alloggiamenti fin sul ponte della nave, da dove osservavano con occhi febbricitanti il mare. Alcuni di loro stavano lucidando i moschetti, guardando in direzione dell'orizzonte. Un marinaio indicava verso nord accompagnando il gesto con rapide parole che il duca non riusciva ad afferrare a causa del vento e della distanza che lo separava dall'uomo. I soldati intanto, si affacciavano sul parapetto, osservando l'orizzonte nella direzione che il marinaio si ostinava a indicare. Un sergente passò davanti al drappello di uomini e con poche, taglienti parole, li richiamò all'ordine. Il marinaio e i soldati tornarono rapidamente alle proprie occupazioni.

Il duca di Medina Sidonia chiese al suo attendente un cannocchiale. Lo puntò verso la porzione di mare che aveva visto indicare dal marinaio. All'inizio non vide niente di particolare. Poi il mare e il cielo furono tutt'uno. Non si capiva dove finisse il primo e iniziasse l'altro. L'oscurità era davanti ai suoi occhi. I nuvoloni neri erano ancora molto lontani. Ma nelle loro condizioni l'ultima cosa che potevano sopportare era una nuova tempesta. Porse il cannocchiale all'uomo che gli stava di fianco senza neppure assicurarsi che lo afferrasse prima di lasciarlo cadere.

«Visto qualcosa di interessante signore?» Non sentì neppure la domanda e si avviò verso la sua cabina.

Revenge, nave di Sir Francis Drake.

«Continuiamo a seguirli» Il tono di voce di voce di Drake era pacato ma fermo.

«Ma la regina ha ordinato…» Il tenente sembrava contrariato dalla decisione del comandante.

«So cosa ha ordinato la regina. Ma comando io, qui. E se lo conosco un po', Howard farà esattamente come me»

Drake stava giocando con la fortuna ed era perfettamente conscio di questo. Ma, in fondo, sembrava che la regina avesse trovato il modo di controllare anche il fato. E, a quel punto, perché non sfruttarne tutti i vantaggi? Non era stato merito suo né di Howard né di Hawkins la vittoria schiacciante degli ultimi giorni. Erano stati la pioggia e il vento i veri vincitori. Alleati preziosi che avevano fatto tutto quello che si può chiedere a una buona stella. Ma Drake era un uomo di mare da troppo tempo per non rendersi conto della loro innaturalezza. Ciò che aveva visto non erano semplici fenomeni atmosferici.

«Ma…signore, non abbiamo più polvere da sparo! Se gli spagnoli decidessero di ingaggiare battaglia…»

Drake guardò il giovane ufficiale. Per un attimo un sorriso illuminò i suoi occhi stanchi.

«Lo so. Non ho detto di attaccarli. Solo di seguirli. Per quanto riguarda la polvere da sparo io non ho intenzione di dirgli che non ne abbiamo più e voi?» L'ufficiale lo guardò come se avesse ricevuto uno schiaffo. Salutò militarmente e fece dietrofront.

Elisabetta aveva risparmiato sugli equipaggiamenti, compresa la costosa polvere da sparo. Drake non sopportava la regina. Si era circondata di notabili, dimenticando che la potenza dell'Inghilterra era da sempre la sua flotta. E i suoi comandanti. Qualunque operazione che non portasse a un immediato e importante vantaggio economico era mal vista dalla sovrana. Drake avrebbe volentieri barattato uno degli sfarzosi abiti da cerimonia della regina. Era curioso di scoprire quante navi sarebbe stato capace di equipaggiare con la somma ricavata. Molte, era sicuro.

Dopo l'ultima settimana, però, la sua considerazione della regina era leggermente cambiata. Se era in grado di controllare gli elementi, cos'altro era in grado di fare? Avrebbe dato la paga di un anno per saperlo.

Scorgeva lontano le vele spiegate di un galeone spagnolo. Le navi nemiche stavano facendo rotta verso nord alla massima velocità possibile. Stavano scappando come inseguiti da segugi infernali. Come dargli torto? Anche lui e i suoi uomini erano rimasti a bocca aperta davanti all'incredibile cascata d'acqua. E si trovavano dalla parte giusta della barricata.

4 Agosto 1588. San Martin de Portugal, nave ammiraglia della flotta spagnola.

L'oscurità era calata all'improvviso. Nuvole nere cariche d'acqua si erano ammassate nel cielo a una velocità sorprendente, formando una coltre talmente compatta da oscurare il sole.

Le navi inglesi avevano interrotto il loro inseguimento.

Quando il vento calò di intensità iniziò a cadere la pioggia. Si dice che i marinai riescano a sentire la tempesta dal vento e dall'odore dell'aria. In quel momento il Duca, pur non essendo un marinaio, riusciva lo stesso a percepire la minaccia del cielo.

Dapprima lentamente, poi con maggiore forza, la pioggia si abbatté sul legno della nave. Fulmini simili a rami contorti illuminavano l'oscurità, seguiti dai rombi sordi dei tuoni che sembravano in grado di sbriciolare la nave con la sola forza del suono.

Il Duca di Medina Sidonia era tornato nel suo alloggio dopo aver osservato a lungo il cielo. Le lunghe settimane di mare lo avevano abituato al continuo e fastidioso rollio della nave. A patto che i pasti fossero leggeri, il suo stomaco riusciva a tollerare il cibo e la nausea era diventata quasi sopportabile.

Quando, due giorni prima, aveva visto le minacciose nuvole nere all'orizzonte, aveva mandato a chiamare il comandante. Questi lo aveva rassicurato «Non si preoccupi signore, il vento è favorevole. Ci allontaneremo in fretta dalla tempesta» Sembrava così sicuro di quello che stava dicendo che gli aveva creduto e si era rilassato. Il giorno successivo, in effetti, il sole era alto nel cielo e non c'era più traccia delle grandi nuvole cariche di pioggia. Ora però la tempesta era arrivata. Il sole era stato oscurato e nell'arco di pochissimo tempo era calato il crepuscolo.

Le onde avevano iniziato a ingrossarsi. La nave veniva squassata da sussulti sempre più violenti.

Il Duca di Medina Sidonia stava cercando di non ascoltare lo stomaco che si ribellava. Seduto sul letto, tentava di controllare il suo corpo, attraversato da brividi forti e continui.

Il capitano piombò nella sua cabina all'improvviso

«Signore, deve venire sul ponte. Gli uomini sono terrorizzati»

Deglutendo a fatica chiese «Che cosa sta succedendo?»

«È la tempesta signore. Io…io…» Il capitano era pallido. Il respiro accelerato. I lunghi capelli erano fradici di pioggia, così come il viso.

Si alzò a fatica dal letto, mentre uno scossone più violento degli altri faceva rotolare sul pavimento bottiglie e bicchieri di cristallo.

Quando uscì sul ponte, la prima cosa che notò furono due soldati che, appoggiati alla balaustra, stavano rigettando il pranzo. La scena in qualche modo lo rinfrancò. Per lo meno, non era l'unico a stare male. Adesso le onde erano muraglie d'acqua alte più di quattro metri. La pioggia cadeva in modo incessante. Il ponte della nave era continuamente spazzato da spruzzi d'acqua. Le vele erano state ammainate per evitare che gli alberi si spezzassero a causa del forte vento.

Il capitano, tenendosi a una cima, indicò qualcosa. Il Duca socchiuse gli occhi cercando di vedere oltre la fitta coltre di pioggia.

«Io non vedo niente» urlò per sovrastare l'ululato del vento.

«Là, guardi meglio!» Il capitano continuava a indicare ostinatamente un punto nel mare. Dopo un attimo di perplessità il Duca lo vide. O meglio, li vide. Decine di gorghi di alcuni metri di diametro che, tra un'onda e l'altra sembravano aumentare di dimensioni.

«Che cosa sono?»

«Non lo so. Che io sia dannato se lo so» il capitano sembrava spaventato a morte.

I fulmini illuminavano il cielo con una frequenza incredibile. Sembrava quasi di riuscire a percepire l'elettricità nell'aria. Non lontano da loro, un'imbarcazione più piccola era in difficoltà. Un fulmine aveva spezzato l'albero maestro. Il troncone di legno penzolava inerte, ancora attaccato in parte alla base del ponte. L'imbarcazione spariva tra un'onda e l'altra, fagocitata dal mare e la nave, oramai ingovernabile, si stava allontanando da loro. Sembrava una piuma in balia di un vento fortissimo.

Il Duca era affascinato dalla scena, ma ancora di più dalla tempesta. La potenza che il mare e il cielo stavano sprigionando in quel momento era qualcosa di imperioso. Sapeva che la sua vita e quella dei suoi uomini erano attaccate a un filo. Le dimensioni del vascello non garantivano di attraversare indenni una tempesta di quella portata. Se un'onda abbastanza forte li avesse ribaltati o un fulmine l'avesse colpita, sarebbe stata la fine. Ma in quel momento non aveva paura. Era di fronte a qualcosa di grandioso. La forza della natura nel pieno del suo potere.

«Signore guardi là» il capitano si era avvicinato per farsi udire al di sopra del fragore del vento. Alla prima nave alla deriva se ne era aggiunta un'altra. Gli sembrò di riconoscere la "Maddalena" ma non poteva esserne sicuro. Le due navi si stavano avvitando su sé stesse. Sembravano vicinissime ma forse era solo un effetto ottico generato dalla distanza. Giravano in spirali sempre più rapide. Era tutto così reale e drammatico. Gli uomini presenti sul ponte della San Martin de Portugal osservavano ipnotizzati la danza mortale delle due imbarcazioni. Un vortice immenso si andava allargando sotto alle due navi. In quel preciso istante accadde qualcosa di incredibile. Nel cielo, esattamente sopra al gorgo, era apparso un foro circolare, enorme. La luce del sole, non più coperta dallo spesso strato di nubi, si irradiò nella porzione di mare, illuminandola. L'intensità dell'esplosione luminosa fu tale che il Duca, insieme a tutti gli altri uomini presenti sul ponte, fu costretto a ripararsi gli occhi sollevando il braccio. Dopo pochi istanti, il foro si richiuse. Un urlo lacerante sovrastò il rumore del vento e della pioggia, che ora sembravano aver perso un po' della loro forza. Un uomo era accasciato sul ponte. Un gruppo di marinai lo stava soccorrendo. Ma era difficile riuscire a rimanere in piedi sulle assi di legno rese scivolose dall'acqua di mare e dalla pioggia. Inoltre, anche se il vortice era scomparso e la tempesta sembrava aver perso parte della sua violenza originaria, la nave continuava a ricevere gli scossoni delle onde che si infrangevano sulla prua.

Il Duca di Medina Sidonia osservava la scena attonito. L'urlo che aveva sentito era stato disumano. Si rivolse al capitano.

«Che cosa è successo a quell'uomo?»

Il capitano non rispose subito. Come inebetito, continuava a fissare il mare nel punto dove erano scomparse le due imbarcazioni. Poi si riscosse e guardò il Duca.

«Non lo so signore. Forse si è sentito male» Sembrò stringersi nelle spalle come a sottolineare che non era poi così importante.

«Voglio vedere cosa gli è successo» il Duca non si curava molto della vita dei suoi uomini. Ma l'urlo che era riuscito a superare la voce della tempesta gli aveva fatto accapponare la pelle e voleva vedere chi ne era responsabile.

I due uomini si avviarono verso il lato del ponte dove il marinaio era ancora accasciato. Una decina di uomini avevano creato un capannello attorno all'uomo nonostante le difficoltà a rimanere in piedi.

Quando arrivarono a ridosso del gruppetto, il capitano si rivolse a un giovane soldato «Che cosa è successo?» Questi non rispose e si trasse di lato imitato da altri due uomini. Quello che il Duca vide lo lasciò senza parole. Il marinaio era accasciato in un angolo. La bocca aperta in un urlo silenzioso. Le mani rattrappite come artigli pronti a ghermire un'invisibile preda. I suoi capelli erano bianchi, candidi come quelli di un vecchio. Ma il suo viso, anche se deformato dalla paura, era quello di un ragazzo, un giovane al di sotto dei vent'anni. Gli occhi erano vitrei e sbarrati, come se scrutassero un abisso indicibile da cui era impossibile sottrarsi.

Il duca si avvicinò al ragazzo e, vincendo il senso di repulsione, lo scosse per una spalla urlando «Che cosa ti è successo?» Il ragazzo rimase immobile. Il duca dovette ripetere la domanda più volte per ottenere una risposta che arrivò con un filo di voce «Ho visto…» poi iniziò a gridare «ho visto ho visto ho visto ho visto!» Il capitano interruppe il delirio del giovane con uno schiaffo «Che cosa hai visto?» Adesso il marinaio ondeggiava la testa avanti e indietro. Rimase in silenzio per alcuni istanti poi riprese a urlare «La luce. Ho guardato la luce la luce la luce. Mi feriva gli occhi ma ho guardato lo stesso. La luce era calda. E ho visto ho visto ho visto»

«Che cosa hai visto?» Adesso era il capitano a porre le domande. Il Duca era pietrificato. Aveva voglia di vomitare ma, nello stesso tempo, era affascinato dalle parole di quello che sembrava un oracolo e un pazzo nello stesso tempo.

Un altro schiaffo colpì il giovane in pieno viso «Che cosa hai visto?»

«Le anime…le loro anime… salivano veloci… verso la luce…sono morti sono tutti morti!» il corpo del ragazzo si accasciò sul ponte della nave scosso da brividi incontrollabili. Il duca di Medina Sidonia si ritrasse dagli altri uomini barcollando leggermente. Quel marinaio aveva chiaramente perso il senno. Adesso aveva paura che accadesse la stessa cosa a lui. Cercando di non scivolare si avviò verso la sua cabina. Aveva la sensazione che fosse tutto finito. La tempesta stava perdendo di intensità. Ma ciò che aveva visto quel giorno non lo avrebbe mai dimenticato. Il volto del ragazzo lo avrebbe ossessionato per il resto della sua vita.

20 Agosto 1588. St. Paul's Cathedral, cerimonia per la vittoria sull' Invincible Armada.

Per la cerimonia della vittoria, la regina aveva scelto la cattedrale di St. Paul. Drake arrivò con una carrozza ornata d'oro insieme a Howard. Era ancora infastidito dall'epilogo della battaglia. Come Howard, aveva dovuto pagare di tasca propria viveri e medicinali per evitare un ammutinamento. La folla si era accalcata di fronte alla chiesa. Mentre saliva verso l'ingresso della cattedrale avvertì gli occhi che si puntavano su di lui e su quello che, almeno ufficialmente, era stato il comandante della flotta. Howard sembrava a sua volta molto compiaciuto. Ma era difficile riuscire a capire cosa pensasse realmente. Hawkins li aspettava alla base della scalinata. I tre uomini entrarono seguendo la regina ad alcuni metri di distanza. Percorsero la navata centrale facendo risuonare il pavimento al suono dei loro stivali. La chiesa era gremita. Ufficiali, notabili, soldati erano assiepati sulle panche o lungo i muri della cattedrale. Mano a mano che si avvicinavano ai posti loro assegnati, a fianco della regina, le persone sedute salivano di grado e di importanza.

Quando fu in vista del suo posto, Drake notò una figura. Si volse a guardare nella sua direzione. Un uomo lo stava fissando con insistenza. Era vestito completamente di nero. Lunghi capelli bianchi gli scendevano sulle spalle. Gli occhi sembravano bianchi ma forse era solo uno scherzo della luce. Accanto a lui notò John Dee, un protetto della regina Elisabetta. Un uomo dalla fama sinistra. Un cialtrone che si vantava di avere poteri magici. Notò altri sei individui, tutti vestiti di nero, vicino ai primi due. Tra questi spiccava una bella donna dai capelli rossi.

L'uomo dai lunghi capelli bianchi abbozzò un inchino nella sua direzione. Sir Francis Drake sentì un brivido scendergli lungo la schiena. Si affrettò a distogliere lo sguardo e a raggiungere il suo posto. La cerimonia stava per iniziare.

Una giornata di riposo

Come ogni mattina Ian si alzò alle sette in punto. Non aveva bisogno della sveglia e neppure dell'orologio. Quando apriva le palpebre sapeva già che erano le sette.

Si vestì con calma. Scelse una camicia grigia e una giacca nera. Scese al piano di sotto e si preparò un caffè con uova e pane bianco. Si dice che la colazione sia il pasto più importante della giornata ma, come sempre, doveva sforzarsi di reprimere un vago senso di nausea. Mangiò comunque, ne aveva bisogno.

Sistemò la pistola nella presa del portuale dopo aver accuratamente controllato che fosse carica.

Prese il cappotto e uscì.

Fuori faceva freddo. Il fiato si condensava in piccole nuvole di vapore. La Mercedes SLK era parcheggiata nel piazzale davanti a casa. Quando girò la chiave, l'automobile si accese con un rumore sordo. Adorava guidare di prima mattina, quando le strade sono deserte e l'unico suono è il rombo del motore. Doveva recarsi fuori città. A quell'ora, di domenica, c'era poco traffico. Impiegò tre quarti d'ora per arrivare a destinazione.

Era una grande casa colonica con l'edera che si arrampicava su buona parte della facciata.

Si guardò intorno. La casa era isolata. L'edificio più vicino, una villa, si trovava sull'altro lato della strada, in fondo a un vialetto d'accesso.

Quando suonò il campanello gli rispose una voce bassa e gentile.

«Chi è?»

«Buongiorno signora Bertini. Mi dispiace disturbarla così presto. Mi chiamo Lorenzi. Sono il giornalista che l'ha chiamata la settimana scorsa. Ricorda, per l'intervista?»

«Oh sì, signor Lorenzi. Le apro subito»

Il cancello si aprì con un rumore metallico. Subito dopo, anche la porta di casa si aprì e una signora con i capelli bianchi, sulla settantina, si affacciò sulla soglia. Aveva un'espressione gentile.

Indossava un vestito nero molto semplice che le scendeva sino alle caviglie.

Percorso il breve vialetto, Ian le porse la mano che la donna strinse calorosamente.

«È molto freddo fuori. Venga dentro»

«Mi scuso ancora per l'ora. E anche per essere venuto di domenica. Ho molti impegni in questo periodo, ma ci tenevo a scrivere l'articolo su di lei questa settimana. Per la verità è quasi pronto. Manca solo l'intervista»

«Oh, non si preoccupi. Alla mia età non si dorme più molto»

La casa era grande e accogliente. Mobili in legno, parquet lucido e un aroma di rose che permeava l'ambiente. La donna lo accompagnò in salotto.

«Posso offrirle qualcosa? Caffè, tè?»

«Se non è troppo disturbo prenderei volentieri una tazza di caffè»

«Nessun disturbo. L'ho preparato proprio ora. È ancora caldo»

Dopo pochi minuti, la signora portò un vassoio con due tazze fumanti.

«Latte, zucchero?»

«Solo un po' di zucchero, grazie»

Dopo aver sorseggiato il liquido caldo, Ian appoggiò la tazzina.

«Bene signora Bertini, possiamo iniziare l'intervista»

Estrasse un registratore dalla tasca della giacca e lo appoggiò sul tavolo, urtando una delle tazzine che rotolò sul tappeto. Alcune gocce di caffè vennero subito assorbite dal tessuto.

«Che imbranato che sono. Non so come scusarmi»

Si chinò e raccolse la tazzina.

«Non si preoccupi. Non è niente. Prendo uno straccio per il tappeto»

La signora Bertini andò in cucina.

Non si accorse che Ian si era alzato pochi istanti dopo di lei. E non si accorse neppure che si era fermato alle sue spalle.

Le applicò il respiratore di plastica sulla bocca premendo la bomboletta. La donna si irrigidì per un attimo, sbarrò gli occhi e si afflosciò tra le sue braccia. L'etere aveva fatto effetto.

Quando aprì gli occhi, la signora Bertini non ricordava di essersi addormentata. Avvertiva solo un dolore pulsante alla testa, che martellava basso e costante.

La prima cosa che realizzò era che non poteva muoversi. Era legata a una sedia, in salotto. Mani e piedi erano stretti con del nastro adesivo. Altro adesivo premeva sulla bocca.

C'era un uomo di fronte a lei. Era in piedi e la stava osservando.

Il giornalista. I pensieri iniziarono a schiarirsi. Sicuramente non era un giornalista. Un rapinatore. O forse un violentatore.

No, mio Dio, no. Cercò di parlare, ma riuscì solo a emettere una serie di mugugni inarticolati.

Il giovane che aveva davanti non sorrideva più. Adesso il volto era impassibile e gli occhi scuri la fissavano gelidamente.

Passarono alcuni minuti. Ma non poteva sapere quanto tempo fosse trascorso. Il vecchio orologio a pendolo era dietro di lei. Non poteva vederlo e non ce n'erano altri in quella stanza e l'uomo continuava a fissarla.

Cosa voleva da lei? Era un pazzo?

A un certo punto, l'uomo si mosse. Aveva estratto un oggetto dalla tasca. Non riuscì a vedere di cosa si trattava, perché l'uomo l'aveva nascosto nel pugno. Il secondo oggetto invece lo riconobbe subito: era una siringa. Poi aprì il palmo della mano e le mostrò una fialetta, che conteneva un liquido trasparente.

L'uomo si avvicinò lentamente. Appoggiò la siringa sul tavolino. Le strinse un laccio emostatico intorno al braccio.

Quando le fece l'iniezione, la signora Bertini non avvertì neppure il pizzico dell'ago.

Quanti anni poteva avere quel giovane uomo? Ventotto, trenta? forse qualcuno di più. Con ogni probabilità aveva l'età di suo nipote. Ma non lo era. E la stava uccidendo. Quella certezza si era impadronita di lei. "Perché? Dio mio salvami. Non merito di finire così".

La paura era così forte e così pura che sembrava palpabile. La immaginava come un grosso ragno peloso che saliva lungo le gambe mentre lei era immobile. La paura l'aveva accompagnata fin da bambina. Di notte si svegliava urlando, con il respiro affannato e lo sguardo terrorizzato di chi è sicuro di avere qualcosa di peloso accanto a sé, sul cuscino, oppure sulla pancia. Rimaneva immobile, sperando così che l'essere se ne sarebbe andato. Ma non se ne andò.

Mentre spingeva lo stantuffo della siringa Ian osservò l'anziana signora.

Il terrore era riflesso negli occhi. La paura è un sentimento potente. Non c'è niente di più forte della paura vera, atavica, che ti fa temere per la tua vita, e ti fa provare l'adrenalina.

«Le ho iniettato un composto. Si chiama atropina. Le provocherà un infarto»

Guardò le pupille della donna che si dilatavano. Sembravano gli occhi di un gatto che si adattano ai cambiamenti di luce.

«Lei morirà, signora Bertini. Ma non subito. Ci vorrà un po' di tempo prima che arrivi la fine. E soffrirà. Molto. Il dolore salirà lentamente, come un'onda. E la sommergerà. Allora invocherà la morte come una liberazione»

Gli occhi della donna si erano riempiti di lacrime.

Ian riusciva a scorgere nel profondo una domanda inespressa. La domanda che si fanno tutte le persone che stanno per morire. Perché? Ma non stava a lui dare spiegazioni. Se la signora ne voleva, avrebbe dovuto guardarsi dentro, nell'anima. Le avrebbe trovate lì.

Salì al piano di sopra e aprì alcuni cassetti. Trovò il portafogli della donna sopra il comodino della camera da letto e alcuni gioielli nel doppiofondo, piuttosto ben fatto, della specchiera. Fece un po' di disordine. Poteva bastare.

Gli avevano chiesto un lavoro pulito. Un infarto a causa di un'effrazione, era plausibile. L'atropina non avrebbe lasciato tracce.

Quando scese al piano di sotto, gettò un'ultima occhiata alla signora Bertini. Adesso la testa era scossa da un movimento continuo, un tremito violento che presto si sarebbe esteso al resto del corpo.

Bene, pensò Ian. Il dolore è arrivato. Avrebbe impiegato ancora mezz'ora, forse di più, a morire.

Bene.

Aprì la porta e uscì.

Lungo la strada gettò portafogli e gioielli in un cassonetto.

Non era un ladro. Si accertò che finisse tutto in profondità, dentro a uno scatolone già per metà pieno. Per sicurezza gettò sopra altra spazzatura.

Un professionista non trascura mai i dettagli.

Quando risalì in macchina, prese un foglietto dalla tasca interna del cappotto. Cancellò il nome della signora Bertini. Lesse il nome successivo.

Accese la macchina e si diresse verso il centro di Milano.

Mentre usciva di casa il signor Sarchielli pensava a tutte le commissioni che la moglie gli aveva affidato. Elenco della spesa, lavanderia, regalo per i bambini, erano tutti scritti in ordinato stampatello sul post-it giallo.

"Vuole essere sicura che non dica che non riuscivo a leggere". Sorrise. Aveva già usato quella scusa almeno un paio di volte in passato. La calligrafia di sua moglie era incomprensibile. Scrivere male doveva essere una prerogativa dei medici.

Si infilò il foglietto in tasca. Tante commissioni da sbrigare. "Come se non avessi già un sacco di cose a cui pensare. Prima di tutto recuperare la macchina" Per un attimo valutò la possibilità di andare a piedi. Il traffico di Milano è un vortice che ti avvolge, ti stritola e quando pensi di essere arrivato a destinazione, si forma una nuova coda davanti a te, come un enorme serpente pronto a ingoiarti. Ed era tutto amplificato dall'imminente festività natalizia.

Scartò l'ipotesi di camminare. Il centro commerciale era troppo lontano.

Quando imboccò l'ingresso del garage, non si accorse dell'uomo vestito di nero che lo stava seguendo già da alcuni minuti.

Ian seguì il signor Sarchielli dentro al parcheggio. Due uomini stavano discutendo animatamente vicino a una vecchia Clio. Uno dei due accusava l'altro di avergli ammaccato l'auto, un vecchio modello con la vernice della carrozzeria scrostata in più punti.

L'uomo che stava seguendo camminava di buon passo al primo piano del garage.

Secondo le informazioni, il signor Sarchielli aveva un box con apertura automatica di sua proprietà.

E infatti, quando l'uomo era ancora a qualche metro di distanza, la saracinesca iniziò ad alzarsi.

Adesso Ian era a pochi metri dalla preda.

«Signor Sarchielli?»

«Sì?» L'uomo si voltò di scatto.

«Chi è lei?»

«Mi manda il commendator Bianchi. Dovrei scambiare due parole con lei»

Il signor Sarchielli lo scrutò con attenzione.

«Non conosco nessun commendator Bianchi. E non mi piace chi mi piomba alle spalle. Se ne vada o chiamo la polizia»

Si guardò intorno, probabilmente nella speranza di scorgere qualche passante. In lontananza, le voci dei due automobilisti si erano alzate. Con ogni probabilità presto sarebbero venuti alle mani.

In un attimo, Ian estrasse la pistola dalla presa del portuale, sotto la giacca. Sorridendo, la puntò verso il signor Sarchielli.

«Entri dentro il box, veloce»

L'uomo sembrava completamente paralizzato. Gli occhi inchiodati sulla semiautomatica munita di silenziatore.

«Ora conterò fino a tre e poi, se non sarà entrato, la ucciderò»

Scandì le parole lentamente, ma con decisione. Anche se era una minaccia, suonò come una semplice constatazione.

L'uomo entrò nel garage, senza mai staccare gli occhi dalla pistola.

Ian lo seguì rapidamente all'interno. La luce del box si accese automaticamente.

«Adesso chiudi e lanciami il telecomando»

L'uomo obbedì. Sembrava che si stesse riprendendo dallo shock iniziale. Deglutiva a fatica, ma non fissava più la pistola. Adesso guardava Ian e lanciava rapide occhiate alle pareti della stanza, probabilmente alla ricerca di qualcosa con cui difendersi o chiamare aiuto.

«Non faccia niente di stupido. Non urli. Faccia quello che le dico e forse ne uscirà vivo»

Voleva fargli capire che non era necessario che morisse. Ma neppure che restasse in vita. Era una balla. Ma avrebbe dato al signor Sarchielli una speranza. Falsa, certo. Ma era pur sempre una speranza. Aveva imparato che le persone vi si attaccano come un pesce all'amo. Sanno che non è la verità ma non possono fare a meno di abboccare. In fondo, qualcosa è sempre meglio di niente. Anche se quel qualcosa è, molto spesso, solo un miraggio lontano.

«Si metta questo respiratore davanti alla bocca e prema la bomboletta»

L'uomo prese la bomboletta di narcotico con la mano che tremava.

«Stia tranquillo, non la avvelenerò» aggiunse Ian.

«La prego non mi faccia del male. Ho due bambine piccole e...»

«Respiri» La voce di Ian era di ghiaccio.

Il signor Sarchielli appoggiò il respiratore sulla bocca. Aveva iniziato a piangere. Le lacrime scendevano sulle guance e si fermavano sulla mascherina di plastica, come gocce di pioggia sul parabrezza.

Dopo pochi istanti tutto divenne nero e si accasciò al suolo.

Quando si risvegliò, il signor Sarchielli non riuscì a realizzare dove si trovasse. La testa pulsava. Il dolore impediva di pensare lucidamente.

C'era una luce tenue. Riconobbe l'interno della sua auto. L'odore forte ma piacevole dei sedili in pelle. Si rese conto che non poteva muoversi. Del nastro adesivo legava strettamente polsi e caviglie. Aveva anche la cintura di sicurezza allacciata.

Lo straccio conficcato in gola gli provocava un profondo senso di nausea. Guardò fuori dal finestrino.

L'uomo lo osservava con occhi scuri, inespressivi.

"Cosa voleva da lui? Che cosa gli avrebbe fatto?".

Cercò di suonare il clacson con la testa. Quando la fronte urtò contro lo sterzo, non accadde niente.

Continuò a sbattere la testa sempre più forte, ignorando le fitte di dolore che lo colpivano come stilettate improvvise.

"Perché non suoni maledetto? Perché?".

Dopo quella che sembrò un'eternità, il suo aguzzino aprì lo sportello dell'auto. Stringeva qualcosa in mano.

Con movimenti lenti e precisi, Ian vuotò l'intero contenuto della tanica di benzina sull'uomo e sulla macchina. Ne lasciò solo una minima quantità che usò per tracciare un piccolo rigagnolo fino all'apertura del box. Poi gettò la tanica, oramai vuota, in un angolo.

Tornò a osservare la sua vittima. Il signor Sarchielli si contorceva, cercando di liberarsi dalla cintura di sicurezza. Aveva gli occhi iniettati di sangue, irritati dai vapori del carburante. Aveva compreso che stava per morire.

Di solito, la prima reazione alla notizia di avere un tumore alla fase terminale è la rabbia, perché il tempo, che già è biologicamente contato, viene ridotto ancora di più. Una settimana, un mese, un anno. Non è importante quanto ma il fatto che sia finito. Non c'è più incertezza. Non c'è più speranza. Solo rabbia per qualcosa che ti è stato portato via. E quella stessa rabbia ti consuma ancora più velocemente.

Una volta, Ian era stato ingaggiato da un signore affetto da leucemia allo stato terminale. Lo aveva assoldato perché lo uccidesse. Lui non aveva più la forza per togliersi la vita e i suoi familiari continuavano a ignorare le richieste di eutanasia. Per Ian era stato un lavoro come un altro. La morte è morte. Ma mentre praticava l'iniezione letale, aveva guardato quell'uomo e aveva intravisto qualcosa di straordinario. Gratitudine e paura. Per un attimo aveva tentennato, stringendo la siringa. Poi l'uomo gli aveva sorriso. E lui aveva finito il lavoro.

Non capiva perché gli fosse tornato in mente quel vecchio episodio. Non c'entrava nulla con la situazione attuale.

La sua mente era organizzata a compartimenti stagni. Non pensava mai al passato. Non poteva. La coscienza, per lui, era qualcosa di astratto e lontanissimo.

Richiuse quella saracinesca che era la sua mente e tornò a concentrarsi sul signor Sarchielli.

Tentava inutilmente di suonare il clacson con la fronte. Ian l'aveva staccato, ovviamente.

Restò per alcuni minuti a guardare quella caricatura d'uomo che cercava con tutte le forze una via d'uscita.

La sofferenza non lo eccitava come accadeva, invece, a tanti serial-killer. Era tranquillo. Mentre faceva il suo lavoro, provava un senso di pace e appagamento che normalmente non riusciva a sentire. Era come ascoltare un brano di musica classica.

Lui era l'artista che componeva l'opera, un pezzo alla volta, un particolare dopo l'altro. I colori erano, in quel caso, la sofferenza degli altri. Il finale, la morte.

Guardò l'orologio. Le 15:55. Bene, doveva andare.

Si accese una sigaretta con un cerino. Poi prese il telecomando e alzò la saracinesca.

Uscito fuori, gettò il cerino sulla benzina che aveva lasciato per terra, fino all'ingresso del box.

Le fiamme impiegarono un attimo a raggiungere l'abitacolo. Guardò la danza del fuoco e i movimenti scomposti della figura seduta al posto di guida.

Richiuse la saracinesca e si infilò il telecomando in tasca.

Si incamminò verso l'uscita.

I due della Clio erano scomparsi.

Respirò lunghe boccate dalla sigaretta. Poi la spense. Fumare uccide. Sorrise tra sé.

La giornata non era finita. Aveva ancora un nome sulla lista.

Padre Ferretti terminò la predica in anticipo rispetto al solito.

Alla messa serale c'erano solo poche e anziane signore.

Per un attimo, desiderò tornare alla sua vecchia parrocchia in centro. La domenica c'erano almeno un centinaio di fedeli. E, durante la settimana, la chiesa era sempre frequentata.

In quella sonnolenta cittadina di campagna, invece, neanche le persone anziane sembravano molto interessate a pregare. Non lo sorprendeva affatto. Erano quasi tutti comunisti e molti uomini erano stati partigiani e non avevano una buona opinione dei preti.

Nelle sue omelie aveva accennato alla fede come fatto spirituale, un elemento dell'anima che non ha niente a che fare con la politica. Parole al vento.

Mentre impartiva la benedizione finale, chiese mentalmente perdono al Signore. Non doveva desiderare di tornare alla vecchia parrocchia. Era un peccato di superbia desiderare un pubblico più vasto per i propri sermoni. In fondo, non era importante il numero dei fedeli ma la passione nel trasmettere il messaggio di Dio.

Quando le ultime fedeli lasciarono la chiesa, padre Ferretti si ritrovò solo.

Stava riponendo i paramenti dietro l'altare quando sentì un rumore alle spalle. Si voltò di scatto. Nessuno. Sulla soglia della sagrestia, udì di nuovo il rumore. Gli era sembrato un colpo di tosse. Questa volta era sicuro di averlo sentito.

«C'è qualcuno?»

«Buonasera padre» Un uomo giovane, sulla trentina, uscì dal confessionale.

«Chi è lei?»

«Mi chiamo Marco. Sono passato di fronte a questa graziosa chiesa e ho pensato di fermarmi. Per la verità, vorrei confessarmi, se non le dispiace»

«Ma certo che non mi dispiace, figliolo. La casa di Dio, come si dice, è sempre aperta. Anche se fuori sono esposti degli orari piuttosto rigidi» Rise della battuta «E poi è bello vedere una faccia nuova, una volta tanto»

Toltosi i paramenti, Padre Ferretti si accomodò al posto del confessore.

«In nomine pater et filius et spiritus sancti. Da quanto tempo non ti confessi?»

«Da tanto tempo, padre»

«Dimmi i tuoi peccati»

La grata del confessionale smorzava la voce del ragazzo. Era bassa. Quasi un bisbiglio.

«Padre mi perdoni perché ho peccato»

«Sono qui per ascoltarti»

«Qualunque cosa le dica rimarrà tra noi? Lei è vincolato al segreto della confessione, vero?»

«Si. Tutto quello che mi dirai resterà tra noi» Lo disse comprensivo, quasi paterno. Aveva sempre considerato i preti, e quindi anche sé stesso, come dei veri e propri vasi di pandora. Ciascuno, nella sua vita, aveva ascoltato migliaia di confessioni. Peccati veniali, ma anche fatti osceni e atti scandalosi. A volte provenivano da persone insospettabili. Tutti hanno degli scheletri nell'armadio. Il confessionale è il luogo dove lo scheletro viene mostrato e il prete è l'unico testimone, muto e silenzioso.

Nel corso della sua vita aveva raccolto numerose confessioni di tradimenti coniugali, soprattutto di mariti infedeli. Ma anche le mogli tradivano. Nella stessa misura. No, forse gli uomini erano più portati a tradire.

Avrebbe scommesso che il giovane aveva da confessare proprio un tradimento. Probabilmente si vergognava di parlarne con il suo parroco. A volte è più facile sfogarsi con uno sconosciuto.

Tutto si sarebbe aspettato, padre Ferretti, tranne che di sentire la confessione di un assassino.

Quando Ian iniziò a parlare non aveva ancora deciso se inventarsi una storia di infedeltà, magari omosessuale. Oppure piccole mancanze di rispetto nei confronti della madre vecchia e malata.

Poi pensò che, in fondo, stando alla morale cattolica, era destinato all'inferno già da molti anni. Perché fingere che ciò che aveva fatto non avrebbe sorpreso chiunque, persino il più scafato dei confessori?

«Padre, io sono un assassino»

Seguì un silenzio pesante. Dai piccoli fori della grata del confessionale sentiva Padre Ferretti respirare con affanno, come se gli mancasse l'aria.

Dopo alcuni attimi, il prete sembrò riprendere il controllo.

«Figliolo, questo non è il posto dove scherzare»

«Ma io non sto scherzando» Ian parlava sottovoce, lentamente.

«È.. È stata una disgrazia? Hai investito qualcuno?»

«No, padre. Stamani ho ucciso una donna con un'iniezione letale. Ha sofferto molto. E ha meritato ogni attimo della sofferenza che le ho inflitto»

«Ma cosa stai dicendo? Non puoi parlare così!»

«Perché?»

«Come perché? Tu… tu mi stai confessando di aver ucciso una donna, di averla fatta soffrire.. come se mi stessi confessando di … di non essere andato a messa»

Padre Ferretti era scioccato. Una parte di lui sperava ancora che fosse tutto uno scherzo di cattivo gusto. Sapeva di preti che avevano raccolto le confessioni di assassini. Veri o presunti. Ma le aveva sempre considerate leggende. Improbabili e inverosimili.

«Beh, dipende sempre dai punti di vista. La chiesa è molto precisa nella definizione di peccato. E condivide l'immagine Dantesca delle punizioni. Ma io non la vedo così. Io faccio il mio lavoro. E lo faccio bene. Uccido persone e vengo pagato per questo. Anche se gli omicidi di oggi non sono lavoro. È piacere»

Padre Ferretti si sentì mancare. Aveva davanti un folle, un pazzo che voleva spaventarlo? Oppure era davvero un assassino?

Cosa doveva fare? Chiamare aiuto, i carabinieri? Ma quel ragazzo, Dio mi perdoni, pensò, si stava confessando e lui era tenuto al vincolo della segretezza.

Ma aveva detto "gli omicidi". Quindi non ne aveva compiuto uno solo.

«Hai … hai detto gli omicidi?»

«Sì. Ho ucciso anche un uomo. L'ho bruciato vivo dentro alla sua auto. E anche lui l'ha meritato» era sempre calmo e pacato. La situazione sembrava così irreale che padre Ferretti si aspettava da un momento all'altro di risvegliarsi da un brutto sogno. Aprire gli occhi e scorgere il soffitto della sua camera.

Ma non si svegliò.

«Ti stai confessando con me ma…non sembri pentito di ciò che hai fatto»

«E infatti non lo sono»

«Io posso solo consigliarti di costituirti alle autorità e di pagare per le tue colpe. Non posso assolverti. La vita è il dono più prezioso che ci ha fatto nostro Signore. Solo lui può disporne. E senza pentimento non può esserci perdono dei peccati»

«Io non lo credo, padre. Io dispongo della vita delle mie vittime. Qualcuno un giorno disporrà della mia. Sarà una pallottola, un coltello o una malattia. Non ha importanza. Solo la morte è certa. Siamo tutti cacciatori e prede. Di solito, non infliggo dolore alle mie vittime. Non c'è nulla di personale. Ma quegli uomini meritavano la sofferenza perché anche loro ne hanno inflitta»

«Che cosa avevano fatto?» Padre Ferretti si stupì della domanda. Niente può giustificare un omicidio. Ma la curiosità di comprendere era troppo forte e le parole erano venute spontanee.

Ian iniziò a raccontare.

«La vecchia signora Bertini sembrava così amabile. Era stata insignita per ben tre anni di seguito del premio "cittadina dell'anno per meriti sociali" Organizzava mostre, cene di beneficenza, raccolte di indumenti e generi alimentari. Aveva fondato anche tre asili e due scuole materne. Una vera filantropa. Un'anima pia che si dedicava ai bambini e ai poveri»

Ian fece una pausa. Padre Ferretti non lo interruppe. Era completamente preso dal racconto.

«Non sono in molti a sapere che pagava migliaia di euro per avere bambini da accudire. Li comprava nei campi rom della periferia milanese. Prometteva ai genitori che li avrebbe dati in affidamento in Germania a famiglie benestanti che volevano un figlio. In realtà, li rivendeva a un trafficante d'organi in Sud America. Il traffico era ben collaudato. Credo che abbia fruttato tra i cinquanta e i sessantamila euro a bambino. Parte dei soldi li reinvestiva nel sociale. Come ho detto, era una vera filantropa»

Padre Ferretti era inorridito. Non tanto per la storia della vittima. Aveva letto alcuni articoli su quella vecchia signora e sul suo impegno a favore dei meno fortunati.

Ciò che lo inquietava e che lo scuoteva nel profondo, era il tono del suo interlocutore. Basso, profondo, controllato. Avvertiva un accenno di disprezzo nella voce dell'uomo? Forse lo stava solo immaginando. In realtà non c'era nulla. Nessuna emozione. Niente. Parlava dell'omicidio come un meteorologo descrive le previsioni del tempo.

«Il signor Sarchielli, quello che ho bruciato nella sua macchina, era un uomo felice. Invidiato da tutti perché aveva una vita perfetta. Una bella moglie. Un buon lavoro come assicuratore, e due bellissime bambine. Un quadretto all'apparenza senza ombre. Una di quelle persone baciate dalla fortuna; che hanno vinto la lotteria senza aver neppure comprato il biglietto.

In realtà era un usuraio. Uno strozzino. Sfruttava la sua posizione di assicuratore per avere informazioni sulla situazione finanziaria delle famiglie in difficoltà. Tassi mensili dal cinquanta al trecento per cento. Un discreto guadagno, non crede? Chi non poteva pagare veniva prima minacciato, poi pestato. Quasi mai ucciso. Altrimenti chi avrebbe saldato il debito? Se non otteneva ciò che riteneva suo, se la prendeva con mogli e figli. Aveva messo su un bel giro. Lui era al vertice di una piramide. Non si sporcava mai le mani. I tipi come il signor Sarchielli non agiscono in prima persona. Sono quelli che tirano le fila dietro le quinte e muovono gli altri come marionette sul palcoscenico. Tutti noi indossiamo una maschera, padre Ferretti. Ci nascondiamo dietro le felici apparenze degli album di foto di famiglia. Ma, sotto la superficie di benessere e perbenismo, c'è il marcio che infetta tutti. Copriamo il nostro fetore con un profumo più intenso. Quello della quotidianità. Chiudiamo i nostri scheletri dentro l'armadio e nascondiamo il nostro vero io sotto al tappeto, nella speranza che a nessuno venga mai in mente di sollevarlo.

Il signor Sarchielli aveva fatto violentare delle donne. Le mogli o le compagne di debitori insolventi. Posso risparmiarle i particolari sui bambini. Oppure le piacerebbe sentirli, Padre Ferretti?»

L'ultima cosa che il prete sentì, prima di svenire, fu un odore pungente e il sibilo dello spray che passava attraverso la grata del confessionale.

Al risveglio, si ritrovò dentro la vasca da bagno. La testa era pesante. Gli occorsero alcuni minuti per rendersi conto della situazione. Era stordito.

Aveva i polsi e le caviglie legati strettamente con il nastro adesivo.

«Finalmente si è svegliato, padre» La voce lo fece tornare immediatamente in sé. Quell'uomo non era andato da lui per confessarsi, ma per ucciderlo.

Aveva messo una sedia davanti alla vasca e lo stava guardando con attenzione. Gli occhi neri e profondi. Nessuna emozione. Sembrava una maschera di cera.

«Ti prego, non farmi del male. Sono un prete»

Ian avrebbe voluto scrivere un libro sulle frasi "celebri" di un uomo in punto di morte. Quella di padre Ferretti era sicuramente nelle prime posizioni, se non addirittura al primo posto.

«No, tu non sei un prete. Sei un verme. Devo raccontare la tua storia oppure vuoi dirmi tu perché sono qui?»

«Io.. io non capisco. Di cosa stai parlando?»

«Facciamo un passo alla volta. Perché le hanno tolto la sua vecchia parrocchia?»

«Che cosa c'entra? Cosa vuole da me?»

«Lei ama i bambini, padre Ferretti. Ma non come un padre. Lei è un pedofilo. Ha molestato dei ragazzi. Quando sono iniziate a girare strane voci sul suo conto, per evitare lo scandalo, il vescovo l'ha inviata, o sarebbe meglio dire esiliata, in questa piccola parrocchia di campagna».

Il viso di Padre Ferretti era una maschera di incredulità e orrore.

Come faceva a sapere quelle cose? Non aveva mai confessato ad anima viva la particolare predilezione per i bambini. Neppure in confessione. E non aveva ricevuto denunce. No. Quell'uomo stava mentendo. Non sapeva nulla. Non poteva sapere. Così come non poteva capire. Il sublime piacere del contatto con quei piccoli corpi lisci. La purezza dei loro volti. L'innocenza di sorrisi così freschi e perfetti. L'incapacità di trattenersi. La vergogna immediatamente dopo l'amplesso. La coscienza che non dà tregua. Sai che stai sbagliando, ma non riesci a trattenerti. Non puoi.

No. Non poteva spiegarglielo. Non poteva capire. Nessuno poteva capire. Era come cercare di descrivere una sinfonia a un sordo.

«L'ho sorpresa? È sconcertante quando qualcuno conosce cose che spesso neghiamo anche a noi stessi, non è vero? Si sta domandando come faccio a sapere tutte queste cose?

La soddisferò.

Quando le ho detto che uccido per denaro, era la verità. Ma dicevo la verità anche quando le ho detto che alcune persone le uccido per piacere. Lei è una di quelle.

Voi siete i mostri moderni. Senza zanne e senza corna. Solo sorrisi e facce pulite. Maschere impeccabili e lavori rispettati. Voi siete i veri mostri»

«Non puoi giudicarmi! Io ho peccato, è vero. Ho sbagliato e chiesto mille volte perdono al Signore per ciò che ho fatto. Ma solo lui potrà giudicarmi, assassino! Tu, che uccidi per denaro, con quale coraggio vieni qui? Ora sono cambiato e sto espiando i miei peccati. Ogni giorno. Vivere, per me, è più doloroso di qualunque altra cosa!»

Ian sorrise.

«Non sono stato io a giudicarla padre Ferretti» Fece una pausa.

Il prete stava piangendo.

«Ci sono persone importanti che fanno parte di una commissione. Una loggia, se preferisce. Accanto e sopra la legge. Sono politici, giudici, medici ma anche alti prelati e vescovi. Conosco pochi nomi. Ma quelli che so la farebbero impallidire.

Queste persone sono potenti. Vogliono ripulire la società da elementi come lei, o come la signora Bertini o il signor Sarchielli. O, forse, vogliono ripulire la propria coscienza. Non sono dei santi. Per arrivare dove sono adesso hanno dovuto chiudere un occhio su principi etici e morali. Ma sono così influenti che la legge non li può toccare.

O forse vogliono giocare a fare Dio, ed esercitare il potere di disporre della vita e della morte»

Fissò il prete negli occhi. Era inebetito. Aveva smesso di piangere anche se era scosso dai singulti. Non era sicuro che stesse ascoltando tutto quello che stava dicendo. Non gli importava.

«A me non interessa perché fanno quello che fanno. Perché scelgono alcune persone e non altre. Sento che quello che sto facendo è giusto. Il resto non è importante»

Quando aprì la valigetta e ne estrasse il contenuto, padre Ferretti perse i sensi.

Lo fece rinvenire con uno schiaffo. Gli aveva chiuso la bocca con il nastro adesivo. Anche se la chiesa era isolata, non voleva che urlasse richiamando l'attenzione Non aveva neppure una perpetua. Visto le sue inclinazioni sessuali, non ne era sorpreso.

Quando svitò il tappo della bottiglia, l'odore dell'acido cloridrico lo investì con forza, anche se aveva indossato una mascherina che copriva bocca e naso.

Aprì la finestra del bagno per far circolare l'aria.

Padre Ferretti stava mugolando. Si era rannicchiato in fondo alla vasca e tremava in modo incontrollabile. Per un attimo, Ian si chiese se stesse pregando.

Accantonò il pensiero. Se esisteva un Dio, e aveva dei dubbi, non sarebbe certo bastata una preghiera per cancellare una vita come quella del prete.

Quando versò l'acido sulla gamba, l'afrore di carne bruciata penetrò la maschera. Lente volute di fumo si alzavano dalla pelle sfrigolante che si consumava rapidamente.

Respirò con la bocca.

Padre Ferretti si contorceva in modo disumano.

Venne il turno dell'altra gamba.

Probabilmente il prete era già morto per lo shock. Dopo pochi minuti, era un busto senza vita. Le gambe erano ridotte a due moncherini sanguinolenti.

Finì il lavoro sciogliendo il resto del corpo.
Osservò la poltiglia rossiccia che era stata padre Ferretti mentre veniva risucchiata nello scarico della vasca.

Ripose le bottiglie di acido dentro la valigetta. Avrebbero insabbiato l'inchiesta, così gli era stato detto. Così come avevano fatto tante volte in passato. In ogni caso, era meglio non lasciare tracce. Se qualcosa fosse andato storto, sapeva fin troppo bene che sarebbe stato lui il capro espiatorio.

Uscì dalla chiesa. Aveva lasciato l'auto in uno spiazzo coperto dagli alberi, a qualche centinaio di metri dalla chiesa.

Si accese una sigaretta e aspirò una lunga boccata.

"Il fumo uccide" pensò. Sorrise.

La giornata di riposo era finita.

La Banca

Marzo 2020

L'uomo si affacciò alla finestra. Scostò una ciocca di capelli dalla fronte sudata. Era spossato. Il respiro pesante e affaticato.

Nessuno.

Forse era al sicuro.

Per il momento. Tra quanto tempo sarebbero venuti a prenderlo? Un'ora, un giorno, una settimana? Non aveva importanza. Presto o tardi sarebbero arrivati.

Tempo. A volte scorre così lento che sembra non passare mai. Al lavoro, ad esempio, oppure quando attendi il momento di rivedere la persona amata.

Altre volte è così maledettamente rapido. Quando sei in vacanza, oppure quando devi rispettare una scadenza. O quando aspetti la morte.

Le luci dei lampioni illuminavano la strada. Qualche auto di passaggio. Tutto tranquillo. Anche troppo.

Uscì dalla porta dell'appartamento. Osservò il soffitto del pianerottolo. La lampadina era in alto, oltre la sua portata. Tornò all'interno e prese una sedia. Svitò lentamente la lampadina. Si tolse la giacca e la ruppe al suo interno. Sparse i vetri sul pavimento, retrocedendo verso la porta.

Chi l'ha detto che il cinema non insegna niente? Aveva visto Tom Cruise fare quell'operazione in Mission Impossible. Se fosse arrivato qualcuno avrebbe sentito il rumore dei vetri calpestati. O almeno sperava che sarebbe andata così.

Aveva bisogno di dormire. Era stanco. Troppo stanco.

L'adrenalina continuava a tenerlo sveglio.

Aprì il frigo. Vuoto. Solo una bottiglia di birra, dimenticata lì molto tempo prima. L'aprì. Si sedette. Sorseggiò il liquido ambrato. Una corona è più buona con il limone.

Sorrise. Riusciva a essere pignolo anche in quella situazione. Buon segno. Significava che era sé stesso.

Osservò di nuovo dalla finestra. Il traffico era diminuito. Tornò a sedersi. Distese le gambe nella sedia davanti a lui. Un altro sorso di birra. Di dormire neanche a parlarne.

Doveva pensare. Gli ultimi dieci anni erano stati un lampo nel buio. Un attimo di felicità passato troppo in fretta.

Doveva ricordare. Ma da dove cominciare? La banca? No, prima ancora. Quando aveva una vita. La sua vita.

Continuò a bere mentre i ricordi fluivano.

Gennaio 2009

Il movimento dei fianchi di Caterina era la cosa più sexy che Dan avesse mai visto. Con lei era sempre la prima volta. L'aveva scopata centinaia di volte. In tutti i modi e le posizioni possibili. Eppure riusciva ancora a sorprenderlo ed eccitarlo come nessun'altra.

Quando, ansimanti e sudati, si abbracciarono e Caterina gli sussurrò all'orecchio "Ti amo", Dan si sentì sulla vetta del mondo.

Fumò una sigaretta aspirando lente boccate, la schiena appoggiata alla spalliera del letto. Una sigaretta dopo il sesso ha un sapore dolce.

Caterina era distesa. Le lunghe gambe affusolate piegate in modo seducente. Le braccia strette intorno al cuscino.

«Allora sei sicuro di quello che fai?»

«Certo amore, sei preoccupata?» Spense la sigaretta nel piccolo posacenere di vetro. Aveva preso la sua decisione. Si sarebbe licenziato dalla ditta di promoter finanziari dove lavorava ormai da dieci anni.

«No, non sono preoccupata. È che hai un buon lavoro e iniziare un'attività in proprio comporta sempre qualche rischio. Tutto qui»

Era preoccupata, eccome. Non c'era bisogno di uno psicologo per capirlo.

Aveva già studiato tutto. Con la liquidazione avrebbe rilevato due capannoni, vicino al porto. Voleva creare una piccola ditta di import/export. Aveva il capitale iniziale e le capacità per gestirla.

Sospirò.

«Amore, te l'ho ripetuto fino alla nausea. Mi hanno offerto un'ottima liquidazione. Potrebbe essere la svolta della mia vita. Della nostra vita»

Caterina lo guardò intensamente.

«E va bene Dan Sobiesky, tanto, quando hai preso una decisione, non esiste persona al mondo in grado di farti cambiare idea! Sei veramente un testone» Sebbene si sforzasse di apparire calma, non riuscì a celare la lieve increspatura delle labbra. La preoccupazione, però, si sciolse quando la baciò.

«Ti amo Cate» Le mani di lui cercarono i seni di lei.

Ricominciarono a fare l'amore.

Quando, molto tempo dopo, Dan rientrò a casa, trovò sua moglie Jane che lo aspettava in veranda.

«Hai fatto di nuovo tardi». La voce tradiva la stanchezza. Lui faceva sempre tardi. Ormai si sorprendeva soltanto quando arrivava puntuale.

«Scusa ma dovevo finire di sistemare le ultime cose. Avvisare i clienti, firmare le scartoffie. Vedrai che avrò più tempo quando aprirò la nuova attività» Era una bugia. E lei lo sapeva. Ci sarebbero state tantissime cose da fare, soprattutto i primi tempi. Sarebbe tornato tardi lo stesso. Forse ancora più di adesso.

Ma Dan sapeva essere convincente quando mentiva. Ormai conviveva da anni con le balle raccontate a Jane. Aveva stretto un patto con la sua coscienza. Lui non la disturbava mai se lei evitava di imporgli improvvise crisi. Un sodalizio che durava da molto tempo e che aveva dato ottimi risultati.

Dan era sempre padrone di sé stesso e delle sue azioni. Aveva una bella moglie, un'amante affascinante e una bambina meravigliosa. Senza il tarlo dei sensi di colpa. Il perfetto uomo moderno.

«La cena è fredda»

«Non ti preoccupare. Ho mangiato un panino con i colleghi. La piccola è già a dormire?»

«No, è davanti alla tv. Ha voluto aspettare che tu tornassi per la buonanotte»

Rientrarono insieme.

Kathy era distesa sul tappeto davanti alla tv.

Quando lo vide comparire dietro al divano, gli corse incontro gettandogli le braccia al collo.

«Papà!»

La strinse forte.

«Non è un po' tardi per una bambina di sei anni?»

«Non ho sonno. E poi la mamma ha detto che potevo aspettarti»

Dan le accarezzò i riccioli biondi e la baciò sulla fronte.

«Vieni, ora però andiamo a dormire. Va bene, principessa?»

«Sì. Però mi racconti una storia prima?»

«Certo, piccolina»

Jane li osservava da dietro il divano.

Kathy si addormentò a metà della storia.

Era una bambina a cui non piaceva una fiaba in particolare. Per lei erano tutte belle. Bastava che a leggerle fosse il suo papà.

Riccioli d'oro, Pollicino, Pinocchio. Ascoltava incantata, lasciando la scelta della lettura al padre.

Dan era un buon narratore e, al primo sbadiglio della bimba, abbassava il tono della voce. Al secondo sbadiglio rallentava la velocità di lettura. Quando le palpebre della piccola si facevano pesanti, rallentava ancora, fino a sussurrare. Continuava a leggere piano, per alcuni minuti, anche quando gli occhi di sua figlia erano ormai chiusi e il suo respiro leggero e regolare.

Poi si alzava e la baciava sulla fronte, accarezzandole la pelle liscia, togliendole i riccioli ribelli che le ricadevano sul viso.

Jane lo aspettava a letto. Si pettinava i capelli, cercando di sciogliere i nodi.

Quando Dan entrò nella stanza non disse nulla. Il viso teso in una smorfia di dolore mentre passava il pettine. Rimase in silenzio, a pettinarsi i capelli con vigore, mentre il marito andava in bagno a lavarsi i denti e poi si infilava il pigiama.

«Su, dimmi, cosa c'è che non va?»

Aveva cercato di usare un tono di voce neutro, ma si accorse di essere stato brusco solo dopo aver pronunciato l'ultima parola. Era stanco di dare spiegazioni sulla sua scelta. Prima i colleghi. Poi Caterina. Infine Jane.

Sua moglie ripose la spazzola nella specchiera.

«Niente»

«Come niente?»

«Niente»

Jane continuava a dargli le spalle evitando di guardarlo.

«Maledizione! Perché fai sempre così? quando c'è un problema ti volti dall'altra parte e parli a monosillabi»

«Secondo te cosa c'è che non va? Non passi più di mezz'ora al giorno con tua figlia, quando va bene. Lasci il lavoro imbarcandoti in un'impresa senza nemmeno chiedermi cosa ne penso. È abbastanza oppure vuoi anche che ti dica da quanto tempo non mi scopi, caro?»

«Io lavoro come un matto per darti una vita degna di questo nome e l'unica cosa che sai fare è rinfacciare? Lo sai che ti dico: vaffanculo!»

«Ah sì? Beh vacci te affanculo! Io non voglio un marito che se ne frega della sua famiglia»

Dan era stato colpito nell'orgoglio. Odiava litigare. La coscienza stava iniziando a dare qualche segnale di risveglio.

«Io ti amo. E amo nostra figlia come niente altro al mondo. Sai che farei qualunque cosa per voi»

«L'unica cosa che ti interessa veramente è fare il salto di qualità. Fare i soldi, quelli veri. A me va benissimo così come siamo. Mi piacerebbe solo che tu fossi un po' più presente, tutto qui»

La conversazione stava diventando meno spigolosa. Jane non aveva più il tono rabbioso di qualche attimo prima.

«Mi dispiace. Non voglio litigare con te. Non ti ho detto prima del mio progetto perché avevo paura che non mi avresti appoggiato. È importante per me. Tu sei importante per me».

«Io… io ho solo paura per noi» Adesso Jane aveva gli occhi pieni di lacrime.

L'abbracciò. Rimasero avvinghiati nel buio, mentre lui la cullava e le accarezzava i capelli fino a quando lei non si addormentò.

Dan rimase sveglio a osservare il soffitto.

La mattina seguente si alzò di buon'ora. Aveva dormito poco e male.

Era il suo ultimo giorno di lavoro.

Mentre salutava la segretaria all'ingresso dell'edificio dove era entrato tutte le mattine per dieci anni, si voltò a guardare per l'ultima volta la targa "Faulkner&Co" che campeggiava in rilievo a grandi lettere dorate.

È strano come i progetti cambino con il tempo.

Agli inizi, quando lavorare alla Faulkner era il massimo a cui aspirare, si era ripromesso che il suo nome sarebbe apparso accanto a quello del suo capo.

E, con passione e diligenza, aveva iniziato a scalare i gradini. Era arrivato a occupare un buon posto. Sulla soglia dei trent'anni, era uno dei più promettenti vicedirettori.

Ma, ben presto, aveva compreso che non sarebbe mai arrivato in cima. Troppi culi da leccare, troppi compromessi da fare.

«O nasci figlio di qualcuno, oppure calpesti tutto ciò che ti circonda. Queste sono le due sole cose che ti permettono di arrivare. Insieme a una buona dose di fortuna» gli aveva detto una volta Mirko, un suo collega.

Lui non la pensava così, non all'inizio almeno. Credeva fermamente nella meritocrazia, nell'impegno, nella passione.

Ma si era accorto che non bastavano. Aveva visto passare avanti raccomandati, leccaculo e donne in carriera che la davano a destra e a manca. Non accettava più di far parte di un sistema che premia i mediocri, chi si vende in ogni modo, mentre punisce i migliori, quelli che sanno fare il loro lavoro. Quando la sua immagine del mondo era crollata, aveva iniziato a vedere le cose da un altro punto di vista. Aveva smesso di farsi illusioni sul futuro. Adesso il suo obiettivo era cambiato. Voleva qualcosa di suo. Voleva diventare padrone di sé stesso.

Il primo passo era stata Caterina. Era la sua segretaria già da un anno ma lui non le aveva mai rivolto una parola al di fuori del lavoro.

Una sera l'aveva trovata in un bar vicino all'ufficio. Avevano chiacchierato e scherzato. Si era sorpreso di quanto le persone sono molto più interessanti fuori dall'orario di lavoro.

L'aveva riaccompagnata a casa. Avevano scopato per ore.

Da quel momento era iniziata una relazione stabile. Nessuna promessa. Lui aveva la sua famiglia, lei la sua vita privata. Però stavano spesso insieme. Erano felici e rilassati. Un tipo di rapporto che andava bene a entrambi.

Osservando la targa sulla porta pensò "Finalmente ho finito".

Fare il broker gli aveva comunque dato delle soddisfazioni. Era benestante. Si era realizzato. Soprattutto i primi anni, quando ancora credeva nel suo lavoro e aveva tanti sogni per la testa.

Poi, con la crisi della borsa, si era accorto di non essere altro che un venditore. Bravo, ma pur sempre un venditore. Fregava la gente. Spingeva i suoi clienti, in particolare quelli piccoli, a fare investimenti a rischio. Investimenti fatti nell'esclusivo interesse della "Faulkner&Co.". Le telefonate dei padri di famiglia che lo insultavano, che piangevano e lo pregavano di riavere indietro i loro soldi, non lo scalfivano: aveva indossato un'armatura e aveva rovinato un sacco di gente.

Poi, un giorno, si era accorto che ne aveva abbastanza.

L'uomo è come un elastico. Si può tendere, senza rompersi.

Ma tutti hanno il loro punto di rottura.

Lui aveva raggiunto il suo.

Raggiunse l'ufficio. Quando aprì la porta venne accolto da un applauso.

I colleghi avevano organizzato una piccola festa d'addio. Alcuni palloncini colorati volavano vicino al soffitto, un festone di carta vicino alla parete recitava "Arrivederci Dan".

Indossò l'espressione sorpresa di chi è stato piacevolmente colpito e sfoderò il suo miglior sorriso. Quello che aveva tanto successo con le donne.

In realtà sapeva della festa già da settimane.

Caterina lo aveva informato con largo anticipo.

Non amava le sorprese.

Strinse le mani dei colleghi con automatica efficienza.

Caterina lo seguiva con lo sguardo.

Gianluca, il direttore, lo stava aspettando.

Lo abbracciò e lo invitò a entrare nel suo ufficio.

Si sedette sulla comoda poltrona di pelle. Aveva sempre invidiato quelle poltrone. La pelle nera e lucida era calda d'inverno e fresca d'estate, ti avvolgeva ma nello stesso tempo non vi sprofondavi dentro. Il paragone con la sua piccola sedia girevole era improponibile. Così come lo spazioso ufficio non aveva nulla a che vedere con il suo loculo, più grande di quello dei comuni impiegati ma comunque aperto sulla testa, senza alcuna privacy.

Scalare la vetta comportava vantaggi: erano i dettagli a fare la differenza.

«Allora sei sicuro di lasciarci?»

Gianluca era un uomo sulla cinquantina. Capelli brizzolati, pettinati all'indietro. Il completo scuro sempre impeccabile. Il sorriso gentile e rassicurante del venditore consumato.

«Sì. Ho preso la mia decisione. Ti voglio ringraziare. Anzi, vi devo ringraziare. Ho passato dieci anni bellissimi»

Quante cazzate. Era stato bene, come uno squalo dentro un acquario con tanti altri squali. Alcuni più piccoli. Altri più grandi.

«Ma adesso hai deciso di andare via»

Non sembrava dispiaciuto. Prendeva atto della cosa. Era una di quelle persone che sembrano pensare sempre a voce alta. Era il suo modo di fare.

«Anche le cose belle arrivano alla fine» Dan sorrise.

«Ho sentito dire che vuoi aprire un'attività tutta tua, è vero?»

Come corrono veloci le notizie.

Se in un ufficio fai una confidenza a un collega, puoi stare sicuro che il giorno successivo ne parleranno tutti. Nei bagni. Davanti al distributore del caffè. Le conversazioni si interrompono bruscamente quando spunti dietro di loro e si accorgono della tua presenza.

Se ti confidi dicendo che è un segreto e di non parlarne a nessuno, passeranno due giorni, forse tre prima che tutti lo vengano a sapere.

Se hai veramente fiducia nel tuo interlocutore, se puoi mettere la mano sul fuoco per lui, allora forse passerà una settimana prima che l'intero ufficio ne parli.

Ma è inevitabile.

Non c'è niente di più eccitante che raccontare qualcosa che ti è stato chiesto di non dire. È un buon modo per avere un nuovo argomento di conversazione.

Le persone amano confidare i segreti, le cose private degli altri.

Il cuore di un uomo non è uno scrigno. È un secchio pieno di buchi. Non appena versi dentro l'acqua, esce dai fori.

Dan sapeva che era stata Caterina a raccontare del progetto della nuova ditta. Anche se lui era il suo amante.

A lui andava bene così. Meglio che confessare la loro relazione.

E poi Caterina lo aveva avvertito della festa a sorpresa.

«Sì, ho deciso di aprire un'attività tutta mia»

«Beh, magari tra qualche anno la tua società verrà quotata in borsa e noi ci ritroveremo a vendere le tue azioni» Sorrise. Non era sincero. Era stata una frase gentile ma Dan lo conosceva bene.

Aveva perduto un dipendente valido. Non era indispensabile, certo, ma sapeva gestire bene la sua squadra ed era un buon venditore. Aveva un discreto giro di affari che ora sarebbe passato a qualcun altro. Ci sarebbe stata una promozione. Oppure sarebbe stato assunto uno nuovo. Ma assumere e formare un novellino avrebbe richiesto molto tempo. Prendere, invece, un broker affermato, molto costoso.

Per cui pensava che il reale significato delle parole del suo capo, anzi ex capo ormai, suonasse più come "Vai mettiti in proprio. Tanto tra un anno fallirai e tornerai qui a chiedermi di riassumerti. Magari alla metà del tuo vecchio stipendio".

O forse era lui che se lo immaginava così. Gli ultimi anni là dentro lo avevano reso cinico.

Sbrigò le ultime formalità. Gli accordi di riservatezza e la liquidazione pattuita.

Firmando delle semplici carte stava chiudendo una parte della sua vita.

Strinse di nuovo la mano a Gianluca.

Rimase ancora una mezz'ora a bere champagne scadente in un bicchiere di plastica e a fare una conversazione brillante.

Poi gli ultimi saluti di rito. Ancora molte mani da stringere, pacche sulle spalle. Ricambiò gli auguri e gli in bocca al lupo, più o meno sinceri, dei suoi colleghi.

Prima di uscire, gettò un ultimo sguardo alla sua scrivania. Gianluca gli aveva assicurato che gli sarebbe stato spedito tutto a casa.

Arrivò nel parcheggio e si accese una sigaretta.

Caterina lo raggiunse dopo una ventina di minuti.

A trentacinque anni, iniziava una nuova pagina della sua vita. La più bella, sperava.

Era ancora giovane. Aveva voglia di arrivare. Il mondo poteva tornare a essere suo.

Iniziarono i mesi più intensi della sua vita.

Lavorava dodici, a volte sedici ore al giorno. C'erano pratiche da sbrigare, fogli da firmare. Ma era tornato l'entusiasmo. Quello che credeva di avere smarrito tanto tempo prima.

Aveva assunto quattro magazzinieri e due rappresentanti.

Caterina gli dava una mano nel tempo libero. Ma dopo il primo mese aveva deciso di assumere una segretaria a tempo pieno.

Caterina aveva voluto vagliare personalmente le candidate. Tra le donne che si erano presentate, una decina in tutto, aveva scelto la meno attraente.

Molto professionale ma decisamente bruttina.

A lui non importava. Era già molto difficile riuscire a gestire la sua vita sentimentale con due donne. Figurarsi se fossero diventate tre.

I problemi iniziarono appena sei mesi dopo.

Giugno 2009

«Siamo nella merda. Il signor Takamasa ha disdetto il contratto» Filippo, il suo rappresentante, aveva il volto tirato e borse pronunciate sotto agli occhi. Era preoccupato.

Dan lo guardò da dietro la scrivania. Si era comprato una di quelle poltrone nere che aveva tanto invidiato al suo ex capo. Se le cose continuavano ad andare male non ne avrebbe avuto più bisogno. Come dell'ufficio.

«Gli hai fatto la proposta?»

«Sì e l'ho ulteriormente ritoccata. Scendere ancora significherebbe lavorare in perdita»

«Ma i nostri prezzi sono competitivi!» Non sapeva se stesse urlando a Filippo oppure a sé stesso «Allora perché quel tronfio bastardo giapponese ha disdetto il contratto?»

Il signor Takamasa era il prototipo dell'uomo d'affari giapponese: preciso, meticoloso, servizievole sino alla nausea se qualcuno gli era utile. Freddo e distaccato nel momento in cui si accorgeva di non averne più bisogno.

E soprattutto era ricco. Molto ricco. Il miglior cliente che aveva.

Lo aveva conosciuto in Svizzera, a una cena di gala. Gestiva il settore marketing di alcune importanti aziende e intratteneva rapporti con un paio di multinazionali. Un pesce grosso. Viscido ma grosso. Un pesce che aveva abboccato con facilità. Dan era un tipo carismatico. Aveva fatto colpo, proponendo un accordo molto vantaggioso e lasciando intendere che ci sarebbe stato anche qualcosa per il giapponese. Una percentuale. Nel suo ambiente non si corrompeva mai con denaro contante.

Erano le percentuali a fare gola.

Adesso, dopo solo sei mesi dalla firma dell'accordo, quel grande bastardo si stava tirando indietro.

«Hai provato ad alzargli la percentuale?»

«È la prima cosa che ho fatto»

«E lui?» Dan odiava quando Filippo dava risposte a metà. Doveva sempre pungolarlo per ottenere la sua opinione completa.

«Non gli interessa. Ha rifiutato. I cinesi gli hanno offerto un accordo molto migliore del nostro»

«Percentuale inclusa» continuò Dan.

Filippo fece una smorfia.

«Quei bastardi gialli! Ci stanno rovinando»

Era vero. Nei suoi progetti, sarebbe dovuto rientrare dalle spese iniziali nel giro di un paio d'anni. La gestione del portafoglio clienti gli avrebbe poi permesso di contare su un buon guadagno pulito.

Ma non aveva fatto i conti con la Cina. Un tempo erano gli Stati Uniti il gigante che dorme. Adesso quel titolo spettava alla Cina. E si stava svegliando.

Le attività commerciali occidentali erano in crisi, messe in ginocchio da una concorrenza sleale. I cinesi non avevano le regole del mercato occidentale. Manodopera a bassissimo costo e aiuti di Stato impensabili nel resto del mondo. Stavano abbinando qualità a quantità. Avevano i contanti. E stavano entrando nei circoli che contano. Dalla porta principale.

Li stavano annientando. In ogni ambito dell'economia.

Dan credeva che nell'ambiente dell'import/export ci sarebbe sempre stato spazio per tutti.

Adesso si domandava quanti di quelli che avevano fatto il suo stesso ragionamento stavano chiudendo i battenti.

«Che cosa facciamo?» Filippo era preoccupato. Non era il solo. Anche lui lo era. E incazzato.

«Teniamoci stretti tutti gli altri clienti»

«Tutti insieme non ci fruttano nemmeno la metà di quello che guadagnavamo con Takamasa»

«Lo so, maledizione. Ma l'alternativa è… è…»

Non riuscì a finire la frase. "Chiudere e mandare tutti a casa, fallire". Ma non riusciva a pronunciare quelle parole. Sarebbe stato come ammettere che stava andando tutto a rotoli.

Non poteva crollare così presto. Non voleva dare la possibilità a tutti quelli che non avevano creduto in lui di poter dire "te l'avevo detto".

«Troverò il modo di tirare avanti. Diamoci da fare. Cerchiamo altri clienti. E tieniti stretti quelli che abbiamo» ribadì con convinzione.

Filippo annuì e uscì.

Dan rimase seduto dietro la scrivania, sulla comoda poltrona di pelle nera. Si torturava le labbra cercando di pensare in modo lucido.

Stava andando in malora.

E non era che l'inizio.

Quando il vortice ti afferra è difficile uscirne. Ti risucchia in profondità.

È come cercare di nuotare nel fango. Hai l'illusione di muoverti per raggiungere la riva e la salvezza. In realtà non fai altro che affondare più velocemente.

Dan era entrato nel vortice nel momento in cui aveva deciso di chiedere un prestito.

Le banche esigevano garanzie che lui non poteva dare. Chi ha più bisogno di un prestito di una persona che non può dare garanzie? Non può dare garanzie proprio perché ha bisogno di denaro e quindi del prestito. Se potesse dare garanzie probabilmente non avrebbe bisogno del prestito. È tutto molto semplice e terribilmente intricato nello stesso tempo.

Dan non aveva necessità di denaro. Ne aveva un bisogno disperato.

Un amico l'aveva messo in contatto con un uomo, tale signor Sarchielli, che prestava denaro a un tasso definito da lui stesso, "interessante".

Vale a dire il cinquanta percento mensile. Per i primi tre mesi. Poi il tasso sarebbe salito.

Ottenne centomila euro in contanti. Avrebbe cercato di risollevarsi.

Riusciva ancora a salvare le apparenze con Jane. Non le aveva detto di aver licenziato la metà dei dipendenti, segretaria inclusa.

Era ancora bravo a mentire.

Non le aveva parlato del prestito e neppure dell'ipoteca accesa pochi mesi prima sulla casa. Con la sola liquidazione non ce l'avrebbe mai fatta ad aprire la società.

Le faceva più regali del solito. Fiori e cene al lume di candela. Mille coccole e le piccole attenzioni che fanno sentire una donna importante.

A volte pensava che un regista l'avrebbe potuto scritturare per un film. Peccato che la sua situazione fosse fin troppo reale.

Jane non sospettava nulla. E come avrebbe potuto?

Il lavoro andava a gonfie vele, lui era più presente e la riempiva di attenzioni come non faceva da moltissimo tempo.

Luglio 2009

Dan aveva sperato che il denaro preso a prestito sarebbe stato sufficiente per rimettere in sesto i suoi affari e guadagnare un po' di tempo.

E invece, dopo appena due mesi, si ritrovò a dover chiudere tutto.

Il suo progetto non aveva resistito neppure un anno.

I clienti erano evaporati in una bolla.

Nonostante tutti gli sforzi, dopo la disdetta del contratto da parte del signor Takamasa, c'era stato un effetto domino. Aveva perso tutti i clienti, uno dopo l'altro.

Lui viveva anche sul passaparola e sul fatto che, in certi ambienti, si facesse il suo nome.

Adesso gli unici nomi che passavano di bocca in bocca erano quelli delle ditte cinesi.

Non si erano presi una fetta di mercato. Si erano presi il mercato.

Come una persona che entra in una pasticceria per comprare una torta e, tirando fuori il portafogli, si accorge di potersi permettere l'intero locale. Erano arrivati in punta di piedi e si erano mangiati tutto. La sua ditta. I suoi sogni.

Con Jane la situazione era tesa.

Alla fine, aveva dovuto raccontarle la verità, o almeno una parte di verità. Del prestito a tasso "interessante" non sapeva nulla. Neppure dell'ipoteca sulla casa.

Dan si ritrovava a pensare "non ti lamentare. Potrebbe andare peggio." Ma come sarebbe potuta andare peggio? Gli tornava alla mente la legge di Murphy, che un suo collega amava ripetergli, "Se qualcosa potrà andare male, stai sicuro che ci andrà".

Non capiva come le cose potessero peggiorare. Non vedeva nessuno sprazzo di sereno.

Ma il vero temporale doveva ancora scatenarsi.

«Kathy sta male» Jane aveva gli occhi pieni di lacrime.

Nelle ultime settimane, mentre lui faceva l'equilibrista per evitare una bancarotta finanziaria, sua figlia aveva iniziato ad avere dei disturbi.

Era sempre debole. Il pallore del volto aveva spento le sue gote rubiconde. Sembrava un piccolo fantasma che si aggira per la casa. Non c'è niente di peggio per un genitore che vedere un figlio ammalato.

Da principio i medici avevano parlato di una forma particolarmente forte di mononucleosi.

Erano stati fatti tutti gli accertamenti possibili.

Tac, risonanze, esami del sangue. Non era venuto fuori nulla di particolare. Solo valori leggermente alterati. Niente che spiegasse il malessere della sua bambina.

In realtà nessuno ci capiva niente.

Ma Kathy era malata. Non importava cosa dicevano le analisi.

Girava per casa indossando il suo pigiamino rosa, con i pulcini ricamati sul tessuto che si increspava a ogni movimento.

Era sempre più debole.

Si stava spegnendo come una candela. Lentamente, ma in modo inesorabile.

Jane aveva chiesto l'aspettativa alla scuola materna dove lavorava, per poter seguire sua figlia. Tentava di tenerle il morale alto, per nascondere la malattia che la stava consumando.
Fingeva che tutto fosse come prima. Dan si domandava se lo facesse per Kathy oppure per convincere sé stessa.

Una volta, mentre Jane la metteva a letto, Kathy l'aveva guardata con i suoi occhi blu, il viso pallido sembrava quello di una bambola di porcellana.

«Perché sono sempre stanca, mamma?»

«Perché sei un po' debole, tesoro. Mangi poco»

«Sono malata, vero?»

«No piccola mia, hai solo bisogno di riposo. Presto starai meglio»

«Allora perché se non sono malata, mi dai tutte quelle pillole e devo fare tutti quegli esami noiosi in ospedale?»

È sorprendente la semplicità con cui i bambini mettono a nudo le insicurezze degli adulti.

«È solo per farti stare meglio»

Kathy sbadigliò.

«Domani potrò andare un po' fuori mamma?»

«Se è una bella giornata e ti senti un po' meglio, sì. Andremo a fare una bella passeggiata insieme, piccola mia. Te lo prometto»

Jane finì di rincalzare le coperte della figlia. Poi le accarezzò la guancia e le diede un bacio sulla fronte.

«Buonanotte mamma»

«Buonanotte amore»

Quando Jane era uscita dalla cameretta di Kathy era scoppiata in un pianto disperato e si era rifugiata in camera per non farsi sentire dalla figlia.

Tutto il coraggio che riusciva a mostrare davanti alla bambina, si scioglieva come neve al sole quando rimaneva sola.

«Kathy sta male»

Jane aveva l'aspetto di chi ha ricevuto una di quelle notizie che ti fanno crollare il mondo addosso.

Ci sono dei momenti nella vita in cui la realtà sembra sgretolarsi, dissolversi, perdere consistenza. Sei solo con la tua mente e il tuo dolore. Non riesci a comprendere perché la serenità e l'equilibrio che hai raggiunto con tanta fatica scompaiano in un attimo, come miraggi di una vita non vissuta ma solo immaginata.

I problemi finanziari adesso non avevano più importanza. Le minacce del Signor Sarchielli non esistevano più. C'era solo Kathy e il timore di formulare una domanda.

«Sono arrivati i risultati degli esami?»

Aveva speso gli ultimi soldi per assicurare a Kathy un Check-up completo in una clinica privata.

Molto costoso.

Ma i medici erano considerati dei luminari e la salute non ha prezzo. Non quella della sua bambina, almeno.

«Sì»

«Che cosa c'è?»

«Kathy ha una malattia genetica molto rara»

«Ma esiste una cura, vero?»

«No. O almeno non qui»

Disperazione. Quando lo shock e il dolore sono troppo intensi non riesci neppure a piangere. È come guardare il proprio corpo dall'esterno. Non c'è più controllo.

«Ci sono delle cure sperimentali» continuò Jane «ma sono private. I medici mi hanno detto che in Svizzera hanno un centro molto ben attrezzato. Ma costa. Molto»

Soldi. Sempre soldi. La sanità è pubblica, certo.

La realtà è molto diversa. Se hai bisogno di un intervento rapido e soprattutto di qualità, ti rivolgi al privato. Perché? Perché la qualità deve essere pagata.

Soldi. Denaro. Pecunia. Prima le monete, poi le banconote, infine i bancomat.

Cambia la forma ma il senso è sempre lo stesso: denaro. O sei ricco oppure sei niente. O, meglio, sei qualcuno ma non puoi fare niente.

È possibile dare un prezzo alla vita umana? Si.

Non è più una questione di etica. La morale è plasmata, nel corso del tempo, dalle consuetudini e dalle abitudini degli individui.

La morale siamo noi.

E ci va bene così.

A meno che quella stessa morale condivisa non si rivolti contro di noi.

Siamo disposti ad accettare che chi può permetterselo abbia diritto ad avere i servizi migliori, anche quelli sanitari. Ma quando siamo coinvolti in prima persona cambia tutto. Non si tratta più di un concetto astratto e lontano. È reale e ci tocca da vicino.

A volte provava invidia per quelli che potevano spendere senza preoccupazioni.

Ma non ce l'aveva con loro. Se avesse potuto avrebbe fatto lo stesso. È più triste avere il denaro e fingere di non averlo che avere i soldi e usarli.

Dan aveva bisogno di denaro. Doveva trovarlo.

L'avrebbe trovato.

«Non ti devi preoccupare amore» si sforzò di sorridere «la faremo ricoverare e la cureranno. E tra poco la nostra piccolina starà bene»

«Ma… i soldi dove li troviamo?»

«Non ti preoccupare dei soldi. Stai solo vicino a Kathy. Al resto penso io».

Dan trascorse i giorni seguenti tra banche, enti benefici e fondazioni per persone in difficoltà. Erano tutti pronti ad ascoltarlo e sensibili al problema. Anche a compiangerlo con espressioni di "sincero" dolore dipinte sul volto. Erano un po' meno disponibili a concedergli un prestito.

Sapeva bene che, nel suo caso, non si parlava di prestito, ma di denaro dato a fondo perduto. Nessun risparmio in banca. Neppure la casa da dare in garanzia. Niente.

L'unica offerta che aveva ricevuto era quella di una associazione che si era resa disponibile per la ricerca di fondi. Kathy non aveva abbastanza tempo. Doveva essere ricoverata nella clinica privata entro poche settimane o non ce l'avrebbe fatta. Non poteva aspettare la colletta. Non c'era tempo.

E poi c'era il signor Sarchielli.

Era passato più di un mese da quando aveva ricevuto i centomila euro. Adesso gliene doveva centocinquantamila. In banca restavano poche migliaia di euro.

Era fottuto.

Quando aveva visto il bar aveva pensato "Ma sì. Chi cazzo se ne frega". Non gli piaceva bere. Un po' di vino a cena. Una birra con gli amici. Non prendeva una vera sbornia dai tempi dell'università. Ma in quel momento avrebbe fatto qualsiasi cosa per smettere di pensare, anche solo per poche ore.

Aveva ordinato un whisky. Poi un altro.

Si era dimenticato che l'alcool non fa dimenticare. Intristisce. Abbruttisce.

Un altro whisky.

Non ci riusciva. L'oblio non arrivava, mentre il viso di Kathy, pallido e magro, sembrava riflettersi su tutte le superfici.

Il barista lo guardava di sfuggita, forse aspettandosi che lo chiamasse per sfogarsi. I baristi sono i secondi confessori, dopo i preti.

O forse i primi.

Uno che beve, tanto e da solo, ha per forza una storia triste da raccontare.

Lui non aveva voglia di parlare.

C'era un uomo seduto accanto a lui. Brizzolato, di mezza età. Anonimo. Stava giocherellando con l'oliva di un Martini.

Poi l'aveva guardato.

«Posso offrirle un giro?»

«Non sono gay» Gli mostrò la fede.

«Neanche io sono gay»

L'uomo iniziò a ridere.

Dan lo guardò. Aveva gli occhi rossi e gonfi. La voce impastata dall'alcool.

«Scusa amico, non volevo offendere. È che sono sbronzo e non molto di compagnia»

L'uomo annuì.

«Ok. So cosa significa»

Senza rendersene conto, in pochi minuti, si ritrovò ad avere una fitta conversazione con quello sconosciuto. Pensava di non aver voglia di parlare. Quando iniziò, però, fu come un fiume in piena.

Non si erano nemmeno presentati. E quell'uomo non sembrava neppure un buon conversatore.

Però sapeva ascoltare. E lui ne aveva di cose da raccontare. Pensò che la frase "parlare con uno sconosciuto è più facile" era più vera di quanto avesse immaginato. Forse perché sai che, con ogni probabilità, non lo rivedrai mai più e quindi non sarai costretto a rispondere alla domanda "Allora, come va?".

Raccontò tutto. Partì dall'alcool per arrivare alla malattia della figlia. Parlò dell'usuraio e del suo disperato bisogno di soldi.

Quando finì di parlare non si sentiva meglio. Ma neppure peggio.

«Beh, credo che non ci sia altro»

Bevve un altro sorso del whisky offerto dal suo silenzioso interlocutore.

«Credo di conoscere una banca che potrebbe aiutarla. Offre dei servizi esclusivi»

«Si, la banca dei disperati»

L'uomo tirò fuori un biglietto plastificato e lo porse a Dan. C'era scritto "Noi realizziamo i tuoi sogni" in giallo su sfondo azzurro. Più sotto P.E.B. Private Elite Bank e un numero di telefono. Il numero era solo di quattro cifre. Probabilmente quello di un centralino.

«Che cos'è?»

«È una banca»

«Lo sa in quante banche sono stato negli ultimi due mesi?»

«Tante immagino»

«Immagina bene»

«E lo sa cosa mi hanno risposto tutte, nessuna esclusa? Niente garanzie, niente prestito» Finì di sorseggiare il whisky e ne ordinò un altro.

«Si, ma questa banca è diversa. Provi a chiamare il numero e a chiedere di un prestito sulla vita. Vedrà che non resterà deluso»

«See, come no» Dan prese comunque il biglietto e lo infilò nella tasca della giacca.

L'uomo lo salutò e uscì dal bar. Non gli aveva neppure detto il suo nome.

La mattina seguente si alzò con un mal di testa feroce. Ora capiva perché non si sbronzava più dai tempi dell'università. Non reggeva l'alcool.

Aveva passato tutta la notte a vomitare, abbracciato al water come se fosse una zattera di salvataggio.

Gli sembrava di avere una batteria in testa e una colata di cemento in bocca.

Jane aveva portato Kathy in ospedale per una visita di controllo.

Mentre cercava il pacchetto di sigarette nella giacca, si ritrovò in mano il biglietto plastificato. Gli ritornò in mente la conversazione con lo sconosciuto.

Prese il cartoncino e lesse il numero di telefono. Perché non provare? Un rifiuto in più non avrebbe certo intaccato la sua già bassa autostima.

Prese il telefono.

Rispose una voce femminile, squillante.

«Private Elite Bank, posso aiutarla?»

«Sì, buongiorno. Io ho avuto il vostro numero e sarei interessato a» cos'è che gli aveva detto di chiedere l'uomo?

«A cosa?» La voce della segretaria lo scosse dai suoi pensieri.

Ecco si era ricordato «Sì, a un prestito sulla vita»

Si aspettava che la segretaria dicesse che non aveva la più pallida idea di cosa stesse parlando.

«Sì, un attimo. La faccio parlare con un nostro responsabile. Prima mi può gentilmente dare le sue generalità?»

L'attesa durò solo un minuto, durante il quale Dan ascoltò una parte di "You'll never walk alone".

Strana scelta per una canzone d'attesa.

«Pronto?» Una voce bassa e piacevole.

«Sì»

«La segretaria mi ha detto che è interessato a un prestito sulla vita. È esatto?»

«Sì» Non sapeva cosa dire.

«Bene, allora credo che dovremo incontrarci di persona. Le va bene lunedì alle nove?»

«Sì»

Nei successivi tre giorni, Dan pensò solo all'appuntamento con il signor Rinnovati. Non si aspettava molto. Era una banca.

Certo non aveva mai sentito parlare di una forma di prestito sulla vita. E le banche non erogano prestiti senza garanzie. Ma era la sua ultima opportunità e questo aumentava le sue aspettative.

Jane aveva già preso contatti con la clinica svizzera.

Di lì a due settimane avrebbe dovuto dare duecentomila euro al signor Sarchielli.

Se non fosse stato per la piccola Kathy, l'idea del suicidio non sarebbe stata solo un vago pensiero con cui addormentarsi la notte.

Aveva lasciato Caterina e lei non l'aveva presa bene.

Adesso aveva altri problemi. Troppi problemi. E doveva occuparsi della sua famiglia. Il sesso non era in cima alla lista.

La Private Elite Bank occupava due piani di un grande edificio nel centro della città. Era uno di quei palazzi interamente di vetro che riflettono tutto ciò che li circonda, ricordando ai passanti che pur non potendo guardare all'interno possono essere osservati da chi sta dall'altra parte dello specchio.

Una costruzione squadrata e altissima.

Dan odiava gli edifici moderni. Davano l'impressione di opprimere il paesaggio. Secondo lui, l'ossessiva ricerca di innovazione degli architetti, finiva per creare dei veri e propri mostri.

Salì al decimo piano.

La segretaria lo fece accomodare in una piccola sala di attesa. Le poltrone erano rosse e morbide.

Aspettò una decina di minuti. Poi la segretaria lo chiamò e lo condusse davanti a una porta, in fondo al corridoio. Lo annunciò all'interno.

Quante formalità.

Gli fece segno di entrare, mentre un uomo giovane, all'incirca della sua età, gli veniva incontro. Chissà perché aveva associato la voce che aveva sentito al telefono a una persona più matura.

«Buongiorno, sono il signor Rinnovati»

Si strinsero la mano.

«Buongiorno»

«Allora signor Sobiesky, lei è polacco vero?»

«Di origine. Ma sono nato in Italia»

L'uomo guardò il foglio che aveva davanti.

«Trentacinque anni. Sposato. Una bambina piccola, Kathy»

«Esatto»

«E lei è qui per un prestito, è corretto?»

«Sì»

«Lei ha detto alla segretaria di essere interessato a un prestito sulla vita»

«Sì»

«Sa di cosa si tratta?»

«Sinceramente no» "Ma ho un tremendo bisogno di soldi" pensò.

«Allora, il prestito sulla vita è una forma di prestito molto, diciamo, peculiare»

Il signor Rinnovati sorrideva troppo. Dan diffidava sempre delle persone eccessivamente sorridenti.

Chi sorride in continuazione non è sincero.

«Vediamo» riprese a guardare il foglio che aveva davanti «Lei ha un debito di centomila euro. Duecentomila tra poco più di dieci giorni. Sua figlia è malata e necessita di cure urgenti. Ha acceso un mutuo sulla casa e, più recentemente, un'ipoteca. È tutto esatto?»

Dan era così sorpreso dalle parole del suo interlocutore che all'inizio non riuscì a rispondere. Come faceva ad avere tutte quelle informazioni? Nemmeno sua moglie era a conoscenza del prestito. Ma lo aveva scioccato di più il fatto che fosse al corrente del tasso di interesse e della scadenza del prestito.

«Ma… ma lei come fa a sapere queste cose?»

«Noi siamo una banca. Ci informiamo scrupolosamente su tutti i nostri potenziali clienti»

Dan si alzò.

«Bene, allora credo che la nostra conversazione sia terminata»

«Perché?»

«Non mi dica che ho i requisiti per ottenere il prestito»

«Ancora non le ho neppure detto in cosa consiste la nostra proposta. Si sieda, signor Sobiesky» Rinnovati fece cenno con la mano di sedersi, poi riprese a parlare.

«Il prestito sulla vita non è un normale prestito. Lei avrà una serie di benefici legati alle sue specifiche esigenze. Vista la situazione, diciamo, un po' particolare, questa è la nostra offerta»

Gli porse un foglio di carta bianchissima. C'era scritto:

Cure mediche
Estinzione debiti signor Sarchielli
Estinzione ipoteca
Rendita 3000 euro mensili per 10 anni

«Non capisco»

«Che cosa non capisce di preciso?»

«Cosa mi sta proponendo?»

«Le spiego. La Private Elite Bank assicura le cure per sua figlia sino al momento in cui non ne avrà più bisogno. Ci occuperemo di estinguere il debito che lei ha contratto con il signor Sarchielli e l'ipoteca sulla casa. Per finire, le offriamo tremila euro mensili per i prossimi dieci anni»

Dan stava guardando l'impiegato come se avesse avuto di fronte un marziano. Lo stava prendendo per il culo. Era chiaro. Nessuna banca ti offre tanto. Senza garanzie per giunta.

«Mi sta prendendo in giro?»

Il sig. Rinnovati divenne di colpo serio. Il sorriso a trentadue denti che aveva sfoggiato con tanta cura sino a quel momento, scomparve.

«No. Non scherziamo mai sul lavoro»

«E come potrò ripagarvi? Sapete dei miei debiti. Probabilmente neppure se lavorassi una vita riuscirei a rientrare dal debito. Mi lasci capire, voi mi state offrendo tutto questo» indicò il foglio con la proposta «in cambio di cosa?»

«Della sua vita, è ovvio»

«Non credo di aver capito»

Adesso l'uomo di fronte a lui era impassibile. Evidentemente riusciva ad esprimere solo due espressioni facciali: il sorriso stampato sulle labbra o un'impassibilità da manichino.

«Premetto che tutto quello che le dirò dovrà restare tra noi due. Se lei parlerà con qualcuno, se qualcuno ci farà domande indiscrete, noi negheremo di averla mai vista. Una volta firmato, l'accordo non è più rescindibile in alcun modo»

Si fermò un attimo per sorseggiare un bicchiere d'acqua.

Dan lo stava ascoltando con attenzione. Che cosa voleva dire "prestito sulla vita?". Ancora non capiva cosa gli si stesse proponendo.

«Bene signor Sobiesky. L'accordo è molto semplice. Noi ci impegniamo a rispettare tutti i punti che le ho mostrato. In cambio, tra dieci anni e un giorno, Lei diventerà proprietà della Private Elite Bank»

«Io divento proprietà della banca?»

«Si. È una specie di mutuo su se stesso. Lei, le sue abilità, il suo corpo e la sua mente, alla scadenza del tempo previsto, diventerete di proprietà della banca»

Aveva pronunciato quelle parole con calma, in modo professionale.

«E che cosa ve ne farete di me?»

«Questo non lo so. Io sono solo autorizzato a farle questa proposta. Dieci anni sono lunghi. Lei diverrà una nostra proprietà. Come verrà utilizzata, non la riguarda»

«Non mi riguarda? Io dovrei vendere me stesso e lei mi dice che non mi riguarda? Non le dico dove può mettersela la sua proposta!»

Aveva una gran voglia di alzarsi e di spaccare la faccia a quel manichino in doppiopetto.

«Bene, allora credo che non abbiamo più niente da dirci»

Schiacciò un tasto sull'interfono.

«Marta, il signor Sobiesky sta uscendo»

Gli porse la mano. Dan non la strinse.

Prima di uscire, senza neppure voltarsi, chiese:

«Quanto tempo ho per pensarci?»

«Una settimana»

Uscì sbattendo la porta.

Le condizioni di Kathy erano peggiorate. Dopo l'ultima visita, si era reso necessario un ricovero d'urgenza. Jane lo chiamò in lacrime mentre stava tornando a casa dopo il colloquio allucinante con il signor Rinnovati.

Corse in ospedale.

Gli dissero che non poteva entrare. La bambina aveva bisogno di riposo.

Entrò lo stesso. Era suo padre.

Kathy era distesa sul letto. Le avevano messo il pigiama con i pulcini ricamati in rilievo, quello che le piaceva tanto. Jane non c'era. Era andata a casa a prendere il necessario per la degenza della figlia.

Stava dormendo. Era immobile. La pelle del volto così bianca e sottile. Sembrava un cadavere. La flebo era inserita nel braccio. La mascherina sulla bocca facilitava la respirazione.

Aveva voglia di correre. Scappare. Andarsene lontano. Non importava dove. Voleva l'oblio. Voleva un Whisky. Ma, soprattutto, voleva l'abbraccio caldo e affettuoso di sua figlia.

Non deve finire così.

Non è naturale che un padre sopravviva a un figlio. Non è giusto.

Sfiorò la mano della sua bambina.

Kathy aprì gli occhi.

Gli sorrise.

Dan sentì lacrime calde rigargli il volto.

La bambina si riaddormentò.

Lasciò la mano calda con un'ultima carezza.

Uscì dall'ospedale di corsa. Prima, però, si fermò nel bagno del reparto per vomitare.

Aveva preso una decisione.

Avrebbe accettato il prestito sulla vita.

Dan arrivò alla Private Elite Bank poco prima dell'ora di pranzo.

Chiese di poter vedere il signor Rinnovati, anche se non aveva un appuntamento.

Ma era urgente.

La segretaria sollevò il telefono e parlò velocemente per alcuni istanti. Poi annuì.

Dan la osservava con impazienza.

«Può salire»

Il signor Rinnovati lo aspettava dietro la scrivania, dove lo aveva lasciato poche ore prima. L'espressione da manichino dipinta sul volto.

Questa volta non si alzò per andargli incontro e stringergli la mano.

«Signor Sobiesky, ci rincontriamo presto. Ha già cambiato idea riguardo alla nostra proposta?»

In quel momento Dan capì che il diavolo non ha necessariamente le corna e il forcone. Può benissimo indossare un doppiopetto blu e una cravatta cremisi e avere il viso pulito di un giovane impiegato di banca.

«Dove devo firmare?»

Era un contratto. Simile a migliaia di altri che aveva firmato e fatto firmare nella sua vita.

Il sig. Rinnovati gli porse una penna. Una comunissima bic nera. Niente firme con il sangue, allora.

Stava facendo la cosa giusta. Qualunque cosa pur di salvare la sua piccolina.

Firmò.

Quando uscì dalla banca, in strada, si sentì svuotato.

Si era venduto, nel senso letterale del termine. Una forma di prostituzione molto particolare, che però non riusciva comunque a mettere sullo stesso piano.

Ricoverarono Kathy pochi giorni dopo. La trasportarono in elicottero nella clinica svizzera. Quelli della banca erano stati di parola.

Dan e Jane la seguirono.

Quando i medici dissero che le condizioni erano gravi e che non sapevano se ce l'avrebbe fatta, si sentirono perduti. Non poteva andare così. Non doveva.

Poi, con il passare dei giorni, la situazione migliorò. Nel giro di due settimane sua figlia era fuori pericolo. Il suo corpo, anche se debilitato, stava reagendo alla terapia. Le cure facevano effetto.

Rimasero in Svizzera tre mesi. Poi Kathy venne dimessa, e tornarono a casa, tutti e tre.

Seguirono gli anni più belli della sua vita. Il prestito arrivava con regolarità. Jane riprese a insegnare alla scuola materna. La piccola Kathy iniziò ad andare a scuola. Cresceva a vista d'occhio. Ma, soprattutto, aveva recuperato la spensieratezza, il sorriso e un bel colorito sano sulle guance.

Lui aveva trovato l'occupazione ideale. Faceva quello che aveva sempre fatto. Comprava azioni. Prima, quando lavorava alla Faulkner&Co, investiva per gli altri. Adesso lo faceva per sé stesso.

Passava la giornata di fronte al computer osservando le variazioni di mercato. Non azzardava mai operazioni rischiose. Non sarebbe diventato ricco. Non gli importava. In questo modo aveva molto più tempo da dedicare a Jane e alla piccola Kathy.

Aveva ritrovato la serenità. Aveva scoperto, con sua grande sorpresa, che inseguire il successo ad ogni costo non è ciò che ti realizza veramente, così come ignorare le proprie emozioni non aiuta a vivere meglio. Aveva compreso che ciò di cui aveva bisogno era già lì, a casa sua. Adesso apprezzava tutto quello che aveva detestato per tanti anni: la routine e le giornate ripetitive e tranquille.

A volte lo tormentava il pensiero di ciò che sarebbe accaduto una volta che il tempo fosse scaduto, ma dieci anni sembravano così lunghi. Il problema è che la felicità accelera tutto: minuti, ore, giorni, mesi. E alla fine anche gli anni.
Soltanto in un'occasione si sentì davvero turbato.

In svizzera comprava il giornale tutte le mattine all'edicola dell'ospedale. Il corriere della sera. Costava carissimo ma non importava. In svizzera tutto costa carissimo.

Nelle pagine di cronaca lesse la notizia di un uomo trovato morto, bruciato dentro alla sua auto, in un parcheggio nel centro di Milano. Si propendeva per la pista dell'incidente. Probabilmente, l'uomo era svenuto a causa dei gas di scarico e quando era scoppiato l'incendio non aveva fatto in tempo a uscire dal box.

Ma quando Dan lesse il nome della vittima, un brivido freddo gli percorse la schiena.

Si chiamava Mauro Sarchielli.

Il tempo passava e Kathy cresceva. La scuola media, le superiori. Adesso era una splendida ragazza di sedici anni.

Dan era invecchiato bene. Come amava dirgli Jane, stava diventando un'affascinante quarantacinquenne con una spruzzata di grigio sulle tempie. Era felice. Forse serve il dolore per arrivare alla vera felicità.

Gennaio 2020

Dieci anni e un giorno. L'ultimo giorno era una di quelle giornate uggiose in cui il cielo grigio e la pioggerellina fitta e fastidiosa sembrano sussurrarti di rimanere a dormire il più possibile sotto le coperte, senza pensare a niente in particolare.

Sapeva che sarebbero venuti a prenderlo, ma una parte della sua mente continuava a ignorare l'inevitabile.

Dieci anni sono lunghi. Ci si può dimenticare di un sacco di cose.

Non poteva esser stato solo un brutto sogno?

No, non poteva.

C'era il contratto nel cassetto. Il patto col diavolo non poteva essere cancellato. Era lì, nero su bianco.

Aveva dormito per dieci anni, ora si sarebbe svegliato.

Suonarono alla porta. Forse era il postino. Jane era al lavoro. Kathy a scuola.

Quando aprì si trovò di fronte due uomini massicci. Come nei peggiori cliché portavano occhiali scuri. Forse i gorilla e le guardie del corpo li indossano per osservare le persone in bianco e nero, oggetti e non esseri umani.

«Signor Sobiesky?»

«Sì?»

«Deve venire con noi»

«Lo so. Posso prendere le mie cose?»

«No, non ne avrà bisogno»

Non oppose resistenza. A cosa sarebbe servito? I due davano l'impressione di poterlo spezzare a mani nude. E sicuramente erano armati.

Lo condussero fuori città, fino a un grande stabilimento bianco.

Nelle due settimane successive venne esaminato in ogni modo possibile, e sottoposto a innumerevoli test medici e attitudinali.

Sicuramente Jane aveva denunciato la scomparsa. Forse quelli della banca ne avevano inscenato la morte. In ogni caso chi l'avrebbe trovato lì dentro?

Dormiva in una stanza bianca e asettica. Dopo due settimane lo portarono in una nuova camera. C'era un uomo. Non era uno dei medici che lo esaminava ogni giorno.

Portava la sua stessa tuta grigia. Era un altro "ospite".

In un primo momento si squadrarono. Il suo compagno di stanza era giovane. Trent'anni, forse meno. Una benda gli nascondeva completamente l'occhio destro.

«Sei nuovo?»

«Sono qui da due settimane»

«Allora stai facendo la trafila degli esami»

«Sì»

«Goditela, perché non durerà»

Non parlava da troppo tempo. I medici che lo esaminavano ogni giorno non rispondevano mai alle sue domande. E, dopo vari tentativi, anche lui si era chiuso in un mutismo totale. Adesso il suono della sua voce gli risultava talmente strano, da essere quasi estraneo.

«Che cosa mi faranno? A cosa servono tutti quegli esami?»

Adesso il ragazzo sembrava più vecchio. Qualcosa nel suo sguardo trasmetteva tristezza, rassegnazione. Per un attimo Dan desiderò di non aver chiesto niente.

«Siamo Cavie. E donatori»

«Che cosa?»

Il ragazzo si tolse la giacca della tuta. Aveva due profonde cicatrici. Una sul fianco. L'altra all'altezza del petto.

«Mi hanno asportato un polmone e un rene. Oltre a una cornea» Indicò l'occhio con la benda.

A Dan venne da vomitare. Era veramente all'inferno.

Le settimane passarono e lui continuava a fare esami. La paura per ciò che gli aveva detto il ragazzo era palpabile. Aspettava sempre che lo venissero a prendere per portarlo in sala operatoria. Non arrivò nessuno. Riuscì a scappare, invece.

Marzo 2020

Un rumore lo svegliò. Mentre cercava di mettere in ordine tutto ciò che era successo, il sonno aveva avuto il sopravvento.

Sentì nitidamente il rumore dei passi che frantumavano i vetri nel pianerottolo. Qualcuno stava arrivando.

Estrasse la pistola sottratta a un uomo del centro, con cui aveva sequestrato un medico. Prima di fuggire aveva anche ucciso una guardia. Quelli là fuori dovevano essere veramente arrabbiati.

Non capiva come avevano fatto a trovarlo così presto. Non era tornato a casa e non era neppure andato in quelle di parenti e amici. Così come non sarebbe servito a niente andare alla polizia. Chi gli avrebbe creduto?

Quella era la casa di un suo ex collega con cui non aveva più rapporti da anni. Ora lavorava all'estero e tornava raramente. Era stato l'amante di Caterina e lei sapeva dove teneva le chiavi. Dietro a un portaombrelli, sotto a una mattonella malferma del pavimento. A volte si erano incontrati lì.

È una fortuna avere una buona memoria.

Ma non era stato abbastanza.

Afferrò la pistola. La puntò verso la porta. Non sarebbe tornato a fare la cavia. Meglio morire.

Quando la porta venne sfondata aveva già preso la sua decisione.

Si infilò la canna della pistola in bocca, premendo forte, e schiacciò il grilletto.

Buio. Aveva difficoltà a respirare. Allora è così la morte, pensò. Niente angeli. Niente diavoli. Nessun paradiso. E nessun inferno. Solo la quiete del nulla.

«Apra gli occhi signor Sobiesky» Una voce lontana. Non era solo.

Impiegò alcuni minuti a mettere a fuoco. La luce lo infastidiva.

Era immerso in un liquido bianco. Aveva una mascherina sulla bocca.

Un uomo era vicino a lui. Indossava un camice da medico.

Quindi non era finita.

Lo tolsero dalla vasca.

Impiegò circa una settimana a recuperare le forze. Lo nutrivano bene. Aveva chiesto informazioni agli inservienti che gli portavano il cibo.

Non avevano risposto.

Poi, un giorno, erano venuti a prenderlo. Lo avevano condotto in un ufficio ben arredato, luminoso. Luce artificiale ma calda.

L'uomo di fronte a lui aveva un aspetto familiare. All'inizio non ci aveva fatto caso. Ma adesso…

Era l'uomo che dieci anni prima aveva incontrato al bar e gli aveva offerto il whisky. L'uomo che gli aveva dato il numero della banca.

I capelli erano più radi e bianchi. Le rughe sul volto più pronunciate, ma si trattava sicuramente della stessa persona.

«Signor Sobiesky, si sieda la prego»

«Lei è…»

«Sì, sono l'uomo che lei ha incontrato nel bar. E sono anche un medico»

«Che cosa sta succedendo?»

«Lei ha stipulato un contratto con la Private Elite Bank»

«Io dovrei essere morto»

«Solo nel suo sogno lucido»

«Non capisco»

«Nel momento in cui ha stipulato il contratto lei ha accettato di vendere dieci anni della sua vita»

Era frastornato. Che cosa stava succedendo? Era un altro esperimento?

«Io ho venduto la mia vita, non dieci anni»

«Dovrebbe leggere più attentamente i contratti che firma. Lei ci ha venduto dieci anni della sua vita. E non la sua vita dopo dieci anni» Il dottore era impassibile.

«Cosa sta dicendo?»

«Nel momento in cui ha firmato il contratto lei è stato prelevato e portato in questo centro»

«No, io sono uscito dalla banca. Hanno ricoverato Kathy in svizzera e…»

«Quelli sono i ricordi che lei ha sviluppato in questi dieci anni. Sono i suoi sogni. Una vita tranquilla e perfetta. La guarigione di sua figlia. È tutto frutto della sua mente. L'ultima cosa reale è la firma sul contratto»

«Ma allora gli esperimenti, il traffico di organi…»

«Tutto falso. È stata solo la proiezione delle sue paure più profonde»

«Era tutto così.. così reale»

«Sì. Ma solo nella sua testa. Grazie a lei abbiamo dimostrato che una persona può vivere sognando. Questo apre nuovi scenari per la tecnologia. Un mondo senza dolore. Una forma di intrattenimento al di là della nostra immaginazione»

«E Kathy?»

Un'espressione addolorata si dipinse sul viso del dottore.

«È stata veramente ricoverata in Svizzera. Ma le cure sperimentali non hanno avuto effetto. Mi dispiace»

Dan strinse la testa tra le mani.

«E mia moglie?»

«Non ha resistito al dolore per la morte di sua figlia e alla sua contemporanea scomparsa. Si è tolta la vita pochi mesi dopo»

L'orrore più grande rimane sempre la realtà.

«E ora?»

«Ora lei è un uomo libero. E ricco»

Come se gliene fosse fregato qualcosa. Non aveva più niente. Niente.

«Posso andarmene?»

«Quando vuole»

«Un'ultima domanda dottore» i suoi occhi erano ridotti a due fessure

«Chi mi dice che questa sia la realtà? Chi mi dice che non sono ancora collegato a quella maledetta macchina e non sto sognando?»

Il dottore sembrò sorpreso.

«Ma questa è la realtà»

«C'è un modo per scoprirlo subito»

Sapeva che fuori dalla porta c'erano due guardie armate. Agì velocemente.

Con un balzo saltò dall'altra parte della scrivania. Aveva affilato il cucchiaio per una settimana.

Tranciò la carotide dell'uomo con facilità, affondando più volte il metallo nella pelle.

Mentre stava per tagliarsi la gola con l'estremità appuntita, sperò con tutte le sue forze di non svegliarsi un'altra volta.

Colloquio di lavoro

«Perché non dovrei provare?» Matteo Brandi era irritato.

«Non ho detto che non devi provare, ma non farti troppe illusioni» Silvia, la sua fidanzata, sorrise benevola. Aveva fiducia in Matteo, ma lo conosceva troppo bene per non sapere che un altro fallimento lo avrebbe abbattuto come un tronco secco. Ogni volta andava così. Tante speranze riposte in un concorso, o un colloquio, per ritrovarsi poi a piangere e a chiedersi perché. "Eppure mi sembrava che fosse andata bene". "Eppure mi sembrava di aver fatto buona impressione". "Eppure…"

«Non hai fiducia in me» Matteo le voltò le spalle. A Silvia non piaceva quando faceva così. Sembrava un bambino imbronciato. Un bambino di ventinove anni, alto un metro e novanta per ottanta chili che faceva i capricci, ben sapendo che sarebbe stato consolato.

«Non cominciare, per favore. Io ho fiducia in te. L'ho sempre avuta. Solo che la Morgan è una grande società. Molto importante. Non sapevo neppure che facessero concorsi per esterni»

Matteo si voltò. Sembrava più tranquillo.

«Non lo sapevo neanche io. Ho letto un articolo su internet. Mi sono informato un po' e ho saputo del concorso. In realtà non è neppure per la Morgan ma per una sua controllata, la "Private Elite Bank". Non ci spero molto. Ci sono quattro posti e chissà quanti si presenteranno»

«È un colloquio?»

«Una prova scritta»

«Beh, magari ci sono i raccomandati. O forse no. Devi provare» Silvia sorrise e lo abbracciò.

«Pizza e cinema?»

Gli occhi di Matteo si illuminarono.

«Sì, però il film lo scelgo io» La baciò con trasporto. In pochi istanti si ritrovarono avvinghiati sul divano. La pizza avrebbe aspettato.

Matteo aprì gli occhi all'improvviso. Accadeva spesso negli ultimi tempi. In realtà si era sempre svegliato nel cuore della notte, preso da un'angoscia che né i suoi genitori e neppure le sedute dallo psicologo erano riuscite a risolvere. Era solo passato dall'ansia per le interrogazioni e per gli esami, a quella per un colloquio di lavoro. Si girò sul fianco, guardando Silvia raggomitolata nel suo angolo. I capelli neri le scendevano in piccole onde scure sul petto e sulle spalle. Il viso dalla carnagione chiara era disteso in un sorriso dolce. Il braccio destro ripiegato con la mano appoggiata contro il mento. Il respiro regolare la faceva sembrare ancora più giovane dei suoi ventiquattro anni.

Strinse le coperte contro il mento e si girò sul fianco. Era sicuramente presto. Aveva troppo sonno perché fosse già mattina. Guardò la sveglia sul comodino. I numeri fluorescenti ammiccavano nel buio. Le cinque e trentacinque. Ancora due ore di sonno. Si riaddormentò.

Stava segnando un gol in rovesciata nella finale di coppa del mondo quando si sentì scuotere. Aprì gli occhi a fatica ripiombando dal campo di calcio nel suo letto. Silvia lo aveva afferrato per una spalla.

«Matteo, Matteo svegliati. È tardi!»

Aprì gli occhi immediatamente. Guardò la sveglia. Le otto e cinque.

«Cazzo, cazzo, cazzo» Si sollevò a sedere scalciando per liberarsi dalle coperte. I primi attimi del risveglio sono i peggiori. La testa gira e non riesci a mettere a fuoco il mondo che ti circonda. Sembra che il cervello abbia bisogno di qualche minuto per collegarsi alla realtà.

Non aveva idea di come ci fosse riuscito, ma quindici minuti dopo era in macchina, lanciato verso il concorso.

La sede della Morgan era in centro. Un edificio di costruzione recente, alto e aggraziato. La facciata, realizzata interamente in vetro, rifletteva macchine e passanti. Si specchiò in uno di essi. Era un po' pallido. Si pizzicò le guance. Poi aggiustò il nodo della cravatta e lisciò la giacca. Non doveva affrontare un colloquio, solo una prova scritta. Ma l'apparenza è comunque importante. Sono le regole del gioco. O, meglio, le regole del lavoro. Quel lavoro che lui voleva ottenere a ogni costo.

Entrò nell'atrio del palazzo. Il pavimento di marmo scricchiolava sotto le scarpe nere, lucidate con cura la sera precedente. Sorrideva sempre quando le indossava. Fino a qualche anno prima le metteva solo quando serviva come cameriere part-time per pagarsi l'università. Ora invece le indossava quasi con piacere. Erano uno status-symbol. Un modo per dire "sono diventato grande, finalmente sono un uomo con le scarpe lucide, il completo scuro e la cravatta".

Alla reception una ragazza bionda molto carina, lo indirizzò al terzo piano.

In ascensore si trovò in compagnia di due donne e un uomo. Un misto di profumi e deodoranti gli assalì le narici. Quando le porte si aprirono respirò sollevato l'aria pulita del corridoio.

La sala del concorso era più grande di quanto si fosse immaginato. Un enorme stanza, dalle pareti bianche. Tutte le tende erano chiuse ad eccezione di quelle delle finestre della parete opposta, da cui filtrava luce sufficiente ad illuminare una massiccia cattedra.

La sala era gremita di persone. Duecento, forse di più. Per un attimo Matteo pensò di essere tornato ai tempi dell'università. Si sistemò in un posto libero al centro della stanza. Un piccolo banco nero davanti a sé. L'uomo che occupava il posto alla sua destra si girò verso di lui sorridendogli. Indossava un completo di buona fattura. Sulla trentina, capelli biondi pettinati all'indietro. Occhi verdi molto espressivi incorniciavano un volto dai tratti gentili, quasi infantili.

«Ciao, anche tu sei qui alla farsa?»

Matteo aggrottò le sopracciglia.

«Perché farsa?»

«Perché quattro posti dirigenziali alla Morgan non si danno con un concorso pubblico. Sono già assegnati»

«Allora cosa sei venuto a fare?»

«Tentar non nuoce. E come vedi, non siamo gli unici a provarci» Allargò le braccia con fare teatrale indicando tutte le persone che li circondavano.

Matteo annuì.

«Comunque io mi chiamo Riccardo»

«Piacere, io sono Matteo» Si strinsero la mano.

Una voce interruppe la loro conversazione. Una decina di persone erano entrate da una porta in fondo all'aula. Una delle donne del gruppo, in tailleur blu, prese un microfono.

«Buongiorno a tutti signori e signore. Io sono Diana, una dei vostri controllori. Siete qui per un concorso che assegnerà quattro posti molto importanti all'interno della nostra società. Tra pochi minuti vi verrà consegnato il testo del vostro esame. Contiene domande di economia e marketing. Ma anche domande attitudinali piuttosto complesse. Alcune potranno apparirvi strane ma vi assicuro che ciascuna domanda è mirata. Dal momento della consegna avrete sei ore di tempo prima del ritiro. Se qualcuno sarà sorpreso a copiare verrà immediatamente allontanato dall'aula. In bocca al lupo a tutti»

Come annunciato dalla donna in tailleur il test comprendeva domande di economia e marketing piuttosto complesse. Ma Matteo era preparato. Era sicuro di aver risposto bene alla maggioranza di esse. Ogni tanto alzava la testa e si guardava intorno. Tutti erano chini sui fogli oppure digitavano sulle calcolatrici.

Terminata la parte teorica, iniziò a leggere le domande attitudinali ma, dopo poco, si fermò, perplesso. Tra i quesiti standard sulle motivazioni che lo spingevano a cercare quel lavoro, alcune erano piuttosto particolari.

Una domanda chiedeva "Cosa saresti disposto a fare per la tua azienda?" e tra le varie possibilità di risposta, una lo colpì particolarmente "A uccidere se mi viene richiesto". O ancora "Ritieni di essere una persona violenta?".

È buona regola che le risposte di un test attitudinale siano quelle più moderate. Occorre apparire decisi ma equilibrati. A detta di tutti è il criterio migliore. Ed era ciò che Matteo aveva fatto in tutti i concorsi precedenti. E non era servito a niente.

Barrò le due caselle "A uccidere se mi viene richiesto" e "Sì, sono una persona violenta se occorre". Sorrise e continuò a leggere. Rispose a tutte le domande in un modo che, fino al giorno prima, non avrebbe preso neppure in considerazione.

Non credeva di avere alcuna possibilità di vincere il concorso. Se tutto era già deciso e i posti assegnati, non aveva alcuna importanza come avesse risposto. Se non era così, sperava di stupire l'esaminatore. Si ricordò dell'Università. Una volta, nel corso di una lezione, il professore aveva detto: "Ciascuno di voi crede di essere speciale, unico e irripetibile. In realtà siete tutti così simili che non saprei sinceramente chi scegliere tra voi, nemmeno se fossi costretto. Se volete avere una possibilità di emergere dovete distinguervi dagli altri. Il che non significa necessariamente essere migliori di chi vi siede accanto. Stupite. Siate coraggiosi. Per emergere occorrono due cose: tenacia e temerarietà. Incuriosite chi avete di fronte e le vostre probabilità di trovare un lavoro, un buon lavoro, si alzeranno notevolmente".

Consegnò l'elaborato con una mezz'ora di anticipo. Alcune persone avevano già finito. La maggioranza era però ancora al lavoro, alla ricerca di eventuali errori o nella speranza di riuscire a copiare qualcosa dal vicino.

Riccardo era ancora al suo posto quando Matteo si avviò verso l'uscita. Gli rivolse un cenno del capo con un sorriso.

«Com'è andata?» Silvia lo aspettava seduta al tavolo di cucina. Stava sorseggiando il caffè.

Matteo alzò le spalle «Credo bene»

«Dai, raccontami qualcosa. Quanti eravate?»

«Duecento, forse di più. Ma dovevano esserci più sale per il concorso. Non so quante»

«Hai risposto a tutto?»

«Sì ma c'era qualche domanda strana»

«Strana?»

«Sì strana»

«In che senso, scusa?»

«Del tipo se saresti disposto a uccidere per la tua azienda, se sei un tipo violento e altre cose di questo genere»

Silvia aggrottò le sopracciglia, poi iniziò a ridere.

«Che cosa c'è da ridere?» Matteo era perplesso.

«Niente, niente. È solo che dovresti vedere la tua faccia»

«E che faccia ho?»

«Sei imbronciato come sempre, ma ora sei anche perplesso»

«Tu non lo saresti se ti trovassi a dover rispondere a quel genere di domande?»

Silvia iniziò a mordersi il labbro per non continuare a ridere.

«Credo che ci farei una bella risata sopra e sceglierei la risposta meno probabile»

«Non prendi mai niente sul serio, tu»

«È vero. Amore, devo scappare. I miei tesori mi aspettano» lo baciò sulla bocca. Prima di uscire si voltò di nuovo.

«Ah, quasi mi dimenticavo. Il pranzo è pronto. Riscaldalo nel forno, se vuoi»

Uscì chiudendo la porta dietro di sé.

Era passato un mese e mezzo dal giorno del concorso. Matteo non sperava più nella possibilità di essere stato selezionato. Si era arrangiato lavorando come addetto al rifornimento degli scaffali in un ipermercato. Un lavoro di merda. Con orari di merda. Come ultimo arrivato gli avevano affidato tutti i turni del mattino. Doveva strisciare il suo badge magnetico alle sei. Il che significava che la sveglia suonava sempre alle cinque. La paga non era male. Ma il contratto era di soli due mesi, con poche prospettive di rinnovo. Inoltre, il caporeparto era un vero stronzo. Non l'aveva preso in simpatia, nonostante Matteo fosse un tipo silenzioso che badava solo a lavorare. Non era il massimo ma non si tirava indietro e svolgeva qualunque mansione gli venisse richiesta.

Quando tornò a casa, era passata da pochi minuti l'una. Silvia lo aspettava seduta sul divano del salotto. Stava sorridendo. Negli ultimi giorni non era stata molto bene. Si alzava molto presto al mattino e si chiudeva in bagno. Diceva di non preoccuparsi, ma Matteo aveva paura che si fosse presa un brutto virus intestinale o qualcosa del genere. Le aveva detto di andare dal medico. Non l'aveva ascoltato.

Matteo si sentiva a pezzi. I muscoli contratti. Aveva rifornito il reparto fitness. Bilancieri e panche, macigni che aveva sollevato con difficoltà. Ora restava il dolore ai muscoli e alla schiena.

Silvia si girò verso di lui. Aveva un'espressione radiosa sul viso. "Abbiamo vinto la lotteria?" pensò e, per un attimo, si vide su una spiaggia bianchissima a crogiolarsi al sole mentre l'acqua del mare gli carezzava dolcemente i piedi.
Silvia si alzò di scatto e lo abbracciò, senza dire una parola. Lui la strinse a sé, meravigliato. Poi, vinto dalla curiosità, scivolò fuori dall'abbraccio.

«Che cosa è successo?»

«Ho una sorpresa per te»

Matteo corrugò le sopracciglia. Silvia si frugò in tasca e gli porse una lettera. La busta era già aperta.

«Sai che non sopporto quando leggi la mia posta»

«Lo so. Ma sono sicura che questa volta mi perdonerai. Dai leggila»

Matteo aprì la busta. La lettera era breve. Non appena lesse l'intestazione capì perché Silvia era eccitata. Aveva vinto il concorso. Era incredibile. Scorse velocemente il resto del testo. Era convocato il mercoledì successivo per un colloquio di conoscenza. Ma sembrava una formalità. C'era scritto chiaramente che uno dei posti era suo.

«Non ci posso credere. Mi hanno preso» Si lasciò cadere sulla poltrona.

«Sì. Lei è un nuovo dirigente della Morgan Enterprises, dottor Ghinazzi» lo baciò sulla guancia facendo schioccare le labbra.

«C'è ancora il colloquio però»

«Ma dai, è solo un pro forma. C'è scritto che hai vinto il concorso, no?»

«Sì, ma…»

«Ma niente. È logico che vogliano conoscerti. Ma tu sei fantastico. L'uomo più affascinante e serio e professionale e spiritoso e ti amo»

Matteo sorrise e la baciò con trasporto. Iniziò a sfilarle la maglietta ma Silvia si ritrasse.

«Un attimo. Ho una cosa per te»

«E non puoi darmela dopo?» Matteo si protese in avanti cercando di baciarla di nuovo. Lei riuscì abilmente a schivarlo e si alzò in piedi.

«No, devo dartelo adesso» Con passo rapido scomparve all'interno della camera da letto. Pochi secondi dopo tendeva a Matteo un pacchetto con entrambe le mani.

«Che cos'è? Un libro?»

«Aprilo»

Scartò l'involucro del pacchetto. Dentro c'era un'anonima scatola di cartone. Sollevò il coperchio. Al suo interno un biberon.

«Che cos'è?»

«A te cosa sembra?»

«Un biberon»

«Direi di sì»

«E cosa significa?»

«Secondo te?»

«Che sono un bambinone?»

Silvia fece una smorfia. Poi indicò l'interno del pacchetto.

«Guarda meglio»

Matteo guardò. Sul biberon erano attaccati due piccoli fiocchi di carta colorata. Uno rosa e uno celeste.

«Sembrano quelli che si attaccano fuori dalla porta quando...» Gli si mozzò la frase in gola. Silvia lo stava osservando.

«Sei... sei...»

«Incinta, sì»

«O Dio. Ma siamo stati attenti no?»

«Sì, ma evidentemente non abbastanza»

«Cazzo, tu aspetti un bambino»

«Noi aspettiamo un bambino» lo corresse lei.

«Avevamo detto di aspettare...»

«Fino a quando tu non avessi trovato un lavoro stabile. E dalla prossima settimana lo avrai»

«Lo so. È che sono un po' sorpreso. Amore mio» Si abbracciarono.

«Anche io avrei preferito aspettare. Ma è arrivato. In contemporanea con il tuo lavoro. Non credi che sia un segno?»

«Non so se è un segno. Sicuramente è il giorno più bello della mia vita»

Accarezzò la guancia di Silvia lentamente. Poi si abbracciarono, restando in silenzio.

Matteo si era preso una piccola rivincita. Aveva comunicato al suo caporeparto di avere vinto un concorso e che, di lì a poco, sarebbe entrato in un'importante azienda. Non era entrato nei particolari e aveva volutamente omesso il nome della Morgan. Aveva solo chiesto un giorno di permesso per andare al colloquio. "Non posso dartelo mi dispiace" era stata la risposta. Si era licenziato. Su due piedi. Avevano entrambi urlato come pazzi, attirando una piccola folla che li osservava nella speranza che la situazione degenerasse in una rissa da bar. Non era andata così e, dopo la lite, se ne era andato con passo leggero.

Ciascuno esercita il potere che ha. La nostra società è una piramide. Se ti trovi un gradino più in alto di un'altra persona puoi esercitare del potere nei suoi confronti. Non importa se lo fai per ottenere qualcosa, per affermare la tua superiorità o semplicemente perché ci provi gusto. Non importa se per arrivare dove sei arrivato hai subìto lo stesso trattamento. L'importante è che tu possa farlo. Il mondo del lavoro è una giungla. Ci sarà sempre un predatore più grande di te. Ciò che conta è che ci sia sempre una preda da cacciare. Qualcuno più piccolo da mangiare.

Matteo aveva ricordato al suo caporeparto che non era nessuno. Un piccolo uomo, stempiato e frustrato, che amava il fatto di poter comandare una decina di persone. Si era tolto tutto il veleno che aveva accumulato nell'ultimo mese e mezzo. L'aveva fatto senza insultare. Lucidamente. Cinque minuti in cui si era liberato da un peso. Non aveva aspettato la replica del suo ex superiore. Finito il suo discorso, gli aveva girato le spalle e se ne era andato sorridendo. Una volta uscito dall'ipermercato aveva inspirato a pieni polmoni l'aria fresca della sera. Si sentiva un'altra persona. Il nuovo lavoro, il bambino in arrivo. Lui che distruggeva il caporeparto di fronte a tutti. Era così bello che aveva paura di svegliarsi e scoprire che si era trattato solo di un sogno.

Il giorno del colloquio era arrivato. Era una di quelle mattine in cui il cielo plumbeo umido di pioggia ti invita a restare sotto le coperte.

Silvia continuava ad avere le nausee mattutine. Nonostante questo era radiosa. L'idea di avere un bambino le faceva vedere tutto sotto una luce diversa. Lei viveva per i bambini. Ci lavorava. Era la maestra più paziente e amata dell'asilo San Felice.

Matteo aveva messo tre sveglie quella mattina. La prima suonò alle sette e quindici. Non ci fu bisogno delle altre due.

Si lavò e vestì con calma. Scelse il suo completo migliore. Una cravatta amaranto, molto elegante. Le immancabili scarpe nere. Pettinò i capelli all'indietro fissandoli con un po' di gel. Si passò una mano sulle guance. La rasatura era perfetta. "Liscio come il sedere di un bambino" pensò sorridendo alla sua immagine riflessa.

Preparò la colazione. Lasciò un biglietto per Silvia sopra il tavolo di cucina, appoggiato a una brioche "Ti amo, piccola paziente mamma".

Sorseggiò il caffè e uscì.

All'ingresso della sede della Morgan non trovò la ragazza bionda. Al suo posto un giovane con i capelli rasati che dopo aver controllato le sue generalità lo invitò a salire.

In ascensore il cuore martellava impazzito. L'ansia, che non aveva provato la notte precedente, rischiava di aggredirlo proprio a pochi minuti dal colloquio. Cercò di controllare il respiro. Le mani sudavano. Le asciugò sui pantaloni senza farsi vedere. I risultati furono scarsi. "Non esiste niente di peggio che stringere una mano sudata per fare cattiva impressione" pensò.

Nella sala d'aspetto c'erano cinque persone. Tre uomini e due donne. Farfugliò un timido buongiorno a mezza voce e sedette su un divanetto libero. Aveva accanto un uomo sulla quarantina, capelli brizzolati. Dalla parte opposta le due donne parlavano fittamente tra loro. Una era sulla trentina. Attraente. Di chiara origine asiatica, visto il taglio degli occhi e la carnagione olivastra. Le gambe lunghe e affusolate, accavallate in modo seducente. La compagna era esattamente l'opposto. Sembrava leggermente più anziana, un po' paffutella. Uno strabismo pronunciato attirava l'attenzione. Gli altri due uomini, seduti nell'angolo destro, erano altrettanto diversi. Il primo, un omaccione enorme, sembrava sul punto di soffocare da un momento all'altro all'interno del vestito troppo stretto per i suoi muscoli. Con gli occhiali scuri e un microfono all'orecchio sarebbe stato perfetto nel ruolo di bodyguard o come buttafuori di una discoteca.

L'altro era invece un tipo gracile e stempiato. Il volto era pallido, quasi anemico. Sembrava il tipico impiegato diligente e tranquillo.

Matteo ripassava mentalmente il discorso che si era preparato nel caso gli avessero chiesto le motivazioni che lo avevano spinto a cercare quel lavoro, le sue aspettative per il futuro o qualsiasi altra banalità gli fosse stata chiesta. Il discorso era sempre lo stesso. Cambiava solo l'incipit per adattarsi alla domanda iniziale. Un piccolo trucco imparato all'università. Iniziare da ciò che ti viene chiesto e poi articolare il discorso che si è preparato. Aveva funzionato spesso. E fruttato buoni voti.

Sentì le porte dell'ascensore che si aprivano con un leggero suono metallico. Un attimo dopo un uomo varcò la soglia. Matteo lo riconobbe subito. Era il suo vicino di banco al concorso. Come si chiamava? Per non sbagliare decise di non chiamarlo affatto.

«Ciao» Si alzò dal suo posto e gli strinse la mano.

«Ciao. Matteo vero?»

«Sì»

«Come mai qui?»

«Non ci crederai ma ho vinto il concorso. Credevo di svenire quando ho ricevuto la lettera la settimana scorsa»

Riccardo lo guardò stupito «Anch'io ho vinto il concorso» Matteo era sorpreso. Quante probabilità c'erano che due dei quattro posti fossero stati assegnati a due vicini di banco? Poche. Anzi, pochissime. Come per distrarsi da quei pensieri ricordò il nome del suo interlocutore. Riccardo. Si chiamava Riccardo.

«Ehm» qualcuno si schiarì la voce. Matteo si voltò. L'ometto gracilino li stava osservando.

«Scusate, ma non ho potuto fare a meno di ascoltare la vostra conversazione. Avete entrambi vinto il concorso avete detto?»

Matteo guardò Riccardo in modo interrogativo.

«Sì perché?»

«Perché anch'io l'ho vinto»

A quel punto anche il buttafuori entrò nella conversazione.

«Veramente anche io ho ottenuto il posto»

Allora anche le due donne, che nel frattempo avevano interrotto la conversazione guardarono nella loro direzione.

«Anche noi due abbiamo vinto il concorso»

«Anche io» L'uomo brizzolato si mordeva il labbro tra una parola e l'altra.

Adesso tutte e sette le persone presenti nella stanza si osservavano l'un l'altro in modo interrogativo.

«Scusate, ma i posti disponibili non erano quattro?» La donna dai tratti orientali guardò a uno a uno i presenti.

«Sì, credo di sì» L'uomo dai capelli brizzolati si passò una mano sotto al mento.

«Quindi non abbiamo ancora ottenuto il posto. Dobbiamo sostenere il colloquio» La ragazza asiatica accavallò le gambe lisciando le pieghe della gonna.

«Però nella lettera…» L'uomo gracile venne interrotto dal suo vicino di sedia.

«Le cose sono due: o c'è stato un errore e hanno spedito alcune lettere per sbaglio oppure il concorso prevedeva una prova orale di cui noi non sapevamo niente»

La donna dagli occhi strabici lo guardò

«Ma non è regolare!» sembrava scandalizzata. Il buttafuori sorrise mostrando una serie di denti bianchissimi.

«Non vedo altra spiegazione, signorina. Siamo in sette ad avere ricevuto la lettera e i posti sono solo quattro»

Matteo era rimasto in silenzio. Aveva ascoltato lo scambio di battute in modo distaccato. A quel punto, era ovvio che la prova scritta non era stata sufficiente per ottenere il posto. Però la lettera lo aveva indicato come il vincitore del concorso. E il colloquio era solo conoscitivo. Quindi… quindi era rimasto fregato. Nessuna sicurezza, adesso. Sette persone per quattro posti. Quattro vincitori e tre delusi. Soppesò i concorrenti con lo sguardo. Valutò l'uomo gracile e stempiato e la donna strabica come i meno pericolosi. Non era un concorso di bellezza. Però l'aspetto fisico conta, inutile negarlo. Riccardo e l'asiatica erano attraenti e sembravano brillanti. In mezzo lui, il brizzolato e il buttafuori.

Nella sala d'attesa calò un silenzio pesante.

Pochi minuti dopo si affacciò sulla porta una ragazza giovane e sorridente, i capelli tagliati corti.

«Signori, mi dispiace ma il vostro colloquio inizierà con un po' di ritardo. Posso portarvi qualcosa da bere nel frattempo? Tè, caffè?»

Tutti i presenti bevvero caffè. Solo Matteo aveva declinato l'offerta. Aveva già preso un'intera macchinetta a casa. E il fatto di non poter fumare lo rendeva nervoso. Altra caffeina avrebbe solo peggiorato la situazione.

Dopo un'ora e un quarto di attesa, la segretaria tornò.

«Prego signori, il direttore vi sta aspettando»

«Come ci sta aspettando? Dobbiamo entrare tutti insieme?» Riccardo guardò la segretaria con aria interrogativa.

«Sì, sarà un colloquio di gruppo. Ora se volete gentilmente seguirmi»

Attraversarono corridoi deserti. Tutte le porte erano bianche e chiuse. La segretaria si fermò sulla soglia di una di esse e, spostandosi di lato, lì invitò ad entrare. Poi richiuse la porta alle loro spalle.

Non poteva esserne sicuro, ma sembrava lo stesso ambiente in cui si era svolto il concorso. Senza le sedie e i banchi, la stanza sembrava ancora più grande. Voleva chiedere a Riccardo se anche lui l'aveva riconosciuta ma questi guardava fisso davanti a sé. Sembrava già concentrato al massimo. Decise di rimanere in silenzio.

Una cattedra e sette sedie erano l'unico arredamento. Un uomo si trovava in piedi dietro alla cattedra. Voltava loro le spalle. Le tende erano tirate. Nonostante fosse mattino, la stanza era illuminata dalle luci dei neon. L'uomo si voltò verso Matteo e i suoi compagni quando erano ormai a pochi passi dalle sedie, con un tempismo da attore consumato.

«Buongiorno signori. Prego, accomodatevi. Io sono Michele Aldinucci, il direttore di questa filiale»

Matteo si accomodò sulla terza sedia da sinistra. Riccardo alla sua destra. Alla sua sinistra la ragazza dai tratti orientali.

Il direttore era un bell'uomo sulla sessantina. Capelli bianchi e riccioli, pettinati ordinatamente all'indietro. Tratti del viso marcati, incorniciati da una barba ben curata.

«Vi starete sicuramente domandando come mai siete stati convocati in sette quando i posti sono solo quattro. Pensate di non aver letto bene il bando e di dover sostenere un colloquio orale» Una pausa, calcolata, durante la quale scrutò i presenti con un lieve sorriso.

«Non è esattamente così» lasciò che le parole facessero effetto. Il direttore iniziò a camminare lentamente avanti e indietro. Per un attimo, a Matteo sembrò di scorgere un tremolio nella figura dell'uomo. Non ci badò. Il nervosismo e le luci gli avevano sicuramente giocato un piccolo scherzo. Rimase calmo, cercando di non pensare alle mani che avevano iniziato di nuovo a sudare.

Il direttore riprese a parlare

«In realtà, di voi sette, solo due otterranno il posto. In questo momento, in un'altra stanza, sono presenti altri sette candidati. Abbiamo accuratamente selezionato quattordici aspiranti manager. Io ho ora il compito di sceglierne due tra di voi»

«Mi scusi» l'uomo stempiato prese la parola con voce esitante «ma se non dobbiamo sostenere un colloquio orale perché siamo qui? Dobbiamo fare un altro esame scritto?»

Aldinucci sorrise.

«No, nessuna prova scritta. Solo un test»

Il cervello di Matteo lavorava febbrilmente. Non erano quattro i posti che poteva giocarsi con gli altri. Solo due. Un bel problema. Ma se non era un colloquio o una prova scritta, di che razza di test si trattava? Stava per chiederlo quando Riccardo lo anticipò.

«E di quale test si tratta?»

Il direttore si umettò le labbra con la lingua

«Partiamo dal presupposto che siete tutti persone estremamente preparate e competenti. Avete risposto in modo esatto praticamente a tutte le domande del test. Dunque quale parametro dovremmo usare per scegliere due tra di voi? L'esperienza? Un requisito importante, ma noi non facciamo differenza tra persone esperte e chi è alla prima prova dirigenziale. Potremmo decidere in base all'aspetto fisico: essere attraenti ha i suoi vantaggi. Ma anche non esserlo può avere lati positivi» guardò la ragazza strabica «Potremmo basarci sulla vostra eloquenza o sulla simpatia. Ma non ci interessa la vostra abilità retorica. E non è detto che dobbiate rimanere simpatici alle persone che dirigerete. Anzi, a volte l'antipatia e saper mantenere le distanze possono generare migliori rapporti di lavoro. Cosa stiamo cercando allora?»

«Noi vogliamo una cosa da voi. Una cosa che tutti gli uomini hanno ma che in pochi sono capaci di tirare fuori. Noi vogliamo delle persone feroci. La ferocia, signori, è ciò che deve guidare il vostro lavoro. Sarete degli squali in mezzo ad altri squali. Non dovrete avere pietà né chiederla. Voi siete i nuovi gladiatori. Oggi mi dovrete dimostrare di non avere scrupoli. Il vostro sarà un test di ferocia»

"È pazzo" pensò Matteo mentre ascoltava il discorso di quell'uomo. Ma non poteva certo dirglielo. E non capiva dove volesse arrivare.

«E in cosa consiste una prova di ferocia?» formulò la frase così rapidamente che quasi si sorprese di averla pronunciata.

«Sarà una prova di coraggio. Per ottenere un grande lavoro occorrono grandi sacrifici. Osservate» con la mano indicò la parete alle loro spalle. Matteo si voltò imitato da tutti gli altri. Una parte del pavimento in linoleum iniziò lentamente a rientrare lasciando aperto uno spazio vuoto lungo quasi l'intera parete e largo un metro. Si percepiva un leggero ronzio simile a quello di un avvolgibile elettrico. Lentamente iniziò ad apparire un'impalcatura di metallo. In un primo momento Matteo non riuscì a capire che cosa fosse. Poi, dopo pochi istanti, fu in grado di mettere a fuoco l'oggetto. Era una rastrelliera di metallo. Ne aveva vista una identica, leggermente più piccola, in un castello della Scozia durante un viaggio che aveva fatto con Silvia due anni prima. Appoggiate all'impalcatura di metallo c'erano delle armi, di ogni foggia e dimensione, allineate le une accanto alle altre. Spade, sciabole, mazze ferrate, picche, alabarde, lance. Di alcune armi Matteo non conosceva neppure il nome. Sembrava che l'armeria di un castello medievale fosse piombata all'improvviso all'interno della nuovissima sala conferenze.

«Ma sono armi!» l'uomo gracile aveva strabuzzato gli occhi. La voce resa stridula dalla tensione.

«Sì, sono armi. Vi ho già detto che voi siete i moderni gladiatori. E questa è una prova di ferocia» il direttore parlava in tono calmo e pacato.

«E cosa dovremmo farci con delle armi da cavaliere?» la donna dai tratti asiatici era imperturbabile.

«È molto semplice, signorina. Uccidere. Ci sono due posti da assegnare e voi siete in sette. I due tra di voi che resteranno vivi avranno il posto»

Adesso Matteo aveva avuto la conferma dei suoi sospetti. Quell'uomo era completamente pazzo. Andato. O forse era un test. Vedere fino a che punto erano disposti a spingersi per ottenere il lavoro. Ma quale test prevede la presenza di spade e la richiesta di uccidere delle persone? E il discorso sui nuovi gladiatori? Si trovavano in una candid-camera?

Nella sala era calato un silenzio pesante. Aldinucci restava immobile, un'espressione indecifrabile sul volto e scrutava ora l'uno, ora l'altro dei presenti.

«Sta scherzando, non è vero?» L'uomo gracile abbozzò una risata.

«No, non sto scherzando. Vedete, a parità di capacità, la differenza sta nelle motivazioni. Voi dovrete dimostrare di essere disposti a tutto, anche a uccidere, per ottenere questo lavoro»

«Ma lei è pazzo! Dovremmo ucciderci l'un l'altro per un dannatissimo posto di lavoro?» Matteo non riusciva a credere a quello che aveva appena sentito.

Guardò Riccardo. Sembrava sconvolto. Le labbra socchiuse nel tentativo di formulare parole che però non riuscivano a uscire.

Aldinucci sorrise e guardandolo negli occhi si rivolse a lui in modo pacato.

«Nessuno la obbliga a rimanere. Se vuole andarsene è libero di farlo. Ovviamente, così facendo, perderà ogni possibilità di trovare impiego presso la nostra azienda. E sconsiglio vivamente a chi deciderà di andarsene di recarsi alla polizia. Sarebbe la sua parola contro la nostra. E racconterete una storia un po' troppo strana per risultare credibile. Comunque ripeto: sono le motivazioni a fare la differenza. Fatemi vedere di cosa siete capaci. Da questo momento la sfida è aperta. Chi vuole andarsene può uscire» con la mano indicò la porta in fondo alla sala, accanto alle armi spuntate dal pavimento.

«Bene andiamocene. Se non è uno scherzo quest'uomo è completamente pazzo» Matteo si alzò. Quando, guardando gli altri, si accorse che nessuno sembrava intenzionato a seguirlo, sgranò gli occhi per la sorpresa.

«Ehi, Riccardo, non vorrai rimanere?» si era rivolto a lui perché era l'unico di cui conoscesse il nome.

«Se vuoi andartene nessuno ti trattiene»

Non furono le parole a colpirlo ma il tono con cui le aveva pronunciate: freddo e distaccato. Un uomo che sta calcolando tutte le possibili variabili della situazione. Anche se non ne aveva alcun motivo, si sentì deluso. Non lo conosceva, ma aveva comunque avuto l'impressione che quel ragazzo gli somigliasse. Si sbagliava.

L'asiatica e la strabica parlottavano fittamente tra loro. Così come il buttafuori e l'uomo brizzolato. Riccardo lanciava di quando in quando occhiate in tralice agli altri. L'uomo esile e stempiato aveva un'espressione stralunata sul viso e guardava in direzione del direttore che, intanto, osservava tutti a braccia conserte.

Nessuno sembrava aver sentito le parole di Matteo. Soprattutto, nessuno sembrava intenzionato ad andarsene.

Matteo credeva di essere piombato in un delirio lucido. Una di quelle situazioni in cui la mente umana cerca in ogni modo di trovare spiegazioni razionali quando, in realtà, non ce ne sono.

E poi, dopo alcuni, lunghissimi minuti di stallo, iniziò.

Le prime ad alzarsi furono le due donne. Con passo rapido coprirono in fretta la distanza che le separava dalla rastrelliera. Pochi istanti dopo, anche l'uomo brizzolato e il buttafuori si alzarono. Riccardo guardò prima lo stempiato, poi Matteo. Quindi si alzò e iniziò a correre.

Matteo rifiutava ancora di accettare quello che stava accadendo. Quelle persone erano veramente pronte a uccidere per avere il posto di lavoro?

"Un posto di dirigente alla Morgan, non un lavoro qualsiasi. E le persone sono disposte a scannarsi per pochi spiccioli" ricordò a sé stesso. Ma lui no. Lui se ne sarebbe andato.

Con passo deciso si avviò verso la porta. Poteva denunciarli? Forse. O forse no. Adesso l'unica cosa importante era uscire da quella stanza. Arrivare in strada e osservare i passanti e il traffico. Tornare a casa e fare una bella doccia calda. Coccolare Silvia e parlare tra un bacio e l'altro del nome da dare al loro bambino. Tornare alla normalità.

Mentre copriva lo spazio che lo separava dalla porta, continuò a osservare la scena che si stava delineando in fondo alla sala. Le due donne avevano raggiunto la rastrelliera e, dopo un attimo di indecisione, avevano entrambe afferrato una corta lama, una sorta di daga.

L'uomo brizzolato e l'energumeno erano arrivati pochi istanti dopo. Il primo afferrò una lunga lama ricurva, una sciabola, con l'elsa piena di spuntoni metallici.

Il buttafuori prese, invece, un enorme martello.

Matteo rallentò il passo sino quasi a fermarsi. La scena che stava osservando era incredibile.

Riccardo e l'uomo stempiato furono gli ultimi a raggiungere le armi. Il primo prese una normalissima spada, il secondo, con le mani che tremavano, una mazza nera, irta di spine metalliche.

Le due donne restavano vicine. A pochi metri da loro, il buttafuori e l'uomo brizzolato si scambiarono un cenno d'intesa. In un attimo si gettarono sulle due donne. Nonostante la distanza, Matteo riuscì a cogliere il cambiamento che era avvenuto nei loro volti. Entrambi avevano un'espressione truce. Gli occhi ridotti a due fessure.

Il buttafuori si gettò sulla ragazza strabica come una furia. Un urlo animalesco risuonò nella sala. Il martello vorticò nell'aria e si abbatté sulla malcapitata. Questa riuscì a evitarlo spostandosi di lato. L'arma impattò con un suono fragoroso contro il pavimento di linoleum, fracassandone alcune assi. La donna, sbilanciata, non riuscì a evitare il secondo colpo. Il martello la centrò al fianco.

Il rumore delle ossa spezzate echeggiò in tutta la sala. La donna strabica cadde riversa su un fianco. Ma non ci fu nessuna pietà per lei: il martello calò una terza volta fracassandole il cranio.

Intanto, l'uomo brizzolato aveva colpito la donna asiatica con un calcio facendola cadere a terra. Stava per trafiggerla con la spada, quando la donna alzò la mano libera verso l'alto e con voce rotta dal pianto lo implorò «Non uccidermi, ti prego. Mi arrendo»

L'attimo di indecisione gli fu fatale. Con la mano a terra la donna teneva ancora stretta la sua arma. Vibrò un affondo verso l'uomo che la sovrastava, piantandogli la corta lama nello stomaco.

Il brizzolato fece qualche passo incerto verso il muro, come a cercare aiuto dal direttore, che aveva osservato tutta la scena senza muovere nemmeno un muscolo. La donna si avvicinò con lentezza e, impugnata la daga con entrambe le mani, la estrasse. L'uomo brizzolato crollò in ginocchio e, dopo pochi istanti, si accasciò a terra. Il viso a contatto con il pavimento. Gli occhi ancora aperti ma privi di vita.

Matteo osservava tutto con occhi sbarrati. Aveva di fronte a sé la follia umana, nel pieno del suo splendore. La porta era così vicina. Due metri. Forse di meno. Ma non riusciva ad andarsene. Una volta aveva letto del "fascino della morte". Era quello che stava provando in quel momento? Forse. Solo due metri. Mosse un passo verso l'uscita. Un passo verso la normalità. Si fermò. E riprese a guardare.

La donna asiatica, dopo essersi rimessa in piedi, guardò il buttafuori. Un gesto di intesa e i due iniziarono ad avvicinarsi a Riccardo e al suo compagno. L'uomo stempiato aveva il viso cinereo. Brandiva la mazza nera davanti a sé, le gambe leggermente divaricate e tremava vistosamente.

La donna asiatica si gettò su di lui. Questi, in un attimo, gettò la mazza a terra e iniziò a correre verso la porta, urlando. Un urlo isterico. Acuto. Insopportabile. Quando la daga gli penetrò tra le scapole e l'urlo si esaurì in un gorgoglio di dolore, Matteo si sentì sollevato.

Intanto Riccardo era in difficoltà. Il buttafuori lo incalzava con il martello e la differenza di peso e di forza si facevano sentire. Continuava a indietreggiare cercando di evitare i colpi che si facevano sempre più ravvicinati e potenti. In breve tempo,

Riccardo si trovò con le spalle al muro. Riusciva a evitare i colpi con difficoltà e sembrava incapace di reagire.

Nel frattempo la donna asiatica si era seduta. Si premeva la mano destra contro il fianco sinistro. La bocca sanguinava copiosamente a causa del colpo ricevuto dall'uomo brizzolato.

Pochi rapidi passi e Matteo si gettò sull'energumeno scaraventandolo contro la parete prima che questi calasse un altro colpo. Perché lo stava facendo? In fondo, se Riccardo avesse voluto, se ne sarebbe potuto andare. Come aveva fatto lui? No, forse poteva ancora salvare quello stupido. Se fosse riuscito ad afferrarlo e avessero guadagnato entrambi l'uscita, l'incubo sarebbe finito.

Nel momento in cui travolse l'energumeno sentì la spalla destra cedere per la violenza dell'urto. Gridò di dolore e cadde pesantemente sul pavimento. Le fitte alla spalla gli annebbiarono per un attimo la vista. Ma aveva sortito l'effetto voluto: adesso Riccardo era salvo e il buttafuori, nella caduta, aveva perso il suo micidiale martello. Matteo si sollevò a fatica da terra, la mano sinistra a sostenere la spalla destra.

«Dai, andiamocene. Qui sono tutti impazziti»

Ma Riccardo non sembrava ascoltarlo. Stringeva ancora la spada in pugno. Il buttafuori stava strisciando verso il suo martello. Nella caduta doveva essersi fatto male a una caviglia.

«Ehi, ma mi stai ascoltando?»

Due passi. Riccardo portò la lama sopra la testa tenendola stretta con entrambe le mani. Colpì l'uomo a terra una, due, tre volte. L'energumeno non si muoveva più. Sul pavimento si aprì una pozza di sangue.

Matteo guardò di nuovo Riccardo. Gli occhi erano sbarrati e assenti. Pareva non mettere a fuoco ciò che lo circondava. Aveva perso il senso della realtà. Ma negli ultimi minuti, chi era rimasto lucido? Aveva visto scene di una violenza inaudita.

"E tu sei rimasto a guardare"

"No, io non ho partecipato a questo… questo delirio"

"Ma sei rimasto a guardare"

"No, io volevo andarmene. Scappare. Tornare da Silvia. A casa"

"Ma sei rimasto qui"

"Si. Sono rimasto e ho visto il sangue rosso. La bestia che si annida in ogni uomo"

"E ora? Cosa farai?"

Stava impazzendo. Una pazzia lucida. Si faceva domande a cui rispondeva a mezza voce. Schizofrenia? Immobile, preso dal suo monologo interiore, non si era accorto che Riccardo si era portato di fronte a lui. La spada sporca di sangue in pugno. Il calcio lo colpì alla bocca dello stomaco togliendogli il respiro. Si ritrovò disteso, la schiena a contatto con il pavimento freddo. Tutto rallentò. Il dolore alla spalla era lontano. Stava galleggiando in una pozza d'acqua scura di cui non scorgeva il fondo. Riccardo era ancora sopra di lui. Stava per morire. Stava per essere trafitto come in un film di cappa e spada. Solo una cosa gli passò per la mente in quel momento "Gli ho salvato la vita". Poi un altro pensiero "Siamo ancora in tre. Tre per due posti".

Aspettando l'impatto della lama, chiuse gli occhi e pensò a Silvia e al bambino che portava in grembo. Il bambino che lui non avrebbe mai conosciuto. Ma il dolore non arrivò. Sentì invece qualcosa di metallico che sbatté contro il pavimento. Aprì gli occhi.

Riccardo aveva la bocca socchiusa, un rivolo di sangue gli scendeva dall'angolo delle labbra. Piccole bolle di sangue miste a saliva gli imbrattavano il mento. Poi si abbatté al suolo con una daga conficcata nella schiena. La donna asiatica era in piedi e si teneva il fianco con una mano. Gli sorrise. Le mancavano due denti. Un attimo dopo si trovarono circondati da un gruppo di uomini in tuta bianca. Trascinarono fuori i cadaveri rapidamente, senza rivolgere loro neppure un'occhiata.

L'applauso che risuonò nella sala ruppe la bolla di irrealtà. Fu come se il suono delle mani che battevano ritmicamente una contro l'altra gli avesse restituito la cognizione del tempo. Fu come riemergere e respirare di nuovo dopo lunghissimi minuti di apnea.

Il direttore Aldinucci era ancora in piedi, dietro alla cattedra. Matteo raccolse da terra la spada usata da Riccardo. La ragazza asiatica, a pochi passi da lui, sembrò sorpresa dal gesto e si allontanò di qualche metro. Poi si accorse che Matteo non guardava nella sua direzione. Stava fissando il direttore.

La spalla destra gli faceva male ma non ci badò. La rabbia aiuta. Iniziò ad avvicinarsi rapidamente al direttore. La spada stretta in pugno distesa lungo il fianco.

«Signor Ghinazzi, capisco che lei è sotto shock ma la prego di non fare niente di stupido. Non servirebbe a nulla» Sembrava non avere il minimo timore di Matteo. Forse perché non aveva ucciso nessuno degli altri? Credeva che non ne fosse capace? Si sbagliava. Avrebbe preferito vedere la paura e il terrore sul viso ben curato di quel bastardo. Ma, alla fine, non c'era poi molta differenza. Con un urlo si scagliò contro Aldinucci. L'uomo non si mosse. La spada non trovò resistenza. Semplicemente, gli passò attraverso. Così come Matteo che, nello slancio, finì addosso alla figura e, per un attimo, le si sovrappose.

Matteo fece due passi indietro lasciando cadere la spada sul pavimento.

«Ora è pronto ad ascoltarmi?» disse l'uomo che sarebbe dovuto morire un attimo prima.

«Lei… lei è un ologramma…» il tremolio che aveva colto all'inizio del colloquio non era stato un gioco di luci.

«Sì. Durante le prime selezioni erano presenti persone in carne e ossa. Ma abbiamo avuto delle reazioni, diciamo, spiacevoli da parte dei candidati e abbiamo deciso di sostituire gli esaminatori con immagini olografiche. Stesso risultato, nessun rischio»

«Nessun rischio per voi. Avete dato il via a un massacro»

Intanto la donna asiatica lo aveva raggiunto e si era seduta. Matteo la guardò. Continuava ad avere gli occhi iniettati di sangue e un'espressione ebete sul volto.

«La pietà è un nobile sentimento. Ma se vuole lavorare con noi dovrà dimenticarla»

«Io non voglio lavorare con voi! Siete dei pazzi… sadici, maniaci»

«Se vuole può andarsene, signor Ghinazzi. Nessuno la trattiene. Poteva andarsene anche prima che iniziasse la prova. Eppure è ancora qui» disse in tono duro, sprezzante.

«Infatti ora me ne vado. E non creda che finisca qui»

«Comunque, prima di andarsene, non è curioso di sapere come mai cinque uomini si sono massacrati a colpi di spada?»

«Cosa vuol dire?»

«Crede veramente che senza un piccolo aiuto vi sareste dati battaglia?»

«Non capisco» Matteo era perplesso. La rabbia aveva lasciato spazio alla curiosità.

«Lei è l'unico che non ha bevuto il caffè»

Non ci aveva pensato. Lui era l'unico che nella sala d'attesa non aveva accettato nulla da bere.

«Che cosa avete messo nel caffè?»

«Una sostanza interessante. Nella società moderna ci sono troppe convenzioni. Esercitiamo un controllo eccessivo sulle nostre pulsioni primitive, come la violenza. Quello che vi è stato somministrato è un composto studiato in modo da abbattere le inibizioni e liberare l'aggressività. Non ha lo stesso effetto su tutti i soggetti. C'è chi è più ricettivo e chi meno. Ma abbiamo scoperto che è molto efficace nell'ottanta percento dei casi. C'è tanta gente che reprime la sua vera natura. Una scoperta di una casa farmaceutica di cui la Morgan controlla il pacchetto di maggioranza. Dopo poche ore non lascia tracce»

«E se nessuno avesse accettato da bere?»

«Avremmo aspettato. Una, due, tre ore. La fame o la sete sarebbero arrivate. Se ha ancora un attimo di pazienza la pregherei di sedersi e osservare»

Gli schermi di due computer uscirono dalla cattedra in pochi istanti con un leggero ronzio. Una serie di cifre apparve sullo schermo nero.

«Che cos'è?» Matteo era disgustato. La spiegazione della sostanza che l'uomo gli aveva fornito lo aveva sconcertato. Adesso, non pensava più che gli altri fossero dei pazzi pronti a tutto per un posto di lavoro. Erano stati spinti a fare quello che avevano fatto. Se lui avesse bevuto il caffè, cosa sarebbe successo? Come si sarebbe comportato? Avrebbe ucciso? O sarebbe fuggito come l'uomo stempiato?

«Il vostro stipendio. Netto. È solo quello iniziale e non prevede i premi, ma credo che lo si possa considerare soddisfacente»
Era una cifra enorme. Non aveva mai visto tanti soldi. Non avrebbe condotto soltanto una vita agiata. Sarebbe stato ricco. Non credeva che un dirigente percepisse uno stipendio del genere. Forse neanche un vicepresidente.

«La scelta sta a lei. In fondo non ha neppure dimostrato la ferocia che volevamo mostrasse in questa prova. Però ha salvato la vita di un uomo a rischio della sua dimostrando un certo coraggio. E poi il nostro accordo prevedeva che i due sopravvissuti avrebbero ottenuto il posto. Noi rispettiamo sempre gli accordi. E lei è ancora vivo»

Matteo guardò la porta. Poi la sua compagna. La donna asiatica non aveva aperto bocca. Osservava lo schermo del computer in modo estatico. Sembrava quasi volerlo accarezzare.

La porta. L'uscita. La normalità.

Lo schermo. Il lavoro. Il denaro. Tanto denaro. Silvia. Il bambino in arrivo.

"In fondo io non ho ucciso nessuno".

Si sedette.

L'impiegato

Mentre osservava i cani che scendevano rapidi dalle auto con i lampeggianti blu accesi, Marco Morani sorrideva. Era un sorriso amaro, ma comunque liberatorio. La tranquilla vita da impiegato era finita. Non quel giorno. Una settimana prima. Il tempo trascorre in modo strano. Sembra una ruota che gira lenta su sé stessa. Ma tutto dipende dalla prospettiva da cui la stai guardando. Se ti avvicini può apparire un vortice rapidissimo che risucchia tutto. Lui era entrato nel turbine e aveva visto la realtà. O forse una delle molteplici realtà in cui siamo immersi senza neppure rendercene conto. Lui ora vedeva.

I cani erano intorno alla casa. Presto sarebbero entrati. Il gran finale era arrivato.

Buongiorno, mi chiamo Marco. Marco Morani. Sono un impiegato del catasto. Faccio diligentemente il mio lavoro da quindici anni, centotrenta giorni, ventidue ore, nove minuti e quindici secondi. Sono un uomo tranquillo. E solo. Non ho amici. Solo qualche collega che si rivolge a me quando ha un favore da chiedermi.

Ho sempre votato per i partiti cattolici. Sono credente e molto praticante. Non mi piacciono i partiti di sinistra. È un fatto di educazione. E anche perché non amo i cambiamenti. Il mondo mi va bene così com'è. Vedete, in poche righe ho quasi riassunto la mia vita. Vi ho risparmiato gli anni di studio con buoni risultati. Non eccellenti, ma buoni. Ah sì, anche il fatto che, sulla soglia dei quarant'anni, vivo ancora con mia madre. Non voglio darvi l'impressione di essere una persona repressa o infelice. A me va benissimo così. In fondo, non si può essere tutti protagonisti. Il mondo è fatto anche di comprimari e di persone che non hanno aspirazioni e non si lamentano, altrimenti come andrebbe avanti la società? Comunque, una settimana fa, la mia vita è cambiata. Ho deciso di scrivere perché, quando tutto sarà finito, qualcuno possa leggere le mie parole e capire ciò che ho fatto. Così lascerò qualcosa dietro di me. O almeno ci proverò. Ho sempre fatto una grandissima fatica a scrivere i temi di italiano, figuriamoci un racconto. Ma forse non avevo nulla di interessante da dire. Ora invece ce l'ho. E voglio raccontarvelo.

Lunedì

Sono un tipo preciso e quindi inizio dal primo giorno della settimana. Lunedì, come sempre, sono andato al lavoro. La sede del catasto è una struttura squadrata e severa. Architettura fascista annerita dallo smog, ma a me piace. Ci sono affezionato. Io lavoro al quarto piano, in un piccolo ufficio ingombro di carte e pratiche. I primi tempi provavo a tenere in ordine gli scaffali e la pesante scrivania di legno, ma ho imparato presto che era una causa persa. Le scartoffie si accumulano con una velocità superiore a quella con cui riesci a tenere in ordine. E, poco tempo dopo, ho rinunciato. Dicevo, sono andato al lavoro e come tutte le mattine avevo i miei cinque minuti buoni di anticipo sulla tabella di marcia. Come ho già detto sono un tipo preciso. Ho salutato i colleghi e mi sono seduto al mio posto assaporando l'inizio di una giornata di perfetta routine. Stavo lavorando da appena due ore quando è arrivato Federico Giusti, il segretario del direttore.

«Ciao Marco, sempre al lavoro eh?» Il fatto che mi avesse dato del tu era già rivelatore. La sua non era una visita di cortesia. Voleva qualcosa da me.

«Buongiorno. Posso fare qualcosa per te?»

«Sì. Il direttore mi ha mandato a chiederti se puoi rinunciare alle tue ferie di agosto. Ci sono un sacco di pratiche da evadere e i nuovi arrivati sono troppo lenti. Ci vuole qualcuno della tua esperienza che resti qui per dare loro una mano» Il sorriso di Federico era veramente irritante. Lo sbigottimento iniziale aveva lasciato rapidamente posto alla rabbia. Ma ho solo balbettato «Ma io avrei chiesto le ferie già da sei mesi…» «Allora siamo d'accordo. Riferisco al direttore che hai accettato. Non sai quanto sarà felice di sentirlo» Non aveva neppure ascoltato la mia risposta. È uscito senza chiudere la porta. In tutto questo io avrei dovuto urlare «No!» sbattere i pugni sul tavolo, mandare tutti a quel paese e dire «Io non rinuncio alle mie ferie, resti qui qualcun altro!» Ma non l'ho fatto. Perché vi chiederete voi. Non lo so. O forse si. Perché sono un debole. O almeno lo ero in quel momento. Ora le cose sono cambiate. Ma devo procedere con ordine. Spero di avere il tempo di finire. E mi scuso se dimenticherò qualcosa, ma si sa, quello che conta è il succo.

Il resto della giornata è scivolato via pallido e fiacco. Ciò che mi spaventava non era il problema di dover rinunciare alle ferie, ma spiegare a mia madre che non l'avrei potuta accompagnare al mare. Dovete sapere che mia madre non è una donna che si lamenta e, del resto, non mi vuole neanche particolarmente bene. È solo che da quando è morto mio padre, pace all'anima sua, lei non ha nessun altro al mondo oltre a me. Siamo diventati una specie di organismo che vive in simbiosi. Due persone che si avvicinano l'una all'altra semplicemente perché non hanno nient'altro a cui aggrapparsi. Ma la sensazione è piacevole. A volte mi sono domandato cosa succederà quando mia madre non ci sarà più, ma ho rifiutato l'idea, forse in modo un po' puerile, di restare un giorno veramente solo.

Quando sono tornato a casa mia madre mi ha preparato il pollo arrosto, il mio piatto preferito, ma io non ho quasi toccato cibo. Non le ho detto delle ferie. Meglio rimandare per ora. La notte ho dormito male.

Martedì

Martedì mi sono alzato alle sette in punto e ho fatto colazione. Sono andato in ufficio e mi sono messo al lavoro mentre fuori i colleghi chiacchieravano e scherzavano. Non me la sento di iniziare in ritardo. In fondo sono pagato per le ore che dedico alle pratiche e non per quello che passo a pensare ai fatti miei. Se tutti svolgessero il proprio lavoro in modo diligente e puntuale non vivremmo forse in una società più ordinata e quindi migliore? Io credo di sì. Comunque, a metà mattinata, ho fatto la pausa che mi spetta e sono andato al distributore automatico a prendere un caffè, rigorosamente decaffeinato. Il distributore è in fondo al corridoio, a pochi metri dalla porta del mio ufficio. Stavo aprendo la porta quando ho sentito le voci di un uomo e una donna che parlavano allegri. Mi sono fermato ad ascoltare. Non è bello origliare, lo so. Però sentivo che stavano parlando di me. È una di quelle sensazioni che non sai spiegare. Come quando si dice che se ti pizzica il naso qualcuno ti sta pensando.

«Allora dove vai in vacanza quest'estate?» ho riconosciuto subito la voce di Claudio. Claudio Ferrari, vicedirettore e noto playboy. Una persona gentile, e cortese. Così cortese da risultare poco sincero.

«Credo che me ne andrò in Sardegna. C'è una mia amica che ha una casa in multiproprietà e quest'anno le spettano due settimane in Agosto» La voce femminile era di Liliana, detta Lilli, la segretaria del direttore. Una bella ragazza poco meno che trentenne. Mi era giunto all'orecchio che la ragazza fosse qualcosa di più che una segretaria, ma io non ho mai dato peso alle maldicenze. In fondo, il direttore è tanto una brava persona.

«Lo sai chi hanno incastrato per agosto?»

«No, chi?»

«Quel poveretto di Marco Morani, dell'ufficio qui dietro»

«Sapevo che doveva restare il segretario, Federico, ad agosto...»

«Avrebbe dovuto, ma sai, quando sei il cognato del direttore, hai un trattamento di riguardo... se ci metti poi che Morani è un coglione troppo buono per riuscire a farsi rispettare...» I due risero.

Non ho preso il caffè. Sono rimasto seduto alla scrivania. Ho pensato che è brutto quando gli altri si fanno beffe di te.

Quando sono tornato a casa mi sono fatto un bagno. L'acqua bollente è riuscita a non farmi pensare. A cena, mia madre mi ha preparato il risotto allo zafferano. È buono. Ma io non avevo molta fame.

«Cosa c'è che non va caro?» Pur essendo una donna piuttosto in carne, la voce di mia madre è bassa e dolce e su di me ha un effetto calmante.

«Niente mamma» Continuavo a osservare il piatto prendendo piccole porzioni di riso che poi facevo ricadere creando dei cumuli ai lati.

«Non è vero che non hai niente. Su, alla mamma puoi dirlo»

E come sempre, sono capitolato. Ma tanto, prima o poi, dovevo parlarne e allora perché non farlo ora? Schiarendomi la voce, ho scandito (Sapete, la mamma è un po' sorda e quindi devo parlarle con un tono più alto).

«Non possiamo più andare al mare ad agosto, mi hanno tolto le ferie» L'ho detto tutto di un fiato. Sapevo che si sarebbe arrabbiata molto. Lei adora il mare. Quando ho finito di pronunciare la frase, gli occhi neri sono quasi scomparsi dentro alle pieghe di grasso. Il braccio destro ha iniziato a tremare in modo incontrollabile. Quando la mano si è abbattuta sul piccolo tavolo il piatto si è rovesciato spargendo il riso tutto intorno.

«Sei un fannullone. E adesso chi porta la tua povera mamma al mare? Sai quanto mi fa bene l'aria di mare? Sei un fallito esattamente come tuo padre! A letto senza cena»

«Ma mamma, non è colpa mia... io...» ma ho abbassato la testa. Non so come mai, ma è uno di quei gesti che mi viene naturale. Ha ragione mia madre. Se mi facessi rispettare, se avessi alzato un po' la voce al momento giusto, avrei ancora le ferie e la mamma non avrebbe motivo di arrabbiarsi in questo modo.

«Non è colpa tua? E di chi allora, smidollato? Vai subito in camera tua!»

Mi sono alzato e sono andato in camera. Da quando Padre Ferretti, il suo confessore, è scomparso, la mamma è spesso nervosa. E io, comportandomi così, non sono di aiuto. Mi sono anche dimenticato di lavarmi i denti. Che dite, mi verrà una carie? Non ho chiuso occhio per tutta la notte.

Mercoledì

Mercoledì è stato il giorno in cui la mia vita è cambiata. La mattina mi sono alzato e non ho trovato la colazione in tavola. La mamma doveva essere ancora molto arrabbiata. Così sono uscito dieci minuti prima e ho preso un caffè decaffeinato e un cornetto alla crema al bar all'angolo. Non è la stessa cosa delle uova con pancetta, ma era buono. In ufficio la giornata è passata senza novità. Anche oggi non ho fatto la pausa caffè. Avevo troppa paura di incontrare qualcuno che mi chiedesse delle ferie.

La sera sono tornato a casa con qualche minuto di anticipo. Mia madre non c'era. Un bigliettino diceva che era andata al cinema. La cena era sul tavolo. Roastbeef e patate. Ho scaldato tutto nel microonde. Poi mi è venuta l'idea di uscire a fare una passeggiata, tanto per digerire. In strada non c'era molta gente. Chi può è già al mare a godersi il sole sulla spiaggia o a mangiare pesce fresco in qualche bel ristorantino del porto. Ho continuato a camminare per un pò. Quando sei assorto e lasci che le gambe vadano da sole, non ti rendi conto di dove puoi arrivare. È allora che l'ho visto. Le luci colorate del Luna Park ammiccavano. Erano anni che non mettevo piede dentro ad un parco giochi. C'ero stato con i miei genitori. Dopo la scomparsa di papà, però, mia madre ha iniziato a ingrassare e ha perso interesse per tutto ciò che non ha a che fare con il cibo o che non è raggiungibile in meno di due minuti a piedi, come il cinema che si trova proprio sotto casa.

Ho deciso di entrare. Non che avessi voglia di provare qualche attrazione. Non sono bravo con i giochi. Se richiedono un po' di coordinazione o altre abilità, come la pesca o il tiro a segno, Dio ci scampi. Non ho mai vinto niente, neppure a mosca cieca. Ho iniziato a girare per le strade inondate dalle luci colorate, sentendomi di nuovo bambino. Una bella sensazione. Non hai preoccupazioni, e tutto appare migliore di quello che è in realtà. Tutte le attrazioni erano affollate. Adolescenti e ragazzi salivano e scendevano dalle giostre mentre le famiglie aspettavano sorridenti. Ho visto due ragazzi che si baciavano in un angolo. Forse la scena più bella in mezzo a tutto il resto. Era un bacio vero, dato a occhi chiusi. Un bacio carico di promesse. Il ragazzo ha aperto gli occhi all'improvviso e ha guardato nella mia direzione. In mezzo alla confusione che mi circondava sono riuscito a leggere il suo labiale «Cazzo hai da guardare?» Ho abbassato lo sguardo e mi sono allontanato. Mi sento un corpo estraneo, in mezzo a tutta questa felicità. Non sono infelice, semplicemente la mia felicità è la routine. Ho fatto del detto "nessuna nuova buona nuova", la mia ragione di vita. Il fatto che i giorni passino senza novità o eventi improvvisi, mi procura serenità e tranquillità. Ho continuato a girare per un po' tra le bancarelle. Non guardavo le attrazioni ma i volti delle persone. Le espressioni dei bambini felici.

Poi, in fondo al Luna Park, l'ho vista. Una piccola tenda rossa. Un cartello appeso a un treppiedi davanti all'entrata recitava "Madame Question risponde a tutte le vostre domande. Cinque euro". Una sfera di cristallo disegnata piuttosto grossolanamente sotto ai caratteri dorati.

Mamma mi ha sempre messo in guardia da maghi e astrologi che spillano soldi solo per dirti ciò che vuoi sentirti dire. In realtà mia madre mi ha messo in guardia dalle donne in generale, buone a nulla pronte a tradirti e a lasciarti in qualunque momento. Ma, nonostante sapessi che quella donna dentro alla tenda mi avrebbe detto qualcosa di banale, non potevo resistere al desiderio di entrare. Ero troppo curioso di sapere ciò che volevo visto che in realtà non lo sapevo neppure io. Quando sono entrato nella tenda un forte profumo di incenso mi ha pizzicato le narici. Seduta davanti a un piccolo tavolo, una figura minuta fissava delle carte disposte in disordine sulla superficie di velluto scuro che ricopriva il tavolino e arrivava sino al pavimento. Il locale era in penombra, rischiarato solo da un paio di candele e dalla luce che filtrava appena dall'entrata della tenda.

«Buonasera, la… la signora Question?»

«Si, sono io. In carne e ossa. Forse più ossa, per la verità» Mi aspettavo una voce gracchiante, da strega. Invece quella donna aveva un tono basso e gradevole, non dissimile da quello di mamma. Chissà come due persone, così diverse, possono avere voci tanto simili. Il corpo minuto era quello di una persona anziana. Molto anziana. Anche se non sono riuscito a vederla bene in faccia, ho immaginato che avesse un volto pieno di rughe.

«Vuoi sederti o preferisci restare in piedi?» La mano ossuta, piena di anelli pesanti, ha indicato una piccola sedia di plastica, dall'altra parte del tavolo. Mi sono seduto, rassettandomi la giacca sulle ginocchia.

«Sei qui per la lettura della mano, per le carte o per la sfera di cristallo?» l'anziana signora sembrava annoiata.

«C'è differenza?»

«Certo che c'è differenza!» Madame Question sembrava contrariata.

«Mi scusi, è che non sono molto pratico di queste cose»

«Capisco. Dimmi, perché sei qui?» Quella era veramente una bella domanda. Ero lì per chiedere se mia madre mi avrebbe perdonato di non poterla portare al mare? Oppure per sapere se nel mondo c'era una donna per me? Non lo sapevo.

«Non lo so»

«Non è una grande risposta. Di solito le persone vengono qui per rivolgermi delle domande» Adesso la maga sembrava divertita dalla mia indecisione. «Di solito che cosa chiedono le persone che vengono qui?»

«Che cosa chiedono? Mi chiedono se la loro vita cambierà. Se troveranno il vero amore, se avranno successo e denaro. Mi chiedono della salute. Le solite cose» Roteò in aria la mano ingioiellata con noncuranza.

«E lei riesce a vedere tutte queste cose?» Ero curioso, perché nonostante tutto quello che mia madre mi aveva detto a proposito della categoria, la vecchia raggrinzita che avevo davanti era a suo modo affascinante.

«Ma certo che no! Io mi limito a dirgli ciò che vogliono sentirsi dire. Li rassicuro in qualche modo. Oggi esistono gli analisti e gli psicologi per creare problemi anche dove non ce ne sono. Io dono un momento di gioia alle persone. Tu però non stai cercando questo, non è vero?»

«No. O meglio non so perché sono venuto qui. Non cerco niente. Non ho mai cercato niente. E sono troppo vecchio per sognare»

«Vuoi che ti legga la mano? Nessuno è troppo vecchio per sognare. Basta volerlo» Madame Question ha allungato la sua piccola mano rugosa e ha afferrato la mia. Per un attimo ho provato repulsione al contatto con quella pelle estranea. Non sono abituato ad avere contatti fisici con altre persone, tranne che con la mia mami, ovviamente. Poi mi sono vergognato perché avevo la mano sudata. Non è bello ma mi succede quando sono nervoso. L'anziana signora è rimasta a passare le sue dita sul palmo per alcuni istanti, con gli occhi chiusi. Poi all'improvviso ha aperto le palpebre e mi ha guardato «Sei una persona strana. Un uomo che si è arreso ma non è infelice per questo. Un uomo che si accontenta di ciò che ha, ma che si lascia calpestare da tutti gli altri»

«Non è vero, io…» non sapevo cosa dire ma non mi andava di essere calpestato anche da una vecchia maga rinsecchita. «Sssh. Tutti gli uomini hanno un'anima, buona o cattiva. Tu credi che tutti quelli che ti stanno intorno meritino qualcosa in più di te, ti possano passare avanti perché è giusto così. Ma non lo è. Ti faccio un dono, uomo. Vedrai il vero volto delle persone. Forse così ti renderai conto di ciò che ti circonda e la tua vita potrà cambiare. Come, sarai tu a deciderlo»

Mi sono sottratto alla presa di quella donna. Sudavo freddo. Non capivo il senso di quelle parole. Ma su di una cosa aveva ragione, la mia vita sarebbe cambiata. Ma in quel momento volevo solo andarmene il più lontano possibile. Mi sono alzato di scatto dalla sedia. Mentre stavo uscendo la voce di madame Question mi ha richiamato indietro «Non dimentichi qualcosa?» Non ho risposto. Sono rimasto lì, in piedi, aspettando un'altra profezia sulla mia vita. Ma non è arrivata.

«Fanno cinque euro» Il denaro riporta sempre a una dimensione più terrena. Ho pagato e mi sono avviato a passo spedito verso casa. Quella notte ho dormito veramente male.

Giovedì

Quando mi sono svegliato, per prima cosa sono andato in bagno. Non vado a dormire tardi. Non sono mai stato a ballare in vita mia. La mattina non ho le borse sotto gli occhi e neppure la bocca amara. Ma quando mi sono guardato allo specchio c'è mancato poco che urlassi. Lo specchio non rifletteva la mia immagine. C'era un.. un essere, di fronte a me. Ero un uomo in pigiama con la testa di una…una pecora. Ora tutti penseranno che all'improvviso sono diventato pazzo, l'impiegato tranquillo e diligente che una bella mattina si alza e impazzisce. Ma non è andata così. Io stavo benissimo. Dal collo in giù ero me stesso. Però al posto della mia anonima faccia adesso avevo una testa di pecora. Ho chiuso gli occhi. Quando li ho riaperti il mio volto era sempre quello di un animale. Ho provato a toccare la lanugine bianca che mi ricopriva le guance. Al tatto, la pelle era sempre la solita. Liscia e ben rasata. Anche i capelli erano gli stessi, corti e al loro posto. Ma lo specchio continuava a riflettere una pecora. Ho provato a parlare. Mi aspettavo di udire un belato. Invece anche la voce era quella di sempre, un po' incerta e profonda, ma era pur sempre la mia. Adesso il dilemma che mi si presentava era se andare al lavoro oppure darmi malato. Ve l'ho detto che sono un tipo preciso. Il mio senso del dovere è così sviluppato che farebbe impallidire quello di un kamikaze. Non ho mai fatto un solo giorno di malattia in quindici anni di lavoro. Solo una volta ho chiesto qualche ora di permesso per andare al funerale di mio padre.

Anche questa mattina mia madre non mi ha preparato la colazione. Deve essere ancora molto arrabbiata. Ma non sono andato al Bar. Anche se non fa bene iniziare la giornata senza mettere nulla nello stomaco, ero troppo colpito dall'immagine dello specchio per vedere altre persone.

Sono andato al lavoro. Appena sono uscito in strada ho visto una donna. Cioè il corpo era quello di una donna ma la testa era quella di una giraffa. Il collo lunghissimo ondeggiava come se fosse di gelatina. La donna giraffa si è accorta che la stavo guardando. Mi ha sorriso. Aveva denti grandi e gialli e labbra pronunciate. È passata oltre. Il fruttivendolo all'angolo, un uomo robusto, stava disponendo la sua merce nella bancarella di fronte al negozio. «Verdura fresca! Frutta fresca! Buongiorno, vuole le solite mele?» Di solito compro sempre due o tre mele da mangiare durante la pausa pranzo. Ma come puoi comprare della frutta da un uomo con la testa di un orso? Mi sono affrettato a passare avanti. Ho iniziato a immaginare che tutti portassero una maschera. Una specie di ultima moda di cui ero rimasto all'oscuro. In realtà, sono sempre stato un patito dei documentari. Ma una cosa è vedere degli animali in televisione. Una cosa è rendersi conto che tutti quelli intorno a te hanno corpi umani e teste di animali. Ero circondato da giraffe, scimmie, orsi, uccelli. Vicino all'ufficio ho incrociato una mamma che spingeva un passeggino. Sopra il corpo sinuoso fasciato in un abitino scollato, c'era una testa di pipistrello. Per poco non ho urlato. Odio i pipistrelli. Ma la cosa che mi ha colpito più di tutti è stato il bambino. Non ho resistito alla tentazione di gettare uno sguardo all'interno del passeggino. Aveva un visino roseo, da neonato. Era addormentato e sembrava risplendere di una luce particolare, intensa.

Certo sembra assurdo andare al lavoro come se niente fosse, in mezzo a quel delirio da lsd. Forse il fatto che io sia così diligente e disciplinato mi ha permesso di non impazzire. Ho, diciamo, accettato il cambiamento. Me lo sono fatto scivolare addosso come ho fatto per tutte le cose della mia vita.

Ma il peggio è arrivato in ufficio. Sono entrato ancora prima del solito per non incontrare nessuno. Per la prima volta in tanti anni, però, non sono riuscito a concentrarmi sul lavoro. Le immagini degli animali, o meglio delle persone con testa di animale, continuavano a passarmi di fronte agli occhi. Ho ripensato alle parole di madame Question. Era stato un incantesimo, una fattura? Vedevo realmente la vera essenza delle persone oppure stavo semplicemente impazzendo? Ma se ero pazzo la mia era una pazzia lucidissima. Tutto era normale tranne le teste delle persone. Le lettere della pratica che avevo di fronte erano indistinte e sfocate. Qualcuno ha bussato alla porta. Ho deglutito a fatica. «Avanti» Quando è entrato Federico Giusti mi si è accapponata la pelle. In fondo non mi sarei dovuto sorprendere. Se ero in grado di vedere il vero volto delle persone, il segretario del direttore non poteva che essere un serpente. Una vipera cornuta. Tanti anni di documentari mi avevano fornito una discreta preparazione in fatto di animali. Occhi gialli con l'iride nera mi fissavano. La lingua saettava fuori dalla bocca.

«Ehi ma mi stai ascoltando?»

Il serpente sembrava spazientito. Mi sono accorto che doveva aver detto qualcosa ma io ero troppo inorridito per rendermi conto della sua voce

«Scusami, ero distratto. Stavi dicendo?»

«Il direttore ti vuole vedere nel suo ufficio, ma stai bene?»

«Si»

«Sei sicuro? hai una faccia da far paura»

«Ho solo dormito male»

Mi sono diretto verso l'ufficio del direttore. La segretaria, con una testa da avvoltoio, mi ha annunciato e poi aperto la porta. Il direttore era seduto dietro la scrivania. Da principio ho tenuto lo sguardo basso. Avevo paura di guardare l'uomo che mi stava di fronte. Il Dott. Farsetti mi aveva dato il lavoro quando ero solo un ragioniere molto giovane e disoccupato. Mi ha offerto una routine e con essa la felicità. In realtà, avrò parlato con lui si e no una decina di volte e sempre per pochi minuti. Ma lui è il padrone del piano. L'unico che tutti rispettano e temono.

«Prego signor Morani, si accomodi» Ho alzato lo sguardo e ciò che ho visto mi ha paralizzato. Davanti a me, c'era uno squalo in doppiopetto che mi fissava con i suoi piccoli occhi neri. Mentre apriva la bocca avevo intravisto grossi denti acuminati disposti su più file. Non ho resistito. Dovete sapere che di tutti gli animali, esclusi i ragni grossi e pelosi, lo squalo è quello che mi fa più paura. Al mare non mi allontano mai più di pochi metri dalla riva. Sono uscito urlando dall'ufficio del direttore. Ho lasciato quella testa di squalo stupita da una fuga tanto repentina e rumorosa. Non sono neppure passato dal mio ufficio a riprendere la giacca. Non è da me, però, in quel momento, l'unica cosa che avevo in testa erano i denti acuminati del direttore. Quando sono arrivato in strada mi sono fermato a riprendere fiato. Non sono certo un atleta. Non ho mai fatto sport in vita mia. Mia madre ha sempre detto che lo sport è una cosa stupida, una perdita di tempo e denaro. Inizia come una passione e diventa un'ossessione senza che tu nemmeno te ne accorga.

Ansimante, a lato della strada, mi sono appoggiato a un muro. Ho ripensato al Luna Park. Dovevo tornarci. Chiedere alla megera che cosa mi aveva fatto. Chiederle di ridarmi la mia vita. Ho iniziato a camminare. Era ancora pomeriggio. Quando sono arrivato non mi sono fermato a guardare le luci. Ma lo spiazzo dove la sera prima c'era la tenda rossa adesso era deserto. Forse era stata spostata. Ho visto un uomo seduto su una sedia, davanti al tiro ai barattoli. Mi sono avvicinato. Quando si è girato verso di me mi sono trovato a parlare con un furetto, il naso con le vibrisse in movimento.

«Scusi dov'è madame Question?»

«Chi, la vecchia pazza?»

«Sì»

«È andata via stamattina»

Ho sentito la testa esplodere «Come è andata via?»

«Lo so che è strano. Andarsene proprio prima del fine settimana, ma quella vecchia è matta» faccia da furetto si è toccato la tempia con l'indice.

«Dove posso trovarla? Ha lasciato un recapito?»

«Ehi amico ma sei impazzito? Va beh che è matta ma se una maga cialtrona come lei lascia un recapito lo sai quanta gente la chiama per protestare le sue predizioni? Adesso sarà in viaggio verso un'altra fiera o un circo, chi lo sa?» L'uomo furetto ha iniziato a grattarsi tra le orecchie pelose ma io non gli ho prestato attenzione. Mi sono avviato verso casa. E adesso? Nessuno che potesse dare una risposta alle mie domande. Un dottore? No. Avevo bisogno di sfogarmi. Dovevo parlare con la mia mami. Ho camminato per strada, indifferente alle strane creature che mi passavano accanto.

Quando ho aperto la porta di casa ho sentito di essere al sicuro. In salotto la televisione era accesa a tutto volume.

«Mamma?» Nessuna risposta. Sono entrato. Mia madre era seduta sulla sua poltrona preferita, a guardare le televendite.

«Ah sei tornato» Il tono gelido mi ha fatto subito capire che la rabbia non era ancora sbollita.

«Sì, oggi sono uscito prima»

«Uscito prima eh? Lo sai chi mi ha telefonato poco fa? Il tuo ufficio»

«E perché?» Avevo paura della risposta. In quindici anni non avevo mai ricevuto nessuna telefonata.

In quel momento mia madre si è girata sulla poltrona. Oh dio. Il suo viso era quello di un maiale. Un enorme maiale roseo e grufolante.

«Per comunicarti che domani mattina puoi andare a ritirare le tue cose. Sei stato licenziato, idiota» L'enorme maiale sbavava mentre pronunciava quelle parole.

«Ma…ma non possono farlo…»

«E invece l'hanno fatto! Mi hanno detto che hai fatto una scenata al direttore e che te ne sei andato dal posto di lavoro senza una spiegazione! E ora come faremo? Chi provvederà alla tua povera mamma? Dove vuoi che assumano un buono a nulla come te?..» Mentre mia madre parlava una bava rossiccia le colava dagli angoli della bocca fino al bracciolo della poltrona, ma io non sentivo più la sua voce.

Vedevo solo un grasso, schifoso maiale. Fissavo inebetito le gocce di saliva cadere dalla bocca aperta. È stato in quel momento, davanti a quello schifoso suino schiumante e arrabbiato che ho capito quello che andava fatto. Sono andato in cucina. Ho preso il coltello, quello grande e seghettato che usiamo per tagliare il pane. Sono tornato in salotto, il coltello nascosto dietro alla schiena. Mia madre continuava a strepitare ma io non sentivo più quello che stava dicendo. È stato un attimo. Le ho alzato il mento e, con un gesto deciso, le ho tagliato la gola. Il sangue ha iniziato a uscire a fiotti. Mi sono allontanato di qualche passo. Adesso la testa di maiale non sbavava più quella saliva nauseabonda ma solo sangue. È sorprendente la quantità di sangue che può uscire da una ferita al collo. Sono stato ad osservare il maiale morire. Perché io non ho ucciso mia madre. Quella non era più mia madre. E non provate a convincermi del contrario. Quando quell'enorme ammasso di carne ha finito di gorgogliare sono andato in bagno a farmi una doccia. Non posso spiegare la pace che ho provato sotto il getto di acqua tiepida. Mentre mi asciugavo di fronte allo specchio ho notato che il mio viso di pecora era leggermente diverso. Il pelo stava ingrigendosi. Non ci ho fatto caso. Sono andato in camera. Disteso a guardare il soffitto, ho ripensato alle parole di mia madre. Ero stato licenziato. Dopo quindici anni di zelante e onorato servizio. Vi pare giusto? A me no. Ho aperto l'armadio, per prendere la scatola sull'ultimo ripiano. C'era una pistola. Una Beretta semiautomatica che mia madre ha voluto che comprassi nel caso un ladro si fosse introdotto in casa. La pistola, a contatto con la pelle, era fredda. Sono più di due anni che non la uso. Ho sparato poche volte in vita mia, sempre al poligono, ma non è difficile. È stato una sciocchezza ottenere il porto d'armi. Senza precedenti perché rifiutarmelo? In fondo sono equilibrato, una persona normale a cui può essere affidata una pistola, non trovate? Mi sono disteso sul letto e ho iniziato a ridere, come mai in vita mia. Mi sono preparato una cena leggera e sono andato a dormire. Il giorno dopo mi aspettava una giornata impegnativa.

Venerdì

La mattina mi sono alzato di buon'ora e mi sono preparato una colazione abbondante. Uova e pancetta, come piace a me. Ho aspettato un po' prima di uscire di casa. Per la prima volta in vita mia sarei arrivato in ritardo al lavoro. Ma in fondo non avevo più un lavoro e quindi non si può considerare un ritardo, non credete? Comunque sono arrivato nel mio ex ufficio poco dopo le nove, sicuro di trovare tutti i miei colleghi presenti. Ci tenevo a salutarli di persona.

Il primo ufficio dove sono entrato è stato quello del vicedirettore. Stava parlando con il segretario del direttore. Sembravano divertirsi e ridevano con aria complice. Due serpenti che sibilano. Al mio ingresso Giusti si è voltato.

«Ciao Morani, ho saputo quello che è successo. Mi dispiace...»

La sua testa di serpente è esplosa spargendo brandelli sanguinolenti per l'intera stanza. Qualche schizzo di materia mi ha sporcato il vestito. Ho tolto le macchie più grandi spazzolandole con la mano. Poi ho puntato la canna verso Ferrari che ondeggiava il collo scaglioso. Il suo aspetto non era uguale a quello di Giusti, era una specie diversa. Ho riconosciuto un serpente a sonagli. Per lui due colpi. In fondo è il vicedirettore. Con passo deciso mi sono poi avviato verso l'ufficio del direttore. La segretaria non era al suo posto. Quando ho aperto la porta mi sono trovato di fronte a una scena surreale. Potete immaginare un uomo con la testa di squalo seduto su una poltrona reclinabile, con i pantaloni calati alle caviglie mentre la segretaria con la testa di avvoltoio gli pratica un pompino? Vi assicuro che è qualcosa di unico.

Passato il primo attimo di sorpresa ho alzato la pistola e ho fatto fuoco mirando alla schiena della donna avvoltoio. Ho guardato il direttore negli occhi. Ho affrontato la mia paura. Una pecora che guarda negli occhi uno squalo. E ho sparato. Una, due, tre volte.

Quando sono uscito nel corridoio ho visto Marco. Marco Chianucci è una delle poche persone che sia mai stata gentile con me. Non posso dire di essere suo amico, ma è comunque una brava persona. Il suo viso era quello di un panda con occhi scuri e profondi.

«Ehi Morani, hai sentito? Che cosa erano quei rumori? Sembravano spari» Un panda agitato che si sbraccia nel corridoio. Buffissimo.

«No, non ti preoccupare. Sono solo passato a salutare gli altri. Sai, sono stato licenziato. Anzi ne approfitto per salutare anche te» L'ho abbracciato. Una pecora che abbraccia un panda, un'altra scena indimenticabile. Sono uscito rapidamente dal palazzo e sono tornato a casa. E credo che questo sia tutto.

I cani sono fuori dalla porta. Hanno circondato la casa. Pochi minuti e faranno irruzione. Li ha visti scendere dalle volanti della polizia, nelle loro uniformi blu, le pistole spianate. Le lunghe orecchie pelose strusciano contro i giubbetti antiproiettile. I musi marroni e allungati mostrano i denti. Sono determinati. Marco è seduto sul divano, accanto al cadavere del maiale sgozzato che inizia a emettere un odore dolciastro e sgradevole. Ha accarezzato l'idea di mettersi la pistola in bocca e scrivere la parola fine su quel delirio. Ma non lo fa. Si alza e, passando di fronte allo specchio, si osserva. Il volto che vede riflesso non è più quello di una pecora. I peli sono più corti e ispidi, grigio scuro, gli occhi obliqui, le orecchie a punta. Non c'è più la pecora ad osservarlo al di là dello specchio. Marco Morani non avrebbe più belato. È un lupo quello che ora osserva. Un grande lupo grigio dagli occhi determinati. La pecora si è fatta lupo. Una pecora non ha speranza contro i cani, ma un lupo?

Marco si siede sul divano, ricarica la pistola e la punta contro la porta.

La festa dei palloncini

Era arrivata anche quell'anno. E, come tutti gli anni, Michele non vedeva l'ora che finisse.

La festa dei palloncini.

Diffusa in molti paesi, compresa l'Italia.

Era organizzata dalla parrocchia. Una cazzata immensa.

I ragazzi, dagli otto ai sedici anni, scrivevano pensieri, speranze e auguri su biglietti colorati. Venivano poi legati a grossi palloncini e lasciati al vento. Alcuni si fermavano dopo poche centinaia di metri, impigliati negli alberi. Altri si bucavano e finivano a terra.

Qualcuno però, sorprendendo tutti, riusciva a coprire anche grandi distanze.

L'anno prima uno era arrivato in Francia. Quello prima ancora, in Serbia.

C'era anche chi rispondeva. Un bambino del Sud Tirolo aveva trovato il biglietto attaccato al palloncino, ormai sgonfio, nel giardino di casa. E aveva risposto, con grande gioia di tutti. La risposta però era in tedesco, ed era stato necessario attendere qualche giorno per tradurre il messaggio perché in paese non c'era nemmeno un'anima che parlasse quella lingua.

Michele non capiva come si potesse essere tanto felici per una cosa così stupida.

Una volta l'aveva chiesto a Don Virgilio «Ma perché non prendiamo un elenco straniero e inviamo un biglietto a un indirizzo a caso?»

Il parroco lo aveva incenerito con lo sguardo. Poi si era addolcito e aveva cercato di spiegargli come fosse più emozionante usare i palloncini. Affidarli al vento. Affidarli a Dio. Confidare che li portasse il più lontano possibile. Per portare una buona parola ai bambini di un altro paese.

Michele non capiva. Aveva sorriso e fatto di sì con la testa, ma continuava a non capire. Don Virgilio se ne era andato compiaciuto e sicuro di averlo convinto.

Quell'anno Michele aveva intenzione di mandare un messaggio con il suo palloncino. Ma non era il messaggio che voleva il prete. Voleva inviare il suo messaggio. E se al parroco non fosse piaciuto, pazienza. Anzi, sapeva che a Don Virgilio non sarebbe sicuramente piaciuto e che gli avrebbe impedito di mandarlo. Per questo aveva pensato a un modo per inviarlo senza che il curato se ne accorgesse.

Tutti i biglietti che venivano scritti passavano per le mani di Don Virgilio che li leggeva per assicurarsi che non ci fossero errori di grammatica e che il contenuto fosse accettabile. Poi li restituiva ai bambini che li legavano a un palloncino.

Quando la procedura era terminata, i bambini lanciavano contemporaneamente tutti i palloncini. O almeno ci provavano. C'era sempre qualche bimbo più piccolo che non voleva separarsene.

Michele aveva scritto due biglietti. Il primo era quello che avrebbe consegnato a Don Virgilio. Il secondo, quello che avrebbe attaccato al palloncino.

Quando il prete, con la sua lucida pelata, fu vicino, Michele gli porse il biglietto. Semplice, bianco, come la busta con l'indirizzo della parrocchia.

Anche il fatto di non mettere il proprio indirizzo era una delle geniali trovate del curato. Così, se arrivava una risposta, era recapitata direttamente alla chiesa.

"Così tutti potranno pensare che il biglietto che è arrivato lontano sia il proprio" aveva spiegato.

Che cazzata. Michele voleva sapere se il suo biglietto aveva varcato le alpi.

C'era scritto:

"Un messaggio di pace e speranza
a chi leggerà queste parole
Il vento le ha portate lontano
Perché tu le accogliessi nel tuo cuore".

Don Virgilio osservò il bambino.

«L'hai scritto tu?»

«Sì, perché?»

«Beh se ti sei fatto aiutare dai tuoi genitori o da tuo fratello, non c'è niente di male»

«No, l'ho scritto io»

Il parroco si strinse nelle spalle e annuì.

Michele riusciva a capire perché era perplesso. In fondo, era solo un ragazzino di dodici anni.

Però sapeva scrivere. E bene. Gli veniva naturale. Come leggere. La lettura spalanca nuovi mondi, universi paralleli in cui ti puoi perdere per fuggire dalla quotidianità. Chi scrive crea e distrugge. Sei tu che modelli e dai forma al pensiero, dai la vita e la togli, semplicemente con la penna.

Quando aveva un foglio e una penna si sentiva a suo agio. Tutte le cose erano fonte di ispirazione: persone, piante, notizie, libri, conversazioni, insetti. Tutto. Non è il soggetto a essere importante, è la forma che gli doni. Come lo modelli.

Aveva impiegato meno di un minuto a scrivere le quattro righe del biglietto.

Cazzate in rima.

Che il prete pensasse pure che lo avevano aiutato.

Una volta aveva letto da qualche parte che le soddisfazioni più grandi sono quelle solitarie, quelle che sentiamo dentro di noi, senza condividerle con nessun altro. Da principio non aveva capito cosa intendesse dire l'autore con quella frase. Era arrivato alla conclusione che occorre fregarsene di quello che gli altri pensano di noi ed essere soddisfatti di sé stessi, anche quando gli altri non ci attribuiscono i meriti che ci spettano. L'importante è sentire, non apparire. Un'interpretazione molto personale. Però a lui era piaciuto il modo in cui era riuscito a chiarire quella frase un po' oscura.

Si era sentito più grande dei suoi dodici anni. In effetti si sentiva anche soddisfatto di sé stesso.

Quando Don Virgilio passò al bambino successivo, dopo avergli fatto una carezza sulla testa, Michele sostituì il biglietto. Quello che aveva mostrato fu ripiegato e messo in tasca. L'altro, scritto in stampatello, venne inserito nella busta.

Una decina di minuti dopo vennero lanciati i palloncini. Un applauso. I più piccoli gridavano felici.

Era una giornata ventosa e, dopo pochi minuti, i palloni erano già lontani oltre l'orizzonte.

Michele sorrise.

Passarono i giorni, le settimane.

Arrivò l'estate.

E arrivarono le risposte.

Un pallone era stato ritrovato da un contadino in Ungheria. Il nipote aveva risposto dopo essersi fatto tradurre il contenuto.

Un altro era arrivato al confine francese. Il bambino aveva risposto in quella lingua dolcissima.

A Michele piaceva il francese. Lo trovava elegante. I Francesi, no.

Una volta, quando era stato a Parigi con i suoi genitori, suo padre si era avvicinato a un punto informazioni per chiedere l'ubicazione di un ristorante, o un locale, non ricordava bene.

Il signore dall'altra parte del vetro lo ricordava, invece, eccome. Baffetti spioventi e una calvizie incipiente incorniciavano una grandissima faccia da schiaffi.

Suo padre non parlava francese. Aveva chiesto informazioni in inglese. Un po' maccheronico, ma comprensibile. L'uomo con i baffetti aveva fatto finta di non capire per cinque minuti buoni.

Suo padre si era innervosito e, dopo l'ennesimo tentativo, aveva mandato affanculo l'uomo, in un italiano ben scandito. Questi era diventato tutto rosso e Michele aveva avuto l'impressione che potesse esplodere da un momento all'altro. Aveva cominciato a farfugliare qualcosa del tipo «Siamo in Francia! Dovete parlare francese qui!» condito con una serie di "merde, merde" che fa tanto chic.

Francesi, grandissimi stronzi. Qualcuno dovrebbe ricordargli che la grandeur è finita, se mai è esistita.

C'era rimasto male quando suo padre gli aveva raccontato che Asterix era stato voluto da De Gaulle perché non mandava giù il fatto che i romani avessero fatto il culo ai galli. C'era rimasto male perché a lui Asterix, piaceva.

A sconvolgere la tranquilla vita della parrocchia fu l'arrivo di una lettera proveniente da un paesino della Val D'Aosta. Il palloncino e il biglietto erano arrivati fin lì. Alcuni bambini l'avevano trovato su un albero e dal momento che c'era l'indirizzo di una chiesa l'avevano portato al parroco del paese. Il quale, dopo averlo letto, aveva indirizzato una lettera infuocata a Don Virgilio in cui lo esortava a insegnare l'educazione ai propri ragazzi.

Don Virgilio aveva chiesto a tutti di fermarsi nel sottochiesa dopo la messa mattutina.

Il locale era ampio e imbiancato da poco. La temperatura era fresca rispetto all'esterno dove la canicola non dava tregua. La stanza era stata ristrutturata grazie alle offerte dei fedeli e l'odore di vernice era ancora pungente. Sulla parete in fondo alla stanza, uno striscione colorato recitava *"Un ringraziamento speciale alla signora Bertini"*. La foto dell'anziana, principale finanziatrice delle opere della parrocchia, era esposta ininterrottamente da mesi. Il volto sorridente, incorniciato dall'espressione serena, lo metteva a disagio, come i clown. Michele odiava i clown.

«Ragazzi è successo qualcosa di veramente spiacevole» Don Virgilio aveva il volto scuro e stringeva tra le mani una lettera.

I più piccoli giocavano e si facevano piccoli dispetti. I più grandi erano silenziosi. Avevano già capito dall'espressione del prete che non era il momento di scherzare.

«Ascoltatemi bene perché qualcuno sarà punito per questo»

Calò il silenzio.

Michele riusciva quasi a sentire il suono dei cuori che pompavano. Gli venne in mente un racconto. Come si intitolava? Ah sì, "Il cuore rivelatore" di E. A. Poe. Niente spaventa i bambini come la minaccia di una punizione. Fatta dal prete, poi, è ancora più temibile. Infatti, non solo l'avrebbe detto ai genitori che avrebbero punito il malcapitato, ma avrebbe personalmente imposto qualche odioso compito.

L'anno precedente, durante una serata noiosa, Michele aveva avuto l'idea di prendere i petardi di suo fratello, quelli avanzati dal capodanno precedente. Si era poi ritrovato davanti alla chiesa con Francesco e Federico, i suoi compagni di gioco.

I petardi erano solo tre. Era un peccato farli esplodere così, a terra.

Decisero di infilare il primo dentro a un tubo di ferro. Il rumore attutito, accompagnato da un esile filo di fumo, non li soddisfece.

Il secondo venne usato dentro un formicaio, che esplose con uno spruzzo di sabbia finissima. Le formiche, impazzite, correvano in tutte le direzioni. Divertente.

Poi lo videro. Davanti al muro della chiesa era stato lasciato un secchio di vernice, coperto. Lo aprirono. Era pieno per tre quarti. Stavano ritinteggiando la facciata e molto probabilmente era stato dimenticato dagli imbianchini.

«Buttiamolo dentro!» Michele e Federico lo dissero quasi nello stesso momento.

«Ma sporcheremo tutto» Francesco era invece preoccupato.

«E dai, non fare la lagna come al solito»

Avevano acceso il petardo. Lo avevano gettato nel secchio e si erano allontanati velocemente. Passarono alcuni secondi. Non successe nulla.

«Si è spento» Michele era deluso.

«Sei una testa di rapa. Te l'avevo detto di non buttarlo» Francesco aveva la tipica espressione da "avevo ragione io ma non mi date mai ascolto".

Federico si era avviato verso il muro della chiesa. «Magari possiamo ripescarlo»

«Ma sei scemo? Così ti esplode in mano e ci rimetti un dito» A Michele i petardi facevano un po' paura.

Quando erano a pochi passi dal secchio il petardo esplose.

Avevano decisamente sottovalutato l'effetto di un Magnum immerso in un fluido come la vernice.

Il botto non fu gran che. Una sorta di gorgoglio. In compenso, si ritrovarono coperti di vernice. Anche il muro della chiesa era stato schizzato così come parte del portone. Un lungo spruzzo di vernice bianca attraversava i battenti di legno da un'estremità all'altra.

Un disastro.

Quando erano tornati a casa, i genitori li avevano messi in punizione per un mese. Era estate. Non c'è punizione peggiore per un bambino che proibirgli di uscire mentre fuori il sole è alto e può guardare i suoi amici andare in bici, tirare gavettoni pieni d'acqua, urlare e ridere.

Inoltre don Virgilio non aveva voluto soldi per il danno al portone e alla parete. In compenso aveva chiesto che i tre bambini facessero i chierichetti e le pulizie della chiesa per un mese.

Una messa al giorno. Quasi peggio che restare reclusi in casa.

Don Virgilio passeggiava avanti e indietro. I ragazzi seguivano attentamente i suoi movimenti. La minaccia della punizione aveva funzionato.

Il prete si fermò.

«Ho ricevuto una lettera da Don Sebastiano, il parroco di Lechi, un paesino in Val d'Aosta. È amareggiato e sconcertato da un biglietto che alcuni ragazzi della vostra età hanno trovato su un albero» Fece una pausa durante la quale scrutò attentamente i volti preoccupati dei bambini.

«Il biglietto era legato a un palloncino e sulla busta c'era l'indirizzo della nostra parrocchia. Quindi il palloncino è stato mandato da qualcuno di voi»

I bambini si guardarono. I più piccoli non capivano cosa stesse succedendo.

Don Virgilio li lasciò andare a casa. Non potevano essere stati loro a scrivere il biglietto.

Rimasero solo i ragazzi dai dodici ai sedici anni. Dieci in tutto.

«Qualcuno di voi ha sostituito il biglietto che doveva attaccare con questo» sventolò il biglietto incriminato davanti a sé.

«Ora, visto che non posso sapere chi l'ha scritto, voglio che vi facciate tutti un esame di coscienza. Voglio sapere chi ha scritto queste…» per un attimo non trovò le parole «…queste oscenità» scrutò tutti i presenti con sguardo inquisitorio.

Qualcuno dei ragazzi era arrossito e si esaminava con attenzione i piedi.

Michele, Federico e Francesco erano vicini e si guardavano l'un l'altro.

Francesco si chinò verso Michele.

«Sei stato tu, vero?»

Michele assunse l'espressione più indignata che era in grado di mostrare, uguale a quella che riservava ai suoi genitori quando lo accusavano di qualcosa che non aveva fatto. O che aveva fatto ma che era meglio negare.

«No. Sei stato tu?»

«Io no»

«Allora sei stato tu» Francesco si protese verso Federico. Michele osservava attento per vedere la sua reazione. Si stava divertendo come un pazzo.

«No!» anche Federico era indignato e sulla difensiva «Io ho scritto il solito biglietto. Beh, in fondo ho aggiunto forza Inter, ma dubito che sia scoppiato tutto stò casino per quello»

I tre continuarono per qualche minuto a scrutarsi, poi si strinsero nelle spalle.

Visto che i ragazzi continuavano a parlottare ma nessuno si faceva avanti per ammettere la propria colpa, Don Virgilio riprese a parlare.

«Bene, visto che nessuno ha niente da dire, adesso verrete uno alla volta e vi confesserete»

Qualcuno sbuffò, qualcuno alzò gli occhi al cielo. Tutti si disposero ordinatamente in fila aspettando il proprio turno al confessionale.

Don Virgilio decise di confessare i ragazzi nella canonica. Vi si accedeva da una porticina di legno, dietro l'altare.

Ogni volta che uno usciva veniva bombardato di domande.

«Che ti ha chiesto?»

«Che c'è scritto sul biglietto?»

«Allora sei stato tu?» erano le domande più frequenti. I ragazzi dicevano tutti la stessa cosa «No, non sono stato io»; «Non posso dire niente sul biglietto, Don Virgilio me l'ha proibito» Solo Davide, un ragazzone alto e grosso, non molto sveglio, si lasciò sfuggire qualcosa sul contenuto del biglietto «È una sorta di poesia» Accorgendosi poi di aver parlato troppo, si era messo una mano davanti alla bocca e si era rifiutato di dire altro.

Michele venne chiamato per settimo. Don Virgilio lo condusse nella sacrestia. Una piccola stanza, arredata semplicemente. Si sedette e fece segno di fare altrettanto, indicando la sedia di fianco alla sua.

«Allora figliolo hai qualcosa da dirmi?» Il prete lo guardava intensamente.

«No, non ho niente da dirle, padre» Voce calma, controllata.

Don Virgilio prese un foglio e glielo porse.

«L'hai mai visto?»

Michele iniziò a leggerlo con gli occhi:

"Quant'è bella giovinezza
che si fugge tuttavia!
Chi vuol esser lieto sia
Di doman v'è una sola certezza
Viva la fica!
E che Dio la benedica.
La chiesa è morta
Oh discordia
No bellezza
Che la gaiezza così è risorta!
Se il consiglio vuoi ascoltar
Di questo palloncino venuto da lontano
Datti soddisfazione e prenditi piacere con una mano
Con l'altra, invece, se non sei troppo occupato
Alza il medio e manda in culo
Il tuo curato!"

Mentre leggeva il biglietto Michele si sentiva addosso gli occhi indagatori di Don Virgilio.

Provava quella strana sensazione che gli prendeva lo stomaco ogni volta che rileggeva qualcosa che aveva scritto. E, nello stesso tempo, pensava come correggere eventuali errori: una parola più appropriata di un'altra, una virgola di troppo, un punto messo al momento sbagliato.

«È il trionfo di Bacco e Arianna, una poesia di Lorenzo de' Medici, orribilmente storpiata»

Michele depositò il biglietto sul tavolo «Non l'ho mai visto e non ho mai sentito di questa poesia»

«Mmm, conosci quel sonetto di Lorenzo de' Mcdici...»

"Non è un sonetto" pensò Michele "è un canto carnascialesco, cioè carnevalesco".

«Quel sonetto si studia al liceo» continuò il curato.

«Non lo conosco. Ho fatto la terza media quest'anno»

«Lo so. Però so anche che ti piace leggere. E tanto»

«È vero. Ma non amo i sonetti o le poesie»

Don Virgilio cercava un'espressione di colpevolezza sul volto del ragazzo. Rimase per un attimo in silenzio, poi riprese con calma.

«In nomine Patris, Filii et Spiritus Sancti, dimmi i tuoi peccati figliolo»

«Ho commesso atti impuri. Ho detto parolacce, bugie. E sono stato disubbidiente» aggiunse

«E non c'è proprio altro che devi dirmi? Ricordati che ti stai confessando. Il perdono è un valore cristiano. Non aver paura. Ciò che dirai non uscirà da questa stanza» Adesso il parroco aveva un'espressione benevola e paterna dipinta sul volto "Gli manca l'aureola" pensò Michele. Peccato che fino a cinque minuti prima, più che una confessione, sembrava che stesse conducendo un interrogatorio.

«Si una cosa ci sarebbe…»

Don Virgilio si fece più vicino. Un sorriso appena pronunciato sulle labbra.

«Dimmi Michele, sfogati»

«Ho mancato di rispetto a mia madre. Mi dispiace. Le ho risposto male. Mi dispiace tanto. Ho pianto tutta la notte» Aveva l'espressione di un cane bastonato.

Il sorriso scomparve dal volto di Don Virgilio in un attimo.

Lo assolse. Prima che Michele uscisse dalla porta lo chiamò.

«Lo sai che mentire durante la confessione è peccato mortale?»

«Si padre, lo so» Sorrise.

«Devi dire cinquanta Ave Maria e cinquanta Pater Noster» poi con la mano gli fece cenno di uscire.

Quando uscì, lo sommersero di domande. Rispose tranquillamente, sorridendo e congratulandosi mentalmente con sé stesso per aver resistito all'interrogatorio del curato.

Quando tutti i ragazzi si furono confessati, Don Virgilio li congedò. Il colpevole non era venuto fuori e il prete aveva il volto scuro come la pece.

I ragazzi corsero verso le biciclette parcheggiate dietro la chiesa.

Michele restò indietro rispetto agli altri. Guardò il cielo terso, senza nuvole e il sole che gli scaldava i capelli neri. Sorrise.

Era proprio vero. Le soddisfazioni migliori sono quelle che teniamo dentro di noi, senza condividerle con nessuno.

Inforcò la bicicletta e si accodò agli altri. Era una meravigliosa giornata d'estate e lui aveva una gran voglia di divertirsi.

Due amici

Erano passati dieci anni. Non poteva proprio fare a meno di sorridere.

Quanto era cambiato in tutto questo tempo? Troppo, si rispose. E, quando una persona cambia così tanto, forse è meglio non pensare a quello che eravamo ma solo a quello che siamo diventati. Aspettava Andrea sorseggiando una birra. Non si erano più incontrati, solo telefonate di auguri per i rispettivi compleanni. A volte anche a Natale. Arezzo gli era mancata. Il centro storico e i suoi negozi promettevano ancora il benessere di un tempo. Una città di provincia che sogna di diventare grande ma difende, con le unghie e con i denti, la sua tranquilla e placida sicurezza: il traffico ancora sotto controllo (aveva impiegato solo dieci minuti dal casello dell'autostrada all'albergo) i vicini di casa che si conoscono tutti da generazioni, la sicurezza di rincasare da soli di notte. Erano due anni che non tornava a casa. Aveva girato il mondo, e continuava a farlo per lavoro. Ma nonostante possedesse due ville e pernottasse nei migliori alberghi, casa sua era lì, nelle strade di provincia, nella sonnolenta cittadina che pareva mutare al ritmo di un'era geologica. Le radici non si dimenticano. Lui almeno non riusciva a farlo.

Andrea arrivò con dieci minuti di ritardo. Era cambiato. Il ventenne che ricordava era diventato un uomo maturo e attraente dagli occhi verdi e la pelle liscia e curata, leggermente abbronzata. Le lampade fanno miracoli anche a dicembre. I capelli erano neri e corti e, nonostante il cappotto, sfoggiava un fisico asciutto e muscoloso. Uno di quelli che le donne si fermano a guardare, gli sguardi bramosi, alla ricerca di un segno per attaccare discorso e, magari, riuscire ad avere un numero di telefono o direttamente un appuntamento.

Si alzò e gli tese la mano. Dopo un attimo di imbarazzo si abbracciarono.

«Ciao Filippo»

«Ciao Andrea» L'incertezza di un incontro tra due persone che non sono più le stesse. Quanto sono lunghi dieci anni! A vent'anni un uomo è poco più di un adolescente. A trenta, nella maggior parte dei casi, ha intrapreso la sua strada.

«Allora come va?» al di là dell'aspetto fisico, Andrea era come lo ricordava: loquace, brillante, solo la voce era più profonda o, forse, erano i suoi ricordi ad essere lontani e sbiaditi.

«Bene. Dio come sei cambiato» Forse un modo un po' banale per iniziare una conversazione. Ma era la prima cosa che gli fosse venuta in mente.

«Beh, spero in meglio» Il suo amico si aprì in un sorriso, perfetto e bianchissimo.

«Almeno fisicamente direi di sì. Sembri una vera e propria calamita per le donne. Hai visto come ti ha guardato la cameriera?» Andrea rise «In effetti non mi lamento. Il problema non sono le donne. È trovare quella giusta» Ordinò una birra anche lui. «Comunque ti trovo bene anch'io. Sempre il solito musone con lo sguardo triste. Però sei affascinante a modo tuo»

Iniziarono a parlare del liceo. Di solito si pensa che solo le persone anziane si guardino indietro per rievocare il passato. Forse perché i giovani sperano di avere ancora tanto da fare. C'è tanto tempo per raccontare. In realtà ci sono dei momenti, come la scuola superiore, che iniziamo a rimpiangere già quando siamo all'università, perché il liceo è qualcosa di diverso. È lì che conosci gli amici, quelli veri e maturi, fisicamente e mentalmente. La prima vera crescita e, forse, la più importante. È il momento in cui il ramo prende forma e se cresce storto, come diceva suo padre osservandolo attentamente, non si raddrizza più.

«Ti ricordi quando prendemmo l'estintore dal corridoio e riempimmo di schiuma il bagno delle ragazze? C'era quella grassa, come si chiamava, Serena?»

«Si, Serena» Filippo era divertito dagli aneddoti di Andrea.

«L'abbiamo ricoperta di schiuma antincendio e poi siamo scappati. Non ci hanno mai scoperto. Il preside era incazzato nero. Minacciava di sospendere qualcuno a caso se non fosse venuto fuori il colpevole o i colpevoli»

«Il colpevole. Sei stato tu a usare l'estintore»

«Ma l'idea era tua!»

«È vero» Filippo sorrise. Per un attimo era tornato con la mente in quel corridoio, fuori dal bagno, dove aveva fumato le prime sigarette insieme alle compagne di classe.

«E ti ricordi di quando rubavamo i compiti di matematica dalla sala insegnanti?» Andrea era un fiume in piena.

«Si mi ricordo. Facevamo degli appostamenti all'entrata della sala insegnanti per assicurarci che non arrivasse nessuno. Alla sesta ora c'era poca gente in giro, per fortuna. Nessuno si è mai accorto di niente. Prendevamo il compito dal cassetto del prof e poi facevamo le fotocopie per tutti»

«Una volta ho portato il compito dal mio insegnante di ripetizione. Avevo copiato gli esercizi dicendogli che erano i compiti per casa. Non ero in grado di fare il compito in classe da solo neppure se lo avevo in anticipo! "la matematica non sarà mai il mio mestiere" Non sai quante volte ho ascoltato la canzone di Venditti pensando «cazzo l'ha scritta proprio per me!» Andrea rise. Filippo lo seguì.

C'è qualcosa di bello e, nello stesso tempo, triste e malinconico quando due amici si incontrano dopo tanto tempo. La sensazione di complicità è fortissima. Ma, nello stesso tempo, sai che, nonostante tutte le promesse di rivedersi presto, di non lasciare che passi troppo tempo prima di un altro incontro, tutti i buoni propositi andranno delusi. Ciascuno tornerà alla propria vita e il ricordo dell'incontro si affievolirà, giorno dopo giorno. E, con esso, la promessa di rivedersi presto. Nonostante questo, se si supera l'imbarazzo iniziale, il momento sarà speciale, unico. Forse proprio perché raro.

«A proposito di lavoro, cosa fai nella vita? Fammi indovinare... sei un avvocato? No» sollevò la mano «forse un manager di una grande azienda. Ti ho sempre visto come manager. Serio e inquadrato» Andrea lo scrutava in cerca di un segno che confermasse la sua ipotesi.

«Mi dispiace deluderti. Né avvocato né manager. Ho una piccola ditta di pulizie»

«Una ditta di pulizie? Beh tutto avrei immaginato tranne che vederti in una ditta di pulizie»

«Perché?»

«Non lo so. Te l'ho detto. Ti vedevo più come manager. O un pubblicitario di successo, magari»

«Un lavoro è un lavoro»

«Vero»

«E tu invece cosa fai?»

Andrea lo guardò «Indovina»

«Il modello?»

«No»

«L'attore?»

«No»

«Non ne ho idea. Cosa fai?»

«Il rappresentante»

«E di cosa?»

«Impianti di climatizzazione»

«Interessante»

«No, veramente è un lavoro di merda. Però pagano abbastanza bene. E non è troppo faticoso»

Continuarono a parlare del più e del meno. Alla fine, Filippo disse qualcosa che per poco non fece andare di traverso la birra ad Andrea.

«Tu non fai il rappresentante. Se ho un dono, è quello di capire le persone. E tu sei tutto tranne che un rappresentante»

«Perché dovrei mentirti sul mio lavoro?»

«Non lo so. Avrai i tuoi buoni motivi» Filippo scrollò le spalle. Andrea lo osservò. Sembrava colpito.

«Ho indovinato, vero? Non sei un rappresentante»

«Hai indovinato»

«E?»

«Faccio l'accompagnatore»

«L'accompagnatore?» Filippo sembrava perplesso.

Andrea abbassò la voce.

«Sono un gigolò. Puoi ridere se vuoi»

«E perché dovrei ridere?» aggrottò le sopracciglia.

«Beh, sono una specie di prostituto»

«E allora? I gigolò non sono considerati come le prostitute. Non c'è la stessa aura di riprovazione. È un mondo maschilista» Andrea sorrise «Sì è vero, è un mondo maschilista. Anche se l'ambiente dei gigolò è più diffuso di quanto si pensi»

«Veramente?»

«Sì, non hai idea di quante donne insoddisfatte ci sono in giro. Non ti dico che vanno tutte con i gigolò, la maggior parte si accontentano di colleghi, elettricisti, muratori, antennisti»

«Come trovi le clienti?»

«In palestra, alle feste in villa della buona società. Per passaparola»

Filippo sorseggiò un po' di birra «È un bel lavoro. Ti pagano per scopare. Il sogno di ogni uomo» Andrea fece una smorfia. Gli occhi di colpo avevano perso quella luce che li rendeva sempre brillanti. Sembrava impossibile che un tipo come lui potesse diventare serio.

«Non è così bello come può sembrare da fuori»

«Perché?»

«Perché a volte ti trovi a fare cose che non vorresti fare»

«Tipo?»

«Ehi ma sei curioso! Tipo andare con qualche sessantenne non troppo in forma. Soprattutto all'inizio non puoi rifiutare. Ora mi posso permettere di scegliere. Ma quando ho iniziato non era così»

«Un lavoro è un lavoro»

«Sì, è vero. Però il mio, a volte, è meschino. Le persone si innamorano. Sanno che possono avere il mio corpo, false attenzioni. Però finiscono sempre per innamorarsi e soffrire»

«E tu ti sei mai innamorato?»

«Una volta, ma non mi va di parlarne» alzò la mano come per scacciare una mosca fastidiosa «Il problema è che devo essere sempre distaccato. Almeno mentalmente. Con alcune donne è semplice. Ti trattano come un oggetto. Sono vecchie, annoiate e viziate. Non ho sensi di colpa con loro. Con altre è più difficile»

«Perché più difficile?»

«Sai che sembri un confessore?»

«Lo so»

«Beh negli ultimi tempi ho ricevuto delle richieste diciamo…un po' particolari»

«Del tipo?»

Andrea scosse la testa «Io sono stato sincero. Ora tocca a te. Non ci credo che hai messo su un'impresa di pulizie»

«Perché no? è la verità»

«Sei troppo intelligente»

«Te l'ho detto, un lavoro è un lavoro»

«Certo. Ma quello delle pulizie non è il tuo» Andrea lo fissava.

«Ok. Facciamo così. Tu mi racconti quali richieste particolari hai ricevuto e io ti dico qual è la mia vera professione»

«Va bene» Bevve un altro sorso di birra e si asciugò la bocca con un tovagliolo di carta «Allora, come ti ho accennato, quando fai il gigolò inizi a frequentare circoli esclusivi, palestre, feste e via dicendo. Ho imparato che i ricchi sono annoiati ed eccentrici, pieni di manie e fobie. A quel livello, sono veramente poche le persone normali. Ammesso e non concesso che esista una normalità. Diciamo poche persone equilibrate» Adesso Andrea era diventato ancora più cupo. Un sorriso triste gli incorniciava il bel viso. «Un giorno mi si avvicina un uomo. Una persona importante. E mi dice "Tu sei Andrea, il gigolò, vero?" Detto così a bruciapelo la domanda mi ha imbarazzato. Quell'uomo mi è rimasto subito antipatico. Ma fu quello che disse dopo, senza neanche aspettare una risposta che mi lasciò senza parole. "Mia moglie mi tradisce. Spesso e con persone diverse. Voglio che tu la corteggi, la faccia innamorare e poi la scarichi. Voglio che soffra. Come io ho sofferto per lei." Ti rendi conto? Un marito che non solo mi chiede di scopargli la moglie ma anche di farla innamorare e poi scaricarla? È follia»

«Gli uomini sono folli. A volte il dolore è l'unica cosa che ci scuote. Com'è andata a finire? Hai accettato?»

«All'inizio no. Ma poi quell'uomo mi ha messo in mano un assegno da diecimila euro dicendomi che ne avrei avuti altrettanti alla fine del mio lavoro. Troppi soldi per rifiutare. Ho accettato»

«E con lei com'è andata? Si è innamorata di te?»

«Sì. Ha sofferto, come voleva il marito. Da quel momento ho ricevuto altre richieste di quel tipo. Mi travestivo da uomo perfetto. Diventavo ogni volta quello che loro desideravano: audace, timido, intellettuale, misterioso. Ogni volta una maschera diversa per ingannare qualcuno. È difficile restare sé stessi quando devi sempre esser qualcun altro. È un po' come fare l'attore, solo che non sei sul set ma nella vita reale. Sono diventato un camaleonte. Inganno le persone per conto di altre persone e mi arricchisco» Bevve un sorso di birra. Seguirono alcuni istanti di silenzio. Era cambiato. Tutti cambiano in dieci anni. Le persone non vivono una vita. Ne vivono molte.

«E tu cosa mi racconti? Qual è il tuo vero lavoro?» Andrea sembrava ansioso di spostare l'argomento di conversazione lontano dalla sua persona.

«Te l'ho detto. Faccio le pulizie»

«Ah ah, avevi detto che saresti stato sincero»

«E lo sono. Diciamo che non sono le pulizie che si intendono normalmente» Una pausa «Sono un killer» Andrea aggrottò le sopracciglia.

«Un killer? Certo che tu non scherzi spesso ma quando lo fai le spari proprio grosse» Stava ridendo. Filippo, invece, era rimasto impassibile.

«Non sto scherzando. Io uccido le persone. A pagamento, ovviamente»

«Non stai scherzando?»

«No» Filippo bevve l'ultimo sorso di birra. Ne ordinò un'altra alla cameriera che stava pulendo un tavolo in fondo alla sala, ormai quasi deserta. Andrea lo osservava. Non riusciva a capire se l'amico stesse scherzando o meno.

«Tu mi stai confidando di essere un killer. Ammazzi la gente e me lo dici così?»

«E come dovrei dirtelo? Un lavoro è un lavoro»

«Mi stai prendendo per il culo»

«No, è la verità. Mi hai chiesto di essere sincero e io sono stato sincero»

«Come puoi parlare così? Tu…tu ammazzi la gente!»

«Perché sei così sorpreso? Tu in fondo fai la stessa cosa»

«Che?»

«Tu uccidi le persone esattamente come me. Io uccido il corpo. Tu uccidi i sentimenti. Inganni e sfrutti le loro debolezze. E ti arricchisci»

«Io non uccido nessuno! Anche se a volte le faccio soffrire, hanno sempre la loro vita. I loro soldi. Altri amanti. Io non sono uguale a te!» Andrea era sconvolto. Non riusciva ancora a convincersi che quello che un tempo era stato il suo migliore amico ora fosse un assassino, un killer o come diavolo si voleva definire. Filippo era sempre stato un tipo introverso. Diverso dagli altri e soprattutto da lui, che era così solare ed allegro. Forse era proprio per questo che erano diventati tanto amici. Si completavano. Lo aveva sempre immaginato destinato a grandi cose. Ma ora quell'uomo, l'amico con cui era cresciuto, con cui aveva fumato la prima canna, gli stava confidando che uccideva per vivere.

«Non riesco a crederci»

«Perché? Perché sembro una persona seria? Oppure perché credevi di stupirmi e invece sono io che ho stupito te? In fondo, le persone per cui lavoriamo sono le stesse»

Andrea alzò lo sguardo. Un'espressione indecifrabile sul volto.

«No. Perché sei un assassino. E questo non è un lavoro. È follia»

«Guarda che sono molto più equilibrato delle vecchie con cui vai a letto e dei loro mariti»

Rimasero in silenzio. Andrea non lo guardava più. Lo sguardo fisso nel bicchiere di vetro pieno per metà di birra. Sembrava imbarazzato. Cosa puoi dire a una persona, anzi a un amico, che ti confessa di essere un assassino? Non di avere ucciso qualcuno per errore, per rabbia o per gelosia, ma perché è il suo mestiere. Un lavoro come un altro.

Fu Filippo a rompere il silenzio.

«Ti posso fare una domanda?» Andrea lo guardò in modo interrogativo.

«Conosci una certa signora Sarchielli?» La sorpresa che lesse negli occhi dell'amico era già una risposta affermativa.

«Tu come fai a...»

«A conoscere la signora Sarchielli? Non te lo immagini?»

«No e non capisco cosa vuoi dire»

«Non conosco lei personalmente. Sono stato ingaggiato da suo marito»

Il respiro di Andrea aumentò di intensità. Stava sudando freddo. Tutti i predatori imparano a riconoscere l'odore della paura. E Filippo lo aveva sentito tante volte. Era acre e dolce e riusciva a fiutarlo come un cane. Generalmente, la consapevolezza arriva all'improvviso. In una persona intelligente, poi, l'intuizione è molto rapida. E Andrea era intelligente.

«Lasciami andare»

«Non posso»

«Perché?»

«Non tutti gli uomini sono uguali. Il signor Sarchielli non sopporta il fatto che sua moglie lo tradisca con qualcuno molto più giovane e bello di lui. Non è solo una questione di gelosia. Non è nemmeno innamorato di lei. La considera più come una sua proprietà. Semplicemente, credo che non sopporti l'idea di essere tradito. E, soprattutto, che sua moglie paghi anche un sacco di soldi per farlo»

«Quanto ti paga?»

«Che differenza fa?»

«Voglio sapere quanto vale la mia vita»

«Abbastanza»

«Qualunque cifra sia, io la raddoppio»

Filippo scosse la testa.

«Siamo amici, no? Lasciami andare. Raccontagli che non mi hai trovato e io prendo il volo. Vado all'estero. Non la vedrò mai più» Andrea dava segni di nervosismo. Si guardava intorno, ma la saletta interna del bar era deserta. E la cameriera non si vedeva.

«Mi dispiace Andrea, ma un lavoro è un lavoro. E io rispetto sempre i miei contratti»

«Anche se questo significa uccidere un amico? Non provi proprio nulla? Che cosa sei diventato?»

«I sentimenti non possono far parte del mio lavoro. Però mi ha fatto piacere rivederti»

Quando i colpi lo raggiunsero allo stomaco e al petto, Andrea sbarrò gli occhi portandosi una mano sulla ferita. Poi si accasciò, la testa appoggiata sul tavolo. Filippo ripose la pistola munita di silenziatore all'interno del cappotto. Appoggiò due dita sul collo della vittima. Nessun battito. Lasciò i soldi del conto e uscì. Fuori l'aria era fredda. Stava per nevicare.

La Fine dell'Adolescenza

Disteso, con la schiena appoggiata al muro mezzo diroccato di quello che una volta era il granaio dei Forrest, Vladimir riprendeva fiato. Aveva corso a lungo attraverso i campi, la brezza leggera che scompigliava i capelli neri e le spighe di grano maturo che graffiavano mani e viso. Teneva stretto contro il petto il fucile da caccia che suo padre custodiva in cantina. Il metallo freddo gli infondeva sicurezza, era una solida ancora a cui aggrapparsi in un momento in cui non sembrava esserci più alcuna certezza. Era fuggito da casa all'alba, attraverso la finestra che dava direttamente sul porticato. Nella notte, qualcosa era scattato nel suo cervello. Ci sono cose che la nostra mente nasconde sotto il velo della normalità. Le seppellisce sotto terra, coprendole con un bel prato fiorito ma, non appena ci voltiamo a guardare, quello che troviamo è di nuovo la buca. Profonda, scura, insondabile. Certe conversazioni non possono essere vere. La mente umana vacilla di fronte all'orrore e si difende. Poi, però, proprio quella sera, aveva sentito i suoi genitori parlare e tutti i pezzi erano andati al loro posto. Presi singolarmente erano solo fatti marginali, ognuno spiegabile razionalmente. Ma tutti insieme… formavano un disegno. Lui l'aveva capito. E non gli era piaciuto. Poche settimane prima Daniel aveva piantato in lui il seme del dubbio e, a poco a poco, quel seme era cresciuto, fino a sbocciare come un foruncolo sul viso.

Il piede gli faceva un male cane. Arrotolò il calzino per osservare la pelle. La caviglia si era gonfiata e adesso era di un bel rosso violaceo. Era nato con una grave malformazione e non passava giorno senza che qualcuno glielo ricordasse. Zoppo, sciancato, storpio, erano solo alcuni degli epiteti che gli venivano rivolti. I bambini sanno essere molto crudeli quando vogliono. E i suoi vicini di casa non facevano eccezione. Lo sforzo per arrivare sino a lì aveva fatto gonfiare l'arto infermo e la caduta dalla finestra aveva peggiorato tutto. Anche il suo corpo non perdeva occasione per ricordargli che non era come gli altri. Le fitte erano aghi roventi conficcati dentro la carne e crescevano di intensità. La caviglia poteva solo peggiorare e lui aveva un gran bisogno di riposarsi. Doveva riposare. Almeno cinque minuti. Riprendere fiato. Ragionare sul da farsi. Era così stanco che, quando il fucile rotolò a terra, non sentì neppure il rumore del metallo contro il pavimento di pietra. Stava già dormendo. E sognando.

«Ehi mamma cosa si festeggia oggi?» L'uovo che aveva davanti gli aveva fatto venire l'acquolina in bocca.

«Niente di particolare. È solo che dalla città sono arrivate delle uova fresche e così ne ho comprata qualcuna»

«Ma ti saranno costate tantissimo. Papà si arrabbierà un sacco» Vladimir osservò la perfetta rotondità dell'uovo come se avesse di fronte una piccola opera d'arte.

«No, se tu non glielo dici» gli strizzò l'occhio. Vladimir sorrise.

Mangiò lentamente l'uovo lasciando che il sapore si diffondesse in tutta la bocca. Non sapeva quando si sarebbe presentata un'altra occasione. «Tra un mese compirò sedici anni. Me ne andrò in città. Ti rendi conto, mamma? Io entrerò nella scuola di addestramento per la terraformazione di Marte! Ti rendi conto, mamma?» Non stava più nella pelle. Come tutti i ragazzi con un handicap, non poteva lavorare nei campi. E la terra stava morendo di fame. Dopo la terza guerra mondiale la popolazione era scesa a poche centinaia di milioni di individui, di cui molti malati o deformi. I campi, avvelenati dalle radiazioni, producevano pochissime derrate alimentari. Gli animali si erano in gran parte estinti o avevano subito delle mutazioni. Per questo motivo, da ormai un secolo, era stato istituito un programma per addestrare i giovani e mandarli tra le stelle a terraformare Marte. Lì, secondo il governo, la razza umana sarebbe rinata. Il pianeta avrebbe presto avuto una nuova atmosfera. Su quel mondo arido e morto sarebbero spuntate foreste e mari e fiumi. Una nuova razza avrebbe calcato il suo suolo. Perciò tutti i ragazzi con un handicap fisico che non potevano essere utili sulla terra, venivano inviati dove potevano fare qualcosa. Anche le famiglie con più di due bambini dovevano iscrivere i nati dopo il secondogenito alla scuola cittadina. Era un modo per controllare le nascite e, nello stesso tempo, destinare le risorse dove ce n'era più bisogno.

Erano state necessarie tre guerre mondiali e la quasi totale estinzione del genere umano, ma adesso c'era una società migliore. Una società più giusta, egualitaria, nella quale ciascuno trovava il proprio posto e aveva un compito prestabilito.

Assaporò l'uovo lentamente. Il gusto era pieno e così piacevole. Erano più di due anni che non ne mangiava. Sino a pochi anni prima avevano tenuto alcune galline. Ma erano morte. Con ogni probabilità avevano bevuto da una pozza avvelenata. Da quel momento non avevano più avuto animali. I pochi che venivano messi in vendita al mercato del villaggio erano al di là delle possibilità della sua famiglia. Così come di tutte le altre famiglie. Solo il borgomastro aveva qualche animale da cortile e un cavallo.

Ci si doveva accontentare della carne che veniva spedita dalla città ogni mese. Era carne prodotta artificialmente in laboratorio o così almeno gli avevano spiegato. Una volta al mese arrivavano grossi furgoni grigi che scaricavano sacchi di plastica nera. Era un giorno di festa perché a ciascuna famiglia erano concessi alcuni chilogrammi di carne. Il sapore era dolciastro e l'effetto rinvigorente però era altrettanto preziosa e Vladimir poteva mangiarla raramente. Era destinata soprattutto a suo padre e a suo fratello che lavoravano nei campi. Seminare e arare, senza l'aiuto di un animale, era un lavoro duro che richiedeva molta energia.

Finito l'uovo Vladimir si alzò.

«Ciao mamma io vado a scuola» la baciò sulla guancia.

«Mi raccomando, non appena hai finito la lezione torna subito a casa. Non fermarti a giocare. Ci sono un po' di lavoretti che ti aspettano»

«Va bene, torno presto» Vladimir uscì zoppicando dalla porta di legno.

La scuola si trovava ai margini del villaggio, in un grande edificio di legno che un tempo era stato un granaio o qualcosa di simile. I ragazzi, una quarantina in tutto, erano divisi in due classi. I bambini fino a dieci anni e quelli dai dieci ai sedici. A Vladimir piaceva la scuola. Era interessato, soprattutto, alle lezioni di geografia astronomica. Lo entusiasmava apprendere le caratteristiche del pianeta che un giorno avrebbe visto con i propri occhi. Ultimamente, però, si era reso conto che le nozioni erano abbastanza ripetitive e superficiali. E, soprattutto, non veniva data alcuna informazione riguardo alla terraformazione di Marte. Le poche volte che Vladimir aveva provato a chiedere come fosse possibile rendere Marte un pianeta abitabile, la maestra, la signora Trouble, aveva risposto che non lo sapeva. Era un insegnamento che i ragazzi avrebbero ricevuto in città, dopo il compimento del sedicesimo anno di età.

Quella mattina non era prevista alcuna lezione di geografia astronomica. La signora Trouble parlava di etica. Le sue mani sottili ed affusolate si agitavano nell'aria mentre, piena di fervore, parlava ai ragazzi.

«È fondamentale che ciascuno abbia la propria occupazione e la porti avanti con impegno e dignità. Le risorse, a causa di guerre scellerate e di uno sfruttamento indiscriminato, sono scarse. Ma l'uomo può e deve affrontare i momenti di difficoltà e un giorno ricostruirà il paese. Il fragile equilibrio che tiene insieme la vita vegetale e quella animale è stato incrinato ma non si è rotto. E può essere riparato. L'importante è essere coscienti che ciascuno di noi è fondamentale per la perpetuazione della specie umana. Gli errori fatti in passato non devono essere ripetuti. Guerre e rivoluzioni sono concetti che devono essere banditi dal nostro vocabolario. Insieme alla violenza, se vogliamo avere una speranza di salvezza. Nessun uomo deve più alzare la mano su un altro uomo. Dal libro di Kamus capitolo III»

Vladimir aveva sentito decine di volte quel brano. A volte gli sarebbe piaciuto ascoltare qualcosa di nuovo. Ma i libri erano una merce rarissima. La guerra aveva distrutto gran parte del sapere depositato. Solo in città esistevano ancora delle biblioteche. O almeno così si diceva.

La signora Trouble aveva intanto ripreso a leggere.

«La necessità di un migliore ordine sociale e di una coesione tra gli uomini è diventata un imperativo a cui non possiamo più sottrarci. La divisione della popolazione in due classi, con compiti e doveri distinti, ne è stata la prima, importante, manifestazione. A causa delle radiazioni che hanno contaminato il terreno, le nuove generazioni nascono in larga parte con malformazioni congenite che impediscono loro di essere utili nei lavori manuali. Perciò è stato istituito uno speciale programma di orientamento per indirizzare ciascuno verso una specifica mansione. I ragazzi che non sono in grado di coltivare la terra, al compimento del sedicesimo anno di età, verranno inviati nella città più vicina, per essere istruiti e spediti su Marte, il grande pianeta rosso. È lì che la razza umana inizierà la sua nuova vita. Sarà un processo lungo e difficile ma l'uomo è più forte delle avversità e saprà superare anche quest'era

Questo era uno dei passi preferiti da Vladimir. Si parlava di Marte e della città.

Vladimir non riusciva a pensare ad altro. Era il momento in cui sarebbe diventato un uomo e avrebbe compiuto ciò per cui era nato. Le meraviglie della città: luce elettrica e macchine ancora funzionanti. Nessuno del villaggio c'era mai stato. E nessuno era mai tornato indietro per raccontare cosa aveva visto. Ma circolavano molte voci. E se alcuni, secondo Vladimir, lavoravano troppo di fantasia, vi erano però elementi comuni a tutti i racconti. Certo il parroco del villaggio non smetteva di intimorire i fedeli cianciando di vizio e peccato. Ma per i ragazzi Dio era un concetto lontano e privo di consistenza: nelle loro menti non c'era spazio per il paradiso, ma solo per la città. Se gli anziani temevano per il destino della propria anima, i giovani invece attendevano solo che si spalancassero le porte della città. A Dio avrebbero pensato dopo.

Al termine della lezione Vladimir si avviò verso l'uscita. Faceva caldo e iniziò a sudare dentro alla sua uniforme nera, con la lettera C ricamata in rosso, sopra al taschino destro. Tutti coloro che erano destinati alla città portavano una lettera C sull'uniforme. Quelli che, invece, restavano nei villaggi per lavorare la terra avevano una lettera R. Due classi, l'una indispensabile all'altra. Chi restava, doveva procreare e produrre il necessario alla sopravvivenza. Chi partiva, aveva il compito di creare un nuovo mondo per le generazioni future.

«Ehi Vlad, vai già a casa?»

Vladimir si voltò. Peter era dietro di lui, seduto a cavalcioni sullo steccato, capelli biondi arruffati coprivano una fronte spaziosa deturpata dell'acne.

«Ciao Peter. Come mai non sei venuto a lezione oggi?»

«Non ne avevo voglia»

Vladimir aggrottò le sopracciglia. Non era da lui saltare le lezioni.

«Devo andare a casa. Mia madre ha bisogno di me»

«Non hai neanche cinque minuti? Ho bisogno di parlarti»

Non aveva mai visto Peter in quello stato. Sembrava nervoso e aveva gli occhi gonfi come quelli di chi non dorme da parecchio. Mancava solo una settimana alla sua partenza. Forse era preoccupato per il grande passo.

«Cosa c'è? Hai una faccia…»

«Senti, hai cinque minuti per ascoltarmi oppure no?» chiese stizzito.

«Sì certo che ho cinque minuti. Dimmi tutto»

«Non qui. Andiamo al fiume»

«Va bene»

Il fiume era poco distante dalla scuola. Si sedettero sull'erba vicino all'acqua. Era il luogo dove i due amici si incontravano per fantasticare sul futuro fin da quando erano piccoli. Avevano trascorso pomeriggi interi a lanciare sassi piatti sul placido specchio d'acqua che avevano creato portando un sasso dopo l'altro, per costruire una piccola diga e ostruire il corso del fiume.

«Allora mi dici cosa ti prende? Non vieni alla lezione di etica e già è strano. Poi ti trovo fuori dalla scuola e sembri sconvolto»

Peter scosse la testa. Lo sguardo fisso su un punto imprecisato dello specchio d'acqua.

«Ehi prima mi dici che mi devi parlare, che è urgente e ora te ne stai zitto. Pensa che tra una settimana partirai per la città»

Peter gettò un sasso nell'acqua «Hai mai pensato al fatto che tutto ciò che ci è stato insegnato potrebbe non essere la verità?»

«In che senso?»

«Non ti sei mai domandato perché ci mandano in città? Proprio noi che abbiamo imperfezioni fisiche?» Peter osservò la mano innaturalmente piegata verso l'interno, le dita rattrappite come artigli pronti a colpire. La appoggiò in grembo, lisciandola con cura con la mano sana.

«Certo che me lo sono domandato. Proprio per le nostre imperfezioni non siamo adatti al lavoro nei campi, ma lassù potremo fare qualcosa di buono. Avremo uno scopo» Guardò il cielo sgombro di nuvole immaginandosi dentro una delle navicelle che lo avrebbe portato su Marte.

«Non hai capito» Peter scosse la testa «Questo è quello che ci hanno ripetuto fin da piccoli. La nostra missione. Ma se veramente dobbiamo andare nello spazio, perché proprio noi? Credi che lassù il lavoro sarà meno duro di quello che fanno i nostri fratelli o i nostri genitori nei campi?»

«Faremo lavorare il cervello. Ciascuno sarà impiegato nel migliore dei modi. Ogni essere umano è prezioso, lo sai. Non capisco dove vuoi arrivare con questi ragionamenti» Vladimir non capiva cosa stesse succedendo al suo migliore amico. Era forse la paura di lasciare il villaggio e la famiglia?

«Voglio dire che noi diamo tutto per scontato. Non ci poniamo domande. A scuola non ci insegnano niente e ripetono continuamente quanto la nostra società sia giusta, quanto siamo fortunati, quanto è importante rispettare le regole. Ma non ci dicono che cosa faremo in città, quale formazione riceveremo. Non ci dicono nulla»

Vladimir guardò il suo amico e sorrise «È normale che tu sia nervoso. Tra una settimana farai un passo importante. Non ti fare troppi problemi. Rilassati»

«Non è solo questo. È successo qualcosa»

«Che cosa?» Vladimir era veramente curioso. Non aveva mai visto Peter così riflessivo e preoccupato. Tra i due era lui a essere introverso. L'amico invece era allegro e spensierato, con la testa perennemente tra le nuvole.

«Due giorni fa è arrivata la spedizione di carne dalla città»

«Lo so. E allora?»

«Alla mia famiglia è stato dato il solito sacco nero» Vladimir lo guardò in modo interrogativo. A ciascuna famiglia veniva recapitato un sacco con la scritta "Morgan Ltd". «Quando sono tornato da scuola i miei genitori stavano discutendo. Non ho capito molto perché si sono interrotti non appena sono entrato in cucina. Ma ho capito che stavano parlando della carne. Mio padre sembrava piuttosto arrabbiato»

«Non capisco dove vuoi arrivare. Prima parli della realtà, ora dei tuoi genitori che discutono della carne che vi è stata data questo mese. Cosa mi vuoi dire?»

«Lasciami finire Vladimir» Peter sospirò «quando sono arrivato in cucina i miei si sono affrettati a richiudere ma il sacco è scivolato ed è caduto sul pavimento»

«E allora?»

«Ho visto un pezzo di carne. Sembrava un braccio umano»

Vladimir aveva ascoltato l'ultima frase di Peter con il fiato in gola. Ora esplose in una risata di cuore «tu... tu mi stai dicendo che hai visto un braccio umano dentro al sacco della carne? Non credevo che fumassi l'erba del vecchio Gregory»

«Ti sembra che abbia voglia di scherzare Vlad?» Peter non sembrava divertito come il suo amico.

«No. Ma ti rendi conto che quello che stai dicendo è assurdo? Sai benissimo che la carne che spediscono dalla città viene prodotta artificialmente»

«Ma se la producono artificialmente, come mai ne danno così poca?»

«Probabilmente il processo non è stato ancora sviluppato adeguatamente. Oppure non hanno abbastanza materie prime per aumentare la produzione. E che ne so? Sei sicuro di stare bene?»

Peter scosse la testa. Sembrò borbottare "materie prime..." ma poi alzò lo sguardo su Vladimir. Sembrava più sereno.

«No, è tutto ok. Forse hai ragione, sono solo un po' nervoso per la partenza»

Vladimir sorrise. Era contento di essere riuscito a calmare l'amico.

«Non devi. Non sai quanto ti invidio. Se potessi partirei insieme a te. E invece dovrò aspettare altre tre settimane. Ehi si è fatto tardi, devo tornare a casa. Ho promesso a mia madre di darle una mano. Ci vediamo domani a lezione?»

«Sì, a domani»

Non rivide più Peter. Né il giorno dopo, né quelli successivi. Quando andò a trovarlo a casa, i genitori gli dissero che si era preso una brutta influenza e che, per precauzione, doveva restare a letto. Non gli permisero neppure di salutarlo prima della partenza per la città.

Mentre camminava verso casa trascinando il piede infermo sulla strada sterrata, Vladimir era pensieroso. Mancavano solo tre giorni alla partenza e non pensava ad altro che alla conversazione con Peter. Di solito riusciva a ricacciare indietro i dubbi e i timori sul suo futuro ma, ora che il grande giorno era vicino, provava una crescente inquietudine. Scrollò le spalle. Gli stava accadendo la stessa cosa che era presa a Peter. Il classico magone, la fifa del grande passo.

«Ehi storpio, dove stai strisciando?» la voce lo strappò ai suoi pensieri. Tre ragazzi, più o meno della sua età, erano in mezzo alla strada e stavano camminando nella sua direzione. Quello al centro, con i capelli rossi, lo conosceva di vista. Ivan. La fattoria dove abitava non era lontana dalla sua. I nomi degli altri due ragazzi non li ricordava. Decise di ignorarli. Ivan era un ragazzo crudele che godeva nell'infliggere sofferenza. Una volta l'aveva visto inchiodare un uccellino a un albero e ridere. Un vero bastardo. La società in cui viveva era sicuramente più giusta ed egualitaria di quelle che l'avevano preceduta, ma questo non impediva che esistessero delle persone come Ivan.

«Ehi storpio, fermati!» Vladimir continuò a camminare con il passo strascicato. Sentiva che i ragazzi dietro di lui si avvicinavano rapidamente.

In pochi istanti Ivan lo aveva sorpassato e gli si era messo davanti. Gli altri due ragazzi si erano posizionati ai lati della strada, le mani in tasca.

«Ciao storpio, sono solo venuto a salutarti! Ho saputo che partirai tra pochi giorni e sono venuto a farti gli auguri» Vladimir fissò lo sguardo sulla R dell'uniforme di Ivan. Una lettera che, assegnata sin dalla nascita, cambiava radicalmente la vita di una persona.

«Grazie degli auguri. Ora scusa ma devo andare a casa, mi aspettano»

Ivan allargò le braccia bloccandogli il passaggio.
«Ti sei mai domandato come mai venga affidato a un handicappato come te un compito così importante come la terraformazione di Marte?» Un sorriso ironico apparve sul volto squadrato del ragazzo che lo sovrastava di tutta la testa. Gli altri due sghignazzarono.

«Sei solo invidioso. Tu rimarrai qui a marcire nei campi mentre io me ne andrò in città» Cercò di mantenere la calma ma sentiva il sangue affluire alla testa «Avete sentito ragazzi? Lo storpio va in città. Uau, non sai quanto ti invidio. O forse saresti tu a invidiare noi se sapessi la verità» il sorrisetto malizioso si allargò di alcuni centimetri.

«Che cosa vai dicendo? Quale verità?»

«Vai a casa storpio, la mamma ti aspetta. E preparati per il viaggio. Un lungo viaggio»

Con una velocità sorprendente Vladimir si avvicinò a Ivan spostando tutto il peso sul piede sano, e lo prese per il bavero della divisa.

«Ora mi dici cosa intendi bastardo!»

Dopo i primi istanti di sorpresa, Ivan si divincolò dalla presa e lo spinse facendogli perdere l'equilibrio. Vladimir rotolò sulla strada sterrata. Le mani, a contatto con il terreno, iniziarono a sanguinare. I tre ragazzi furono sopra di lui in un attimo. Iniziarono a colpirlo con calci alle gambe e sulla schiena. Vladimir si raggomitolò in posizione fetale riparandosi con le braccia. Non aveva speranze contro tre ragazzi tutti più robusti di lui.

«Ehi voi cosa state facendo?» non appena sentirono la voce, Ivan e i suoi due amici interruppero il pestaggio e corsero via. Vladimir aprì gli occhi. Aveva il busto indolenzito. Mettersi a sedere gli provocò una fitta alle costole. Il dolore più acuto era quello alle mani. Probabilmente non c'era nulla di rotto. O almeno così sperava. Non partire per la città per le ferite sarebbe stata veramente una beffa. Forse era per quel motivo che lo avevano picchiato così forte. Volevano impedirgli di coronare il suo sogno.

«Hai bisogno di aiuto ragazzo?»

Vladimir sollevò la testa. Un uomo anziano era sopra di lui e gli porgeva la mano.

«Ce la faccio da solo, grazie»

«Ma Gregory ti aiuta volentieri» L'uomo mostrò un sorriso sdentato. Il volto di Vladimir si illuminò. Solo un uomo aveva quel sorriso e, soprattutto, indossava una berretta di lana anche d'estate. Gregory, il barbone del villaggio. Un vecchio trasandato con la barba bianca, le sopracciglia cispose e gli occhi di un azzurro chiarissimo, quasi trasparente. Era da molto che non lo vedeva in circolazione. Di solito d'estate non si faceva vedere, dormendo nel bosco. D'inverno invece girava per i villaggi chiedendo ospitalità per la notte e un piatto di minestra calda. Nessuno gli rifiutava mai una mano. Anche la famiglia di Vladimir lo aveva ospitato più volte nel granaio. E il vecchio Gregory, per sdebitarsi, dopo cena raccontava sempre una storia davanti al camino. Le storie dell'anziano vagabondo erano speciali. Conosceva una quantità di fiabe, racconti di guerre lontane, di eroi e principesse. Ma a renderle uniche era soprattutto il modo in cui le raccontava. Parlava con voce pacata e profonda, e rispettava i tempi e le pause del narratore consumato. Ma il vagabondo si trasformava solo nel momento del racconto. Per il resto del tempo aveva sempre lo sguardo vacuo e un sorriso ebete dipinto sul volto. Sembrava capire tutto quello che gli veniva detto ma spesso rispondeva con frasi incomprensibili.

Lasciò che Gregory lo aiutasse a rimettersi in piedi. Si spazzolò l'uniforme nera. Continuava a sentire qualche fitta alle costole ma non vi badò «Era un po' che non ti vedevo in giro. Dove sei stato?» scrutò l'uomo con curiosità.

«Oh un po' qua un po' là»

«Sai che tra poco me ne andrò in città? Mancano solo tre giorni ormai. Mi mancheranno i tuoi racconti» Gli occhi celesti del vagabondo si puntarono sulla sua uniforme, poi distolse di colpo lo sguardo, infastidito da ciò che vedeva.

«Cosa c'è?» Vladimir lo guardò perplesso, aggrottando le sopracciglia.

«Cosa c'è cosa?»

«Mi hai guardato e poi hai distolto lo sguardo. Perché?»

«Non lo so. Non mi piace vedere i giovanotti come te divisi in classi» ora il vecchio si fissava le scarpe, sembrava a disagio.

«Ma che cosa dici? Io sono contento di andare in città. Sono nato per questo» Gli occhi del vagabondo ora erano tristi. Vladimir aveva l'impressione che quel vecchio pazzo stesse per piangere da un momento all'altro.

«Il vecchio Gregory crede che non è bene cambiare. Se in città è tutto diverso non significa che sia migliore. Non per te almeno»

«Sei proprio tutto matto, lo sai? Sembra quasi che tu voglia dirmi qualcosa ma non trovi il modo»

«Ti va se ti racconto una storia?» Gli occhi del vagabondo si illuminarono e per un attimo sorrise con la bocca sdentata.

«Devo tornare a casa, mia madre mi aspetta»

«Oh ma è una storia breve. Mi piace raccontare le storie, sai?»

Vladimir ci pensò un attimo poi alzò le spalle «Va bene ma fai in fretta».

Si sedettero ai margini della strada, sull'erba scura. Gregory accese la pipa e iniziò ad aspirare profonde boccate. Un odore pungente gli pizzicò le narici quando una nuvola di fumo lo avvolse. Il vecchio era noto per la sua erba almeno quanto lo era per l'abilità di cantastorie.

Gregory tirò un altro paio di boccate profonde che fecero quasi tossire Vladimir, poi iniziò a raccontare, lo sguardo perso in lontananza.

«C'era una volta un piccolo salmone. Aveva una bella famiglia, molto unita e affettuosa. Fin dalla tenera età era stato educato al fatto che, una volta divenuto adulto, al momento giusto, avrebbe intrapreso un lungo viaggio. Un viaggio difficile e periglioso durante il quale avrebbe rischiato la vita. Ma, alla fine del viaggio, avrebbe provato una felicità unica, inimmaginabile» Vladimir ascoltava rapito mentre Gregory, a volte, interrompeva il racconto per aspirare una lunga boccata dalla pipa «Il piccolo salmone aveva un fratello. Il fratello fuggì dalla famiglia e si perse in mare aperto. Era contravvenuto alle regole e, anche se gli mancava molto, il piccolo salmone sentiva che ciò che aveva fatto il fratello era sbagliato.

Una volta divenuto adulto il piccolo salmone intraprese il proprio viaggio. Non era solo. Moltissimi compagni lo circondavano mentre risaliva la corrente. Fu uno sforzo tremendo riuscire a evitare gli artigli letali degli orsi, i pescatori, la forza della corrente. In molti perirono. Ma, alla fine, il piccolo salmone raggiunse la tanta agognata meta, provò la gioia dell'accoppiamento e subito dopo morì. Il fratello ribelle, invece, visse ancora per molto tempo in mare aperto»

Vladimir lo guardò perplesso «E finisce così? Che senso ha questa storia?»

«Ogni storia ha il senso che tu le attribuisci, ragazzo. Ma il vecchio Gregory ti può dire che i salmoni hanno l'istinto dalla loro parte. Un istinto che è quasi impossibile ignorare. L'uomo invece ha qualcosa che si chiama libero arbitrio»

«Non capisco» Vladimir era seccato. Quella non era una delle solite storie di guerre ed eroi. Quella che aveva appena sentito era piuttosto una fiaba con una morale che lui però non riusciva a cogliere.

«Ora devo andare» Vladimir si alzò in piedi «Non so se ci rivedremo» Il vecchio vagabondo rimase immobile continuando a fumare la pipa, lo sguardo perso nella campagna circostante «Ehi ragazzo» aveva fatto solo pochi passi quando la voce di Gregory lo fece fermare. «A volte sembrare pazzo ti permette di vedere e sentire cose che altrimenti ti sarebbero precluse. Nessuno bada a te. Non è giusto che la vita di un ragazzo sia segnata dalla nascita»

Il vecchio lo scrutava con attenzione, un'espressione lucida negli occhi.

«Perché non parli un po' più chiaramente?» Era spazientito dalle frasi oscure del vagabondo. Ma Gregory non sembrava ascoltarlo «Un'ultima cosa. Le lettere» Indicò la C ricamata in rosso della sua divisa tracciandosela sul petto «possono avere significati diversi» Così come era venuto, quello che sembrava un attimo di lucidità passò altrettanto velocemente. Gli occhi del vecchio si spostarono di nuovo sul panorama circostante. Vladimir scrollò le spalle e si incamminò verso casa. Aveva già fatto abbastanza tardi.

Arrivato a casa, sua madre gli chiese come mai fosse tornato così tardi. Non parlò né di Ivan né dell'incontro con il vecchio Gregory.

Giustificò la divisa sgualcita e sporca e le ferite alle mani con una caduta. Sua madre lo aveva guardato alzando un sopracciglio ma non aveva fatto commenti. Mangiò rapidamente le patate dure, mentre suo padre e suo fratello Gabriel discutevano il momento più opportuno per iniziare la nuova semina. Non gli interessava. Era assente. Ripensava agli avvenimenti della giornata e alle strane conversazioni che aveva avuto. C'era qualcosa che gli sfuggiva ma non riusciva a metterlo a fuoco.

Chiese il permesso di andare a dormire prima del solito ma, una volta a letto, rimase a osservare prima il soffitto, poi la finestra, alla ricerca di un filo che legasse i suoi pensieri. Impiegò molto a scivolare nel sonno e, quando si addormentò, sognò il viso di Peter, i tre ragazzi che lo picchiavano e, infine, il vecchio Gregory che lo guardava intensamente e gli indicava la lettera della sua uniforme. Si svegliò di soprassalto. Gabriel russava sonoramente nel suo letto, dall'altra parte della stanza. Dalla finestra aperta passava una brezza leggera. Provò a cambiare posizione per addormentarsi di nuovo, ma si rese conto di essere sveglio. Come se fosse già ora di alzarsi e la colazione lo attendesse in cucina. Non riuscì a riaddormentarsi e riprese a concentrarsi sul viaggio che avrebbe intrapreso di lì a poco. All'improvviso, sembrò che suo fratello russasse più piano, come se avesse perso vigore. Sollevò la testa per osservarlo meglio, pronto a lanciargli una scarpa se non l'avesse finita con quel suono basso e stridulo, quando si rese conto che non era Gabriel il responsabile.

Qualcuno stava piangendo e il suono era attutito dalla distanza. Si alzò e uscì in corridoio. La porta della camera dei suoi genitori era socchiusa. Il rumore proveniva da lì. L'eccitazione accelerò i battiti del cuore. Cercò di controllare la respirazione in modo da fare meno rumore possibile. Si accostò al muro e sbirciò dentro. Sua madre, in vestaglia, era seduta sul letto e stava singhiozzando, mentre suo padre la abbracciava cullandola dolcemente.

«Non è giusto… il nostro bambino…» i singhiozzi spezzavano le parole e solo concentrandosi Vladimir riusciva a coglierne il senso

«Lo so, cara. Ma queste sono le regole… cosa possiamo fare?»

«Ma siamo stati noi ad allevarlo… e ora… e ora dobbiamo separarcene»

«Devi fartene una ragione. Lui non è nostro…» Vladimir sorrise. Sua madre era preoccupata per la partenza. Avrebbe voluto correre dentro e abbracciarla e dirle quanto le voleva bene ma restò lì, immobile, ad ascoltare. C'era qualcosa che gli impediva di entrare.

Sua madre adesso aveva appoggiato la testa sulla spalla del marito e singhiozzava ancora più forte.

«Siamo noi che lo abbiamo messo al mondo e nutrito per tutti questi anni… e loro… e loro non ci lasciano neppure la sua carne… non è giusto»

«Lo so cara, lo so. Non è giusto. Però non possiamo fare niente. E poi lo sai che è troppo magro, ora. In città lo faranno ingrassare un bel po'»

«Dobbiamo sempre mangiare carne di seconda scelta. Mai che ci mandino un po' di magro… o qualche organo interno… a volte non si preoccupano neppure di macinarla…»

«Sssh… ora dormi cara»

Vladimir era annichilito. Rimase con la schiena appoggiata contro il muro e la bocca aperta a cercare aria che non entrava. Lacrime di ghiaccio scendevano lungo le guance.

«Vladimir, figliolo dove sei?» Le voci lo svegliarono di soprassalto. Si era addormentato e i genitori avevano scoperto la fuga. La luce che entrava dalla finestra sopra di lui illuminava l'interno del granaio. Era mattina. Per quanto tempo aveva dormito? Ormai non aveva più importanza. Non poteva più scappare. Anche se la caviglia sembrava stare meglio, il piede non gli avrebbe permesso di allontanarsi abbastanza in fretta.

«Vlad, dove sei? Perché sei scappato?» Gabriel lo chiamava a gran voce. Aveva poco tempo.

«Vladimir figlio mio, non farmi stare in pensiero, ti prego!» Anche sua madre sembrava sinceramente preoccupata. Adesso conosceva la verità. Lui non aveva un futuro. Il vecchio Gregory aveva usato una favola per farglielo capire. Peter nutriva dei dubbi che lui aveva liquidato con una risata. E adesso il suo amico… . Non riusciva a pensare a quello che potevano avergli fatto. Ma non era importante. Niente era importante per una persona condannata. Imbracciò il fucile. Si affacciò sulla porta. Aveva sparato poche volte e sempre alle lucertole mutanti che mangiavano le sementi nel campo. I suoi genitori erano uno accanto all'altro. Suo padre aveva un fucile da caccia, uguale a quello che lui imbracciava in quel momento. Sua madre, invece, era disarmata. Non riusciva a vedere Gabriel.

Sparò due colpi in rapida successione verso il padre. Il primo lo mancò di poco. Il secondo invece raggiunse il bersaglio. Suo padre si accasciò. Doveva ricaricare. Nel momento in cui aprì la doppietta per inserire due pallottole nuove, sentì il rumore di un fucile automatico. Suo fratello era uscito da dietro un muro mezzo diroccato, alla sua destra. Vladimir osservò l'uniforme nera. Il sangue usciva copioso dai fori delle pallottole, imbrattando il tessuto. Mentre cadeva a terra l'ultima cosa che vide fu la lettera C ricamata in rosso sporca del suo sangue. C come carne.

«Papà!» Gabriel corse verso il padre, ancora disteso al suolo. Sua madre gli sorreggeva la testa.

«Va tutto bene… mi ha preso a una spalla…» aveva il volto pallido ma, osservando la ferita, Gabriel si accorse che la pallottola era uscita.

La mamma era ancora china sul marito e gli accarezzava amorevolmente la fronte.

«Dobbiamo portarti dal dottor Trevor»

«Dopo. Ora porta a casa tuo fratello»

Gli occhi di Gabriel divennero gelidi «Quel bastardello? Per poco non ti fa la pelle…»

«Adesso la sua carne è nostra. Non possiamo mandarlo in città. Non si conserverebbe tanto a lungo… Sei contenta cara?»

Aveva le lacrime agli occhi «Si, caro. Però guarda com'è ridotto» indicò il corpo martoriato dai proiettili «Sarà già tanto se riusciremo a cavarci qualche osso per il brodo…»

Gabriel scosse le spalle «Non ha importanza. La carne è preziosa».

Acne

La sveglia suonò alle sette e trentasette minuti. Luca detestava l'abitudine di mettere l'orologio alle sette e quaranta o sette e quarantacinque. Insomma, non amava spaccare l'ora nei suoi quarti o dividerla di cinque minuti in cinque minuti. Programmare la sua piccola radiosveglia alle sette e trentasette era un modo per sentirsi unico. Chi altri metteva le lancette a quell'ora? si era chiesto una volta. Nessuno, si era risposto soddisfatto. Al massimo tre minuti dopo o due minuti prima. Era quello che Luca amava definire il suo piccolo atto di ribellione quotidiana.

Con le dita, spinse il pulsante della radiosveglia e si tirò a sedere. Sua madre sarebbe arrivata tre minuti dopo. In realtà, c'era un altro motivo per cui la sveglia suonava a quell'ora: avere tre minuti per alzarsi e infilarsi in bagno prima che sua madre lo scuotesse leggermente.

E, come ogni mattina, secondo un copione già scritto, riuscì ad alzarsi e ad entrare in bagno prima dell'arrivo della madre. Accese la luce dello specchio e fece scorrere l'acqua nel lavandino di porcellana bianca. "Non ti guardare, non ti guardare" mormorò mentre insaponava le mani rapidamente. "Solo un attimo" si disse mentre si sciacquava con l'acqua gelida, "resisti" ripeté con forza. Per un momento gli venne da ridere. Appassionato di libri e film horror sapeva benissimo che c'era solo un tipo di creature che non si specchiavano: i vampiri. Sollevò lo sguardo. L'immagine riflessa gli troncò il sorriso sulle labbra. Per un attimo rimase immobile. Sentì le lacrime premere sulle palpebre. Scrollò la testa rifiutandosi di piangere. "Ci sono tante cose peggiori di questa" ripeté "tante cose… così tante che ora non me ne viene in mente nemmeno una, cazzo!".

Ora che aveva sollevato lo sguardo cercava nello specchio un segno di miglioramento, che, come al solito, non riuscì a trovare.

Il suo viso era come un campo di battaglia, e somigliava ad una sezione della crosta terrestre percorsa da vulcani e inondata di magma. Le guance presentavano tutte le tonalità del rosso, da quello più acceso, al più scuro amaranto, fino al porpora. Sulla fronte notò due nuovi arrivi: un brufolo enorme accompagnato da uno più piccolo, il suo fedele scudiero. Sullo zigomo, accanto al naso, anche la sua "corolla di punti neri", come la chiamava, registrava qualche nuovo arrivo. I punti neri, probabilmente per adeguarsi alla frequenza e alla grandezza dei brufoli, sembravano disegnati con la matita che sua madre usava per truccarsi gli occhi. Ma la cosa peggiore erano senza dubbio i brufoli. Ne era letteralmente ricoperto. La fronte, le guance e anche il mento sembravano una immensa colonia di pallini rossi delle dimensioni più varie. Alcuni erano piccoli come una perlina, altri superavano abbondantemente il centimetro di larghezza. Sembravano un'allegra colonia di bagnanti su una spiaggia dell'adriatico a ferragosto.

Quella mattina, tra le altre cose, i brufoli del viso sembravano più virulenti del solito. Almeno una decina avevano la punta bianca, pronta a essere schiacciata e a riversare all'esterno il loro contenuto. Pus. Schiacciò in fretta i più grandi. Uno esplose come una piccola fontana, lasciando una scia giallognola sullo specchio. Con una mano Luca afferrò una spugna e si affrettò a pulire i residui dalla superficie. I suoi genitori ripetevano continuamente di non toccarsi il viso, di lasciare che i suoi "inquilini", come li chiamava, se ne andassero da soli. "È solo un fatto ormonale", "È solo questione di tempo", "È l'età". Era ciò che gli avevano ripetuto gli specialisti, i dermatologi e gli omeopati che aveva incontrato nell'ultimo anno.

Aveva creduto a tutti, dal primo all'ultimo. Doveva crederci. Se ci credeva, aveva pensato ogni volta, se seguiva diligentemente tutte le loro indicazioni, allora qualcosa sarebbe successo. Doveva succedere qualcosa. Sognava il miracolo. Svegliarsi una mattina, guardarsi allo specchio e scorgere un volto conosciuto che non era il suo. Perché la pelle liscia e chiara non poteva essere la sua. Si sarebbe accontentato di un miglioramento. Anche piccolo.

Ma, a dispetto delle cure, delle creme e delle diete, la situazione non era migliorata di una virgola.

«Luca, muoviti o farai tardi a scuola» sua madre lo chiamò attraverso la porta.

Si sciacquò in fretta, si asciugò ed evitando di specchiarsi un'ultima volta, uscì dal bagno.

Davanti al Liceo Scientifico Francesco Redi c'era il solito via vai di macchine e motorini. Luca scese dall'auto dopo aver salutato frettolosamente sua madre con un bacio sulla guancia. Osservò la massa di ragazzi che si spostava con indolenza verso l'ingresso.

"Un altro giorno all'inferno" pensò mettendosi in coda verso l'entrata.

La sua classe, la seconda D, era al primo piano. Salì la rampa di scale e, sorprendentemente, non sentì alcun commento sul suo viso. Forse oggi sarebbe stata una giornata tranquilla. Forse.

«Ehi, Brufolo Bill, oggi sei più virulento del solito»

Andrea Pastorelli. Classe quinta D. Bocciato due volte. Terrore delle matricole e di tutti quelli che, come lui, avevano difetti fisici. Il fatto poi che quella sottospecie di primate non troppo evoluto, (senza offesa per i primati) fosse un incrocio tra Johnny Depp e Brad Pitt, lo metteva al riparo da qualunque tipo di offesa.

Come al solito, Luca non rispose e, incassata la testa tra le spalle, accelerò il passo. Non reagì nemmeno quando l'energumeno gli assestò una energica spallata, spostandolo di lato e rischiando seriamente di farlo cadere.

Quando ascoltava i temi di Italiano dei compagni di classe che declamavano l'importanza della bellezza interiore, della cultura, della personalità, era costretto a mordersi il labbro per non scoppiare a ridere. Quante cazzate! Luca si domandava come potesse essere sincero chi sosteneva che l'aspetto fisico è secondario in una società nella quale conta solo avere un volto perfetto e un fisico scolpito.

Le compagne di classe, quelle che scrivevano bellissimi temi pieni di buone intenzioni, erano quelle che, una dopo l'altra, finivano sul sedile della macchina di Andrea Pastorelli.

Entrato in classe, Luca salutò i suoi compagni. E poi, come ogni mattina, la vide. Marta era seduta sul banco, una gamba ripiegata sotto al sedere, l'altra lasciata dondolare con lentezza a pochi centimetri dal pavimento. Quella mattina portava i capelli color del miele raccolti in una lunga treccia. Gli occhi azzurri leggermente allungati le davano un'aria intrigante.

Per Luca, Marta era il massimo della femminilità, il massimo della dolcezza. Il massimo. Ed era gentile. Non lo prendeva in giro per il suo aspetto. Era la sua migliore amica ed una delle poche persone con cui riusciva ad aprirsi, a mostrare veramente il suo carattere, a essere sé stesso.

«Ciao Marta» accennò un sorriso

«Ciao Luca. Sei pronto per l'interrogazione di chimica?»

Luca si strinse nelle spalle «Non ho studiato molto ma non ho problemi con le redox» (la chimica era la sua materia preferita).

«Certo che non hai problemi, sei un modestissimo genio» disse lei sorridendo. Luca pensò a quant'era bella e a come la luce ne accarezzasse la pelle così uniformemente da disegnare piccole fossette simmetriche sulle gote delicate.

Rimase un po' a parlare con Marta, poi suonò la campanella e la professoressa di chimica entrò in classe.

Alla fine della sesta ora Luca tirò un sospiro di sollievo. La lezione di fisica lo aveva annoiato a morte. Il nuovo professore era un ragazzo di trent'anni che ne dimostrava poco più di venti e non aveva ancora l'esperienza e l'autorità per tenere una classe di liceo. Il risultato era stato una noiosissima ora di richiami ai meno attenti, formule incomprensibili sulla lavagna, sbadigli e grandi partite a carte negli ultimi banchi.

Dopo sei ore di scuola Luca aveva una gran voglia di mangiare e di farsi una bella dormita. Poi, forse, avrebbe studiato un po'.

Uscire alla sesta ora era faticoso ma aveva anche un lato positivo: a quell'ora la maggior parte degli studenti erano già usciti e lui avrebbe incrociato meno sguardi di disgusto.

«Facciamo un pezzo di strada insieme?» Marta gli si avvicinò mentre rimetteva i libri nello zaino.

«Sì, andiamo»

«Vieni alla festa della scuola domani sera?» chiese Marta mentre camminava veloce, spinta dalle lunghe gambe affusolate che le conferivano un'andatura felina.

«Non credo. Di solito alle feste ci si diverte e si balla»

Marta lo guardò aggrottando le sopracciglia «Di solito l'intenzione di chi va a una festa è quella»

Luca iniziò a ridere «Diciamo che io non so ballare e raramente riesco a divertirmi in mezzo a molta gente».

«E dai, per una volta potresti anche venire. In fondo, se non ti diverti, puoi sempre tornare a casa. Tentar non nuoce» Marta arricciò il labbro inferiore sopra a quello superiore fingendosi imbronciata «Almeno dimmi che ci penserai» aggiunse.

Luca era andato ad una festa solo in due occasioni. La prima volta gli avevano fatto fare un tiro di marijuana e aveva vomitato anche l'anima dentro a un cestino e la seconda era rimasto in un angolo a guardare i suoi coetanei scolarsi un drink dopo l'altro e pogare assestandosi vigorose spallate sulle note di una canzone Heavy Metal.

Sarebbe andato alla festa. Con i suoi brufoli.

Al risveglio dal sonnellino pomeridiano Luca avvertì un fastidioso dolore al collo. Riconosceva quella sensazione: era la stessa che provava ogni volta che un brufolo covava sotto la superficie della pelle.

Istintivamente, si grattò dove avvertiva fastidio, poi, preso dalla voglia morbosa di vedere, si alzò e andò in bagno.

Davanti allo specchio abbassò il bavero della tuta scrutando la pelle. Un lieve rossore si andava diffondendo in una porzione di pelle grande come due monete. Sembrava il morso di un insetto. Ma Luca sapeva che non era così. Chiunque altro avrebbe pensato di essersi grattato nel sonno, oppure di aver sfregato la pelle contro qualcosa, ma lui conosceva bene il proprio corpo. E sapeva anche che, se per il momento il rossore era lieve, sarebbe però aumentato di intensità nel giro di un giorno, forse due, fino a che la pelle si sarebbe increspata, come una piccola onda, o come una montagna che nasce dal terreno.

Poi pensò a Marta. E alla chimica, la sua materia preferita. Spense la luce interrompendo l'esplorazione della zona arrossata.

Chimica. E Marta.

Era la sera della festa. Luca aveva passato il pomeriggio a leggere svogliatamente un romanzo. Continuava a pensare alla festa, chi ci sarebbe andato, a come si sarebbe vestita Marta. Soprattutto a Marta.

Iniziò il rito della scelta dell'abbigliamento. Come vestirsi? Pantaloni eleganti o jeans? Felpa o maglione?

Optò per Jeans, scarpette da ginnastica e, con un pizzico di audacia una giacca scura, che aveva indossato solo in due occasioni: al matrimonio di una parente e alla comunione di sua cugina. Però quella sera si sentiva bene con la giacca quasi nuova. Guardandosi di fronte allo specchio si vedeva più grande. Dal collo in giù poteva quasi dirsi un bel ragazzo. Alto, slanciato e proporzionato. Poi, inesorabilmente, il suo sguardo si soffermò sul viso. Per quello non c'era niente da fare. Sotto la luce delle lampade i brufoli sembravano più virulenti che mai. Roberto, un compagno di classe, una volta gli aveva consigliato di usare il correttore o il fondotinta per coprire gli sgradevoli inquilini. Lui lo aveva ringraziato per il consiglio ma non aveva preso nemmeno in considerazione la possibilità di comprare quella roba. Non ne sarebbe bastato un litro per coprire il suo volto. Forse una maschera, o un passamontagna, sarebbero serviti a qualcosa.

Poi, con fatica, abbassò di nuovo lo sguardo sulla giacca. Si, stava proprio bene.

La festa non era male. La grande palestra del Liceo scientifico era affollata. Un gruppo rock di studenti un po' attempati, i "Francis Bacon", suonavano cover dei Dire Straits.

Mentre il suo sguardo indugiava alla ricerca di volti noti, vide Marta. Era seduta vicino al bar, con un drink in mano e il sorriso da copertina stampato sul volto. Portava un vestito viola attillato con piccoli strass che brillavano alla luce fioca ogni volta che si muoveva.

Dopo un attimo di indecisione, si diresse verso di lei. Ignorò le due amiche che le sedevano di fianco. Mettendosi insieme forse avrebbero formato un quarto di cervello.

«Ciao Marta, come va?»

Sorridente come al solito, la sua amica si voltò verso di lui «Luca! Alla fine sei venuto!» urlò per sovrastare i Francis Bacon che avevano ripreso a suonare.

«Sì alla fine ho deciso che in fondo non avevo niente di meglio da fare» rispose con finta superiorità. Marta lo colpì con un buffetto sulla spalla.

«Ma va… e ti sei anche messo la giacca» lo osservò come se non credesse ai propri occhi

«Era nell'armadio, anche se potrei giurare che non sono stato io a comprarla» alzò le mani come a volersi difendere.

I dieci minuti successivi passarono piacevolmente. Parlava con Marta. E lei lo ascoltava e rideva: sorriso perfetto, pelle perfetta, vestito perfetto. Benedisse più volte le luci soffuse che nascondevano almeno in parte il viso lacerato. Era incredibile, ma si stava divertendo. Per la prima volta in vita sua si divertiva a una festa.

Poi guardò l'orologio e si accorse che era mezzanotte e, per un attimo, temette di fare la fine di Cenerentola. Non accadde.

Mentre spiegava a Marta come fosse facile manipolare una formula chimica, si materializzò dietro di lei l'ultima persona al mondo che avrebbe voluto vedere in quel momento: Andrea Pastorelli. Capelli pettinati con tonnellate di gel e camicia celeste infilata in un paio di Jeans.

Sentì un sapore amaro in bocca. E, cosa che lo fece inorridire ancora di più, desiderò essere al suo posto. Le ragazze ne fissavano bramose il viso perfetto e il petto ampio e muscoloso.

Andrea toccò leggermente Marta sulla spalla che si voltò verso di lui. Il sorriso le scomparve dalle labbra, la fronte aggrottata.

«Che ci fai qui?» gli domandò con fare brusco.

«Uau, che accoglienza calorosa» replicò lui sorridendo «Ti posso parlare un attimo?»

«Non vedi che sono in compagnia? Se vuoi parlare, parla, in fretta»

Andrea sembrò notare la presenza di Luca solo in quel momento «Ah, vedo. Ciao brufolo» agitò la mano in direzione di Luca «ti sei vestito meglio del solito stasera»

Luca rimase in silenzio. Non sapeva che Marta conoscesse l'energumeno e la cosa, sinceramente, non gli piaceva neanche un po'.

«Allora che cosa vuoi?» Domandò di nuovo Marta

«Parlarti. Solo cinque minuti, però non qui. Andiamo un attimo fuori» indicò la porta della palestra.

Per un attimo Marta sembrò indecisa sul da farsi, poi, afferrata la giacca da sopra il bancone, guardò Luca e con un sorriso tirato gli disse «Ci vediamo dopo».

Osservò i due che si facevano strada tra la folla di ragazzi per scomparire oltre l'uscita. Non aveva aperto bocca. Non aveva detto niente, limitandosi a osservare la scena. Qualcuno dietro di lui aveva riso quando il primate lo aveva chiamato brufolo ma non era stato quello a fargli male. Era stato il fatto che lei fosse uscita con lui, il fatto che lei lo conoscesse. Non riusciva nemmeno a chiamarlo con il suo nome.

"Non uscire. Non farlo" gli urlava la sua mente. Era chiaro come il sole ciò che sarebbe successo. Così chiaro che non aveva nemmeno bisogno di sforzarsi per immaginare la scena.

"Non uscire. Ti farai solo male". Chiese al ragazzo che serviva al bar qualcosa di forte. Si ritrovò di fronte un bicchiere di plastica con dentro un liquido azzurro cielo.

«Che cos'è?» domandò

Il barista lo guardò come se avesse tirato la più grossa bestemmia mai sentita «Un angelo blu, naturalmente».

Lo buttò giù di un fiato. Sentì il bruciore diffondersi prima nella bocca, poi nell'esofago, giù sino allo stomaco.

Scrollò la testa cercando di scacciare il saporaccio che aveva in bocca.

"Non uscire. Piuttosto bevi ancora, ma non uscire".

Dopo un attimo di indecisione uscì.

Fuori la temperatura era calata e anche se non faceva freddo, sentì comunque un brivido percorrergli la schiena.

Si guardò attorno. Alcuni ragazzi erano seduti in cerchio e si passavano una canna. Un paio di coppiette pomiciavano accanitamente appoggiate alle pareti della scuola. Di Marta e dell'energumeno non c'era traccia.

Era ora di andare a casa. In fondo, anche se solo per poco tempo, si era divertito. Prima però aveva bisogno di pisciare. L'angelo blu aveva stimolato la vescica.

Girò dietro la palestra. Il muro era schizzato in più punti di piccoli rivoli che si allungavano sul terreno. Non era stato il primo ad avere l'idea di pisciare lì.

Mentre armeggiava con la zip dei jeans sentì delle voci provenire da un punto imprecisato alla sua destra. All'inizio non ci fece caso. Probabilmente si trattava di un'altra coppietta. Si concentrò sulla vescica che chiedeva di essere svuotata. Pregò che non arrivasse nessuno a fargli compagnia. Se fosse successo, non sarebbe riuscito a finire. Poi riconobbe una delle voci e non riuscì lo stesso a finire quello che aveva iniziato. Era Marta, non aveva dubbi. Come non c'erano dubbi su chi fosse l'individuo insieme a lei.

"Vai a casa. Finisci di pisciare e vai a casa. Non c'è niente da vedere".

Richiuse la lampo e si avvicinò con cautela alle due ombre. Erano attaccate al muro. Le loro voci indistinte divennero più chiare.

«Sei uno stronzo. Un fottutissimo stronzo» stava dicendo Marta.

«Ascolta, mi dispiace. Ma anche tu sei un bel tipo. Non vuoi neanche che ti saluti quando siamo a scuola. Sembra che ti vergogni di me!» ribatté l'energumeno.

«Questo non ti autorizza ad andare con tutte le sciacquette che ti ronzano intorno. Se tu fossi un po' meno cretino non avrei problemi a stare con te alla luce del sole»

«E poi anche tu sei sempre insieme a brufolo Bill. Ora te lo porti pure alle feste! Devo essere geloso?»

«Non dire cazzate. Lo sai benissimo che è solo un amico. È un bravo ragazzo e...»

Luca trattenne il fiato. Quella frase lo aveva colto alla sprovvista. Sentì un formicolio strano percorrergli tutto il corpo.

«E cosa?»

«E poi mi passa tutti i compiti di chimica, mi aiuta con le interrogazioni»

Sentì il primate ridere debolmente «Certo che anche tu sei una bella stronza. È chiaro come il sole che lui ha una cotta per te e tu lo usi»

«Io non lo uso!» ribatté Marta «È intelligente e simpatico. Se solo fosse...»

«Un po' meno brufoloso?» il primate finì la frase per lei.

«Sei uno stronzo» Ribatté Marta, ma stava ridendo.

«È un mondo difficile»

Poi le due ombre si avvicinarono. Luca rimase ancora qualche istante. Sentiva i respiri aumentare di intensità, vedeva le sagome intrecciarsi e le mani infilarsi in punti che lui aveva immaginato solo in sogno.

Mentre camminava verso casa non pianse. Non aveva lacrime da sprecare. Non provava rabbia. Avvertiva soltanto una vaga tristezza, una malinconia lieve che in pochi minuti lasciò spazio ad una sensazione che non aveva mai sperimentato: il vuoto. Era come se stesse galleggiando. C'era una sola cosa che gli lasciava un po' di amaro in bocca. Mentre guardava le due ombre che si baciavano e si toccavano nell'oscurità, per un attimo aveva pensato: "Che bella coppia".

La scena di Marta insieme al primate continuava a scorrere davanti agli occhi. Quello che aveva detto di lui lo aveva ferito. Ma in modo diverso da come si era immaginato. Adesso sapeva che l'unico essere di sesso femminile che aveva suscitato in lui un po' di interesse era al di là delle sue possibilità. In fondo lo aveva sempre saputo ma sentirlo con le proprie orecchie era stato, diciamo, illuminante.

Quella mattina a scuola aveva cercato di comportarsi nel modo più naturale possibile. Non voleva che Marta si accorgesse che l'aveva vista la sera precedente. Non voleva che il mondo si accorgesse che stava male, non più del solito, almeno.

Tornato a casa, si accorse che il brufolo sul suo collo aveva deciso di fiorire in tutto il suo splendore. E quello non era un brufolo come gli altri.

Davanti allo specchio del bagno, osservò la pelle che si era increspata in modo impressionante. La superficie del nuovo arrivato sorprese anche lui, che pure era così abituato a vedere nuovi crateri sul viso. Il brufolo aveva le dimensioni di una moneta da due euro. Al centro iniziava a fare capolino una punta bianca. Non era ancora il momento di schiacciarlo, Luca lo sapeva bene. Nonostante questo, le dita gli prudevano per la voglia di spremere quell'orrore, di far venire fuori tutto il contenuto lattiginoso misto a sangue. Si impose di non farlo. Almeno, quel mostro aveva deciso di spuntare sul collo, in un punto meno visibile. Se fosse arrivato sul viso, sarebbe diventato ancora più brutto di quanto già non fosse.

Tre giorni. Passarono tre giorni, prima che decidesse di strizzare quel maledettissimo, enorme brufolo. Tre giorni perché quasi l'intera superficie diventasse di un colore giallognolo. Ringraziò la primavera, che quell'anno era in ritardo, così da permettergli di continuare a mettere i suoi maglioncini a collo alto, coprendosi la porzione di pelle infestata.

"A noi due, bastardo". I suoi genitori erano fuori.

Staccò due pezzi di carta igienica, accese la luce dello specchio e si tolse la maglietta, restando con il petto nudo. Guardò per un attimo lo specchio domandandosi perché il suo corpo buttasse fuori a getto continuo tutto quello schifo. Mentalmente, si rispose con le parole che si era sentito dire dai dermatologi, dagli omeopati, dagli estetisti e dai dottori o presunti tali che sua madre aveva consultato. "È una questione ormonale", "È una questione di pelle". Presa dalla disperazione dopo l'ennesima cura antibiotica, sua madre l'aveva portato da un cinese che praticava l'agopuntura. Dopo sei sedute e trecento euro, non era cambiato molto. In compenso, aveva sentito una nuova spiegazione per la sua acne "È una questione di equiliblio tla i tuoi fluidi colpolali. L'equiliblio va liplistinato stimolando i giusti punti di plessione del colpo". Luca aveva sorriso, un po' per l'accento così "malcato" del "dottole", un po' per la spiegazione diversa da quelle della medicina convenzionale. Non che avesse realmente bisogno di spiegazioni fantasiose. Se voleva, di spiegazioni ne aveva a bizzeffe. Anche migliori di quelle del "dottole". L'unica verità era che, nonostante le teorie più o meno scientifiche, nessuno aveva trovato una soluzione al suo problema. Succhi alla carota, creme, antibiotici, diete, agopuntura. Aveva provato tutto e non c'era stato alcun miglioramento. I brufoli, anzi, erano sempre più virulenti e numerosi. Troppe spiegazioni e nessun risultato.

Avvicinò i due pezzi di carta igienica agli estremi dell'enorme brufolo, poi premette con forza con gli indici di entrambe le mani. Per i primi secondi non accadde niente. Poi un fiotto di pus giallo fuoriuscì con forza, schiantandosi contro lo specchio. Continuò a schiacciare e un altro fiotto schizzò fuori andando a far compagnia al primo. Poi un altro e un altro ancora. Lo specchio era chiazzato da macchie gialle quando cominciò a uscire il sangue. Si sciacquò la faccia, poi prese una spugna da sopra il lavandino per pulire lo specchio. Il pus era scivolato via ma non verso il basso come era naturale. Si era piuttosto raccolto in una superficie compatta. Con un misto di interesse e repulsione osservò la superficie gialla incresparsi. Strinse gli occhi strofinandoli con la mano per essere sicuro che quello che stava vedendo non fosse un'allucinazione.

Quando riaprì gli occhi la situazione non era cambiata. Il pus si era raccolto in una piccola pozza vicino al centro dello specchio ed era percorso da piccole increspature, come quelle che si formano su di una superficie d'acqua quando soffia una brezza leggera.

Poi, la pozza si trasformò in una goccia oblunga e saltò letteralmente via dallo specchio per adagiarsi sul lavandino. Luca si ritrasse di un passo andando a sbattere contro gli accappatoi attaccati al muro alle sue spalle. Il grumo giallognolo rimase per un attimo inerte, poi, a poco a poco, iniziò di nuovo a incresparsi. Delle piccole escrescenze si allungarono in tutte le direzioni, come i tentacoli di una piovra. Lentamente, ma con costanza, come in una progressione geometrica, il movimento del liquido giallastro aumentò di intensità, scosso dall'interno da un fremito incontrollabile. Pochi istanti dopo, sembrò prendere una forma definita. Luca trattenne il fiato per alcuni, interminabili secondi.

Non poteva credere a quello che aveva davanti agli occhi. Il grumo di pus era adesso una figura stilizzata, l'immagine di un uomo alto una decina di centimetri. Un uomo con gambe e braccia, una bombetta in testa e un bastone dall'impugnatura ricurva in mano.

L'immagine sembrava muoversi al suono di una musica invisibile, ruotando il bastone con agilità in avanti e sopra la testa. Il balletto continuò per alcuni minuti sino a quando, con un'ultima piroetta, la figura non si fermò sull'estremità del lavandino, e, con fare teatrale, si inginocchiò togliendosi il cappello e allargando le braccia.

Luca non sapeva cosa fare. Sentiva un brivido percorrergli la schiena. La saliva era scomparsa dalla bocca mentre osservava la cosa più incredibile che, credeva, occhio umano avesse mai visto.

«Piaciuto il balletto, ragazzo?» al suono della vocetta bassa e acuta proveniente dalla cosa sul lavandino, Luca, come in un copione mal scritto, svenne cadendo rovinosamente sul pavimento del bagno.

Quando riprese conoscenza, la prima cosa che vide fu il muro piastrellato del bagno. Si toccò l'angolo destro della fronte. "No, cazzo. Un altro super brufolo, no" pensò. Ancora stordito, impiegò alcuni istanti a rendersi conto che la protuberanza sulla fronte non era un nuovo, fastidioso inquilino, ma solo un gran bernoccolo provocato dalla caduta.

Si rialzò in piedi appoggiandosi al bordo del lavandino.

"Ma come ho fatto a cadere?" non fece in tempo a ricordare quello che era appena successo, che una vocetta lo chiamò.

«Ehi ragazzo, fai attenzione! Per poco non mi schiacciavi!»

Con gli occhi sbarrati ruotò lo sguardo sul lavandino. L'ometto giallo che aveva creduto di aver sognato era lì, mani sui fianchi. Il bastone dal manico ricurvo sempre stretto in una mano. La bombetta calcata in testa.

Passarono alcuni istanti durante i quali Luca pensò che sarebbe svenuto di nuovo. Ma, adesso, la curiosità aveva sostituito la paura.

«Ehi ehi, per caso il gatto ti ha mangiato la lingua, ragazzo?» la figura giallastra piroettò con eleganza sul bordo del lavandino dondolandosi avanti e indietro sul bastone.

«Tu, tu…» iniziò a dire Luca con voce strozzata.

«Ehi, ehi ehi ragazzo sembri un telefono occupato!»

«Tu non puoi esistere!» sbottò alla fine Luca.

La figura interruppe il suo movimento oscillante «Che vorresti dire con "non puoi esistere"? Io sono qui, non mi vedi? Non in carne ed ossa, quello no» la figura gialla ridacchiò in modo sgradevole «ma sono qui, davanti a te»

«Che…che cosa sei? Io… cioè, non posso credere di stare parlando con…con…» Con cos'era che stava parlando?

«Vuoi sapere che cosa sono? Beh vediamo un po'» l'ometto si sedette appoggiandosi il bastone in grembo. In quel momento, Luca si rese conto che la figura non era esattamente solida. Lo sembrava ma, a ogni minimo movimento, la sostanza che lo componeva si muoveva come un fluido. "Gelatina" No, non era gelatina, forse una sorta di shampoo. "Sì, shampoo" l'idea era rassicurante.

«Io sono il frutto di te. O, meglio, sono il frutto di un tuo brufolo» riprese il suo incredibile interlocutore.

«Che cosa?» Luca aggrottò le sopracciglia. Non sapeva più che cosa dire. Non sapeva che cosa pensare. In fondo, quello che l'ometto gli aveva detto era la verità. Lui si era strizzato quel gigantesco brufolo sul collo e quello che ne era uscito, la cascata di pus, si era riunita in una forma straordinaria.

«Io sono il frutto del tuo brufolo. Sono cresciuto dentro di te, e quando mi hai strizzato, sono venuto fuori. Beh, credevo che il mondo fosse cambiato ma i cessi mi sembrano sempre gli stessi»

«Che vuol dire che credevi che il mondo fosse cambiato?» Era incredibile, ma si stava abituando a quella conversazione surreale.

«Ehi ragazzo, non crederai di essere il primo che ha l'onore e il piacere di conoscermi. Io ho più di seicento anni e ho contribuito a far diventare grandi uomini che altrimenti non sarebbero stati niente. Beh, non tutti sono diventati grandi ma una buona parte sì»

«Tipo?» chiese Luca dubbioso.

«Conosci Charles Bukowski? Beh, l'ultima volta che sono uscito è stato il suo viso che mi ha richiamato. Aveva qualche anno più di te e posso dire che è stato in gran parte merito mio se è diventato un grande scrittore. Beveva un po' troppo ma era un gran mattacchione. Ci siamo divertiti un sacco insieme» l'ometto ridacchiò di nuovo.

Non ci poteva credere. Bukowski! Amava Bukowski, lo scrittore barbone. Aveva letto "Storie di ordinaria follia" e "Panino al prosciutto", una specie di biografia della sua infanzia. E Bukowski aveva sofferto di un'acne molto simile alla sua.

«Ti ho colpito ragazzo? Ho la tua attenzione adesso?» domandò l'ometto rimettendosi in piedi

«Sì, ti ascolto. Che cosa vuoi da me?»

«Io voglio realizzare i tuoi sogni. Qual è il tuo sogno?»

Luca si sentì spiazzato. Quale era il suo sogno? Diventare uno scrittore come Bukowski? No, la scrittura non era la sua strada. Poi la risposta si affacciò alla mente. In fondo, non era forse a quello che pensava giorno e notte?

«Vorrei avere il viso liscio. Vorrei che l'acne scomparisse per sempre» poi sentì la rabbia crescergli dentro mentre ripensava a quel primate di Andrea Pastorelli che palpeggiava Marta nel buio, mentre lei lo scherniva per i suoi brufoli «E vorrei che gli altri provassero quello che io ho provato negli ultimi anni. Gli sguardi pieni di disprezzo, gli scherzi, gli epiteti e tutto il dolore che ho covato dentro»

L'ometto annuì dondolandosi sul bastone.

«Bene ragazzo, c'è qualcosa in cui sei veramente bravo? Una materia, un hobby? Una passione?»

«Beh sono bravo in chimica, se vale qualcosa» rispose Luca.

La piccola figura annuì con lentezza, poi sembrò che la minuscola bocca si aprisse in un sorriso impercettibile «Bene, molto bene. Io farò diventare il tuo sogno realtà. Ci vorrà del tempo, molto tempo. E ti dovrai impegnare duramente, ma, alla fine, vedrai che insieme ce la faremo. A proposito, io mi chiamo Mr Pus e sono qui per realizzare i tuoi desideri»

Morgan Chemical Ltd, New York, venti anni dopo

Luca sollevò gli occhiali sulla fronte e, con il pollice e l'indice della mano destra, si massaggiò gli occhi arrossati dalla stanchezza.

Osservò di nuovo il microscopio e sorrise. Il composto era pronto. Il frutto di quindici anni di lavoro era sotto i suoi occhi. La cura definitiva per l'acne. Il cosmetico definitivo. Non solo non ci sarebbero stati più bambini brufolosi ma anche le rughe sarebbero diventate un ricordo.

Rammentava la settimana precedente quando, durante una riunione con i dirigenti dell'azienda, dopo aver illustrato a tutti i presenti i risultati dei test, il direttore generale lo aveva guardato negli occhi e gli aveva chiesto: "Lei è sicuro quindi che il farmaco non provochi effetti collaterali sul lungo periodo?" Aveva mentito. E si era sentito a disagio nel farlo. Non era bravo a dire bugie. Ma aveva troppo da perdere per lasciarsi assalire da stupidi sensi di colpa. Aveva negato con veemenza portando a proprio favore la sperimentazione, i test e i dati. Che a volte mentono, proprio come in quel caso. Li aveva convinti. Aveva vinto. Nel giro di pochi mesi, la compagnia farmaceutica avrebbe lanciato sul mercato il composto prodigioso. L'unica cosa che non sapevano era che lui era andato un po' più a fondo. Quella che sarebbe diventata la crema per eccellenza del nuovo millennio alterava, dopo un uso massiccio e prolungato nel tempo, la struttura cellulare. In particolare, avrebbe alterato la struttura delle cellule epiteliali, colpendo i recettori e aumentando endemicamente la produzione di sebo. Nelle generazioni future, l'acne sarebbe diventata una caratteristica strutturante del corredo genetico. I brufoli non sarebbero stati solo un fastidio adolescenziale ma qualcosa che avrebbe accompagnato le persone per tutta la loro vita.

Il suo capolavoro.

Erano le dieci di sera e il laboratorio era deserto. Gli unici ancora presenti nell'edificio erano lui, il portiere e i sorveglianti che facevano i giri di ronda. Nonostante questo, prima di slacciarsi i bottoni della camicia si guardò attorno con circospezione. L'abitudine era dura a morire. Era abituato alle risate dei suoi collaboratori che lo prendevano bonariamente in giro per le camicie sempre allacciate sino all'ultimo bottone e ai maglioni a collo alto che portava anche in estate. Ma loro non sapevano del suo piccolo segreto. Nessuno sapeva.

Con forza schiacciò l'enorme brufolo sul collo, l'unico ancora presente sul suo corpo. Pochi istanti dopo Mr Pus si materializzò davanti a lui, la bombetta in tralice sulla testa e il bastone stretto in mano.

«Ciao Luca» l'ometto lo salutò con la sua voce bassa.

«Ciao» rispose

«Come mai mi hai chiamato?»

«Ci sono riuscito. La formula è pronta. Gli ultimi test hanno dato dei risultati stupefacenti. I dirigenti del marketing si stanno strofinando le mani» accennò un sorriso.

Mr Pus piroettò in avanti portandosi vicino al microscopio. «Davvero? Beh, non ne sono sorpreso. Tu sei un maledetto genio, ragazzo mio. Potresti fare qualunque cosa»

Luca annuì lentamente. Era insensibile ai complimenti ma non a quelli del suo piccolo amico.

«Toglimi solo una curiosità, ragazzo» riprese l'ometto giallo «Perché non hai curato la tua acne molto tempo fa? Avresti potuto farlo, se solo lo avessi voluto»

Luca impiegò qualche istante a rispondere. Con la mente tornò a quindici anni prima: quella sera era particolarmente depresso e aveva richiamato l'amico, per sfogare, tra le lacrime, tutta la rabbia e la tristezza che si portava dentro.

«Ti ricordi quella sera, tanti anni fa, quando ero così depresso che mi sarei buttato da una finestra e tu mi sei stato ad ascoltare?» Mr Pus annuì «Ti ricordi quello che mi hai detto?» l'ometto giallo questa volta scosse la piccola testa in cenno di negazione «Mi hai detto: "Se non vuoi o non puoi cambiare te stesso, cambia gli altri.

Se non riesci ad essere come il resto del mondo, rendi il resto del mondo più simile a te"» Quelle parole avevano cambiato il suo modo di vedere il mondo, avevano aperto una porta nella sua testa.

«È per questo che hai portato avanti questo progetto?» domandò l'ometto giallo.

«Sì. Se avessi voluto avrei potuto curare la mia acne. Ma ho pensato: e tutti i ragazzi che verranno dopo di me e che avranno lo stesso problema, che subiranno lo stesso trattamento, chi li aiuterà? È giusto che provino la stessa rabbia, lo stesso senso di impotenza? Loro come ne usciranno? E ho deciso. Avrei vissuto fino in fondo i miei brufoli. Avrei sopportato. Avrei studiato. E avrei fatto sì che il mondo si rendesse conto di ciò che avevo passato»

«E ora?»

«E ora ho raggiunto il mio scopo. Ho trentasette anni, ho la possibilità di vincere il Nobel per la chimica. Ho comprato un bel pacchetto di azioni della compagnia farmaceutica. Vivrò il resto della mia vita senza problemi. Anche se la vera soddisfazione giungerà solo tra molti anni. Decenni. Ma sarà grandioso. In quanti possono dire di aver cambiato il mondo?»

«Allora non hai più bisogno di me» disse l'ometto giallo.

«Questo è un addio, non è vero?» domandò Luca che, per la prima volta da molto tempo, sentì le lacrime premere sulle palpebre.

«Addio ragazzo» Mr Pus si inchinò togliendosi il cappello.

«Addio, amico mio»

Con un salto, l'ometto giallo balzò sul collo di Luca. Un attimo dopo non c'era più. Toccandosi con la mano sentì che la pelle dove un attimo prima c'era l'enorme brufolo pulsante si era seccata. Il suo amico l'aveva lasciato per sempre.

Liceo tecnico-scientifico Francesco Redi, Italia, Due secoli dopo

Luca si svegliò come al solito alle sette e trenta minuti. Il suo orologio biologico era molto più preciso di qualsiasi sveglia. Come tutte le mattine, si precipitò in bagno per fare pipì. Poi si sciacquò la faccia cercando di non guardare la propria immagine riflessa. E, come tutte le mattine, non ci riuscì. Toccò la pelle liscia, sperando di vedere un arrossamento, un brufolo con la punta gialla pronta a eruttare. E, come sempre, non trovò nulla. Nemmeno un piccolissimo punto nero. Niente. La sua pelle era perfettamente, maledettamente liscia. Pensò a Marta, la sua compagna di classe. Ne immaginò il volto ricoperto di meravigliosi, splendidi, brufoli rossi. La straordinaria corolla di punti neri sul naso e su parte della fronte. Lei sì che aveva un viso veramente adorabile.

«Luca sei in bagno? Sbrigati, tesoro, ché altrimenti farai tardi a scuola» la voce di sua madre arrivò precisa quanto la sveglia biologica. Tutte le mattine la stessa identica frase. Ma perché non diceva qualcosa di più originale, tipo: tesoro, mi sono rotta di accompagnarti a scuola, prendi l'air bus come tutti i tuoi compagni! Ma si sarebbe accontentato anche di qualcosa del tipo: Tesoro, muovi le chiappe! Per un attimo fu sul punto di risponderle: Quando mai sono arrivato in ritardo? Ma non lo fece, disse solo «Arrivo subito mamma, solo due minuti»

Quando l'auto a cuscinetti magnetici toccò il cemento del parcheggio davanti alla scuola, Luca salutò sua madre con un bacio frettoloso e aprì la porta dell'auto.

Il viavai di mezzi volanti e air-bus riempiva il cielo di un leggerissimo ronzio.

Il Liceo tecnico-scientifico Francesco Redi aveva una struttura a forma di parallelepipedo. "Un altro giorno all'inferno" pensò incamminandosi verso la sua classe.

Due ragazzine si scambiavano effusioni appoggiate al muro. Portavano entrambe un vestito di simil-plastica color giallo paglierino con scarpe a levitazione che regalavano loro almeno un sette, otto centimetri di statura a testa. Entrambe si voltarono al suo passaggio. Luca vide i loro volti segnati dai brufoli.

«È il liscio, hai visto?» sentì bisbigliare una delle due

«Sì, sì è proprio lui. Mamma mia quanto è brutto» le rispose l'altra.

Luca passò oltre. Era abituato alle offese, ma non significava che gli facessero piacere.

In corridoio trovò ad attenderlo il suo incubo peggiore: Andrea Pastorelli, il bullo della scuola, il pluribocciato, il palestrato, il bello dal viso ricoperto di enormi vulcani rossi che sembravano maturare in continuazione e provocavano l'ammirazione di tutte le ragazze e i ragazzi della scuola.

«Ehi, guarda guarda chi c'è, il nostro amico liscio! Beh, oggi hai veramente un bel colore cadaverico, sei quasi verdolino sai?» disse prendendolo a braccetto come se fosse un vecchio amico. Luca lo ignorò. L'energumeno gli passò una mano sulle guance, poi, rivolgendosi al clan di idioti che lo seguivano come cagnolini, disse con una smorfia di disgusto, «È veramente liscio! Che schifo!»

Luca si divincolò e, inseguito dalle risate di scherno, si rifugiò in bagno. Si chiuse dentro al gabinetto premendosi le mani sulle orecchie. Sentiva ancora le risate. Davanti a lui c'era uno specchio enorme, minaccioso e illuminato. Il volto pallido e liscio risaltava come un piccolo sole malato. Abbatté il pugno fracassandolo in tanti piccoli pezzi. Si accese una luce e, da uno schermo apparso nel muro, il volto del preside lo redarguì minaccioso: «Lei ha infranto la settimana regola del codice scolastico, danneggiamento di oggetti appartenenti all'istituto, attenda l'arrivo della sicurezza. Lei ha infranto la settima regola del codice…»

Non gli importava niente della sicurezza. Non gli importava di niente e nessuno. «Sei un mostro» si disse «Siete tanti mostri» e iniziò a ridere. Una risata isterica rivolta ai molti volti, tutti pallidi e lisci che erano riflessi nelle schegge di vetro. Lui rideva di loro e loro ridevano di lui, in un turbine di luci, pelle e denti.

Il figlio

Mentre percorreva i corridoi dell'ospedale San Donato, Mark Fei era in preda ai sensi di colpa. I passi risuonavano attutiti come se, sotto i piedi, il linoleum fosse diventato improvvisamente un folto tappeto, mentre riecheggiavano invece con forza nella sua testa. La paura di non arrivare in tempo continuava a tormentarlo, lui che non arrivava mai puntuale a nessun appuntamento.

L'odore di disinfettante era pungente. Individui dall'aria stanca incrociavano il suo sguardo per un attimo, per poi abbassare gli occhi al suolo o puntarli nuovamente alla parete. Ciascuno perso nel proprio dolore. Borse sotto gli occhi, stanchezza, dolore. È questo quello che si trova in un ospedale.

Pensava a suo padre. Erano due anni che non si vedevano e non si parlavano. Suo padre non apprezzava il suo modo di vivere, i suoi interessi mutevoli come il tempo a marzo. Ai suoi occhi era scappato, se ne era andato via lontano, prima a Milano, poi all'estero. Si era stabilito a Montecarlo, in uno degli appartamenti di famiglia. Conduceva una vita agiata. "Un nullafacente", ecco come lo considerava suo padre. Non glielo aveva mai detto apertamente, non ce n'era stato bisogno. Suo padre, che viveva per le parole, con il figlio ne era sempre stato avaro, ma bastava uno sguardo per esprimere tutto quello che pensava. E, quello sguardo, Mark non riusciva più a sopportarlo.

Lui non poteva capire quanto è difficile riuscire a convivere con una persona famosa. "Il re del brivido". Da quando aveva superato Stephen King nelle classifiche di vendita, era diventato una specie di divinità inavvicinabile. Ciascuna cosa facesse, tutto quello che toccava, diventava oro. E lui si sentiva sempre più piccolo e insignificante. Sarebbe sempre stato il figlio "di" e mai sé stesso. Tanto valeva godersela in pace, senza affrontare una competizione persa in partenza.

Quando arrivò nel reparto di rianimazione trovò una piccola folla ad aspettarlo. Luca Savoldi, l'editor di suo padre. Amici veri o presunti.

«Come sta?»

Luca si fece avanti. Lo abbracciò. Mark si divincolò. Quel sessantenne basso e tarchiato, arricchitosi grazie ai libri del padre, lo aveva sempre disgustato. Si era sempre atteggiato a fare lo zio, ma, in realtà, gli importava solo di non perdere la gallina dalle uova d'oro. Era un ipocrita come tutti gli altri. O forse no. La rabbia lo stava accecando. Stava proiettando i sensi di colpa su chi lo circondava. Ne aveva bisogno. Voleva qualcuno da incolpare.

Savoldi si era allontanato di qualche passo e lo stava osservando, con gli occhi gonfi di pianto.

«È in coma. Profondo»

Le parole lo colpirono come uno schiaffo. Per un attimo tutto iniziò a girare. Chiuse gli occhi. Respirò. Riprese il controllo.

«Posso vederlo?»

«Per adesso non fanno passare nessuno. Dovrai parlare con i medici. A noi non dicono niente. Tu sei il suo unico familiare» Fece una pausa cercando le parole giuste, quando in realtà non esistono parole appropriate «Mi dispiace» disse quasi mormorando.

Gli altri lo stavano guardando. Una decina tra uomini e donne. Persone che aveva visto a party che suo padre amava tanto dare nella villa di campagna. Alcuni erano dipendenti della casa editrice. Individuò un paio di donne che potevano essere le sue amanti del momento. Non poteva esserne sicuro ma, conoscendo i gusti del padre, quelle due sembravano proprio il suo tipo. Gambe lunghe e fisico prosperoso.

Non sopportava che lo guardassero con quel misto di commiserazione e pena che feriva, invece di consolare. Leggeva l'invidia dietro a quegli sguardi. In fondo lui era l'erede di un patrimonio sconfinato. In disparte c'era anche un ragazzo, più o meno suo coetaneo, con un completo nero e una valigetta. Gli aveva rivolto un cenno del capo, sorridendo. Sembrava attendere qualcosa. Mark provò un brivido.

Quando arrivò il dottore, Mark era seduto su una sedia, con la testa china e le mani che tormentavano ciocche di capelli neri.

«Signor Fei?» Una voce bassa, gentile.

Alzò lo sguardo. Era un dottore alto e snello. Gli occhi grigi, i capelli corti e bianchi. Aveva delle mani lunghe, sottili, nervose. Si ritrovò a pensare a quanto è strano il cervello umano. Nei momenti di stress si concentra sui dettagli come se, cogliendo i particolari più insignificanti, fosse possibile, almeno per un attimo, dimenticare problemi troppo grandi per noi.

«Si?» Aveva la voce impastata.

«Sono il dottor Lenzi. Venga con me. Parleremo più tranquillamente nel mio ufficio» indicò una porta in fondo al corridoio.

Lo seguì stancamente. Era svuotato e ogni gesto gli costava una fatica titanica.

L'ufficio era piccolo, ordinato e pulito. Sulla scrivania un computer portatile. Tecnologia P.H.V. Immagini tridimensionali. Ologrammi ad altissima definizione. Ultima generazione. Una piccola libreria alle spalle, piena di grossi volumi di medicina. Vari attestati, tra cui due lauree, erano inquadrati accanto a un orologio a muro.

«Signor Fei, le condizioni di suo padre sono disperate. Ha avuto una emorragia cerebrale. È in coma profondo»

Questo già lo sapeva. Voleva sentire qualcosa di diverso. Voleva una speranza. Voleva avere la possibilità di dire a suo padre quello che non gli diceva da tanto, troppo tempo. "Ti voglio bene", forse. O qualcosa di meno banale che, al momento, proprio non gli veniva in mente. Voleva…

«C'è qualche possibilità che si risvegli?» Aveva paura. Le domande dirette sono pericolose. Desideriamo sempre che gli altri siano sinceri con noi. Quando però la risposta è negativa e tutto ci crolla addosso, vorremmo non aver mai formulato quella domanda.

«No. Lo teniamo in vita con le macchine» Si schiarì la voce «Mi dispiace» aggiunse con un filo di voce. Mark chinò il capo. Gli occhi, gonfi, si stavano riempiendo di lacrime. Voleva alzarsi e correre via. Ma poi il dottore riprese a parlare.

«C'è dell'altro»

Fissò sul dottore uno sguardo smarrito. Un foglio da firmare? Gli organi da donare? Suo padre era ormai una specie di vegetale.

«Negli ultimi dieci anni, signor Fei, la tecnologia applicata alla medicina ha fatto passi da gigante. Esiste un macchinario che può permetterle di entrare in contatto con suo padre»

Ma cosa stava dicendo quell'imbecille? Suo padre era in coma. La prima cosa che gli passò per la testa era l'immagine di una sorta di seduta spiritica fatta in una stanza di ospedale. Gli infermieri e il medico vestiti di nero che salmodiavano formule incomprensibili attorno al corpo dello scrittore disteso sul lettino. Un tentativo assurdo ed estremo di dare l'ultimo saluto a una persona cara. Ma il dottore aveva parlato di tecnologia.

«Non capisco»

Lenzi si passò la lingua sulle labbra.

«Esiste un macchinario. Si chiama D.D.C. Deep-Dream-Connection. Permette di entrare in contatto con la mente di persone in coma. Non potrà avere una vera conversazione con suo padre. Però potrà raccogliere i suoi pensieri. Vedrà le immagini della sua vita, i suoi ricordi»

Mark era esterrefatto. Non aveva mai sentito parlare di una macchina del genere. Vedere i ricordi di suo padre. Leggere nel suo animo. E se l'ultimo pensiero fosse stato il disprezzo per lui? Non l'avrebbe sopportato.

«Come mai non ho mai sentito parlare di questo D.D.C o come diavolo si chiama?»

«È una tecnologia nuova. Viene dagli Stati Uniti. È ancora in fase sperimentale e quindi non molto pubblicizzata. In ogni caso, non c'è assolutamente alcun rischio. Né per lei, né per suo padre» Fece una pausa «Vede, suo padre è una persona importante e io, tra l'altro, sono un suo lettore. Darle una possibilità del genere mi sembra un bel gesto. Non sarebbe neppure consentito, in verità. Ma nessuno lo verrà mai a sapere non è vero?» Lo guardò aspettandosi un cenno di complicità che non arrivò. A Mark sembrò, per un attimo, che il dottore avesse altro da dirgli. E, invece, restò in silenzio a osservarlo senza riuscire a nascondere un certo nervosismo.

«Non so se accetterò. Devo pensarci un attimo»

Il dottore annuì «La scelta è solo sua. Le ricordo solamente che il tempo non è dalla sua parte. Le condizioni di suo padre sono molto gravi» C'era qualcosa di sbagliato nella conversazione. Più parlava con quell'uomo in camice bianco, e più si rendeva conto che qualcosa non quadrava. E non era solo per questa avveniristica macchina. Perché dargli una possibilità? Non credeva che la stima per suo padre portasse un individuo tutto d'un pezzo come quello a fare una cosa del genere. Tra l'altro, andando contro le regole. E, soprattutto, cos'era quella leggera ansia che leggeva sul volto del medico? Mark sospirò, stava diventando paranoico. Si rendeva perfettamente conto di avere già scelto. Nel momento in cui il dottore gli aveva offerto quella possibilità, lui aveva già preso una decisione. Certo, sarebbe stato devastante scoprire che suo padre non aveva una buona opinione di lui. Ma, se si fosse negato quella opportunità, il rimorso lo avrebbe tormentato per tutta la vita. Però continuava a rimandare. È un po' come quando siamo a letto e dobbiamo andare in bagno a pisciare. Al caldo, sotto le coperte, il piacevole tepore ci protegge. E il richiamo del bagno ci infastidisce. Sappiamo che di lì a poco dovremo alzarci e uscire dal calduccio del nostro letto. È inevitabile. Però rimandiamo.

«Va bene. Cosa devo fare?»

Il dottore glielo spiegò.

Lo condussero in camera. L'unico suono, oltre al ronzio dei macchinari e al grattare profondo del tubo per la respirazione, era lo scricchiolio delle scarpe sul pavimento.

Il viso di suo padre era disteso, rilassato. Sembrava dormire. Il primo impulso fu quello di scuoterlo per cercare di svegliarlo. Un secondo letto affiancava quello del padre. Due infermieri massicci erano in attesa vicino alla parete. Il dottor Lenzi gli disse di distendersi e di rimanere calmo. Un filo di acciaio sottilissimo gli fu applicato delicatamente sulla testa. Alle estremità, due pezzi di gomma a contatto con le tempie.

Il dottore gli aveva spiegato che il collegamento tra le due menti sarebbe avvenuto per impulsi elettro-chimici. Non era entrato nei particolari. Non ce n'era bisogno. Non avrebbe capito nulla. Uno degli infermieri gli iniettò uno stimolante. Sentiva la voce del dottor Lenzi, lontana, che gli raccomandava di restare calmo. Le palpebre divennero pesanti e scivolò in un torpore strano ma piacevole. Poi, il buio.

Il dottor Lenzi congedò in fretta i due infermieri. Pochi minuti dopo, due uomini entrarono nella stanza. Il più anziano dei due osservò Mark e suo padre «Allora, è andata?»

«Ha accettato. Ma il rischio è alto. Sapete bene cos'è successo alle due persone che ci hanno provato prima di lui»

«Lo sappiamo meglio di lei, dottore. Erano nostri colleghi» L'individuo più giovane lo interruppe bruscamente.

«Vogliamo sapere se c'è qualche speranza di riuscita»

«È suo figlio. Se non ci riesce lui… beh» scrollò le spalle.

«Che cosa possiamo fare ora?» la voce dell'uomo più anziano era neutra. Nessuna inflessione. Nessuna tensione.

«Aspettare»

Mark aprì gli occhi. Era bellissimo. Era consapevole di dormire e sognare. Ma era come essere svegli. Un sonno lucido. Così vivido. Era circondato dal nulla. No. Non era esatto. Era come fluttuare nello spazio. Era tutto nero. Vedeva qua e là punti di luce. Piccole costellazioni. Stringhe di energia color oro attraversavano lo spazio di fronte a lui. Era come da piccolo, quando si premeva le mani sugli occhi e, per alcuni istanti c'erano soltanto esplosioni di colori. Si guardava attorno, estasiato. Fu attirato da un punto bianco, che iniziò ad allargarsi, dapprima lentamente. Poi in modo sempre più rapido. L'oscurità era squarciata da quella finestra che si stava aprendo. Sempre di più. Sempre di più. Era attratto da una specie di porta o di apertura. O forse era lei che lo attraeva a sé. In un attimo ne venne risucchiato.

Istintivamente chiuse gli occhi. Poi li aprì e si rese conto che la luce non lo feriva. Anzi, era accogliente, rassicurante. Adesso era totalmente immerso in quel lucore latteo, caldo, piacevole. Sembrava cullarlo e proteggerlo. Era simile a una coperta che lo avvolgeva.

Comparvero oggetti. Dapprima, una sedia, poi uno schermo. Gigantesco. Erano comparsi all'improvviso, là dove prima c'erano solo luce e vuoto. Percepiva una presenza che lo guidava, spingendolo gentilmente, ma inesorabilmente, a sedersi. Doveva sedersi. Era la mente di suo padre?

Si sedette.

Non capiva perché pensasse a ciò che aveva di fronte come a uno schermo. Era come guardare l'orizzonte e considerarlo un televisore. Ma sapeva che era così. La mente umana ha bisogno di riferimenti.

Lo schermo si accese.

Suo padre, da piccolo. L'educazione rigida dei suoi nonni. Lo sfogo della penna. Un bambino chino per ore su un foglio bianco che, poco a poco, riempie di parole. Il viso è una maschera di concentrazione. L'arrivo di suo nonno. Il bambino copre in fretta il foglio con il libro di storia che avrebbe dovuto studiare. Suo nonno lo accarezza sulla testa. Il sorriso del bambino. Poi, la mano scosta lentamente il libro e scopre il foglio. Lo schiaffo. La porta che sbatte. Le lacrime del bambino. L'inchiostro si scioglie a contatto con il liquido salino che sbiadisce le parole.

Cambia la scena. Suo padre al liceo. I voti alti. Una ragazza. Mark riconosce sua madre. È diversa. I capelli biondi sono lisci e non ricci. La pelle è abbronzata. La corporatura snella. Gli occhi però sono gli stessi. Azzurri e profondi. Intelligenti.

I suoi genitori fanno l'amore, in macchina, i finestrini appannati dal calore del loro respiro.

Il giorno del diploma. Poi quello della laurea. Suo padre in giacca scura che stringe le mani di amici. Un sorriso felice sul volto.

La morte di suo nonno. Quello che lui non ha mai conosciuto. Suo padre con gli occhiali scuri. Il volto impassibile. Mentre stanno seppellendo la bara, però, Mark vede una lacrima scendere sulla guancia di suo padre che si affretta ad asciugarla.

L'impiego nella casa editrice. Il matrimonio. Il tuffo in piscina con sua madre. Lo smoking a noleggio che si infradicia. Il vestito bianco da sposa che si gonfia a contatto con l'acqua. Lo strascico, medusa leggera e avvolgente, sembra danzare nel liquido. Un bacio.

Suo padre inizia a scrivere. Lo schermo di un computer. La fatica del primo romanzo. L'insuccesso. La frustrazione. I dubbi sul talento che pensava di avere e che non c'è. Ancora lacrime. La decisione di non scrivere più.

La sua nascita. Il padre guarda attraverso il vetro del reparto neo natale. L'infermiera chiede il nome e gli indica una culla. Le lacrime, questa volta di felicità.

Poi tutto cambia. Qualcosa si incrina. L'aria diviene più pesante. La luce si attenua. I suoi genitori litigano. Sua madre esce sbattendo la porta. Non l'avrebbero più vista. Lui ha solo tre anni.

Suo padre gli legge una storia. L'ha scritta per lui. È strana e fa un po' paura ma a lui piace tanto. Si addormenta nel lettino sotto il suo sguardo amorevole. La coperta preferita, quella con gli orsetti, che lo aveva tenuto al caldo in tante notti. Un bacio sulla fronte. Suo padre esce. È buio fuori. Fa freddo. Lo capisce perché l'alito si condensa in piccole nuvole di vapore. Ha indossato un impermeabile scuro. Un cappello calato sulla testa. Prende la macchina.

La scena, ora, è cambiata. Suo padre sta parlando con una prostituta. È bianca. Non più giovane. La pelle del viso cadente. Il trucco pesante e volgare. Sorride. Il rossetto le ha macchiato gli incisivi. Contrattano per qualche istante. Sale in macchina.

Adesso sono parcheggiati in una strada isolata, in campagna. La prostituta si sta togliendo la camicetta. Il pugno la colpisce al naso. Il sangue cola sulla bocca, mescolandosi al rossetto. La testa sbatte contro il finestrino dell'auto. Perde i sensi. Suo padre tira fuori una mannaia. È lunga e la lama riflette la luce tenue della luna. Scende lentamente dalla macchina. Arriva allo sportello del passeggero. Lo apre. Il corpo della prostituta, cadendo verso l'esterno, si piega in una posizione innaturale. Le gambe sono ancora all'interno dell'auto. La trascina fuori tirandola per i capelli. Adesso la donna sembra riprendersi. Lentamente muove la testa e le gambe. Suo padre cala la mannaia. Non doveva essere molto affilata. Occorrono otto colpi per staccare la testa dal corpo.
Adesso suo padre sta guidando. Ha seppellito il corpo nel bosco. La testa, invece, è dentro una busta di plastica, all'interno di una valigetta nera.

Mark è rapito dalle immagini. È come vedere un film dell'orrore particolarmente realistico. Ma non è un film.
Ha riconosciuto l'omicidio. È l'incipit di "Il tagliatore di teste" uno dei racconti più conosciuti del padre. Ma le immagini si susseguono, rapide, e lui non ha il tempo di pensare.

Suo padre è tornato a casa. Pulisce i vestiti, poi l'auto. Inizia a scrivere. Passa tutta la notte di fronte al computer. L'ispirazione è tornata. Il sangue ha lavato via le incertezze.

Il secondo libro è un successo. Arrivano critiche entusiastiche. Le vendite vanno alle stelle. Si trasferiscono in una villa in collina. La vena creativa si esaurisce. Gli omicidi riprendono.

Le immagini continuano a scorrere davanti a Mark. Una vecchia signora che passeggia. Entra in un piccolo cimitero. È sola. Si china a sistemare dei fiori sulla tomba del marito o forse del figlio. Suo padre le arriva alle spalle, il volto coperto da una sciarpa. Ha una vanga in mano. La colpisce. La testa si spacca come un melone troppo maturo. Parte di materia cerebrale cola sul viso della donna.

Il nuovo romanzo. Un altro clamoroso successo. Non c'è soluzione di continuità tra la sequenza di omicidi e i libri pubblicati. Mark si sente come il protagonista di "Arancia Meccanica" sottoposto alla rieducazione. Bombardamento di immagini. Ma lui non ha bisogno di stuzzicadenti per tenere le palpebre aperte. Non può smettere di guardare lo schermo e quella follia. Suo padre non aveva bisogno di spremere la fantasia. Prendeva spunto dai suoi omicidi. Li descriveva.

Le immagini continuano. Conta ventisette persone. Per la maggior parte donne. Ma anche ragazze e qualche uomo. L'ultima ragazza è quella che sconcerta di più Mark. Avrà circa vent'anni. È bionda, molto bella. Somiglia un po' alla mamma. Suo padre la narcotizza di sera, in una stradina laterale, con uno straccio imbevuto di etere. La porta in un casolare abbandonato. Mark lo riconosce. È la casa dei suoi nonni, ormai abbandonata. Suo padre gli aveva mostrato spesso quella vecchia colonica. Per ricordargli le loro origini contadine. Non l'avevano mai venduta. Ma neppure ristrutturata. Era un simbolo. Il simbolo dei sacrifici che stanno sempre a monte del successo. Adesso la struttura cade a pezzi. I muri scrostati. L'edera cresce rigogliosa su tutte le pareti.
La ragazza viene sollevata di peso e posizionata su un gancio attaccato al soffitto. Il gancio è ricurvo, grande e arrugginito.

Sembra enorme a confronto con la corporatura minuta della giovane. La carne viene lacerata. Il gancio penetra in profondità, all'altezza delle scapole. La ragazza, fino a quel momento incosciente, si risveglia. Il suo urlo muto è raggelante. Non ha bisogno di sentirlo. Suo padre la guarda e sorride.

Adesso è in macchina. Sta tornando a casa. Non l'ha uccisa. Si è dimenticato di qualcosa. Mark lo sa, lo sente. La ragazza è ancora viva. Sa anche questo. Attaccata al gancio sta soffrendo in modo indicibile. Suo padre è stato bravo. Non ha leso organi vitali e lei sopravvivrà. Fino al suo ritorno.

Ma lui non tornerà più. Quando arriva a casa, si accascia. Poi, il buio. Lo schermo si spegne, ma si riaccende subito. Un'altra immagine, l'ultima. Suo padre nello studio. Sta scrivendo. Non al computer. Sta usando la vecchia stilografica che gli ha regalato molti anni prima. Quando Mark mette a fuoco le parole sul foglio e riesce a leggerle, le lacrime scendono a rigargli il volto.

Quando Mark riaprì gli occhi, non capì dove si trovava. Si sentiva confuso. Era stato solo un sogno. Le immagini allucinanti degli orrori commessi dal padre non potevano essere reali. Poi si girò sul fianco: suo padre era disteso sul letto, attaccato ai macchinari che continuavano a ronzare fastidiosamente.
«Stia calmo signor Fei» Il dottor Lenzi era sopra di lui «Il suo cervello ha subito uno stress fortissimo. Ha bisogno di qualche minuto per riprendersi. Questo l'aiuterà» Gli praticò un'iniezione. Sentì l'ago della siringa penetrargli nel braccio. Rimase seduto sul letto, gli occhi chiusi.
Le immagini continuavano a martellarlo con insistenza. Era come vedere un film tenendo premuto il tasto di avanzamento veloce. Sembrava che ciascuna scena, ogni particolare di ciò che aveva visto, si fosse impresso indelebilmente nella memoria. E continuava a vedere. Ancora e ancora.
Si girò di nuovo verso suo padre. Il viso era illuminato dalla tenue luce verde dei macchinari. Il petto si alzava e si abbassava con regolarità. Quell'uomo lo aveva sorpreso ancora una volta. Di episodi ce n'erano stati molti nel corso degli anni. Una volta aveva devoluto quasi interamente gli incassi delle vendite di un romanzo a svariate missioni in Africa e America latina, senza che

si sapesse che il benefattore era lui. Da piccolo, poi, interrompeva all'improvviso viaggi di lavoro solo per essere presente alle sue recite scolastiche. In mezzo a tutto questo, silenzi e incomprensioni. Frasi dette a metà. Piccole bugie. Beh, non solo piccole. Suo padre non aveva quella fervida immaginazione che tutti gli attribuivano e gli invidiavano. I racconti erano tratti da omicidi reali. Era un assassino. Per questo riusciva a descrivere così bene le emozioni, i sentimenti contrastanti e i particolari più raccapriccianti. Li aveva vissuti. La verità è una marea che sale a poco a poco. Il cervello di Mark era un contenitore troppo piccolo per riuscire a sopportare tutto quello che aveva visto. Aveva bisogno di tempo per riflettere. Ma non ne aveva.

Mezz'ora dopo, era in grado di stare seduto sul letto senza avere dei fastidiosi capogiri. Il dottor Lenzi entrò nella stanza. Lo visitò.

«Come si sente?»

«Sono un po' stordito» La voce era roca, profonda. Non si riconobbe.

«È normale, non si preoccupi. Tra qualche minuto si sentirà meglio»

Non seppe quanto a lungo rimase nella stanza. Aveva perso la cognizione del tempo e non si rendeva conto dei minuti che passavano. Quando il dottore tornò a visitarlo aveva un'espressione tesa.

Adesso era perfettamente in grado di restare in piedi senza conseguenze. Il dottore gli chiese di seguirlo. C'era qualcosa di strano nel tono di voce. La tensione che gli era sembrato di percepire durante il loro primo colloquio, e che aveva in buona parte attribuito alla paranoia, adesso era evidente. Evitava di guardarlo negli occhi. Gli lanciava rapide occhiate da sopra la spalla. Sembrava spaventato. Lo condusse in un'altra stanza. Non era il suo ufficio. L'ambiente era ampio come una sala riunioni. Due uomini erano seduti dietro a una scrivania. Le luci al neon diffondevano una tonalità azzurrina. I due individui non sembravano medici. Indossavano completi scuri sopra camice bianche, immacolate. Non appena Mark entrò dalla porta i due si alzarono e gli si fecero incontro.

«Buongiorno signor Fei. Sono l'ispettore Rossi» Tese la mano. Mark la strinse «E questo è l'agente Marchionni» Indicò l'uomo più giovane alla sua destra, che gli fece un cenno con la testa.

«Siete della polizia?» La domanda, stupida, gli era venuta alle labbra con naturalezza. Era chiaro che erano poliziotti. Non potevano essere certo agenti del fisco. I fili iniziarono ad andare al loro posto.

«Si, siamo della polizia. Vede, sappiamo che per lei è un momento molto delicato, ma abbiamo bisogno di farle alcune domande»

Non era vero un cazzo. A loro non importava nulla della sua situazione.

«Non capisco che cosa vogliate da me» In realtà aveva già capito. Non appena era entrato nella stanza tutto gli era stato chiaro. Il suo cervello viaggiava a un ritmo frenetico. E non capiva dove lo stesse portando.

«Vogliamo sapere quello che ha visto durante il collegamento con suo padre»

«Perché?»

L'ispettore fece un segno al suo compagno. Questi estrasse alcune foto da un fascicolo appoggiato sul tavolo e gliele porse. Era la ragazza del gancio.

Rossi si passò la lingua sulle labbra «Suo padre è stato visto insieme a questa ragazza la sera prima che scomparisse. È una persona importante. La figlia di un senatore americano venuta a studiare in Italia»

Ora era tutto più chiaro. Il macchinario venuto dagli Stati Uniti. La possibilità di usarlo per entrare in contatto con suo padre un'ultima volta. Guardò il dottor Lenzi. Un sorriso amaro sul volto. Lui evitava di guardarlo, fissando le scarpe con attenzione.

«Mi avete usato» Caricò la frase di disprezzo.

I due poliziotti si guardarono. Di nuovo un cenno. Il fascicolo venne riaperto. Altre foto. Donne morte.

«Abbiamo motivo di credere che suo padre abbia ucciso delle persone» Lo disse con naturalezza, come se stesse parlando del tempo.

La prima cosa che gli passò per la testa non fu "si mio padre è un assassino", di raccontare tutto velocemente e liberarsi delle immagini sanguinose che continuavano a passargli davanti agli occhi. No. Pensò "Mi hanno usato. Mio padre non lo merita".

«Se è uno scherzo è di cattivo gusto»

Dalla loro reazione fu chiaro che i due uomini non si aspettavano una risposta del genere. Anche il dottor Lenzi, lasciato per un attimo l'esame delle scarpe, lo guardò stupito.

L'ispettore riprese a parlare «No, non è uno scherzo. Abbiamo molte prove indiziarie. E, quando suo padre è stato soccorso, aveva addosso del sangue non suo»

«Che significa, sangue non suo?»

«Il sangue è della ragazza scomparsa due giorni fa»

«Non riesco a capire. Prima mi ingannate, dandomi la possibilità di salutare mio padre, ma in realtà, tutto ciò che volevate, erano le prove sulla sua colpevolezza. E ora mi dite che è un assassino, incolpandolo di cose atroci?» Era rimasto calmo.

«Le è stata data la possibilità di usare un D.D.C per riuscire a vedere dove suo padre potrebbe aver portato l'ultima vittima. Potremmo salvarla, se non è troppo tardi. Capisce?»

«Lei parla di mio padre come se fosse colpevole. E non lo è. Se eravate così sicuri della sua colpevolezza perché non l'avete arrestato prima?»

I due uomini si guardarono. Il dottor Lenzi aveva lo sguardo confuso di chi non riesce a seguire la conversazione.

«Le prove indiziarie non erano sufficienti» Era stato il poliziotto più giovane a parlare.

«E non lo sono neppure adesso. Voi state infangando mio padre e questo non lo accetto. Non ho visto nulla che provi quello che mi state dicendo»

A questo punto fu il dottor Lenzi a intervenire.

«Lei è stato collegato per più di due ore. La sua funzione R.E.M era impazzita. Lei ha visto qualcosa. Forse l'ha rimossa. Con l'aiuto dell'ipnosi potremmo…»

«Voi siete fuori di testa. Non mi sottoporrò a nessuna ipnosi»

Il poliziotto più giovane si inserì nel discorso.

«In realtà avevamo già provato a entrare in contatto con suo padre. Ma…»

«Ma?»

«Ma lui si rifiutava di lasciarci entrare. Di aprire la sua mente. Non so come sia possibile. Forse ci percepiva come estranei. O forse voleva nasconderci qualcosa. Fatto sta che l'unica possibilità era che si aprisse con suo figlio. E le probabilità aumentavano ancora se lei fosse stato all'oscuro del vero motivo per cui la mettevamo in contatto con lui. E lasci stare le denunce» Una pausa, calcolata «Noi non siamo esattamente della polizia. Non esistiamo. Nessuno le darà ascolto»

Era irritato dal tono sprezzante con cui quel bastardo gli stava parlando. I due non erano poliziotti. Erano dei servizi segreti o di qualche altra agenzia governativa del cazzo. Quella consapevolezza lo attraversò in un attimo, ma stranamente non lo turbò, infondendogli invece una calma quasi innaturale.

«Allora, che cosa ha visto? Lei può salvare quella ragazza, capisce?» Rossi era più pacato, quasi paterno. La classica coppia di sbirri. Quello buono e quello cattivo. Patetici.

«Sì, qualcosa ho visto»

L'attesa era insopportabile. La assaporò come un bicchiere di acqua fresca. Vide i tre uomini deglutire quasi all'unisono. Gli parve anche di sentire un rumore sgradevole, forse uno dei tre stava stringendo i denti per la tensione, sfregandoli, come un gesso sulla lavagna.

«Ho visto tutto l'amore di mio padre. Mi dispiace, non posso aiutarvi»

Stupore. Poi rabbia. L'agente Marchionni si alzò di scatto «Lei sta mentendo, sta proteggendo un assassino, brutto figlio di put...» La mano di Rossi sulla spalla lo fece sedere di nuovo.

Mark si alzò lentamente «Questo conversazione è finita. Se volete ancora qualcosa da me rivolgetevi ai miei avvocati»

Si voltò e uscì dalla stanza. Le scarpe nuove scricchiolavano ancora sul pavimento. I tre uomini lo seguirono con lo sguardo, increduli.

Mentre attraversava i corridoi dell'ospedale, Mark Fei sorrise. I passi non erano più attutiti ma risuonavano come una musica leggera e la sua mente era sgombra. Loro non potevano capire. Loro non avevano letto le ultime parole che suo padre aveva voluto mostrargli. Lui sì. Suo padre era orgoglioso di lui e lui non l'avrebbe deluso. Infilò gli occhiali da sole e si accese una sigaretta. Sarebbe diventato uno scrittore. Un grande scrittore. Ma ora doveva sbrigarsi. Aveva un lavoro da finire. Un appuntamento con una graziosa ragazza a cui non poteva assolutamente mancare.

Ladro di anime

Erano da poco passate le quattro quando si presentò alla reception della clinica San Giovanni. L'infermiera, un donnone biondo dall'aria simpatica, lo accolse con un sorriso.

«Buongiorno. Era un po' che non veniva»

«Ho avuto da fare. Mio nonno è in camera?»

«No, è in giardino»

«Grazie»

Uscì dalla porta a vetri, percorrendo il viale alberato. La clinica era un bel posto. Sembrava un Hotel di lusso. Oppure una casa di riposo per facoltosi rincoglioniti scaricati da figli indifferenti.

Era una giornata soleggiata che preannunciava l'arrivo della primavera. Gli ospiti passeggiavano su prati con l'erba tagliata all'inglese. Alcuni infermieri tenevano d'occhio i più anziani, assicurandosi che non facessero niente di stupido. O pericoloso. O entrambe le cose.

Suo nonno era seduto da solo, su una panchina verniciata di rosa. Stava leggendo il giornale. Il cannellino al naso e l'onnipresente bombola di ossigeno.

Si sedette accanto a lui. Il nonno ripiegò accuratamente il giornale appoggiandolo in grembo.

«Ciao nonno»

«Ciao nipote»

«Come stai oggi?»

«Un po' peggio di una settimana fa. Ma meglio della prossima» Tossì.

«Sempre ottimista, eh?»

Rise. Un suono gracchiante come carta vetrata.

«Realista. Hai qualcosa per me?» Lo scrutò con uno sguardo che sembrava frugarlo attraverso i vestiti.

Francesco guardò in giro per vedere se qualcuno degli infermieri fosse vicino. Gli altri pazienti erano però in un'altra zona del parco. L'unico in vista dava loro le spalle.

«Tieni» Con un gesto rapido tirò fuori il pacchetto di Marlboro rosse e gliele passò.

Il viso dell'uomo si illuminò.

«Uno solo?» lo provocò.

«Non dovresti neanche vederle, le sigarette»

Suo nonno alzò le spalle.

«Che cosa possono farmi, ormai? Un uomo che sta morendo può anche non preoccuparsi di quello che fa male»

«Ti stai curando» È patetico mentire anche a sé stessi.

«Figliolo, non sono ancora così rimbambito da non rendermi conto della mia situazione. Facciamo due passi. Ho voglia di fumare in pace»

Lo aiutò ad alzarsi dalla panchina. L'uomo forte e muscoloso che ricordava, era ridotto a un ammasso di ossa ricoperte da pelle rinsecchita. Così leggero.

Camminarono per un po' in silenzio mentre suo nonno aspirava profonde boccate di fumo. Si era tolto il cannellino. Francesco trascinava la pesante bombola di ossigeno.

«Come va il lavoro?»

«Bene»

«Non ti sei ancora deciso a trovarne uno vero?»

Suo nonno continuava a fumare. I respiri si erano fatti più pesanti e ravvicinati.

«Quello che ho va benissimo» tirò un calcio a una pigna, che rotolò sull'erba, fermandosi vicino al tronco di un grosso pino.

«Se lo dici tu. Io non lo farei mai. In cosa ti sei laureato?»

«Non sono io quello che si è laureato. Ti sbagli con Marco»

«Ah» scrollò le spalle poco convinto «comunque anche tu hai studiato. La laurea è solo un pezzo di carta»

«Un pezzo di carta importante. Non è facile trovare un lavoro, oggi»

Il nonno continuava a camminare lentamente. Gettò via la sigaretta oramai ridotta a un mozzicone. Restarono per qualche minuto in silenzio, mentre le ombre si allungavano sul prato.

«Hai bisogno di qualcosa?»

«Sì»

«Di cosa?»

«Una stecca di sigarette. E una bottiglia di brunello. Il '97 è una buona annata»

Esplose in una risata catarrosa e sputò un grumo di muco che rimase sospeso su uno stelo d'erba.

Il massimo della poesia per un bel pomeriggio di primavera.

Ignorò la richiesta.

«Hai bisogno veramente di qualcosa?»

L'uomo sospirò «No, credo di no. A parte un paio di polmoni nuovi, se ti avanzano» Francesco ignorò la battuta.

«Va tutto bene con gli infermieri? Sono gentili?»

«Si. Sempre sorridenti e servizievoli. Non riesco a capire come possano essere così allegri quando non fanno altro che pulire merda e vomito» Ancora un accesso di tosse.

«Tuo fratello come sta?»

Francesco lo guardò stupito. Era così tanto tempo che non chiedeva di Marco che non pensava l'avrebbe più fatto.

«Bene. Ha un nuovo lavoro. Un'agenzia di assicurazioni. Ne è entusiasta ma…» scrollò le spalle.

«Lui non è mai entusiasta di niente. Non veramente almeno. Sputa sentenze sul mondo che lo circonda ma non riesce a vedere chiaramente neppure la punta delle scarpe»

«Gli piacerebbe venire a trovarti, sai?»

Il vecchio non rispose. Lo sguardo che fissava l'orizzonte.

«Accompagnami in camera, ora. Sono stanco»

Rientrarono all'interno della clinica. L'unico rumore intorno a loro era il continuo gracchiare del catarro nella gola di suo nonno.

Il telefono squillò alle sei di mattina. Gli squilli sembravano appartenere al suo sogno. Stava lottando con un criceto per una ghianda. Il roditore si era fermato all'improvviso. Da dietro la schiena era spuntato un telefono cellulare che l'animale gli tendeva con aria annoiata.

«Credo che sia per te»

Si era svegliato. Realizzò subito che non era la sveglia ma il telefono di casa. Rispose con la voce ancora impastata dal sonno.

«Pronto?»

«Francesco? Una persona anziana. Reparto geriatrico. Stanza numero nove. Fai in fretta. Non ne ha per molto»

Si alzò. La luce del sole filtrava dai fori delle tapparelle. Si lavò il viso. Scelse uno dei tanti completi scuri allineati nel suo armadio. Fece il nodo alla cravatta e si sistemò i capelli corti con un po' di gel. Prese la valigetta nera e uscì.

Dieci minuti dopo era di fronte alla grande struttura squadrata dell'ospedale. Per un attimo pensò di prendere un caffè al bar, ma la fila di persone in coda per lo scontrino lo dissuase. Prese invece l'ascensore insieme a un paio di uomini dall'aria stanca. Probabilmente avevano passato una nottata insonne al capezzale di un malato.

Faceva quel lavoro da cinque anni. Un lavoro triste.

Reparto geriatrico. Quarto piano, prima porta a destra.

Cardiologia. Secondo tunnel, ascensore, quinto piano a destra.

Medicina interna. Terzo piano, primo e secondo corridoio a sinistra.

Terapia intensiva. Primo tunnel, quinto piano, secondo tunnel a destra.

Obitorio. Sotterraneo.

Cappella dell'ospedale. Primo piano, secondo corridoio, ultima porta.

Avrebbe potuto disegnare una piantina dettagliata dell'ospedale. Con tanto di legenda. Conosceva i nomi di molti infermieri e quelli di altrettanti dottori.

Era la centoottantatreesima volta che entrava nel reparto geriatrico. Centoottantatrè chiamate. Centoottantatrè morti. Centoottantatrè contratti da far firmare.

Il suo capo avrebbe detto che "anche la morte è business" cercando di farla passare per una battuta. Peccato che il suo capo non avesse il benché minimo senso dell'umorismo.

L'infermiere era in corridoio, vicino alla porta della camera. Un caffè in mano. Lorenzo. Uno dei tanti che lo chiamava quando qualcuno stava per rendere l'anima. Centocinquanta euro a chiamata. Un buon modo di arrotondare lo stipendio.

Illegale è la prima parola che vi verrà in mente.

Immorale la seconda.

Con ogni probabilità entrambe le cose.

Francesco però aveva messo da parte l'etica molto tempo prima. Nel momento in cui si era ritrovato a dover mantenere un fratello più piccolo. Quando il mondo che lo circondava era crollato un pezzo alla volta.

Gli infermieri lo lasciavano indifferente.

Anche quando stringeva loro la mano facendo passare fogli da cinquanta euro.

Sbirciò dentro la stanza. C'erano tre persone intorno al letto.

Un anziano. Il marito della defunta. O il fratello.

Un uomo e una donna di mezz'età. I figli, probabilmente.

Attese qualche minuto. Entrò.

La donna stava piangendo in silenzio. L'anziano pareva intontito. L'uomo invece sembrava quello più lucido. Si rivolse a lui.

Tono sommesso ma deciso.

Regola numero uno: rivolgersi alla persona meno scossa. Deve essere in grado di firmare.

Regola numero due: fingere condoglianze sentite e sincere. Stabilire una sorta di empatia con i clienti, per sembrare veramente partecipi del loro dolore.

Regola numero tre: presentare il proprio lavoro. Sottolineare che anche in un momento così triste, occorre comunque prendere delle decisioni. Trasporto, make-up del corpo e funerale. Sgradevole parlarne di fronte a un cadavere, certo, ma necessario. Era il suo lavoro: occuparsi delle tante incombenze pratiche in un momento così delicato e lasciare le persone al loro dolore. Lasciarli soli con le lacrime.

Regola numero quattro, la più importante:

Non parlare mai di cifre. Se non domandano niente non dire niente.

Se chiedono qualcosa, tenersi sul vago. Del resto nessuno ha davvero voglia di pensare a tutto quello che c'è da fare. Soprattutto non di fronte al cadavere di un familiare, quando il corpo è ancora caldo e il dolore così intenso.

Truffa è la prima parola che vi verrà in mente.

Squallido è la seconda.

Con ogni probabilità entrambe le cose.

Quindici minuti dopo Francesco uscì dalla stanza, con un contratto da seimila euro. Quando aveva sottoposto l'accordo al figlio del defunto, questi non aveva idea della cifra che aveva appena sottoscritto.

Il conto gli sarebbe arrivato a casa. Nessuna possibilità di recedere.

Lui non vendeva enciclopedie. Alleviava le preoccupazioni.

Più o meno.

Stava aspettando Marco da venti minuti. Lo aveva chiamato la sera prima dicendogli che aveva qualcosa da fargli vedere. Una cosa che doveva assolutamente vedere. Era eccitato. E lui era inorridito.

L'ultima volta suo fratello gli aveva mostrato un cucciolo di alligatore. Lo teneva nella vasca da bagno. Poi un giorno era sparito. Marco gli aveva detto che era morto. Lui sospettava che fosse finito nello scarico del bagno, se era ancora in grado di passarci.

La volta precedente, invece, gli aveva presentato la sua ultima fidanzata. "La donna della mia vita" l'aveva definita. Una dark lady depressa con una voce da funerale e un numero impressionante di piercing che la addobbavano come un albero di natale. Una storia durata due mesi. Un record.

Francesco lo stava aspettando seduto su una scomodissima sedia di ferro con la spalliera formata da tubi di plastica rossa. Il bar sotto casa era lo specchio della fauna di quartiere tipica della città media. Alcuni anziani sorseggiavano vino scadente, mentre giocavano a carte e imprecavano contro il governo e contro il tempo. E contro le mogli. Due giovani operai, appena usciti dalla fabbrica, bevevano birra parlando dell'ultimo modello di auto sportiva.

Anche Francesco stava sorseggiando una birra fresca. Al tavolo accanto una coppia si scambiava effusioni. Lei era grassa come una balena, e lui magro come uno spaghetto. Erano talmente avvinghiati che la maglietta rosa di lei sembrava fagocitare il corpo di lui. Lo stava mangiando. Distolse lo sguardo, disgustato.

Una moto arrivò rombando. Parcheggiò sul marciapiede, a pochi metri dal tavolino. Francesco alzò un sopracciglio. Con tutto lo spazio per parcheggiare, quello stronzo doveva proprio mettergli il tubo di scarico in faccia? Stava per dire qualcosa quando il motociclista si tolse il casco. Si aspettava una variante nostrana di Lorenzo Lamas. Si trovò di fronte suo fratello. Sorridente e spettinato.

«Ciao Franci» Scese dalla moto, gli strinse frettolosamente la spalla e si sedette.

«E questa cos'è?»

«La sorpresa. Forte eh?»

Non poteva crederci. Suo fratello, così distratto da cadere anche in bicicletta, aveva comprato una moto.

«Ti sei comprato una moto» voleva apparire arrabbiato, ma non ci riuscì. Piuttosto era stupito. Marco non aveva mai avuto nemmeno un motorino.

«Sì. È bella no? Un vero gioiellino. Quasi nuova. Appena cinquemila chilometri. Una Ducati Monster 900» suo fratello continuava a sorridere. Lanciava occhiate alla moto come un innamorato guarda la sua bella.

«Allora ti piace?»

«No»

«Come no? Ma è meravigliosa!» il sorriso era scomparso in un attimo dalle sue labbra sottili.

«Ma non ci vuole la patente?»

Marco alzò le spalle «Certo che ci vuole la patente»

«E tu da quando hai la patente per la moto?»

«Da una settimana»

«Una settimana? E perché non me l'hai detto?» Ora si stava incazzando sul serio.

«Tu non me l'hai chiesto»

Sospirò. Parlare seriamente con Marco era una partita persa in partenza. Lavori e hobbies saltavano fuori all'improvviso, e altrettanto velocemente passavano. Sapeva che la moto non faceva eccezione. Una passione passeggera.

«Non potevi comprarti una macchina?»

Marco scrollò le spalle «Non è la stessa cosa»

«No che non lo è. In inverno o quando piove come fai?»

«Esattamente come facevo fino a una settimana fa. Prendo l'autobus. O chiedo un passaggio. O vado a piedi»

Francesco chiuse gli occhi. Dieci anni di differenza non gli erano mai sembrati così tanti. Perché suo fratello ragionava sempre in modo diametralmente opposto al suo? Aveva il sospetto che ci provasse gusto, a irritarlo. Una moto. Una merdosissima, pericolosissima moto.

«Quindi i mille euro che ti ho dato non ti servivano per l'affitto»

Marco si grattò la testa «Sì. In parte»

«Non potevi dirmi la verità?»

«Se te l'avessi detto, me li avresti dati?»

«No»

«Ascolta. Ti ridarò tutto fino all'ultimo centesimo. Ora ho un lavoro. Certo, i soldi mi sono bastati solo per l'anticipo. Ora devo pagare le rate»

Francesco cercò di dire qualcosa, ma Marco continuò.

«Quelle le pago da solo, tranquillo. Solo, magari, te li posso ridare tra un po' di tempo? I mille euro, intendo»

Ora si stava veramente innervosendo.

«Non me ne frega un cazzo dei soldi. Tu non hai mai guidato nemmeno uno scooter. Riesci ancora a cadere dalla bicicletta e ti vai a comprare una moto che fa duecento chilometri orari?»

«Duecentosessanta»

«Duecentosessanta cosa?»

«Duecentosessanta all'ora. Fa duecentosessanta, non duecento»

Una conversazione tra titani. O meglio, un dialogo con un gigante.

Ancora una volta si rese conto che suo fratello aveva un punto di vista del tutto diverso dal suo. Un po' come un uomo che va all'acquario e si trova di fronte un pesce. Lo fissa. Si osservano. L'uomo pensa "Bello questo pesce colorato. Peccato però che sia rinchiuso. Forse vorrebbe nuotare libero in mare" e il pesce invece "Speriamo che questo stronzo mi dia qualcosa da mangiare".

Francesco non sapeva se era il pesce o l'uomo. Forse era quello che stacca i biglietti all'ingresso. Sospirò.

«Come va il lavoro?»

Marco sorrise «Bene. Credo di aver trovato il posto giusto per me»

Se avesse avuto un euro per ogni volta che aveva sentito quella frase, sarebbe stato ricco.

«Come quando hai fatto il parcheggiatore abusivo? Oppure quando ti sei fatto assumere al centro estetico come massaggiatore inventando un curriculum di sana pianta?» domandò sarcastico.

«Ehi, ma che ti rode? Va bene, non ti ho detto della moto. Ma ora ho trovato un lavoro che mi piace. Regolare. Nessun trucco»

Regolare.

Nessun trucco.

Francesco guardò suo fratello negli occhi

«Sono stato dal nonno»

«Ah»

«Sta abbastanza bene»

Marco annuì. Per una volta non sapeva cosa dire.

Nessuna battuta.

Nessuna leggerezza.

Solo due argomenti lo intristivano veramente. I suoi genitori e suo nonno.

Senza contare l'Inter. Ma alle sconfitte della squadra del cuore ci aveva fatto il callo.

«Ti ha chiesto di me?»

«Veramente sì» Marco sgranò gli occhi «mi ha chiesto come stai»

«Credi che sarebbe il caso, si insomma…»

«Di andare a trovarlo?» finì la frase Francesco.

«Sì»

«Ascolta, credo che lui non ti voglia vedere. Però so anche che gli rimane poco tempo. Un mese. O un anno»

«Tu ci andresti?»

«Io vado a trovarlo tutte le settimane»

«No, stupido. Se fossi al posto mio»

Si morse la lingua. Istintivamente avrebbe risposto che, al posto suo, se ne sarebbe guardato bene. Si immaginava già la scena. Il nonno che, alla vista del nipote, gli lanciava la bombola d'ossigeno dritta in testa, sputandogli in faccia un grumo di catarro.

«Credo che ci proverei»

Si stava facendo tardi. Francesco, disteso sul letto, osservava le ombre sul soffitto. Aveva passato le ultime due ore di fronte al computer portatile. Aveva fissato un appuntamento a Firenze il mercoledì successivo.

Per un attimo pensò di chiamare Maria, l'ultima ragazza con cui era stato.

Buone scopate. Qualche chiacchierata piacevole. Un film. Una pizza. Un volto. Un corpo. Un bel corpo. Un sorriso. Un gemito.

Tutto questo fino a quando lei non aveva chiesto di più. Lo aveva fatto con tatto, perché era una ragazza delicata. E simpatica. Ma non esisteva un modo corretto di chiedere una relazione più seria, e una convivenza. E lui aveva fatto l'unica cosa che gli riusciva veramente bene: si era tirato indietro. A quel punto, ciao Maria. Avanti il prossimo corpo. Il prossimo volto. Il prossimo sorriso.

Talvolta gli sembrava di guardare gli altri attraverso una lente di ingrandimento, come uno scienziato. Il distacco è un vantaggio ma è anche una maledizione. Il suo mondo era liquido, e lui boccheggiava.

Niente scopate stanotte.

Si addormentò.

Ma quando si svegliò, più stanco di prima, si accorse che era passato pochissimo tempo: la sveglia segnava le due.

Un amico. Ecco quello di cui aveva bisogno in quel momento. E c'era solo una persona che a quell'ora sarebbe stata disposta ad ascoltare i suoi silenzi. Le sue riflessioni da filosofia spiccia.

Thomas.

Prese la macchina e venti minuti dopo era nei pressi della zona industriale. Capannoni grigi si alternavano uno dopo l'altro. Uguali. Monotoni. Rassicuranti.

Vide l'insegna luminosa da lontano. Le grandi lettere al neon emettevano un tenue bagliore roseo. Manhattan.

Chissà perché le insegne dei locali hanno quasi sempre un nome straniero. Grace. Mirage. Billionaire.

Una delle lettere si era fulminata. Sorrise. Senza H, Manattan diventava un po' più italiano.

Un po' più rassicurante.

Il Night era squallido. All'ingresso, una cassiera dall'aria annoiata gli chiese venti euro. Un energumeno alle sue spalle, la testa rasata, lo squadrò con diffidenza. Non aveva l'aria di uno disposto a spendere molto, con i suoi jeans sdruciti e la felpa con cappuccio.

Quella sera niente completo. Li usava solo con i morti e con i loro parenti. Non se la sentiva di indossare i vestiti da lavoro anche durante il tempo libero. Il lavoro da una parte. La vita privata dall'altra. Due cose separate. Distinte.

Due vite.

E un uomo.

Più o meno.

Prese il cellulare. Una voce allegra gli rispose urlando, sopra il frastuono della musica.

«Francesco?»

«Ciao Thom, sono fuori dalla tua reggia. Mi fai entrare?»

«Ma certo! Arrivo subito bello»

Chiusa la comunicazione guardò la cassiera, accennando un sorriso. Lei guardò dall'altra parte. Venti euro in meno di incasso.

Thomas arrivò dopo nemmeno un minuto. Si abbracciarono.

Da quando aveva aperto il locale, si vestiva in modo più ricercato. Completi e camice. A volte addirittura cravatte. Ma le catenine d'oro al collo, l'anello al pollice e il pesantissimo accento aretino lo caratterizzavano per quello che era: il figlio di un orafo.

Semplice. Ricco. Rozzo. Ma anche generoso e sincero. Una bella persona.

«Allora coglione che fai di bello? Sono mesi che non ti fai sentire»

«Hai ragione. Sai com'è, il lavoro»

«La fica» lo interruppe Thomas

«Ma, quella poco. È più il tuo campo»

L' amico rise. Una risata da baritono. Rumorosa. Sincera.

«Vieni dentro che ti offro qualcosa, va»

Dietro una tenda di velluto rosso, c'era un grande ambiente. Su divanetti di pelle uomini maturi si intrattenevano con ragazze molto più giovani di loro.

Sul palco ballavano quattro ragazze.

Tette e culi.

Culi e tette.

Gambe sinuose. Thomas sceglieva le ragazze con grande cura. In un paio di occasioni, gli aveva descritto nei particolari il processo di selezione. Non lo aveva certo stupito.

«Vieni al bancone che ti offro qualcosa da bere»

«Volentieri»

«Un Cuba Libre?»

«Facciamo una birra»

Lo spettacolo finì e la musica calò di intensità.

Tette e culi lasciarono il palco, andando a raggiungere altre tette e culi ai tavoli.

«Come mai qui?» Thomas era curioso.

«Non avevo sonno» Una verità.

«Hai voglia di scopare?»

«No, lo sai che non mi piace pagare» Una mezza verità.

«Ehi ma mica paghi, tu» Il suo amico assunse un'espressione offesa «puoi scegliere la ragazza che vuoi» con la mano abbracciò l'intero locale.

«No, grazie Thom. Sul serio» Una mezza verità.

Thomas scrollò le spalle «Come vuoi. Come va il lavoro? Sempre alle prese con i morti?»

Francesco sorrise. Sempre diretto, Thomas.

«Sì, sai com'è, i clienti non mancano mai. La gente muore e io lavoro»

«La gente schiatta, sì. Per fortuna però, scopa anche»

«L'uomo è maiale» Una verità.

«E meno male! Comunque se qualcuno schiatta mentre si sta trombando una delle mie ragazze nel privé, ti chiamo. Così lavoriamo tutti e due. Ah ah ah…» Che battutaccia. Anche Francesco rise. Non poté farne a meno. Era quello che stava cercando. Una risata.

«Ti ricordi Andrea Lucani?» chiese Thomas

«Andrea, quello della prima L?»

«Sì, lui»

«Non lo conoscevo bene, però me lo ricordo»

«L'hanno ammazzato»

«Come? Quando?»

«In un bar, in centro. Gli hanno sparato»

«Brutta storia»

Thomas annuì e sembrò, per un attimo, non avere altro da dire. Francesco bevve un sorso di birra, scuotendo la testa.

«Ti vanno bene gli affari?»

«Sì, le ragazze vanno alla grande» scrollò le spalle «Tuo nonno come sta?»

«Come un condannato a morte. Però ha un bello spirito. E la clinica è un bel posto. Per quanto possa essere bella una casa di cura»

Thomas fece una smorfia «La vita a volte è una merda. Una vera merda»

«A volte» Francesco osservò la sua birra. Le bollicine esplodevano a contatto con la superficie, fondendosi con la schiuma.

«Tutto bene?»

Sorrise «Tutto bene» Alzò la birra «Un brindisi»

Thomas alzò a sua volta il bicchiere «Alla nostra»

«Alla nostra»

I bicchieri cozzarono. Francesco si girò a guardare la sala. Vecchi avvinghiati a tette e culi.

Firenze è splendida. Si respira la storia. Edifici antichi e opere d'arte sono ovunque. Imbocchi un vicolo e spunta una chiesetta. Giri l'angolo e una statua ti osserva dall'alto dei secoli. Leggi i nomi degli artisti e ti viene la pelle d'oca. Solo grandi uomini possono rendere grande una città. Un pezzo alla volta. Una pietra alla volta.

Stava percorrendo le vie del centro. Trovò la strada abbastanza facilmente. Conosceva il Museo della Specola. Il palazzo che stava cercando era poco distante.

I turisti giapponesi fotografavano tutto e tutti.

Citofonò al numero due.

«Chi è?» Una voce maschile.

«Sono il dottor Bonaiuti. Ho un appuntamento con il signor De la Gherardesca» Dottor Bonaiuti. Un nome falso.

Il portone si aprì con un clic. Salì le scale del palazzo antico. Sulla soglia della porta di legno, un uomo dal volto tirato lo accolse con una stretta di mano. Francesco notò subito l'arredamento. Era una perfetta fusione tra antico e moderno. Persone benestanti. Del resto solo i ricchi potevano permettersi i suoi servizi.

Si accomodò su una poltrona stile settecento. Comoda. Il suo ospite lo osservava lanciandogli rapide occhiate. Sembrava in soggezione.

Era in soggezione.

Declinò l'invito a bere qualcosa. Attese. Ciascuno ha i propri tempi. E quella non era una situazione "imbarazzante" come capita in ascensore o sull'autobus, circondati da un gruppo di estranei sudati che dicono cose banali e consumano tutta l'aria disponibile. Imbarazzante, appunto, e pure soffocante. Ma normale. Questa situazione non lo era affatto.

«Bene signor De La Gherardesca, avete chiesto il mio aiuto»

L'uomo deglutì più volte prima di rispondere. Il sudore gli imperlava la fronte

«Sì. Vede non sono stato io… insomma non vorrei che si fosse arrivati a questo punto»

«Lo so. Ma non possiamo decidere sempre per gli altri»

L'uomo lo fissava. Gli occhi cerchiati di rosso.

«Soffrirà? Sentirà… dolore?» mentre formulava la domanda si torceva le mani in grembo. Le dita si accavallavano le une sulle altre, frenetiche.

«Nessun dolore. Sarà come addormentarsi»

Il signor De la Gherardesca annuì. Tremava leggermente. Stava per piangere. Francesco detestava le persone che piangono.

Le lacrime.

Sono una perdita di dignità.

Sicuramente una perdita di tempo.

«Vorrei parlare con suo padre per qualche minuto»

L'uomo sembrò scuotersi. L'espressione era ancora tirata ma sembrò ricacciare indietro le lacrime

«Sì, anche lui vuole parlarle»

«C'è qualcuno con lui?»

«No, è solo. Oggi l'infermiera ha il giorno libero»

Attraversarono uno stretto corridoio. Un'ampia libreria sulla parete.

Ordine. Il primo pensiero che gli venne in mente.

I libri, tutti ben allineati, erano raggruppati per autore.

Precisione. Fu il pensiero successivo.

Stava per esaudire l'ultimo desiderio di un uomo preciso e ordinato.

La porta della camera era socchiusa. Entrò.

Il suo accompagnatore rimase fuori. Guardava in basso. Come se il prezioso tappeto persiano che ricopriva il pavimento celasse le risposte alle sue domande.

Andava sempre così. O quasi. Raramente un familiare era entrato insieme a lui.

Anche la camera da letto era arredata con gusto. Una libreria di legno. Ancora libri. Una persona colta. Non credeva che fosse solo uno sfoggio di erudizione.

Il letto era un modello da ospedale. Un compressore emetteva un basso ronzio. Sono quei suoni che ti entrano nella testa, a cui non riesci mai ad abituarti veramente.

Il suo cliente era disteso sul letto. La testa completamente calva rifletteva la luce che entrava dalla finestra alle spalle del letto. Una palla da biliardo. Il volto incavato, quasi scheletrico, era quello di un uomo disidratato. Una flebo attaccata al braccio distillava goccia dopo goccia la soluzione salina.

Francesco aveva l'abitudine di dividere il genere umano in due categorie: persone a colori e persone in bianco e nero.

Quello che aveva di fronte era un uomo in bianco e nero. Simile a uno schermo spento che continuava a trasmettere solo un riflesso di elettricità statica residua che si stava esaurendo. Lui avrebbe dovuto premere il pulsante per spegnere definitivamente lo schermo. Ancora una volta.

«Buongiorno signor Bonaiuti» la voce era bassa e gentile. Non si addiceva a un corpo così gracile.

«Buongiorno Dottor De la Gherardesca»

L'uomo che aveva di fronte gli sorrise. Gli occhi però non seguivano le labbra. Erano decisi ma tristi. Due pozzi neri pieni di dolore. O forse pieni di lucidità e di intelligenza. In fondo non c'è nulla di peggio che realizzare di stare per morire. O forse una cosa esiste. Decidere di morire.

Molti affermano di voler morire. E in tanti ci provano. Ma la maggior parte non vuole morire veramente. Solo pochi arrivano sino in fondo. Alcuni salgono sui tetti, o sopra un ponte, ma non si gettano nel vuoto, altri si tagliano le vene, ma non abbastanza in profondità.

Sono persone infelici che cercano solo attenzione. Vogliono essere al centro del mondo per una manciata di minuti e sentire che la loro vita è importante per qualcuno. Per i pompieri, che cercano di farli cadere su di un telo morbido. Per i poliziotti, che tentano di convincerli a non fare un gesto stupido. Per i medici che li ricuciono e li medicano. Ma non si rendono conto che non appena tutto finirà, la vita riprenderà esattamente come prima. Magari con una denuncia. O una segnalazione ai servizi sociali.

Chi vuole davvero morire non cerca attenzioni.

Lui si occupava di chi voleva morire sul serio.

Niente attenzioni. Niente protagonisti. Solo denaro.

E silenzio. Occorre farlo in silenzio.

Che cazzo di mondo.

Una persona che soffre non può chiedere di morire. La Chiesa dice che non puoi suicidarti, che non puoi desiderare la morte. Perché la vita è un dono di Dio. E per questo va amata.

Rispettata.

Apprezzata.

Anche se fa schifo. Anche se soffri come un cane. Anche se non hai nessun motivo per continuare a vivere. E se, in tutto questo, decidi comunque di fare il grande passo ricordati sempre che non potrai essere sepolto in terreno consacrato. Ricordati che andrai in purgatorio, se ti va bene.

Se ti va male, in un posto un po' più caldo. O più freddo.

Poi c'è lo Stato. In alcuni paesi esiste la pena di morte. Lo Stato ha il diritto di condannare a morte un uomo. E, con il passare del tempo, i metodi per farlo sono stati perfezionati. Siamo passati dalla crocefissione, all'impiccagione alla sedia elettrica all'iniezione letale.

Ma l'eutanasia è ancora un tabù. Nella maggior parte dei paesi non è neppure presa in considerazione. Ma un uomo può essere veramente privato della possibilità di morire?

Un uomo può veramente chiedere di morire e sentirsi rispondere: no, tu devi vivere, devi restare a soffrire?

È così. Le contraddizioni della nostra società sono così forti da diventare la regola.

Regole su regole. Ancora regole.

Dibattiti sterili.

Francesco pensava a tutto questo mentre passavano i lunghi istanti di silenzio che non voleva essere lui a interrompere.

«Si avvicini» l'uomo sul letto indicò una sedia a poca distanza da lui. Quel semplice gesto sembrò costargli una fatica immane e una smorfia di dolore gli increspò le labbra.

Si sedette. Appoggiò la borsa nera alla sua destra.

L'uomo osservò l'oggetto.

«È là dentro la mia liberazione?»

«Sì»

«Lo sa quanto ho impiegato a convincere mio figlio?»

Francesco scosse la testa.

«Sei mesi. Sei mesi di sofferenza»

«Non è una decisione facile da prendere»

«No, non lo è» sospirò. Un rumore gracchiante. Gli ricordò suo nonno e il suo catarro «lei crede in Dio signor Bonaiuti?»

La domanda lo sorprese. Impiegò un attimo prima di rispondere.

«Sì, credo di sì. Anche se a volte penso che sia un po' distratto»

De la Gherardesca rise. O almeno ci provò.

«Una buona risposta. Io sono stato un credente per tutta la vita» ancora un sospiro gracchiante «e ora che sono vicino alla fine ho molti più dubbi di quanti ne abbia mai avuti» altro rantolo

«Sono dieci anni che le mie gambe non funzionano più. Da cinque ho sviluppato un cancro alla pelle che» colpo di tosse «che mi ha consumato. I dolori sono diventati atroci. Non avevo la fede sufficiente a illuminarmi. Solo dolore. Continuo. Insopportabile» si prese un attimo di riposo respirando con affanno

«Ho iniziato a prendere antidolorifici sempre più potenti ma, dopo un certo tempo, neppure la morfina mi dava sollievo» respiro «sono diventato un tossicodipendente. Io Filippo De la Gherardesca, giudice inflessibile della corte d'appello» sospiro «sono diventato un drogato» Sorrise.

«Capisco» Francesco trasse un profondo respiro. Si sentiva un prete che si accingeva a dare l'estrema unzione.

«Ora le devo fare una domanda signor De la Gherardesca. Deve rispondere sinceramente» deglutì «lei desidera veramente morire?»

L'uomo sorrise. E questa volta sorrise anche con gli occhi, inumiditi dalle lacrime.

«Sì»

«Ora le somministrerò una sostanza. Sentirà solo un lieve formicolio. Poi una sensazione di calore e un torpore simile a quello che precede il sonno. Sarà come addormentarsi»

«E il dolore cesserà»

«Sì. Cesserà. Per sempre»

Aprì la borsa ed estrasse una fiala e una piccola siringa. Le mani non tremavano. Si muovevano leggere e sicure. È solo un lavoro, amava ripetersi. Un lavoro.

Qualcuno lo avrebbe chiamato assassino.

Altri, un uomo che combatteva contro lo stato per affermare il diritto all'eutanasia. Cosa avrebbero detto se avessero conosciuto la verità? Lui lo faceva per denaro. Le sue tariffe non erano alla portata di tutti. Il denaro non aiuta soltanto a vivere meglio. Offre anche la possibilità di morire con dignità. Lui non era certo un eroe anticonformista che liberava dal dolore. Ma non era neppure un assassino che provava piacere nell'uccidere le persone che glielo chiedevano.

La verità era che Francesco non provava nulla quando spingeva lo stantuffo della siringa.

Era una scatola vuota. Un pesce dentro un bicchiere.

Un gambero che cammina all'indietro. Un passo dietro l'altro.

Inserì la siringa nel tubo della flebo.

L'uomo guardava di fronte a sé. Era sereno.

Mentre la sostanza giallognola percorreva il tubo, scivolando verso la vena, sorrise.

«Grazie»

Francesco rimase immobile. In piedi.

Due minuti.

Le palpebre diventarono pesanti. Si chiusero sul volto che a poco a poco si rilassava.

Era la morte che restituiva la serenità.

Tre minuti.

Ne fece passare un altro. Poi un altro ancora.

Cinque minuti.

Appoggiò le dita sul polso. Poi sul collo. Era tutto finito.

Riprese la siringa e la fialetta vuota e le ripose nella borsa.

Uscì dalla stanza richiudendo con delicatezza la porta alle sue spalle come se un rumore troppo forte avesse potuto svegliare il suo occupante.

Il figlio era nella stessa posizione in cui l'aveva lasciato prima di entrare. Continuava a fissare il tappeto dai disegni misteriosi. Alzò lo sguardo verso di lui.

«È finita?»

«Sì»

Iniziò a piangere lacrime silenziose. Poi i singhiozzi si fecero sempre più forti. Francesco si domandò quante persone aveva visto piangere. Tante.

Troppe per uno che non piangeva mai.

Per un attimo provò l'impulso di mettere una mano sulla spalla dell'uomo. Abbracciarlo e sussurrare una parola di conforto.

Un attimo di indecisione.

Si voltò e percorse il corridoio fino alla porta. Uscì cercando di fare meno rumore possibile. Si sentiva un ladro. E forse era proprio quello che era.

Un ladro di anime.

Le ombre sul letto si allungavano ma lui non riusciva a dormire. Come ogni volta, dopo un lavoro, l'insonnia lo tormentava. Non vedeva gli occhi o il volto di chi aveva aiutato a morire. Solo, non riusciva a dormire. Era la sua punizione. O forse era il modo in cui il suo inconscio lo aiutava a prendere atto di ciò che aveva fatto.

Cazzate.

Non dormiva semplicemente perché pensava troppo. Gli impulsi elettrici passavano da un neurone all'altro portando informazioni, creando immagini, pensieri, frasi. Il mondo gli appariva come una gigantesca scatola.

Dentro a una scatola.

Dentro a una scatola.

Dentro a una scatola.

Un serpente che muta continuamente la pelle.

Un enorme gioco di matriosche.

Ecco il senso dell'universo.

Quando soffri d'insonnia niente è veramente reale. Di notte fai tutto tranne che prendere sonno.

Guardi la tv e pensi.

Leggi un libro e pensi.

Durante il giorno ti trascini in giro, un pezzo di carne che va al lavoro o a fare una passeggiata.

Il mondo ti circonda e ti sembra di non farne parte.

Sei un ritaglio in bianco e nero su un cartellone colorato.

Non sei in sintonia con il resto del mondo.

I passanti che incroci fissano le occhiaie e lo sguardo vacuo, domandandosi come sia possibile ridursi così. Quale droga hai preso. E tu hai voglia di urlare che la droga più potente è l'assenza di sonno. È la vita perfetta che ti circonda che intossica.

Sperava che il telefono suonasse. Che arrivasse una chiamata dall'ospedale.

Mors tua, vita mea.

Un contratto da firmare. Una persona da sollevare dalle sue preoccupazioni materiali. Un dolore da condividere.

Più o meno.

Ma il telefono non suonava. Niente lavoro negli ultimi due giorni. Sapeva che l'insonnia sarebbe svanita presto. Di solito durava una settimana. A volte un po' di più. A volte un po' di meno.

L'unica certezza era che, con il passare del tempo, riusciva a tollerare l'assenza di sonno sempre di meno.

A volte immaginava il giorno in cui sarebbe impazzito.

Sarebbe successo in ospedale? Si vide con un mitra in mano mentre sparava all'impazzata dentro al reparto geriatrico. Oppure in terapia intensiva.

L'Angelo della morte.

Non avrebbe forse fatto un piacere a quelle povere anime in pena? Tenute in vita non si sa perché.

Oppure sarebbe successo alla clinica? Si vide a dispensare iniezioni a vecchietti dall'aria riconoscente, distesi nei loro letti asettici.

Oppure per strada, come un cecchino che sceglie le sue vittime.

Era come camminare in equilibrio sulla lama di un rasoio, mentre si aprivano profondi tagli nelle piante dei piedi.

Squillò il telefono. Qualcuno da sollevare.

Nonostante l'insonnia, al lavoro riusciva sempre ad apparire presentabile. Un bell'uomo di trentacinque anni. Con un viso un po' infantile che suscitava tanta simpatia.

Comprensione.

Affidabilità.

Correttezza.

Leggi la voce paraculo nel vocabolario della lingua italiana.

Riuscì a concludere il contratto in venti minuti. Una signora anziana, gentilissima, non gli rivolse molte domande. Firmò con un sorriso dolce, riconoscente. Lo ringraziò più volte.

Uscì dall'ospedale. Affrontò il traffico cittadino con sollievo. Pensò di andare a casa e dormire un po'. Il letto lo attirava e respingeva nello stesso tempo. Il pensiero di trovarsi lì, a pensare, lo spaventava.

Decise di andare a trovare suo nonno. Negli ultimi giorni aveva fatto il pieno di dolore altrui. Era ora di riconciliarsi con il suo.

Alla reception una giovane infermiera lo accolse con il solito sorriso perfetto.

L'importante è apparire. Sempre e comunque.

E nel caso dell'infermierina il risultato era tutt'altro che disprezzabile. Forse le avrebbe chiesto il numero di telefono.

Un volto. Una scopata. Una conversazione gradevole. Qualche attenzione in più per suo nonno.

Lo trovò nella sua stanza, seduto davanti alla scrivania. Per una cifra indecente aveva preso una singola. Se confrontato al suo stipendio la retta che versava mensilmente era spropositata. Ma la sua seconda occupazione gli permetteva di stare tranquillo. Almeno dal punto di vista economico.

«Francesco?» l'uomo si voltò verso di lui.

«Ciao nonno»

«Hai una faccia da far paura»

«Ho dormito poco negli ultimi giorni. Sai com'è, il lavoro»

«Sì il tuo lavoro» lo disse come se stesse sputando una lametta affilata.

«Ascolta ti vengo a trovare pensando di farti piacere. Se mi devi insultare magari resto a casa» si era ripetuto mille volte di rimanere calmo. Di non dare peso alle parole di una persona anziana. Di non farsi innervosire dalle sue allusioni. Ma ora sentiva che qualcosa dentro di lui si stava smuovendo. Era come una pentola a pressione messa a fuoco lento.

Suo nonno sorrise sarcastico «Non vedo perché ti arrabbi tanto. Se fai il becchino non è mica colpa mia»

La sua temperatura interna continuava a salire.

Inspirò. Espirò.

«No. Tu sei un duro e puro. Uno che non chiede niente ma ottiene tutto, non è vero?»

«Ma che cazzo dici?»

«Dico che a volte potresti muovere quelle labbra rinsecchite e formare sei merdosissime lettere: grazie»

Il vecchio lo fissò negli occhi. Uno sguardo gelido.

Rabbrividì.

«Esci da questa stanza»

«Cos'è, il grande rivoluzionario non riesce a sostenere una conversazione? La dialettica storica non ti aiuta in queste circostanze?»

Suo nonno sbarrò gli occhi. Un sottile rivolo di bava gli corse lungo la barba, formando una goccia penzolante sul mento.

La pentola stava esplodendo.

«Cos'è che ti gira nel cervello? Hai abbandonato i tuoi nipoti. Hai rinnegato mio fratello. Per cosa?»

Suo nonno deglutì. Sembrò riprendere il controllo.

«Vi ho voluto bene. E ti voglio bene. Ma non tirare fuori il passato. Io non ho chiesto di fare il padre a cinquant'anni. Non ho chiesto di allevare altri due figli»

«E io non ho chiesto di perdere i miei genitori. Non ho chiesto di avere un fratello da crescere, da mantenere e da proteggere. Non ho chiesto di avere un nonno…»

«Un nonno? Cosa?»

«Che mi ha fatto vergognare di portare il suo stesso cognome»

«È questo dunque? È tutto qui? Non capisci che quello che stavamo costruendo, che stavo costruendo, era più importante di tutto il resto?» venne colto da un accesso di tosse.

«Più importante anche dei tuoi nipoti? Più importante della tua famiglia?»

«Sì» fu in quel preciso momento che si chiese se suo nonno aveva un cuore. Chi era l'uomo che aveva di fronte?

«Non hai più voluto vedere mio fratello»

«Mi ha fatto finire in galera. Dieci anni della mia vita. Tu che cazzo ne sai di quello che ho dovuto passare là dentro? Di quello che mi hanno fatto?» mentre parlava stringeva con forza la spalliera della sedia. Le nocche della mano destra erano sbiancate.

«Non ti sei mai pentito di quello che hai fatto. Un brigatista del cazzo che va ancora orgoglioso delle sue bombe. Nemmeno ora che sei vicino alla fine riesci a provare rimorso?» Tutto quello che aveva taciuto per tanti anni adesso veniva fuori. Le parole spingevano sulle labbra. Volevano venire fuori. Non potevano essere bloccate. Non dovevano.

«Non puoi capire. Lui mi ha tradito»

«Era solo un bambino! Come potevi pretendere che non parlasse di quello che aveva visto?»

«In guerra non si fa distinzione tra un bambino e un uomo»

Solo in quel momento realizzò veramente quello che pensava da tanto tempo. Suo nonno era pazzo. Andato. Partito. Assolutamente irrecuperabile. Un uomo che aveva perso di vista la realtà. Molto tempo prima. Ma questo non lo consolò. Non riusciva a giustificarlo. Non riusciva a capirlo. Sentì solo la rabbia, che continuava a ribollire.

«Tu sei pazzo. Completamente pazzo» disse con calma. Era una constatazione.

«Vattene. E non tornare più»

La rabbia defluì dalla testa lasciando solo una calma glaciale. Uscì svelto dalla camera. L'infermiera all'ingresso lo salutò con la mano. La ignorò. Il suo sorriso adesso sembrava un po' meno bianco. Un po' meno perfetto.

I giorni trascorrevano tutti uguali. Le chiamate dall'ospedale erano poche. La gente non aveva più voglia di morire? Lui aveva bisogno di dolore. Ne aveva un bisogno disperato. Per non pensare al proprio. Per non doversi concentrare sulla sua piccola, dolorosa, insolita vita. Alla fine era arrivata la resa dei conti. Con suo nonno aveva sempre finto che le cose fossero accadute e basta. Uno sbaglio. Nemmeno durante le visite in carcere era mai riuscito ad affrontare direttamente il motivo perché era rinchiuso là. Nessuna domanda e nessuna risposta. Solo, sul letto, aspettava il sonno ristoratore. Quel sonno che ormai mancava da dieci giorni e non accennava ad arrivare. In quel momento si sentiva seriamente tentato di ignorare l'allergia ai sonniferi.

Ma alla fine il sonno arrivò. Inaspettato. Agognato.

Leggi liberazione.

Scrivi pace.

Più o meno.

La testa stava esplodendo. Un dolore feroce lo torturava e Marco non smetteva di cantare quella fastidiosa canzone. Quando suo fratello voleva qualcosa non c'era modo di convincerlo. Ostinato come un mulo, lo lavorava ai fianchi. Sarebbe diventato un ottimo pugile. In quel momento era un rompicoglioni di prima categoria.

«Che cosa vuoi?»

Il bambino lo guardò con un'espressione furba sul viso pulito.

«Voglio andare in cantina»

«In cantina? Sai che è proibito! Se il nonno ci scopre ce ne darà così tante che non riusciremo più nemmeno a metterci a sedere»

Marco ricominciò a cantare. La canzone era cambiata. Nella vecchia fattoria. La voce più alta. Più stridula. Più insopportabile.

Maledetta emicrania. La testa gli sarebbe caduta rotolando prima sulle ginocchia e poi sul pavimento della veranda.

Si arrese.

«Se andiamo in cantina poi mi prometti di fare il bravo e di guardare un po' di tv e lasciarmi tranquillo?»

«Promesso!» Marco sorrideva e si muoveva come un tarantolato.

Francesco si alzò a fatica dal divano.

Suo fratello era l'unico bambino che amava i luoghi bui e umidi. Adorava i ragni che raccoglieva con le piccole mani. A volte si domandava se fosse veramente suo fratello.

Scesero le scale con attenzione. Dietro di lui Marco tentava di sbirciare da sopra la spalla la stanza sottostante. I gradini di legno scricchiolavano sotto il loro peso.

La luce filtrava da una piccola finestra con il vetro incrinato.

Appena arrivati in fondo alle scale, Marco corse verso il centro della stanza. Lo spazio era ingombro di scatoloni e roba vecchia. Sulla parete più lontana uno scaffale di legno stipato di attrezzi da lavoro. Osservò il bambino che iniziava a frugare dentro gli scatoloni tirando fuori vecchi giornali e giocattoli polverosi.

«Guarda Franci!» Marco si era girato verso di lui e, con un largo sorriso, gli tendeva un pelouche. Riconobbe il suo vecchio orsacchiotto rosso. Lo aveva chiamato Gnapo. Non si ricordava più perché quel nome così strano. Ma ricordava che era un regalo di suo padre.

Gli venne la pelle d'oca.

«Posso prenderlo?»

Annuì. Sempre tenendo stretto l'orsacchiotto, il bambino proseguì la ricerca. Dopo alcuni minuti Marco aveva ammucchiato un sacco di roba vicino a sé. Avrebbero dovuto lasciarne la maggior parte. Il nonno non avrebbe notato un pelouche e qualche vecchio giocattolo.

Troppe cose nuove, invece, avrebbero potuto attirare l'attenzione. E domande. E suo fratello, come tutti i bambini di sette anni, non era bravo a mantenere i segreti.

Percorse il perimetro della cantina lanciando di quando in quando un'occhiata a Marco per assicurarsi che non trovasse qualcosa di tagliente o di pericoloso. Osservava con timore gli scatoloni ammassati. Da una parte aveva voglia anche lui di tuffarsi nella ricerca. Dall'altra, aveva paura di quello che avrebbe potuto trovare. Troppi oggetti gli ricordavano i suoi genitori. Marco era piccolo per ricordare qualcosa. Lui, invece, non aveva nessuna voglia di trovarsi di fronte il passato. Troppo doloroso.

Continuò a camminare per un po'. Poi Marco sembrò stancarsi di cercare e si tirò su. Indicò la porta sul fondo della cantina. Una porta di legno massiccio, con le nervature scure che sembravano contorcersi disegnando strane figure.

«Perché non guardiamo cosa c'è lì dentro?» suo fratello si era stufato dei vecchi giocattoli. Ora era tornato a prevalere il suo spirito da esploratore.

«Non possiamo. È la camera oscura del nonno, dove tiene le foto»

«E non possiamo dare una sbirciatina?»

«No. E poi non abbiamo la chiave»

L'espressione furba di suo fratello e il mezzo sorriso non lasciavano presagire nulla di buono. Si frugò per un attimo nella tasca dei pantaloni corti. Quando tolse la mano stringeva una grossa chiave scura.

«Che cos'è?» non voleva sentire la risposta.

«È la chiave della stanza»

«E tu dove l'hai presa?»

«Dalla camera del nonno»

«Dammela» mostrò il palmo della mano.

«Va bene. Però possiamo dare una sbirciatina? Ti prego, ti prego, ti prego, ti prego»

Oramai la frittata era fatta. E suo nonno non sarebbe tornato prima di un'ora. Avrebbero guardato un attimo le foto e poi rimesso tutto a posto. Inclusa la chiave.

Aprì il grosso lucchetto argentato con la mano che gli tremava leggermente. Marco era dietro di lui e si molleggiava sulle gambe.

La porta si aprì silenziosamente. Dentro, l'oscurità era fittissima. Suo fratello si attaccò alla sua gamba. Sorrise. Una crepa nel tuo coraggio, fratellino? Entrò, cercando a tentoni l'interruttore della luce, dietro allo stipite della porta.

La scena che si trovò davanti lo lasciò senza parole. Quella che aveva davanti non era una camera oscura. Non c'era neppure una foto. In compenso, in bella vista, tre fucili che aveva visto solo nei film di guerra. Erano allineati su una rastrelliera sulla parete destra. Sul tavolo ingombro di carte, due pistole nere erano appoggiate con le canne rivolte l'una contro l'altra. In basso, scatoloni di cartone erano sigillati con del nastro adesivo nero. Cercava di dare una spiegazione razionale a quello che stava vedendo. Suo nonno

andava a caccia e gli aveva proibito di scendere laggiù per paura
che si ferissero con un'arma.

Plausibile. Ma si va a caccia con una pistola?

Oppure andava a sparare al poligono.

Plausibile. Ma si va al poligono con un fucile?

E poi, appese al ripiano di legno della mensola sopra al tavolo,
c'erano foto di persone. Accanto alle foto, ritagli di giornale. Suo
fratello intanto, era sgusciato da sotto il suo braccio, entrando
nella stanza.

«Forte! È una pistola questa?» Marco stava indicando una delle
armi appoggiate sul tavolo. Gli occhi sgranati. La manina pronta
a scattare e ad afferrare l'arma.

In un attimo riprese il controllo. Afferrò suo fratello e lo spinse
con forza fuori dalla stanza. Ignorò le sue proteste e uscì insieme
a lui richiudendosi la pesante porta alle spalle.

Una volta fuori inspirò con forza e si girò verso il fratello.

«Ti devi dimenticare quello che hai visto»

«Perché?» il bambino sembrava spaventato. Lo stava
scuotendo con forza senza rendersene conto.

«Perché… perché sarà il nostro segreto, ok? Se il nonno scopre
che siamo entrati là dentro si arrabbierà tantissimo e ci metterà in
punizione»

Marco inclinò il labbro verso l'esterno. Forse l'accenno alla
punizione era stato sufficientemente persuasivo.

Forse.

«Allora? Me lo prometti che non lo dirai a nessuno?» si
inginocchiò per essere all'altezza del bambino.

«Promesso»

«È il nostro segreto?»

«Sì» Marco annuì con enfasi. Abbracciò il fratellino
stringendolo contro la spalla.

Mentre riordinava la stanza per non lasciare nessuna traccia
della loro presenza, Francesco aveva un solo pensiero in testa. Le
lettere che aveva visto sul volantino. Due lettere. BR. Quanti
significati potevano avere?

Il telefono squillò strappandolo al suo agognato sonno. Imprecò contro l'apparecchio. Non ricordava il sogno ma non gli aveva lasciato un buon sapore in bocca. Era di pessimo umore quando alzò il ricevitore.

«Pronto?»

«Francesco! C'è un'emergenza all'ospedale...» la voce di Cantucci, il suo datore di lavoro, era affannata. Forse non era la prima volta che provava a chiamarlo quel pomeriggio. O era notte? O forse mattina. Non che facesse molta differenza.

«Che reparto?» lo disse con la solita efficienza.

Leggi noia.

Leggi stanchezza per la vita altrui.

«Terapia intensiva, ma...»

Riagganciò il ricevitore. Non voleva sentire la storia della morte. Incidente, infarto o omicidio, che differenza faceva? Il suo lavoro era sempre lo stesso. La sollevazione dalle preoccupazioni. E quello avrebbe fatto. A prescindere dalla causa della morte.

A prescindere dalle persone.

Certo per telefonargli il suo capo in persona il dipartito doveva essere un tipo importante. Avrebbe preparato uno dei contratti speciali.

Scrivi vip.

Leggi esoso.

Indossò uno dei suoi completi scuri. Bevve un succo d'arancia.

Il pomeriggio stava sfumando lasciando il posto a una serata afosa. Non aveva dormito molto. Ma da qualche parte bisognava cominciare.

Arrivò al reparto di rianimazione camminando lentamente. Non c'era fretta. Si guardò intorno, alla ricerca dell'infermiere a cui allungare la mancia. Non trovò nessuno. Poi, dall'angolo, spuntò un omone dall'aria stanca. Spingeva un carrello ingombro di provette e siringhe. Si chiamava Gabriele. O forse Daniele. Si infilò la mano in tasca pronto a lasciare che i fogli fruscianti passassero di mano. L'uomo tirò dritto. Un mezzo sorriso sulle labbra. Un cenno del capo in segno di saluto.

«Che stanza?»

«La seconda sala»

Fece per passargli il denaro ma l'uomo gli voltava ormai la schiena. Strano. In tanti anni ne aveva viste di tutti i colori. Ma mai un infermiere che rifiutava la mazzetta.

Continuò a camminare lungo il corridoio gettando uno sguardo nelle stanze. Avrebbe cercato da solo quella giusta. Il corridoio era deserto. Nell'ultimo blocco, un ragazzo giovane stava appoggiato al muro. Aveva un completo simile al suo. I capelli pettinati in modo ordinato. Probabilmente era un impiegato arrivato in fretta per la chiamata dell'ospedale. Così giovane però. Probabilmente il figlio.

Stava infrangendo una delle regole del suo lavoro. Non era sicuro che fosse quello il letto giusto ma in due battute avrebbe capito se era lui la persona che stava cercando.

«Buonasera» sorrise.

Il ragazzo gli sorrise di rimando.

«Buonasera»

«Che cos'è successo?»

«Un incidente. Un ragazzo è rimasto schiacciato» dal tono non sembrava affranto. Gli ricordava il suo approccio con i clienti. Con le persone da sollevare. Amichevole ma distaccato. Finta partecipazione ben costruita e ben dosata.

«Lei come si chiama?»

«Io?» Francesco guardò sorpreso il giovane.

«Si, lei» il ragazzo continuava a sorridergli mettendo in mostra la sua chiostra di denti candidi come la neve.

«Mi chiamo Francesco Guidetti, perché?»

Il ragazzo si schiarì la voce. I suoi occhi sembrarono diventare un po' più tristi.

Sembrarono.

«Mi dispiace molto per suo fratello signor Guidetti e capisco che è un momento terribile ma...» suo fratello? Quell'idiota chi cazzo era? «...anche in un momento così terribile è necessario prendere delle decisioni...» «organizzare il funerale, il trasporto, il make-up della salma» «...e noi potremmo occuparci di tutto senza che lei si debba preoccupare di nulla...» il bell'imbusto gli stava vendendo la sollevazione dalle preoccupazioni. Si stava guardando in uno specchio. Solo in quel momento notò la valigetta nera vicino ai suoi piedi. Dentro, il contratto. Ma non c'era il suo nome su quel foglio. C'era quello di Marco.

Marco.

Marco.

La testa iniziò a girare. Il mondo girava. Arrivò la nausea.

Il conato di vomito uscì in un secondo dalla sua bocca. Schizzò fuori come il petrolio da un pozzo appena trivellato. Ricoprì la faccia del ragazzo. Il suo completo scuro. Il suo alter ego interruppe la filastrocca e rimase immobile.

Francesco iniziò a correre. Uscì dal reparto. Corse per le scale rischiando di cadere a ogni gradino. Si aggrappò alla ringhiera. Continuò a correre. L'uscita. La milza gli faceva male. In gola il sapore del vomito grattava come se avesse ingoiato un pezzo di carta vetrata. Era un uomo in bianco e nero in un mondo a colori.

Iniziò a piovere. E lui continuava a correre. Grosse gocce d'acqua gli inzuppavano la giacca, i pantaloni. Rimbalzavano sulla faccia rendendogli difficile vedere.

Ora anche il mondo, sotto il cielo grigio, era in bianco e nero.

Stava piangendo per lui?

Si fermò in mezzo alla strada mentre le auto lo evitavano suonando i clacson e seppellendolo di insulti.

Non li sentiva.

Con le braccia larghe e la testa bassa sembrava Cristo sulla croce. La sua croce.

In bianco e nero.

Lui, il ladro di anime aveva perso la sua, di anima.

Lui, che regalava la sollevazione dalle preoccupazioni.

Lui, che credeva di non aver mai avuto un cuore.

Lui.

Solo con il suo dolore.

La pioggia continuava a cadere. Nessuna delle persone che quella sera vide l'uomo vestito con un completo scuro come un albero piantato in mezzo alla strada, si accorse che la pioggia che gli cadeva sul viso si mescolava alle lacrime.

Il calciatore

È la sera della finalissima. Le strade, deserte e polverose, richiamano strani paesaggi lunari. Qualche motorino passa veloce con un rombo sordo. Le bandiere tricolori sventolano nell'aria. C'è un silenzio irreale per una domenica sera estiva. Tutti i televisori sono sintonizzati sulle 22 superstar che di lì a poco attireranno gli sguardi di un pianeta. La coppa del mondo di calcio. Un' avvenimento. L'Avvenimento. L'unico capace di rapire le menti e i cuori e tenere miliardi di persone con il fiato sospeso. Di lì a due ore le strade si riempiranno di gente festante, in preda a una esaltazione da ricordare, oppure scorreranno le lacrime. I calci contro muri già scrostati. La rabbia e la frustrazione, perché nessuno si ricorda della medaglia d'argento. Chi arriva secondo non entra mai nella storia. Al limite, fa capolino dalla finestra. Materiale per gli almanacchi. Sono quelli che fanno una bellissima cavalcata ma cadono prima del traguardo. E l'idea di dover aspettare altri quattro anni rende tutto ancora più amaro.

Anche i cinema proiettano la partita. Tanto, nessuno andrebbe a vedere un film stasera. E gli incassi perduti sono ampiamente ripagati dalla vendita di bibite e patatine.

Nelle piazze, sono montati maxischermi che sembrano volersi estendere sino all'orizzonte. La folla è in festa e l'atmosfera è piacevole, nel caldo della sera estiva. La tensione, però, scorre come una corrente elettrica. In tanti fumano una sigaretta dietro l'altra. Sembra una sala di attesa per futuri papà.

I sussurri "Sta per iniziare" si inseguono nell'aria. Tutti prendono posto. Non c'è tempo neppure per litigare.

L'inno.

Qualcuno si mette la mano sul cuore e canta a squarciagola. Altri lo sussurrano, come se recitassero una preghiera che non ricordano più molto bene.

C'è chi osserva che i nostri giocatori sono insensibili e ignoranti perché non cantano neppure l'inno del nostro paese. Ma per ora si può perdonare tutto. Per ora. In fondo sono lì per giocare a calcio. Non per vincere un concorso canoro.

È iniziata.

Italia-Brasile del 2022.

Il brasile. Il dream team del calcio. La poesia. I piedi dolci. Il temutissimo brasile.

Primo tempo: i brasiliani si riversano all'attacco. L'Italia si difende. Da principio con ordine. Man mano che passano i minuti, però, la pressione aumenta. Il goal è nell'aria. E infatti arriva. Anzi arrivano. Due a zero per il brasile alla fine del primo tempo e la sensazione che la partita sia già finita.

Qualcuno dice che è andata bene. Che se continuiamo così ne prenderemo altri quattro nel secondo tempo.
Qualcuno si alza e abbandona il suo posto. La sofferenza è troppa. Il calcio è una questione di fede. Quelle persone aspettano l'urlo collettivo che li riporterà indietro, al loro posto. Aspettano il grido della speranza.

Inizia il secondo tempo, e lo stadio deflagra in una esplosione rabbiosa. I minuti, adesso che solo un goal ci separa dalla parità, passano rapidi. Troppo.

Il calcio è uno sport strano. Basta poco per cambiare il corso di una partita.

La torcida brasiliana continua a far festa. Coloratissimi volti dipinti di verde e oro, corpi seminudi che ballano al ritmo dei tamburi. Due modi così diversi di tifare e di vivere il calcio. L'allegria e la spensieratezza contrapposte alla sofferenza e alle proteste. Fanno parte di noi. A ciascuno il suo.

Il pareggio arriva a dieci minuti dalla fine. Lo stadio esplode in un fragore rabbioso. Recuperare due goal in una partita è sempre molto difficile. Ma farlo in una finale mondiale, contro l'imbattibile Brasile, ha il sapore dell'impresa.

Adesso tutti ci credono. Tutti saltano. C'è elettricità nell'aria. L'attesa è spasmodica. C'è voglia di esultare ancora.

In tanti pregano di non arrivare ai calci di rigore. Gli Italiani vedono i fantasmi dal dischetto, è storia. Niente somiglia di più a una roulette russa. Perdere ai rigori è la beffa delle beffe. Non perdi sul campo. È un logorio mortale per i nervi: ogni rigore subito è un sospiro di rassegnazione. Ogni rigore sbagliato è una bestemmia. E se in quel momento a nessuno importa poi molto della salvezza della propria anima, tutti tengono alle coronarie.

Roberto Barro aveva sognato per tutta la vita di giocare una partita come quella. Anzi, la partita. Il sogno di tutti i tifosi e degli aspiranti calciatori. Giocare in nazionale è già il coronamento di una carriera. E lui era lì. È difficile descrivere la realizzazione di un sogno. L'adrenalina prima della partita non ti fa dormire, perché hai sulle spalle le aspettative di tanta, troppa gente. "In fondo è un gioco" amava ripetergli sua moglie. Ma vallo a raccontare ai milioni di tifosi che si aspettano una tua magia.

Barro indossa la maglia numero dieci. Una maglia pesante. Ma lui è il leader indiscusso. Il giocatore più amato e più criticato. Quello che è sempre sulla bocca di tutti. Nel bene e nel male. I paragoni con i grandi del passato si sprecano.

Sta giocando bene. Ha regalato due assist per i goal dei compagni, però manca ancora qualcosa per entrare nella storia. E solo una manciata di minuti alla fine della partita.

L'Italia non ha più paura. Sono i brasiliani a essere sotto pressione. Si sono divorati due reti di vantaggio e ora gli italiani sembrano volare sul campo. La stanchezza e la tensione sono svaniti.

Il gioco viene aperto sulla destra. L'ala salta il terzino avversario con una finta e lascia partire un cross alto.

Barro è al limite dell'area. Ha seguito l'azione e si è smarcato dal suo avversario. È probabilmente l'ultima azione dei tempi regolamentari. Dopo, i supplementari e lo spettro dei rigori. Barro osserva il pallone scendere.

Un'idea folle gli attraversa la mente in un attimo. Adesso la sfera sembra scendere al rallentatore. "Ecco, ora". Si gira di spalle e prova la rovesciata, il colpo del sogno. L'azione che entra nella storia, perché tutti, da bambini, l'abbiamo sempre sognata. Il respiro aumenta di intensità, si fa pesante. Sembra che il tempo si fermi, come fissato in una istantanea. Le gambe mulinano in aria. Quando il piede destro colpisce il pallone Barro sa già che entrerà in rete. Lo sente. Il pallone è in fondo alla porta e lui è entrato nella storia del calcio. Barro ricade pesantemente al suolo. Si gira e vede il portiere lanciato in un disperato allungo. La palla, però, è diretta dove lui non può arrivare.

Ottantamila persone ammutoliscono, incredule. Poi, lo stadio esplode. La gioia dei tifosi italiani è immensa. È un'emozione che si può solo provare, non si può descrivere.

La torcida brasiliana è annichilita.

Barro è ancora al suolo. I suoi compagni lo sommergono. È un abbraccio collettivo. Non sente il peso dei loro corpi sopra di lui.

Chiude gli occhi.

Quando li riapre l'impossibile lo circonda.

Lo stadio è vuoto. Il campo da gioco è deserto. E lui è solo. Si guarda intorno, intontito. Non ha mai visto uno stadio così silenzioso. Fa paura. Sembra un'immensa balena con la bocca spalancata, pronta a inghiottirti.

Prova a darsi un pizzico. Sente il dolore ma non si sveglia. Allora si piega verso il terreno, strappa un ciuffo d'erba. Lo passa sotto il naso. Profuma.

Prova a chiudere gli occhi e a concentrarsi sul boato che aveva sentito fino a pochi attimi prima.

Quando li riapre lo stadio è ancora vuoto. Silenzioso e gigantesco.

"Devo essere svenuto". "Ma quanto sono stronzo, segno il goal decisivo in una finale mondiale e perdo pure i festeggiamenti.
Ora mi porteranno in ospedale e mi perderò l'alzata della coppa. No, no. Cazzo, cazzo."

Si gira verso il centro del campo e lo vede. L'uomo è esattamente dove si batte il calcio d'inizio. Indossa un completo scuro. Giacca e cravatta. Sembra un dirigente.

«Ma guarda se me li devo anche sognare, ora»

L'uomo si avvicina lentamente, con passi misurati.

«Devo avere battuto la testa veramente forte se me li sogno pure, i dirigenti» Però è tutto troppo reale. Da quando ha memoria, non si ricorda di aver fatto un sogno tanto vivido.

L'uomo continua ad avvicinarsi. Oramai è a pochi metri da lui.

Barro lo osserva. È bellissimo. Viso regolare e ben rasato. Gli occhi talmente blu che si fa fatica a scorgerne la pupilla. È alto. Più si avvicina e più riesce a cogliere la perfetta armonia dei lineamenti.

Quando gli si para davanti, Barro ne percepisce l'autorità. Ma non quella degli uomini consapevoli di essere conosciuti, riconosciuti e riveriti come i presidenti dei club o i politici che aveva incontrato. Non era affatto la stessa cosa.

Quello che ha di fronte è un perfetto sconosciuto. Eppure emana…potere. "È una persona importante" è l'unico pensiero che gli attraversa la mente.

L'uomo gli porge la mano. Barro la stringe.

«Scusi, ma lei chi è?»

«Non lo indovini?» La voce è come il suono di un cristallo che si infrange. È più che musica. È un suono unico. Inimitabile. È.. caldo.

«Sembra, si, insomma, da come è vestito, un dirigente?»

«Non sono un dirigente. Anche se in un certo senso potrei essere considerato tale»

«Allora un procuratore?»

«No»

«Un presidente?»

«No»

«Un giocatore?»

«No»

«Un politico?»

L'uomo rise «No. Direi proprio di no»

Barro si sta stancando di questa situazione assurda. Vuole svegliarsi e godersi il suo momento di gloria. Che cosa sta succedendo? Lui che era abituato ad avere tutto e subito. A essere trattato con rispetto. A essere viziato.

Con quell' individuo non riesce a essere diretto o scortese. Qualcosa lo impedisce.

L'uomo con il completo scuro sorride. Una dentatura perfetta. Bianchissima. Avrebbe sicuramente riflesso la luce del sole, se ci fosse stato. Il cielo, invece, è coperto da un'unica, grande nuvola bianca e compatta.

«Sai, oggi mi sono emozionato. E non mi capita spesso»

Ma cosa stava succedendo? Quella voce così particolare lo metteva a disagio e lo incantava nello stesso tempo.

«Che cosa sta succedendo? Io non capisco»

«Tu sei morto. Nel momento in cui hai segnato il goal decisivo e consegnato la coppa del mondo all'Italia il tuo cuore non ha retto. L'emozione è stata troppo forte»

«Non… non è possibile» Cerca di dire qualcosa ma le parole non escono.

«So che non è facile da accettare. Realizzare il sogno di una vita e non goderselo, se non per un attimo. Però è molto più di quanto molte persone abbiano mai avuto»

«Ma io sono giovane. Non ho ancora trent'anni. Ho tutta la vita davanti a me»

«Vedi, per esperienza, ti posso dire che non conta la quantità del tempo, ma la qualità. E tu hai avuto una vita piena di soddisfazioni. Una bella vita, si può dire»

«Ma io non voglio morire. E poi non si dice che tutta la vita ti passa davanti agli occhi? Perché allora io non ho visto niente e sono dentro a uno stadio vuoto? Non dovrebbe esserci un tunnel con una luce in fondo che mi attrae? Io resisto e mi salvo»

L'uomo, ma era un uomo poi? sorride di nuovo.

«Credo che tu abbia visto troppi film sul soprannaturale. Ciascuna persona vede le cose in modo diverso. Per te questo stadio, questo momento, ha rappresentato la realizzazione del sogno di una vita. È per questo che ti ho incontrato qui»

«Sei un Angelo, non è vero?»

«Non proprio»

«Come, non proprio?»

«Sono, diciamo, il presidente degli Angeli»

«Sei… Dio?»

«Sono Dio»

«Ah»

«Ora dobbiamo andare. Ti aspettano»

«Chi mi aspetta?»

«Le anime di un sacco di Italiani che ti vogliono conoscere. E festeggiare»

«Italiani…importanti?»

«No. Le persone importanti difficilmente vanno in paradiso. Persone comuni, per lo più»

«E devo venire vestito così?» Indicò il completo da calcio.

«Non è importante l'abito. Vieni»

Lo condusse verso l'imboccatura del tunnel. Una luce bianca, abbagliante, usciva dal tunnel che conduce i calciatori verso gli spogliatoi.

«Volevi il tunnel, ti ho accontentato»

«Scusi, ma io non sono stato esattamente buono. Non vorrei darmi la zappa sui piedi ma qualche peccatuccio l'ho fatto...» Barro si morse il labbro, preso per un attimo dal timore di non poter entrare.

Dio sorrise.

«Lo so. Ma un bel goal val bene il paradiso»

Entrarono.

Tre per due

La piccola sonda si muoveva lenta e silenziosa precedendo di pochi passi Meredith. Fasciata in un nuovo vestito attillato, la donna si aggirava per i corridoi illuminati da lampade a bassa dispersione. La luce, bianca e rassicurante, diffondeva un tepore leggero, quasi impercettibile. La sonda era un congegno semplice ma estremamente utile impiegato nei supermarket e nei centri commerciali. Era sufficiente pronunciare il nome del prodotto perché estendesse un braccio meccanico per raccogliere il prodotto e depositarlo al suo interno.

«Che ne dici di questi cereali?» Meredith afferrò una confezione di cartone esaminandone l'etichetta «Per una colazione da campioni. Con frutta e vitamine» La mostrò a Gabriel, che osservava con occhi sognanti le centinaia di confezioni esposte sugli scaffali.

«No, non mi piacciono. Voglio quelli!» Con la mano paffuta il bimbo indicò una scatola sullo scaffale.

La piccola sonda si era intanto arrestata poco più avanti, in attesa di ordini.

«Ma se ti piacciono quelli con la frutta! Di questi ne possiamo prendere tre confezioni e ne paghiamo solo due» Meredith aveva il tono gentile che usava ogni volta che doveva convincere suo figlio a fare qualcosa contro la sua volontà.

«No, voglio quelli! Gli altri non sono buoni». Il labbro inferiore del bambino si arricciò pericolosamente verso l'esterno.

«Se prendiamo questi ti compro le caramelle alla liquirizia che ti piacciono tanto» Di solito Gabriel non resisteva all'offerta di un pacchetto di caramelle.

«Ho detto che non li voglio! Voglio quelli lì!» L'indice del bambino continuava a puntare i cereali che occupavano lo scaffale più alto. Iniziò a battere i piedi. Era solo questione di tempo prima che iniziasse a piangere. E ad urlare. E Meredith non sopportava quando suo figlio iniziava ad urlare in pubblico. Adorava essere osservata ma soltanto per le sue gambe lunghe e i vestiti che non lasciavano nulla all'immaginazione, non per i capricci del figlio.

«Va bene, va bene. Non piangere, però. Cereali Camelot, esegui»

La sonda si avvicinò silenziosamente e, con un flebile ronzio, aprì il braccio estensibile. Raccolse la scatola di cereali e la depositò nell'alloggiamento interno. Grazie alla speciale lega elastica, era in grado di adattarsi a qualsiasi forma e ospitare grandi quantità di oggetti.

Gabriel era tornato tranquillo e sorrideva osservando la madre.

«A volte è così semplice fare contento un bambino» sospirò Meredith continuando a fare la spesa.

Sede del giornale New Observer. New Detroit. Costa Ovest

Jack Fourier osservava i dati sullo schermo del computer. Sollevò la stanghetta degli occhiali di microplastica, strizzando gli occhi tra indice e pollice. Numeri. Soltanto numeri. Numeri che non sembravano essere collegati in alcun modo. Ma, nel corso degli anni, aveva imparato che i veri scoop sono quelli che si costruiscono un pezzo alla volta, come un grande puzzle di cui si è persa l'immagine sulla scatola. Ma, in questo caso, le coincidenze, per quanto sospette, sembravano essere solo coincidenze. Nessun indizio che legasse insieme i fatti. Però qualcosa di strano esisteva. Era il suo istinto a suggerirglielo, come un amante che sussurra parole dolci. E lui aveva imparato a seguire l'istinto. A volte lo aveva portato fuori strada, ma la proporzione era di dieci a uno, e che fosse dannato se quella ricerca non rientrava nelle nove volte buone.

Janine, la segretaria tuttofare, si affacciò sulla porta.

«Jack, il capo ti vuole nel suo ufficio»

«Arrivo subito»

Percorse il corridoio lanciando occhiate ai colleghi impegnati a lavorare. Uno di loro, Jason, stava dettando il suo articolo al software vocale. Ci avrebbe pensato il computer a trascrivere tutto sullo schermo, eliminando eventuali errori del dettante.

Quando entrò nell'ufficio del direttore, l'odore di sigaro era insopportabile. Una nube bianca e densa stava sospesa tra il soffitto e il pavimento. Si agitava nell'aria come un fantasma le cui estremità protese erano pronte a catturare chiunque fosse entrato. Strinse gli occhi e arricciò il naso. Il suo capo doveva amare la nebbia visto che non apriva mai la finestra.

«Allora Jack, mi dici cosa cazzo stai combinando?» esordì il direttore.

«In che senso?» Jack aggrottò la fronte in un'espressione stupita.

Il direttore lo guardò con l'aria di chi sta per perdere la pazienza. E Leonard Holmes era un uomo dotato di pochissima pazienza.

«In che senso? Ti dice niente il nome Dorothy Smith?» Leonard attese la sua reazione guardandolo da dietro le spesse lenti degli occhiali, continuando a tirare lunghe boccate dal sigaro.

Sì, il nome Dorothy Smith gli diceva parecchio, a dir la verità. Figlia di un ricchissimo uomo d'affari, era stata trovata morta nel cesso di una discoteca. Da alcune indiscrezioni sembrava che fosse imbottita di "Vertigo", la nuova droga sintetica che stava invadendo il mercato. Una pillola per i bravi bambini e i figli di papà. E lui sarebbe dovuto andare in giro a fare un po' di domande per scrivere un pezzo sul decesso.

«Ci sto lavorando»

«E lo fai restando seduto alla tua scrivania? Oppure richiedendo rapporti di decessi di bambini?»

Cazzo, era venuto a saperlo.

«Lo sai che tutte le richieste per consultare i rapporti della polizia passano dalla mia scrivania. Mi dici di cosa ti stai occupando invece di scrivere il pezzo che ti ho chiesto, oppure ti devo sbattere fuori a calci nel culo?»

«Ho avuto delle informazioni riservate. Sento puzza di scoop» Gettò l'amo sperando che abboccasse.

«Su alcuni bambini morti per shock anafilattico? Mi stai prendendo in giro? Tu ti occupi di cronaca nera. Omicidi, violenze, stupri. Quei bambini sono stati sfortunati. O forse fortunati, visto il mondo di merda in cui sarebbero cresciuti. Ma non sono soggetti da cronaca nera» Leonard scosse la testa facendo una smorfia che doveva essere un sorriso.

«Ascolta Leonard. Dammi due giorni. Se non trovo niente lascio stare tutto. Hai la mia parola. Ma credo che ci sia da scavare. Due giorni» alzò due dita della mano.

Leonard si passò la mano sotto al mento.

«E l'articolo su Dorothy Smith?»

«Passalo a Reuben. È giovane, è bravo. Scriverà un buon pezzo»

Per un attimo, Jack pensò di non essere stato abbastanza convincente. Rimasero in silenzio per alcuni istanti, osservandosi come duellanti che aspettano il momento buono per sparare, poi Leonard sospirò.

«Prenditi due giorni» Gli fece segno di uscire.

Quando stava per varcare la porta Leonard lo chiamò.

«Ehi Jack, tienimi informato» Jack annuì sorridendo.

«E un'altra cosa. I due giorni ti saranno detratti dalla paga, ovviamente» Ora era Leonard a sorridere. Quell'uomo aveva sempre l'ultima parola.

Aveva una traccia. Piccola, certo, ma prometteva dannatamente bene. Amava i computer. E gli piacevano ancora di più i loro software. Era sorprendente ciò che si poteva trovare sul mercato, legale o meno. Quel piccolo bastardo che gliel'aveva venduto a peso d'oro l'aveva detto: "È un segugio, amico. Trova sempre la preda. Ed è intelligente, cazzo se è intelligente. Incrocia i dati e bum, trova tutte le congruenze, anche il più piccolo collegamento". "E se non ci fosse nessuna relazione?" aveva ribattuto Jack. Il venditore lo aveva osservato attraverso il suo occhio metallico e, sorridendo, aveva replicato "Cazzo, la trova anche se non c'è". E il collegamento c'era. Analizzando una serie di statistiche aveva messo in relazione i decessi di trentotto bambini in quattro diverse città. Tutti morti per shock anafilattico nell'ultimo anno. Tutti tra i tre e gli otto anni. In realtà Jack stava cercando di rilevare il tasso di omicidi per numero di abitanti nelle grandi città. Il computer aveva vagliato tutte le possibili combinazioni di età, ceto, etnia e via dicendo. Erano saltati fuori quei trentotto nomi. Non ci aveva fatto molto caso. I decessi dei bambini piccoli erano abbastanza comuni. Ma il fattore che aveva spinto il computer a mostrare quei risultati non era solo l'età. Le morti erano avvenute tutte per shock anafilattico. Molto strano. Si era fatto inviare i fascicoli dei casi dall'archivio della polizia. Niente di interessante. I casi erano molto simili tra loro ma anche estremamente banali. I bambini avevano avuto delle fortissime reazioni allergiche a prodotti alimentari o ad altre sostanze che non erano state specificate nei rapporti. Tutto in regola. Ma sentiva che non era così semplice.

Aveva approfondito le ricerche. Da principio non era venuto fuori niente. I bambini erano di etnie diverse, condizioni sociali differenti e le famiglie di appartenenza non si conoscevano le une con le altre. Poi, il computer aveva tirato fuori il classico coniglio dal cilindro: gli atti di nascita. Era emerso che tutti i bambini erano nati in strutture private. E questo era strano. Ma non abbastanza perché il suo capo autorizzasse un'inchiesta più approfondita.

Aveva impiegato tutto il primo dei due giorni che Leonard gli aveva concesso per arrivare a un nome. Dottor Basileus Weiss.

Quando il videotelefono suonò, il dottor Weiss stava scrivendo un rapporto. Premette il tasto per la risposta automatica della segreteria, poi ci ripensò e accese il monitor. Il viso che comparve era quello di un uomo sulla quarantina, stempiato. Non l'aveva mai visto prima.

«Si?»

«Dottor Weiss?»

«Si, sono io. Lei chi è?»

«Mi chiamo Jack Fourier. Sono un giornalista»

Il dottor Weiss aggrottò le sopracciglia.

«Cosa posso fare per lei signor Fourier?»

«Sto conducendo un'inchiesta sul decesso di alcuni bambini. Sono tutti nati nelle quattro strutture di cui lei è il coordinatore. Mi domandavo se potesse farmi avere le cartelle cliniche dei bambini»

«Signor Fourier, lei sa benissimo che esistono delle regole molto rigide riguardo alla privacy. E, tra l'altro, non riesco a capire perché sia interessato tanto ad alcuni bambini»

«Sono tutti morti per shock anafilattico»

«Non riesco a capire. Lei vuole delle cartelle cliniche per fare un'indagine su alcuni bambini…»

«Trentotto»

«Cosa, trentotto?»

«Trentotto bambini morti»

«Bene trentotto. Perché non allora di tutti i bambini morti per complicazioni post-operatorie? Oppure di quelli deceduti durante il trasporto in ospedale?»

«Perché trentotto bambini morti in un anno sono molti»

«Ne è sicuro? Lei ha una vaga idea di quanti bambini nascono ogni mese nelle quattro cliniche di cui sono responsabile?»

«Credo molti»

«Alcune centinaia. Credo» il dott. Weiss calcò le parole, come se avesse qualcosa di estremamente amaro sulla lingua «credo che lei stia sprecando il suo tempo»

«Potrei almeno avere le cartelle cliniche?»

«Come ho già detto, non posso divulgare informazioni personali. Scusi, ma ora devo andare. Arrivederci»

Chiusa la comunicazione, il dottor Weiss si appoggiò allo schienale della sedia. Alcuni minuti dopo riattivò la comunicazione digitando un numero che aveva sperato di non dover mai chiamare.

Nessun collegamento video per quella chiamata. Solo vocale.

«Sì?»

«Sono io»

«Sai che non devi chiamare a questo numero»

«Lo so. Ma abbiamo un problema»

Jack non era soddisfatto di come lo aveva liquidato il medico. Era stato scortese, ma questo non era insolito dal momento che era un medico. Era strano, invece, il nervosismo del dottore, come se tentasse di giustificarsi. Senza contare il modo in cui aveva troncato la conversazione. Troppo ansioso di chiuderla in fretta. Stava nascondendo qualcosa. Ma cosa? Quale legame può unire trentotto bambini morti di shock anafilattico? Aveva sempre più dubbi e sempre meno prove. Ma il dubbio è la droga del giornalista. Aveva iniziato un'indagine basandosi solo sull'intuito. Adesso, anche se andava verificata, aveva una traccia e un nome su cui concentrarsi.

Decise di tornare a casa. Si era fatto tardi e sua moglie lo aspettava per cena. L'indomani, avrebbe chiesto a Leonard altro tempo. Era convinto che la pista fosse buona. Avrebbe fatto una visita al dottor Weiss e continuato a spulciare i dossier di tutte le famiglie dei bambini morti. Sarebbe andato a trovarli a casa uno a uno, se fosse stato necessario. Sentiva quel caso stranamente vicino. Qualcosa di personale. Non aveva figli, quindi non poteva essere l'istinto paterno. E anni di cronaca nera lo avevano reso insensibile alla morte. Si limitava a raccontare i fatti. A volte li rendeva più accattivanti, altre volte li minimizzava. Domandava in giro e cercava testimoni più o meno attendibili, ma non faceva mai personalmente indagini. Quelle le lasciava alla polizia. Questo caso però era diverso. Sentiva che poteva essere lo scoop della vita. Ma non solo. Non c'è nulla di più odioso della violenza sui bambini. E ancora più intollerabile è notare che nessuno ha fatto niente. O, peggio, che nessuno si è accorto di niente. Solo nomi sullo schermo di un computer. Elenchi di nomi, file che gonfiano statistiche assurde. Ora lui aveva trovato un capo del filo e voleva arrivare all'altro. Per una volta non doveva commentare una morte eclatante, stupida, noiosa, assurda. Doveva aprire il vaso di pandora e guardarci dentro. Anche se non riusciva a confessarlo neppure a sé stesso, voleva rendere giustizia a quei bambini. Anche se aveva solo una sensazione a cui aggrapparsi.

Mentre usciva dalla sede del giornale, Jack si accorse subito dell'auto in fondo al parcheggio che aveva acceso i fari. Era l'unica vettura oltre alla sua e a quelle di due pattuglie di vigilantes, scese ai piani inferiori dell'edificio per accertarsi che nessun mutante si fosse introdotto dai canali fognari.

Jack non si preoccupò nemmeno quando la vettura azionò i cuscinetti elettromagnetici avviandosi a velocità sostenuta verso di lui. Le possibilità che la macchina lo colpisse erano praticamente nulle. Quasi nessuno guidava più manualmente da quando i sistemi computerizzati si erano sostituiti all'uomo. È molto più semplice salire in macchina, pronunciare il nome della destinazione e lasciare che il computer faccia tutto il resto, calcolando il percorso più breve in funzione del traffico. Certo, c'era ancora chi preferiva guidare. I ricchi e gli eccentrici possedevano vecchie auto d'epoca senza sistemi automatici. Ma quella che si stava avvicinando era una macchina a propulsione elettromagnetica, nuova di zecca.

Quando la vettura lo travolse, l'ultimo pensiero di Jack Fourier fu che la sua era una morte stupida, in un'epoca in cui gli incidenti automobilisti erano ormai ridotti a zero.

Agenzia Future. New Detroit. Costa Ovest

Paul Xanax stava scrivendo il rapporto sul caso di un furto in una gioielleria. Il titolare era stato ucciso e se, fino a pochi anni prima, la polizia avrebbe preso i responsabili in poco tempo, le cose erano cambiate. Le forze dell'ordine avevano troppo lavoro e pochi effettivi per tenere sotto controllo la situazione dei mutanti e il dilagare della violenza. Così, chi ne aveva la possibilità, si rivolgeva alle agenzie private. Molto costose ma anche rapide ed efficienti. Il denaro compra tutto. Anche la possibilità di fare giustizia.

Quando arrivò la chiamata di Miriam, la segretaria dell'ufficio, Paul l'accolse di buon grado, lieto di distogliere l'attenzione dalle parole sullo schermo del computer. Detestava scrivere rapporti.

«Grant ti vuole nel suo ufficio. Credo ci sia una nuova cliente per te. Ed è piuttosto carina» Staccò la comunicazione prima che Paul potesse replicare.

Entrando nell'ufficio del capo, la prima cosa che Paul percepì fu un intenso profumo di rose. Era una di quelle essenze da migliaia di crediti che solo i ricchi dei quartieri alti potevano permettersi. Poi la vide. Una donna era seduta sulla poltrona di fronte al suo capo, Frederich Grant. Per un attimo, Paul ripensò a un vecchio film di animazione, uno di quelli con le immagini bidimensionali. "La bella e la bestia", se non ricordava male. Frederich era basso, tozzo e con le spalle larghe. I tratti grossolani e i capelli crespi pettinati all'indietro lo facevano assomigliare in modo sorprendente ad una scimmia. La donna era invece una visione angelica. Quando Paul era entrato nella stanza si era voltata a guardarlo da sopra la spalla. Aveva capelli castani sciolti sulle spalle e occhi azzurri che risaltavano sulla pelle chiara. Indossava un tailleur rosso che esaltava le forme. Provocante ma non volgare. Una donna di classe. I lineamenti erano tuttavia così perfetti da far nascere il sospetto che non fosse tutto naturale come poteva sembrare. Mentre Frederich gli andava incontro insieme alla signora, cercò la prova della sua intuizione. Nel momento in cui la donna passò davanti alla finestra, il volto ebbe un leggero tremolio. Era stato un attimo, ma sufficiente, per un occhio allenato come il suo, a capire il trucco. Era un ologramma. Un'immagine ad altissima definizione diffusa da microproiettori appena al di sotto della pelle. La nuova frontiera della medicina estetica non era più il bisturi, ma la tecnologia. Perché sottoporsi a dolorosi interventi chirurgici, quando si poteva avere un viso perfetto senza alcun tipo di operazione invasiva? Il mondo dell'apparenza nel suo massimo splendore.

«Signora Fourier questo è Paul Xanax, uno dei nostri migliori agenti»

La donna gli strinse la mano «Piacere signor Xanax» Paul si accomodò sulla poltrona che era uscita dal pavimento non appena Frederich aveva premuto un tasto sulla scrivania.

«Bene Paul, la signora Fourier è qui per chiederci di indagare sulla morte di suo marito»

La signora Fourier iniziò a parlare. Aveva un tono di voce basso.

«Mio marito è stato travolto e ucciso da un'auto due giorni fa davanti alla sede del suo giornale, il New Observer» riprese fiato un momento. Paul aveva l'impressione che potesse iniziare a piangere da un momento all'altro. Ma non lo fece «La polizia non sa da che parte iniziare. Con ogni probabilità, si tratta di un corto circuito del computer di bordo dell'auto. Ma se fosse stato così, la macchina si sarebbe dovuta fermare o andare a sbattere. E, invece, si è allontanata a grande velocità dal luogo dell'incidente»

«È molto strano. Ormai non ci sono quasi più incidenti di quel tipo» Paul osservò la donna. Anche se frutto di un ologramma il suo viso era il più bello che avesse mai visto.

«E infatti sono qui proprio per questo. Non si è trattato di un incidente. Ne sono sicura. E non ho fiducia nella polizia»

«Come fa ad essere così sicura che non sia stato un incidente?»

«Negli ultimi giorni mio marito era strano. Sembrava distratto» la donna si tormentava le mani, accavallando le dita.

«Distratto in che modo? Qualcuno lo minacciava?»

«Non so spiegarlo. Quando vivi da dieci anni con una persona ti accorgi se c'è qualcosa che non va»

«Un nuovo scoop?»

«Potrebbe. Ma non ne sono sicura. Jack non parlava mai del suo lavoro»

Frederich, rimasto in silenzio fino a quel momento, si inserì nella conversazione «Bene signora Fourier, credo che per ora sia abbastanza. Se avremo altre domande da rivolgerle la contatteremo. Accettiamo il caso. Ora dovremmo parlare dell'aspetto economico...» Paul capì che era il momento di congedarsi. Si alzò dalla sedia e salutò con una stretta di mano la donna e con un cenno della testa Frederich.

Mezz'ora dopo era di nuovo nell'ufficio del capo. La signora Fourier se n'era andata. Rimaneva ancora nell'aria, sospeso, l'intenso aroma del profumo di rose.

«Allora cosa ne pensi?»

«Che è veramente una gran bella donna, anche se sotto la perfezione si cela qualche trucco tecnologico» Sorrise.

«Sto parlando del caso»

«È stato un incidente. Ho già letto il rapporto della polizia. Una morte sfortunata. Non credo ci sia molto su cui indagare»

«Io credo invece che valga la pena provare» insisté Frederich. Era lui a decidere se un caso andava seguito o meno. E la sua decisione non seguiva alcuna etica.

«È molto ricca non è vero?»

«Sì. È molto ricca. Ed è determinata a trovare gli assassini di suo marito»

«Sempre che si tratti di omicidio»

«Beh, anche se fosse un incidente, non dobbiamo dirglielo subito» Frederich sogghignò. Diventava un vero e proprio calcolatore mentale quando si trattava di spillare quattrini. E, con la signora Fourier, aveva sentito, mescolato all'aroma di rose, l'odore del denaro.

«Fai le tue indagini. Se non trovi niente, ricomincia da capo. E poi fallo ancora. Ci siamo capiti?»

«Sì certo» A Paul non piaceva approfittarsi delle persone. Ma, in fondo, la signora Fourier era ricca. Poteva permettersi di pagare qualche giorno di indagine extra. E, per una volta, lui avrebbe avuto una settimana tranquilla. Niente sparatorie e bar malfamati, solo interrogatori a giornalisti e qualche database da spulciare.

Sede centrale della Morgan Enterprises. New Detroit. Costa Ovest.

La sede centrale della Morgan Enterprises era un vasto complesso di edifici all'interno di un verde e rigoglioso parco cittadino. Ma era tutto sintetico: dall'erba, i cui steli assecondavano naturalmente la brezza, agli alberi, la cui speciale lega molecolare conferiva sia l'aspetto che la consistenza del legno. Tutto sommato, però, era un piccolo angolo di paradiso dentro un inferno di cemento.

Dan Brown osservava la sua creatura seduto in elicottero. Gli piaceva guardare le cose e le persone dall'alto. Il pilota eseguì un'ampia virata per preparare l'atterraggio. L'elicottero toccò dolcemente la sommità del grattacielo. Scortato dalle due guardie del corpo, Brown si fermò davanti alla porta che dava direttamente sull'ascensore. Appoggiò il palmo della mano sulla piastra metallica di riconoscimento e pronunciò il suo nome. Le porte si aprirono. Pochissime persone avevano accesso a quel livello. La discesa durò pochi secondi. La riunione si sarebbe tenuta nella sala conferenze all'ultimo piano.

Mentre percorreva i corridoi, non salutò nessuno e non ricambiò neppure i saluti dei suoi dipendenti. Doveva concentrarsi sull'incontro con i soci. Nessuno di loro vedeva al di là del proprio naso, ma tutti pretendevano utili in crescita. Ma aveva bisogno di loro. Aveva bisogno del loro denaro.

Entrò nella sala riunioni mentre le due guardie del corpo si disponevano ai lati della porta.

La stanza era spaziosa e luminosa. Attraverso la grande vetrata a vista, si dominavano il parco e l'intera città. Otto individui lo attendevano seduti attorno a un tavolo, al centro della sala.

«Buongiorno signori»

«Buongiorno signor Brown»

«Avete fatto buon viaggio?» prese posto a capotavola.

«Lasciamo da parte i convenevoli. Perché questa riunione?» Perfettamente a suo agio nel doppiopetto grigio, il signor Tanaka aveva l'aria annoiata.

«Voglio aggiornarvi sugli sviluppi del progetto "New generation"»

«Ci sono dunque degli sviluppi? Credevo che fosse uno fra i tanti progetti di ricerca» il signor Travor alzò un sopracciglio in modo interrogativo.

Ispirando profondamente, il signor Brown premette un tasto sulla console che aveva davanti. L'immagine olografica si materializzò al centro del tavolo.

«Come potete osservare, le vendite dei nostri prodotti nelle quattro città campione sono salite del sessanta per cento»

Gli otto uomini osservavano attentamente le proiezioni di mercato.

«Siamo portati a credere che la percentuale continuerà a salire. Abbiamo anche spinto altri prodotti a prezzi molto vantaggiosi. Ma le offerte speciali non hanno riscosso alcun tipo di successo e i nostri articoli hanno registrato risultati ancora migliori»

Percepiva il cambiamento di umore nell'aria. Adesso erano tutti interessati. Solo Tanaka e Travor non sembravano ancora convinti. E non lo erano. Lo sapeva. Grazie alle sue facoltà telepatiche Dan Brown, non ancora quarantenne, si trovava già alla guida di una delle più grandi multinazionali del mondo. Conosceva gli scheletri nell'armadio di ciascuno dei presenti. Solo Tanaka e Travor volevano scalzarlo. Gli altri erano solo avidi e ambiziosi. Ma non erano pericolosi. Non per lui almeno.

«Bene signori, credo che ci possiamo ritenere soddisfatti»

«Ancora non abbiamo nemmeno recuperato il capitale investito. Non sono abituato a operare in perdita» Travor era intervenuto con aperta e sprezzante ironia. Tanaka, nell'angolo, annuì debolmente.

«Strano. Vede, cinque anni fa lei aveva una sola azienda. Adesso ha decine di filiali in tutto il mondo» Brown puntò i suoi occhi su quelli del banchiere «Non mi sembra di ricordare che lei abbia perso qualcosa lungo la strada. Se non un po' di umiltà» Travor strinse le labbra, chinò leggermente il capo e rimase in silenzio.

«Se nessun'altro ha qualcosa da aggiungere» osservò ai presenti in sala «bene. Come sapete, questa era solo la prima fase dell'esperimento. Con il vostro permesso ho intenzione di avviare la seconda fase»

«Ho sentito dire che ci sono stati dei problemi con un giornalista» il signor Tanaka giocherellava con il Rolex d'oro, slacciando e riallacciando il cinturino.

«Problemi che sono stati risolti»

«Definitivamente?»

«Definitivamente»

«Ma non ci sarà qualcuno che investigherà sulla sua morte?»

«Non vi preoccupate. È una cosa di cui mi sono già occupato. Riguardo alla nuova fase dell'esperimento, ho bisogno della vostra autorizzazione ad accedere ai fondi comuni»

«Mi dispiace ma io non sono d'accordo»
Brown parve accigliato «E perché non è d'accordo signor Tanaka? Sin dall'inizio eravamo d'accordo che l'investimento iniziale sarebbe servito per preparare la fase successiva del progetto»

«I risultati ottenuti sono buoni. Io mi fermerei qui»

«Molto bene. Prendo atto della sua decisione. Sappiamo benissimo cosa c'è in ballo. Il potere decisionale travalica gli interessi economici. E io non intendo lasciare a metà il mio progetto»

«Il suo progetto? Credevo che fosse il nostro progetto» Tanaka ora lo osservava con aperta ostilità.

«Devo constatare a malincuore che il signor Tanaka non ha più fiducia nella mia leadership. Detenendo però il cinquantuno percento della società sono io il presidente. Sono pronto a liquidare le sue azioni. Acquistandole al prezzo di mercato»

«Io non ho alcuna intenzione di vendere»

«Ne è sicuro?»

«Sicurissimo»

Kharima era comodamente seduta sul divano sintetico, le gambe accavallate e un'espressione imbronciata che alterava i tratti delicati del volto. Osservava il panorama e si sentiva lontana da tutte le preoccupazioni che agitavano le persone al livello del suolo, piccole formiche industriose che rincorrono sogni e aspirazioni ben al di là delle loro capacità. A lei era stato insegnato a prendere tutto quello che poteva, a fare quello che era in grado di fare. Le era stato insegnato a superare i propri limiti. Fisici e mentali. Gli esseri umani, le loro consuetudini e il loro modo di pensare, le erano del tutto alieni. Il segnale arrivò dal cellulare. Un unico bip. Il numero era quello giusto. Accese il computer portatile. Aprì un file. Aveva due possibili bersagli. Il primo, un russo dal viso arrogante. Il secondo, un giapponese grasso in doppiopetto grigio. Collegato il cellulare al portatile tracciò il segnale. Un volto dai tratti asiatici apparve sullo schermo. Aprì le tende della camera. La finestra dava su un cornicione piuttosto spazioso. Il fucile di precisione poggiava su un treppiede di simil-plastica. Tolse una fialetta dalla tasca e ne rovesciò il contenuto sul palmo della mano. Un oggetto semisferico, meraviglia della nanotecnologia. Un proiettile minuscolo e letale. Il veleno contenuto in decine di sottilissimi aculei paralizzava il cuore in una manciata di secondi. La tossina ricavata dalla medusa detta "Ape di mare", era il veleno più letale che si poteva trovare in commercio. Il cappuccio protettivo si sarebbe consumato a contatto con l'aria. Un po' alla volta. E il veleno non avrebbe lasciato traccia. Così come gli aghi, biodegradabili.

Era un tiro difficile. L'edificio distava quasi un miglio in linea d'aria. Troppo. Anche per una tiratrice come lei. Ma non avrebbe solo sparato il proiettile. Lo avrebbe accompagnato e guidato. Fino al bersaglio. Individuò il punto all'ultimo piano del grattacielo in cui due lastre di vetro rinforzato e antiproiettile erano state sostituite con ologrammi perfetti e indistinguibili. Appoggiò il calcio del fucile alla spalla e inquadrò il bersaglio nel mirino. Il collo del giapponese era perfettamente a tiro. Nel momento in cui sparò si concentrò sul proiettile. La stanza scomparve.

Non era la prima volta. Ma era sempre la prima volta. Era nuda, dentro una stanza piccola e fredda. Il collegamento neurale non aveva nulla di naturale, ma essendo stato perfezionato nel tempo, il suo organismo non lo rifiutò. La sensazione era quella di volare restando immobili. La sua coscienza si librò in alto e poi subito giù, provocandole una leggera vertigine. Era dentro. Il vento la avvolgeva e le carezzava la pelle. Era un missile sparato a folle velocità verso la vetrata di un grattacielo. Sentiva l'involucro degli aghi perdere consistenza e consumarsi. La pelle fremeva, disgregandosi in atomi. Per un attimo, ebbe l'impressione che l'involucro si consumasse troppo velocemente. Ma tutto accadeva così rapidamente che non c'era tempo per le preoccupazioni. Nel momento in cui il vento deviò il proiettile lo allineò di nuovo verso il bersaglio con un semplice gesto delle braccia, come un uccello che plana verso il nido. Raggiunse e oltrepassò l'ologramma della finestra. Kharima abbandonò l'ospite nell'esatto momento in cui colpiva il collo della vittima.

Il signor Tanaka si massaggiò per un attimo il collo, appena sotto l'attaccatura dei capelli. Brown lo osservava, gelido come la sua voce.

«Credo che a questo punto una votazione non sia più rimandabile» Fissò uno a uno tutti i presenti.

«Abbiamo preso atto della volontà del signor Tanaka di sospendere il progetto "New Generation". Io vi chiedo invece di avere ancora fiducia in me. Che cosa…» Brown non finì neppure la frase. Il volto di Tanaka era diventato cianotico mentre un filo di bava colava dall'angolo della bocca. Rimase per un secondo immobile. Poi, con uno schianto, picchiò la testa sul tavolo. Il signor La Chasse, seduto accanto a Tanaka, si alzò in piedi. Travor e gli altri rimasero immobili ai loro posti. Nella sala calò un silenzio pesante.

Brown, ripresosi da un attimo di stupore calcolato, attivò in fretta la console di fronte a sé gridando «C'è bisogno di un medico. Presto!» La Chasse nel frattempo aveva appoggiato due dita sul collo di Tanaka. Il francese scosse la testa «È morto»

Il dottore arrivò due minuti più tardi ma poté solo constatare la morte del giapponese. «Probabile infarto» disse. Ma sarebbe comunque stata necessaria un'autopsia.

«Manteniamo la calma, signori» Brown alzò un braccio per richiamare all'ordine mentre due uomini adagiavano il corpo senza vita di Tanaka dentro a un sacco nero e lo portavano fuori dalla stanza.

«La prematura dipartita del nostro caro amico, è stato uno shock per tutti. E mi rendo conto che non è il momento migliore per continuare la nostra riunione. Ma il tempo è denaro e io ho bisogno di sapere se posso contare sul vostro appoggio. Chi vuole procedere alla fase due del progetto "New Generation"?»

Sei mani si alzarono quasi immediatamente. Gli occhi di Brown si puntarono su Travor, l'unico a essere rimasto immobile. Pochi istanti e anche lui alzò la mano. Sul volto di Brown si stampò un largo sorriso «Bene signori. Non ve ne pentirete. Il progetto entra nella fase due»

Sede del giornale New Observer. New Detroit. Costa Ovest.

Paul stava aspettando da venti minuti nell'anticamera del direttore sfogliando con aria distratta una rivista di gossip.

Aveva interrogato i colleghi del signor Fourier ma non ne aveva ricavato molto. Nessuno sapeva a cosa stesse lavorando nei giorni immediatamente precedenti alla sua morte. Solo un giornalista piuttosto giovane, un certo Reuben Anielewicz, aveva detto qualcosa di interessante. Due giorni prima di morire Fourier gli aveva passato un articolo sulla morte di una ragazza dell'alta società. Non sapeva perché, ma molto probabilmente aveva trovato una storia più interessante. Oppure era stato minacciato, aveva pensato Paul.

Passarono altri dieci minuti prima che la segretaria lo chiamasse.

«Il signor Holmes adesso può riceverla» L'ufficio era alquanto spazioso, ma arredato con uno stile convenzionale e scialbo: scrivania, poltrone di un anonimo grigio, due librerie in disordine e un divano in pelle stretto nell'angolo accanto alla porta. Il puzzo di sigaro era insopportabile.

Il signor Holmes si alzò e gli porse la mano.

«Buongiorno. Agente Xanax, vero?»

«Si. Piacere signor Holmes»

Strinse la mano. Era sudata.

«È qui per Jack Fourier immagino. Una brutta storia. Un incidente stupido»

«Non sappiamo ancora se si sia trattato di un incidente» Paul si asciugò con discrezione la mano sui pantaloni

«Ah no? Pensavo che i pirati della strada non esistessero più»

«Il signor Fourier aveva ricevuto minacce?»

«Non che io sappia. Si occupava di cronaca nera. A volte era costretto a intervistare persone sgradevoli. Ma era una persona corretta e, soprattutto, aveva buonsenso»

Paul si grattò i capelli sulla nuca «E, mi dica, a quale articolo stava lavorando nei giorni precedenti la sua morte?»

«Nulla di particolare. Si stava occupando della morte di una ragazza, Dorothy Smith»

«La figlia del proprietario della Digitek?»

«Si proprio lei»

«Poco fa ho parlato con un altro giornalista, un certo Reuben Aniel...»

«Anielewicz»

«Si proprio lui. E mi ha detto che Fourier non si occupava più del caso di Dorothy Smith. Si era interessato a qualcos'altro» Fu un attimo. Paul fissò attentamente gli occhi del suo interlocutore. Le pupille di Howard si restrinsero. Un occhio meno allenato forse non avrebbe notato nulla. Ma l'addestramento militare a volte spuntava fuori senza neppure rendersene conto.

«Non ne sapevo nulla. Jack era un tipo impulsivo. A volte si metteva a lavorare su articoli senza degnarsi di mettermi al corrente»

«Capisco. Bene signor Howard, la ringrazio per il tempo che mi ha gentilmente dedicato» Si alzò dalla poltrona.

«Mi dispiace non poterle essere di maggiore aiuto»

Paul sorrise «O ma lei mi è stato d'aiuto»

Sul volto di Howard comparve un'espressione sorpresa, poi sorrise a sua volta.

Mentre guadagnava l'uscita, Paul si domandò come mai Howard avesse mentito. Sapeva qualcosa oppure era solo preoccupato per il giornale? In ogni caso, aveva già rimosso l'hard disk del computer di Fourier. Forse qualcosa sarebbe venuto fuori.

«Mi scusi...»

«Si?»

«Lei è l'agente privato? Sta indagando sulla morte di Jack?» Era una donna. I capelli neri raccolti in una lunga treccia. Aveva un bel volto ovale incorniciato da un paio di occhiali. Sembrava nervosa. Lanciava continuamente sguardi in giro, come spaventata dalla possibilità che qualcuno potesse vederla.

«Si, sono l'agente Xanax. Paul Xanax. E lei è?» le porse la mano. La donna la strinse frettolosamente.

«Mi chiamo Meredith Delacroix. Io le devo parlare... ma non ora. Stacco tra tre quarti d'ora. Troviamoci al ristorante all'angolo»

«Va bene» La donna rientrò velocemente nel suo ufficio.

Il Crazy Horse era un locale all'ultima moda. Paul l'aveva sentito nominare ma era la prima volta che ci metteva piede. Mentre attendeva Meredith si guardò attorno. Un parquet chiaro, color miele, ricopriva interamente il pavimento della sala. Lampade a forma di uovo galleggiavano nell'aria diffondendo una luce azzurrognola. Il locale era affollato. Impiegati appena usciti dagli uffici assaltavano il bar. Un robot con quattro braccia serviva cocktail a una velocità impressionante. Un cameriere molto cortese lo condusse a un tavolo nell'angolo. Paul osservò il robot che preparava le bevande. Probabilmente esistevano mutanti che avrebbero potuto fare lo stesso identico servizio in modo più efficiente. Alcuni avevano sei braccia. Ma i mutanti erano stati relegati nelle fogne. L'uomo ha paura di ciò che non conosce. "I robot li costruiamo noi" pensò "i mutanti sono i diversi che non siamo in grado di controllare".

Ordinò acqua tonica. Il cameriere scomparve in un attimo trascinato dai pattini a motore. Rimase a sorseggiare il liquido svogliatamente. Meredith Delacroix arrivò in leggero ritardo. Paul si alzò e le strinse la mano.

«Mi scusi per il ritardo ma sono stata trattenuta in ufficio»

«Non si preoccupi. L'ambiente è carino»

Meredith sorrise mostrando denti bianchissimi.

«Allora ha qualcosa da raccontarmi riguardo a Jack Fourier?»

«Sì» la donna sembrava più rilassata rispetto a un'ora prima. Nonostante questo, continuava a guardarsi intorno. Fece un respiro.

«Scommetto che non avete trovato nulla nel computer di Jack»

«Lei come fa a saperlo?» In effetti non avevano trovato nulla di interessante nel computer di Fourier. Il cameriere, nel frattempo, si era avvicinato al tavolo «Desidera qualcosa signora?»

«Un martini, liscio» Presa l'ordinazione il cameriere ripartì a tutta velocità sui pattini con un rumore appena percettibile.

«Nel computer dell'ufficio Jack non teneva praticamente nulla. Era paranoico riguardo alle proprie inchieste. Aveva tutto nel suo portatile»

«Lo so. Ma è andato distrutto quando è stato investito»

Prima che Meredith potesse replicare, un rumore sordo si diffuse nella sala. Un boato che andava crescendo di intensità.

Istintivamente, Paul portò una mano all'interno della giacca cercando il calcio della pistola. Meredith, invece, sembrava perfettamente a suo agio. La parete più lontana della sala era piombata nell'oscurità. Una sagoma, dai contorni indistinti, si stava materializzando man mano che il boato cresceva di intensità. La figura, all'inizio sfocata e indistinta, si definì, assumendo infine una nitidezza notevole. Un grande cavallo nero iniziò a galoppare tra i tavoli. Gli occhi rossi, le zampe e la coda avvolti dalle fiamme. La muscolatura possente dell'animale increspava la pelle mentre si muoveva. Gli zoccoli restavano a pochi centimetri dal suolo, senza toccare il pavimento. Giunto in prossimità dell'uscita, il cavallo sollevò le zampe posteriori. Imbizzarrito, rimase in posizione verticale per alcuni istanti emettendo un nitrito. Poi l'animale iniziò a sanguinare. Dapprima un rivolo scarlatto scese dal grande occhio nero. Poi dall'altro. Sul manto lucido apparvero decine di piccoli tagli che si allargarono a vista d'occhio. Il sangue sgorgava copioso. Il cavallo nitrì un'ultima volta impennandosi sulle zampe posteriori. Poi scomparve. La scena era durata solo pochi minuti. La sala esplose in un applauso fragoroso.

«È la prima volta che viene qui vero?» Meredith lo strappò ai propri pensieri.

«Si» l'apparizione del cavallo, anche se si trattava solo di un ologramma, lo aveva impressionato.

«È stato un bello spettacolo non crede? Lo ripetono ogni ora. Anche se le scene cambiano. Lei è fortunato. Questa è probabilmente la più bella di tutte»

«È stato…suggestivo» Paul non trovava le parole per descrivere cosa aveva provato.

«Io mi sarei risparmiata il finale pieno di sangue. Anche se le rappresentazioni cambiano, la conclusione è sempre la morte del cavallo»

«Viene rappresentato solo il cavallo?»

«Siamo al "Crazy Horse" no? A volte viene ucciso da frecce che spuntano nell'aria. Un'altra volta dalle corna di un toro. E così via»

«La violenza è sempre applaudita. Tranne quando siamo noi a subirla» Paul sorrise. Quella donna gli piaceva. Aveva quel misto di insicurezza e spontaneità che lui apprezzava. Sarebbe stata sincera. O almeno, lo sperava.

«Sarebbe meglio che non ci fosse tutta questa approvazione nei confronti della violenza. Viviamo in una società ipocrita. Stigmatizziamo tutto e tutti. Proibiamo comportamenti ritenuti devianti. Proibiamo la violenza nei video-game. Proibiamo di scopare in pubblico. Ammazziamo però tutto ciò che è diverso da noi solo perché ne abbiamo paura. Liberalizziamo altre forme di violenza per cercare di tenere sotto controllo la nostra aggressività» fece una pausa «mi scusi. A volte mi lascio andare. E divento una chiacchierona»

«Non si preoccupi. Perché non ci diamo del tu?»

«Va bene. Paul vero?»

«Sì, Meredith. Credevo che ti piacesse questo locale»

«E infatti mi piace. È il mondo fuori che fa schifo»

«Sono d'accordo. Ma alla fine è solo un ologramma. Realizzato molto bene, ma pur sempre un ologramma. Gli animali che utilizzano nelle arene, invece, sono veri. E vengono fatti a pezzi sul serio»

«Una volta il mio ex fidanzato mi ha portato a vedere un combattimento. Un sauro clonato contro un lupo. Dopo pochi minuti gli ho vomitato addosso. Fortunatamente mio marito è un animalista convinto» sorseggiò il martini, sorridendo.

«Sai qualcosa del signor Fourier?»

«Sì. La mattina dopo il suo omicidio i computer dell'ufficio erano sotto sopra»

«Che vuol dire?»

«Hanno cancellato le memorie»

«Di tutti quanti i computer?»

«Solo di quelli della stanza di Jack»

«Avete denunciato la cosa alla polizia?»

Meredith fece una smorfia «Il direttore non ha voluto. Ha detto che era una bravata. Qualche ragazzino si era divertito a entrare nell'archivio. Ha chiamato un tecnico per un controllo»

Paul aggrottò le sopracciglia «Se fosse stato un Hacker sarebbe penetrato nel vostro server e cancellato tutte le memorie. Non quelle di un'unica stanza»

Meredith annuì «È quello che ho pensato anch'io. Con quello che è successo a Jack però, non ci ho fatto molto caso. Quando ho sentito dire che la sua morte poteva non essere un incidente, ho messo in relazione le due cose»

Paul nascose la delusione dietro a un sorriso. Si era aspettato qualcosa di più da quel colloquio. Aveva già capito che il direttore Howard aveva qualcosa da nascondere. Aveva bisogno di un nome.

Finì di bere l'acqua tonica parlando ancora con Meredith dell'ologramma e delle arene clandestine, quindi la salutò e si avviò verso l'agenzia.

Agenzia Future. New Detroit. Costa Ovest

«Credo che si sia trattato di un incidente» Paul sedeva indolente, la gamba destra lasciata penzolare sopra al bracciolo della poltrona anti gravità. Il capo era seduto alla scrivania. Aveva letto il rapporto. Due pagine che potevano essere riassunte in un'unica parola: niente.

«Ne sei assolutamente sicuro?» sembrava corrucciato. Non gli importava nulla se il signor Fourier era stato ucciso oppure se era stato vittima di un incidente. A lui dispiaceva solo chiudere il caso e la relativa parcella.

«Ti ho scritto tutto nel rapporto che hai sotto mano. Non saprei cos'altro aggiungere. Credo che il direttore del giornale abbia mentito. Ma ci sono mille ragioni per cui potrebbe averlo fatto»

«E l'intrusione nei computer della stanza di Fourier?»

«Una semplice coincidenza. Comunque la sua collega, la signorina Delacroix mi ha assicurato che Fourier teneva tutto nel portatile. E quello è andato distrutto. Non abbiamo nulla su cui lavorare»

«E l'inchiesta su cui stava lavorando?»

«Quella su Dorothy Smith?»

Frederich si accese un sigaro «È la figlia del proprietario della Digitek no? Potrebbe essere quella la pista» esalò una nube densa come gelato.

«Aveva passato il caso a un altro giornalista pochi giorni prima di morire»

«Potrebbe aver ricevuto delle pressioni. Magari aveva scoperto qualcosa di compromettente»

«Ci avevo già pensato. Non c'è nessuna conferma ufficiale ma è sicuro che la ragazza è morta per un'overdose di Vertigo, la nuova merda che circola per strada da qualche mese»

«Lo so. Ma credo che sia un buon punto di partenza. Indaga nell'ambiente. Interroga gli amici della ragazza. Trovami qualcosa»

«Devi giustificare la parcella, no?»

Frederich sorrise, esalando fumo dalle narici. Era uno squalo. Ma pagava regolarmente lo stipendio e forse la nuova pista gli avrebbe permesso di visitare qualche posto divertente.

Paul era stato in due discoteche per cercare gli amici di Dorothy Smith, ma non aveva ricavato molto. Nella prima non aveva trovato nessuno. Si era limitato a bere un drink mentre osservava giovani che ballavano. Nella seconda, invece, aveva ottenuto poche informazioni ma si era divertito. I due giovani che aveva interrogato erano ricchi e strafottenti e sembravano non essere troppo sconvolti dalla morte della loro amica. Concordavano sul fatto che Dorothy facesse uso di varie droghe. E che da quando aveva scoperto la Vertigo non passava serata senza farsi almeno un paio di dosi. Gli avevano anche fatto un nome, tale "Vladimir", detto il lupo, un addestratore di animali da combattimento che frequentava un'arena in periferia. Era lui lo spacciatore di Dorothy. Jack aveva offerto da bere ai due ragazzi. Uno lo aveva trattenuto prima di andarsene dicendogli "Stai attento agente speciale, Vladimir è un tipo pericoloso". Lui aveva sorriso, replicando "Anch'io". Il resto della serata era passato in modo più gradevole. Aveva trovato un po' di Onocaina da una spacciatrice molto carina. Bionda, vestita con un minuscolo top e una minigonna che lasciava poco spazio all'immaginazione, lo aveva abbordato in pista per poi invitarlo a seguirla nel privè. Un energumeno completamente tatuato li aveva lasciati passare dopo avergli rivolto un'occhiata superficiale. La ragazza, che aveva detto di chiamarsi Dana, un nome più falso del suo bracciale di brillanti, lo aveva condotto attraverso un lungo corridoio su cui si affacciavano porte chiuse su entrambi i lati. Le luci al neon sul soffitto erano blu elettrico.

«Hai un colore preferito?»

«No, perché?»

«Allora scelgo io. Rosso. Io adoro il rosso» Aveva aperto una porta inserendo nel lettore magnetico una carta da pochi crediti. La stanza era piccola, al centro un letto dalla forma circolare. Tutto era illuminato da una luce rossa. Intensa.

Dana si era seduta sul bordo del letto. Aveva slacciato la zip dello stivale, e tirato fuori alcune fialette dal colore ambrato.

«Mille testoni di roba, bell'uomo» Aveva agitato le fialette davanti a sé.

«Ne voglio la metà»

«Ok» la ragazza aveva stretto le spalle «Vuoi assaggiarla?»

«Sì»

Dopo aver caricato l'inalatore con un po' di liquido, Dana l'aveva offerto a Paul. Prima si erano rilassati i muscoli, poi la mente. Ora non c'era più nessuna Dorothy Smith. Nessun affanno. Nessun senso di inutilità. Solo lui dentro la stanza rossa. Guardando le dita delle mani riusciva a vedere le vene pulsare sotto la pelle. Il sangue. Il cuore che pulsava. Forte. Guardava la ragazza. Anche lei stava tirando dall'inalatore. Paul la desiderava. E la prese. Si era avvicinato con movimenti da predatore, ondeggiando leggermente sul pavimento che sembrava muoversi al suono di una musica che nessuno poteva sentire. Si erano annusati, come animali che iniziano il corteggiamento. Si erano leccati, ringhiando. I vestiti erano scomparsi in un attimo e avevano consumato un amplesso rapido e intenso, quasi doloroso, se non fosse stato per l'onocaina che avevano sniffato e che impediva loro di sentire alcunché.

Ora Paul era sulla terrazza del suo appartamento. Dal quindicesimo piano riusciva a vedere buona parte della città. Si era fatto un'altra dose di onocaina non appena tornato a casa. Era roba buona. Sorrise al ricordo della richiesta della ragazza dopo la rapida scopata.

«Sono altri cinquecento testoni» gli aveva detto guardandolo con le pupille che si dilatavano e si restringevano.

L' aveva osservata ridendo. Poi aveva tirato fuori il tesserino da agente speciale. Si era rivestito in fretta mentre Dana continuava a inveire contro di lui e i poliziotti bastardi. Gli aveva anche lanciato uno stivale mentre apriva la porta della camera.

La ragazza aveva ragione. Era un bastardo. Adesso la sua mente era libera e riusciva a cogliere tutto con chiarezza. L'onocaina non aveva mai due volte lo stesso effetto. Eccitazione, riflessione, paranoia si fondevano e, di volta in volta, una sensazione prevaleva sull'altra, a seconda dello stato d'animo.

Osservò le luci ammiccanti della città. Dorothy Smith. Che fosse lei la pista giusta? Ne dubitava, ma la sera dopo sarebbe comunque andato a fare una visita a Vladimir. Non gli importava niente del giornalista ucciso e ancor meno della ragazza morta di overdose. Ma il suo lavoro era indagare. Cercare il marcio all'interno di una società troppo violenta per essere vera. E lo avrebbe fatto. Per noia. Per soldi. Per dare un senso alla sua presenza nel mondo. Un'esplosione attirò la sua attenzione. Un'auto parcheggiata lungo la strada scomparve in una nube di fuoco. Una delle bravate più in voga tra i giovani teppisti. Bruciare le auto. Un fenomeno che, con il passare del tempo, era diventato una vera e propria piaga sociale, che aveva costretto le autorità a inasprire le pene per quel tipo di reato. Ma gli incendi continuavano. Si era fatto una personale idea riguardo a quegli episodi di teppismo. Non credeva che fossero tutti spontanei. Erano diventati un problema grave solo dopo l'inaugurazione di un nuovo maxi parcheggio custodito. All'inizio era stato un flop. I prezzi erano troppo alti. Erano stati venduti pochi box. L'impresa aveva rischiato di chiudere. Poi, come per miracolo, erano iniziati gli incendi. La gente aveva paura e tutti si erano affrettati a comprare il proprio posto auto. Ora, uno schifosissimo garage valeva quasi quanto un piccolo appartamento. Niente era quello che sembrava a New Detroit.

Rientrò in casa. Mancava poco all'alba. Poteva dormire un paio d'ore prima di immergersi nuovamente nella fogna.

Quartiere di Fallen Angel. New Detroit. Costa Ovest.

Paul parcheggiò lontano dalla sua destinazione. Aveva trascorso tutta la mattina e parte del pomeriggio in agenzia, facendo il punto sull'indagine. Il direttore del giornale, con ogni probabilità, aveva mentito. L'inchiesta su una ricca rampolla dell'alta società morta di overdose. L'intrusione di un Hacker che aveva ripulito i computer dell'ufficio di Fourier. Indizi frammentari. Nessuna pista concreta.

Percorse rapidamente lo spazio che lo separava da un edificio basso e squadrato. Batté due volte contro la superficie della pesante porta di metallo. Una pausa, un altro tocco. Una finestrella in mezzo alla porta si aprì senza fare rumore. Il locale all'interno era in penombra e Paul non riuscì a vedere chi lo osservava dall'altra parte.

«Che vuoi?» una voce roca, timbro nasale.

«Mi manda God, sono qui per lo spettacolo»

«Tu puzzi di sbirro, amico» la voce iniziò a tossire.

«Quando arriveranno gli sbirri non ne verrà uno solo ma un battaglione. Sono qui per scommettere. E se non mi fai entrare chiamo God e gli dico che c'è un fottuto stronzo all'ingresso che mi impedisce di spendere i miei soldi»

Per un attimo, Paul pensò che lo avrebbero lasciato fuori. Poi, la porta si aprì con un leggero cigolio. Entrò in una piccola stanza. C'erano due individui. Un energumeno in canottiera aderente e pantaloni di finta pelle accanto alla porta e un nano seduto su una poltroncina antigravitazionale, che gli venne incontro svolazzando mentre la porta si richiudeva alle sue spalle.

«E così tu saresti un amico di God» il nano lo squadrò con aria scettica.

«C'è qualche problema?» Paul mantenne la calma. Si stava innervosendo ed era l'ultima cosa che voleva.

«C'è il problema che non ti ho mai visto e non mi piacciono le facce nuove»

«Forse con questa ti ricorderai meglio» Porse al nano una carta da cinquecento crediti.

Gli occhi del nano si accesero mentre gli angoli della piccola bocca si incurvavano in un sorriso da bambino.

«Sì. Credo di ricordare. Sai come si scommette qui?»

«Sì» mentì. Non era mai stato in un'arena clandestina. Non era il suo genere.

«Rufus accompagna il signore»

L'energumeno lo accompagnò attraverso un lungo corridoio, fino a una porta, che aprì con uno strattone.

Paul entrò. La porta si richiuse alle sue spalle ma non la sentì, sopraffatto dai rumori che gli aggredirono le orecchie. L'arena era enorme. Costruita ad anfiteatro, file concentriche di posti scendevano sino al livello del suolo. Il centro dell'arena era una buca circolare scavata alcuni metri al di sotto della prima fila. Il rumore era assordante. Nelle file più in alto, gruppi di giovani scolavano champagne seduti su divanetti circolari. Ricchi uomini in doppiopetto accompagnati da ragazze formose e appariscenti fasciate in abiti troppo stretti per non attirare l'attenzione. Negli anelli inferiori, il pubblico era di tutt'altro genere. Individui con protesi meccaniche da pochi crediti si mescolavano a uomini e donne vestiti con abiti dalle fogge più disparate. L'aria, satura di fumo, sapeva di sudore e cibo fritto.

Paul si guardò intorno. Decise di sedersi in una fila al centro dell'arena. Si sistemò accanto a un uomo macilento dall'età indefinita con un monocolo al posto dell'occhio destro.

«Che combattimento abbiamo ora amico?»

L'uomo lo guardò con aria distratta.

«Un lupo nero contro un sauro clonato»

«Un sauro? Credevo fossero stati banditi»

L'uomo sorrise mostrando una fila di denti metallici.

«Non qui, amico. In questo posto non c'è niente di proibito»

Le luci calarono all'improvviso, lasciando l'intera arena in una fitta oscurità. I riflettori si accesero, illuminando il recinto. La folla iniziò a urlare ancora più forte. Le due gabbie metalliche si aprirono lentamente e le bestie entrarono in scena. Il lupo fu il primo a entrare nel cerchio. Una bestia enorme, il pelo completamente nero a parte una macchia grigia sul muso. Pochi istanti e anche il sauro uscì dalla gabbia, affacciandosi sulla scena. Alto quasi due metri, aveva il corpo ricoperto da spesse squame verde opaco. Il muso allungato aveva una protuberanza ossea sulla fronte, una sorta di corno che culminava con due punte ricurve. Stava in posizione eretta e agitava le piccole zampe superiori dotate di artigli, mentre la coda sferzava il pavimento dell'arena, sollevando nubi di polvere.

Le due bestie iniziarono a girarsi intorno in ampi cerchi e restando vicini alla parete. Si studiarono per alcuni istanti, poi il lupo si lanciò all'attacco. Per un attimo Paul provò ammirazione per quella bestia. Era in una condizione di netto svantaggio. Eppure, si era gettato contro l'avversario che lo sovrastava. Probabilmente l'animale era stato drogato, ma questo non toglieva nulla al suo gesto. Il lupo si attaccò al collo del sauro, mentre gli artigli affondavano nelle scaglie infliggendo profonde ferite. Il sauro emise un suono stridulo, quindi iniziò ad agitare furiosamente la testa e, dopo alcuni tentativi, riuscì a scrollarsi di dosso il lupo, che rotolò a pochi metri di distanza, rimettendosi però subito in equilibrio e ricominciando a ringhiare all'indirizzo dell'avversario. Il sauro emise uno strillo acuto e fastidioso. Quindi caricò a testa bassa. Il lupo si abbassò sulle zampe, pronto a lanciarsi verso l'avversario. Ma questi si fermò poco prima dell'impatto, la coda guizzò radente al suolo colpendo il lupo sul muso e scagliandolo contro la parete dell'arena. L'animale rotolò al suolo ma riuscì a rimettersi in piedi nonostante le numerose ferite. La folla era in delirio. Il sangue aveva eccitato gli spettatori che incitavano a gran voce le due bestie. Giravano un sacco di crediti. Si giocavano somme importanti e nessuno voleva perdere i propri soldi.

Paul faceva il tifo per il lupo ma era chiaro che c'era una netta differenza di potenziale tra le due bestie a favore del sauro.

Gli animali iniziarono a girare in cerchio, come due pugili che riprendono fiato prima dell'ultimo round. Con un salto improvviso, il lupo tentò di avventarsi nuovamente al collo dell'avversario. Ma non ci riuscì. Il sauro aveva infatti abbassato la testa e il lupo finì contro il suo corno, che lo trafisse. La folla era divisa tra i vincitori che urlavano dalla gioia e i perdenti che stracciavano card, imprecavano e si scagliavano contro i vicini urlando che il combattimento era truccato.

Paul aveva distolto lo sguardo quando il sauro, dopo aver gettato il corpo in mezzo all'arena, aveva iniziato a banchettare con la sua carcassa. Ora si guardava intorno, scandagliava gli spalti alla ricerca della persona che stava cercando. Vladimir, il lupo. Nome azzeccato visto il luogo. Non sapeva che aspetto avesse. Ma conosceva God e questo gli dava una certa sicurezza, dal momento che l'amico conosceva tutti. Cercò il suo informatore. Lo trovò seduto in mezzo a due prostitute, un drink in mano. Le treccine nere gli scendevano sul petto fino a coprire i tatuaggi tribali e le collane di simil osso.

«Ne è passato di tempo God, come va?»

Il mezzo indiano alzò lo sguardo facendo una smorfia «Bene. Anche se non avevo urgenza di rivederti»

«Ti devo parlare»

«Parla»

«Da soli, per quanto è possibile» Guardò le tribune gremite.

«Ragazze ci vediamo dopo» l'energumeno congedò con un cenno della mano le sue accompagnatrici. Poi, rivolgendosi di nuovo a Paul «Cosa posso fare per te?»

«Mi devi presentare una persona»

«Chi?»

«Un certo Vladimir. Detto il lupo»

God sembrò sorpreso «Vuoi conoscere il lupo? E perché?»

«Voglio sapere cosa ne sa di una ragazza morta per la sua merda»

God scosse la testa «Non parlerà con te. Non gli piacciono gli sbirri»

«È per questo che tu verrai con me» Paul sorrise all'indirizzo del mezzo indiano.

«Ti è andata bene. Era una decina di giorni che non lo vedevo. Stasera è ricomparso. Il lupo che ha appena combattuto era il suo»

«Dov'è?»

«Lassù» God indicò un punto in alto. Paul riuscì a scorgere solo due ragazze che sorseggiavano un liquido rosso da bicchieri sottili.

Salirono i gradini, evitando chiazze di vomito e uomini con gli occhi iniettati di sangue che urlavano aspettando il prossimo combattimento.

Paul rimase dietro a God, seguendolo a qualche passo di distanza.

Non fu difficile capire perché l'uomo che stava cercando si faceva chiamare "il lupo". Al centro di un divanetto color pastello stava un individuo dai capelli sciolti sulle spalle. Le lunghe basette incorniciavano un viso squadrato, duro. Una folta peluria usciva dal colletto della maglietta aderente. Un paio di occhiali scuri calati sugli occhi.

Paul lasciò che fosse God a parlare.

«Ciao lupo. Posso sedermi?»

Senza attendere una risposta, il mezzo indiano si lasciò cadere sul divano. Paul si sedette al suo fianco.

«Cosa vuoi indiano?» La voce del lupo era bassa e delicata. Quasi femminile.

«Il mio amico ti vorrebbe parlare»

Il lupo sembrò accorgersi della presenza di Paul solo in quel momento. Le ragazze al suo fianco intanto, avevano disposto una polvere blu sul tavolino tagliandola in strisce sottili. Vertigo.

«E questo chi è?»

God sorrise, mostrando una fila di denti metallici.

«Un mio amico te l'ho detto»

«Ok. Gli faccio un prezzo di favore. Che cosa vuole? Vertigo, onocaina, Speedo?»

Paul si stava stufando di non essere preso in considerazione.

«Non voglio droga. Voglio qualche informazione»

Il lupo continuò a ignorarlo.

«Chi mi hai portato God? Un merdosissimo sbirro? Te la fai con loro, ora?» ringhiò all'indirizzo dell'informatore.

«Ehi ehi, amico. Mi conosci, no? Non ti porterei mai un poliziotto» God alzò le mani con fare rassicurante.

«Se non sei un poliziotto chi cazzo sei?» il lupo si stava innervosendo. E non era un bene. Lì dentro erano praticamente tutti armati.

«Solo uno che ha bisogno di qualche informazione. E che può darti qualche buon consiglio»

L'uomo rise mostrando due canini troppo sviluppati per essere naturali.

«Tu vuoi darmi dei consigli? Ma chi sei uomo? Non ti conosco. Non so perché sei qui ma sono io che ti do un consiglio. Vattene»

«Conosci una certa Dorothy Smith? Era una tua cliente»

«Allora avevo ragione! Sei un maledettissimo sbirro!»

Il tavolino venne rovesciato e il lupo balzò in piedi. God si era gettato a terra. Le due ragazze iniziarono a urlare.

Paul notò il movimento alle spalle dello spacciatore. Due uomini vestiti di nero armati di pistola stavano per sparargli.

Si gettò sul divanetto evitando, per poco, il coltello che il lupo gli aveva scagliato contro. Con la mano sinistra Paul impugnò la pistola nascosta nella manica della giacca. Esplose cinque colpi. Quattro andarono a bersaglio colpendo i due uomini armati al petto e alla testa. I due crollarono a terra mentre gli occupanti dei tavoli vicini si gettavano al suolo urlando. Alcuni portarono a loro volta mano a pistole e coltelli, lasciandoli rapidamente quando si accorsero di non essere i bersagli dei colpi.

Il lupo si voltò, guardandosi alle spalle. Sembrava sorpreso di non essere stato colpito.

Paul si rialzò rapidamente. God era ancora disteso a terra, così come le due ragazze. Il lupo, passato il momento d'incredulità, sembrò riprendersi, fece un passo verso le scale, ma Paul lo afferrò per il braccio.

«Ti ho appena salvato la vita. Ora potresti rispondere alle mie domande, visto che hai anche provato ad uccidermi»

L'uomo mostrò i denti con un ghigno «Non ci penso neanche, uomo. Vaffanculo»

«Ok» con un movimento rapido Paul afferrò il coltello che si era piantato nel divano dietro di lui. Con l'altra mano continuò a tenere stretto il braccio del lupo, quindi abbassò con forza il braccio sul tavolo torcendolo. Quando piantò il coltello nel palmo della mano, il lupo urlò di dolore.

«Adesso parliamo» si accese una sigaretta mentre il suo interlocutore si lamentava. Lo colpì con uno schiaffo. Era venuto in quella schifosissima arena per avere informazioni e si era ritrovato a salvare la vita a un topo di fogna di spacciatore. Non era troppo difficile capire chi avesse mandato i due sicari a fare la pelle al lupo. Ora doveva capire se era la pista giusta per arrivare al giornalista.

Le due ragazze si erano intanto defilate seguite da God che lo aveva guardato storto prima di confondersi con la folla che si accalcava presso le uscite. Non aveva molto tempo. Qualche minuto e la sicurezza sarebbe arrivata a fare domande. Non aveva abbastanza tempo per interrogare quel bastardo. Staccò il coltello dal tavolo, liberando la mano insanguinata. Poi, prese l'uomo sottobraccio e gli sussurrò all'orecchio «Se provi a scappare ti ammazzo» presero un'uscita di emergenza. Il lupo continuava a stringere la mano ferita con quella sana. Paul lo teneva sotto tiro con la pistola, il cappotto ripiegato sopra al braccio per nascondere l'arma.

Una volta fuori, Paul si guardò intorno. Non credeva che ci fossero altri sicari in giro, ma non poteva esserne certo. Trascinò il prigioniero in un vicolo poco distante e lo spinse contro un muro mezzo diroccato.

«Ora sei disposto a parlare?»

«Ma che vuoi da me? Guarda come mi hai ridotto la mano» La ferita continuava a sanguinare abbondantemente.

«Ringrazia il cielo di essere ancora vivo. Hai provato ad uccidermi, pezzo di merda»

«Credevo che tu fossi uno sbirro» guardò Paul di sottecchi «e lo credo ancora»

«Conoscevi Dorothy Smith, vero?»

«Chi? Conosco un sacco di gente, io»

«Ascolta coglione, lo sai chi erano quei due che ti volevano fare secco? Due sicari mandati dal papà della ragazza. Un uomo importante. Che ti vuole morto»

«E tu che cazzo ne sai?»

«Io ti posso aiutare. Ma devi dirmi se conosci un giornalista. Si chiama Jack Fourier» gli mostrò la foto.

«Non l'ho mai visto»

«Ascolta se mi prendi per il culo…»

«Ehi sto dicendo la verità» il lupo alzò la mano sana «La ragazza la rifornivo io, è vero. Ma non l'ho mica ammazzata. Era la classica figlia di papà. Ricca, viziata. Aveva voglia di emozioni forti. E io gliele davo, tutto qui. Non conosco il tuo giornalista»

Paul sospirò. Quell'idiota non sapeva niente.

«Vattene via. E se vuoi un consiglio per la tua salute, sparisci. In fretta»

Il lupo non se lo fece ripetere due volte. In pochi istanti, scomparve in una strada laterale tenendosi stretta la mano ferita.

Agenzia future. New Detroit. Costa Ovest

«Hai combinato un casino» Frederich lo aveva convocato nel suo ufficio la mattina seguente. Era furioso.

Paul si sentiva uno straccio. L'insonnia era tornata a farsi sentire. E aveva anche dato fondo alle ultime dosi di onocaina.

«Di cosa stai parlando?» domandò sbadigliando.

«Vuoi dirmi che tu non ne sai niente di due uomini uccisi in un'arena clandestina stanotte?» il suo capo lo osservava, gli occhi ridotti a due fessure.

«Perché, dovrei?»

«Non prendermi per il culo, Paul. Tu eri là a caccia di uno spacciatore»

Paul sospirò. Al capo non importava come conduceva le indagini. Ma non doveva coinvolgere il buon nome dell'agenzia.

«Ok. Ho dovuto salvare la vita a un pezzo di merda. E, visto quello che mi ha detto, potevo anche lasciarlo ammazzare»

«Non hai scoperto niente quindi»

«Ho avuto solo la conferma che il signor Smith vuole far fuori lo spacciatore. Cuore di papà»

«Nessun collegamento con Fourier?»

«Il lupo non ne sapeva niente. Mi è sembrato sincero. Ma, forse, vale la pena andare a fare due chiacchiere con il signor Smith»

«Credi che ti dirà qualcosa di interessante?»

Paul scrollò le spalle «È l'unica pista che ho»

«Ascolta. Smith è un uomo potente. Non forzare la mano. Se finisci nei casini, ti ci lascio. Chiaro?»

«Chiarissimo. Però, se risolvo il caso, mi dai un aumento» Paul sorrise.

«Sparisci»

Stazione geostazionaria Cassiopea

Paul atterrò allo spazioporto in perfetto orario. Frederich non aveva dato l'autorizzazione per uno shuttle privato e si era dovuto arrangiare con un volo di linea, in classe turistica, tra passeggeri eccitati per il loro primo viaggio verso Cassiopea e uomini d'affari in doppiopetto.

Recuperò il bagaglio e si diresse verso l'uscita. Due guardie armate lo perquisirono attentamente. Le stazioni geostazionarie avevano leggi molto rigide sul controllo delle armi. Paul non aveva portato la pistola ma sapeva dove procurarsene una.

Detestava i corridoi metallici che collegavano gli otto ambienti principali della stazione. E detestava ancora di più l'aria rarefatta che si respirava all'interno. Provava una pesantezza allo stomaco che non riusciva a ignorare. I coloni sostenevano che non c'era alcuna differenza con l'aria della terra, ma questo solo perché molti di loro non l'avevano mai respirata.

Percorse lo spazio che lo separava dalla cupola dei taxi. Si infilò nel primo di una serie di mezzi tutti uguali. Il tragitto fino alla sede della Digitek fu piuttosto lungo. L'edificio si trovava nella penultima cupola. Paul osservò distrattamente il panorama che gli scorreva davanti. Gli edifici erano alti ma avevano forme e strutture strane e bizzarre. Linee stondate ed archi squadrati: sembravano usciti dal pennello di un pittore incapace o dalla penna di un architetto pazzo. L'edificio della Digitek era un'eccezione: la forma rettangolare e le pareti a vetrata ricordavano i grandi palazzi di New Detroit. Quando entrò all'interno, un occhio metallico si alzò in volo puntando la microcamera su di lui. La sua presenza non sarebbe stata una sorpresa. Ma aveva una carta importante da giocare con il signor Smith e non l'avrebbe sprecata.

Si avvicinò alla reception. Una segretaria con l'auricolare era impegnata in una conversazione. Paul apprezzò la delicatezza dei lineamenti e il generoso decolté. Dopo un attimo di attesa, la ragazza gli rivolse un sorriso «Buongiorno come posso aiutarla?»

«Vorrei parlare con il signor Smith. Non ho un appuntamento»

La ragazza non mutò espressione «Il suo nome? La devo avvisare che il signor Smith non accetta incontri senza appuntamento»

«Mi chiamo Paul Xanax e sono un agente privato. Dica al signor Smith che ho fatto la conoscenza di due suoi uomini, sulla terra. E che ho informazioni che potrebbero interessarlo»

La ragazza iniziò a parlare al microfono. Paul cercò di occhieggiarle le gambe. Si aspettava un fisico perfetto. Gambe lunghe e affusolate. Probabilmente sarebbe stato così se la ragazza le avesse avute. Il busto, infatti, si innestava direttamente sulla sedia all'altezza dei fianchi. Un androide. Con la mente rivolta al ricordo della signora Fourier e del suo viso delicato, Paul si rese conto che la perfezione non è umana.

La ragazza chiuse la comunicazione.

L'espressione del volto era cambiata. Adesso il sorriso era un po' meno gentile. Sembrava quello di un manichino.

«Il signor Smith la riceverà tra qualche minuto. Se vuole attendere» un gesto, e una poltrona spuntò dal pavimento. Paul si sedette. Non dovette attendere a lungo. Un uomo sottile, vestito con un completo scuro, lo invitò a seguirlo. Percorsero molti corridoi. Alla fine, l'uomo lo fece accomodare in uno studio dall'aria cupa, arredato con mobili antichi. Non aveva mai visto tanti libri in una stanza. Alcuni erano stipati sugli scaffali di una grande libreria, altri erano appoggiati sulla scrivania di legno. Ne afferrò uno, rigirandolo tra le mani. La copertina era marrone sbiadito ed emanava un vago aroma di cuoio e tabacco.

«Il conte di Montecristo» Il signor Smith era entrato senza far rumore e lo stava osservando. Era un uomo dall'aria giovanile, con i capelli brizzolati e un'espressione indecifrabile sul volto. Gli occhi però avevano una luce triste.

«È una prima edizione. Molto rara. Ne sono rimaste meno di dieci»

Paul ripose con cura il libro e si presentò.

«Piacere, sono l'agente Xanax»

«Lo so. Come posso aiutarla agente? È forse interessato ai libri?»

«No. Non sono un estimatore di antichità» sorrise «La ringrazio per avermi ricevuto. Non sono riuscito a contattarla e ho pensato che venire di persona fosse l'unico modo per incontrarla»

L'uomo si sedette con calma dietro la scrivania. Paul rimase in piedi.

«Bene, signor Xanax, come capirà, sono un uomo molto impegnato. A cosa devo la sua visita? Spero non voglia arrestarmi»

Paul accennò un sorriso «No, non si preoccupi. Vorrei solo sapere se conosce un giornalista. Un certo Fourier. Jack Fourier»

Il signor Smith si passò un dito sulle labbra. Piccole rughe si disegnarono sulla fronte. Sembrava sorpreso.

«Conosco molti giornalisti, ma il nome Fourier non mi dice niente. Se ha fatto tutta questa strada solo per chiedermi questo mi dispiace deluderla. Non conosco nessun Jack Fourier»

«È un giornalista del New Observer»

«Non è una delle mie letture preferite. È una rivista?»

«Un giornale»

«Non credo di aver mai avuto il piacere di leggerlo»

«Il signor Fourier si occupava di cronaca nera»

«E quindi?»

«Si stava interessando alla morte di sua figlia» Paul si aspettava una reazione, ma Smith rimase imperturbabile.

«Molti giornalisti si sono occupati della morte di mia figlia. Alcuni con toni poco lusinghieri. Ma non ricordo il nome che mi ha appena detto»

«Parliamoci francamente signor Smith» Paul guardò l'uomo che aveva di fronte negli occhi «lei sa molto più di quanto non voglia ammettere»

«Credo che abbia fatto un lungo viaggio per niente, agente Xanax» l'uomo accennò un sorriso «Ora se vuole scusarmi» Smith fece per alzarsi.

«Le chiedo ancora un momento di pazienza» Paul alzò un dito «ho avuto un incontro con un uomo l'altra sera. Un certo Wolf.

Non conosco il suo vero nome. Ma so per certo che era lo spacciatore di sua figlia»

Il signor Smith si alzò, voltandogli le spalle, le mani intrecciate dietro alla schiena «Che cosa vuole da me agente Xanax?»

«Voglio sapere perché è morto il signor Fourier»

«E se io le dicessi che è fuori strada? Che mia figlia non ha niente a che fare con la sua indagine?»

«Non le crederei»

L'uomo sospirò «Lei ha figli agente Xanax?»

«No»

«Allora non può capire il dolore di un padre» pronunciò quelle parole con amarezza

«No. Ma capisco la vendetta. Anche troppo bene»

«L'altra sera lei ha impedito che i miei uomini facessero giustizia. Che eliminassero quella feccia. E ora mi chiede di aiutarla. Perché dovrei?»

«Perché le offro uno scambio»

Il signor Smith si voltò, osservandolo negli occhi.

«E che cosa ha da offrirmi?»

«Lo spacciatore. L'altra sera, fuori dall'arena, gli ho piazzato addosso un tracciatore sottocutaneo. Conosco la sua posizione» Paul prese dalla tasca un piccolo oggetto quadrato e lo appoggiò sul tavolo.

«Lei sa che cosa farò a quell'uomo una volta che l'avrò trovato, vero?»

Paul scrollò le spalle «Non è affar mio. Accetta lo scambio?»

Il signor Smith si lasciò cadere pesantemente sulla sedia. Osservò il piccolo trasmettitore, poi guardò di nuovo Paul. C'era una tristezza infinita in quegli occhi cerchiati dalla stanchezza. Ma anche una decisione feroce.

«Le darò un nome, agente Xanax. Dottor Basileus Weiss. È il responsabile di alcune cliniche private, sulla terra. Le do anche un consiglio. Non scavi troppo a fondo. Il gioco che sta facendo è pericoloso»

Mentre si imbarcava sul primo shuttle in partenza per la terra, Paul ripensò al colloquio con il signor Smith. Aveva barattato la vita di un uomo in cambio di informazioni. E non gli importava.

Stava cercando di capire se ci fosse spazio per i sensi di colpa nella sua mente contorta. Ma l'unica cosa che gli martellava in testa era il ruolo del dottore nella morte del giornalista. Wolf era un venditore di morte. Un topo schifoso che sarebbe morto comunque in una rissa da bar o accoltellato in un vicolo. No. Non aveva sensi di colpa. L'unico sentimento che provava per lo spacciatore era il rammarico di non ucciderlo con le sue mani.

Si addormentò poco prima che lo shuttle entrasse nell'atmosfera terrestre. Sognò di essere al centro di un'arena clandestina. Il suo avversario era un sauro enorme. La folla lo incitava a combattere e lui cercava inutilmente la pistola nella fondina sotto alla giacca. Si risvegliò un attimo prima che i denti del sauro si chiudessero sulla sua testa.

Si stirò sbadigliando sonoramente. Non appena arrivato, sarebbe andato a fare una visita al dottor Weiss. Ora che aveva una pista, o meglio un nome, era ancora più confuso di prima. Sperò che il medico lo aiutasse a fare un po' di chiarezza su quel caso che si stava rivelando molto più complesso di quanto si era aspettato.

In un Hangar privato dello spazioporto della stazione geostazionaria Cassiopea, Kharima si stava imbarcando su uno shuttle di ultima generazione. Avrebbe impiegato un quarto del tempo rispetto a un volo di linea per tornare sulla terra. Si accomodò sulla poltroncina e aprì il computer portatile. L'immagine di un edificio squadrato, dalla facciata a vetri apparve sullo schermo. Era certa che in quel momento il bersaglio fosse all'interno del palazzo. Il mandante ne aveva assicurato la presenza. Aveva piazzato senza difficoltà la carica di esplosivo alla base della costruzione grazie alle planimetrie della stazione e alla mappatura completa dei condotti che scorrevano sotto ai palazzi. Non era stato difficile individuare il giusto punto di rottura. Invece, aveva dovuto calcolare attentamente la quantità di esplosivo da utilizzare. Troppo, avrebbe provocato gravi danni all'intera stazione geostazionaria, forse addirittura distrutto l'intero padiglione se si fosse aperto uno squarcio abbastanza grande nella parete di metallo. Se ne avesse utilizzato troppo poco, il palazzo avrebbe retto l'urto.

Premette il pulsante nel momento in cui lo shuttle accendeva i motori. L'esplosione fu grandiosa ma perfettamente calibrata. L'edificio si accartocciò su sé stesso in una nube di polvere. Le costruzioni vicine furono investite dai detriti senza conseguenze.

Aveva rispettato il contratto.

Spense il portatile e si concesse un calice di vino bianco. Erano morte molte persone quel giorno. Un centinaio, secondo i suoi calcoli. Tutto per arrivare a una singola persona. Un solo uomo. Ma abbastanza importante da richiedere il sacrificio di molte altre vite. Sorseggiò il vino. La rivendicazione di un gruppo terroristico di indipendentisti sarebbe arrivata poche ore dopo. Un depistaggio.

Ora rimaneva un ultimo lavoro.

Terra, ospedale St James

Paul atterrò allo spazioporto in perfetto orario. Aveva chiamato Frederich aggiornandolo sul colloquio con Smith. Il suo capo non ne era rimasto entusiasta. Ma, a lui, non fregava un cazzo. Era stanco di quell'indagine che doveva essere semplice e si era invece rivelata una matassa inestricabile. Respirò profondamente. Il taxi lo stava portando a nord della statale principale. Il st James non era una di quelle strutture di merda che spuntavano come funghi al centro della città. Non era uno di quei ricoveri per disgraziati senza assistenza medica. Il St James era un ospedale vero. Una fondazione. Aveva cercato informazioni durante il volo di ritorno ma si era perso dentro a un labirinto di scatole cinesi. Una società di proprietà di un'altra società, che faceva capo a un'altra società. E così via. Aveva rinunciato. Ma, forse, non era così importante. A lui interessava solo trovare il dottor Weiss. E, magari, ottenere qualche risposta.

Pagò il taxi con la card magnetica. Si presentò all'accettazione chiedendo del dottore. Si era aspettato che Weiss facesse resistenza, che non volesse incontrarlo, che si inventasse una scusa qualunque per evitare di vederlo. Invece, rimase stupito quando gli dissero che sarebbe stato ricevuto subito e gli spiegarono come arrivare allo studio del dottore. Bussò con decisione. Una voce lo invitò ad entrare. Un uomo in giacca e cravatta gli voltava la schiena. Aveva in mano una mazza da golf. Sulla parete di fronte, una simulazione tridimensionale, davvero realistica. Si domandò se esistessero ancora dei campi con erba vera. Forse al Nord.

«Sono subito da lei, agente Xanax. Un ultimo colpo» la pallina rimbalzò contro il muro e finì sul pavimento, mentre nella simulazione tridimensionale continuava la sua corsa con una parabola perfetta.

«Computer, sospendi partita»

La parete tornò a essere una semplice parete bianca. L'uomo si voltò verso di lui, sfoderando un sorriso perfetto. Un bel dottore di mezz'età.

«Cosa posso fare per lei, agente? Mi ha incuriosito non poco la sua richiesta di vedermi» gli porse la mano che Paul strinse con automatica efficienza.

«Ho bisogno del suo aiuto, dottor Weiss»

«Certo, se posso aiutarla. Mi dica»

«Lei conosce Jack Fourier?»

Il dottor Weiss cercò di rimanere impassibile, ma Paul non abboccò. Aveva trattenuto il respiro prima di rispondere e deglutito con fatica. Non aveva avuto nemmeno bisogno di osservare le pupille per capire che stava mentendo.

«Non l'ho mai sentito. Chi è?» un sorriso affettato.

«Un giornalista»

«Non ho molte frequentazioni nell'ambiente e non credo di conoscerlo»

«Solo che questo giornalista è morto e io credo che lei ne sappia qualcosa»

Il dottor Weiss sembrava a disagio.

«Mi dispiace, ma io non conoscevo questo Jack…?»

«Fourier»

«Fourier. Come le ho già detto non l'ho mai sentito nominare» il dottore iniziò a mordersi il labbro inferiore.

«Credo che lei stia mentendo» Paul sorrise. Il dottor Weiss sbiancò.

«Sta scherzando, vero?» continuava a mordicchiarsi il labbro.

«No, non sto scherzando»

Il dottor Weiss si schiarì la voce «Credo di non avere più nulla da dirle agente Xanax»

«Lo sa chi mi ha detto di venire qui a parlare con lei?» decise di stringere la conversazione. Doveva ottenere delle risposte. Le voleva.

«Il signor Smith. Il proprietario della Digitek» la faccia del dottore divenne ancora più pallida. Non gli avrebbe dato il tempo di riprendersi «E mi ha detto un sacco di cose interessanti sul suo lavoro» aspettò che le parole avessero l'effetto voluto ma il dottore non accennava a rispondere.

«Bene» riprese «adesso ha due possibilità. La prima, mi racconta tutta la storia. O il suo punto di vista. E forse io le evito di finire in galera. La seconda, non dice niente e io passo tutte le informazioni che ho alla polizia. O ai giornali. O forse a entrambi»

Il dottor Weiss si passò una mano tra i capelli scuri, poi sul viso. Sospirò più volte prima di alzare lo sguardo.

«Le dirò quello che so. Se Smith le ha fatto il mio nome, significa che è arrivato il momento di parlare» in quel momento sembrò molto più vecchio. Paul lasciò che parlasse senza interromperlo «Sono sempre stato una persona ambiziosa. I miei genitori hanno sacrificato tutto per farmi studiare. Sono stato un promettente chirurgo e, poco più che trentenne, ho ricevuto offerte importanti per la mia carriera. Poi, una maledetta sera, dopo un massacrante turno di trentasei ore, sono andato a bere in un bar con degli amici. Mentre tornavo a casa è arrivata una chiamata dall'ospedale. Un pazzo si era messo a sparare dentro a un supermercato. Inoltre, era esplosa una bomba dentro alla metropolitana» si passò la mano sul viso. I ricordi erano dolorosi. Paul rimase impassibile lasciando che il dottore riprendesse il racconto «Richiamarono tutti i medici disponibili, me compreso. L'ospedale era al collasso. Persone mutilate, sangue ovunque. E io ero ancora ubriaco. Sono morte tre persone per colpa mia. Ho sbagliato il dosaggio dei farmaci, la mano mi tremava. C'è stata un'inchiesta ma l'ospedale mi ha coperto. O meglio, si è coperto. Ne sono uscito solo con una nota sul curriculum. L'inchiostro si può cancellare, mentre la reputazione è molto più difficile da recuperare. Iniziarono a chiamarmi dottor morte. Le offerte delle cliniche private scomparvero. Nel giro di pochi mesi, mi ritrovai in un laboratorio a fare analisi. La mia mano non ha più toccato un bisturi» A Paul non fregava un cazzo della sua triste storia, ma non lo interruppe. Voleva sentire il resto «credo che di lì a poco mi sarei licenziato se non fosse arrivata la proposta»

«Quale proposta?» questa volta Paul si inserì nella pausa del dottore

«La proposta di dirigere alcune cliniche. Non riuscivo a capire perché un incarico tanto importante a un chirurgo fallito. Fatto sta che accettai. Ero disposto a fare qualunque cosa per avere quel lavoro» scosse la testa «I primi tempi filarono lisci. Avevo di nuovo l'entusiasmo, mi ero quasi convinto che mi avessero scelto per le mie capacità»

«Ma non era così. Mi chiesero di avviare un progetto di ricerca. Un esperimento che avrebbe coinvolto persone ignare di quello a cui si stavano sottoponendo» sospirò «All'inizio rifiutai. Non potevo fare una cosa del genere. Non era legale, oltre che eticamente sbagliato. Fu lì che conobbi il signor Smith e altri importanti uomini d'affari»

«Chi erano queste persone?» Paul si sporse in avanti

«Non conosco i nomi. Il signor Smith era il mio unico referente diretto. Anche se non credo che fosse lui a capo del progetto. Loro fecero pressioni. Avrei perso il lavoro, non avrei più trovato un impiego come medico in nessun ospedale del paese»

«Deve essere stata dura per lei scegliere»

«Lo so a cosa sta pensando, ma le assicuro che per me non è stato affatto facile»

«Però l'ha fatto, ha accettato la loro offerta» non riusciva a provare alcuna pena per quell'uomo.

Il dottor Weiss annuì «Sì, ho accettato. L'esperimento coinvolgeva donne incinte. Ho effettuato, con l'ausilio di un'equipe specializzata, piccole modifiche genetiche agli embrioni» Paul era disgustato «Che genere di modifiche?»

«Ho manipolato i geni in modo che, una volta nati, i bambini manifestassero una particolare sensibilità a certe sostanze. A questi bimbi, certi cibi sarebbero risultati inspiegabilmente sgraditi»

«Non capisco» Paul, per l'ennesima volta, si chiese quando avrebbe avuto delle risposte.

«Ora le spiego. Gli esperimenti orientavano i gusti alimentari dei bambini già prima della nascita. Lei ha figli?» Paul scosse la testa «Beh, nemmeno io» riprese il dottore «però le posso dire che molto spesso sono i bambini a orientare gli acquisti dei genitori. Un tipo di cereali al posto di un altro, una merendina al cioccolato e non quella alla crema»

Paul iniziava a capire «Lei mi sta dicendo che l'esperimento era diretto a controllare i gusti alimentari dei bambini facendogli preferire un prodotto invece di un altro?» era sconvolto.

«Sì. Provi a immaginare le conseguenze. La concorrenza svanirebbe. Una fetta di mercato non sarebbe più da conquistare. Sarebbe automaticamente tua»

«Quanti bambini ha manipolato?» ora Paul era ansioso di capire sino a che livello arrivasse quella cospirazione.

«Alcune migliaia. Ma è ormai un anno che mi è stato tolto il progetto. E…» il dottor Weiss ebbe un attimo di esitazione.

«E cosa?» Paul era sulle spine.

«Io credo che fossero solo un campione. Un esperimento preliminare prima di un uso sistematico della manipolazione»

Paul archiviò tutte le informazioni ottenute sino a quel momento. Si prese un attimo per raccogliere le idee, mentre il dottor Weiss sembrava ancora più vecchio, ancora più stanco. Alla fine decise di fare la domanda che aveva sulla punta della lingua da quando il dottore aveva iniziato a raccontare la storia.

«Che cosa c'entra Jack Fourier in tutto questo?»

Il dottor Weiss si passò la lingua sulle labbra.

«C'è una cosa che non le ho detto. Il progetto è iniziato dieci anni fa e, nel corso del tempo, ci sono stati degli incidenti»

«Incidenti di che tipo?»

«Il nostro organismo produce naturalmente immunoglobuline, le Ig. In seguito all' esperimento, gli organismi dei bambini hanno iniziato a produrre naturalmente grandi quantità di Ig di classe E che si legano ai mastociti sensibilizzandoli e, ad un secondo contatto con certe sostanze, ne determinano la degranulazione. Questo, a sua volta, provoca la liberazione di istamina con conseguenze fatali»

Paul scosse la testa «Non ho studiato medicina, dottore. Potrebbe usare termini comprensibili?»

«I bambini sottoposti all'esperimento hanno sviluppato un'ipersensibilità ad alcune sostanze alimentari ma anche a vernici o spray. I loro organismi reagiscono al contatto con queste sostanze provocando una reazione allergica fortissima. Può essere definito shock anafilattico»

«Cioè, questi bambini sono condannati a morire, presto o tardi?» per la prima volta Paul ebbe paura di perdere il controllo.

Per un attimo, pensò di saltare dall'altra parte della scrivania e ammazzare di botte quella sottospecie di dottore.

«No. I casi accertati di morte sono una percentuale minima. Non tutti i bambini hanno sviluppato l'ipersensibilità, la maggior parte di loro potrà avere una vita normale»

Paul guardò fisso negli occhi l'uomo che gli stava davanti. «Normale? Come può dire che avranno una vita normale?»

Il dottor Weiss abbassò la testa «Non pretendo che lei capisca…»

«Qui non c'è nulla da capire. Ci sarebbe solo da restituirle quello che ha fatto a quei bambini»

«Vuole uccidermi?» Non sembrava spaventato. Anzi, nei suoi occhi brillava una luce triste, quasi il desiderio di essere liberato.

«No. Voglio arrivare ai mandanti e lei mi ci porterà» una pausa. Il dottore rimase in silenzio «Cosa c'entra il signor Fourier in tutto questo?»

«Mi ha chiamato chiedendomi notizie sulla morte dei bambini. Era risalito al mio nome»

«L'hanno ammazzato per questo» Ora tutto era chiaro. Non c'era stato alcun incidente. Si sentiva svuotato. Aveva risolto il caso che gli era stato affidato, almeno in parte. Non sapeva chi tendeva i fili. Ma aveva alcune risposte. E un testimone.

«Sì» il dottor Weiss si prese il viso tra le mani.

«Deve venire con me. Devo farla parlare con il mio capo»

«Non mi lasceranno mai testimoniare»

Stava per rispondere di non preoccuparsi, che ci avrebbe pensato lui a proteggerlo e altre banalità da bravo poliziotto, quando la vetrata dietro alle spalle del dottore esplose in una miriade di pezzi. Istintivamente Paul alzò un braccio davanti al volto per proteggersi dalle schegge. In un attimo rotolò a terra portandosi dietro la scrivania. Estrasse la pistola dalla fondina. Udì due colpi di arma automatica in rapida successione, attutiti da un silenziatore. Poi un terzo. Non stavano sparando a lui. Si affacciò al bordo della scrivania. Una figura vestita con una tuta nera era in piedi, davanti alla sedia occupata dal dottor Weiss. Il dottore era accasciato con il busto sulla scrivania, gli occhi chiusi. I primi due colpi lo avevano raggiunto alla schiena. Il terzo alla nuca. Paul rotolò di lato e sparò in direzione del sicario. I colpi andarono a vuoto. La figura si era spostata sul davanzale della vetrata, oramai in frantumi. Sulle spalle aveva uno zaino. Paul agì di istinto. Si rialzò e corse verso l'assassino che stava per lanciarsi nel vuoto. Lo raggiunse a mezz'aria e lo afferrò alla vita, avvinghiandosi alle sue gambe. Due ali spuntarono dallo zaino e la caduta rallentò. Paul ricevette una gomitata alle costole, poi una seconda. Una terza. Il fiato gli si mozzò in gola, il dolore gli fece quasi perdere la presa. Ma tenne duro. La caduta si era arrestata solo in parte, le ali potevano sostenere una sola persona. Il suo peso li avrebbe fatti cadere troppo velocemente. Si sarebbero schiantati. Paul lo sapeva, ma voleva portare con sé quel bastardo. Sarebbero morti insieme. Mentre il sicario continuava a colpirlo, cercando di fargli perdere la presa, Paul riuscì ad afferrare le ali con entrambe le mani, tirandosi verso l'alto. Il suolo si stava avvicinando rapidamente. Troppo. Il coltello lo colpì al fianco, aprendogli una profonda ferita. La vista iniziò ad annebbiarsi. Perse la presa, ma riuscì a rimanere attaccato afferrando il casco della figura vestita di nero. Un attimo dopo, Paul si trovò a cadere nel vuoto. Il sicario si era liberato del casco, e lui stava cadendo, continuando a tenere stretto quell'oggetto oramai inutile. L'ultima cosa che vide prima di impattare al suolo fu il volto dell'assassino, mentre riprendeva il controllo della planata. Non avrebbe più dimenticato quel volto. Gli occhi azzurri e i lineamenti orientali appartenevano a una donna bellissima.

Ospedale Austin, New Detroit

Paul si svegliò con un gran cerchio alla testa e un sapore sgradevole in bocca. Un raggio di sole penetrava dalla finestra ferendogli gli occhi. Perché cazzo non aveva chiuso le tapparelle, la sera prima? Provò a muoversi, ma si accorse di non esserne in grado. Mise a fuoco le gambe, strette da gambaletti rigeneranti che lo fasciavano scomparendo sotto le coperte. Aveva dolore in ogni parte del corpo, tanto che non riusciva a capire da dove provenisse. Il dolore saliva a ondate e si espandeva, senza mai concentrarsi in un punto preciso. Appena aperto gli occhi, pensò di aver esagerato con l'onocaina o di aver preso una sbronza colossale. Dopo qualche istante, realizzò di essere in un letto di ospedale. Era successo qualcosa di grave. Cercò di ricordare ma si addormentò di colpo. Fu un sollievo.

Quattro giorni dopo si sentiva meglio. Non poteva ancora alzarsi, ma gli avevano permesso di ricevere visite. I colleghi lo avevano aggiornato sui fatti. Un po' alla volta, i ricordi erano tornati. Aveva rilasciato una deposizione alla polizia. Gli agenti lo avevano guardato in modo strano mentre raccontava l'incontro con il dottore. Il dolore continuava a martellarlo. Ma, ogni giorno, sembrava meno acuto e, anche se sembrava impossibile, ci si era abituato.

Stava bevendo un brodino insipido con una cannuccia, quando Frederich si affacciò sulla porta. Un gorilla una scatola di cioccolatini sotto braccio. Scansò con fatica la cannuccia e abbozzò un sorriso, mentre Frederich si accomodava su una poltrona vicino al letto.

«Come ti senti?»

«Sono vivo»

Il suo capo annuì «Hai la pellaccia dura. Hai fatto un gran volo. Dieci, forse quindici metri»

«Non male è? E sono ancora tutto intero» fece una smorfia

«Intero? Guarda che non ti è rimasto nemmeno un osso sano»

«Però…»

«Che cosa è successo Paul?» ora Frederich aveva un tono autoritario.

«Ho già fatto la mia deposizione alla polizia»

«Lo so. Ma hai parlato di una cospirazione. Di embrioni modificati geneticamente»

«È la verità»

Frederich scosse la testa «Non c'è nessuna prova di quello che hai detto. Il dottor Weiss è morto. Sono state trovate prove che fosse lui a portare avanti gli esperimenti. Da solo. E solo su poche donne incinte. Una quarantina in tutto»

«E Smith?»

«Smith è morto. L'edificio su Cassiopea è stato fatto saltare in aria poco dopo la tua partenza. Un atto terroristico in piena regola, rivendicato dal movimento indipendentista delle colonie»

Paul sospirò. Avevano eliminato tutti i testimoni e trovato un capro espiatorio. Si domandò come mai lui fosse ancora vivo. Probabilmente non lo ritenevano pericoloso.

«Non è stata avviata nessuna indagine?» iniziava a sentirsi stanco.

«Solo sul dottor Weiss. Di Smith si occupano i federali. Ascolta Paul, capisco che tu sia incazzato. Ma hai risolto il caso. Jack Fourier è riuscito a collegare il dottore ai bambini morti, ha fatto un po' di domande e lui l'ha ucciso per evitare che scoprisse troppo»

«E chi ha ammazzato il dottor Weiss? Era un sicario professionista. Una donna» ricordava ancora il suo volto. Non l'avrebbe dimenticato facilmente.

«Non lo so. Probabilmente avrà pestato i calli a qualcuno» ma non ci credeva veramente nemmeno lui.

Paul scosse la testa, gesto che gli costò una fitta dolorosa al collo.

«C'è molto di più di un dottore pazzo»

Frederich lo guardò per un istante. Detestava quell'espressione da padre premuroso.

«Ascolta Paul, ci sono battaglie che si possono vincere, altre che è meglio non combattere. Ora ti devi riprendere. Riposati»

Per un attimo, ebbe voglia di ribattere. Non se la sentiva di lasciar perdere tutto così, non dopo quello che aveva passato. Ma sapeva che il suo capo aveva ragione. E questo lo faceva incazzare ancora di più.

«Ok. È finita. Ora sono un po' stanco»

Frederich annuì, lasciò il pacchetto di cioccolatini sulla poltrona e si alzò.

«A presto Paul»

Sorrise stancamente e agitò la mano in segno di saluto.

Una volta che Frederich fu uscito, Paul provò a dormire. In realtà mosse appena le braccia. Riaprì gli occhi. C'era una cosa che proprio non riusciva a digerire. Era riuscito a risolvere il caso, aveva scoperto la verità sugli esperimenti clandestini. E, in tutto questo, a nessuno fregava niente della verità. Tutti accettavano passivamente spiegazioni preconfezionate. Per la prima volta, in vita sua, si sentì veramente solo. Decise che si sarebbe adeguato. Non aveva nessuna possibilità di dimostrare quello che aveva scoperto. E, in fondo, chi gli assicurava che fosse la verità? Magari Weiss si era costruito una storia fantasiosa e l'avevano ucciso per un motivo molto più banale. Debiti, ad esempio. Riuscì a scacciare il senso di impotenza. La rabbia si sciolse lentamente. Prima di addormentarsi, però, una domanda iniziò a ronzargli in testa, spingendo per una risposta. Mettiamo che sia tutto vero. Gli esperimenti, i feti geneticamente modificati, gli shock anafilattici. Se erano in grado di modificare le preferenze alimentari, che cos'altro erano in grado di decidere? Cosa potevano determinare sin dalla nascita? Si addormentò. Sognò un mondo popolato da persone tutte uguali, che compravano gli stessi prodotti e votavano per lo stesso partito. Lo guardavano stupiti. Avevano tutti lo stesso identico volto.

Appartamento di Meredith Delacroix, New Detroit, 2 anni dopo

Meredith tornò a casa tardi. Era stata una giornata di lavoro massacrante. Come se non bastasse, il suo capo le aveva dato altre mansioni. Adesso, non era solo una contabile ma anche la responsabile del settore informatico, senza aumento di stipendio. Trovò suo marito seduto in poltrona che seguiva il dibattito tra due deputati. Non riusciva a capire la passione di Edward per la politica. Lo salutò con un bacio. Gabriel era seduto sul tappeto e giocava con due piccole astronavi di plastica. Lo abbracciò baciandolo sulla testa, ricoperta da un caschetto di capelli biondi.

«Ti va un bel gelato alla crema, cucciolo?»

«Siii»

Meredith scomparve in cucina seguita da Gabriel che tornò sul tappeto a mangiare il gelato.

«Attento a non sporcare per terra»

Il bambino sorrise, la bocca già impiastricciata di crema.

Meredith si preparò un bagno caldo. Aveva voglia di immergersi nell'acqua, rilassarsi e non pensare al maledetto sistema informatico del giornale.

Stava per entrare nella vasca quando sentì Edward che urlava qualcosa in salotto. Si infilò l'accappatoio e si affrettò a raggiungere il marito. Probabilmente Gabriel aveva lasciato cadere il gelato sul tappeto.

Appena entrata nella stanza, la prima cosa che notò fu il televisore. Il grande schermo al plasma era ricoperto di crema che colava da tutte le parti imbrattando la faccia di un deputato sorridente

«Che cos'è successo?» domandò rivolta al marito

«Non lo so. All'improvviso ha preso il gelato e l'ha buttato contro il televisore. Guarda che disastro»

Gabriel era immobile e sembrava osservare il televisore con ostilità. Per un attimo, Meredith ne fu spaventata. Non era l'espressione di un bambino. Troppo feroce.

«Gabriel che cos'hai fatto? Perché hai gettato il gelato contro il televisore?» prese il bambino tra le braccia girandogli delicatamente la testa verso di lei. Gabriel assunse un'espressione imbronciata e puntò l'indice verso il televisore «Lui è brutto. Io… io lo odio»

La crema colava sul viso del deputato democratico, deformandone l'immagine in una caricatura grottesca.

Filo interdentale

Si stava torturando un dente con uno stuzzicadenti. Era uno stuzzicadenti di legno sottile, di quelli stipati a centinaia dentro ad una scatola che non si sa bene da quanto tempo si trovava nella dispensa. Però, sulla confezione, non c'era polvere, quindi non poteva essere lì da troppo tempo. Gli era entrato un pezzetto di prosciutto tra uno dei canini inferiori e il dente adiacente, di cui non ricordava il nome. All'inizio, subito dopo cena, era soltanto un piccolo fastidio sopportabile. Dopo il film delle nove era diventato una tortura. La lingua passava in continuazione sul punto dove il pezzo di cibo sembrava aver piantato una bandierina.

Le undici. Sua madre e suo fratello erano già a letto. Alessandro non riusciva a togliere quel maledetto.

Dopo aver provato con gli stuzzicadenti, era passato ai pezzetti di plastica che tengono insieme i pacchi di pancarrè. Niente. Non si muoveva. Alle undici e mezzo si fece una canna. Sarebbe andato a letto più calmo e, il giorno dopo, avrebbe comprato il filo interdentale.

Scaldò il fumo, lo arrotolò nella cartina insieme al tabacco di mezza sigaretta e si concentrò sul film Horror.

È stupefacente come il fumo renda tutto più interessante. Normalmente, avrebbe cambiato canale dopo dieci minuti. Adesso anche un B-movie lo interessava come un film d'autore. La pubblicità di una nuova crema per l'acne mostrava volti levigati come statue, promettendo risultati miracolosi.

Ma la lingua continuava ad andare al dente e al pezzetto di prosciutto.

La folgorazione arrivò improvvisa. Se l'unica soluzione sembrava il filo interdentale poteva trovare un surrogato. Un filo qualunque poteva avere lo stesso effetto. Andò in cucina dove sua madre teneva aghi e fili per i rammendi a magliette e pantaloni. Scelse un filo nero, del tipo più resistente. Cagliostro, il gatto di casa, era arrivato in cucina attirato dal rumore. Iniziò a strusciarglisi contro la gamba. Aveva fame. Gli unici momenti in cui un gatto vuole compagnia sono quando vuole giocare o quando vuole mangiare.

Versò un po' di croccantini nella ciotola. Accarezzò il manto nero del micio che aveva iniziato il pasto accompagnandolo con delle fusa particolarmente rumorose.

Tornato in sala, si sfregò le mani e si preparò ad usare il filo.

Niente. Si spezzava di continuo senza riuscire a raggiungere quel maledetto pezzo di prosciutto. I due denti erano troppo vicini e il filo non era abbastanza resistente.

«Affanculo»

Avrebbe aspettato il giorno dopo. Ma il pensiero continuava a tormentarlo.

Guardò l'orologio. L'una. Tardi, ma non tardissimo, per le sue abitudini.

In un attimo decise. Sarebbe andato alla farmacia comunale, quella aperta anche di notte.

Prese la duecentosei cc dal garage e si diresse verso il centro. Sperava che sua madre e suo fratello non si svegliassero prima del suo ritorno.

Arrivò davanti alla farmacia e posteggiò l'auto. In realtà non era aperta, c'era solo uno sportello e un citofono. Alessandro suonò.

«Si?» dal citofono uscì una voce di uomo, annoiata e gracchiante.

«Emm… Buonasera io avrei bisogno di una cosa…»

«Di cosa?»

«Di una confezione di filo interdentale» Sapeva che sarebbe suonato assurdo. Presentarsi nel cuore della notte in farmacia e chiedere del filo interdentale.

Silenzio.

«Scusi c'è ancora?»

«Mi sta prendendo in giro? Si presenta qui all'una e mezzo per chiedermi del filo interdentale?»

«Si…cioè… so che può sembrare assurdo ma ne ho veramente bisogno»

«Ascolta, vattene o chiamo la polizia»

«Scusa ma che ti costa? Non sono mica venuto a rubare. Te lo pago»

«Questo è un servizio per le urgenze e non un supermercato. Ripassa domani mattina e avrai tutto il filo interdentale che vuoi»

«Ma le ho detto che non posso farne a meno. Questo dente mi sta torturando. Per favore»

«Anche volendo non posso aiutarti. Ho accesso solo ai medicinali e non agli altri prodotti»

Che stronzo. Tutta la notte lì dentro e non aveva voglia di alzare il culo per prendergli un po' di filo interdentale.

Si allontanò sconsolato verso la macchina. Poi pensò: l'autogrill. Era sempre aperto. Lì avrebbe trovato il filo interdentale e si sarebbe liberato di quella tortura. Non era distante. A pochi chilometri dall'ingresso dell'autostrada. Venticinque minuti, mezz'ora al massimo.

Il lunedì notte il traffico è praticamente inesistente. Viaggiare è un piacere. Vicino al casello incrociò una pattuglia dei carabinieri. Non lo fermarono. Non importava. Anche se l'avessero fatto non aveva niente addosso. Era ancora un po' stordito per il fumo, ma poteva reggere una conversazione con dei carabinieri.

Nel parcheggio dell'autogrill c'erano poche macchine. Nessuno in giro. Veniva lì ogni tanto con i suoi amici, quando tiravano tardi e avevano voglia di un panino, troppo presto per le paste calde di un bar, oppure al ritorno da una serata in discoteca.

Spense i fari dell'auto. Stava per scendere quando si aprì lo sportello dalla parte del passeggero. Era salita una ragazza che, velocemente, aveva richiuso la portiera dietro di sé.

«Parti svelto!»

«Ma chi sei? Scendi subito dalla mia macchina!»

La ragazza era chiaramente una prostituta. Alta, bionda. Fisico statuario. Un bel viso giovane incorniciato da lunghi capelli e occhi azzurri: molto bella, ma una puttana. Aveva una minigonna che sembrava un fazzoletto e un top ancora più corto. Una pelliccia sintetica sopra, a coprire il minimo indispensabile.

Aveva gli occhi lucidi. Sembrava febbricitante.

«Metti in moto, ti prego. C'è un uomo che mi insegue. Ti prego, andiamo via»

Non fu il tono implorante della ragazza a convincerlo a ripartire. Mentre lei stava ancora parlando aveva guardato lo specchietto retrovisore. Un uomo si stava avvicinando. Aveva dei lunghi capelli bianchi. Un cappotto che gli arrivava alle caviglie.

Ingranò la marcia. In un attimo erano di nuovo in autostrada.

Guardò la compagna di viaggio. Si era rannicchiata in posizione fetale sul sedile. Tremava e continuava a sudare.

«Ehi stai bene?» Non sapeva cosa dire.

«Si, ora si grazie»

La ragazza aveva un pesante accento slavo. Parlava molto bene italiano ma l'accento era molto marcato.

«Cosa vuole quell'uomo da te?»

«Vuole uccidermi»

Un brivido freddo gli corse lungo la schiena.

«Cosa?»

«Uccidermi» La ragazza era spaventata a morte.

«Ascoltami, la prossima uscita è quella per Arezzo, dove abito. Ora chiamo la polizia e ti faccio venire a prendere al casello, così sei al sicuro»

«No, niente polizia»

«Come niente polizia? C'è un pazzo che ti insegue e tu non vuoi chiamare la polizia? Ok ti porto direttamente davanti alla questura e ti lascio lì»

«Ti prego. Sono un'immigrata clandestina. Non ho il permesso di soggiorno»

«E allora? Meglio che ti rimandino a casa viva piuttosto che restare qui a vedertela con quel maniaco»

«Se torno a casa i miei genitori mi ammazzano»

«Come ti ammazzano?»

«Sono scappata a sedici anni. E lo vedi no, cosa sono diventata?»

«Emm… sei una prostituta?»

«Si, sono una puttana»

«Sai, sei veramente molto bella per essere, si insomma… no volevo dire…» Era una frana con le donne. E il maestro delle gaffe.

«Per essere una puttana, volevi dire?» Non sembrava arrabbiata.

«No, scusami non volevo essere offensivo»

«Era un complimento. Grazie» Si sporse verso di lui e gli diede un bacio sulla guancia. Per poco Alessandro non finì contro il guard-rail.

Arrivarono al casello. La pattuglia che aveva incrociato all'andata era ancora lì.

«Se ci fermano, dammi ascolto, racconta tutto» La ragazza aveva un colorito cinereo.

«No. Non ti fermare, ti prego. Ci raggiungerà»

«Meglio. Almeno lo arrestano»

La paletta dei militari si sollevò non appena ebbe pagato il pedaggio.

Si fermò accanto a un carabiniere molto giovane. Il suo collega, intanto, girò intorno all'auto e si affacciò al finestrino dalla parte del passeggero.

«Patente e libretto»

Consegnò i documenti al giovane appuntato mentre il maresciallo continuava a guardare dentro.

L'appuntato si allontanò per il controllo. Il maresciallo si rivolse alla sua passeggera. Solo in quel momento, Alessandro si rese conto che non aveva chiesto alla bella prostituta quale fosse il suo nome.

«Favorisca i documenti anche lei» Aveva un accento meridionale. Alessandro pensò che più della metà dei carabinieri in circolazione erano del sud Italia. Non che avesse niente contro i meridionali. Persone espansive, simpatiche, in molti casi. Però avevano la tendenza a concentrarsi nei lavori più stronzi.

«Non ho i documenti con me» La ragazza aveva ripreso a sudare copiosamente.

«Lei è straniera, non è vero?»

Alessandro avrebbe voluto battere le mani e dire "bravo maresciallo, lei è meglio di Don Matteo e Poirot messi insieme!".

«Sì, sono russa»

«E cosa ci fa qui?»

«Sono di passaggio»

La ragazza continuava a guardarsi alle spalle, come se temesse che qualcuno le saltasse addosso da un momento all'altro.

«Bene, non ha i documenti. Deve venire con me. E anche lei» Fece un cenno ad Alessandro invitandolo a uscire dalla macchina.

«No, la prego mi lasci andare. Lui è vicino. Mi troverà»

Il maresciallo la guardò stupito.

«Lui chi?»

«È una storia un po' particolare…» Alessandro non sapeva cosa dire. Era uscito per comprare del filo interdentale e guarda in che casino si era andato a cacciare.

«Ci credo. Me la racconterete nel mio ufficio»

Intanto l'appuntato era tornato dal controllo.

«La macchina è in regola»

«Dai un'occhiata dentro e nel portabagagli»

«Ehi ma non potete perquisire così, senza un motivo! Voglio il mio avvocato»

Il maresciallo lo guardò con un mezzo sorriso sulle labbra.

«Chiamalo, ragazzo, nessuno te lo impedisce. Ma se non arriva entro mezz'ora io ti perquisisco lo stesso. Ricordati che sei insieme a una straniera, senza documenti e per di più una…»

«Puttana» Finì la frase la ragazza.

Non poteva chiamare l'avvocato. Avrebbe dovuto telefonare al fratello. La sua fidanzata era il loro avvocato. Alle due e mezzo, al casello dell'autostrada, con una puttana come passeggera, che gli avrebbe raccontato? Affanculo.

Porse le chiavi della macchina all'appuntato.

Il maresciallo li invitò a seguirlo verso il casottino del casello.

All'interno, la stanza era illuminata da luci al neon. Una scrivania con due sedie e un armadio erano l'unico arredamento.

«Sedetevi»

Si sedettero.

«Chi è che ti dovrebbe trovare? Il tuo protettore?»

La ragazza non rispose. Continuava a stringersi nella pelliccia sintetica, tremando come una foglia. Sotto la luce del neon sembrava ancora più pallida.

«Le racconterò io come sono andate le cose» Alessandro si era rotto. Gli dispiaceva un po' per la ragazza che, con ogni probabilità, sarebbe stata rispedita a casa, ma era stanco e voleva chiudere quella storia.

Raccontò di come fosse andato all'autogrill alla ricerca di un non specificato oggetto. Se gli avesse detto del filo interdentale il maresciallo l'avrebbe preso per pazzo. Continuò raccontandogli di come la ragazza gli fosse balzata in macchina e dello strano tipo che la stava seguendo.

«In auto mi ha chiesto di non chiamare la polizia perché è senza permesso di soggiorno. È tutto»

Il maresciallo l'aveva ascoltato in silenzio.

«E tu pretendi che io mi beva una storia del genere?»

«Ma che storia?»

«Perché sei andato all'autogrill nel cuore della notte? Che cosa dovevi fare?»

Alessandro sospirò «Dovevo comprare del filo interdentale»

«Come?»

«Si, lo so che sembra assurdo, ma ho un affare tra i denti che mi sta torturando e ….»

«E mi stai prendendo per il culo. Ora ti dico cosa penso. Tu sei un corriere che è andato a prendere questa ragazza, immigrata clandestina, all'autogrill, per portarla in città e avviarla alla prostituzione»

Alessandro lo guardò. Sperava che l'uomo che aveva di fronte sarebbe scoppiato in una risata. Invece rimase mortalmente serio.

«Sta scherzando, vero?»

«Certo che no. Adesso tu mi racconti tutta la verità. Chi ti ha mandato a prendere la ragazza? Dove la devi portare?»

«Ascolti, io non so quale film sta girando nella sua testa, ma io le ho già detto tutta la verità. Secondo lei, qualcuno porta una ragazza fino a dieci chilometri dal casello e poi la lascia lì, in attesa che qualcun altro la vada a prendere? Perché non l'hanno portata subito loro? Non le sembra stupido?» Non voleva essere sarcastico ma l'ottusità lo irritava.

«Tu la fai semplice. Il traffico di clandestini è una cosa seria e organizzata»

«Si e Arezzo è uno snodo cruciale. Ma che cosa sta dicendo? L'unico traffico che c'è in città è quello dell'oro al nero che vi fanno passare sotto il naso nel doppiofondo delle Mercedes!» Per non parlare della cocaina. Preferì non menzionare la droga. Non voleva sovraccaricare di informazioni quel cervello che sembrava già abbastanza pieno di idee fantasiose.

Il maresciallo rimase in silenzio per un po'.

«Non ti credo»

Voleva ribattere qualcosa, quando un rumore fuori dalla porta lo interruppe.

«Entra Salvatore» Il maresciallo si era voltato verso l'ingresso della stanza.

Nessuna risposta. Sbuffando, l'uomo si alzò dalla sedia e si avvicinò alla porta.

«Voi restate qui»

Alessandro era tornato a guardare la ragazza. Non stava bene.

«Hai freddo? Vuoi la mia felpa?»

La ragazza scosse la testa.

«Mi dici almeno come ti chiami? Non ci siamo nemmeno presentati»

«Mi chiamo Eva»

«Io Alessandro. Credo che tu abbia bisogno di un dottore, Eva»

«No. Ho solo bisogno di riposare»

Alessandro si strinse nelle spalle. Aveva bisogno anche lui di riposare. Erano le tre di notte. Se sua madre si fosse svegliata e si fosse accorta della sua assenza le sarebbe preso un colpo.

Il maresciallo Ciafrone aprì la porta. Era pronto a rimproverare il collega per averlo interrotto durante un interrogatorio.

Nessuno in vista. Eppure aveva sentito qualcuno.

Richiuse la porta alle sue spalle. Si guardò intorno. Tutto tranquillo. Stava per rientrare, quando una mano gli calò sulla spalla. Si voltò di scatto.

Un uomo era in piedi, davanti a lui. Aveva lunghi capelli bianchi e uno spolverino lungo fino alle caviglie. Una cicatrice gli attraversava il volto, dallo zigomo destro fin sotto l'orecchio sinistro.

«Dov'è lei?» La voce profonda e roca gli fece accapponare la pelle.

«Ma lei chi è?»

Gli occhi neri dell'uomo lo scrutavano impassibili.

«Voglio la ragazza»

«Lei sta parlando con un maresciallo. Ora viene dentro con me e mi spiega cosa vuole»

«No»

«No? E io l'arresto»

«Non faccia lo stupido maresciallo. Mi consegni la ragazza. E mi dica una cosa. L'ha graffiata o morsa, per caso?»

«Non faccia lo stupido? Bene, lei è in arresto. Mani contro la schiena prego» Cercò di estrarre la pistola ma l'uomo con i capelli bianchi fu più veloce di lui. Con una mossa repentina estrasse un lungo coltello, un machete forse, da sotto lo spolverino e gli tranciò la mano di netto. L'arto cadde a terra con un suono molliccio. Il sangue prese a zampillare copioso dal moncherino.

«Mi dispiace, ma non posso correre il rischio che sia stato contagiato»

Il maresciallo Ciafrone urlò solo per un attimo. La lama penetrò in profondità dentro alla pancia. Il sangue salì alla bocca, colando sul mento e soffocando l'urlo in gola.

Eva era agitatissima. Aveva sentito delle voci fuori dalla porta. Una era quella del maresciallo. L'altra era più bassa, ma non riusciva a capire se fosse quella dell'appuntato.

«Dobbiamo andarcene. Subito! Lui è qui!»

«Ma lui chi?»

Eva lo guardò. Gli occhi erano iniettati di sangue. Alla luce dei neon, il sudore le rendeva il viso traslucido.

«L'uomo dell'autogrill. È qui»

Poi si alzò in piedi. Si guardò intorno. Indicò una finestrella in alto, sopra l'armadio. Prese una sedia e l'aprì. Era stretta ma una persona snella poteva passarci.

«Vieni via con me. Lui ti ucciderà se ti trova qui»

«Ma siamo dentro a un ufficio dei carabinieri. Cosa racconto se...» La ragazza si era già lasciata cadere fuori prima che lui potesse finire la frase.

Quando ricadde dall'altra parte del muro, Alessandro sentì che era in piedi sopra a qualcosa di morbido. La luce soffusa proveniente dai lampioni dietro l'angolo non gli permetteva di vedere bene. Impiegò alcuni istanti a scorgere su cosa fosse caduto.

Il corpo dell'appuntato era appoggiato al muro proprio sotto alla finestra. La testa reclinata in avanti, le braccia inerti lungo i fianchi. La prima cosa che pensò fu che il carabiniere si era addormentato. Ma la pozza di sangue era troppo estesa. Era sicuramente morto.

Eva stava guardando dall'angolo della piccola costruzione verso la strada.

Si voltò e, portandosi l'indice sotto al naso, gli fece segno di restare in silenzio. Con la mano libera gli porse le chiavi della macchina. Per un attimo Alessandro pensò che fosse stata lei ad uccidere il carabiniere. Scartò subito l'idea. Era uscita dalla stanza pochi secondi prima di lui. Non aveva avuto il tempo né di aggredirlo né di metterlo in quella posizione.

Alessandro era scioccato. Non capiva cosa stesse succedendo. Si rifiutava di guardare il cadavere. Voleva tornare a casa.

Ad un certo punto, Eva gli fece segno di seguirla e uscì di corsa dall'angolo. Per un attimo, Alessandro pensò di restare lì. Che scappasse pure da sola. Lui avrebbe aspettato i soccorsi e spiegato la situazione. Ma cosa avrebbe raccontato? E la ragazza sembrava capire perfettamente cosa stava succedendo. La seguì. Impiegarono pochi secondi ad arrivare alla macchina.

«Metti in moto, svelto!»

Mentre stava girando la chiave, il finestrino dalla parte della ragazza esplose. I vetri schizzarono in tutte le direzioni. Istintivamente si coprì gli occhi con il braccio.

Quando si voltò a guardare alla sua destra, la testa di Eva era per metà fuori dal finestrino. L'uomo dell'autogrill l'aveva afferrata per i capelli e brandiva un lungo coltello. Schiacciò il pedale dell'acceleratore giusto un attimo prima che l'arma calasse sulla testa della sua passeggera. La macchina balzò in avanti. Eva urlò. Una ciocca di capelli era rimasta nelle mani dell'uomo che le stava dando tanto ferocemente la caccia.

Guidò per alcuni minuti senza sapere bene dove stava andando. Eva adesso sembrava più calma anche se il pallore e il sudore continuavano a darle l'aspetto di uno spettro, senza, tuttavia, intaccarne la bellezza.

«Adesso chiamo la polizia»

«Non puoi. Nessuno ti crederebbe» La ragazza sembrava stanca. Le borse sotto gli occhi erano sempre più pronunciate.

«Ascolta, mi hai cacciato in un casino enorme. Ci sono uno, anzi probabilmente due carabinieri morti. Ho la macchina mezza distrutta. E mi dispiace dirlo ma è tutta colpa tua. Anzi, non mi dispiace dirlo: mi hai cacciato in un casino colossale»

Eva continuava a restare in silenzio. Alessandro invece, sentiva la rabbia montare dentro. L'effetto della canna, che lo aveva mantenuto calmo in una situazione che normalmente lo avrebbe bloccato, era stato spazzato via dall'adrenalina.

«Chi è quell'uomo?»

Nessuna risposta. Eva restava immobile, deglutendo a fatica.

«Chi cazzo è quel pazzo che ti sta dando la caccia?»

Ancora nessuna risposta. Quando schiacciò il freno, la macchina si fermò in un attimo. Stava guidando piano.

«O mi racconti tutto o io ti porto davanti alla questura. C'è anche una terza opzione: puoi scendere»

La ragazza lo guardò. Lo sguardo di una persona febbricitante. Malata.

«Andiamo in un posto tranquillo. Ti racconterò tutto» La voce ridotta ad un sussurro.

Alessandro la guardò per un attimo. Cosa gli impediva di farla scendere? O di portarla di fronte alla questura? Non riusciva a capirlo. C'era qualcosa che lo spaventava e lo attirava nello stesso tempo. Ingranò la marcia e imboccò una stradina isolata che si perdeva nella campagna. Si fermò in fondo ad uno spiazzo sterrato.

«Allora?»

Eva guardava di fronte a sé. Sembrava respirare con difficoltà.

«Quell'uomo è legato a me. Si chiama Ivan. Mi ha seguito dalla Russia fino a qui» Prese fiato respirando profondamente.

«Mi vuole uccidere»

«Questo lo so. Ma perché? Cosa gli hai fatto?»

«Io… io…» Eva lo guardò. Gli occhi erano pieni di lacrime e lo sguardo da cerbiatta lo implorava di capire qualcosa che lui non poteva capire.

«Io… cosa?»

Lei lo baciò. Un bacio lungo, appassionato. Disperato. Alessandro aveva capito subito che era un modo per non rispondere. All'inizio, cercò di sottrarsi, ma non ci riuscì. La foga, il trasporto con cui lei gli stava offrendo il suo corpo lo rapirono. Non pensò al fatto che era una puttana. Non pensò che stavano scappando da un pazzo sanguinario. La voleva. E la prese. Adesso la ragazza non sembrava più debole e malata. La sua bocca cercava il corpo di lui, la sua lingua lo accarezzava. Gli sembrava di fare l'amore con una donna e, contemporaneamente, con un animale. C'era qualcosa di dolce ma nello stesso tempo estremamente selvaggio. Durante l'atto sessuale, lei lo morse e graffiò più volte, lasciandogli profondi segni sulla pelle ma Alessandro non provò dolore.

Nel momento in cui lei raggiunse l'orgasmo sentì che qualcosa non andava. C'era qualcosa di stonato nel modo di gemere. Non era piacere. Era dolore. Intenso. Stava sopra di lui, la testa appoggiata alla sua spalla. Le alzò delicatamente il mento in modo da poterla guardare in viso. Era cambiata. O meglio, stava cambiando. I tratti del volto si stavano deformando in un'espressione di sofferenza. La mascella si stava allungando, così come i denti. Il naso sembrava ingrossarsi e schiacciarsi. Ciuffi di pelo ispido crescevano sulla pelle liscia che si scuriva assumendo una tonalità marrone.

Alessandro guardava inorridito quella che fino a pochi attimi prima era la ragazza più bella con cui avesse mai fatto l'amore, diventare un mostro.

Nonostante tutto il suo corpo gli dicesse di scappare, di andarsene, lui non riusciva a staccare gli occhi da quella che sembrava la negazione di ogni legge di natura. Il volume del corpo stava aumentando, così come la massa muscolare. In breve tempo, non sarebbe più entrata nello stretto abitacolo. Gli passò per la mente il pensiero più stupido: "cazzo, no, non è possibile, questa mi distrugge la macchina."

Adesso i denti erano zanne lunghe molti centimetri. Le dita delle mani si contorcevano come deformate dall'artrite. Le unghie si allungavano in artigli gialli e ricurvi. Sembrava che sino a quel momento Eva avesse portato un pigiama troppo stretto, di cui si stava liberando in quel momento.

Furono le zanne e gli artigli a riportarlo alla realtà. E la paura. Aprì lo sportello e si precipitò fuori.

Si sentì sollevare da terra nell'attimo in cui chiuse la portiera dietro di sé. Quella che prima era Eva lo aveva afferrato per la maglietta e lo teneva sollevato di fronte a sé, come un cucciolo preso per la collottola. Non c'era più nulla di umano in lei. Era alta più di due metri e una folta peluria le ricopriva completamente il corpo. Gli occhi erano la cosa più inquietante: la pupilla sembrava danzare in un mare di magma.

Eva spalancò la bocca mostrando due file di zanne acuminate. Alessandro voleva urlare ma si accorse di non poter emettere nemmeno un suono: l'orrore lo paralizzava.

Poi, una voce risuonò dietro di lei. Non poteva vedere chi aveva parlato perché quel corpo gigantesco gli copriva completamente la visuale.

«Finalmente ti ho trovato, cagna»

Il lupo mannaro lo lasciò e Alessandro si ritrovò a terra, in ginocchio.

«È luna piena stasera. Sapevo che non avresti resistito alla voglia di farti uno spuntino, maledetta»

La creatura guardò l'uomo. La preda era adesso cacciatore. Ivan non l'avrebbe mai lasciata in pace. Per troppo tempo le aveva dato la caccia.

«Stanotte finirà tutto»

Alessandro aveva impiegato alcuni secondi a riprendersi dalla botta della caduta. La scena che gli si parò di fronte nel momento in cui alzò gli occhi era da film Horror. L'uomo con i capelli bianchi era di fronte alla bestia. Il lungo coltello sguainato. Eva lo guardava. Non aveva più la facoltà della parola. Riusciva ad emettere solo dei ringhi bassi e minacciosi. La sua parte animale aveva preso il sopravvento.

Tutto si svolse così velocemente che Alessandro percepì, più che vedere, i movimenti che venivano compiuti.

Eva si gettò su Ivan con una velocità impressionante. Questi riuscì a schivare gli artigli rotolando di lato. La bestia spiccò un nuovo salto. L'uomo portò la lama davanti a sé e, tenendola con entrambe le mani, trafisse all'altezza dello stomaco quella che era stata una bellissima ragazza bionda. L'urlo disumano salì fino al cielo. Ad Alessandro sembrò di sentire alcuni ululati di risposta provenire dalla campagna vicina. La bestia non morì subito. Con un ultimo impeto di ferocia colpì l'uomo alla pancia con un pugno dalla violenza inaudita. Guardando meglio, Alessandro si accorse che l'uomo era stato trapassato da parte a parte dal lungo braccio peloso. I due si accasciarono al suolo. Sembrava l'abbraccio morente del cacciatore alla belva uccisa. Un riconoscimento a un rivale degno di lui. Solo che in questo caso non c'era un vincitore.

Alessandro aveva osservato tutta la scena in ginocchio. Adesso le due figure erano immobili. Eva si stava trasformando velocemente. In pochi minuti era di nuovo la bellissima ragazza con cui aveva vissuto le ore più incredibili della sua vita. Bellissima e umana.

Si avvicinò ai due corpi. Ivan era ancora vivo. Il sangue usciva dalla bocca a fiotti. Era nero. Cercava di dire qualcosa. Alessandro si avvicinò di più e tese l'orecchio per sentire le ultime parole.

«Aveva ucciso tutta la mia famiglia. Capisci?» Un altro fiotto di sangue venne espulso con un conato.

«Stia calmo, ora chiamo un'ambulanza e...»

Ivan scosse la testa. Era troppo tardi. Anche Alessandro lo sapeva.

«Ti ha graffiato?»

Solo in quel momento si rese conto di tutti i graffi e i morsi che la ragazza gli aveva fatto durante l'amplesso in macchina. Bruciavano maledettamente.

«No, non mi ha toccato»

Ivan sorrise con un evidente sforzo.

«Allora è finita. Lei... era... l'ultima»

Pochi secondi dopo gli occhi dell'uomo divennero vitrei. Era morto.

Alessandro riprese la macchina. Il vento che entrava dal finestrino rotto gli dava fastidio. Guidò lentamente. Ormai era giorno.

Parcheggiò di fronte a casa. Nonostante avesse passato una notte che non avrebbe mai dimenticato, il pensiero che aveva ancora in testa era il pezzo di prosciutto che non era riuscito a togliere. In tutto quel casino, tra carabinieri morti, pazzi, lupi mannari e puttane, non aveva comprato il filo interdentale. E il dente continuava a tormentarlo.

Mentre entrava nel portone incrociò la signora Corsi, l'anziana vicina di casa, insieme al suo inseparabile cagnolino. Non appena l'animale lo vide si nascose tremante dietro alle gambe della sua padrona. Non ci fece caso. Era troppo stanco.

«Buongiorno. Sei mattiniero, vedo»

Guardò l'anziana signora per un attimo.

«Buongiorno un cazzo!»

Salì le scale preparandosi mentalmente a dare spiegazioni a sua madre.

Ho ucciso Babbo Natale

Riflessioni Natalizie

Diego era disteso sul tappeto, la schiena appoggiata alla spalliera del divano. Il camino acceso e lo scoppiettio delle fiamme erano piacevoli. Emanavano un tepore rassicurante. Accanto a lui, Daniele stava rollando una canna. Era la vigilia di natale.

«Ehi ma quanto ci metti?» Diego guardò l'amico.

«Non mettermi fretta. La mia è arte» Daniele stava schiacciando il tabacco ormai da un paio di minuti. Le dita correvano veloci, passando e ripassando sulla cartina, nel tentativo di appiattirla sino a renderla lunga e affusolata.

«Ma vaff…» Diego soffocò una risata.

Il Natale gli procurava sempre tristezza. Non pensava fosse solo una festa commerciale, un'occasione per comprare e consumare. Era la felicità che lo circondava che lo metteva a disagio. Per non parlare del pranzo di Natale. Il pensiero che l'indomani zii e cugini si sarebbero presentati a casa sua lo faceva inorridire. Persone che vedeva due volte l'anno lo avrebbero coperto di attenzioni, fingendo di essere interessati alla sua vita. In due parole:

Che palle.

«Passami l'accendino» Daniele aprì il palmo della mano. Diego glielo lanciò.

«Aah questo è il vero spirito natalizio» il suo amico si distese sulla pancia avvicinandosi al fuoco del camino.

«E tu che ne sai dello spirito natalizio?»

«So che questo per me è il modo migliore di festeggiare il Natale»

«E cioè?» Diego lo guardò incuriosito.

«Stare nella tua casetta di campagna a fumare e sparare un po' di cazzate, rilassati. Niente parenti. Niente regali. Per te non è così?»

Diego si strinse nelle spalle «Sì, più o meno credo di sì. Me la passi o no quella canna?»

Iniziò a fumare e, insieme al piacevole tepore del focolare, lo pervase la sensazione del fumo.

«Se tu fossi Babbo Natale che cosa porteresti a Maria de Filippi?»

Daniele ci pensò su un attimo.

«Una bella palata di merda»

«Buona risposta. Io le regalerei la targa al merito per avere distrutto la televisione» Diego odiava Maria de Filippi. Era una delle artefici di quel genere di televisione che detestava più di ogni altra cosa.

«Buona risposta. Hai visto uomini e donne, ultimamente?»

Il fumo gli andò per un attimo di traverso. Tossì. Osservò Daniele con gli occhi leggermente sgranati.

«Perché, tu guardi uomini e donne?»

Il suo amico sorrise.

«Certo che no. A volte mi domando come può piacere un programma in cui le persone raccontano storie chiaramente false, spacciandole per vere e fingendo sentimenti genuini. Quando l'unica cosa in comune è la loro ignoranza. Perché alla gente piace?»

«Perché le persone si immedesimano nei personaggi. Prendi il Grande Fratello. Dodici sfigati isolati in una casa che si lasciano riprendere ventiquattro ore al giorno. Cosa c'è di bello? Ti ci affezioni per inerzia. Sfido chiunque a non avere nella propria compagnia di amici un personaggio simpatico o particolare che non potrebbe stare dentro alla casa»

Daniele annuì e riprese la canna che Diego gli stava tendendo.

«È proprio il fatto che sia gente comune che attira il pubblico. Ti fanno credere che uno dei prossimi partecipanti potresti essere tu. Da comunissimo ragazzo a star televisiva. È questo il nostro sogno»

«Il loro sogno, Dani. Io ho un sacco di progetti nel cassetto, ma quello di finire a tutti i costi in televisione non è certo in cima alla lista»

Daniele gettò la canna nel fuoco.

«Sai che penso?»

«Che è un sacco di tempo che non scopi?»

Daniele alzò il dito medio.

«No. Che il mondo che ci stiamo costruendo è veramente squallido»

«Forse. L'importante però, è avere sempre una possibilità di scelta»

Le undici. Un'ora a natale. Un'ora ai regali da scartare.

«Tu ci credi a Babbo Natale?» Diego guardava il soffitto. Immaginò il vecchio dal vestito bianco e rosso. La faccia rotonda e simpatica. La folta barba bianca.

«Che domanda è? Ho smesso di crederci a sette anni, quando gli ho tirato la barba e ho scoperto la faccia butterata di mio zio»

«Uno shock»

«Se tu avessi visto mio zio, non scherzeresti. È così brutto che ho iniziato a piangere come una fontana. I miei genitori hanno impiegato ore a calmarmi»

Diego guardò l'amico e iniziò a ridere. Si sentiva la bocca impastata. Bevve un sorso di birra dalla bottiglia che aveva appoggiato accanto a sé.

«Ma che ridi?»

«Era tuo zio paterno che faceva Babbo Natale?»

«Sì, ma che c'entra scusa?»

«Si spiegano un sacco di cose. Ad esempio, da chi hai preso la tua faccia»

Il suo amico alzò di nuovo il dito medio mostrando i dentoni da coniglio.

«Che fioretto facciamo per quest'anno? Boicottiamo Maria de filippi?»

«Perché non iniziamo a mandare decine di messaggi di insulti a quelli dei suoi programmi? quelli che passano in sovraimpressione sullo schermo?»

Daniele scosse la testa.

«Naa, te li censurano subito. Perché non facciamo qualcosa di serio?»

«Tipo?»

«Tipo promettere di essere più buoni, più rispettosi verso la famiglia. Di dare più esami…»

«See. Contaci» Diego incrociò le gambe e alzò l'indice della mano sinistra «Perché non promettiamo di realizzare qualcosa di grande, un progetto?»

Daniele sollevò un sopracciglio «Tipo?»

«Non lo so. Ci pensiamo. Qualcosa di importante. Qualcosa che cambi veramente il mondo che ci circonda»

«Tipo inventare il casco che non ti spettina?» Daniele si passò una mano nei capelli disordinati.

«Qualcosa del genere. Oppure una oliera che non lasci il residuo sul piattino»

«Oppure un paio di scarpe che diventano dei pattini a rotelle»

Diego guardò l'amico scuotendo la testa.

«Le hanno già inventate gli americani»

Daniele sgranò gli occhi «Veramente?»

«Veramente. E già da qualche anno»

«Maledetti yankee. Sono sempre più avanti di noi. Uno ha una buona idea e loro…zac te la rubano»

«Allora ci stai?»

«Ci sto»

Si strinsero la mano, fecero scivolare le falangi e cozzarono i pugni. Il loro saluto rituale. Uguale a quello di altri mille adolescenti. Avrebbero inventato qualcosa di grande e rivoluzionario. Qualcosa che avrebbe cambiato il mondo per sempre. Come le cannucce con la punta pieghevole.

Sempre che il giorno dopo ricordassero ancora la loro promessa.

Daniele, intanto, aveva iniziato a rollare un'altra canna.

L'incidente

Poco prima di mezzanotte decisero di scendere in città. La Ford fiesta sgangherata di Diego si accese con un rumore sputacchiante. Una caffettiera. La temperatura all'interno della macchina era di poco più alta rispetto all'esterno. Il fiato dei due ragazzi si condensava in piccole nuvole di vapore. Daniele accese il riscaldamento al massimo. Ottenne un getto di aria gelata che gli sollevò il ciuffo spettinato dalla fronte.

«Ma porc… viene aria fredda!»

«Si stupido, devi aspettare che il motore si scaldi per avere l'aria calda»

Diego spense il getto d'aria.

«Che cazzo di macchina… non ha neppure un riscaldamento decente»

«Perché non hai preso la tua? Hai la macchinina nuova fiammante e la tieni sempre in garage»

«Non avevo benzina…»

«Tirchio maledetto»

Daniele sogghignò mostrando i dentoni da coniglio.

«Cosa facciamo ora? Passiamo da casa a scartare i regali? Manca poco a mezzanotte» Daniele guardò Diego che era impegnato a guidare. La strada sterrata era piena di buche e di tanto in tanto le ruote dell'auto scivolavano sui ciottoli perdendo aderenza.

«Ehi che cos'è quello?» Daniele indicò qualcosa a lato della strada. Illuminato dalle luci dei fari un istrice enorme stava cercando di superare il fosso per gettarsi nel bosco. Diego girò la testa per osservare l'animale.

«Cazzo, era enorme. Ma non vanno in letargo le istrici?»

«Boh. Non lo so. Hai visto che aculei? Saranno stati almeno trenta centimetri»

«E sì»

«Io alzo una canna» Daniele si frugò in tasca estraendo cartine, sigarette e fumo. Diego rallentò l'andatura per evitare sobbalzi troppo forti.

Quando Daniele gli passò la sua opera d'arte, la canna scivolò tra le dita finendo sul tappetino sotto ai pedali.

«Cazzo stai più attento, se buco il tappetino mia madre mi uccide» Diego si chinò per riprendere la canna accesa.

«Attento!» la voce di Daniele lo fece tornare in posizione in un attimo. Scartò verso destra per evitare un ostacolo che non riuscì a vedere bene. Colse solo alcuni animali in fila e qualcosa dietro di loro. Credeva di aver evitato l'ostacolo quando una macchia rossa e bianca gli si parò di fronte e, in un attimo, scomparve sotto l'automobile. Sentì le ruote che passavano sopra qualcosa. Schiacciò il freno. L'auto proseguì alcuni metri prima di fermarsi.

Per alcuni, lunghissimi istanti, i due ragazzi rimasero immobili. Lo sguardo fisso sulla strada illuminata dai fari. Diego respirava affannosamente. Girò la testa verso Daniele.

«Che cos'era?»

Il suo amico deglutì

«Non lo so. Ma era grosso»

«Quanto grosso?»

«Abbastanza»

«Dobbiamo andare a vedere»

«Ma non si vede niente fuori. È troppo buio»

«Faccio manovra e illuminiamo la strada con i fari»

Diego fece inversione. La strada era stretta e, in più di un'occasione, rischiò di scivolare con le ruote posteriori dentro al fosso.

Quando illuminò la scena credette, per la prima volta in vita sua, di aver fumato troppo. Sul ciglio della strada era ferma una slitta ingombra di enormi sacchi pieni. Attaccate alla slitta sei renne. Sul lato opposto, una figura vestita di rosso e bianco era distesa a pancia all'aria con le braccia larghe.

Dopo un attimo di smarrimento, Diego uscì dall'auto lasciando lo sportello aperto. Daniele lo seguì a qualche passo di distanza.

Diego si chinò sulla figura vestita di rosso. Sulla giacca i segni di uno pneumatico. Così come sulle gambe all'altezza delle ginocchia. Con le mani tremanti, cercò un battito nel polso. Poi sul collo.

Niente. L'uomo era morto.

«È morto» iniziò a passarsi le mani tra i capelli.

«Morto…morto?» Daniele lo guardava in cerca di una risposta.

«No. Morto, vivo. Che cazzo di domande fai? È morto. Schiattato. E sono io che l'ho messo sotto»

«Ok, restiamo calmi. Chiamiamo un'ambulanza»

«Si. Ma qui non prendono i cellulari. Dobbiamo scendere giù»

«E delle renne che ne facciamo?» Daniele guardò in direzione degli animali che sbuffavano e davano segni di nervosismo.

«E che cazzo ne so. Che cosa vuoi farci?» A Diego non importava niente delle renne.

«Che cosa ci faceva questo qui nel cuore della notte, vestito da babbo natale e con una slitta trainata da renne? Questa strada porta solo a casa mia»

«Si sarà perso»

Diego si concentrò di nuovo sulla figura distesa. Aveva i pantaloni sbottonati e leggermente calati. Le bretelle penzolavano inerti, come due tentacoli rossi.

«Questo idiota stava pisciando»

«Cosa?» Daniele era concentrato sulle renne. Si era avvicinato agli animali e li osservava da vicino.

«Ha i pantaloni slacciati. Si era fermato a pisciare lungo la strada. Andiamo, dai»

Sentì una specie di rantolo. Una sorta di tentativo soffocato di parlare. Si voltò a guardare l'amico. Daniele stava indicando le renne, che adesso sbuffavano come delle piccole fornaci. Iniziò a indietreggiare. Incespicò su di un sasso e cadde con il sedere sul terreno sterrato, il dito sempre puntato verso gli animali. Continuava a emettere dei suoni strozzati come se una lisca di pesce gli fosse rimasta incastrata dentro alla gola.

«Ehi ma che hai fatto? Stai calmo, non è il momento per avere un attacco di panico»

«Le… le loro zampe…»

«Le loro zampe…cosa?»

«Non toccano terra! Sono…sono sospese!»

«Ma che dici?»

«Guarda! Non toccano terra! Sono sospese in aria!»

Diego si avvicinò agli animali. Piegandosi sulle ginocchia, osservò le zampe della prima coppia di renne. Era vero! Gli zoccoli degli animali erano sospesi ad almeno cinque centimetri da terra.

«Non… non è possibile… è sicuramente un effetto ottico…siamo tutte due scossi e fumati e …»

«E quelle cazzo di cose volano!» finì la frase Daniele.

Si. Quelle renne volavano. E non era un maledetto effetto ottico. Quelle cose si alzavano da terra. E non sembravano impegnarsi per farlo.

Un pensiero improvviso gli attraversò la mente. Si girò verso l'uomo disteso sulla strada. Aveva la barba lunga e candida. Ed era vera. Così come la pancia, simile a una grande anguria. Si rivolse verso Daniele

«E se fosse lui?»

«Lui chi?»

«Lui lui»

«Babbo Natale?»

«Sì. Ma quello vero»

«Quello vero?»

«Non un uomo qualsiasi vestito da babbo natale ma quello vero, originale»

«Quello vero, originale» Daniele aveva il tono incredulo di chi sta parlando di un asino che vola. Solo che in quel caso erano le renne, a volare

«Pensaci. Chi ha delle renne che volano?»

«Babbo natale»

«Esatto. E inoltre quest'uomo è grasso sul serio, non ha un cuscino sotto al vestito. La barba è sua, non posticcia. Lunga e candida»

«Ehi stai descrivendo il frate di Santa Maria delle grazie, te ne rendi conto? Magari è lui»

«E il frate di santa Maria delle grazie ha sei renne volanti dentro alla stalla?»

Daniele si grattò la testa con aria assorta

«Non credo. Quindi noi… noi abbiamo ucciso Babbo Natale?»

Diego annuì con la testa muovendola lentamente su e giù.

«Non può essere. Babbo Natale non può morire!»

«In teoria io non pensavo nemmeno che pisciasse»

Una delle renne scattò verso di lui, la bocca spalancata. I denti si serrarono sul braccio, all'altezza del gomito. Un dolore acuto salì fino alla spalla. Diego si girò verso Daniele con la faccia incredula. Il suo amico aveva gli occhi sgranati dalla sorpresa.

«Fa qualcosa! Questa cazzo di renna mi sta staccando un braccio!» cercava di scuotere l'arto per sottrarlo alla presa dell'animale che reagì serrando ancora di più i denti. Non c'era segno di sangue ma la pressione iniziava a essere insopportabile.

«Un attimo… ora… ora ti libero» Daniele si avvicinò lentamente con aria circospetta. Dopo un attimo di attesa tirò un pugno sul muso della bestia. Questa scrollò la testa ma non lasciò la presa. Un secondo pugno. Poi un terzo. L'animale lasciò la presa e, questa volta, tentò di mordere il suo assalitore. Daniele fu però rapido e si sottrasse ai denti. Anche Diego si allontanò dall'animale.

Daniele guardava in direzione della renna che sbuffava e muoveva nervosamente le zampe. Alzò il dito medio agitandolo nell'aria di fronte all'animale.

«Muoviti, andiamo via! Che stai facendo?»

«Sto gustando la mia vittoria. Renne maledette»

L'inseguimento

Diego salì in auto. Tentò di muovere il braccio. Gli faceva ancora male anche se non c'era niente di rotto. Slacciò il pesante cappotto e infilò la mano sotto al maglione alla ricerca di una chiazza di sangue. Tolse la mano. Niente. Nessuna ferita. Quella renna del cazzo gli aveva fatto un male d'inferno ma non lo aveva ferito. Meglio così.

«Te la senti di guidare?» Daniele lo aveva raggiunto ed era salito dal lato del passeggero.

«Sì, quella bestiaccia mi ha fatto solo un livido. Per fortuna non c'è sangue»

Iniziò le manovre per riportare la macchina in direzione della città. Mentre era concentrato nel tentativo di non finire dentro al fosso, Daniele si schiarì la voce.

«Che c'è?»

Il suo amico stava osservando lo specchietto retrovisore. Sembrava nervoso.

«Che c'è?»

«Parti in fretta»

«Perché?» anche Diego guardò nello specchietto. Sentì la macchina sobbalzare.

«Parti!»

In quel momento, vide le sagome degli animali stagliarsi minacciose dietro l'auto. Le prime due renne della fila abbassarono le corna e caricarono la macchina.

Dopo un attimo di sbigottimento, Diego ingranò la marcia e partì. Le gomme scivolarono sul terreno perdendo aderenza. Le renne colpirono di nuovo il posteriore della macchina. Questa volta con maggiore forza. L'auto sobbalzò pesantemente.

«Parti svelto!» Daniele si voltava di continuo a guardare i grandi animali illuminati dalle luci di posizione.

«Non so che gli è preso» la macchina non ne voleva sapere di muoversi. Diego si costrinse a rimanere calmo. Perché non parte? Il freno a mano. Idiota. Disinserì la leva e premette sull'acceleratore. La macchina partì di gran carriera.

«Ma che cazzo vogliono? Saranno delle renne assassine?» Diego continuava a guidare mentre, con la coda dell'occhio, guardava lo specchietto retrovisore alla ricerca degli animali.

«Non lo so. Ho messo sotto il padrone e si sono incazzate, credo»

«Non sembra che ci stiano inseguendo» Daniele guardò indietro.

«No sembra…» Diego non finì la frase. Nell'oscurità c'erano dei punti rosso fuoco che si avvicinavano a gran velocità. Gli occhi di quelle maledette renne.

Accelerò ancora concentrandosi sulla guida.

Le renne stavano guadagnando terreno, riducendo rapidamente la distanza che li separava dall'auto.

«Non va di più questa carretta? Ci sono quasi addosso!» Daniele sembrava spaventato e divertito allo stesso tempo.

«Non serve che tu mi faccia la telecronaca! Se vado più forte finiamo dritti dentro al bosco»

Prese la curva successiva alzando una nuvola di polvere. La macchina sobbalzava paurosamente. Un colpo raggiunse il paraurti posteriore e per poco non andò a schiantarsi. Diego riuscì a tenere il volante stretto e a mantenere l'auto al centro della strada.

Premette ancora di più sull'acceleratore. Mancavano poche curve alla provinciale. Alla strada asfaltata. Alla civiltà.

Riuscì a girare le ultime due curve per miracolo. La macchina continuava a sbandare.

«Ehi c'è lo stop!» Daniele agitò le mani davanti a sé come a volersi proteggere. Non poteva fermarsi. Se l'avesse fatto si sarebbe ritrovato le sei renne sulla schiena. Alla velocità a cui stavano andando avrebbero distrutto la macchina e polverizzato lui e Daniele.

Lasciò l'acceleratore e sterzò con tutte le sue forze verso destra per immettersi nella strada provinciale. Le gomme stridettero sull'asfalto. Pochi metri dietro di loro stava sopraggiungendo un camion dei pompieri. Sentirono il clacson che suonava. Poi il botto. Uno schianto tremendo. Le renne erano state prese in pieno. La slitta si era staccata e rotolava lungo la strada spargendo pezzi di legno. I sacchi erano volati via aprendosi e spargendo il contenuto ovunque.

Diego guardò Daniele che era attaccato allo specchietto retrovisore. La faccia pallida come quella di un morto.

Rallentò l'andatura quando superarono la curva che tolse loro la visuale dell'incidente.

«Che facciamo ora? Torniamo indietro?» Daniele deglutiva a ogni parola. Sembrava avere una forma di singhiozzo particolarmente forte.

«Chiamiamo il pronto intervento. Ma non ci fermiamo»

«Ma potrebbero aver bisogno…»

«Che cosa possiamo fare noi? E ti sei dimenticato che abbiamo appena messo sotto…»

«Babbo Natale»

«Sì, Babbo Natale. E non ho nessuna voglia di dare spiegazioni alla polizia»

Daniele annuì.

«Dai chiama l'ambulanza con il cellulare»

Il suo amico denunciò l'incidente al pronto intervento descrivendo sommariamente quello che era successo e il luogo preciso dell'impatto. Poi riattaccò.

Dopo qualche minuto di silenzio Daniele si girò verso di lui

«Sai a cosa sto pensando?»

«No»

«Se le renne erano così incazzate…»

«Allora?»

«Non è Babbo Natale quello che ha un esercito di folletti che gli fabbricano i giocattoli?»

Diego comprese il ragionamento del suo amico. Per un attimo si immaginò qualcuno che suonava alla porta. Lui andava ad aprire e si trovava di fronte una folla di nanetti armati con mazze da baseball e coltelli. Gli occhi rossi e l'espressione incazzata.

Il pranzo di Natale

Diego si svegliò quando sua madre iniziò a battere sulla porta della camera «Diego, Diego!»

Mugugnò una risposta poco convinta.

«Sono arrivati i tuoi zii e tra poco si mangia»

«Arrivo. Dieci minuti»

La sera prima si era addormentato tardi. Dopo aver accompagnato Daniele a casa, aveva parcheggiato l'auto un po' più lontano del solito, lungo la strada. Doveva trovare il momento giusto per dire a sua madre del danno. Forse il giorno di Natale poteva essere l'occasione ideale per farsi perdonare un piccolo tamponamento. Tuttavia, non avrebbe voluto rovinare la festa ai suoi familiari.

Magari la sera prima aveva veramente tamponato un'auto. Sicuramente aveva fumato troppo e, insieme a Daniele, si erano immaginati una storia colossale. Non poteva aver messo sotto Babbo Natale. Non poteva perché Babbo Natale non esiste.

Si alzò dal letto e provò a muovere il braccio. Era ancora un po' dolorante ma rispetto alla sera precedente andava decisamente meglio.

Si lavò con calma. Aprì l'armadio e scelse una camicia e una giacca quasi elegante. A Natale poteva fare lo sforzo di vestirsi in modo decente.

In salotto trovò l'allegra brigata che conversava in modo rumoroso. La nonna Tina era seduta nell'angolo del divano. Il vestito nero tirato sulle ginocchia. Da quando era morto il nonno, cioè quindici anni prima, portava ancora il lutto.

Sua madre stava parlando con la cognata, in tailleur blu che faceva molto donna in carriera.

Suo zio invece discuteva di politica con suo padre. Sorridevano, ma Diego sapeva che si sarebbero volentieri tirati un calcio nelle parti basse se ne avessero avuto la possibilità.

Sua sorella stava in disparte, tenendo in mano un bicchiere di prosecco. Portava i suoi sedici anni come se fossero un abito importante. Da quando il seno si era gonfiato attirando gli sguardi di sbarbatelli arrapati, si dava un sacco di arie come una diva del cinema. Diego la detestava.

Anche i cugini erano cresciuti. Giovanni, il più piccolo, aveva dieci anni. O forse undici. Lo avevano vestito con un orribile maglione natalizio, uno di quelli che, da adulto, sfogliando le foto dell'album di famiglia, ti spingerà a chiederti: ma perché gli permettevo di conciarmi così?

Alice stava diventando un bel pezzo di gnocca. Aveva un anno più di sua sorella, i capelli biondi sciolti sulle spalle. Gli occhi azzurri erano intelligenti. O, forse, era lui che li vedeva così. Un accenno di lentiggini le dava un tocco sbarazzino. Se non fosse stata sua cugina...

«Ehi è arrivato il lungagnone!» suo zio lo chiamava sempre così. La sua altezza era insolita, in una famiglia in cui il più alto arrivava si e no al metro e settanta. Abbracciò lo zio. Poi passò ai saluti rituali con tutti gli altri parenti. La nonna lo baciò sulla guancia. Il suono che provocarono le sue labbra rinsecchite gli ricordarono lo scolo del lavandino. Sorrise. Poi si girò, asciugandosi in fretta la guancia con il dorso della mano.

«Allora, ragazzo, come va l'università? Sarai il nuovo economista di famiglia?»

«Forse»

«Per quanto studia passerà molto tempo prima che si laurei» sua madre diceva sempre la stessa identica cosa. Fin dalle elementari ripeteva che non si impegnava mai abbastanza. Non la sentiva neppure più quando lo diceva. Faceva parte dello sfondo.

«Avete sentito dell'incidente?» suo padre tirò fuori l'unico argomento che Diego non avrebbe voluto sentire.

«Quale incidente?»

«Un camion ha preso delle renne che trainavano una slitta. È successo sulla statale, vicino allo svincolo per la strada che porta al nostro chalet»

Finse di essere sorpreso «Davvero?»

«Sì. Un bel botto. Era un camion dei vigili del fuoco. Sono rimasti feriti in tre. Nessuno in modo grave, per fortuna»

Diego sospirò, cercando di non darlo a vedere. Sorrise. Era sollevato. Iniziò una conversazione con Alice guardandole le tette e pensando che se non fosse stata sua cugina…

Stava per chiederle se aveva qualche amica da presentargli, quando i suoi genitori annunciarono che il pranzo era pronto.

Quando nonna Tina accese la tv suo padre iniziò a protestare. Non stava bene tenere il televisore acceso durante il pranzo. Era una delle poche occasioni in cui si vedevano. Andò avanti per circa cinque minuti al termine dei quali la nonna afferrò il telecomando e accese comunque l'apparecchio. Suo padre non aveva mai vinto una discussione con la nonna. E non l'avrebbe mai vinta. Lui parlava e la nonna agiva.

Il telegiornale aprì con le consuete notizie: bilanci delle vendite, regali, la spesa degli italiani per il pranzo di Natale. Qualche notizia di cronaca. Poi, era squillato il telefono e la presentatrice aveva alzato il ricevitore. Per alcuni istanti era rimasta in silenzio, annuendo. Una volta riagganciato, aveva assunto un'espressione che poteva indicare solo una cosa: era successo qualcosa di grave.

Diego sentì i capelli che si drizzavano sulla nuca.

La presentatrice si schiarì la voce.

«È appena giunta una notizia sconvolgente…» Diego sentì lo zampone natalizio che scalciava dentro la pancia «Nella piccola città di…» quando pronunciò il nome della loro cittadina gli occhi di tutta la famiglia si concentrarono sullo schermo. Nonna Tina alzò il volume «… è successo qualcosa di incredibile o sarebbe meglio dire indicibile…» Che esagerazione! Perché i presentatori sono così melodrammatici? «…un incidente tra un camion dei pompieri che si è schiantato a gran velocità contro una slitta trainata da sei renne…» Nonna Tina alzò ancora il volume. Adesso la voce della giornalista rimbombava nella sala da pranzo. Nemmeno suo padre protestò.

«…quattro renne sono morte nello schianto, mentre una quinta è stata abbattuta per le ferite ricevute…» sua sorella e i suoi cugini mormorarono il loro dispiacere per gli animali. Se solo li avessero visti da vicino, non sarebbero stati così rammaricati. Quelle maledette gli avevano quasi distrutto la macchina, con lui e Daniele dentro «…un esemplare che si è salvato è straordinario…» Diego non aveva dubbi. Era quella bastarda che gli aveva quasi staccato il braccio. Distrattamente si accarezzò l'arto dolorante «…sembra infatti che l'animale voli. Non è uno scherzo. L'animale, assicurano gli scienziati che lo stanno studiando, è una normalissima renna che però è in grado di librarsi nell'aria…» Scoppiò il pandemonio. Tutti parlavano nello stesso momento. Ciascuno aveva la propria opinione. Per una volta, suo zio e suo padre si trovavano d'accordo. Era una bufala. Una gigantesca balla ideata da qualche buontempone. Alice parlava di una razza geneticamente modificata fuggita da un laboratorio segreto.

Giovanni disse qualcosa a proposito della magia del Natale. Sua sorella si schierò con il cugino, per cui aveva un debole.

Ma fu nonna Tina a centrare il bersaglio. Con la voce gracchiante sovrastò tutti.

«Stupidi! Voi giovani avete sempre qualche teoria fantasiosa. La spiegazione giusta è la più semplice»

«E sarebbe?» suo padre guardò la nonna in modo scettico.

«Sei renne e una slitta. Il giorno di Natale. Non vi fa venire in mente niente?» Suo padre rimase in silenzio scuotendo la testa, imitato da tutti gli altri.

«Ma Babbo Natale! Solo lui ha una slitta trainata da renne volanti!»

Tutti guardarono la nonna e sorrisero. Diego, invece, la osservò con rispetto. La vecchia era la più lucida di tutti.

Intanto, la presentatrice aveva ricevuto una seconda telefonata. Questa volta non annuì con tono grave. Dopo pochi istanti sbiancò in modo così evidente che l'abbondante fondotinta non riuscì a nasconderne il pallore. Nella stanza ripiombò il silenzio.

«Cari telespettatori, non vorrei mai dare una notizia così il giorno di Natale, ma è stato trovato un cadavere vicino al luogo dell'incidente» Diego impallidì e, per un attimo, temette che tutti quanti nella stanza se ne accorgessero. Ma erano concentrati sulla presentatrice «è stato rinvenuto il cadavere di un uomo. Un signore anziano, dall'età indefinibile, vestito con un costume da babbo natale. L'uomo in questione non sembra presentare segni di decomposizione. Alcuni mormorano che l'uomo possa essere…» la presentatrice deglutì «possa essere… il vero Babbo Natale…»

«L'avevo detto io, miscredenti!» Nonna Tina afferrò il bastone da passeggio e lo alzò con fare vittorioso.

«… sembra inoltre che in molte parti del mondo non siano arrivati regali. Soprattutto nelle zone più povere del globo i bambini hanno avuto una grande delusione, al loro risveglio questa mattina…»

Riesplose la bolgia. I commenti si sovrapponevano gli uni sugli altri. Diego sentiva che lo zampone si stava ribellando. Mentre tentava di distrarsi fissando le tette di sua cugina, sentì lo stomaco rovesciarsi completamente e, in un attimo, vomitò il pranzo sul vassoio dell'arrosto.

Le indagini

Il colonnello dei carabinieri Danilo Boss arrivò sulla scena del crimine poco dopo l'ora di pranzo. Detestava doversi alzare da tavola. E, ancora di più, odiava farlo il giorno di Natale. Ma il crimine non va mai in vacanza, lui lo sapeva. Proteggere e servire. E quello che era appena successo non era un crimine qualsiasi. Era un caso delicato, di quelli che possono imprimere una svolta decisiva per la carriera. A patto che lo avesse risolto in fretta e bene. Si immaginò con la divisa da generale. Sorrise, ma solo mentalmente. Non poteva far trapelare niente all'esterno. Serietà e dedizione. Ecco le regole per far carriera.

«Colonnello siamo arrivati» il giovane autista lo distolse dai sogni di gloria.

Scese dall'auto e superò le transenne, percorrendo il tratto di asfalto con passo marziale. Il capitano Gherardi lo stava aspettando sul ciglio della strada, gli occhi immersi nella lettura di un rapporto.

«Buongiorno signore» il capitano si toccò la visiera del berretto «Allora qual è la situazione?»

«La scientifica ha finito ora di effettuare le rilevazioni. È stato investito. Abbiamo trovato due paia di orme. Abbiamo anche l'impronta di pneumatici di un'auto di piccola cilindrata»

«Ma è lui?»

«Sembra di sì»

«Dobbiamo esserne sicuri al cento per cento» Danilo Boss scrutava il lenzuolo bianco che copriva il cadavere.

«Praticamente lo siamo. Comunque saranno effettuate altre analisi»

Il colonnello annuì, pensieroso.

«Qualche altro indizio sui sospetti?»

«La strada porta solo a una casa. Ne stiamo controllando i proprietari»

«Bene» rimase un attimo a guardare il corpo disteso sul terreno sconnesso.

«Quale bestia ha potuto fare questo?» il capitano Gherardi si era portato al suo fianco e guardava la scena del crimine con gli occhi lucidi.

«Non lo so. Ma li prenderemo. Parola di Danilo Boss»

Il Processo

I carabinieri arrivarono nel tardo pomeriggio. Diego era disteso sul letto da un paio d'ore. Non era riuscito ad addormentarsi, aveva un mal di testa feroce. Sua madre gli aveva preparato una limonata e lo aveva accompagnato in camera. Era rimasta con lui solo il tempo di accertarsi che non stesse troppo male, poi era tornata in salotto per continuare la discussione sul fatto del giorno.

Babbo Natale era morto.

Disteso sul letto ripensava alla sera precedente. Ma come gli era venuto in mente a quel vecchiaccio di mettersi a pisciare sul ciglio di una strada stretta e completamente buia? Lui non voleva far male a nessuno. Ma ormai era successo. E, ora, si trovava in una sala per gli interrogatori, piantonato da due carabinieri. Sembravano quasi aver paura di lui. Neanche fosse un serial killer.

I due uomini che entrarono indossavano divise d'ordinanza e avevano facce scure e serie. Si sedettero sulle sedie di fronte e lo osservarono per alcuni istanti. Poi, il più giovane appoggiò un fascio di fogli sul tavolo.

«Allora signor Diego Rossi, si rende conto di quello che ha fatto?»

Osservò i due uomini con sguardo attento. Che poteva dire?

«Io… io non so cosa dire. Non volevo fare male a nessuno»

«Lei non ha solo ucciso un uomo. Lei ha ucciso un mito. Un simbolo»

«Io non potevo sapere…»

«Non poteva sapere? Ma si rende conto del danno di immagine che il nostro paese avrà da questa storia? Babbo Natale viene ucciso. E dove? In Italia!» il carabiniere giovane batté la mano sul tavolo. Diego sobbalzò come una molla al rumore.

«Io credo di volere un avvocato»

Il carabiniere più anziano iniziò a ridere. Silenziosamente. Mettendosi educatamente una mano davanti alla bocca.

«Che cosa vuole lei? Un avvocato? Lei non sa quello che ha fatto. Ringrazi di non essere in America. Quelli sì che sanno trattare le persone come lei. Una bella scarica e via»

Diego deglutì. Aveva davanti due pazzi. Lo stavano trattando come un assassino. E lui non lo era. O, almeno, non come lo intendevano loro.

L'interrogatorio andò avanti a lungo. Gli spiegarono che avevano rintracciato anche Daniele, grazie alla telefonata fatta al pronto intervento. Lui aveva già confessato tutto. Si limitò ad annuire. E a chiedere a più riprese un avvocato. Poi lo avevano portato in cella di isolamento. Per il suo bene, gli avevano detto. E in effetti era proprio così.

Gli altri detenuti lo avevano accolto al grido di assassino, minacciandolo pesantemente. Vi siete mai domandati quanti detenuti hanno figli? Molti, purtroppo. E sembrava che Babbo

Natale avesse molti più fans di quanti si sarebbe mai immaginato. Anche dietro le sbarre.

I suoi genitori avevano assunto un buon avvocato che gli fece visita pochi giorni dopo. La strategia difensiva era stata chiara fin dall'inizio: momentanea incapacità di intendere e volere causata dall'uso di sostanze stupefacenti.

«Ma ho fumato solo una canna!» aveva protestato con foga quando l'avvocato gli aveva presentato le sue intenzioni.

L'avvocato, un uomo rubizzo dal pizzo curato, aveva scosso la testa.

«Ragazzo, sto cercando di salvarti da un linciaggio pubblico. Lascia fare a me. È l'unico modo che hai per cavartela»

E poi era successo l'impensabile. L' opinione pubblica, che inizialmente si era schierata compatta per la sua crocefissione, ora si era spaccata in due schieramenti contrapposti. Colpevolisti e innocentisti.

Il primo schieramento sosteneva che era stato ucciso un simbolo. Milioni di bambini erano tristi e il danno d'immagine che l'Italia aveva ricevuto da quella storia, era enorme. Lo dipingevano come una specie di mostro. Un Grinch che aveva deliberatamente e volontariamente ucciso lo spirito natalizio.

Gli innocentisti invece sottolineavano il fatto che Babbo Natale era una persona come le altre. Era stato vittima di un'incidente. Punto e basta. Inoltre, per loro, il Natale era soltanto una festa del consumismo e, con la morte del suo simbolo, forse si sarebbe tornati a festeggiarne il vero spirito. E così si era scoperto che Babbo Natale era di destra.

C'erano state addirittura interrogazioni parlamentari sull'argomento. I dibattiti televisivi non parlavano d'altro. Il giardino dei suoi genitori era affollato di curiosi.

Il processo era stato celebrato dopo un mese. Il verdetto: un anno con la condizionale. Gli erano state riconosciute tutte le attenuanti. E, alla fine, l'unico vero capo d'accusa era stato omissione di soccorso.

Daniele se la cavò con soli tre mesi agli arresti domiciliari.

Mentre veniva scarcerato, aveva trovato ad attenderlo una folla immensa. C'erano cartelli di tutti i tipi: da assassino a eroe. Vedeva le frasi più improbabili associate al suo nome. Nel bene o nel male era diventato un personaggio pubblico e, pochi mesi dopo, si era ritrovato insieme a un manager, seduto accanto a Daniele nello studio di Maria de Filippi, accecato dalle luci dei riflettori.

Quando gli avevano proposto di partecipare in esclusiva alla trasmissione che più detestava, aveva opposto un rifiuto categorico. Poi aveva visto la cifra sul contratto.

In seguito, era arrivata la proposta di scrivere un libro. Il titolo, neanche a dirlo, era "Ho ucciso Babbo Natale". Non lo avrebbe scritto lui, che non aveva mai preso più di cinque nei temi di italiano, ma il Ghost writer, messo a disposizione dalla casa editrice. Vendette più copie della Bibbia.

Adesso, dopo un anno esatto da quella incredibile notte, Diego stava sorseggiando un bicchiere di vino sulla terrazza della sua villa. Il mare sotto di lui era placido e la luna appena sorta si rifletteva sulla superficie liscia. Si era trasferito in gran segreto in un paese dove Babbo Natale non era né conosciuto, né festeggiato. Aprì il giornale e si immerse nella lettura. La politica lo annoiava. Si concentrò sulle notizie sportive. Stava per chiudere il giornale quando venne attirato dal titolo di un breve articolo.

"Arriverà la Befana?"

Aprì la pagina e lesse il trafiletto:

"Quest'anno la befana correrà il rischio di portare le calze cariche di dolciumi nelle case dei bambini? Questa è la domanda che in molti si stanno ponendo. Sembra infatti che numerose persone si siano armate di pistole e fucili, appostandosi sui tetti e scrutando il cielo alla ricerca della vecchietta con la scopa. Anche questo, con ogni probabilità, è un effetto dell'uccisione di Babbo Natale che tanta fortuna ha portato al suo investitore.

Sembra, intanto, che le associazioni dei dentisti abbiano inoltrato una richiesta affinché la vecchia signora abbia una scorta adeguata e possa portare il suo carico di dolciumi. Non è chiaro però come sia possibile fornirle protezione. Elicotteri si alzeranno nel cielo? Bambini e dentisti incrociano le dita".

Un colpevole innocente

Plic. Plic. Plic. Plic.

Il sangue scende in piccole gocce simili a diamanti cristallizzati. Una dopo l'altra formano una pozza sul pavimento. Lentamente, il liquido viscoso continua a fuoriuscire, inesorabile, con geometrica simmetria abbandona il corpo che lo ha ospitato.

La porta si abbatte di schianto, con un fragore di cardini divelti e schegge di legno. L'uomo, che indossa un ricercato pastrano nero decorato da intarsi, entra ma non è preparato alla scena che ha di fronte. È attonito, deglutisce a fatica. Per un istante tutto è confuso, ma gli occhi riescono a rimettere a fuoco l'immagine, come una lente che, messa alla giusta distanza, inquadra e riproduce la realtà. Osserva il corpo riverso sulla scrivania. La testa poggia sulla superfice di legno in un lago di sangue. Il braccio destro penzola inerte fin quasi a toccare il pavimento. L'indice della mano è proteso, grosse gocce vermiglie si staccano dal dito cadendo lentamente al suolo. Plic. Per alcuni, interminabili instanti, l'uomo ne osserva la caduta.

Poi, riscuotendosi dallo stordimento, si avvicina al corpo. Lo tocca. È ancora caldo. Cerca un battito che non c'è più. Nel farlo, ha appoggiato l'altra mano sulla pozza di sangue che impregna la scrivania. Quando se ne accorge, cerca di pulirsi al gilet di seta, sporcandolo. L'uomo si porta le mani al volto. Non riesce a chiudere gli occhi. Continua a osservare il corpo anche attraverso le dita aperte.

I singhiozzi esplodono all'improvviso, lasciandolo quasi in apnea. Un urlo disumano risuona nell'attico.

«Nooooooooo».

Percepisco ancora il mio corpo. Sono leggera, immobile ma nello stesso tempo avverto la forza del vento che asseconda il movimento, come se stessi volando in mezzo ad uno stormo di rondini. Sono pervasa da una sensazione strana. Non posso descriverla. È un po' come avere coscienza di sé stessi ma, nello stesso tempo, sentire che il proprio corpo è cambiato. Ricordo chi sono. Ho memoria della mia vita e del mio passato. Ricordo tutto. E so che è arrivato il momento di tirare le somme. E quale miglior momento della fine per riflettere su ciò che è stato? Sono morta da pochi minuti. Il mio corpo è ancora caldo. L'aldilà non è come lo immaginavo. Nessuna luce. E neppure angeli o demoni. Solo tanta lucidità. E la voglia di vedere quello che accadrà. C'è qualcosa che ancora mi trattiene, tenendomi ancorata ad una vita che non mi appartiene più. Non sono ancora libera. Non ancora. Devo vedere il suo corpo penzolare dalla forca. Lui mi ha ucciso ed è giusto che sia punito. Ha ucciso il mio spirito. Se mi concedete la battuta. Non pochi minuti fa, ma già da molti anni. Ho così tanta rabbia che neppure la morte è riuscita a cancellarla. Non ancora, almeno. Forse il vento che soffia carezzandomi il viso è proprio la rabbia che vuole essere liberata. Io voglio vendetta. E l'avrò.

«Maria, in scena tra cinque minuti!» la voce di Ivan, il regista, risuonò stentorea. Avrebbe potuto ottenere un ruolo da baritono se avesse smesso di dirigere.

Maria Walevska stava finendo di truccarsi. Nonostante fosse la protagonista già da alcuni mesi, non riusciva ad abituarsi alla nuova veste di diva. In fondo, lei era arrivata per caso. Una truccatrice con la passione per il canto che si era trovata nel posto giusto al momento giusto. Ricordava ancora il momento in cui Petra Marinovich era svenuta in scena. La ricerca frenetica della sostituta. La sostituta era ammalata e senza voce. Il regista le aveva fatto provare il ruolo che lei conosceva a memoria. Non solo. Lo interpretava bene e senza timidezza. Quando Petra si era ripresa, la sua stella era stata offuscata da una giovane e promettente cantante lirica. Ora era lei la stella. E la sua bellezza acerba sembrava che avesse aspettato proprio quel momento per sbocciare in tutta la sua prepotente perfezione.

Maria si specchiò. Prima di fronte. Poi di profilo. Sorrise.

"La piccola Maria è cresciuta" mormorò. "La piccola Maria", come la chiamava affettuosamente la nonna. Nonostante avesse passato gran parte della giovinezza con lei, più che con sua madre, non riusciva a ricordarne chiaramente i tratti del volto. C'erano frammenti di immagini, ricordi di un grande affetto. Ma la nonna era sempre di spalle o con il viso in ombra.

Ora non era più la piccola, timida Maria. Adesso era la protagonista di un grande spettacolo. La sua voce incantava. Gli applausi terminavano in vere e proprie ovazioni.

I fiori riempivano il camerino, erano ovunque.

E le lettere. Arrivavano a decine. Poesie, dichiarazioni d'amore e proposte di matrimonio. Erano la sua coperta calda. Non importava come erano scritte. La facevano comunque sentire amata. Era questa la cosa importante. Non rispondeva mai. Che ciascuno rimanesse con i propri sogni o le proprie illusioni. Non spettava a lei spezzare cuori. Non ne era capace.

Era cresciuta, è vero. Ma la timidezza non era scomparsa. Nonostante il trucco, gli abiti eleganti, i gioielli, gli applausi e i complimenti, lei continuava ad arrossire quando un uomo le baciava la mano.

Dopo un'ultima occhiata allo specchio si alzò e si avviò verso la ribalta. "La Traviata" era una delle sue opere preferite.

L'ingresso in scena era il momento peggiore. Aveva paura di sbagliare, di stonare ed essere schernita dal pubblico. Trasse un profondo respiro. Appena iniziò a cantare, tutte le paure e le indecisioni si dissolsero. Non c'era esitazione nel canto. La voce, soave e potente, risuonava nel grande teatro, colmava l'aria con la sua dolcezza. Un suono melodioso. Maria non era la protagonista dello spettacolo, era la stella, la luce che illuminava il palco. Anche gli altri tenori e i musicisti erano di alto livello, ma sembravano essere lì semplicemente per esaltare la sua voce e la sua presenza.

L'opera terminò con un'ovazione. Si inchinò insieme al resto degli attori. Era inebriata dall'affetto che la gente le dimostrava. Il ricordo del difficile viaggio in Inghilterra e degli anni passati a fare i lavori più umili, era lontano, quasi che appartenesse a un'altra persona, a un'altra vita.

"Cara Matilda, ti chiedo perdono se è passato molto tempo dalla mia ultima lettera. Gli ultimi sei mesi sono passati così veloci, cara cugina. Sto vivendo un sogno da cui non voglio svegliarmi.

Ho così tante cose da raccontare che non so da che parte iniziare.

Il regista mi ha dato un'occasione e io non me la sono lasciata scappare. Sono così felice. Sono tutti gentili con me. Mi sento una piccola regina. Non puoi capire l'emozione che ho provato alla prima sul palco. Mi tremavano le ginocchia. Avevo paura di svenire, di perdere la voce, di incespicare nel lungo e pesante vestito di scena. Ma è andato tutto bene. Ora ho così tante offerte che non so più quale accettare.

Tu come stai? Hai trovato un pretendente degno di te?

Io ho tante proposte di fidanzamento. Ma ancora non ho trovato il vero amore. Ho conosciuto però un giovane molto educato…ti farò sapere.

Ora devo lasciarti".

Con affetto,

Maria

P.s

Ti invio una piccola somma di denaro. So che protesterai ma devi accettarla. Sei tutta la mia famiglia.

Londra d'estate era uno dei luoghi più belli che Maria avesse mai visto. Non che ne avesse visitati molti, nella sua breve vita. Era passata dalla vecchia fattoria in Polonia alla metropoli londinese con le luci e le carrozze decorate. Le prime automobili. Un altro mondo. Un' altra vita.

Accanto a lei, il giovane fissava la superficie liscia dell'acqua con i suoi occhi verdi. I cigni si avvicinavano al bordo del laghetto in cerca di cibo. I raggi solari danzavano sullo specchio d'acqua.

Tra tutti i pretendenti, quel giovane francese era l'unico che le avesse fatto provare un brivido. Non era come gli altri. Aveva dentro una passione unica.

Maria si concentrò sul suo accompagnatore. Il modo in cui la guardava mentre le parlava. Lo sguardo sembrava trapassarla. Pareva cercare le parole giuste per descrivere i suoi pensieri. Matteo le stava parlando della scrittura.

«Tutto quello che ci circonda è arte. Siamo noi a rendere poetico ciò che, naturalmente, non lo sarebbe affatto. Non conta quello che descriviamo. Conta il modo in cui lo facciamo. La passione. Lo stile»

La guardò sorridendo «È la tua voce che rende speciali le opere che interpreti. Un'opera mediocre può essere sublime se interpretata da una grande cantante. Una grande opera può essere rovinata da una voce scadente. Una grande opera interpretata da una grande cantante è arte. Nel senso più vero del termine»

Maria lo ascoltava rapita.

«Anche lei, con la sua bellezza, è un'opera d'arte, signorina Walevska»

Maria arrossì e abbassò lo sguardo, imbarazzata dal complimento.

Matteo riprese a parlare «Lo sa che un tempo scrivere era un'arte vera e propria? I primitivi disegnavano i loro graffiti sulle pareti delle caverne. Una prima forma d'arte. Gli egiziani scrivevano e disegnavano sul papiro, un materiale che si otteneva da un procedimento lungo e complesso. Poi sono state utilizzate le pelli di animali. La cultura era appannaggio di pochi. Il primo libro che è stato stampato era la bibbia di Gutenberg, lo sapeva? Sino a quel momento erano i monaci, gli amanuensi, a copiare i libri, uno alla volta, a mano. Ciascuna opera riprodotta era un piccolo capolavoro.

Ora abbiamo la carta. Carta pergamena, bianca o ingiallita. Colorata. Esistono i giornali. Oggi ci possiamo permettere di sprecare grandi quantità di carta. La utilizziamo per tanti motivi. La imbrattiamo, la gettiamo via. Senza ritegno. Ne abbiamo più di quanto ce ne abbisogna. Un tempo era preziosa. Cosa avremo in abbondanza domani che oggi consideriamo prezioso? Scusatemi, vi sto tediando»

Maria sorrise e, senza dire una parola, lo prese per mano. Continuarono la loro passeggiata sui verdi prati della campagna inglese.

"Cara Matilda, ho una grande novità per te. Mi sono fidanzata. La nuova opera va a gonfie vele e sono diventata una celebrità. Le persone mi sorridono per strada. I signori si tolgono il cappello. Mi sento così strana. Sono stata ospite in ville magnifiche. Ma la cosa più importante è che mi sono innamorata. Lui è uno scrittore. Ha trent'anni e si chiama Matteo Scerbanenco. È francese, di origini italiane. È alto, con i capelli neri e lucenti. Gli occhi verdi e le labbra carnose. È bellissimo e così gentile. Compone poesie che mi lasciano senza parole e con gli occhi umidi di lacrime. È un artista dal cuore sincero. Un principe azzurro piovuto dal cielo. Sono così felice, cugina. Non posso chiedere niente altro al Signore. Mi ha dato tutto quello che potevo desiderare. Spero che tu possa raggiungermi presto. Mi manchi".

Con affetto
Maria

«Maria vuoi sposarmi?»

Matteo era in ginocchio mentre le porgeva una scatola nera, aperta. Al centro un piccolo anello luccicante.

Per un momento non seppe cosa rispondere. Le parole non volevano uscire. Rimase immobile, osservando il brillante, pensando a come, in quel momento, un oggetto tanto piccolo avrebbe cambiato radicalmente la sua vita. Sentì gli occhi inumidirsi e la testa diventare leggera. L'anello era solo uno zircone, come avrebbe scoperto più tardi. Ma non era importante. Matteo non era ricco. Non aveva ancora pubblicato nessun lavoro e il copione teatrale che aveva scritto, nonostante Maria l'avesse fatto leggere al suo agente e al regista, non era stato neppure preso in considerazione. Ma, prima o poi, avrebbe scritto qualcosa di grande, di indimenticabile. "La cosa più bella è quella che devo ancora scrivere" amava ripeterle Matteo con un sorriso un po' triste, ogni volta che un'opera veniva rifiutata. Per ora era lei che lo manteneva, ma non le importava. Non si sarebbe sposata per convenienza ma per amore. Cosa rara per una ragazza.

Posò lo sguardo sull'uomo inginocchiato di fronte a lei, che tremava per la tensione. Sentì lacrime calde scenderle lungo il viso, fino a bagnarle le labbra. Non aveva mai pianto di felicità.

«Sì» mormorò.

Lui le prese le mani tra le sue, stringendole e baciandole ripetutamente.

"Cara Matilda sono passati lunghi mesi dalla mia ultima lettera. Vorrei poterti dire che è stato un periodo bellissimo, ma non è proprio così. Le prime settimane sono volate via. Con tutto il loro amore. La felicità. Ma ho imparato che anche le cose belle hanno una faccia nascosta. Che non arriviamo mai a conoscere la vera natura delle persone. Ne vediamo solo una parte, come scorgiamo solo la faccia illuminata della luna. Matteo si è dimostrato presto geloso. Oramai mi soffoca con le sue domande, le sue attenzioni. Ma lo amo. È mio marito. I suoi insuccessi come scrittore lo angustiano e lo rendono nervoso. Spero che questo sia solo un periodo e che le cose torneranno a essere tranquille come lo sono state in passato. Tu cosa mi racconti cugina? La nostra amata terra è sempre bella come la ricordo? Anche se qui non mi manca nulla, ho tanta voglia di rivedere il nostro freddo torrente e le betulle e i faggi. Forse sono ancora una bambina che ha nostalgia di casa. A presto cugina".
Con affetto
Maria

«Di chi sono queste lettere?»

Matteo la stava aspettando seduto sul grande divano del salotto. Un bicchiere pieno di whisky stretto in mano. Un fascio di lettere sparpagliate sul tavolo di legno. Alcune erano state strappate, e fatte a pezzi. Maria si tolse lentamente il cappotto. Era stanca dei continui attacchi di gelosia del marito. Stanca della depressione per i continui fallimenti come scrittore. Ma, soprattutto, era stanca dei tentativi di scaricare la colpa dei suoi insuccessi su di lei. La accusava anche di avere un amante.

«Come stai caro?» Sorrise all'uomo che, sino a tre anni prima, era stato la luce dei suoi occhi.

Matteo si alzò in piedi e, minaccioso, le sventolò un fascio di lettere di fronte al naso.

«Mi prendi in giro? Come vuoi che stia? A te farebbe piacere se ricevessi continuamente lettere di innamorate?»

Maria sospirò «Un tempo anche tu mi scrivevi bellissime lettere d'amore»

«E questo cosa significa?» L'alito puzzava di alcool. Non ne fu sorpresa. Erano mesi che non faceva altro che attaccarsi alla bottiglia.

«Hai bevuto di nuovo» distolse il viso, disgustata.

«E allora? Come posso fare a meno di bere quando ho una moglie come te? Non hai neppure il pudore di nascondere i tuoi tradimenti!»

«Ma cosa stai dicendo? Ho degli ammiratori. È normale per una cantant…» Non riuscì a finire la frase. Lo schiaffo la colpì in pieno viso. Sentì il sangue che le colava dal labbro inferiore. Il sapore caldo e metallico in bocca. Gli occhi le si riempirono di lacrime.

«Tu non mi rispetti più Maria» lo disse in modo calmo, pacato. Maria lo guardava tamponandosi con la mano il labbro ferito.

Quando Matteo l'afferrò per i capelli, Maria non riuscì a parlare. La voce usciva in suoni strozzati, come piccoli colpi di tosse. Quando suo marito aprì la porta finestra che dava sul davanzale interno, Maria pensò che l'avrebbe gettata di sotto. Invece, la spinse in un angolo della piccola terrazza chiudendola fuori.

Maria rimase rannicchiata, le braccia strette con forza contro le ginocchia. Rimase a lungo così, dondolandosi ritmicamente, per cercare di scacciare il freddo pungente che si insinuava nelle ossa. Osservava il cielo cercando di scorgere una stella, ma la volta celeste era coperta di nubi. Presto iniziò a nevicare. I piccoli fiocchi danzarono nella notte e, per lunghi minuti, rimase a osservarli. Poi iniziò a nevicare più forte. Maria chiuse gli occhi. Si addormentò, scossa da brividi di freddo.

Il dottore si tolse lentamente lo stetoscopio e lo ripose dentro la valigetta nera. Matteo era in piedi, sulla soglia della porta, le braccia conserte.

Maria sentiva il corpo bruciare. Non riusciva a tenere gli occhi aperti. La febbre la stava consumando. Stava morendo? Non era mai stata così male. Apriva gli occhi e poi li richiudeva rapidamente, ferita dalla luce che illuminava la stanza. Sentiva le labbra secche e un sapore amarissimo in bocca.

Vide sua nonna. La stava chiamando dal cortile della grande casa bianca. Aveva un vestito nero e un fazzoletto dello stesso colore le copriva la testa. Sembrava arrabbiata, ma Maria sapeva che non era così. Non riusciva ad essere mai veramente severa con la nipotina. A volte le era capitato di andare a dormire senza cena, dopo qualche marachella. Ma era il massimo delle punizioni che avesse mai ricevuto.

Maria stava raccogliendo dei fiori con le manine paffute. Due galline le erano passate vicino senza che se ne accorgesse. Era concentrata sul fiore che aveva colto. Era giallo, un piccolo campanellino dallo stelo sottile e verde. Lo portò al naso. Non profumava. Sorrise. Non importava. Lo strinse contro il petto. Era così bello. La nonna le aveva insegnato che tutte gli esseri viventi, comprese le piante, sono creature di Dio. E quel fiore poteva essere solo opera di Dio. Era così bello.

La voce della nonna. La stava chiamando. Meglio rientrare. Non voleva farla preoccupare. Si avviò verso il cortile. L'aria calda e luminosa era più scura a ogni passo. C'era qualcosa di sbagliato intorno a lei. Era quasi sera, ormai.

Quando arrivò in vista della figura vestita di scuro la chiamò, ridendo e mostrando il fiore che teneva in alto, di fronte a sé. La nonna era seduta sulla panca di legno con le mani in grembo. Il viso era in ombra. La bambina le porse il fiore. Solo allora si accorse che era appassito. Era diventato marrone e flaccido. Lo gettò via.

«Il tempo passa per tutti, mia cara. E di noi restano solo vermi e polvere»

Non era la solita voce bassa e dolce. Era gracchiante. Sgradevole. Maria abbassò il fazzoletto che le copriva la testa.

Ritrasse la mano, inorridita.

Un teschio scarnificato la osservava. All'interno delle orbite vuote si muovevano decine di piccoli vermi. Si agitavano come impazziti. Caddero a terra contorcendosi in migliaia di abbracci viscidi e assurdi. Maria urlò.

Era nel suo letto. Un incubo. O forse un ricordo. Come era morta sua nonna? Anche lei stava morendo divorata dai vermi? Sentì voci in corridoio, ma le parole erano lontane, indistinte. Si concentrò. Una era la voce di Matteo. L'altra non la riconobbe.

«Si rimetterà presto?»

«Ci vorrà un po' di tempo. C'è un sospetto di polmonite. La febbre è molto alta»

«Ma» un attimo di esitazione «la può curare, vero?»

«Sì, però…»

«Però?»

«C'è una cosa che deve sapere… la sua voce…»

«La sua voce cosa?»

«Non so se potrà più cantare. Non come prima, almeno»

«L'importante è che si riprenda»

«Sì certo»

«Arrivederci. Grazie dottore»

Sto morendo. È tutto un brutto sogno. Solo un brutto sogno. Mi sveglierò e sarò nel prato, il fiore giallo in mano. Correrò verso la nonna e lei mi abbraccerà, tenendomi stretta contro il suo petto esile. Le sorriderò e la guarderò in volto. Ma non c'era alcun volto. C'era soltanto una superficie liscia, senza naso e occhi e bocca. Era un ovale liscio e roseo. Com'era il suo viso? Non riusciva a ricordarlo. La voce. La sua splendida voce. Dov'è finita? È volata via. Leggera leggera. La piccola Maria.

"Cara Matilda, è trascorso del tempo dalla mia ultima lettera. Ho passato momenti difficili. Le tue parole mi sono state di conforto. Le ho lette come un assetato beve una brocca di acqua fresca.

Ora canto al vecchio teatro. Pochi spettatori e troppi topi nei camerini. Ma se voglio sopravvivere devo lavorare. Anche se la mia voce non è più quella di una volta. È triste osservare come le persone si dimentichino in fretta di te.

È possibile sentirsi vecchia a trent'anni? Mi sembra di aver già vissuto una vita intera, di aver avuto dei figli e dei nipoti. Mi guardo allo specchio e vedo il mio volto provato. Le rughe sono sempre più marcate. Ma sono le cicatrici che ho dentro, quelle che mi tormentano.

Forse presto tornerò a casa.

Quello lì continua a bere e a spendere il mio denaro. Ha smesso di picchiarmi. Solo perché con i segni sul volto non potevo andare in scena. Chi porta i soldi se io non mi esibisco?

Lo so che dovrei lasciarlo ma non ci riesco. Non sai quante volte ho fatto e poi disfatto le valige. Forse domani sarà il giorno giusto per tornare a casa.

Maria salì lentamente le scale del suo appartamento. Salutò distrattamente la signora Goodman che era in procinto di uscire per la passeggiata serale del barboncino bianco.

Tentava di non pensare a niente. Ma, inevitabilmente, il ricordo della serata appena trascorsa le passava davanti agli occhi.

Il piccolo teatro in cui si esibiva ormai da alcuni mesi era in periferia. Un luogo molto semplice, per non dire squallido. Operette messe in scena con pochi mezzi per un pubblico più adatto al circo che all'opera. I primi tempi la sua presenza aveva attirato una grande folla. Il teatro era sempre pieno, con grande soddisfazione del regista e del proprietario. Era un'opportunità unica poter ascoltare la voce che aveva cantato nei più grandi palcoscenici del paese. Ma la voce di Maria non era più la stessa. L'usignolo si era spento. La voce era cambiata. E non in meglio. Il pubblico l'aveva comunque applaudita durante le prime apparizioni, incoraggiandola, nonostante le esibizioni non fossero state indimenticabili.

Il primo mese era scivolato via abbastanza bene. Maria aveva addirittura pensato che le cose sarebbero potute migliorare.

Poi, gli spettatori erano diminuiti. Gli spazi vuoti, in platea, più numerosi sera dopo sera. E i fischi avevano sostituito gli applausi.

Fino a quella sciagurata esibizione.

Il pubblico aveva portato uova marce e ortaggi. Un pomodoro l'aveva colpita sul braccio facendole perdere l'equilibrio. Era caduta sul palco, provocando uno scoppio d'ilarità che le aveva fatto molto più male del fondoschiena dolorante.

Si era rifugiata in camerino. Mentre percorreva il corridoio che l'avrebbe condotta all'uscita sul retro, le lacrime le avevano rigato il viso.

Da piccola fiammiferaia a stella del palco. Da truccatrice a cantante lirica. E ora? Si sentiva una ladra. Costretta a fuggire dagli insulti e dallo scherno di quelle stesse persone che fino a pochi mesi prima la applaudivano, e pendevano dalle sue labbra e adoravano la sua bellezza così pura.

Si sentiva stanca. Ma puoi essere stanca a trent' anni?

Così giovane Maria. E così triste. La piccola Maria.

Aprì la porta. L'appartamento era silenzioso, come sempre. Matteo era sicuramente fuori a bere. O già sbronzo, sul divano del salotto. La cucina, fredda e buia, sembrava attenderla. Si versò un bicchiere d'acqua. Respirò profonde boccate d'aria. Possibile che vada tutto male?

Il suono della risata la riportò alla realtà. Non era suo marito. La voce era femminile. Maria guardò il corridoio che conduceva alla camera da letto. Poi la porta di casa. Scappare o guardare? Ignorare o sapere? C'era veramente differenza a quel punto?

Si tolse le scarpe. Camminò lentamente lungo il corridoio per non tradire la sua presenza. Si immaginava già la scena che si sarebbe trovata davanti. La scena che le avrebbe definitivamente spezzato il cuore. Ma non si fermò.

La porta era socchiusa. La aprì lentamente. Matteo era disteso sul letto a pancia sotto. Era nudo. Il lenzuolo copriva solo parzialmente le gambe bianche e pelose. I piedi penzolavano fuori dal letto.

La ragazza invece era in piedi. Era carina, molto giovane. I capelli neri tagliati a caschetto. Si stava allacciando la camicetta bianca con i polsini di pizzo. Maria restò immobile. Guardava la scena in silenzio.

Che cos'era successo? Che cosa aveva allontanato così tanto due persone che erano state inseparabili? Perché l'amore finisce?

Adesso non era più la piccola Maria. In quel preciso istante era una donna. Con il cuore spezzato e un odio che si faceva via via più intenso.

Non sentiva neppure quello che lo sconosciuto sul letto stava dicendo alla ragazza. Non sentiva più niente. C'era un unico pensiero che la martellava. La testa le girava. Ma il pensiero continuava a sussurrare parole feroci.

Girò le spalle alla stanza da letto e andò in salotto. Si accese una sigaretta senza bocchino. Voleva sentire il fumo dentro di lei. Aveva iniziato a fumare da poco. Non era una buona abitudine per una cantante lirica. Ma oramai lei non era più una cantante. Era solo l'ombra di se stessa. L'ombra di una ragazza felice. L'ombra di un sogno.

In camera da letto qualcosa era cambiato. Non c'era più allegria nella voce femminile. Sembrava preoccupata.

"Avrà paura che le strappi la bella camicetta di pizzo? Magari insieme a qualche ciocca di capelli. E perché no?" pensò Maria.

Le tornarono in mente le lezioni di catechismo nell' amata Polonia. Il prete, di cui non ricorda il nome, pontificava sull'importanza e sull'indissolubilità del matrimonio. Un vincolo sacro. Una bambina può credere a queste cose.

Forse la signorina nell'altra stanza non era stata altrettanto attenta. Come suo marito, d'altra parte.

Un rumore di passi nel corridoio. Maria girò meccanicamente la testa verso la porta di casa, appena in tempo per vedere la ragazza che ruotava la maniglia e usciva in un battito di ciglia.

La sigaretta era finita. Osservò la cenere che si era sparpagliata sul tappeto. Aveva sporcato tutto. Allora fece un gesto che fino a pochi mesi prima non le sarebbe mai passato neppure per la testa. Schiacciò il mozzicone sul soffice tappeto, con rabbia.

Matteo arrivò alcuni minuti dopo. Si era rivestito. Aveva un sorriso appena pronunciato sulle labbra. Maria era rimasta in silenzio. Matteo si era versato un bicchiere di Whisky vuotandolo d'un fiato.

Se ne versò un altro.

«Non dici niente?»

Maria si schiarì la voce. Guardò il marito. Quello che un tempo era stato suo marito. Matteo le dava le spalle.

«Non mi sorprendo di niente. Di certo non che tu vada a letto con qualche sgualdrina. Solo non farlo nella mia casa»

«Casa nostra, vorrai dire»

«Non mi ricordo che tu abbia mai contribuito alle spese, caro»

«Sei solo una cantante fallita. Una contadinella che credeva di essere diventata una stella. Ma il sogno è finito, cara»

Maria sentì le lacrime che premevano sugli occhi. Le ricacciò indietro. Non voleva dare a quel bastardo la soddisfazione di avere l'ultima parola. Di vederla crollare.

«Io me ne vado»

«E dove?» Matteo la guardava, sempre sorridendo.

«Ovunque. Basta che sia lontano da te»

Matteo alzò le spalle.

«Fai come vuoi» riprese a sorseggiare il whisky con noncuranza.

«Quindi non è stato lei a uccidere sua moglie»

L'ispettore McBride osservava attentamente Matteo Scerbanenco seduto dall'altra parte del tavolo. Gli occhi ridotti a due fessure.

La lampada puntata contro il viso faceva male.

«Quante volte lo devo ripetere? Non sono stato io!»

«I vicini sostengono che litigavate spesso»

«Non è vero» Matteo si torceva nervosamente le mani in grembo.

«Lei non è Inglese, vero signor Scerbanenco?»

«Sono un cittadino Francese, nato in Italia. Ma cosa vuol dire?»

«Gli Italiani sono molto passionali. Sua moglie la tradiva?»

«No!»

«Allora perché l'ha uccisa?»

«Io non l'ho...» lo schiaffo lo colpì in pieno viso. Matteo iniziò a singhiozzare.

«Eravate chiusi a chiave dentro casa. Lei ha sfondato la porta dello studio e ha tagliato la gola a sua moglie»

«No!»

«Poi...»

«No!»

«Poi, preso dal panico, ha gettato via il tagliacarte o il coltello o qualunque sia stata l'arma che ha usato per sgozzare la povera signora Walevska»

«No, io...» Matteo continuava a essere scosso dai singhiozzi, il viso nascosto nelle mani. La voce rotta dal pianto.

«Non abbiamo bisogno di una confessione. I suoi abiti erano sporchi di sangue. Come le sue mani. Non abbiamo bisogno dell'arma del delitto. E poi c'è la lettera che abbiamo trovato accanto a sua moglie. Aveva paura di lei. Paura che lei le facesse del male» l'ispettore McBride osservò ancora l'uomo che aveva di fronte appoggiando le mani sul tavolo. Come poteva quell'uomo negare l'evidenza in modo così spudorato? Non c'era alcun dubbio sulla sua colpevolezza. Lei, una cantante lirica in disgrazia. Lui, uno scrittore fallito che si faceva mantenere dalla moglie. Litigavano spesso. A volte in modo molto violento. Un tradimento o una questione di denaro erano sicuramente la causa di un omicidio tanto efferato. L'unico dubbio che lo aveva spinto a fare un secondo interrogatorio era che quell'uomo sembrava sincero. Aveva avuto a che fare con la peggiore feccia in circolazione. Aveva imparato a riconoscere un uomo che mente. E quell'individuo gli aveva dato l'impressione di un essere squallido, probabilmente alcolizzato. Ma non aveva l'aria di un assassino. E tagliare la gola era un gesto che richiedeva una grande decisione. Un uomo in preda ai fumi dell'alcool può accoltellare, picchiare. Inoltre, i segni sulla gola erano multipli, come se la lama fosse passata e ripassata, infierendo sulla vittima.

Ma, probabilmente, si stava sbagliando. La spiegazione più semplice è spesso anche quella giusta. E, in questo caso, l'evidenza escludeva altre spiegazioni. Forse il senso di colpa gli aveva fatto rimuovere il delitto. Non era importante. La cosa importante era che quella povera donna ricevesse giustizia.

«Lei è un assassino signor Scerbanenco e per questo penzolerà dalla forca»

"Cara Matilda. Ti scrivo un'ultima lettera. Ho saputo della tua prematura scomparsa molti mesi fa. Ma forse speravo che la notizia fosse falsa e che tu mi rispondessi. O, forse, ho continuato a scriverti perché non ho nessun'altro a cui rivolgermi.

Ho paura cugina. Paura per la mia vita. Mio marito è un mostro. Continua a bere. E a picchiarmi. Ho perso il mio lavoro. Ho perso la mia voce. E, ora, ho paura per la mia vita. Credo che voglia uccidermi…"

Ho atteso pazientemente per giorni. O forse sono stati mesi. Il tempo non ha più molta importanza. Non trascorre più come una volta.

Sono un fantasma. La piccola Maria.

Da contadina a truccatrice. Da truccatrice a cantante lirica. Dalla polvere all'altare. Dall'altare all'infelicità.

Ora è tutto passato. Superato. C'è solo un'ultima scena da allestire. Poi sarò libera. Definitivamente. Non ho fretta. Per uno spettro non fa differenza un giorno o l'altro.

Ecco. Lo stanno portando sulla forca. Una grande impalcatura di legno scuro. Il cappuccio nero calato in testa nasconde il volto agli sguardi dei presenti. Il volto dell'uomo che le ha portato via tutto. La voce. La dignità. L'uomo che ha tradito il suo amore. Che l'ha usata.

La piccola Maria fluttua davanti a quello che era suo marito. Lo osserva. Sta tremando, coperto dal cappuccio nero. Una piccola pozza si è formata ai suoi piedi. Un uomo che è stato condannato per l'unica cosa che non ha fatto. Non è lui il colpevole. Lui non l'ha uccisa.

Ecco. È il momento. La botola della forca si apre. Matteo cade. Crac. L'osso del collo si spezza. Il rumore è quello di un ramoscello secco schiacciato sotto il tacco di uno stivale. Nell'impiccagione non si muore per asfissia. È l'osso del collo che si rompe. Una morte veloce. Rapida. Quasi indolore.

Osserva il corpo che penzola e dondola come un fantoccio al vento.

È finita. Adesso posso andarmene. Guardo verso l'alto. C'è un volto sorridente. È mia nonna. Le rughe e il sorriso dolce e gli occhi azzurri. Non ho più paura.

Maria chiuse la porta dello studio dietro di sé. Girò la chiave. Matteo si era addormentato in salotto, ubriaco. Si sedette e, con calma, scrisse l'ultima lettera a una persona che non l'avrebbe mai letta. La dolce Matilda. La lascerà per la polizia.

Osservò i fogli bianchi sparsi sul tavolo. Suo marito aveva una vera e propria ossessione per la carta. Per lui, ogni singolo foglio era prezioso. Per questo non scriveva nulla da anni. Per non sprecare carta. Ma quei fogli non andranno sprecati. Maria li sollevò. Li esaminò. Ci sono tanti tipi di carta. Spessa o sottile. Bianca o colorata. Se ne possono fare molti usi.

Afferrò il fascio di fogli. Ne saggiò la consistenza sfiorandoli con un dito. Un piccolo taglio si aprì sulla pelle. Plic.

Sollevò il foglio, così prezioso, all'altezza del collo. Un movimento rapido. La pelle si lacerò. Li passò con maggior forza una seconda volta, i denti stretti per non sentire il dolore. Una terza.

Tutto diventò buio.

Plic. Plic. Plic. Plic.

Il bambino

«Scusi Professor Anielewicz, mi sembra di capire che secondo lei la relatività è applicabile. È così?»

Il professor Daniel Anielewicz sorrise e si tolse gli occhiali. Con l'indice e il pollice si pizzicò gli occhi, rossi per la stanchezza.

«Signor Halle, lei ha la tendenza a fare le domande più stupide quando la lezione sta per finire. Mi dica, è la stanchezza oppure è solo un modo per attirare l'attenzione?»

Nell' aula piena di giovani risuonò una risata collettiva. Halle, uno studente di venticinque anni, era arrossito di colpo e inumidiva compulsivamente le labbra secche per l'imbarazzo.

Anielewicz era famoso tanto per la mancanza di pazienza, quanto per le battute taglienti.

Aspettò che la risata si spegnesse.

«Devo comunque congratularmi con il signor Halle. Con le sue domande, anche se un po' semplicistiche per un fisico, riesce a movimentare le lezioni» guardò l'orologio «bene, per oggi credo che sia abbastanza. La risposta alla domanda del signor Halle la rimando alla prossima lezione. Nel frattempo riflettete anche voi sul pensiero del vostro collega. A volte, anche nelle domande apparentemente banali, può nascondersi qualcosa di interessante» prima di uscire aspettò che l'applauso si spegnesse.

L'università di Heidelberg era una delle più prestigiose del mondo. Aveva una struttura imponente dallo stile classico. Niente a che vedere con l'architettura moderna. Chi studia o lavora all'interno di un edificio che ha una storia alle spalle, ne percepisce il fascino e la magia. Questo era ciò che pensava il professor Anielewicz.

Mentre camminava all'interno del portico che lo avrebbe condotto nell'ala dove stava il suo ufficio, trovò Ilse Verkant. Lo attendeva di fronte alla porta a vetri della segreteria, avvolta in un pesante cappotto marrone. Un colbacco calato sulla testa.

«Ciao Ilse, come mai qui? Non è il tuo giorno libero?»

«Si. Però questa mattina mi ha telefonato la tua segretaria avvertendomi che dalla prossima settimana dovrò sostituirti a lezione» Sembrava seccata. No, si corresse, era seccata.

«Entriamo dentro. È freddo»

Aprì la porta a vetri rabbrividendo. Ilse lo seguì all'interno.

«Allora, non mi potevi avvertire?» Ilse era una delle poche persone che potevano permettersi di dargli del tu.

«L'ho deciso da poco» Si rese conto di quanto fosse ridicola la risposta solo dopo averla pronunciata. Il fatto era che, se si trattava di maneggiare equazioni differenziali, matrici e tutto ciò che aveva a che fare con la fisica, era del tutto a suo agio. Intrattenere rapporti personali non rientrava invece tra le sue qualità. Le persone amavano parlare di cose banali che a lui non interessavano. Tutto il suo tempo e le sue energie erano dedicati allo studio della fisica e alla conoscenza pura che, per definizione, non ha limiti.

Sulla soglia dei sessanta anni, Daniel Anielewicz non aveva la presunzione di poter comprendere i misteri del cosmo. A lui bastava avere la possibilità di studiare, di esplorare, di cercare. Trasmettere quella conoscenza ai giovani, era secondario. Sebbene affrontasse l'insegnamento con la stessa dedizione con sui si impegnava nella ricerca, era sovente infastidito dall'ottusità e dalla presunzione della maggior parte dei suoi studenti (anche se, talvolta, si imbatteva in qualche giovane cervello che valeva la pena istruire). Inoltre l'insegnamento era ben retribuito e gli permetteva di finanziare il suo progetto.

«Potevi avvisarmi se avevi intenzione di prenderti una vacanza»

Daniel osservò la sua assistente e, per l'ennesima volta, pensò a quanto fosse difficile mantenere delle relazioni personali. Era cosciente che sarebbe bastata una telefonata. Solo che non gli era proprio venuto in mente.

«Lo so. E non è proprio una vacanza»

«No?»

«No. Mi prendo un periodo di tempo per la ricerca»

«E quanto tempo?»

«Due mesi»

«Due mesi?» sembrava stupita «e non hai bisogno di assistenza?»

Non era la prima volta che si prendeva un congedo sabbatico. Ma, da quando era diventata la sua assistente aveva sempre chiesto la collaborazione di Ilse. Ora lei probabilmente temeva di essere stata scavalcata da qualcun altro.

«No, questo è un lavoro che devo fare da solo»

Gli occhi azzurri di Ilse si abbassarono per un attimo a osservare il pavimento. Quando li rialzò verso Daniel aveva recuperato un po' di buonumore. Un sorriso le increspava leggermente le labbra sottili.

«Scommetto che non hai neppure avvisato i tuoi studenti»

In effetti, non li aveva avvisati che sarebbero passati due mesi prima che si ripresentasse in aula.

«No, me ne sono completamente dimenticato. Puoi pensarci tu?»

«Certo»

Salirono la scalinata che portava al primo piano della facoltà. L'ufficio di Daniel si trovava in fondo al corridoio. Aprì la pesante porta di legno. La targa d'ottone con il nome inciso sopra era leggermente inclinata. Una delle viti aveva ceduto ma Daniel non l'aveva mai fatta rimettere a posto. Quando la segretaria gli aveva chiesto perché non chiamasse qualcuno ad aggiustarla le aveva risposto con un sorriso "Questa targhetta ci ricorda che nulla è eterno". La donna si era allontanata con aria perplessa.

Il suo ufficio era, come sempre, in disordine. "Un caos molto ben ordinato" amava chiamarlo. Del resto, riusciva sempre a trovare ciò che cercava. Pile di libri erano accatastate sulla scrivania e ne occupavano interamente la superficie.

«Avviso io gli studenti» Ilse osservò la confusione che regnava nella stanza facendo una smorfia. Non disse niente, consapevole del fatto che non sarebbe servito a convincere Daniel a essere più ordinato.

Intanto, Daniel aveva lasciato cadere il cappotto su una sedia.

«Grazie. Ci sentiamo nei prossimi giorni»

«Ti trovo al cellulare?»

«Si, credo di sì» Ilse aveva notato l'impazienza nella voce del professore. Era ora di togliere il disturbo.

«Allora buon lavoro»

«A presto»

Quando Ilse uscì dalla stanza chiudendo la porta dietro di sé, Daniel si sentì sollevato. Voleva restare solo. La ricerca era vicina alla fine.

Ma c'era ancora qualcosa da sistemare.

Ogni uomo ha un sogno nel cassetto. Un obiettivo. Un desiderio.

C'è chi riesce soltanto ad avvicinarsi all'obiettivo, e chi invece lo realizza. Ci sono poi quelli che non riusciranno mai neppure a vederlo chiaramente. Daniel era vicinissimo a realizzare il suo. Dopo una vita dedicata a realizzare un sogno, il successo era lì, a portata di mano. E, proprio per questo, si imponeva di non avere fretta. Non voleva sbagliare. Non poteva sbagliare. Il suo non era solo un desiderio. Era una missione.

Accese il portatile e iniziò a leggere le ultime e-mail di studenti e amici. C'era anche l'invito a un programma televisivo sui buchi neri. Sorrise. Non era contrario alla divulgazione scientifica. Ma non riusciva a capire come argomenti che avrebbero richiesto giorni e giorni di spiegazioni complicate potessero essere esposti in pochi minuti.

Le cancellò tutte. Spento il computer, aprì un cassetto della scrivania. Prese un volume piuttosto grande, anonimo, e lo appoggiò sul tavolo. Passò la mano sulla superficie liscia, rivestita di cuoio marrone. L'album di fotografie sapeva di carta e di cose antiche. Rimase a guardarlo, senza aprirlo. Perché ci facciamo del male da soli? È una domanda a cui, semplicemente, non c'è risposta. Lo facciamo perché sentiamo di doverlo fare. È puro istinto, come quello del maschio della mantide religiosa che si accoppia e poi si lascia mangiare.

Aprì l'album. Vecchie foto in bianco e nero. I suoi genitori in primo piano. La loro casa nel centro di Brema. Sfogliò lentamente alcune pagine. Ogni immagine un ricordo: intenso, vivido, che riapre l'abisso della memoria.

Trovò la pagina che stava cercando. Suo padre stava davanti a un muro scrostato, accanto a un grande cancello di ferro, su cui era incisa la frase "Arbeit macht Frei". Sorrideva e stringeva in mano una borsa.

Con l'indice ne ripercorse i lineamenti. Non li riconobbe. Non poteva. Lui aveva solo due anni quel lontano otto ottobre del 1941. Ma sua madre glielo aveva descritto. Erano bastati i suoi racconti perché Daniel si facesse un'idea precisa del padre. Un uomo forte e testardo. Già nel 1938 aveva compreso la situazione interna della Germania così lucidamente da inviare la famiglia negli Stati Uniti prima dello scoppio della guerra. Lui, invece, era rimasto. Sua madre gli aveva raccontato che Johannes voleva testimoniare quello che stava accadendo e viverlo in prima persona. Era un professore di storia. E un uomo curioso. Troppo curioso. Non li aveva mai raggiunti in America. Per quello che ne sapeva, non era mai più uscito da quel cancello. Non da vivo, almeno.

Con le dita della mano destra percorse i contorni del grande cancello di ferro. Osservò per l'ennesima volta la scritta "Arbeit macht Frei" "Il lavoro rende liberi". Era la speranza per coloro che, una volta passato quel cancello, erano già polvere. Chiuse l'album. Guardò l'orologio. Il treno partiva alle quindici e trenta. Aveva ancora un'ora e mezzo. Richiuse il portatile e lo infilò insieme all'album di fotografie nella valigetta.

Il treno partì puntuale. Aveva prenotato il biglietto il giorno precedente. Il convoglio era mezzo vuoto. Si accomodò sulla poltrona guardandosi intorno. Una giovane coppia si scambiava effusioni mentre parlava del viaggio che avrebbero fatto. Davanti a lui, un ragazzo era assorto nella lettura di un quotidiano. Le cuffie del lettore cd calate sulle orecchie emettevano un debole gracidio. Il viaggio sarebbe durato alcune ore. Non era mai riuscito a prendere sonno in treno. Appoggiò comunque la testa contro la poltrona e chiuse gli occhi. Ripassò mentalmente tutto ciò che avrebbe fatto il giorno successivo. L'approssimarsi della meta lo rendeva nervoso. Riaprì gli occhi. Il treno si stava muovendo. Sulla banchina c'erano poche persone: alcuni aspettavano il convoglio successivo, altri salutavano agitando la mano.

Daniel non aveva nessuno da salutare. Era un solitario. Stare solo con sé stesso era sufficiente perché le altre persone avevano ben poco da offrirgli. La vita gli aveva insegnato che non aveva abbastanza costanza per riuscire a intrattenere rapporti stabili.

C'erano state donne nella sua vita, certo. Da giovane aveva avuto numerose fidanzate ma, superati i trenta, si era accorto che le ragazze troppo giovani, per quanto attraenti, non erano abbastanza interessanti e quelle più mature, avevano pretese che non accettava. Aveva scelto la solitudine e non se ne era mai pentito. Rispondeva solo a sé stesso e aveva la libertà di perseguire ciò che lo ossessionava da tanti anni. Era troppo intelligente per non rendersi conto che la folle idea maturata venticinque anni prima era diventata l'unica compagna della sua vita. La sua ossessione.

Linz è una piccola città austriaca. Anni prima, Daniel aveva acquistato una casa di legno vicino al fiume, appena fuori dal centro abitato. A una decina di metri dalla casa c'era un capanno di alluminio. Quando aveva comprato la proprietà, il capanno era ingombro di attrezzi. Aveva gettato via tutto e bruciato quello che aveva potuto. I vecchi inquilini dovevano essere delle persone che non buttavano via nulla. A Daniel dispiaceva gettare quella roba vecchia: attrezzi arrugginiti, sedie e mobili impolverati, riviste rovinate dall'umidità. Mentre accendeva il falò gli era sembrato di uccidere il ricordo di quelle persone che, pur non avendo mai conosciuto, sentiva vicine. Ma aveva bisogno di tutto lo spazio disponibile per i macchinari.

Sceso dal treno, prese un taxi. In macchina, dopo avergli chiesto la destinazione, il tassista provò a fare un po' di conversazione, ma ottenne in risposta solo frasi a metà e monosillabi. Daniel non era un buon conversatore.

Mentre osservava distrattamente il panorama, una famiglia, che camminava a lato della strada, entrò nel suo campo visivo. Chiuse gli occhi e immaginò la scena: il malore dell'autista, la macchina che sbanda, la famiglia felice dilaniata in un attimo.

Fatalità. Destino. Un battito di ciglia che ti cambia la vita. Per sempre. La teoria del caos dice che il battito d'ali di una farfalla in Brasile può provocare un uragano in Giappone. Causa ed effetto. Quando riaprì gli occhi, la famiglia felice era ancora lì. Aveva attraversato indenne la strada e stava salendo su una station wagon di grossa cilindrata.

«C'è qualcosa di scritto secondo lei?» le parole gli erano salite alle labbra quasi involontariamente. Il tassista lo guardò dallo specchietto retrovisore corrugando le sopracciglia.

«In che senso scusi?»

«Lei crede nel destino?»

«Sì, credo di sì»

«Ciascuno di noi è segnato dalla nascita? Ha un percorso di vita e di morte già stabilito?»

Il tassista rimase in silenzio per un attimo

«No. Il nostro cammino, almeno in parte, lo decidiamo noi»

«Libero arbitrio»

«Sì, penso di sì. Se io decidessi di non girare la prossima curva e di schiantarmi contro il muro sarebbe una decisione mia»

«E se fosse invece il destino che decide per lei?»

«Beh se la mette così, credo che qualunque cosa io faccia possa essere ricondotta al destino. Quindi non ho voce in capitolo. Si spiegherebbero tante cose. Ad esempio perché ho sposato mia moglie. Se avessi potuto scegliere sarei scappato con una ballerina di lap dance e non mi ritroverei con quella grassa arpia sul groppone ogni maledetta sera che torno a casa!» L'uomo scoppiò a ridere della battuta. Daniel sorrise.

«E lei cosa pensa? Crede nel destino?»

Daniel lasciò che lo sguardo si soffermasse sul prato che costeggiava la strada. I fili d'erba, colpiti dai raggi solari, brillavano di rugiada.

«Non lo so. A volte credo che mi piacerebbe. Ma penso anche che, se tutto è scritto, può anche essere cancellato»

«Belle parole. Ma si vede che non ha una moglie, lei»

Continuarono a parlare per una decina di minuti ma Daniel non prestava più attenzione all'autista che inveiva contro la consorte.

Arrivati a destinazione, lasciò una buona mancia all'uomo che lo ringraziò con un largo sorriso.

La casa era esattamente come l'aveva lasciata. Un paio di stivali sporchi di fango vicino alla porta, una pila disordinata di libri sulla cassapanca dell'ingresso. La cucina era ingombra di piatti incrostati. Aprì il frigo. Un odore pungente di cibo avariato gli salì alle narici. Gettò tutto nel cestino e lavò i piatti. Doveva restare alcune settimane, forse di più. Non poteva permettersi di prendere un'infezione per l'eccesso di sporcizia. Finì di riordinare la cucina, poi salì al piano superiore.

Il letto era disfatto, le coperte arruffate. Gettò la biancheria sporca in un angolo e la sostituì con quella portata da casa.

Fece una doccia. Il bagno, per fortuna, era in condizioni migliori rispetto al resto della casa.

In accappatoio, davanti allo specchio, si fermò ad osservare la propria immagine riflessa. Con i capelli bagnati, pettinati all'indietro, e la barba curata, era ancora un bell'uomo. "Sei invecchiato bene" disse all'immagine che aveva davanti.

Le rughe, appena pronunciate sotto agli occhi, gli donavano. I lineamenti erano duri. Gli occhi azzurri e intensi. Con la manica dell'accappatoio asciugò la condensa che aveva appannato lo specchio. Le lacrime salirono agli occhi. Continuarono a scorrere anche quando il vetro tornò ad appannarsi.

Nelle ultime settimane, aveva sentito crescere l'inquietudine. Il progetto era vicino alla realizzazione. E se avesse fallito? Non si era mai posto il problema in precedenza. Ora che era vicino a raggiungere l'obiettivo, la paura di un fallimento era reale. C'erano mille piccoli particolari che avrebbero potuto rovinare tutto. Ma non si può rincorrere un sogno per così tanto tempo e poi vederlo sfumare a un passo dalla fine. Era sicuro di avere pensato a tutto. Restavano da sistemare solo pochi dettagli. Non avrebbe fallito. Non poteva.

I macchinari emettevano un debole ronzio. Daniel osservò lo schermo del computer. Adesso era veramente pronto. Le ultime tre settimane erano state intense e faticose. Un lavoro ininterrotto per portare i parametri entro i valori stabiliti.

Guardò la sua creatura. Aveva la forma di un uovo, lungo circa tre metri e alto due, di un bianco sporco che ricordava la plastica a buon mercato lasciata a contatto con l'acqua per troppo tempo. Al centro, c'era un oblò di forma circolare, composto da una particolare lega di vetroresina. Quattro barre d'acciaio sostenevano la macchina. Una scaletta, anch'essa d'acciaio, portava al centro di quello che Daniel chiamava affettuosamente "Il mio terzo occhio". Quello che gli avrebbe permesso di realizzare il sogno di tutti gli storici e degli archeologi: svelare i misteri della storia, squarciando il velo che impediva di vedere con i propri occhi il passato. Per un attimo, si compiacque di sé stesso. Aveva realizzato ciò che nessuno, prima di lui, aveva mai neppure osato tentare.

Non era tuttavia per la fama o per il denaro che aveva costruito quella macchina. Se avesse brevettato la sua scoperta sarebbe diventato uno degli uomini più ricchi del pianeta. O più potenti. Probabilmente entrambe le cose. Ma non era questo che aveva messo in moto il folle progetto.

Salì i gradini. Schiacciò un pulsante e l'oblò scivolò verso destra, aderendo perfettamente alla parete di metallo. All'interno una piccola stanza, con un lettino reclinabile al centro. Lo spazio era angusto. Di fianco al letto, chiusa all'interno di una teca di vetro collegata a un computer, c'era una scarpa di cuoio consumata dal tempo.

Trovare oggetti del periodo nazista non era stato difficile. Le persone amano collezionare qualsiasi cosa, e, soprattutto la svastica, sembrava esercitare sugli individui un fascino morboso e inspiegabile. Aveva visitato armerie in cui la bandiera, che aveva portato la guerra e il terrore nel mondo, era appesa con noncuranza accanto a un crocefisso. In quei momenti aveva distolto lo sguardo ricordando a sé stesso che i simboli, da soli, sono innocui. Sono le persone ad essere stupide e ignoranti. Non imparano dalla storia perché non la conoscono. O, forse, perché non ne hanno vissuto l'orrore in prima persona.

Osservò la teca di vetro. La scarpa segnata dal tempo era il ponte verso il suo sogno. Era l'oggetto che l'avrebbe fatto viaggiare nell'anno 1896. L'anno in cui avrebbe ucciso il mostro.

Premette il pulsante del conto alla rovescia e un piccolo timer si accese sulla console di fronte a lui. I numeri iniziarono a scorrere rapidamente. Dieci minuti. Daniel si distese sulla poltrona reclinabile. Controllò che tutti i valori fossero nella norma. Soddisfatto, si rilassò. Sei minuti. La mano tremava mentre prendeva la mascherina e la premeva sulla bocca. Quattro minuti. Con la mano libera girò la valvola della piccola bombola piena di gas. In pochi istanti sentì le palpebre farsi pesanti.

Prima di cadere in un sonno senza sogni tastò l'interno della giacca per controllare la presenza della pistola. Era una Luger del 1939. Un altro simbolo.

Quando riaprì gli occhi, la prima cosa che vide fu la consolle di fronte a sé. Era spenta. All'interno della navetta regnava il silenzio più assoluto. Sentiva riecheggiare il suo respiro pesante e regolare.

Rimase disteso a lungo. Il narcotico che aveva inalato faceva ancora effetto. Aveva un feroce mal di testa.

Dopo circa un'ora, si sollevò dal lettino. I pantaloni e la giacca di lana gli irritavano la pelle. Ma erano necessari. Se voleva passare inosservato doveva vestirsi in modo da non dare nell'occhio.

Raccolse il cappello da terra e se lo calò sulla testa. Poi aprì la porta.

Fuori il freddo era pungente e il fiato si condensava in piccole nubi di vapore. Scese lentamente la scaletta, guardandosi attorno. Nessuno in vista.

Si trovava in un prato. Davanti a lui c'era un boschetto di faggi, ma non c'era traccia né della casa né del capanno. Sorrise. Era ovvio. I due edifici sarebbero stati costruiti solo dopo la guerra e lui si trovava nel 1896. Valutò la necessità di coprire, almeno in parte, la navetta, per nasconderla da sguardi indiscreti. Ma era in piena campagna e, se anche qualcuno l'avesse vista, e si fosse avvicinato, non avrebbe saputo cosa farci. E poi non aveva tempo. Si strinse nella giacca. Il cielo grigio prometteva pioggia. Afferrò l'attrezzatura e iniziò a camminare. Lo aspettava una bella passeggiata di quattro o cinque chilometri. Linz non era lontana.

Arrivò in vista della città quando era ormai buio. Si accampò sotto un gruppo di alberi, vicino al fiume. Aveva portato coperte, sacco a pelo e una piccola tenda per difendersi dal freddo.

I due giorni successivi passarono lentamente. A volte una coppietta scendeva sull'argine per scambiarsi effusioni. Daniel restava nascosto, facendo ben attenzione a non farsi vedere. La tenda, così preziosa durante la notte, di giorno veniva ripiegata perché troppo visibile. E lui passava le giornate aspettando. Mangiava cibo in scatola e cercava di rimanere concentrato per non perdere mai di vista la sponda del fiume. Il terzo giorno non si era vista anima viva. Anche se non era piovuto, sembrava che nessuno avesse voglia di scendere all'argine. Daniel stava per appisolarsi quando sentì un rumore di passi. Si sollevò sui gomiti. E lo vide.

Il bambino era di fronte a lui, a una decina di metri di distanza. Gli voltava le spalle. Lanciava sassi nell'acqua cercando inutilmente di farli saltare sul placido letto del fiume. "Devi prenderli più piatti" si trovò a pensare. Lui era lì. Un bambino di otto anni.

"Nessuno nasce adulto. E, soprattutto, nessuno nasce colpevole". Scacciò quei pensieri. Non era il momento di dubitare. Si avvicinò alla piccola figura. In giro non c'era anima viva. Oramai era così vicino al bambino che quasi lo poteva toccare. Il piccolo continuava a raccogliere sassi e a lanciarli, ignaro della presenza alle sue spalle.

«Adolf» la voce gli uscì in un sussurro. Il bambino si girò di scatto. Era magro e aveva occhi e capelli neri. Il viso pallido. Un maglione di lana troppo abbondante ricadeva su un paio di pantaloni lisi. Riconobbe subito le scarpe. O meglio, la scarpa. L'oggetto che gli aveva permesso di arrivare in quel momento per compiere il suo destino.

Il bambino, intanto, aveva fatto un passo indietro. Gli occhi leggermente sgranati dalla sorpresa.

«Lei chi è signore?» aveva la voce un po' stridula. Non sembrava particolarmente spaventato, solo curioso.

«Mi chiamo Daniel. Sono sceso a vedere il fiume. È così bello e tranquillo qui»

Il bambino sorrise «Si, è bellissimo di pomeriggio. Ancor più la sera, quando il sole è rosso rosso»

«Come ti chiami?» era una domanda stupida. Conosceva tutto di quel bambino. Sapeva cosa avrebbe fatto negli anni a venire. Ma aveva bisogno di certezze. Della prova definitiva.

«Mi chiamo Adolf, signore. Adolf Hitler» si impettì leggermente mentre lo diceva. Per un attimo, Daniel pensò che il piccolo braccio destro sarebbe scattato in avanti. Ma non successe nulla. Adolf restò immobile, a guardarlo.

«Ho visto che lanciavi i sassi nell'acqua. Vuoi farli rimbalzare?»

«Si vorrei. Ma non sono capace»

«Devi prendere quelli più piatti che trovi e poi lanciarli di taglio»

Il bambino annuì e cominciò a ispezionare il terreno alla ricerca di sassi adatti allo scopo. Daniel attese che la piccola figura gli voltasse le spalle poi infilò la mano nella giacca ed estrasse la pistola. Una Luger della seconda guerra mondiale. L'arma delle ss. L'arma delle bestie. Tese il braccio puntando alla testa del bambino. Una leggera pressione del dito sul grilletto e tutto sarebbe finito. O iniziato. Un attimo e la storia sarebbe cambiata.

Quali effetti avrebbe avuto il suo gesto sul futuro? Di certo le cose non sarebbero potute andare peggio senza quel sanguinario dittatore.

"Ne sei sicuro?" Gli sussurrò la voce della coscienza.

Aveva di fronte a sé colui che in molti consideravano il male incarnato. La follia fatta persona. Il responsabile del genocidio di sei milioni di ebrei. L'uomo che avrebbe trascinato l'Europa, e gran parte del pianeta, in una guerra crudele e devastante.

L'uomo che, sopra a tutto il resto, avrebbe ucciso suo padre. Un numero tra gli altri milioni di esseri umani rinchiusi nei campi di sterminio. Il numero più importante.

Il dito sul grilletto tremava. La mano tremava. Aveva di fronte il mostro, ma vedeva solo un bambino.

Dopo Hitler a chi sarebbe toccato? A Stalin? Oppure sarebbe tornato ancora più indietro uccidendo Nerone? Magari avrebbe sterminato tutti i tiranni della storia. E perché fermarsi a questo? Lui era a conoscenza di eventi catastrofici: terremoti, maremoti, epidemie. Quante vite avrebbe potuto salvare? Tante. Troppe. Poteva diventare Dio. Ma lui non era Dio. Solo un professore di fisica.

Quando Adolf Hitler si girò verso di lui, raggiante per aver trovato almeno una decina di sassi piatti, Daniel stava piangendo. Aveva riposto la pistola all'interno della giacca. Le lacrime scorrevano silenziose sul viso, inzuppando la barba bianca.

«Perché piangi?» il bambino sembrava stupito. Doveva essere insolito per lui vedere un adulto piangere.

«Niente. Non ti preoccupare»

Restarono per più di un'ora a lanciare sassi nel fiume. Il piccolo Adolf rideva e batteva le mani quando Daniel riusciva a fargli fare quattro o anche cinque balzi.

Fu tentato più volte di estrarre la pistola e uccidere il bambino. Ogni momento poteva essere quello buono. Ma qualcosa lo tratteneva. Continuava a ripetersi che se non l'avesse fatto in quel momento non avrebbe avuto più il coraggio di riprovarci. Sarebbe potuto tornare decine, centinaia di volte, in quel preciso istante. Ma non avrebbe premuto il grilletto. Era quello il momento.

«Devo tornare a casa» Adolf era in piedi, le mani affondate nelle tasche. Il gioco era finito. Daniel non aveva più parole. La bocca era secca, prosciugata di ogni goccia di saliva. Vedeva l'immagine di suo padre davanti a sé che lo chiamava. Chiuse gli occhi. Quando li riaprì il bambino era ancora lì.

«Io vado a casa signore. Arrivederci»

«Aspetta» la voce gli uscì roca, strozzata. Si avvicinò di un passo al piccolo Adolf. Sorridendo, con gli occhi pieni di lacrime, passò il palmo della mano sulla guancia del bambino, accarezzandolo. Questi si irrigidì e fece per ritrarsi. Vedendo il sorriso dell'uomo rimase invece immobile.

Dopo alcuni istanti Daniel si voltò respirando a fondo. Voltò le spalle al passato e a un possibile futuro da cambiare. Iniziò a camminare lasciando il bambino immobile, stupito.

Mentre tornava alla navetta, al suo tempo, al suo passato di dolore che non sarebbe mai scomparso, non poté fare a meno di pensare "Può una carezza cambiare la storia?".

Primo Contatto

Khadam si affrettò a raggiungere il ponte di comando. Le zampe mulinavano veloci sul pavimento metallico. Le antenne vibravano frenetiche.

La porta scorrevole si aprì al suo passaggio.

Il comandante Ghartell osservava i dispacci sul nuovo sistema che stavano esplorando. Quando lo vide, rivolse un occhio a bulbo nella sua direzione. Khadam abbassò le antenne e gli occhi verso il pavimento in segno di rispetto. Era il responsabile scientifico della missione, piuttosto in alto nella scala gerarchica. Ghartell era però il signore di nave. Il vertice della piramide.

«Onorevole signore di nave ho qui un dispaccio che merita la sua attenzione» Porse un piccolo disco al superiore.

«Di cosa si tratta?» Raccolse il documento con una delle quattro zampe anteriori e lo inserì nell'apparecchio di lettura digitale.

«Riguarda la Zhar. Credo che sia opportuno che veda tutto con i suoi occhi»

La Zhar era la nave inviata in esplorazione sul terzo pianeta del sistema. Non aveva inviato il suo rapporto. Nessuno se ne era preoccupato. Le comunicazioni richiedevano tempo.

Come aveva previsto, Ghartell iniziò quasi subito ad agitare le antenne.

«Chiama subito tutti gli ufficiali nella sala centrale e stabilisci un collegamento con gli altri signori di nave»

«Tra quanto le occorre il collegamento, signore?»

«Immediatamente»

La sala riunioni era affollata. Tutti gli ufficiali erano presenti. Ciascuno aveva preso posto nella propria alcova, scavata perpendicolarmente nelle pareti della stanza. Davanti a loro, al centro, erano stati montati i sensori che di lì a poco avrebbero trasmesso l'immagine degli altri dieci signori di nave.

Ghartell attese pazientemente che tutti i posti fossero occupati e che apparissero le immagini dei suoi pari grado, quindi iniziò il suo discorso.

«Signori di nave, ufficiali, io vi saluto. Vi ho convocato qui con estrema urgenza perché è accaduto qualcosa di grave»

Gli occhi a bulbo saltavano da una figura all'altra dando l'impressione di guardare tutti e nessuno nello stesso tempo.

«Ieri la Zhar, la nave che aveva il compito di esplorare il terzo pianeta del sistema di mia competenza, ha inviato una richiesta di soccorso»

Un brusio nervoso si diffuse nella stanza. Anche le dieci immagini al centro apparivano preoccupate.

Uno dei signori di nave, Vhar, prese la parola.

«Ci sono stati dei problemi tecnici?»

Il brusio non si placava. Ghartell sollevò le quattro zampe per richiamare i presenti alla calma.

«Le ultime conversazioni che ci ha inviato la Zhar sono piuttosto confuse. Purtroppo abbiamo perso ogni tipo di contatto. Abbiamo inviato una sonda per avere un quadro più chiaro. La cosa sconvolgente è che l'ultima trasmissione parla di un missile»

Adesso la sala riunioni era una vera bolgia. Sembravano tifosi eccitati che assistono a una partita di Streez.

Una delle immagini al centro, Ghor, alzò una zampa per chiedere la parola.

«Ci sta dicendo che la nave è stata abbattuta? Questo significa che c'è vita intelligente su quel pianeta!»

In molti agitarono le antenne a sostegno di quella affermazione.

«Sto dicendo che la nave non emette più alcun tipo di impulso. La sonda d'emergenza dovrebbe trasmettere le immagini registrate prima dell'incidente. Le trasmissioni precedenti parlano di un forte strato di ozono che impedisce agli strumenti una analisi della superficie dall'orbita. Sono atterrati per osservare da vicino il pianeta»

«Ma dalle informazioni che ho avuto, quello è il sistema con un'unica stella. Non può sviluppare forme di vita intelligente. Non c'è sufficiente calore» era Ghont, un signore di nave molto anziano e rispettato.

«Credo che dovremo rivedere alcune delle nostre teorie, per quanto riguarda l'origine della vita. Se la Zhar è stata veramente abbattuta, ci deve essere qualcuno che l'ha fatto. Aspettiamo le notizie della sonda»

Altro brusio in sala.

Quando Khadam entrò nella sala riunioni, un migliaio di occhi a bulbo si puntarono su di lui. La riunione era quasi finita.

Tutte le navi sarebbero entrate in orbita intorno al pianeta, in attesa di notizie più dettagliate dalla sonda.

«Onorevole signore di nave. Sono arrivati i dati della sonda. Sono… stupefacenti»

Senza neppure congedare il ricercatore scientifico, Ghartell afferrò il disco con una zampa tremante e lo inserì nel lettore.

Le immagini tridimensionali apparvero alle sue spalle, all'interno di una grande alcova.

Le registrazioni della Zhar erano impressionanti. Fuori dallo strato di ozono i sensori della nave avevano tracciato la mappatura del pianeta. La superficie era per la maggior parte ricoperta da masse liquide e fredde, interrotte dal profilo frastagliato dei continenti emersi. La nave si trovava sulla parte non illuminata del pianeta. Il suo ciclo di rotazione era molto rapido.

Ma ciò che lasciò esterrefatti tutti i presenti erano le miriadi di luci che si potevano scorgere al suolo. Il pianeta era abitato. Non solo. La razza che lo abitava aveva sviluppato un certo livello di tecnologia.

Nella stanza era calato il silenzio. Stavano viaggiando da secoli alla ricerca di vita intelligente nell'universo. Adesso avevano finalmente scoperto di non essere soli e ne avevano le prove.

La trasmissione era disturbata. La nave aveva iniziato la discesa verso il suolo. Il calore sprigionato dall'attrito impediva le comunicazioni. In pochi istanti raggiunse il terreno.

Le immagini ripresero quando ormai la nave si preparava all'atterraggio. Una grande costruzione bianca si stagliava davanti alla Zhar. Tutto intorno, edifici enormi si innalzavano fino all'orizzonte. Poi, poco prima che la nave toccasse il suolo, la registrazione si interruppe.

Ghartell aveva osservato l'intera scena insieme a tutti gli altri. Erano la prima missione scientifica ad aver fatto una scoperta così eccezionale. In molti pianeti avevano trovato piante, muschi e licheni. In qualcuno erano presenti anche forme di vita animale piuttosto semplici.

Nessuno avrebbe immaginato di trovare, in quella remota palla di fango, in un ramo periferico di una galassia periferica, vita intelligente. E che era stata in grado di sviluppare una tecnologia propria.

Non solo. Il problema era che questa razza sembrava anche ostile. Perché avevano abbattuto la Zhar? Si trattava di una nave da ricognizione e non da guerra. Le informazioni contenute nella sonda purtroppo non erano abbastanza precise da permettere di stabilire dove si trovasse la nave in quel momento. Era impossibile procedere al recupero.

Alzò una zampa. Il brusio intenso che era seguito alla proiezione delle immagini si interruppe di colpo. Le antenne smisero di vibrare.

«Avete visto tutti le immagini. C'è vita su quel pianeta. La ricerca che ci impegna da tempo immemorabile, ha avuto successo. La domanda che ci poniamo da millenni, ha trovato una risposta: non siamo soli nell'universo»

«Non dimentichiamoci che hanno abbattuto una nostra nave. Non sembrano pacifici» lo interruppe Vhar, signore di nave.

«Potrebbe essersi trattato di un errore. In fondo non dobbiamo applicare i nostri schemi mentali a una specie che non conosciamo»

«Schemi mentali? Qui si parla dello sterminio di migliaia di nostri compagni. Non di schemi mentali!» il tono di Vhar si era fatto minaccioso.

«Non devi dirlo a me. La Zhar era sotto il mio comando. La responsabilità di ciò che è successo ricade sulle mie antenne e non sulle tue!» Ghartell aveva caricato le parole di freddezza. Colpì nel segno. Le antenne si muovevano nella sua direzione. Aveva vinto la discussione.

Vhar tacque.

Ma gli attacchi non erano finiti. «Mi risulta che, prima della fine delle trasmissioni, la Zhar abbia inviato un messaggio in cui si parlava di un missile, è esatto signore di nave?» Era stato Zhanas a parlare. Un anziano comandante con un grande ascendente sui più giovani.

«È esatto»

«Allora non c'è molto da discutere. Gli schemi mentali non c'entrano. O questa specie è barbara e violenta oppure è evoluta, ma in modo negativo. In ogni caso, non possiamo dimostrarci deboli. Dobbiamo reagire!»

Ghartell si pentì di aver dato la parola a Zhanas. Era un guerriero e ragionava da guerriero. Ma non poteva ignorare la sua posizione. E neanche il seguito che aveva tra gli altri signori di nave.

Molti avevano iniziato a muovere le antenne.

Cercò di riportare la calma nella sala alzando tutte e quattro le zampe pelose. Ma ormai le parole "vendetta" e "guerra" correvano tra gli ufficiali e, molto più preoccupante, tra gli altri signori di nave. Le antenne fremevano. Le zampe si muovevano a ritmo di danza. La decisione era presa. Sarebbe stata la guerra.

Il mondo era annichilito. Le televisioni e le radio, impazzite. Pechino, Milano, Chicago, Londra e un'altra decina di grandi città in tutto il globo erano evaporate in un fungo radioattivo.

I mass media diffondevano notizie allarmanti. Il livello di radioattività nelle zone vicine alle esplosioni era altissimo. I danni a lunga scadenza, incalcolabili. Le immagini delle città devastate dalle esplosioni atomiche scorrevano a ciclo continuo. Semplicemente non esistevano più. Erano distese vetrificate. Il numero dei morti, inimmaginabile.

Il messaggio era andato in onda il giorno successivo all'attacco. Una formica gigante era apparsa su tutti i canali satellitari del globo. Emetteva suoni incomprensibili ma erano tradotti in ciascun paese nella propria lingua.

La somiglianza con una formica era notevole. Quattro zampe pelose si agitavano freneticamente. La testa era sormontata da due lunghe antenne in perenne movimento. Gli occhi a bulbo si muovevano in modo indipendente l'uno dall'altro. La bocca (se era una bocca) era munita di zanne ricurve. Nel complesso, in un primo momento, in molti pensarono a uno scherzo. Sembrava che a rivendicare le devastazioni fosse una delle mostruose creature di gomma dei vecchi film giapponesi.

La traduzione sottotitolata scorreva senza sosta mentre l'orribile essere continuava a emettere dei versi gracchianti, simili alle scariche elettrostatiche di una radio fuori uso.

La formica accusava l'umanità di aver abbattuto una loro astronave da ricognizione. Non avevano tradotto il nome della loro specie. Forse non riuscivano a decodificare il suono corrispondente. Si riferiva a sé stesso usando, semplicemente, l'appellativo di "La razza". Per questo era stata decisa un'adeguata reazione per punire chi aveva compiuto quell'atto barbaro. Adesso aspettavano che gli abitanti del pianeta comprendessero il loro gesto e fossero pronti per un incontro pacifico.

Era esploso il panico.

La situazione era surreale. In tutti i paesi era stato dichiarata la legge marziale. Le forze armate erano al grado di massima allerta. Le armi pronte. Si attendeva l'invasione delle "formiche giganti", così erano stati immediatamente ribattezzati gli alieni. Nessuno credeva che, dopo la distruzione delle principali città mondiali, gli alieni avessero realmente intenzione di avere rapporti amichevoli.

Nonostante la minaccia comune che gravava sull'intero pianeta, le relazioni tra le principali potenze erano tese. Gli americani incolpavano i cinesi e i russi dell'abbattimento della nave aliena. Questi, a loro volta, rispedivano le accuse al mittente, o tiravano in ballo altri paesi ancora. La tensione era al massimo. Avevano tutti ragione, o nessuno.

Il presidente degli Stati Uniti d'America, George Wilson, era in volo sull'Air Force One da più di dodici ore. Aveva gli occhi gonfi dalla stanchezza ed era invecchiato di molti anni in una sola notte. Non dormiva da più di trentasei ore. Aveva visto Chicago andare in fumo, avvolta dalla nube di detriti creata dal fungo atomico. La città non esisteva più. Era una distesa di gomma e di acciaio vetrificato. Milioni di persone erano morte. Altre centinaia di migliaia avevano subito un'esposizione letale alle radiazioni. Una morte peggiore degli abitanti di Chicago li attendeva. Una dolorosa agonia. E lui non poteva fare nulla.

La sua prima reazione alla notizia era stata la paura.

"È iniziata la terza guerra mondiale" era stato l'unico pensiero che gli aveva attraversato la mente. Ma poi erano arrivate altre notizie. Buenos Aires, Milano, Madrid, Londra, Pechino, Tokyo avevano subito la stessa sorte di Chicago: in tutto circa una ventina tra capitali e grandi città sparse per tutto il globo.

I servizi di intelligence erano letteralmente impazziti. Nessuno aveva notizie attendibili.

Poi era arrivato il messaggio.

Poche ore dopo l'attacco, tutti i televisori del pianeta si erano accesi e l'impossibile era divenuto reale. Erano arrivati gli alieni. E, come nei peggiori film di serie B, erano brutti e cattivi.

Ranthell non aveva avuto scelta. Il consiglio si era pronunciato e lui non aveva potuto opporsi. Era il capo della spedizione scientifica, ma i dieci signori di nave si erano schierati con Zhanas e lui aveva dovuto chinare le antenne. Le navi si erano disposte tutto intorno al pianeta ed erano scese al di sotto dello strato di ozono. Ma non era stato possibile individuare l'esatta posizione della Zhar.

Zhanas aveva acceso gli animi e, così, si era deciso per un attacco generale. Si erano scelte le sorgenti di maggiore emissione di impulsi elettromagnetici e si era provveduto alla loro cancellazione. Nel frattempo, gli esperti avevano già individuato la struttura del linguaggio alieno. In realtà avevano scoperto l'esistenza di una miriade di linguaggi diversi. Alcuni simili, altri completamente diversi. E sospettavano che ne ce ne fossero molti altri. Il motivo per cui quella razza non fosse riuscita a sviluppare un unico linguaggio comune era un mistero. Per inviare il messaggio si erano limitati a scegliere quelli più usati, ricavandoli dalle emissioni radio e video. Avrebbero rivendicato la loro azione militare spiegandone i motivi.

Quando tv e radio avevano trasmesso il comunicato degli alieni, in molti avevano pensato a una colossale burla. Una nuova "guerra dei mondi" di Welles. Ma, dopo l'attacco atomico, nessuno aveva voglia di scherzare.

E, quando i comunicati a reti unificate dei Presidenti del mondo occidentale avevano confermato l'autenticità del filmato alieno, era scoppiato il panico.

I principali paesi, già in ginocchio per l'attacco atomico, si trovavano a fronteggiare disordini sociali, violenze, suicidi di massa ed esodi dalle grandi metropoli. Gli uomini erano come formiche impazzite.

La legge marziale non era più sufficiente a contenere la situazione.

I presidenti si appellavano alle popolazioni perché mantenessero la calma, ma era come cercare di affrontare una tempesta con una zattera.

Il presidente Wilson aveva contattato tutti coloro che, in qualche modo, potevano essere responsabili dell'abbattimento del velivolo alieno.

Dal presidente cinese a quello coreano. I rapporti di intelligence non avevano cavato un ragno da un buco. Neanche i satelliti avevano rilevato tracce di missili. Così come non si avevano notizie di avvistamenti o rilevamenti delle navi aliene.

Tutti negavano la responsabilità di quella che era la potenziale fine del genere umano.

Qualcuno mentiva. Un'astronave non poteva essere abbattuta da una pallina di carta e non si poteva mettere in tasca.

Era qui che si sbagliava.

Rigutino. Un piccolo paese nella bella campagna toscana. Due bambini stanno giocando dietro la grande casa blu. L'aria è calda. Il cielo pieno di stelle.

Francesco ha tredici anni. Michele dieci. Entrambi hanno i capelli arruffati e una grande passione per i giochi fantasy.

Per il suo compleanno Michele ha ricevuto in regalo una pistola. Una Eagle special. È nera e lucida e sembra enorme nelle sue mani. Spara pallini gialli ad aria compressa. Sono piccoli, ma vengono scagliati con grande potenza.

"Mi raccomando, non si spara alle persone. E soprattutto mai all'altezza degli occhi. Puoi fare male a qualcuno". Suo padre gliel'aveva ripetuto fino alla nausea.

Nel giro di pochi giorni, però, i due bambini avevano perso interesse per la pistola, come del resto accadeva con tutti gli altri giocattoli. Era per questo che amavano tanto i giochi di ruolo. C'erano così tanti personaggi da interpretare, situazioni da inventare e sfide da vincere, che era impossibile annoiarsi. Era come vivere in un mondo senza regole. Dove le regole le crei da solo.

Michele e Francesco, che fra l'altro erano cugini, avevano sparato a barattoli, bottiglie, soldatini di plastica, sassi.

Avevano disegnato bersagli e li avevano attaccati a un albero, colpendoli ripetutamente. Poi era subentrata la noia.

A Francesco era venuta un'idea. La classica lampadina che si accende.

«Perché non costruiamo un proiettile?»

Michele lo aveva guardato. Gli occhi che luccicavano.

«Sì. Ma con cosa?»

Avevano preso un vecchio barattolo di vinavil, la colla meno efficace del mondo, dal ripostiglio dei nonni. Il barattolo era lì da anni e la colla all' interno era ormai secca e indurita. Nessuno si sarebbe accorto della sua assenza. Ne avevano staccato il collo, rosso. Poi avevano preso un chiodo, di quelli lunghi. L'avevano fissato sul foro di uscita del tappo della colla. Il chiodo, così incastrato, fuoriusciva per gran parte della sua lunghezza. Per sicurezza, avevano versato un po' di super Attak all'interno del tappo per tenere ben saldo il chiodo.

Quindi avevano applicato il tappo con il chiodo alla canna della Eagle special.

Il proiettile artigianale si era dimostrato più che efficace.

Si conficcava con grande facilità nei tronchi degli alberi. Risultava più divertente dei pallini colorati perché, a differenza di questi, restava conficcato nei bersagli.

Alla sera, si erano spostati vicino alla serra. Era molto divertente tirare il chiodo contro la grande tenda bianca.

Il rumore attutito che produceva penetrando all'interno della plastica li riempiva di soddisfazione.

Avevano scagliato il proiettile per ore.

Quando si erano accorti che la serra era bucherellata in modo un po' troppo evidente, avevano interrotto il gioco.

«Ci faranno il culo» Michele era preoccupato.

«Sicuramente. Se lo racconti. Tu nega» Francesco era più pragmatico.

Michele si strinse nelle spalle.

All'improvviso, avevano visto l'oggetto. Era largo poco meno di un piatto da cucina. Una miriade di colori, verde, giallo, rosso, bianco si rincorrevano sulla sua superficie.

«Che cos'è?» Michele era ammirato.

«E che ne so. Una specie di modellino. Radiocomandato, probabilmente»

A Michele quell'oggetto ricordava una trottola elettrica che aveva comprato al mare l'estate precedente. Solo che quella non volava.

Intanto l'oggetto si era abbassato e, ora, era quasi al livello del suolo. Continuava a girare su sé stesso e a emettere vivide luci colorate.

«Spariamogli» Michele era in quella fase della crescita in cui distruggere è più divertente che costruire.

«Ma sei scemo? Se è radiocomandato c'è qualcuno qui intorno che lo manovra»

«E allora?» Michele si guardò intorno. Non c'era nessuno in vista.

«E allora magari si incazza»

«Scommetto mille lire che non lo prendi» Michele aveva assunto l'espressione furba di chi sa come provocare l'altro. Tante estati passate insieme gli avevano insegnato come convincere suo cugino. Per un bambino la sfida è irresistibile.

«Dammi qua» Francesco prese la pistola. Socchiudendo un occhio calcolò la distanza che lo separava dal piccolo oggetto. Premette il grilletto.

Il chiodo trapassò l'oggetto da parte a parte. Il piccolo disco emise una serie di rumori gracchianti, piccole scariche, come se fosse percorso da tanti minuscoli cortocircuiti. Si schiantò a terra.

Esplose. Un suono fragoroso per un oggetto così piccolo. Sembrava uno dei grossi petardi che esplodevano a capodanno. Uno di quei botti che Michele non maneggiava mai, per paura di perdere un dito o, peggio, l'intera mano. Non si azzardava a giocare con cose così pericolose.

Quel piccolo oggetto aveva fatto un botto troppo grande, per le sue dimensioni.

Non come un petardo. Ma come un grande fuoco artificiale.

I due bambini corsero via ridendo.

Qualcuno si sarebbe incazzato. Oh sì, e tanto.

Non immaginavano quanto.

REBA

«Reba» sussurrò dalla porta, la voce simile a carta velina accartocciata da una mano leggera. Lei non rispose. Non rispondeva mai la prima volta. Era una specie di gioco, un vezzo venuto fuori dopo aver letto vecchi libri ingialliti dal tempo, che avevano come protagoniste donne dai modi affettati e dall'aria svampita, che era necessario chiamare due volte, perché si voltassero e, sorridendo, rispondessero. Ferma di fronte allo specchio, Reba si divertiva a deformare la bocca in smorfie così buffe e improbabili che era difficile non ridere.

«Reba» chiamò ancora.

Questa volta rispose.

«Sì?»

«Niente»

1

Come ogni mattino, da quando aveva compiuto la maggiore età, William era in auto, diretto al lavoro. La piccola utilitaria elettrica filava nel traffico ordinato, circondata da altre auto dello stesso colore, e tutte seguivano il medesimo percorso. Era una interminabile teoria di automobili che si snodava fino all'orizzonte, simile ad un serpente scintillante di cui non si scorgeva la fine. Quando si fermò al posto di blocco, di fronte a tutto quel cemento, immaginò di essere una mosca, un piccolo e insignificante insetto sopra una enorme torta al cioccolato. Le tozze torrette di guardia che si innalzavano a intervalli regolari, erano come grosse fragole che ne guarnivano la melassa. A sorvegliare il fluire regolare di uomini e macchine, numerosi militari che indossavano divise rosse e nere e imbracciavano minacciosi fucili automatici. Percorrevano le passerelle di acciaio con una cadenza marziale che per William era molto elegante. Sospirò, distogliendo per un attimo lo sguardo dai soldati e riportandolo sul traffico. Aveva cercato di entrare nelle guardie cittadine, ma era stato scartato. Inadeguato al ruolo. Così lo aveva definito il servizio di selezione delle carriere. Mostrò il cartellino identificativo al militare di guardia, sorridendo timidamente. L'uomo lo lasciò passare senza degnarlo di uno sguardo.

Un tempo non esistevano posti di blocco. Lo aveva letto su un vecchio libro, ma non sapeva se era la verità o se invece l'autore si era divertito a inventare una trama assurda, capovolgendo il reale. Nei racconti degli educatori, così come in quelli dei Padri fondatori, le cose non erano poi molto diverse. Sicurezza, ordine, pulizia, efficienza. Un mondo in cui tutto ciò che non era funzionale al sistema, era stato schiacciato sotto un tritacarne. A poco a poco, ma inesorabilmente, le funzioni di ognuno erano state assegnate attraverso test attitudinali. Un metodo assolutamente imparziale e giusto, che teneva conto delle caratteristiche di ciascuno e assegnava ruoli, occupazione e procreazione in base alle capacità personali. Era lo stato dell'ordine. O "Nuovo Ordine" come era stato ribattezzato dai Padri.

William rifletté che, in circa tre secoli, solo una cosa era cambiata.

Le donne.

Riportò l'attenzione sul flusso di auto.

Non gli piaceva pensare all'altro sesso. Lo faceva sentire a disagio. Era un pensiero nebuloso e sfuggente. Irritante. Troppo distante, irraggiungibile per quelli come lui. Scrollò la testa, mentre un'erezione improvvisa premeva contro i pantaloni. Pensò al lavoro da svolgere quella mattina. Pile e pile di carte lo attendevano disposte ordinatamente sulla scrivania di plastica. Carte da timbrare, esaminare, suddividere, firmare. Aveva in mente di chiudere almeno tre pratiche che gli avevano causato non pochi grattacapi. Sì, aveva proprio bisogno di chiuderle, quelle brutte scartoffie, altrimenti il suo superiore non sarebbe stato tenero con lui.

All'improvviso un paio di seni si agitarono sullo sfondo blu del cielo. Uno stormo di tette con le ali dalle forme variegate. A pera, dritte come missili, flosce come frutti avvizziti. Come disegni ad olio si agitavano nell'aria mammelle di tutte le età e di tutte le fattezze. Torme di tette alate sbattevano le ali, come grandi volatili in procinto di migrare verso terre lontane. William strinse gli occhi, mentre l'erezione continuava a premere con energia. Quando aprì le palpebre, l'immagine era svanita. Frenò bruscamente per evitare l'auto che lo precedeva. Il cielo era di nuovo terso e sereno, e alcuni gabbiani si agitavano nell'aria battendo le ali, per planare con leggerezza al suolo. L'attacco era passato. Almeno per il momento. Imboccò la sua uscita cercando di sorridere.

2

«Tette?»

«Tette»

James Rinieri lo osservava con curiosità dietro le lenti degli occhiali cerchiati di metallo, mentre un lieve sorriso ironico gli increspava le labbra.

«Quante?»

«Quante cosa?»

«Quante tette. Quante ne hai viste?»

«Parla piano, che ci sentono» William si guardò attorno mentre sentiva le guance imporporarsi, ma nessuno, alla mensa, sembrava prestare loro attenzione.

«Allora quante ne hai viste?» domandò nuovamente James.

«Una decina, forse di più»

«Fortunato»

«Fortunato cosa?»

«Hai tanta immaginazione. Io, se chiudo gli occhi, non vedo niente. Nessuna tetta, nessun culo. Nemmeno un maledetto, piccolo pelo pubico. L'unica immagine è quella della mia tutrice, ma è nebulosa e per niente erotica, se capisci quello che voglio dire» James sorseggiò il succo di frutta multivitaminico.

William annuì, sbocconcellando un pezzo di pane. Il fatto che James non riuscisse a ricordare il corpo femminile non era strano. A quelli come loro, il condizionamento obbligatorio cancellava tutto ciò che aveva a che fare con il sesso. Le immagini femminili, soprattutto quelle intime, l'atto sessuale e tutto ciò che, in un modo o nell'altro, poteva richiamare la fornicazione, veniva estirpato al raggiungimento della maturità sessuale, come si schiaccia un brufolo pieno di pus. Ma, proprio come non è raro che qualcosa del brufolo resti sotto pelle, così non era difficile che qualcosa sfuggisse all'estrazione completa e definitiva. Restavano delle zone che le sonde non riuscivano a raggiungere. Non che non ci avessero provato. Ma si erano accorti che in certi soggetti non era possibile spremere via il desiderio, i ricordi e l'istinto atavico a riprodursi e a provare piacere. Per estirparlo occorreva cancellare anche tutto il resto e il risultato era una lobotomia, nemmeno tanto parziale. Cancellare l'istinto sessuale significava compromettere anche l'intelletto, almeno quel poco che la persona aveva a disposizione. E, così, si erano rassegnati. William sapeva che su di lui il condizionamento non aveva funzionato completamente. Con la differenza che lui aveva più immaginazione e vedeva tette volanti e culi agli angoli delle strade, mentre James sapeva che cos'erano, ne aveva un ricordo nebuloso ma non riusciva a metterlo a fuoco. Qualcuno poteva obiettare che per vedere un culo femminile bastava guardare il proprio allo specchio e immaginarlo… come? Femminile? E come diavolo era il culo di una donna se non ne hai mai visto uno?

«A volte vorrei essere come quelli là» James fece un gesto con la testa in direzione di un gruppetto di uomini che parlavano tranquillamente seduti a un tavolo poco distante dal loro.

«Vorresti essere un neutro?» domandò William con poca convinzione.

«Perché no?»

«Perché sembrano delle macchine» William osservò gli uomini che mangiavano lo stesso cibo che anche lui aveva nel piatto. In fondo quale era la differenza? Con loro la terapia aveva funzionato in modo perfetto inibendo la libido e il desiderio sessuale se n'era andato, volato via come un gabbiano migrante. Perduto. Sparito. Cancellato. Ma questo non faceva di loro dei robot. Erano solo esseri umani a cui non si drizzava più l'uccello, divenuto una semplice appendice buona solo per pisciare.

«È brutto avere desiderio senza immaginazione» riprese James.

«È brutto avere desiderio anche con l'immaginazione» rispose William.

3

La novità era arrivata alla fine dell'autunno. Ed era rivoluzionaria, di quelle che possono cambiare le abitudini di un popolo. A William era venuta in mente l'invenzione della televisione, ma non credeva che il paragone fosse calzante. Era ancora più forte. Non si parlava d'altro: qualcuno l'aveva definita la più grande invenzione del millennio. Ancora più importante del Nuovo Ordine. Come tutto ciò che era in commercio, anche questo era un prodotto pensato, studiato e soprattutto venduto dal Nuovo Ordine. Era stata battezzata "Una compagna per la vita". Un modo gentile di definire un giocattolo sessuale. Di questo si trattava. Attraverso un complesso procedimento genetico, era possibile far crescere una creatura da un bozzolo. Una crisalide, un fiore che si schiudeva e si apriva su un nuovo essere umano. Una donna. "E tutto questo a casa vostra, semplicemente annaffiando la crisalide, curandola come si fa con una semplice pianta. E avrete una compagna per la vita" William citò a memoria la pubblicità che oramai da mesi martellava negli schermi al plasma, nelle radio e nei cartelloni pubblicitari. Tutti ripetevano quali vantaggi sarebbero derivati dall'avere accanto una compagna, dimenticando che, sino al giorno prima, lo Stato proibiva la riproduzione attraverso l'inibizione dei desideri sessuali. Ma nessuno sembrava accorgersene. Erano tutti troppo curiosi. Ed eccitati. A volte William vedeva le persone che lo circondavano come una massa di esseri ciechi e stupidi. Il pensiero, però, durava appena il tempo di rendersi conto che anche lui ne faceva parte.

James non stava più nella pelle. Pareva posseduto, gli occhi sembravano sul punto di uscirgli dalle orbite. Il suo amico era sempre stato particolarmente ansioso e irrequieto.

«Ma ti rendi conto?» agitava le mani nell'aria come se cercasse di afferrare qualcosa troppo veloce per i suoi riflessi. Rispetto ad alcuni mesi prima, quando ancora vigeva una rigida compostezza, le conversazioni si erano fatte più accese, i sorrisi più frequenti e si potevano addirittura sentire risate risuonare nei corridoi e nella mensa. Solo i neutri sembravano indifferenti al cambiamento e osservavano con un vago disprezzo l'eccitazione che li circondava.

«Mi rendo conto di cosa?»

«Di quello che sta succedendo. È la rivoluzione, è una fottutissima ri-vo-lu-zio-ne» scandì.

William rimase in silenzio. Una rivoluzione? Sì, forse l'amico aveva ragione. Lui che di parole di solito ne usava troppe, per una volta aveva trovato quella giusta. I comportamenti sarebbero cambiati. Un tabù secolare sarebbe caduto, cedendo il posto a una nuova vita. Tutti avrebbero avuto qualcuno da scopare a casa. Cominciava già, per chi voleva, il decondizionamento. A parte i neutri. Per loro non c'era più niente da fare.

«Ne hai già ordinata una?» James si agitava come se la sedia scottasse, muovendo il bacino come un ballerino poco coordinato.

«No» rispose, vagamente seccato. E non era nemmeno sicuro di farlo. Se voleva farlo.

«Io l'ho ordinata ieri. Un anno di stipendio, cazzo» si passò una mano tra i capelli «ma ne vale la pena. Anzi, credo che avrei pagato qualunque cifra» William non ne dubitava. Non era casuale che il Nuovo Ordine avesse cambiato le abitudini delle ultime generazioni nel volgere di pochi mesi. Dalla repressione alla libertà; se pure limitata. Insieme al lancio sul mercato erano state varate regole ferree. Le "compagne per la vita" non potevano uscire dall'abitazione del proprietario, non si doveva assolutamente insegnare loro a leggere e a scrivere, e, soprattutto, se ne poteva possedere solo una alla volta. Potevano essere adibite solo ed esclusivamente ad uso domestico e, ovviamente, sessuale. Chi aveva previsto che il futuro sarebbe stato dei robot e che le macchine avrebbero sostituito gli uomini, non aveva colto nel segno. Il Nuovo Ordine aveva limitato lo sviluppo tecnologico, rallentando il progresso, introducendo poche e semplici innovazioni. Gli uomini erano e sarebbero sempre stati indispensabili ma, soprattutto, andavano tenuti occupati.

4

«È arrivata» Nelle ultime settimane James era cambiato. Si era sottoposto al decondizionamento e l'effetto era stato devastante. Come un uomo che si risveglia dal coma e deve imparare di nuovo tutto dall'inizio. Solo che, nel suo caso, l'unica cosa con cui doveva imparare a convivere erano gli ormoni di un adolescente in calore.

«L'hanno spedita?» William era curioso. Più di una volta era stato tentato di ordinarne una anche lui, ma non l'aveva fatto. C'era qualcosa di sbagliato. Non riusciva ancora a capire cosa, ma tutta quella situazione gli sembrava sbagliata. Aveva preso in considerazione l'opportunità di sottoporsi al decondizionamento. Era arrivato persino al centro del suo quartiere, dove li praticavano. Un uomo dall'aspetto gracile gli aveva detto che le liste d'attesa erano intasate ma che poteva procurargli un appuntamento per il mese successivo. Quando William gli aveva chiesto maggiori informazioni sul procedimento, lo aveva guardato in modo strano. Un opuscolo, una spiegazione, una semplice informativa su quello che sarebbe successo all'organismo, in caso si fosse sottoposto al trattamento. Le parole dell'uomo gli erano rimaste in testa marcate a fuoco.

«Se non è sicuro si schiarisca le idee. Ma non vedo perché non dovrebbe farlo. Lo fanno tutti» Aveva sottolineato le ultime tre parole come se, con quell'affermazione, avesse spiegato tutto. E forse era così. Il Nuovo Ordine non obbligava nessuno a sottoporsi al decondizionamento. Si erano limitati a consigliarlo caldamente a tutti quelli che avevano intenzione di acquistare "una compagna per la vita". E dal momento che tutti avevano ordinato il prodotto, tutti presto o tardi lo avrebbero fatto.

«Si. Un pacco grande come un televisore. Completo di incubatrice, pile di riserva e istruzioni. È me-ra-vi-glio-so»

«E quanto ci vorrà perché…?» William non completò la frase, incerto sul vocabolo da usare. Nasca? Cresca? Esca da bozzolo?

«Sia pronta?» James scelse una delle poche espressioni che non gli erano passate per la testa.

«Sì. Quanto?»

«Cinque mesi»

William rifletté che cinque mesi non erano poi molto tempo per chi aspetta da tutta una vita.

Quel giorno aveva deciso di saltare il pranzo. Non ne poteva più di sentire il bollettino di James sulla sua compagna per la vita. Il conto alla rovescia, arrivato alla stretta finale, aveva portato l'amico a un livello di eccitazione insostenibile solo qualche mese prima. Per William era insopportabile. La voce stridula dell'amico lo aggiornava sullo sviluppo della crisalide, sui progressi dell'essere all'interno del bozzolo trasparente: era di giorno in giorno più nitido e definito. «Ho calcolato che adesso è alta circa un metro e quarantacinque» gli diceva passandosi la lingua sulle labbra. «Iniziano a vedersi le forme» e mimava due seni con le mani a coppa. Da principio ascoltare lo aveva incuriosito, poi stuzzicato, infine annoiato. Ora lo innervosiva a tal punto che non riusciva più a nascondere l'insofferenza dietro risposte sempre più brevi e nervose. Così aveva deciso di evitare la sala mensa. James lo avrebbe sicuramente cercato e, magari, avrebbe chiesto in giro se l'avevano visto. Ma, alla fine, si sarebbe seduto vicino a un altro uomo, anche lui interessato alle crisalidi, alle tette e allo sviluppo di un essere umano all'interno di una membrana trasparente. Si sarebbero scambiati impressioni e sorrisi, carichi di desiderio, sognanti, per tutta la durata della pausa pranzo.

Lui non era così. No. Per niente. Ma così come, alla fine? Era del tutto normale che un uomo avesse pulsioni sessuali. Ma c'era comunque qualcosa di sbagliato. Lo sentiva. Era come se il rumore di fondo avesse una nota stonata, una macchina nuova e scintillante che, una volta accesa, rimbomba come una carretta da rottamare.

Perso nei suoi pensieri, si era avvicinato al lago nel centro del parco. Piccole onde si increspavano infrangendosi sulla riva, mentre il sole si rifletteva nell'acqua creando un riverbero che dal giallo sfumava nell'arancio.

«È bello, non è vero?»

William si accorse solo in quel momento di non essere solo. Seduto su una panchina verniciata di nero c'era un giovane sorridente.

«È molto bello, sì» rispose.

William si accorse subito che si trovava di fronte a un neutro. E non perché i neutri esibivano segni di riconoscimento particolari: a parte la testa rasata non avevano etichette stampate in fronte o altre indicazioni, che ne denunciavano il genere incerto. Niente di tutto ciò. A tradire l'appartenenza sessuale era la tranquilla e pacifica espressione che distendeva i tratti di un volto che osservava il mondo con sguardo divertito e distante. Era come se il proprietario di quegli occhi non si trovasse lì, ma a mille miglia di distanza.

«Non viene mai nessuno qui» sempre sorridente, il giovane lisciava i risvolti bianchi dei pantaloni.

«Beh, la pausa pranzo è così breve» rispose imbarazzato, come se si sentisse in dovere di difendere sé stesso e i colleghi, insensibili a un tranquillo angolo di mondo.

«Non credo che sia un problema di tempo. È più un'abitudine. Il mondo esterno non ci attira più, siamo animali da cortile, un cortile ampio quanto le sale in cui ci permettono di socializzare»

William rimase in silenzio. Le parole del neutro suonavano pericolosamente come una critica al sistema. E una cosa del genere era passibile di una punizione esemplare. Il Nuovo Ordine non consentiva il dissenso.

Si schiarì la voce «È meglio non criticare quello che ci circonda. Non si sa mai chi potrebbe ascoltare»

Il neutro si strinse nelle spalle «Non sono preoccupato di quello che potrebbero farmi» gettò un sasso nell'acqua «sono una specie rara, io».

William si sorprese della confidenza con la quale ammetteva di non aver paura di una eventuale punizione. Uno stupido, ecco cos'era quello che aveva davanti. Solo uno stupido avrebbe reagito così. Nessuno sano di mente avrebbe proferito parole tanto avventate. Ricordava bene il suo vicino di casa, un tipo strano che era entrato in possesso di libri ancora più strani e che aveva quel tipo di atteggiamento. Sprezzante del pericolo. Lo avevano portato via una notte senza luna, in una macchina senza insegne. Dopo la lobotomia era a malapena in grado di servire polpette alla mensa pubblica.

Il silenzio si prolungò per alcuni minuti. Fu il neutro a parlare. Sembrava triste «Perché non sei con gli altri a parlare dell'invenzione del secolo, la mitica compagna per la vita?» domandò. William avvampò in viso, senza nemmeno rendersene conto. Ma stava osservando il laghetto e dava le spalle al suo interlocutore.

«Perché…» cosa doveva dirgli? Che ancora non aveva ordinato una delle bambole? Che si sentiva a disagio con chi, come il suo amico James, aveva gli ormoni fissi sulla linea rossa del contatore?

Rispose con un'altra domanda «E tu perché non sei con quelli come te a osservarci con disgusto?» le parole gli uscirono rabbiose, ben al di là delle sue intenzioni. Non aveva nulla contro quell'uomo. Non aveva nulla contro i neutri. L'uomo iniziò a ridere. Prima sommessamente ma, pian piano, aumentò d'intensità fino a emettere un ruggito che spaventò due uccelli facendoli volare via verso una meta più tranquilla.

«Che cosa ho detto di così divertente?» domandò. Non sapeva se sentirsi insultato oppure sollevato per non averlo offeso con le sue parole.

L'uomo si batté una mano sulla coscia, mentre le lacrime gli solcavano le guance. Alzò una mano in segno di scusa.

«Scusami, non volevo offenderti. È solo che è così divertente» mormorò prima di ricominciare a ridere.

«Che cosa è divertente?»

«Il fatto che nessuno di "Noi" vi osserva con disgusto. Siamo solo interessati alle vostre reazioni. Noi siamo quello che siamo perché ci hanno imposto di esserlo. Non è stata una scelta. Voi rappresentate quello che avremmo potuto essere. Alcuni di noi sono sollevati di non somigliare a quelle che definiscono "scimmie poco pensanti", ma sono in pochi a pensarla così»

«E tu cosa ne pensi?»

L'uomo sembrò riflettere per un attimo. Forse stava cercando le parole adatte o, forse, non aveva una opinione.

«Vi invidio» disse con un sospiro.

William fu sul punto di chiedere perché, ma si morse la lingua dandosi mentalmente dello stupido. Era così evidente il motivo per cui li invidiava.

«Potrei dirti che siamo felici di non provare più pulsioni, che abbiamo trovato una pace interiore che voi non potete capire. Ma sarebbero solo balle» continuò il neutro «la verità è che il condizionamento non ci ha tolto solo il desiderio, ci ha tolto una parte della nostra umanità. È come, è come» ripeté e osservò la mano, come se nelle linee della pelle fosse nascosto qualcosa di estremamente interessante «è come se ti avessero tagliato un braccio, sostituendolo con una protesi. Puoi ancora fare le cose di prima, ma non è lo stesso» Poi, vedendo che William non replicava, scrollò le spalle «Non riesco a spiegarlo meglio di così»

Lasciò il neutro sulla sponda del laghetto, salutandolo con un cenno della mano. Quando rientrò nel suo ufficio si rese conto di non avergli nemmeno chiesto come si chiamava.

5

Dove una volta sorgeva il vecchio centro per l'impiego adesso c'era una Boutique. D'altra parte il locale era sfitto oramai da anni, da quando i test genetici avevano reso inutili i colloqui attitudinali. Erano mesi che William non tornava da quelle parti, e, in quel momento, si trovava lì solo perché poco lontano era in programma una serata dedicata al vecchio cinema d'autore e lui non voleva perdersela. La vetrina illuminata lo aveva subito incuriosito. Indumenti che non aveva mai visto prima erano in bella mostra sopra espositori in plexiglas: lisci oppure bucherellati come una rete, la maggior parte era costituita da due coppe unite da un piccolo gancio e da entrambe le estremità pendevano strisce di tessuto. Da principio William pensò ad una nuova moda. Talvolta il Nuovo Ordine lanciava sul mercato articoli d'abbigliamento che riscuotevano un immediato successo. Tuttavia non erano resistenti quanto i buoni vecchi abiti o come le uniformi da lavoro. Si potevano indossare per pochi mesi, al massimo un anno, prima che si deteriorassero insieme alla moda che avevano lanciato. Solitamente le novità uscivano ogni cinque, sette anni. Ma, negli ultimi tempi, pareva che l'intervallo temporale si fosse ridotto perché arrivavano nuovi prodotti ogni due, massimo tre anni.

Il negozio era affollato. Non aveva mai visto tanta gente tutta assieme. Gli uomini osservavano e toccavano, in alcuni casi annusavano ed accarezzavano gli indumenti esposti. William sbatté le palpebre. La scena era del tutto insolita. Non aveva mai visto nulla del genere.

Un uomo uscì dal negozio con un sacchetto sotto il braccio e un'espressione soddisfatta. William si fece avanti e, sorridendo, gli chiese «Scusi, le posso fare una domanda?» l'uomo, strappato al suo sogno ad occhi aperti lo squadrò sospettoso stringendo il pacchetto al petto, nemmeno si trattasse del portafogli.

«Che cosa vuole?» chiese burbero.

«Solo sapere che cosa vendono all'interno del negozio. È la prima volta che lo vedo» Il volto dell'uomo, sulla trentina, sembrò distendersi un poco.

«È un negozio d'abbigliamento per le "compagne per la vita"» disse.

«Ah» fu tutto quello che riuscì a rispondere William. «Beh, fossi in lei mi affretterei, perché stanno esaurendo gli articoli più ambiti» l'uomo ammiccò in modo complice.

«Certo, grazie. Entrerò subito» disse William, tanto per non insospettire. L'uomo, con un ultimo cenno, si allontanò fischiettando. William rimase imbambolato di fronte alla ressa che sembrava non avere mai fine. Poi, sconsolato, anche se non sapeva bene per cosa, si avvicinò al cinema. Prima di entrare non poté fare a meno di notare che non c'era nessuno in fila al botteghino, tutta la popolazione sembrava essere stata risucchiata dal negozio di abbigliamento.

«Non si chiama abbigliamento, si chiama "lingerie"» disse con un tono da professore James. William represse un moto di stizza. Da quando aveva ricevuto la sua "compagna" James non parlava d'altro. E, adesso che la sua "compagna" era nata, parlava solo ed esclusivamente di sesso. Nient'altro. Sesso e particolari intimi che William non trovava affatto eccitanti. Lo aveva evitato per settimane, disertando la mensa e facendo lunghe passeggiate. Era arrivato a preferire la compagnia di Lanus, il neutro, a quella del suo migliore amico. Qualcosa tra loro si era spezzato. Erano due corde che vibravano a frequenze diverse e non riuscivano più a comunicare. Ma, un paio di mesi prima, James era passato a prenderlo e aveva insistito per mangiare insieme. Non aveva potuto rifiutare. Così come non aveva potuto rifiutare la volta successiva. Così, due giorni a settimana, mangiavano insieme in mensa. William credeva che l'atteggiamento dell'amico fosse un tentativo di ricucire i rapporti e ne era rimasto piacevolmente colpito. Il Nuovo Ordine non incoraggiava l'amicizia. Dovevano bastare le adunate e gli spettacoli ricreativi messi a disposizione della popolazione per alleviare la solitudine. Senza contare la nuova "Compagna per la vita". James era il suo unico amico. O lo era stato. Per questo, il riavvicinamento lo aveva commosso, lasciandogli anche un vago senso di colpa. In fondo, era lui quello che si era allontanato perché non riusciva a prendere la stessa decisione di tutti gli altri. Questo aveva pensato. Poi si era accorto che James non era quello di prima. Sembrava essere diventato più sicuro di sé, ma anche più arrogante e, William doveva ammettere, più feroce. Mentre James parlava, William, con un sorriso di circostanza stampato in faccia, si sforzava di non ascoltare, perdeva di proposito alcune frasi per cogliere solo parte di quello che l'amico gli stava dicendo.

«E poi l'ho legata al letto, e dovevi vedere com'era spaventata!» diceva e lui, pur non ascoltando, non riusciva a sottrarsi a quell'immagine.

«Ehi, ma mi stai ascoltando?» domandò ad un tratto James.

«Certo che ti sto ascoltando» rispose con una punta di stanchezza nella voce

«Allora vieni a cena da me, domani sera? E non dirmi che devi fare qualcosa perché non ti credo!»

William deglutì ma non aveva più saliva. Maledetto il suo maldestro tentativo di non prestare attenzione. Adesso non sapeva cosa ribattere, e non gli veniva in mente nemmeno una scusa decente.

«Va bene» mormorò. James gli dette una pacca sulla schiena e, alzandosi con il vassoio, fissò l'appuntamento per quella sera.

William era preoccupato. Era la stessa ansia che lo prendeva ogni volta che il capo lo convocava nel suo ufficio. Anche se veniva rimproverato raramente, ogni chiamata lo faceva sobbalzare. Suonò e James lo accolse con una vigorosa stretta di mano. Dopo aver lasciato il cappotto nell'ingresso, lo portò in salotto pregandolo di attendere. William si sedette sul grande divano verde osservando l'ambiente. Era stato lì decine di volte e gli era tutto familiare. Tuttavia, l'arredamento non era disposto come lo ricordava. Il divano, che prima occupava lo spazio di fronte al caminetto, era addossato al muro, così che sembrava di stare in un ambiente molto più grande. I quadri di paesaggi erano stati sostituiti da tele astratte e colorate, che svecchiavano le pareti con un tocco di modernità. E poi c'erano piccoli oggetti in argento, statuette e medaglie, in una teca nell'angolo che, se la memoria non lo tradiva, prima ospitava un paio di coppe del campionato di ginnastica della fabbrica. Era la medesima stanza, ma i cambiamenti l'avevano senza dubbio migliorata. Prese mentalmente nota di spostare il divano. In fondo, casa sua era esattamente uguale a quella di James, così come entrambe erano identiche a quelle di tutti gli altri impiegati, vale a dire circa il novantacinque percento della popolazione. I lavoratori rurali non vivevano in città, sempre che la loro potesse chiamarsi vita e le loro baracche di legno potessero chiamarsi case.

William stava ancora riflettendo su come pochi e semplici gesti fossero sufficienti a cambiare una stanza, quando James entrò nella sala. Lo prese per le spalle facendolo sussultare.

«Ed ecco qua Emma» disse con un sorriso raggiante. William non la vide immediatamente perché si era fermata sulla soglia dell'ingresso, nascondendosi dietro allo stipite della porta. James le fece segno di avvicinarsi. Era alta e aveva splendidi capelli biondi e occhi azzurri, piccoli e sgranati, che le donavano un'aria ingenua e svagata. Il corpo, snello, aveva forme pronunciate ma armoniose. Era la cosa più bella che William avesse mai visto. Doveva essere rimasto a bocca aperta, perché James lo scosse con dolcezza «Ehi, sei ancora qui?»

William si riscosse. Non aveva mai visto una donna, ma ora che ne aveva una davanti, era come se l'avesse sempre avuta di fronte agli occhi, ma nascosta in qualche angolo irraggiungibile. Eppure era già presente.

«Tutto bene, scusami. È solo che…» non riuscì a terminare la frase.

«Non ti preoccupare. Era così anche per me, all'inizio. Stavo ore ad osservarla. Sentivo la bocca spalancarsi eppure non riuscivo a controllare il corpo. Era qualcosa di assolutamente stupefacente»

«Piacere» William porse la mano ma Emma non la strinse, osservando invece James in attesa di un cenno. Quest'ultimo annuì in modo quasi impercettibile e lei sorrise ricambiando la stretta.

«Piacere» mormorò con una voce molto bassa e piacevole.

La cena fu perfetta. Le pietanze ben cucinate e saporite, soprattutto l'arrosto al latte. Emma parlava poco e solo dopo aver ricevuto il permesso da James che lo concedeva con un cenno del capo, come un despota annoiato.

«Era tutto delizioso» commentò William alla fine del pasto. James sorrise compiaciuto ed Emma abbassò la testa.

«È un'ottima cuoca, la mia Emma» James si alzò e le si avvicinò da dietro «Ha grandi capacità di apprendimento. Ha studiato da sola le ricette, tutto da sola, vero cara?» Emma annuì mantenendo lo sguardo basso «D'altra parte non ha molto da fare, a parte cucinare, tenere la casa in ordine e il resto» James si passò la lingua sulle labbra e con entrambe le mani afferrò i seni della donna, iniziando a palpeggiarli. William distolse lo sguardo.

«Vieni» disse dopo alcuni istanti «torniamo in salotto» mentre William si alzava, Emma era già schizzata in piedi e aveva iniziato a raccogliere le stoviglie e a riordinare la tavola. Un piatto le scivolò di mano e si fracassò a terra, spargendo schegge dappertutto. William si chinò per raccogliere un frammento, ma si fermò a mezz'aria nel momento in cui James colpì Emma, prima con uno schiaffo che le fece girare la testa in direzione della cucina, poi con un calcio al fianco che la fece cadere a terra. Con voce carica di collera, le disse «Ora raccogli tutto e cerca di stare più attenta» quindi si accomodò sul divano, come se nulla fosse accaduto. William non sapeva bene come comportarsi in quella situazione. Aveva una gran voglia di andarsene, correre via sino a casa e vomitare nel piccolo bagno del pianterreno. Ciononostante, una curiosità quasi morbosa lo costringeva a restare per osservare quello che stava accadendo e, soprattutto, per attendere quello che sarebbe accaduto.

«Emma è una brava compagna. Ma è così distratta. Un po' di Whisky?» William annuì.

«Tu non puoi capire, non hai ancora preso una compagna, ma non sono come noi. Sembrano, ma non lo sono. Ghiaccio?» William annuì nuovamente.

«Parlano come noi, sembrano esseri umani nell'aspetto e nel modo di fare, ma non lo sono. Non completamente» James gli porse il bicchiere. William lo afferrò e ne inghiottì una lunga sorsata.

«E in cosa sono diverse da noi?» domandò con voce insicura.

«Nascono da un bozzolo, come sai. Una crisalide che le sforna bell'e pronte. Ingenue, da educare, ma pronte. Questo non è umano»

«Ma le abbiamo inventate noi, sono una nostra creazione» William prese una nuova sorsata, questa volta più piccola.

«Non è esatto. È una creazione del Nuovo Ordine, non nostra. Né mia. Né tua. Per quanto ne sappiamo, potrebbero essere degli organismi alieni» James finì il Whisky in un unico sorso e si alzò per versarsene un'altra dose generosa.

«Tu credi che siano organismi alieni?» chiese William dubbioso.

«No, certo che no» gli rispose allungando la bevanda con due cubetti di ghiaccio.

«È per questo che l'hai picchiata, prima? Perché non è umana?» domandò William. Non era abituato a bere e sentiva un piacevole languore che gli scioglieva membra e lingua. James lo osservò stupito «No, l'ho picchiata perché ha sbagliato e perché posso farlo»

«E se il piatto fosse caduto a me?» gli chiese William con un sorriso obliquo.

«Avremmo raccolto i cocci insieme. Oppure li avrei fatti raccogliere ad Emma e me la sarei presa comunque con lei. Che differenza fa?»

«Nessuna, immagino» William scosse la testa.

William passò i mesi successivi immerso in uno stato di torpore mentale. Era la migliore definizione che gli veniva in mente, perché sembrava che gli eventi gli scivolassero addosso senza scalfirlo. Al lavoro, tutto continuava come al solito. Smaltiva pratiche che continuavano ad accumularsi sulla scrivania. Era tornato a cena da James altre due volte ma in entrambe le occasioni non era successo niente: l'amico non aveva alzato un dito su Emma. William ne era sollevato ma, in fondo, si era chiesto se non fosse tornato in quella casa proprio per quello. La loro amicizia non era più la stessa e, anzi, la distanza pareva aumentata. Era come se tra loro si fosse alzata una parete, invisibile ma ben solida. E lui non aveva alcuna voglia di abbatterla per vedere cosa c'era dall'altra parte.

In compenso, vedeva Lanus quasi ogni giorno, durante la pausa pranzo. Si incontravano al laghetto di cui tutti sembravano ignorare l'esistenza, o forse, semplicemente, non lo ritenevano abbastanza interessante da meritare la loro attenzione. La sala mensa e quella ricreativa, con gli schermi e i giochi da tavolo erano molto più confortevoli.

«Com'è andata ieri?» aveva chiesto Lanus. William si era stretto nelle spalle.

«Bene, direi. La cena è stata come al solito impeccabile» si piegò sulle gambe prendendo alcuni sassolini per gettarli nello stagno

«E la sua compagna? Come ti è sembrata?»

«Infelice» rispose di getto William, poi sorrise agitando una mano davanti al viso, come a voler cancellare quello che aveva appena detto e si affrettò ad aggiungere «No, non può essere infelice»

«Perché?»

«Perché non è un essere umano. Felicità ed infelicità sono concetti umani»

«Ne sei certo?» Lanus si grattò la testa rasata.

«No, però mi piace pensarlo»

Lanus annuì «Anche a me» poi, dopo alcuni istanti di silenzio in cui ciascuno dei due uomini sembrò perdersi nei propri pensieri, riprese.

«Perché non prendi una "compagna per la vita"?»

«Proprio tu me lo domandi?» William non sapeva se mettersi a ridere o se offendersi. Lanus, un neutro, gli consigliava di prendersi una donna! Lui che odiava qualsiasi contatto, lui che non aveva alcuna pulsione. Proprio lui! Lui che.. lui che è l'unico amico che mi resta, pensò amaramente William.

«Certo, perché no? Considera la cosa da un altro punto di vista. Tu non sei come James. E anche se la tua compagna non è propriamente umana, anche se è un surrogato, anche se fosse una copia di qualcos'altro (che poi dovresti dirmi come fai a fare un paragone, visto che ti manca la possibilità di metterla in relazione con una donna vera), perché negarsi la possibilità di averla?» Lanus lo osservava con il volto impassibile. E se avesse avuto ragione? Se fosse stato proprio così, se si stava limitando?

«E poi la cosa più importante, William. Io penso che tu sia una brava persona. Non devi per forza picchiarla. Puoi comportarti come ritieni giusto nei suoi confronti»

William rimase assorto per un attimo, poi sorrise, e si strinse nelle spalle.

«Ci penserò» mormorò, prima di controllare l'orologio e accorgersi che la pausa pranzo era agli sgoccioli.

Nei giorni seguenti ripensò spesso alle parole di Lanus. Nel fine settimana aveva valutato attentamente tutti i pro e i contro che gli venivano in mente. Una "compagna per la vita". A distanza di un anno, praticamente tutti ne avevano una. A parte i neutri come Lanus, oppure gli indecisi o quelli che avevano avuto problemi con le incubatrici ed avevano richiesto un cambio della merce.

Ma, alla fine, perché non provare? Che cosa voleva dimostrare? Di essere diverso dagli altri? Di essere speciale perché non possedeva quello che tutti gli altri avevano? Perché allora non fare a meno dell'auto e non andare a piedi al lavoro? Se tutti possedevano un'auto, poteva dimostrare di farne a meno? Sorrise sarcastico per questo esercizio di logica.

Prese la decisione la domenica sera e il lunedì pomeriggio era già al centro. Non poteva scegliere tutte le caratteristiche, alcune erano casuali, ma si poteva perlomeno decidere il colore dei capelli e quello degli occhi. Scelse capelli corvini ed occhi verdi, che gli valse un sorriso complice da parte del commesso. Fisico snello e formoso, anche se il consulente non prometteva un risultato perfetto. Troppe variabili. Dopo aver firmato i moduli per il pagamento si ritrovò in mano un contratto da leggere "in modo scrupoloso e attento" e una ricevuta che avrebbe dovuto mostrare al corriere quando la merce fosse stata consegnata. Tre mesi di attesa.

Aveva aspettato. Non era più andato da James, benché l'amico lo avesse più volte invitato. Durante la pausa pranzo continuò a frequentare Lanus.

«Hai fatto bene» gli disse un giorno e a William parve di cogliere una sfumatura di malinconia o forse di invidia in quelle parole. Ma, forse, era solo il segno di quanto fossero diversi.

«E ti sei già sottoposto al trattamento?» gli aveva domandato Lanus. William era rimasto a bocca aperta. Il trattamento. Se ne era completamente dimenticato. Se non avesse rimosso i vecchi condizionamenti, se non lo avesse fatto… Cosa sarebbe successo? Aveva scosso la testa in segno negativo.

«E che cosa aspetti?»

«Nulla, devo solo trovare il tempo di andarci» disse rendendosi subito conto della stupidità della risposta. Non era certo il tempo che gli mancava. Però la questione rimaneva. Non aveva ancora pensato a sottoporsi alla rimozione delle inibizioni semplicemente perché non credeva di averne bisogno. Perché farlo? si domandò ancora. In fondo, la rimozione poteva essere effettuata anche dopo che la sua "compagna" fosse arrivata. Oppure poteva semplicemente rimanere così com'era, senza alcun trattamento al cervello. A Lanus non disse nulla, ma il motivo che lo spingeva a rimandare era James. Il suo amico non era più lo stesso, era diventato aggressivo e violento e non voleva che accadesse anche a lui.

6

Arrivò un venerdì mattina, poco prima che uscisse per recarsi al lavoro. Due fattorini avevano scaricato il pesante pacco in salotto, e se ne erano andati sorridendo. Dopo aver lasciato una discreta mancia, William era uscito di casa, maledicendosi subito per non essersi dato malato. Mentre guidava nel traffico, fu tentato di tornare indietro per aprire la scatola. Respirò a fondo costringendosi a rimanere calmo. Non sarebbe cambiato nulla se lo avesse fatto quella sera. Non era un regalo da scartare, o un nuovo olo-gioco da provare.

La giornata passò più lentamente del previsto, anche se il lavoro lo distolse dal pensiero di ciò che lo aspettava a casa. Durante la pausa pranzo evitò sia James che Lanus. Quel giorno rimase in ufficio, a mangiare una mela e bere acqua da una bottiglia trasparente. La fine del turno lo colse impreparato, come se, in realtà, tutta quell'attesa l'avesse prosciugato, fino a lasciargli un vago timore di tornare a casa. Il traffico sembrò più scorrevole del solito e, in breve tempo, arrivò a destinazione. L'ambiente era buio e freddo. Accese luci e caminetto, poi, ignorando volutamente la scatola in soggiorno, salì al piano superiore. Si cambiò il completo, togliendo camicia e cravatta, fece una doccia calda e indossò abiti più comodi. Era quasi ora di cena e decise di mangiare prima di dedicarsi... a cosa si sarebbe dedicato? Al montaggio, forse? Era questo quello che avrebbe fatto? Non lo sapeva. Sorrise, riflettendo sul fatto che l'ansia di aprire la scatola aveva lasciato il posto a una sensazione più profonda: l'incertezza di quello che avrebbe trovato.

Mangiò un pasticcio di carne precotto con contorno di piselli surgelati. Quella sera masticò lentamente, senza assaporare neppure un boccone. Lavò i piatti e riordinò la tavola. Infine, con un sospiro, passò in salotto. La scatola era di cartone spesso e resistente, priva di etichette. Era grande quanto una vasca da bagno, avvolta in una semplice carta marrone, con un vistoso nastro rosso. Aveva paura di aprirla. Se l'avesse riportata indietro, sarebbe stato risarcito? Ma non voleva farlo. Non c'era alcuna indicazione che mostrasse come aprirla, quindi probabilmente non era molto importante. Tagliò il nastro con un paio di forbici, poi fece lo stesso con la carta. Dentro c'era una scatola nera, liscia, di materiale plastico. William passò una mano sulla superficie scura e fredda. Cercò un'apertura, ma trovò solo un piccolo foro quadrato sulla sommità. Riconobbe quello che doveva essere un interruttore. Lo schiacciò e fece un balzo indietro. Il pacco aveva emesso un sibilo, come il vapore che esce da un ferro da stiro e si era aperto. Al centro c'era un grande uovo trasparente. All'interno, un essere dalle forme vagamente umanoidi, grande quanto un animale di piccola taglia, nuotava in un liquido trasparente. Un cordone partiva dal corpo della creatura per andare a saldarsi alla parte superiore del contenitore. La creatura aveva gli occhi chiusi ed era raccolta in posizione fetale e, per un attimo, William ne fu prima spaventato, poi incuriosito. Era affascinante vedere quell'essere muoversi appena, cullato da una placida corrente, che increspava il liquido con un movimento dal basso verso l'alto e viceversa, in un continuo e quasi impercettibile scambio. Dopo alcuni minuti, William raccolse da terra un opuscolo bianco. I caratteri rossi sulla copertina indicavano che si trattava del libretto di istruzioni da seguire per occuparsi della "Compagna per la Vita". La prima cosa che fece fu prendere mentalmente nota di non chiamarla mai così. Le avrebbe dato un nome. Anche James lo aveva fatto.

Scorse rapidamente il manuale. Poche pagine, una ventina in tutto. Buona parte delle istruzioni erano dedicate a cosa fare in caso di eventuali malfunzionamenti della "cellula di crescita", così veniva chiamato l'uovo. Il resto erano indicazioni molto semplici. Occorreva pulire il filtro una volta ogni tre giorni e una volta al mese andava effettuato il ricambio completo dell'acqua all'interno della cellula. In pratica si trattava di svitare un tappo, pulire bene, raccogliere l'acqua sporca che fuoriusciva dall'uovo e aggiungere acqua pulita tramite una piccola pompa. Durante il processo l'uovo si suddivideva in tre compartimenti stagni grazie a campi elettromagnetici. Il feto scendeva nel compartimento centrale, il secondo, mentre il primo veniva svuotato e riempito nuovamente con liquido pulito. Quando il primo strato era stato trattato, il feto risaliva dal secondo al primo e si procedeva al ricambio del secondo. E così per il terzo. L'intera operazione richiedeva non più di due ore di tempo. Per il resto, si trattava di osservare i progressi giornalieri del feto e verificare che non ci fossero guasti o avarie dei sensori.

Lanus, con grande sorpresa di William, lo aveva sottoposto a un vero interrogatorio. La curiosità del suo amico, però, non somigliava affatto alla morbosità di James o a quella di tanti altri che sentiva bisbigliare in sala mensa. Sembrava piuttosto l'atteggiamento di uno scienziato che raccoglie dati per un esperimento.

«Quando uscirà dall'uovo?»

«Te l'ho già detto, Lanus, sei mesi, sette giorni, dodici minuti e trentaquattro secondi. Né un attimo prima, né un attimo dopo» gli rispondeva ogni volta.

«Ma come fa a nutrirsi?»

«Te l'ho già spiegato»

«Sì, ma ti limiti a cambiargli l'acqua! Non è mica un pesce e poi anche i pesci devono mangiare!» Lanus sembrava scandalizzato soprattutto da questo aspetto. Come l'uovo non aveva bisogno di manutenzione, così anche il feto non veniva nutrito, e, a parte il ricambio dell'acqua e la pulizia del filtro superiore, non occorreva intervenire in nessun modo sull'embrione. Era severamente vietato fare qualsiasi cosa non fosse indicata nelle istruzioni. Anche nel contratto era fatto esplicito riferimento al divieto di interferire con il processo di crescita della creatura.

«Te l'ho detto, non so come funziona, ma c'è questa sorta di sfera, percorsa da elettricità (o almeno a me sembra elettricità) che racchiude all'interno una materia che emette luce e calore. Credo che si colleghi direttamente al cordone che è unito al feto, ma è solo una supposizione»

«Energia» ripeteva a mezza voce Lanus «una creatura che si alimenta solo con energia» poi scuoteva la testa «no, non funziona» sentenziava.

«Ed invece funziona!» rispondeva William «la creatura cresce a vista d'occhio. Cresce, Lanus, lo capisci? Io non so se quella sfera è qualcosa di radioattivo oppure una nuova tecnologia, però funziona!»

Lanus allora scuoteva la testa «Però non riesco a capire come» mormorava più a sé stesso che a William. E per lui doveva essere veramente una tortura. Quasi tutti i "neutri" lavoravano in istituti di ricerca e nei reparti tecnici. Essere privi di emozioni li rendeva i migliori scienziati. L'irrazionale non esisteva, perché non riuscivano a coglierne le sfumature, ma un meccanismo alimentato da una tecnologia ignota poteva metterli seriamente in crisi.

«Non potrei venire a dare un'occhiata?» gli aveva domandato speranzoso durante una delle loro conversazioni.

William aveva scosso la testa «Sai che non è possibile. Non si può studiare la cellula, né tantomeno smontarla» Allora Lanus cambiava discorso, cercando di apparire indifferente, ma William sapeva che la volta successiva sarebbe tornato sull'argomento. Era strano come una persona che non provava emozioni potesse interessarsi così tanto ad un progetto. Ma forse era lui che si era fatto un'idea sbagliata sui neutri: non avevano pulsioni sessuali e, in molti casi, non provavano sentimenti. Ma probabilmente anche loro non erano tutti uguali: alcuni potevano desiderare una cosa semplice ed altri provavano qualcosa. D'altro canto anche William, pur essendo stato sottoposto al trattamento, aveva una specie di reminiscenza e si immaginava tette volanti sospese in cielo. Forse Lanus era il suo equivalente tra i "neutri", una persona che conservava, in modo inconscio, ricordi di emozioni e sensazioni.

«Hai sentito della guerra che potrebbe scoppiare a breve?» domandò Lanus, per cambiare discorso.

«Certo che ne ho sentito parlare» Al cinema, dove andava spesso, il notiziario del Nuovo Ordine veniva proiettato prima dell'inizio dello spettacolo, durante l'intervallo e pure alla fine. Anche senza prestare attenzione, le notizie e le immagini non potevano essere ignorate. E la guerra era l'argomento più discusso.

«E quale sarebbe la novità?» aggiunse William. Gli aerei da combattimento sganciavano il loro carico di bombe all'Idrogeno al di là delle montagne per esportare il Nuovo Ordine tra le popolazioni che non lo conoscevano. Oppure effettuavano incursioni preventive per evitare di essere attaccati in futuro. William non ci vedeva nulla di male.

«È strano. Di solito parlano della guerra dopo che è stata combattuta e vinta. Questa volta ne stanno parlando prima che inizi. E la cosa sta andando avanti da almeno un mese»

«Hai ragione. Probabilmente sono a corto di notizie da dare» riprese William. In fondo le guerre non riguardavano quelli come loro, troppo distanti dai campi di battaglia.

«Probabilmente» annuì Lanus, ricominciando a gettare molliche di pane ai piccioni.

Seduto sul tappeto osservava la creatura. Erano passati quattro mesi e quello che era stato originariamente un feto, adesso aveva assunto le dimensioni di un'adolescente. Una ragazza dai lunghi capelli neri, sempre raccolta in posizione fetale, con le mani che stringevano il petto ancora acerbo, fatto di curve dolci e morbide, così come dolci e morbidi erano i glutei e quella piccola fenditura tra le gambe. William la osservava per ore, e si sforzava di paragonare quello che aveva di fronte con ciò che in precedenza aveva visto con l'immaginazione. Ma non esisteva alcun paragone. Lui stava guardando una giovane che nell'arco di un mese sarebbe diventata una donna. Quello che vedeva nei sogni erano solo frammenti di una memoria collettiva che non gli apparteneva. Lei sì. Lei era sua. E questo pensiero lo atterriva più di tutto il resto. Possedere un altro essere umano. Era un concetto insolito. Ma non era un essere umano. Questo avrebbero argomentato Lanus e James se li avesse messi al corrente del suo dubbio. Il Nuovo Ordine aveva vietato nel modo più categorico di "possedere un altro essere vivente, sia esso un animale o un essere umano". Nessuno poteva tenere un cane o un gatto o un altro animale da compagnia, pena l'espulsione dalla città. E questo significava morte certa, a meno di raggiungere la comunità agricola più vicina e farsi accogliere.

Essere umano o meno, era innegabile che fosse sua. William osservò ancora le mani della ragazza e il corpo che sembrava danzare al ritmo del liquido che la avvolgeva. Le mani erano piccole ed aggraziate, strette al torace e ricordavano i fusi utilizzati per la filatura. Poteva rimanere per ore ad osservare quelle dita che si aprivano e chiudevano in modo quasi impercettibile. Stava sognando? Poteva sognare? Quali effetti aveva una crescita tanto rapida sul pensiero? Che idea stupida.

Si alzò e prese dell'acqua in cucina. Mentre riempiva il bicchiere gettò uno sguardo al frigorifero. La lista delle operazioni di manutenzione e di controllo da effettuare sulla cellula era tenuta ferma da un magnete. L'aveva scritta il giorno dopo il suo arrivo. Era un promemoria per evitare di tralasciare qualcosa di importante. In realtà le cose da fare erano così poche che difficilmente avrebbe potuto dimenticarne qualcuna. Ma aveva comunque stilato un breve elenco. A distanza di mesi, quando le operazioni di ricambio dell'acqua, di pulizia del filtro, di controllo della temperatura e dei parametri vitali erano divenuti una routine, la lista era ancora lì. Poteva toglierla, ma in fondo perché avrebbe dovuto farlo? Bevuto il bicchiere d'acqua, tornò in salotto e si sedette nuovamente sul tappeto, a gambe incrociate. Ancora due mesi. Ma l'attesa non gli dispiaceva. Osservare lo sviluppo della creatura, i lenti movimenti nell'acqua e gli occhi chiusi in un sonno con o senza sogni, lo rilassava e lo affascinava a tal punto da perdere la cognizione del tempo. Rimase seduto ad osservare la cellula con un lieve sorriso sulle labbra.

7

William chiuse la pratica e la gettò sulla pila del lavoro svolto. Mancava soltanto un'ora al rientro a casa dalla sua creatura. Un tempo considerava esagerata ed eccessiva l'eccitazione di quanti, a cominciare da James, avevano preso una "compagna per la vita". Lo infastidiva il fatto che parlassero soltanto di un unico argomento. Ora, invece, capiva che cosa avevano provato. Ciò nonostante lui non sentiva tutta quella eccitazione. Avvertiva un'emozione indefinita, la voglia di conoscere quella creatura che era cresciuta per sei mesi nella sua casa, sotto il suo sguardo vigile. Mancava poco più di una settimana, poi molti dubbi si sarebbero dissolti.

Non aveva parlato con nessuno del suo acquisto. A parte Lanus, ovviamente. Il "neutro" trasmetteva una fiducia che non provava per nessun altro, anche se non riusciva a comprenderne il motivo. James lo aveva invitato molte volte a casa sua ma aveva sempre rifiutato e, alla fine, il suo ormai ex amico aveva rinunciato e non ne avevano più parlato. Talvolta pranzavano ancora insieme ma non era più stato a cena da lui e, a volte, William si domandava come stava Emma. Scacciava via quelle domande come una mosca fastidiosa. Non erano affari suoi. Lui doveva badare alle sue cose come facevano tutti gli altri.

Dopo il lavoro tornò a casa, fece una doccia, mangiò e controllò che tutto fosse a posto. Rimase in contemplazione della cellula per un quarto d'ora. Talvolta aveva l'impressione che sbattesse le palpebre, come se fosse in procinto di aprire gli occhi, ma poi non accadeva nulla e, allora, William sospirava domandandosi se non fossero stati i suoi occhi ad ingannarlo. Dopo un ultimo controllo di sicurezza, uscì richiudendosi la porta alle spalle. Al cinema davano Rambo, che, se non ricordava male, contava oramai ben nove sequel, copie dei precedenti che non valevano nemmeno la metà dell'originale. Pagò il biglietto al cassiere, un giovane biondo dall'aria scanzonata, ed entrò.

La sala era enorme e, come sempre, quasi vuota. William si accomodò al solito posto, al centro della platea, lontano dai pochi presenti, per non essere disturbato dai commenti, dalle risate o dalle proteste. Non sopportava chi scambiava il cinema per una sala ricreativa. Durante la proiezione si doveva semplicemente osservare: i commenti andavano lasciati alla fine, a schermo spento. William si era appassionato ai vecchi film proprio perché non richiamavano il grande pubblico. Andava così poca gente a vederli che non esisteva il rischio di trovare confusione.

La notizia di apertura del cinegiornale riguardava il cosiddetto "Monte di Pietà", vale a dire l'obbligo di accompagnare le persone oltre i sessant'anni verso l'ultimo atto della loro vita. Non tutti, chiosava il comunicato, riuscivano a comprendere la necessità del gesto e non tutti avevano il coraggio necessario per compiere questo passo. Da qui, nasceva l'esigenza di accompagnarli, in modo più o meno coatto, oppure di denunciarli nel caso in cui si fosse venuto a sapere di un anziano non segnalato. William si chiedeva sempre quale ultrasessantenne fosse così stupido da andarsene in giro. Lui non aveva mai visto una persona così vecchia e, d'altra parte, non era semplice riuscire a distinguere un sessantenne da uno che ne aveva, ad esempio, cinquantasette. Comunque, se fosse stato a conoscenza della presenza di un anziano nel suo quartiere lo avrebbe immediatamente denunciato. Era dovere di ogni buon cittadino e lui non si sarebbe tirato indietro. Altrettanto spesso però, si domandava come si sarebbe sentito lui, a sessant'anni. Avrebbe avuto paura? Avrebbe tentato la fuga? Qualcuno l'avrebbe denunciato e la polizia sarebbe venuta a prenderlo? Scosse la testa, divertito. Aveva trentatré anni. Ne mancavano altri ventisette. Un'altra vita da vivere, non valeva la pena perderci il sonno.

La notizia del "Monte di Pietà" venne seguita dal cinegiornale vero e proprio. La guerra era imminente. A William tornò in mente la conversazione con Lanus. In effetti, era piuttosto inusuale che si parlasse così tanto di una guerra che doveva ancora scoppiare. Dove si trovava poi, quel paese dal nome esotico? Comunque ci avrebbero pensato i militari. L'aviazione avrebbe sganciato le bombe e lui avrebbe festeggiato con i colleghi della fabbrica. In fondo tutti davano un contributo: come gran parte della forza industriale, anche la sua azienda era votata allo sforzo bellico. Produceva microchip per missili e per una bomba che, gli aveva spiegato Lanus, si frammentava a contatto con il suolo spargendo decine e decine di piccole sfere che sprofondavano di alcuni centimetri nel terreno ed esplodevano sotto la pressione di un peso superiore ai trenta chili. Mine antiuomo a frammentazione. Ne andavano particolarmente fieri. Era considerata un'innovazione molto ingegnosa e proficua. Lui non se ne intendeva, doveva semplicemente sbrigare le pratiche relative allo stoccaggio ed alle spedizioni dei microchip e degli ordigni in giro per il mondo. Però era bello fare parte di una cosa così grande. William ascoltò pazientemente il cinegiornale, poi si concentrò sul film, che raccontava una storia ambientata in un mondo che non esisteva più.

La scadenza si avvicinava e William era sempre più preoccupato e impaziente. L'ultima settimana fu la peggiore. Un persistente stato d'ansia lo costringeva in una spirale d'incertezza e inadeguatezza nei confronti della creatura che stava per nascere. Sarebbe stato in grado di gestirla?

Anche se non era un essere umano, gli somigliava molto. E non era semplice prendersi cura di un essere umano. Per questo motivo, e per la necessità di tenere sotto controllo le nascite, l'educazione dei figli avveniva nelle fattorie, dove bambini e bambine nascevano ed erano allevati fino a quando sarebbero stati pronti a svolgere un ruolo nella società. Ma nelle fattorie c'erano madri e insegnanti! Come avrebbe potuto lui insegnare qualcosa ad un'altra persona? Possibile che tutti gli altri non sentissero la responsabilità?

William si passò una mano tra i capelli e, dopo aver chiuso gli occhi per un momento, li riaprì fissando il conto alla rovescia. Ancora quaranta minuti.

Accarezzò il tappeto, le cui fibre sembravano muoversi sotto ai polpastrelli, anche se William sapeva che erano le mani a tremare.

Trenta minuti.

Che cosa raccontava sua madre?

Non lo ricordava. Li avevano separati quando aveva compiuto sette anni. Ciò che rammentava era una filastrocca che cantava tutte le sere, una ninna nanna, dolce e un po' strana, che lo faceva sorridere ed addormentare. Ma erano passati troppi anni, e il trattamento aveva cancellato quello che restava. Lasciando intatti i ricordi piacevoli, c'era il rischio di crescere una generazione di indolenti. Per lo stesso motivo, non si poteva rimanere troppo a lungo con le rispettive madri. Era un sistema efficiente. E l'efficienza era uno dei pilastri del Nuovo Ordine. Senza efficienza non c'era futuro per la razza umana.

Venti minuti.

Come si chiamava la ninna nanna? Forse non era una filastrocca per bambini ma una canzone, di un disco in vinile tutto rigato che sua madre aveva trovato. Era solo una traccia un po' gracchiante ma ancora udibile, un vecchio motivo le cui parole se le era portate via il trattamento. Come faceva a ricordare così tanti particolari? Quanti anni aveva? Cinque, sei? Sicuramente non più di sette. Perché lo ricordava adesso? Perché era importante.

Dieci minuti.

Con uno sbuffo di vapore l'acqua all'interno della cellula iniziò lentamente a defluire verso i serbatoi esterni. Per primo l'ultimo modulo, quello che conteneva gambe e piedi, poi quello centrale, pancia e inguine.

Cinque minuti.

Quindi fu la volta del primo modulo, dove l'acqua ricopriva il petto e la testa. Quando le vasche furono vuote, un segnale lo avvisò che la procedura per l'apertura della cellula era iniziata.

Due minuti.

William prese un grande asciugamano e lo aprì. Aveva smesso di guardare la figura all'interno del contenitore. Era nuda di fronte a lui, senza nemmeno il filtro del liquido tra loro. Provava un senso di inadeguatezza, come se anche lui fosse nudo dentro ad un contenitore trasparente, esposto allo sguardo di tutti. Per un istante immaginò di essere chiuso in un cilindro di plexiglas sospeso accanto all'insegna del suo cinema preferito, in attesa che qualcuno lo liberasse, mentre una massa indistinta di volti lo osservava come se fosse un insetto inerme e indifeso in un angolo della cantina, imprigionato nella tela di un ragno sonnacchioso, troppo stanco per uccidere la preda.

Trenta secondi.

Si aprirà e lei cadrà tra le mie braccia. Una donna. Perché sino ad ora ho avuto tanta paura di chiamarla così? Chi se ne importa di quello che pensano Lanus e James e il resto del mondo?

La capsula si aprì e la donna scivolò lentamente verso William che la prese tra le braccia stringendola nell'abbraccio caldo dell'asciugamano. Era leggera, gli occhi ancora chiusi, il corpo scosso da incontrollabili brividi di freddo. William accese il camino. Le istruzioni dicevano solo di asciugarla bene e lasciarle un giorno di riposo. Rimasero avvinghiati, lei in posizione fetale, gli occhi chiusi, mentre lui la stringeva al petto, ma non troppo forte, quasi avesse paura di romperla. Poi, dopo quelle che a William sembrarono ore, ma che in realtà potevano essere una manciata di minuti, lei aprì gli occhi e lo guardò. William sentì che qualcosa si scioglieva, tutti i dubbi si dissolsero, leggeri come una nube di farina, lasciandolo con una sensazione nuova, mai neppure immaginata. Era felicità. E William, sino a quel momento, non l'aveva mai provata.

Dormì quasi due giorni, svegliandosi solo per brevi periodi, durante i quali William le dette acqua e piccoli pezzetti di carne. Osservava affascinato i tratti delicati del viso e la nuvola di capelli neri sparsi sul cuscino. Ne seguiva il profilo con le dita e si bloccava a mezz'aria con la bocca aperta. Era la cosa più bella che avesse mai visto. Era reale, sotto le coperte, gli occhi chiusi e un'espressione serena. Ed era sua. Che strana sensazione, pensò. Quella donna era di sua proprietà. Tutto di lei era suo. Era cresciuta in quella casa e ci sarebbe rimasta sino alla morte. William la osservava per ore seduto sul letto, attento a non schiacciarle una mano o un piede. E si domandava che cosa le avrebbe detto quando si fosse svegliata. Che cosa le avrebbe sussurrato? Come sarebbe stata la sua voce? Bassa e melodiosa oppure alta e stridula? Sarebbe stata in grado di parlare oppure avrebbe dovuto insegnarle tutto? Uno sviluppo così rapido del corpo comportava un apprendimento altrettanto veloce? Oppure sarebbe stata un guscio vuoto? Lasciò che la mano indugiasse per un attimo a mezz'aria, poi accarezzò delicatamente la guancia candida ma la ritrasse un istante dopo, come se si fosse scottato.

"Dormi bene", sussurrò e, alzandosi dal letto, si diresse verso camera sua, alla ricerca di un sonno che lo aveva abbandonato.

Quando si svegliò William le sorrise. Lei ricambiò il sorriso in modo automatico, come davanti a uno specchio. Restarono così, a guardarsi l'un l'altro, in silenzio, lei sotto le coperte e lui seduto accanto, alla ricerca di qualcosa da dire.

«Ciao» disse con voce malferma. Lei lo osservò ma non rispose.

«Io mi chiamo William» e puntò l'indice contro il petto.

La donna continuava a rimanere immobile, sorridente, sempre al riparo delle coperte. William la osservò ancora, poi provò a farle un cenno con il palmo della mano.

«Capisci quello che dico?» le chiese. Rimase in silenzio, il sorriso meno accentuato. William si rese conto che era dovuto al suo cambiamento d'espressione: aveva smesso di sorridere e lei l'aveva imitato. Allargò di nuovo le labbra e lei fece lo stesso, mostrando una fila di piccoli denti bianchi. A William piaceva quel sorriso, anche se era solo il riflesso del suo o una imitazione inconsapevole.

«Non capisci?» domandò più a sé stesso che a lei. Ma la donna non dava segno di comprendere quello che le stava dicendo. Restava muta e sorridente. Allora William le mostrò ancora il palmo della mano e, con delicatezza, scostò coperte e lenzuola, scoprendone il corpo. Sentì il viso avvampare. Aveva già visto quel corpo nudo, lo aveva già preso tra le braccia e raccolto negli asciugamani quando era uscito dalla cellula. Lo aveva asciugato e adagiato sul letto. Ma, adesso che lo osservava alla luce del giorno, era diverso: più vivo, più naturale e stupefacente nella sua spontaneità. La donna restò immobile, sempre con il sorriso stampato sul volto, lasciando il suo corpo completamente esposto. Forse fu quella immagine che spinse William ad alzarsi e, dopo averla ricoperta, a uscire dalla stanza.

Mentre guidava verso casa si sorprese a fischiettare. Da tanto tempo non era così allegro. Si trattava forse della stessa felicità descritta nei libri presi a prestito allo spaccio? "Beh, se anche non lo è", pensò, "è comunque dannatamente piacevole". Accostò l'auto al vialetto di casa e, gettando uno sguardo nello specchietto retrovisore, vide un volto sorridente. Le luci della cucina erano accese. Quando le aveva viste dalla strada la prima volta, si era talmente allarmato che c'era mancato poco che chiamasse la polizia. Adesso le luci accese indicavano che lei lo stava aspettando con la cena pronta e un bacio sulle labbra.

Mentre percorreva il vialetto, ricordò il momento in cui le aveva dato un nome. Si vergognava ad ammettere, anche con sé stesso, di aver pensato a lei soltanto come la "donna" o, addirittura, "la creatura". Ma non gli era venuto in mente di darle un nome. E quando, una mattina, le aveva portato la colazione a letto, si era sorpreso di non sapere come chiamarla. «Mi chiamo William», aveva scandito per l'ennesima volta. «E tu come ti chiami?» D'impulso, si era precipitato al piano di sotto, quasi inciampando per le scale. Afferrata la scarna guida informativa sulla "compagna per la vita" aveva iniziato a rileggerla anche se ne conosceva il contenuto a memoria. Era certo che non ci fosse alcun accenno al nome, ma doveva esserne sicuro. Esistevano vincoli sul nome? In fondo si poteva utilizzare quello che uno voleva, no?

Poteva parlarne con James o con Lanus. Ma non voleva. Troppe domande da parte del neutro, troppi sorrisi ammiccanti da parte di James. Quale nome darle? Sconfortato, era tornato in camera e l'aveva trovata a fissare la colazione. Sfiorava esitante la caffettiera calda e il pane imburrato. William si era seduto sul bordo del letto e, lentamente, aveva indicato i cibi e le bevande, scandendo bene le parole. Le mostrò come si mangiava e lei lo imitò, dapprima in modo maldestro, poi con maggiore sicurezza. Baffi di burro si disegnarono sulle sue labbra. Mentre le puliva la bocca con un tovagliolo di stoffa, William si rese conto che conosceva il suo nome ancora prima che uscisse dalla cellula. Prima di avvolgerla, fredda e inzuppata, nell'asciugamano celeste, lui conosceva già il suo nome. Era quello della canzone che sua madre gli cantava, le cui parole erano perdute in qualche piega della memoria.

Reba.

E allora William le aveva sorriso, carezzandole la guancia liscia come seta e le aveva detto: «Ciao Reba» e lei lo aveva guardato e aveva sorriso a sua volta mentre lui ripeteva con un filo di voce «Ciao Reba».

William era inquieto. Di andare in mensa non se ne parlava. James e i suoi amici del reparto confezionamento lo indisponevano. L'attenzione e le conversazioni erano totalmente assorbite dalla nuova coscrizione militare. Per la prima volta, il Nuovo Ordine accettava volontari per la guerra oltre oceano. Non si era mai verificata una cosa del genere. Non si parlava più della "compagna per la vita" ma di "Vocazione Militare" e "Richiamo alle armi". William non era contrario alla guerra e, in fondo, si rendeva conto di dover ringraziare quelli che rispondevano alla chiamata, perché proteggevano anche i suoi interessi e il suo stile di vita. Soprattutto, evitavano che gente come lui, che a far la guerra proprio non era tagliata, fosse chiamata a combattere. Non era l'argomento della conversazione a disturbarlo. Ciò che lo indispettiva era l'atteggiamento da cospiratori di questi uomini che mangiavano carne tritata di seconda scelta e verdure liofilizzate.

Erano i loro sguardi carichi di sottintesi, come se conoscessero una verità che tutti gli altri ignoravano.

William sospirò, stirò le braccia stanche e uscì.

Negli ultimi due anni anche gli incontri con Lanus erano diminuiti fino a scomparire quasi del tutto.

Però non poteva restare in ufficio con la bella giornata che si andava aprendo all'esterno. Il sole faceva capolino oltre la coltre di nubi e un vento caldo lasciava ondeggiare le foglie degli alberi.

S'incamminò di buon passo, dirigendosi verso il laghetto. Lanus era seduto insieme ad un altro uomo, anche lui completamente rasato. Per un attimo William si chiese perché i "neutri" avessero tutti la testa rasata.

«Ciao Lanus»

«Ciao William. Ti presento Hamil» l'altro uomo tese la mano. Per un attimo, provò gelosia per il nuovo amico di Lanus, come se lo avesse sostituito nel rituale dei loro incontri dell'ora di pausa. Scrollò la testa in modo appena percettibile, abbozzando un sorriso. Che cosa stupida! Era stato lui il primo a cambiare le abitudini, senza alcun preavviso e senza che Lanus glielo avesse mai fatto notare. Ogni volta parlavano come se si fossero visti il giorno precedente, anche se era passata una settimana, a volte un mese, dall'ultimo incontro.

«Io ed Hamil parlavamo della nuova leva volontaria» disse impassibile. William si limitò ad annuire. I suoi pensieri, sospesi sulle acque del lago, stabilirono un collegamento che, sino a quel momento, non gli era mai venuto in mente: la compagna per la vita era stata introdotta pochi anni prima dell'istituzione della leva. Esisteva forse una relazione?

«… tu cosa ne pensi?» la domanda di Lanus interruppe quella riflessione che, leggera com'era venuta, stava già svanendo.

«A proposito di?» chiese stupidamente prima di ricordarsi che stavano parlando della leva.

«Trovo che sia molto bello e anche giusto che, chi si sente di dare il proprio contributo al Paese, possa farlo liberamente» disse, stupendosi un po' delle sue parole. In fondo pensava che fosse giusto dare il proprio contributo, ma solo se ad arruolarsi erano gli altri. Lui non era tagliato per la vita militare.

«Certo, ma non trovi che sia strano?» domandò Hamil. Aveva una voce più stridula di quella di Lanus, un timbro quasi da adolescente, anche se dimostrava almeno trent'anni. Ma, con i neutri, non si poteva mai dire. Le teste rasate li facevano sembrare più giovani e tutti simili tra loro.

«Perché?» William osservò un piccione che si era avvicinato di soppiatto alla ricerca di una briciola da afferrare.

«Perché negli ultimi due secoli, per quello che è dato sapere, le guerre le hanno combattute solo i professionisti» rispose Lanus.

«Ma anche i volontari diventeranno dei professionisti. Si tratta solo di addestramento» rispose William, lanciando rapido una briciola al volatile che stava aspettando. Lanus e Hamil sorrisero. William li osservò sorpreso. Non aveva mai visto un neutro sorridere. Era grottesco, quasi inquietante, vedere la pelle delle guance che si tendeva mettendo a nudo gli incisivi. Anche se era un sorriso sincero, sembrava falso come un cielo di cartapesta. Era l'imitazione mal riuscita di un gesto ben noto ma provato così di rado da non riuscire a replicarlo. Non c'era nulla di naturale in quel sorriso.

«Scusaci» disse Lanus vedendo la sua reazione, come se lui e Hamil fossero scoppiati in una risata fragorosa invece di aver semplicemente arricciato le labbra in un ghigno «È solo che occorrono anni per addestrare un uomo. E, nonostante l'addestramento, non avrà alcuna esperienza» Lanus scosse la testa.

«C'è anche un altro aspetto che ci fa pensare. Ne stavamo parlando giusto un attimo fa, forse puoi darci il tuo punto di vista»

William fece cenno di andare avanti. I due si scambiarono un cenno di intesa «Se il Nuovo Ordine è stato in grado di creare "una compagna per la vita" programmando un organismo per diventare una perfetta compagna per gli uomini, perché non programma un soldato? Perché non crea il soldato perfetto?» domandò con la sua voce stridula.

8

La striscia di asfalto si snodava davanti ai fari della piccola utilitaria.

Ogni tanto una buca faceva sobbalzare l'auto. William stringeva il volante con forza, quasi a volerlo stritolare. La pelle sfregava contro il materiale sintetico, arrossandogli il palmo delle mani. Aveva la testa pesante e sentiva il sangue affluire al viso in ondate improvvise, come se qualcuno aprisse e chiudesse le vene con calcolata malevolenza. Si rendeva conto di correre più del solito, i marciapiedi e i piccoli prati delle abitazioni sfilavano rapidi. Forse aveva addirittura superato il limite di velocità, ma in quel momento era così agitato da ignorare il tachimetro.

James. Quel grandissimo bastardo. E lui che lo aveva considerato un amico. Come aveva fatto ad essere così miope?

L'auto sobbalzò di nuovo. Da quando c'erano tutte quelle buche? Ultimamente la manutenzione stradale lasciava alquanto a desiderare.

Aveva risposto a quel maledetto invito perché erano passati più di due anni dall'ultima volta che era stato a casa di James. Gli era parso strano, ma aveva apprezzato il gesto. Si era anzi sentito in colpa perché non aveva mai pensato di invitarlo a casa a conoscere Reba. Non gli era proprio venuto in mente. Comunque gli aveva fatto piacere. Faceva bene sentirsi considerato da qualcun altro. Oltre Reba, certo. Ma lei non aveva altra scelta. Lui era l'unico essere umano con cui aveva contatti.

Lasciò che l'auto proseguisse la corsa sulla strada deserta. C'era solo un uomo che passeggiava sul marciapiede appoggiato a un bastone dal manico intarsiato. Non aveva impiegato molto tempo a raggiungere la casa di James. Abitava in fondo all'isolato. Ma aveva preso comunque l'auto. Nessuno passeggia se non è costretto. Una volta Reba gli aveva chiesto «Ma perché usare l'auto se puoi andare a piedi?» lui aveva sorriso e si era limitato a farle una carezza sulla guancia, come se quella domanda innocente non avesse diritto ad una risposta. Ma lei aveva aggiunto «Così ti perdi i colori, gli odori e le sensazioni dell'aria aperta» in modo così accorato che William si era reso conto di quanto tutto ciò le mancasse. Reba non aveva mai messo piede fuori da casa e non lo avrebbe mai fatto. Il resto del mondo era meraviglioso, e misterioso, da assaporare sino in fondo. In quel momento, aveva detto la prima cosa che gli era passata per la testa e se ne era subito pentito.

«Non è poi un gran che là fuori. Solo asfalto e odore di pulito e veleno».

Lei aveva abbassato lo sguardo, mormorando «Ma anche il veleno può essere interessante» poi si era lasciata sfuggire un sospiro, subito sostituito dal sorriso timido ed era tornata alle sue faccende.

«Lascia pure qui il cappotto» James lo aveva accolto sulla porta con una pacca sulla spalla. Anche in questo caso, per un attimo, a William sembrò che la loro amicizia non si fosse mai interrotta, ma solo presa una lunga pausa. Forse c'era tempo per recuperare.

Si lasciò condurre in salotto, dove scoprì che non erano soli. C'erano altri tre uomini. "Strano", pensò William. James non era solito dare feste. Ma, soprattutto, si sentì deluso e sorpreso dalla presenza di altri ospiti. Aveva sperato di parlare con James da solo, sorseggiando magari un bicchiere di buon Whisky distillato.

James aveva fatto le presentazioni e i tre uomini lo avevano salutato con un cenno della mano. Erano tutti impiegati nel medesimo stabilimento e William li conosceva di vista, anche se non lavoravano nello stesso reparto. Parlarono della guerra e ben presto William si disinteressò dell'argomento, sentendosi fuori posto. Voleva tornare a casa ma non voleva essere maleducato andandosene così presto. Una scusa? Un mal di testa improvviso?

L'auto accostò vicino ad un albero rinsecchito. William respirò a fondo. Cosa stava succedendo? Quale era il senso di quello che aveva appena visto? Era la verità o solo una bugia pronunciata per ferirlo?

Respirò ancora più a fondo. Osservò l'asfalto pieno di buche. Le radici degli alberi avevano crepato ampi tratti di strada. Perché stava andando tutto a sfacelo? Dove erano gli addetti alla manutenzione?

«Stasera amici ho voluto invitare qui con noi anche William, una brava persona e un buon amico. L'ho invitato perché entri a far parte del nostro piccolo Club» William osservò gli altri sorseggiare le loro bevande a base di alcool puro. Due di loro avevano gli occhi iniettati di sangue. Club. Quella parola non aveva alcun senso. I Club, così come qualsiasi aggregazione superiore alle dieci persone, erano vietati per legge e perseguiti con la massima severità. Ma loro erano solo in cinque, dunque al riparo da possibili punizioni. Ma "Club" di che tipo?

Batté la mano con forza sulla porta di casa. Era così svuotato e stanco da non riuscire nemmeno a tirare fuori le chiavi ed aprire. Reba arrivò dopo alcuni istanti. Non disse nemmeno una parola e lo sollevò da terra, dove era scivolato come un sacco vuoto. Con delicatezza, si passò il braccio di William dietro le spalle e lo accompagnò dentro casa, adagiandolo sul divano del salotto. Poi corse in cucina e tornò un attimo dopo con un bicchiere d'acqua.

«Bevi piano» gli sollevò delicatamente il mento come si fa con un bambino. L'acqua lavò via una parte della nebbia che lo circondava, ma non tutta. Ne rimaneva abbastanza da impedirgli di parlare.

«Sicuramente il caro William sarà curioso di conoscere la natura del nostro club» aveva detto James «ma credo che, in questo caso, più delle parole, possono i fatti. Vieni avanti mia cara»

Erano due anni che William non vedeva Emma, la compagna per la vita di James.

Quando era entrata nella stanza, gli altri tre ospiti avevano fatto un applauso convinto. Lui era rimasto immobile, indeciso se il suo amico gli stesse tirando uno scherzo di cattivo gusto o se anche lui avesse bevuto troppo. Emma, alta e slanciata, avanzava con decisione verso il centro della stanza. I lunghi capelli biondi le ricadevano sulle spalle e sui seni abbondanti. Non era la nudità a mettere a disagio William, ma le tumefazioni che ricoprivano il corpo, le ecchimosi e i lividi che costellavano fianchi e gambe. Soltanto il volto era privo di segni.

«Fai vedere a William come accogli i miei amici, Emma» James sorrise e ammiccò nella sua direzione. A William si riempì la bocca di acido. Sentiva la testa pulsare. Tutto ciò lo disgustava profondamente. Sapeva che lo avrebbe sognato.

Era scivolato dentro la vasca da bagno. L'acqua era tiepida perché lo scaldabagno non funzionava più molto bene e trovare un tecnico era altrettanto difficile che trovare qualcuno della manutenzione stradale. "Sono tutti al fronte" pensò distrattamente William. Ma fu un pensiero che non gli rimase impresso, se ne andò rapido come era venuto. Osservò il soffitto e si accorse che una piccola crepa si stava lentamente aprendo in un angolo. La crepa. Ne aveva una anche nella sua vita. Reba era fuori dalla porta, canticchiava qualcosa di dolce, mentre riponeva gli asciugamani puliti nella credenza del primo piano. Chiuse gli occhi e la vide mentre svolgeva le piccole faccende di casa, sempre con il sorriso sulle labbra. La vide mentre facevano l'amore nel loro letto, i capelli scuri sparpagliati sul cuscino. La vide mentre gli sussurrava domande alle quali lui non poteva e non voleva rispondere "Che cosa sono io?" "Perché non posso uscire?". Domande che lo mettevano in imbarazzo e, talvolta, lo facevano infuriare. Ma non l'aveva mai picchiata. Nemmeno uno schiaffo o uno strattone. Avrebbe potuto farlo, certo. Poteva fare di lei quello che voleva. Ne era il proprietario. Il padrone.

Aveva lasciato che Emma si avvicinasse ma, nel momento in cui aveva iniziato a toccarlo, prima sulla gamba poi, lentamente, sull'inguine, l'aveva allontanata in malo modo. Sentiva il viso bruciare e i sorrisi degli altri non facevano che metterlo ancor più a disagio. James sghignazzava. La donna era scivolata a sedere sul tappeto e sembrava spaventata.

«Su, su piccola. William è un po' timido. Inizia pure dagli altri» James la invitò a rialzarsi.

Uno dei tre uomini le fece segno di avvicinarsi. William non ricordava il nome ma aveva ben presente il naso adunco e la voce stridula. L'uomo l'aveva fatta sedere sulle sue gambe e poi aveva iniziato ad accarezzarle i seni e le gambe. Poi l'aveva baciata. Nel frattempo un altro si era avvicinato ed aveva iniziato a palpeggiare la donna. William osservò James, che sorseggiava un cocktail di acqua e alcol. Sembrava annoiato e per niente interessato alla scena, mentre scrutava William, osservandone le reazioni.

Quella sera cenarono in silenzio. Reba aveva cucinato le polpette. Erano saporite, come sempre. Ma erano anche due settimane che mangiavano solo quelle. Era l'unica carne disponibile negli spacci alimentari. Niente maiale, niente bistecche. Solo polpette dal sapore dolciastro sulla cui provenienza era meglio non indagare. Aveva tante domande da fare. Troppe cose da chiarire. Ma non era forse un altro modo di rimandare l'inevitabile? Tutto il resto era solo un goffo tentativo di mascherare quello che lui non voleva accettare.

Si alzò da tavola e si accomodò sul divano.

Quando le avrebbe chiesto di scostare i lunghi capelli neri e mostrargli la verità?

Quella notte non dormì. Rimase sveglio, alla ricerca di una risposta che sentiva vicina ma che non aveva il coraggio di affrontare.

Quel bastardo di James lo aveva preso per un braccio, scostandolo dagli altri.

«Che ti prende?» aveva domandato mimando un sorriso a beneficio degli altri.

«Che mi prende?» aveva ribattuto William, sottraendosi brusco alla stretta «Mi spieghi che cosa significa questo?» e indicò gli uomini che palpeggiavano Emma. Distolse lo sguardo. Non sapeva se era più disgustato dagli uomini che lo circondavano oppure da sé stesso, per l'eccitazione che quella scena morbosa gli provocava.

«Condivisione amico mio, solo condivisione. Io condivido una cosa con i membri del club. Loro ne condividono una con me»

William sentì i capelli rizzarsi sulla nuca. Era dunque questo? Quegli schifosi si dividevano gli uni con gli altri le loro rispettive compagne? Oggi a casa mia, domani a casa tua. Oggi la mia compagna, domani la tua. Immaginò Reba circondata da altri uomini, altri volti, altre mani che toccavano senza alcun rispetto. La scena scatenò una rabbia improvvisa e dura che irrigidì i muscoli e gli fece contrarre la mascella. Avrebbe dovuto colpire James in quel momento. Ma, se lo avesse fatto, non avrebbe saputo.

Ripensando a quel momento, si sentì ancora più in colpa per essersi eccitato alla vista della compagna di James in mezzo a tutti quegli uomini. Ignorare per non soffrire. Ignorare per vivere tranquillo la propria vita, fino a che la vita non ti impone di aprire gli occhi. Si sollevò sul braccio e osservò la schiena di Reba, la pelle bianca e i capelli che ricadevano sul cuscino.

«Dobbiamo godercela sino a che è possibile»

Se lo avesse colpito in quel momento?

«Tra poco noi del Club» e con un gesto abbracciò gli uomini nudi in salotto «ci arruoleremo e andremo a combattere per la nostra grande patria. Noi» sputò fuori la parola mista a saliva in faccia a William. La rabbia era in parte passata. Forse perché non valeva la pena picchiare un idiota. L'esercito e la guerra gli avrebbero dato qualcosa su cui sfogare la propria stupidità.

William scosse la testa, il volto una maschera di disprezzo e di delusione. Non disse nulla, raccolse la giacca e voltò le spalle.

«E poi stanno per scadere» disse James.

I mugolii di piacere che arrivavano dal salotto erano scomparsi. William si girò. James era lì, un sorriso trionfante sul volto.

«Sì, caro mio. Hanno una data di scadenza, non lo sapevi?»

«Stai mentendo» sussurrò William.

James scosse la testa «No, è proprio così. Come una minestra in scatola, sai?»

«Stai mentendo» ringhiò William.

«No, no no no» James fece un passo indietro e guardandolo ancora negli occhi, strappò Emma dall'amplesso, scrollandole di dosso tre uomini. La trascinò per i capelli, facendola inginocchiare di fronte a William. La donna aveva il volto contratto in una smorfia di dolore, ma non si lamentava. Rimaneva immobile, in ginocchio, mentre un pazzo la teneva per i capelli. Con un gesto brusco James le afferrò il collo, poi sollevò i capelli sino a mostrare la pelle bianca.

«La vedi?» chiese James

Da principio non aveva notato nulla. Solo capelli e pelle immacolata. Poi, gli occhi misero a fuoco una cifra, poi un'altra. Forse un'altra ancora, ma si perdeva nella massa dei capelli, troppo fitti per riuscire a leggere il numero intero.

«L'hai vista, vero?» domandò James trionfante.

«Come hai fatto a…»

«L'ho rasata» rispose James lasciando i capelli e rispedendola con un gesto agli uomini sui divani «Un anno fa, stava sempre a spazzolarsi i capelli. Mattina e sera. Sembrava più affezionata ai suoi maledetti capelli che a me. Da non crederci vero? E allora un giorno l'ho rasata e voilà, ecco le tre cifre del mistero» James era arrivato alla credenza e si era versato una generosa dose di distillato.

«Non riuscivo a capire. Che diavolo significavano quelle tre cifre? Un numero di serie? Nelle istruzioni non ho trovato nulla. Allora ho avuto il colpo di genio. Il contratto. I contratti del Nuovo Ordine sono scrupolosi. Ci sono settecentotrentasei clausole lunghe, noiose e assolutamente inutili. Ma la clausola quattrocentonovantasei è interessante, recita così: "Nessuna possibilità di reso entro la data di scadenza dell'oggetto del presente contratto. E ancora: Il pagamento rateizzato anche per un periodo più lungo rispetto alla data di scadenza dell'oggetto del presente contratto, non comporta la restituzione e/o la sospensione del pagamento stesso nel momento della scadenza del suddetto oggetto"»

«Ma è un contratto standard» balbettò William.

«Tu dici? Io non penso»

«E quale, quale data?»

«Ventisei giorni. Le mancano ventisei giorni»

A quel punto William lo aveva colpito. Con una rapidità che lo aveva sorpreso, aveva coperto la breve distanza e aveva sferrato un pugno caricando tutto il peso. Aveva sentito il naso di James frantumarsi e, nonostante il dolore alla mano, per un attimo quella sensazione lo aveva riconciliato con il mondo.

Mentre la mano indugiava sul cuscino, a pochi centimetri dai capelli di Reba, non riusciva a pensare ad altro. E allora capì. Capì che non era meglio non sapere. Si vergognò di aver gettato un ultimo sguardo alla stanza e alle figure che la affollavano. Gli amici del club di James non avevano mosso un dito, erano rimasti come tante mosche fameliche intorno ad Emma. E proprio su quel volto, muto e immobile, William aveva scorto una lacrima scendere lentamente.

La doccia era fredda. Da tre giorni avevano problemi di elettricità. Un guasto momentaneo, avevano detto, ma la realtà era molto diversa. William lo sapeva. Tutti lo sapevano, ma nessuno lo diceva apertamente. William si rese conto che nel suo mondo si mormorava, e nulla si poteva dire a voce alta.

Reba stava cucinando quello che era riuscito a trovare al mercato, un cavolo e due melanzane. E il profumo era buono.

«Come riesci a rendere tutto così buono?» le aveva domandato una volta. Reba lo aveva guardato con i suoi occhi grandi e aveva sorriso. E lui aveva pensato di non aver mai visto una cosa così bella, e che aveva la fortuna di vederla tutti i giorni.

«I libri di ricette che mi hai regalato, ricordi? Basta osservare le immagini e…zac» aveva schioccato le dita, tornando ai fornelli.

Quando uscì dalla doccia, tremava come una foglia. Reba lo avvolse nell'asciugamano di panno e lo strofinò con vigore, asciugandolo con cura.

«Che cosa sta succedendo?» domandò alla fine con un sussurro «Prima il cibo, poi la luce. Che cosa sta succedendo?»

«È la guerra, Reba» rispose mentre si infilava i calzini di lana.

«È dunque questa la guerra?»

No, avrebbe voluto dire William. Questi sono solo effetti indiretti della guerra. Noi, la guerra, quella vera, non l'abbiamo mai vista. E spero di non vederla mai. Però, in fondo, quella era la prima volta che la guerra irrompeva nelle loro vite. Quindi quella era la guerra.

«Sì, Reba. È questa la guerra»

E stava andando male. Nonostante le rassicurazioni del regime e i comunicati dei generali che descrivevano le vittorie, la guerra stava andando male. Per prima cosa, non era finita nel giro di una settimana, come era sempre accaduto in precedenza. Poi c'era la questione del razionamento dei generi alimentari. Infine, la corrente elettrica se ne andava per giorni, veniva ripristinata temporaneamente e se ne andava di nuovo, come un uomo che, mentre sta affogando, riesce a prendere una boccata d'aria in superficie prima di tornare con la testa sott'acqua.

Senza parlare della manutenzione delle strade, della carenza di operai e di tecnici, dal muratore all'elettricista. Si erano arruolati quasi tutti. I pochi rimasti parevano dei sopravvissuti che si scrutavano sospettosi alla ricerca del traditore. C'era un traditore, o lo erano tutti?

9

«Reba?»

«Sì?» si affacciò sulla soglia della cucina, le mani ancora sporche di farina «Cosa c'è caro?» chiese pulendosi ad un panno.

«Niente» rispose William reprimendo un groppo alla gola.

Lei sorrise e fece per rientrare in cucina. Allora William sospirò e raccolse tutto il coraggio che gli rimaneva.

«Reba» sussurrò, ma lei non lo sentì, allora ripeté più forte.

«Reba!»

Si affacciò nuovamente sulla soglia, questa volta con un mattarello in mano, un'espressione interrogativa a deformarle i tratti del viso.

«Usciamo» disse William e fu invaso da una sensazione di benessere che non provava da settimane. Reba rimase a bocca aperta e il mattarello le cadde di mano, rotolando sul pavimento.

«Metti il vestito bello, quello celeste, con le trine»

«Ma io… io non posso uscire» balbettò la donna, e in quel momento a William parve una bambina spaventata. Quanti anni aveva Reba? Scacciò quella domanda chiudendo gli occhi.

«Usciremo insieme»

«Ma le regole…» accennò lei.

«Le regole sono cambiate» tagliò corto lui.

«E dove andiamo?» domandò ancora Reba.

William sembrò pensarci un attimo, anche se aveva già deciso.

«Al cinema. Andiamo al cinema» sorrise.

Anche se la notte era tiepida e dolce, intorno a loro c'era solo desolazione. Aiuole e giardini erano infestati da erbacce e spazzatura.

I marciapiedi erano squarciati da gobbe e da crepe da cui uscivano fuori nodose radici dall'aspetto malato. La natura stava riprendendo ciò che era suo.

Ma Reba non sembrava farci caso. Tutto quello che la circondava era meravigliosamente nuovo. Non erano il prato incolto o le strade dissestate ad attirare la sua attenzione. Non aveva termini di paragone. Di alcun tipo. Ora toccava il tronco di un albero, come a volersi imprimere in mente la consistenza della corteccia, ora il cofano di un'auto ferma sul vialetto. «Prendiamo l'auto?» le aveva domandato William. Ma lei aveva scosso la testa.

«Possiamo… possiamo camminare?» aveva chiesto deglutendo vistosamente.

Era rimasto un po' interdetto. Nessuno passeggiava. L'auto era comoda, rapida e ti permetteva di arrivare al centro commerciale in pochi minuti. Si trovò a pensare a quanto tempo avrebbero impiegato a piedi. La risposta lo sorprese. Un quarto d'ora, forse venti minuti.

«Certo che possiamo andare a piedi» e le aveva offerto il braccio. Avevano camminato, senza fretta.

Reba canticchiava tra sé, e inspirava a pieni polmoni gli odori del mondo.

Man mano che si avvicinavano al centro commerciale, la tensione cresceva. William si sentiva osservato: profili dietro le tende di finestre illuminate, occhi che spiavano la coppia che passava sul marciapiede. Ma nessuno si era affacciato. Avevano già chiamato la polizia? E i guardiani di quartiere? Erano andati tutti al fronte. E quelli che non erano partiti, rimanevano chiusi in casa e non si presentavano al lavoro.

Incrociarono un uomo che stava portando fuori la spazzatura. Aveva i capelli ricci e una vestaglia di lana. Era di spalle e non si era accorto di loro. Quando gli passarono accanto Reba lo salutò «Buonasera» e lui bofonchiò in risposta «Buonasera» prima di voltarsi. Allora lasciò cadere il sacco della spazzatura sul vialetto e rimase a bocca aperta, con la vestaglia che si apriva su due gambe bianche e magre. Passarono oltre e William trovò buffo pensare che non conosceva nemmeno il nome del suo vicino. Desiderò che anche James potesse vederli camminare mano nella mano. Che cosa avrebbe detto il suo "amico"? Forse avrebbe proposto una serata del "club"? O sarebbe rimasto a bocca aperta come l'uomo con la vestaglia? Ma James era partito e se mai fosse tornato, non avrebbe più avuto importanza. William socchiuse gli occhi e mormorò una preghiera al vento perché portasse via i brutti pensieri. Ma l'aria era immobile e i pensieri restarono esattamente dove erano stati sino a quel momento.

«Guarda, un uccellino!» esclamò Reba indicando il ramo di un albero rinsecchito. William sollevò la testa e scorse un piccione grigio dall'aria malaticcia. Fu tentato di dire a Reba che non era poi un gran che. Ma si fermò. L' aveva riconosciuto soltanto dalle illustrazioni di un libro. Sempre la solita domanda: Quale era per Reba il termine di paragone? Ne aveva forse uno?

«È bello non è vero?»

Reba annuì, ma la sua attenzione era già rivolta a qualcos'altro.

Molti negozi erano chiusi e in giro c'erano poche persone, tutte così indaffarate che, non appena li scorgevano, voltavano la testa dall'altra parte. James sperò per un attimo che qualcuno si avvicinasse per dire qualcosa, magari solo per insultarli. Sarebbe stato meglio dell'indifferenza e della paura che aleggiavano nell'aria. Reba non pareva essersi accorta di nulla.

Passarono davanti a vetrine chiuse e buie, altre invece erano illuminate e presero un gelato ad un distributore automatico all'angolo della strada. Risero e parlarono e lei aveva mille domande e lui non aveva tutte le risposte. Ma continuarono a parlare e a curiosare. Ciò che per William era normale, per Reba era affascinante. Ciò che per lui era noioso, per lei era stupefacente.

Era forse così il mondo e lui non se ne era mai accorto? Aveva guardato dalla parte sbagliata?

Il negozio di articoli intimi femminili era chiuso. C'era soltanto una vetrina vuota, dove un manichino senza braccia e gambe restava impettito sopra un piedistallo di plastica.

Il cinema invece era ancora aperto. Forse il Nuovo Ordine voleva continuare a trasmettere i Video Giornali. O, più semplicemente, chi ci lavorava preferiva uscire piuttosto che rimanere tutto il giorno a casa ad aspettare novità che non si sapeva quando e se sarebbero arrivate.

Un ragazzo con il viso deturpato dall'acne, dietro il vetro di plexiglass, scrutò William e poi Reba per un tempo che parve interminabile a tutti e tre. Quando William iniziò a temere che non avrebbe più parlato si schiarì la voce

«Lei» e puntò il dito verso Reba, che abbassò lo sguardo «non può entrare»

Anche William si schiarì la voce «Perché?» domandò cercando di rimanere calmo.

«Perché sono le regole» il ragazzo spalancò le braccia come a dire: "Non dipende da me che ci posso fare?" Ma William non aveva intenzione di darsi per vinto.

«Quali regole amico?» e questa volta fu lui a fare il gesto verso i negozi chiusi e la strada deserta.

Il ragazzo sembrò rendersi conto solo in quel momento della desolazione che li circondava.

Con una mano si tolse il cappellino rosso mentre con l'altra si grattava la testa. Poi tirò su con il naso.

«Due biglietti?» chiese alla fine.

«Due biglietti» confermò William.

Entrarono nel cinema deserto. William era abituato a vedere film in sale semivuote ma non gli era mai successo di essere completamente solo. Partì il cinegiornale e Reba aprì la bocca per richiuderla solo molti minuti dopo. Le immagini della guerra si alternavano a brevi resoconti delle vittorie. Poi, partì anche un annuncio sul reclutamento di massa. Erano tutti tenuti a presentarsi negli uffici dell'esercito, nessuno escluso. William ne aveva visto uno anche al centro commerciale. Si trovò ad osservare l'orologio. Le venti e trentaquattro. Il film, "Via col Vento", una pellicola in bianco e nero, iniziò poco dopo. Reba gli strinse il braccio. Da quando erano entrati nel cinema non aveva pronunciato nemmeno una parola. Era incantata dalle immagini.

William guardò ancora l'orologio. Le ventuno e cinquanta.

Il film scorreva e con lui i minuti.

Quando osservò ancora le lancette, William iniziò a piangere.

«Reba?» la chiamò, ma lei era troppo presa dal finale per sentirlo.

«Reba?» la scosse gentilmente sul braccio

Lei si voltò «Sì caro» poi vide che stava piangendo «Perché piangi?» Poi le si illuminò il viso, e, Dio, se era bella «Ahhh è il film!»

«Reba, ti amo» le sussurrò e lei, per un attimo, sembrò sul punto di rispondere. Poi i suoi occhi si spensero, semplicemente. Mentre un attimo prima erano vivi, ora la luce era fuggita via. William lasciò che si accasciasse sulla poltrona mentre i titoli di coda del film sfilavano sullo schermo bianco.

Erano le ventitre. Due cinque duemilatrecentodue ventitre. La serie di piccoli numeri che William aveva visto sulla nuca di Reba. Una data di scadenza. La sua data di scadenza.

William si alzò e sollevò con dolcezza il corpo della compagna. Uscì passando di fronte al gabbiotto oramai deserto. Non c'era nessuno per le strade. Nessuno nei negozi, ormai tutti chiusi.

S'incamminò verso casa piangendo. Non riusciva a smettere. Dove l'avrebbe seppellita? Aveva importanza?

Era stanco, non sarebbe riuscito ad arrivare a casa senza fare una sosta. Si sedette sul marciapiede, appoggiando con cura il corpo accanto a sé.

Tirò un sospiro e si passò una mano tra i capelli rasati. Sorrise. Quando aveva intravisto i numeri per la prima volta, alla luce della lampada ad infrarossi, era rimasto attonito. Erano alla base del collo, esattamente dove aveva scorto quelli di Reba, solo che i suoi erano invisibili alla luce del sole. Si era rasato completamente e aveva preso la torcia a infrarossi abbandonata nel giardino del vicino. Era stata una coincidenza?

Sorrise mentre, con la mano, accarezzava i capelli di Reba.

Doveva aspettare solo cinque mesi. Poi avrebbe ritrovato la sua amata.

Ma, forse, non sarebbe stato necessario aspettare tanto, pensò, osservando l'auto solitaria che sfrecciava a tutta velocità verso di lui.

Il Gargoyle

Disteso, al quindicesimo piano di un antico palazzo, lui osserva.

È la sua casa. Il vento, con il suo carico di urla celate, lo sferza. La pioggia lo bagna, rivoli d'acqua scorrono sul corpo senza lasciare tracce. Il sole lo riscalda. La neve gli si accumula addosso ricoprendolo di una soffice coltre.

E lui osserva. Tutto e tutti.

Gli uomini passano per la strada. Piccole formiche che si agitano in mille importanti occupazioni.

Il palazzo è antico. Ha visto tante cose. Prima i cavalli, poi le carrozze. Ora le automobili che ammorbano l'aria con i loro scarichi. Il suo corpo ha assunto varie tonalità di grigio. Ora è quasi nero, ma nessuno sembra farci caso.

Guarda gli uomini e vede creature strane. Interessanti. Si identificano con le loro macchine, con i loro abiti. Non danno importanza al valore delle cose ma solo all'apparenza. Hanno sempre in testa una parola che lui trova curiosa. Denaro. Fogli di carta, monete metalliche o carte magnetiche colorate. Un oggetto comunissimo, ma così importante che sono disposti a tutto pur di averlo. A umiliarsi. Anche a uccidere i propri simili se occorre.

Lui osserva.

Una signora dai capelli bianchi attraversa la strada. I sacchi della spesa sono pesanti per le sue braccia indebolite dalla vecchiaia. Le mani, nodose per l'artrite, danno l'impressione di potersi spezzare sotto al peso. Ma lei è sola e nessuno la può aiutare. Rivedrà i figli a Natale; anche se manca ancora molto. È orgogliosa di loro. Uno è medico. Un chirurgo che gode di una certa fama. L'altro è un dirigente di una società di informatica. Hanno studiato bene e le hanno dato tante soddisfazioni.

Ha quattro splendidi nipotini e due nuore gentili. Ma è sola.

Il pranzo di Natale serve solo a ricordarle quello che è stato e che ora non c'è più. La grande sala si illumina per qualche ora al suono delle loro voci. I regali sotto l'albero incorniciano un momento di serenità. I bambini sono rumorosi. Ridono felici quando scartano i regali della nonna. Lei distribuisce caramelle e qualche cioccolatino di nascosto, sotto al tavolo o in cucina, quando i genitori non vedono e non possono protestare. Quel giorno è speciale. Ma unico. Con il passare degli anni le visite si sono diradate. Tanti impegni. La lontananza. La casa è diventata sempre più grigia e fredda. Non serve l'ultimo modello di caldaia che i figli le hanno regalato, per riscaldarla. Non basta. È di calore umano che ha bisogno.

I suoi figli parlano di vendere la casa, in futuro. Ha fatto finta di non sentire. Lei non è morta. Non ancora. O forse è così e non se ne è ancora accorta. Il limbo di chi scompare lentamente. Il limbo di chi è stato dimenticato prima che se ne sia andato veramente.

Un uomo ben vestito passa velocemente sul marciapiede. Guarda un mendicante che tende la mano e si domanda come un essere umano possa ridursi in quelle condizioni. Non c'è disprezzo nel suo sguardo. Solo indifferenza. Il fatto che forse quel derelitto mangerà quella sera solo se lui gli donerà uno spicciolo, non lo tocca. Nella vita si fanno delle scelte. Anche se sa bene che non sempre è così. Troppo spesso è la vita che sceglie per noi.

Pochi pensieri si affacciano alla mente. Perché dovrei dare qualcosa a uno che passa tutto il giorno a non far niente mentre io sono stato dodici ore in ufficio? E poi, se mi metto a dare l'elemosina a tutti quelli che la chiedono ci finisco io, sulla strada.

Non c'è cattiveria in lui, solo razionalità. Il mutuo da pagare. Le rate dell'auto da saldare. I figli da mantenere. Il frigo da cambiare. L'ultimo modello di televisore ultrapiatto che ha visto a casa del suo amico.

No, non può dare nulla al mendicante.

L'uomo seduto su un mucchio di stracci ha la pelle color dell'ebano. Osserva l'uomo vestito bene ignorare la sua mano tesa. È abituato all'indifferenza, alla repulsione, al suo cattivo odore. Ormai niente lo ferisce più. Ha quaranta anni ma ne dimostra il doppio. La vita di strada ti consuma velocemente. È una sigaretta troppo corta e troppo amara. Un purgatorio anticipato per anime che, troppo spesso, sono già destinate da molto tempo all'inferno. Lui non fa eccezione. È arrivato in Italia con due bambini piccoli e una moglie poco più che adolescente. Ha lavorato sodo prima come manovale, poi come scaricatore allo scalo merci. Lavori duri, faticosi. Spesso sottopagati. Ma lui non ha il permesso di soggiorno e non può protestare. E poi è forte. Ha muscoli d'acciaio. Quello che ora è seduto su di un mucchio di stracci non è altro che la sua ombra.

Poi sua moglie si è ammalata. Hanno provato a curarla con i rimedi tradizionali del suo paese. Non hanno funzionato. Quando l'ha portata in ospedale gli hanno diagnosticato una brutta infezione. Pochi giorni dopo era a casa. Due settimane dopo era morta. I soldi che lui le dava per comprarsi le medicine lei li usava per prendere più latte per i due bambini. Dolce Thesetà. No, stupida donna. Perché l'ha lasciato solo? L'uomo non ha retto. Prima ha dato i due piccoli in affido. Con lui non avrebbero avuto alcun futuro. Solo miseria. Forse hanno trovato una buona famiglia. Lui, nel frattempo, ha trovato la sua nuova sposa. La bottiglia. A volte, quando è così ubriaco che la vista gli si annebbia e i colori diventano sfumati, crede di rivedere i suoi bambini. Quando gli passa accanto un ragazzo di colore ben vestito vede il suo bambino. Se li immagina così. Istruiti, ben vestiti, felici. E allora sorride mostrando una fila di denti marci e irregolari. Con lui se li sarebbero sognati, quei vestiti.

La settimana prima ha trovato un gruppo di amici. Sempre che dividere un cartone o una bottiglia possa definirsi amicizia. Altri sbandati. O barboni, se preferite. Hanno bevuto insieme al parco. Uno di loro ha tirato fuori una bottiglia. Whisky di marca. Di quello buono che scalda lo stomaco. Gli si sono illuminati gli occhi. Hanno bevuto sino a quando la testa è diventata leggera e la bottiglia si è svuotata. Uno di loro ha indicato una figura lontana, vestita di chiaro, che camminava veloce lungo il vialetto, tra gli alberi. Una bella signora, tutta ingioiellata. I capelli lunghi e biondi. O forse erano scuri. Non ricorda più molto bene. L'hanno violentata tutti e quattro, a turno. Era proprio bella con la pelle bianca che profumava di pesca. Dopo aver finito con lei ha vomitato. Troppo movimento. Non c'è più abituato. Non ha sensi di colpa. In fondo, ormai non ha altri modi per sfogarsi. E poi anche lui è stato violentato. Più volte. Molti anni prima, certo, quando ancora era un bel giovanotto di colore che dormiva per strada da poco tempo. Quando ancora la gente lo incrociava senza allontanarsi di due metri. Quando era ancora trattato come un essere umano.

Due ragazzi attraversano la strada tenendosi per mano. Lui ha vent'anni. Lei diciotto. Lui è alto con i capelli castani e gli occhi scuri. Un cappotto lungo ed elegante che lo fa sentire più grande di quanto non sia in realtà. I segni dell'acne che sta passando sono ancora visibili sul viso liscio quasi privo di barba. È innamorato. Ogni volta che guarda la ragazza gli occhi si illuminano e un sorriso gli increspa le labbra. Sta cercando di convincerla a seguirlo nella città dove frequenta l'università una volta che lei avrà finito il liceo. È convinto che accetterà. Lei è tutta la sua vita. È sicuro di avere trovato la persona giusta. Il vero amore.

Lei è molto carina. I capelli biondo cenere sciolti sulle spalle. Gli occhi verdi, grandi e innocenti. Quando sorride, due fossette si disegnano sulle guance, arrossate dal freddo pungente. Lei lo vuole lasciare. Non sa come dirglielo. Gli spezzerà il cuore e non vuole che soffra. È il primo ragazzo con cui ha fatto l'amore. Gli vuole bene. Ma non sopporta le sue attenzioni quasi maniacali. Sono giovani. Devono vivere. Lei non ha intenzione di andare a studiare nella sua stessa città. Vuole conoscere altre persone. Fare nuove esperienze. In realtà, è già stata con altri ragazzi, ma questo è un particolare che non le piace ricordare.

Due uomini si incrociano sul marciapiede. Sono entrambi sulla trentina, alti e atletici. Entrambi hanno avuto una vita difficile. Pochi sorrisi e molto dolore. Cicatrici che non hanno segnato il corpo, ma l'anima. Si incrociano senza guardarsi. In realtà, entrambi osservano la situazione e tengono tutto sotto controllo. Catalogano soprattutto le persone, distinguendo quelle potenzialmente pericolose da quelle innocue. Tengono d'occhio possibili vie di fuga. Non possono farne a meno. È il loro mestiere. Non possono rilassarsi. Mai. Sono sicari. Trattano la morte dei loro simili con distacco. Uno ha appena concluso una giornata impegnativa. Quella che ama definire la sua giornata di riposo. Ha ucciso tre persone. O mostri, come preferisce chiamarli. Sapendo benissimo che anche lui rientra nella stessa categoria. L'altro, ha appena ucciso quello che un tempo era il suo migliore amico. Non ha provato nulla nel farlo. Dentro ha un grande vuoto che non viene colmato dai sensi di colpa o dalla morale. Ha solo paura di svegliarsi un giorno e accorgersi di essere solo da troppo tempo per non impazzire. Ma sa anche che, molto probabilmente, non vivrà abbastanza per porsi il problema. La vita è attaccata a un filo. L'importante è che oggi sia vivo. Domani è domani.

Amore, morte, solitudini e miseria si incrociano sulla strada. E lui osserva.

Un uomo corre. Deve prendere l'autobus in fretta se vuole tornare a casa per cena. Ha ottenuto l'ennesimo rifiuto per un prestito. La sua bambina sta male. Sembra che la vita gli stia presentando il conto. Sta pagando alcuni errori a carissimo prezzo. Non pensa ad altro che al denaro. L'unica cosa che può ancora dargli una speranza. Non sa ancora come riuscirà ad ottenerlo. Verrà dato un prezzo alla sua vita. Conoscerà una falsa felicità. Poi sprofonderà nell'abisso. E sarà la fine. O forse un nuovo inizio.

Un ragazzo sfreccia veloce sulla sua auto. Il padre è in ospedale. Sta morendo. Prega di arrivare in tempo. Di vederlo prima che sia tardi. Ha tante cose da dirgli. Non ci riuscirà. Ma quell'incontro cambierà lo stesso la sua vita. Per sempre. Forse diventerà un uomo in quel momento.

Ancora amore e ancora morte.

La statua distoglie per un attimo lo sguardo dalla strada. Gli uomini. Che strane creature. Vite che passano veloci lasciando poco o niente sul libro della storia. Nonostante questo, però, gli uomini sono piccoli universi che si intersecano, si lasciano, si uniscono e si uccidono.

Un piccione atterra sulla sua testa. I piccioni, al contrario degli uomini, sono così semplici. Mangiare, bere, dormire, evitare i pericoli e procreare sono le loro uniche preoccupazioni.

Un rapido movimento della testa e il piccione, sorpreso, scivola dentro alle fauci di pietra. Lo mastica lentamente fracassandone il piccolo corpo. Le zanne si sporcano di sangue. La pioggia le laverà. Ha un buon sapore.

Un pensiero improvviso attraversa la mente della creatura. Lui non ha mai incontrato un essere umano. Li vede. Li osserva. Conosce i loro pensieri. Il loro passato, il loro futuro. Ma lì, dal tempo della sua nascita, non è mai venuto nessuno. Un giorno si sveglierà completamente e il suo corpo con lui. Un giorno smetterà di osservare e agirà. Non ancora. Ma presto.

Chissà che sapore hanno gli uomini?

Lui osserva.

Indice

Michele Coradeschi è nato ad Arezzo nel 1981 e si è laureato in Scienze Politiche all'Università di Bologna. Attualmente lavora come libero professionista per varie aziende nel settore della moda. Vive ad Arezzo con la moglie Marta e la figlia Livia.

Nel 2018 è uscito l'e-book "Istinto Omicida", edito da Libromania.